U0938475

路　遙
著

平凡的世界

下

商務印書館

責任編輯：毛宇軒
裝幀設計：張　毅
排　　版：高向明
責任校對：趙會明
印　　務：龍寶祺

平凡的世界（下冊）

作　　者：路遙
出　　版：商務印書館（香港）有限公司
香港筲箕灣耀興道 3 號東滙廣場 8 樓
http://www.commercialpress.com.hk
發　　行：香港聯合書刊物流有限公司
香港新界荃灣德士古道 220-248 號荃灣工業中心 16 樓
印　　刷：中華商務彩色印刷有限公司
香港新界大埔汀麗路 36 號中華商務印刷大廈 14 樓
版　　次：2025 年 7 月第 1 版第 1 次印刷

ISBN 978 962 07 4717 5
Printed in Hong Kong

第二部
卷四

—✦ 第一章 ✦—

每年臘月，在臨近春節的十幾天裏，蘭花和她的兩個孩子，總是懷着一種激動的心情，期待着久離家門的王滿銀從外面歸來。

外出逛世界的王滿銀，一年之中很少踏進家門。但他像任何一個中國人一樣，每年春節還是要回家來過年的。當然，過罷春節不久，他屁股一拍，就又四方雲遊去了。他在外面算是做生意；至於生意賠了還是賺了，沒有多少人知道。東拉河一條溝裏的幾個村莊，這王滿銀倒也算個人物；對於一輩子安身立命於土地的農民來說，敢出去逛門外的人都屬於有能耐的傢伙。

不論怎樣，這個逛鬼總還有點人味，每年春節回來，也知道給兩個孩子買身衣裳，或給他們帶點外面的新鮮玩藝兒。對於孩子來說，父親永遠是父親；他們想念他，熱愛他，盼望他回到他們身邊來。貓蛋和狗蛋天天等着過年。人家的孩子盼過年是為了吃好的，穿好的；為了紅火熱鬧。他們盼過年還有另外的想望——那就是能和自己的父親一塊呆幾天。這對缺乏父愛的孩子來說，比吃好穿好和紅火熱鬧更重要。

孩子們也漸漸明白，最苦的要數母親了。父親一年不在家，母親既忙家裏的事，還要到山裏去耕種。在通常的情況下，她既是他們的母親，又是他們的父親。尤其是夜晚，當黑暗吞沒了世界的時候，他們睡在土炕上，總有一種莫名的恐懼。他們多麼希望父親能睡在身邊——這樣，他們就是做個夢，心裏也是踏實的。他們現在只能像小鳥一樣，依偎在母親的翅膀下。他們已懂得心疼母親，總想讓她因為他們而高興。貓蛋已經十歲，在罐子村小學上二年級。她長得像她姨姨蘭香一樣標致。母親原來不準備讓她上學，因為家裏缺少幫手，她已經可以給大人尋長遞短。尤其是責任制一開始，許多上學的孩子都回家來了，說明上學在農村已不時尚。是呀，上幾年學還不是回來勞動？她二舅都讀完了高中，現在也不得不到黃原去打短工。是大舅硬勸說她母親讓她上學的。貓蛋上了學，就知道要當個好學生；她上課為了讓老師表揚，坐得端端正正，把腰板都挺疼了，因此剛入學四個月，就戴上了紅領巾，母親高興得給她吃了三顆煮雞蛋。弟弟狗蛋已經八歲，還沒有去上學，整天跟媽媽到山裏拾柴打豬草，已經擔負起了男子漢的責任！老天爺總是長眼睛的，它能看見人世間的苦難，讓這兩個孩子給不幸的母親帶來莫大的安慰……

可是，作為一個女人，蘭花的日子過得多麼淒涼啊！除過擔當父親和母親的雙重責任，家裏山裏辛勤操勞外，她一年中得不到多少男人的撫愛。她三十來歲，正是身強體壯之時，渴望着男人的摟抱和親熱。但該死的男人把她一個人丟在家，讓她活受罪。尤其是春暖花開的時候，在溫熱的春夜裏，她光身子躺在土炕上，牙齒痛苦地咬嚼着被角，翻過身掉過身無法入睡……在山裏勞動，看着花間草叢中成雙成對的蝴蝶，她總要怔怔地發半天呆。她羨慕牠們。唉，死滿銀啊，你哪怕甚麼活也不幹，只要整天在家裏就好了。我能吃下苦，讓我來侍候你，只要咱們晚上能睡在一個被筒裏……

罐子村的男人們都知道蘭花活受罪。有幾個不安生的後生，就企圖填補王滿銀留下的「空缺」。他們有時候尋找着幫她幹點活；或者瞅機會到她家來串門，沒話尋話地和她胡扯。在山裏勞動的時候，她常能聽見不遠處溝垴上傳來那酸溜溜的挑逗人的信天遊——

人家都是一對對，
孤零零撂下你乾妹妹。親親！

捲心白菜起黃薹，
心上的疙瘩誰給妹妹解？親親！

打碗碗花兒就地地開，
你把你的白臉臉掉過來。親親！

白格生生臉臉彎格溜溜眉，
你是哥哥的心錘錘。親親！

滿天星星只有一顆明，
前後莊就挑下你一個人。親親！

乾石板上的苦菜盼雨淋，
你給哥哥半夜裏留下個門。親親……

蘭花聽着酸歌，常常臊得滿臉通紅。她真想破口罵這些騷情小子，但人家又沒說明是給她唱的，她憑甚麼罵人家呢？

但是，也有人真的在半夜來敲她的門。這時候她就不客氣了。為了不吵醒孩子，她穿好衣服溜下炕，走到門背後，把這些來敲門的男人罵得狗血噴頭。罐子村想來這裏「借光」的人先後都對她死了心。

嫁雞隨雞嫁狗隨狗的傳統觀念，使這個沒文化的農村婦女對那個二流子男人保持着不貳忠貞。只要他沒死，她就會等待他回來。她在一年中漫長的日月裏，辛勞着，忍耐着。似乎就是為了在春節前後和丈夫在一塊住幾天。幾天的親熱，也就使她忘記了一年的苦難。她愛這個二流子還像當初一樣深切。歸根結底，這是她的丈夫，也是貓蛋和狗蛋的父親呀！

今年和往年一樣，一進入臘月，母子三人就開始急切地等待他們的親人歸來。在老父親和少安的幫助下，蘭花今年在地裏收回不少糧食，看來下一年裏不要再餓肚子。臘月中旬，她就做上了年茶飯，要讓一家人過個好年。孩子們不時唸叨着父親；她興奮得碾米磨麪忙個不停……

可是一直到快要過春節了，王滿銀還沒有回來。兩個孩子天天到村中的公路邊上，等待從黃原那裏開過來的長途汽車。每當有車從路邊停下，貓蛋和狗蛋就發瘋似的跑過去，看是不是父親回來了。結果一次次都失望地看着汽車向米家鎮那裏開走。車上下來的都是別人家的父親 —— 村裏所有在門外的人都回家過春節了，惟獨他們的父親沒有回來。

大年三十那天，蘭花默默地做好了四個人的年飯，然後懷着最後一線希望，手拉着兩個可憐的孩子從家裏出來，立在公路邊上，等待從黃原開過來的班車。

村中已經響起了一片爆竹聲，到處都飄散着年茶飯的香味；所有的孩子們都穿上了新衣服，嗷嗷喊叫着沉浸在節日的歡樂中。

清冷的寒風中，蘭花母子三人相偎着站在公路邊上，焦灼地向遠方張望。

黃原的班車終於開過來了！

但車沒有在罐子村停，颷風一般向米家鎮方向開了過去。車裏面看來沒坐幾個人 —— 除非萬不得已，誰願意大年三十才回家呢？

汽車走了，只留下一條空蕩蕩的路和路邊上三個孤零零的人。

貓蛋和狗蛋幾乎一齊「哇」地哭出了聲。蘭花儘管被生活操磨得有點麻木，但此刻也忍不住傷心，淚水在那張飽經憂患的臉上直淌。她只好哄兒女說：「甭哭了，咱們到你外爺家去過年……」

蘭花拉着兩個孩子回到家裏，把做好的年茶飯用籠布一包，然後鎖住門，母子三人就去了雙水村……

蘭花和孩子們怎能想到，大年三十那天，王滿銀還躑躅在省城火車站的候車室裏。他身上的錢只夠吃幾碗麪條，甭說回家，連到黃原的一張汽車票都買不起。

這位生意人通常做不起大買賣。因為沒有本錢，他一般只倒販一點豬毛豬鬃或幾張羊皮，賺兩個錢，自己混個嘴油肚圓就心滿意足了。在很多情況下，他像一個流浪漢，往返流落在省城和黃原之間的交通線上；這條線上的大小城鎮都不止一次留下了這個二流子的足跡。他也認識不少類似他這樣的狐朋狗友；有時候嘴巴免不了要吊起來，就在這些同類中混着吃喝點甚麼。當然，他也得隨時準備款待嘴巴吊起來的朋友。他從沒想到過要改變他的這種生活方式。浪蕩的品質似乎都滲進了他的血液。有時候，他記起自己還有老婆孩子，心裏忍不住毛亂一陣。但二兩劣等燒酒下肚，一切就又會忘得一乾二淨，繼續無憂無慮地往返於省城和黃原的大小城鎮，做他的無本生意。

入冬以後，生意更難做了。政策一活，大量的農民利用農閒時節，紛紛做起了各種小買賣，使得像王滿銀這樣的專業生意人陷入困境之中。

眼看走投無路，身上的幾個錢也快吃光的時候，他突然聽說上海的木耳價錢很貴，一斤能賣二十多元。這「信息」使王滿銀萌發了到上海販賣一回木耳的念頭。本地木耳收價每斤才十來元，可以淨賺十多元錢呢。好生意！

可是想想他身上剩了四五十塊錢，只能買幾斤木耳，跑一回上海實在劃不來。他只好望「海」而興歎。

但天無絕人之路。這一天，他在黃原和省城之間的銅城火車站碰見他丈人村裏的金富。他和金富在這一線的各種車站常常不期而遇。王滿銀明白金富是幹甚麼行當的，知道他身上有錢。他於是就低聲下氣開口向這個小偷借販木耳的錢。

「得多少？」金富很有氣派地問。

「有個五百……來塊就行了。」

「那太多了！我只有一百來塊。」

「也行！」

這位小偷慷慨解囊，給王滿銀借了一百塊錢。金富有金富的想法。他知道王滿銀的妻弟孫少安是雙水村的一條好漢，和他爸他二爸的關係也不錯。和一個鄉鄰總比惹一個強。再說，二流子王滿銀還不起賬，他將來也有個討債處 —— 據說少安家現在發達起來了。

王滿銀拿了金富的一百塊錢，很快託一位生意人朋友買好了木耳，就立刻坐車去了上海。他是第一次到這麼遠的地方做生意，除不心怯，情緒反倒十分張狂，似乎想像中的錢已經捏在手裏了。

到上海後，他一下子傻了眼。這裏木耳價錢並沒有「信息」傳播得那麼高，每斤在自由市場上只能賣十四五元。他又沒拿自產證，一下火車就被沒收了，公家每斤只給開了十三元錢。媽的，這可屙下了！

王滿銀碰了一鼻子灰，只好倉惶逃出了這個冷酷的城市。

他從上海返回省城時，像神差鬼使似的，碰巧又在火車站遇見了金富。他只好給小偷還了一百塊債，身上的錢也就所剩無幾了。連原來帶的幾十塊錢，也大部分貼賠進了這趟倒霉的生意中。

金富當時念老鄉的可憐，引着他在街上吃了一頓飯，然後又把他帶到自己住的一個私人開的旅店裏。

兩手空空的王滿銀跟着這位小偷走進一間陰暗的小房子。

金富拉過一條枕巾把皮鞋擦了擦，然後在洗臉盆裏撒了泡尿，對王滿銀說：「你做那屁生意能賺幾個錢？你乾脆跟上我學幾手，票子有的是！」

王滿銀畏懼地笑笑，說：「我怕學不會……」

「只要下苦功，就能學會！看，先練這！」金富說着，便伸開兩隻手，將突出的中指和食指連續向磚牆上狠狠戳去。他一邊示範，一邊對王滿銀說：「每天清早起來，在吃飯和撒尿之前，練五百下。一直練到伸出手時，中指和食指都一般齊，這樣夾錢就不會拖泥帶水。另外，弄一袋豆子，每天兩隻手反覆在豆子中插進插出幾百下。這些都是基本功。最後才練最難的：在開水裏放上一個薄肥皂片，兩個指頭下去，練着把這肥皂片夾出來。因為水燙，你速度自然就快了；肥皂片在水裏又光又滑，你能夾出來，就說明你的功夫到家了……」

王滿銀坐在牀邊上，聽得目瞪口呆。他絕對吃不了這苦，也沒這個心膽。他搖搖頭說：「我怕沒本事吃這碗飯……」

金富一看王滿銀對此道不感興趣，他也就對王滿銀不感興趣了，說：「我下午就走呀，馬上得結房費！」

這等於下了逐客令。王滿銀只好離開這個賊窩子，重新來到省城的大街上。

眼看就要過春節了，王滿銀這會兒心裏倒怪不是滋味。往年他總要在年前的十來天趕回家裏；而且身上也有一點錢，可以給兩個孩子買點禮物。孩子是自己的親骨血，他在心裏也親他們，只不過一年中大部分時間記不得他們的存在。只有春節，他才意識到自己是個父親。

可是現在，別說給孩子買點甚麼，連他自己也沒錢回家了。

王滿銀在省城的街道上毫無目的地溜達。他也坐不起公共車，在寒風中縮着脖子，從這條街逛到那條街，一直逛到兩隻腳又疼又麻，才返回到火車站的候車室——他臨時歇腳的地方。

因為臨近春節，候車室一天到晚擠得水泄不通。他要等好長時間，才能搶到一個空座位，而且一坐下來屁股就不敢離椅子，否則很快就被別人搶佔了。

他就這樣在省城一直滯留到春節。他一天只敢到自由市場買幾個饅頭充飢。有時候，他也白着臉和一位賣菜的農民死纏賴磨，用一分錢買兩根大葱，就着饅頭吃，算是改善一下伙食。

大年三十夜晚，火車站的候車室一下子清靜下來。除過少數像他這樣的人外，只有不多一些實在走不了的旅客。

這一晚倒好！市委書記在一羣人的簇擁下，親自推着煮好的餃子，來到候車室慰問旅客，王滿銀高興地從市委書記手裏接過一盤熱騰騰的大肉水餃——在市委書記給他遞餃子時，還有一羣記者圍着照相，閃光燈晃得他連眼睛也睜不開（他並不知道，他和市委書記的這張照片登在了第二天晚報的頭版上）。

這會兒，王滿銀不管三七二十一，喜得咧開嘴巴，端了一大盤餃子回到一個角落裏，狼吞虎咽吃起來。

過了一會，他才發現他旁邊有位婦女，也端一盤餃子在飛快地吃。這女人吃餃子時，還把自己的一個大提包挎在胳膊上。王滿銀心想，她大概把他看成個小偷了。哼，我才不是那號人呢！

這婦女竟然搭訕着和他拉起話來了。口音一聽就是外路人！王滿銀老半天才弄明白，這位婦女也是個生意人，是從廣東來的。

同行遇同行，倒使兩個人很快成了知音。這婦女告訴他，她提包裏裝的是電子手錶——說着便拿出來一隻讓王滿銀看。

「一隻賣多少錢？」滿銀驚訝這婦女帶這麼多手錶，看來是個大富翁——他想起「文化大革命」樣板戲《紅色娘子軍》裏有個洪常青，說是南洋來的大富翁……嗯，這女人大概也是從南洋來的！

「南洋女人」告訴他，一隻手錶賣二十元。

「才二十元？」王滿銀頓時驚訝得張開嘴巴，連餃子也忘記吃了。他對「南洋女人」說：「要是在我們那裏，一隻起碼能賣一百多塊錢！」

現在「南洋女人」又驚訝得張開了嘴巴，她說：「只要一隻能賣五十塊，給你抽二十塊紅利！」

王滿銀本來沒有光氣的眼睛一亮，把盤子推到旁邊，說：「可惜我身上沒錢，要麼我一下都買啦！唉，我的錢……讓小偷偷了，現在連路費也沒有。你要願意，乾脆跟我到黃原去，肯定能賣大價錢！」

「一隻能賣五十元嗎？」那女人兩隻眼睛也閃閃發光了。

「六十元都能賣出去哩！」

「能賣五十元就行了。」

「為甚麼？」

「這錶是香港走私來的，是玩具錶，裏面都是塑料芯……」那女人衝王滿銀詭詐地笑了笑。

王滿銀又瞪住了眼。他問：「那能走多長時間？」

「最長大概半年吧……」

「不怕！半年以後誰能找見賣錶的人？你願意，明天就跟我走！不過，你得先給我買一張到黃原的汽車票！」

這女人立刻表示同意。

這真是狗屎到頭上了——交了好運！王滿銀來了神，興致勃勃地說：「雖然你是個女的，咱們也就算是拜識了，我就稱呼你是乾姐！」

「乾姐？」「南洋女人」一時明白不了。

王滿銀解釋了半天，那女人就樂意認了這個「非常關係」。

於是，大年初一，王滿銀帶着他新結識的夥伴，坐汽車回到了黃原。然後這「乾姐弟」倆就在東關的自由市場上，以每只五十五元的價格，開始出售這批香港產的塑料芯玩具手錶……

第二章

過罷正月十五的燈節以後，農村的節日氣氛就漸漸淡了下來。人們又周而復始地開始了一年的勞作。有些勤快的莊稼人，已經往山裏送糞了；等驚蟄一過，農事就將繁忙起來。

蘭花和兩個孩子做夢也想不到，正月十八，王滿銀突然回家來了。不是他一個人回來，還帶着一個操外路口音的女人。滿銀給妻子解釋，這是和他一塊做買賣的生意人；是從「南洋」來的。那女人也就嬉笑着對蘭花說了許多話，可蘭花一句也沒有聽懂。

厚道的蘭花並沒有因為丈夫帶回個女人就亂猜想甚麼，她反而高興地接待了這位遠地來的客人。在這個農村婦女的眼裏，「南洋女人」是個大人物，能進她的寒窰窮舍，實在是一件榮幸的事。她熱情地把那些留下的年茶飯拿出來，款待丈夫和這位女賓。

蘭花和兩個孩子興奮得像重新過年一樣。「南洋女人」從提包裏抓出大把的奶糖，撒土坷塔一般撒在炕蓆片上，讓貓蛋和狗蛋吃。王滿銀讓這兩個娃娃學城裏人的樣，叫這女人「阿姨」。只是「阿姨」說的話，娃娃們一句也解不開。

王滿銀帶回一個「外路」女人的消息，一天內就傳遍了罐子村。村中的大人娃娃就像看「西洋鏡」一般輪番湧進蘭花家那孔破窰洞，稀罕地來看這個說話像綿羊叫喚的女人。

看完稀罕以後，罐子村的精明人都不出聲地笑了。他們知道王滿銀和這女人是怎麼一回事。也有人羨慕地吧咂着嘴，對他們村這個二流子油然生出一種「敬意」：哈呀，這傢伙本事不小，竟然掛回來個外路貨！

不用說，蘭花立刻成為全村人同情或恥笑的對象。

但這個遲鈍女人並沒有感覺到這一切。全村人突然擠到她家來所造成的熱鬧氣氛，使她更加高興起來，覺得她男人受到了村裏人的尊重，她和孩子們臉上也有了光彩。

直到晚上睡覺的時候，可憐的女人才知道這一切對她來說意味着甚麼。

晚上，蘭花憂愁地把丈夫叫到院子裏，和他商量，讓這位「南洋女人」睡在甚麼地方呢？他們家就這麼一孔破窰洞，得開口向別人家借個地方讓這女人休息。像樣一些的人家他們不敢開口；窮家薄業的人家又怕委屈了客人。

但王滿銀無所謂地說：「借甚麼地方呢？就睡在咱們炕上！」

蘭花聽滿銀這麼說，又驚訝又難受。她一年沒見男人，這一晚上對她是多麼寶貴呀！她問丈夫：「那你到甚麼地方去睡呢？」

王滿銀倒驚訝起來：「我也在家裏睡呀！」

「那……」

「那甚麼哩？」

蘭花儘管心裏不暢快，也只好就這樣忍受了。

晚上睡覺時，蘭花本指望這位尊貴的客人自己能提出異議，但她卻心安理得睡在她為她鋪好的被褥裏了。「南洋女人」睡在靠鍋頭的地方，中間隔着兩個孩子；蘭花緊挨孩子，王滿銀睡在靠窗戶的邊上。這個編排還算「合理」。

熄燈以後，蘭花躺在被窩裏，胸膛裏像塞進去一把豬鬃。她多麼希望鑽到丈夫的被窩裏去，可羞恥心使她連動也不敢動。她敢怎樣呢？後炕頭睡個生人，稍有動靜，人家就能聽見。唉，甚麼地方來了這麼個勾命鬼呀！她躺在黑暗中，開始痛恨起了這個女人。

前半夜她怎麼也睡不着。後半夜，瞌睡終於壓住了騷動的慾望。她睡着了，但還能聽見自己的鼾聲。

突然，沉睡中的蘭花覺得她的腳被甚麼碰了一下。她的心立刻縮成一團。黑暗中她微微睜開眼，看見丈夫光着身子像狗一樣從她腳底下慢慢往後炕頭爬去。她牙齒拚命咬住嘴唇，才沒讓自己喊出聲來。

她狠狠踹了一腳那個爬行動物！

王滿銀立即調過身子，悄悄摸着爬進了自己的被窩。

不一會，一隻求饒的手伸進了她的被窩，企圖撫摸她。她用指甲在這隻手上狠狠掐了一下。那隻手像被蜂螫了一般，猛地縮回去了。

蘭花忍受着煎熬，終於等到了窗戶紙發亮。

她起身穿好衣服，沒等孩子睜開眼，就一個人溜下炕，出了門。

她像受傷的母牛一般，幾乎是小跑着轉到公路上，在黎明中出了寂靜無聲的罐子村，向石圪節公社走去——她要向公家告那個不要臉的「南洋女人」。

當蘭花氣喘吁吁地進了公社院子的時候，公家人剛剛吃完了早飯。公社幹部過春節後大部分還沒有回來，只有個文書和主任徐治功。

蘭花一進徐治功的辦公窰，就鼻子一把淚一把向主任敘說起了她的苦情。

徐治功幾乎一直笑着聽這位農村婦女說完她的不幸。他噴了一口煙，說：「現在這社會，這號事不算事！我們管不了！」

「你們連壞人也不管了？」蘭花瞪着哭腫的眼睛，問徐主任。

「那你寫狀子告嘛！」徐主任仍然笑着說。

「我不識字。」蘭花難住了。

「那你找個人寫嘛！」

「你給我找個人……」

「這又不是我的事！」徐治功不耐煩地說，「我把這號事也管了，其他大事誰管呀？」

「你不找個人，我就住在你這裏不走！」創傷深重的蘭花也不顧一切了。

「咦呀，你給我要起了賴！」徐治功叫道。

「我就不走！」蘭花說完，竟然放開聲嚎了起來。

心煩意亂的徐治功只好把公社文書叫來，對他擠擠眼：「你去給她代寫個狀子！」

文書對主任會意地點點頭，便勸說蘭花不要哭，跟他到隔壁窰洞寫狀子。

蘭花立刻順從地跟文書到了隔壁；接着又向這位年輕的公家人敍說了一遍「南洋女人」和她丈夫的長長短短。

不一會，徐主任過來了，聲色俱厲地對文書說：「你帶兩個民兵，立刻到罐子村去，把王滿銀和那個女人捆到公社來！」

文書馬上站起來，說：「我這就去！」

蘭花瞪大眼，喊叫說：「怎連我男人也綁呀？」

徐治功說：「怎不綁你男人？這號事主要是整治男的！」

「那不能！」可憐的女人叫道，「我是來叫你們光把那個女人攆跑……」

徐治功對文書擠擠眼:「快去吧！把王滿銀綁緊些！」

文書一本正經正準備往門外去，蘭花一撲起來，從文書手裏奪回「狀子」，說:「你們不要去，我不告了！」

她說完，便很快起身出了公社大門。徐治功和文書站在門台階上張開嘴只是個笑。

可憐的蘭花出了石圪節，又折轉身往家裏走。她原指望讓公家把那個壞女人趕跑就行了，結果公家要把她男人也一齊綁走。她捨不得讓男人受罪……

當她痛不欲生地返回家裏後，無恥的丈夫和那個女人正在鍋灶上做飯。狗蛋在炕上嚼奶糖；貓蛋不知到甚麼地方去了……蘭花本想撲上去撕那個不要臉女人的臉，但「家醜不可外揚」的古訓又使她放棄了這種打算 —— 她一鬧，一家人在村裏就要臭一輩子！

她問兒子:「你姐姐呢？」

「姐姐到外婆家去了。」狗蛋津津有味地吃着糖。

女兒一個人跑到雙水村去幹甚麼呢？

痛苦的蘭花腦子已經完全亂了。她不知道她應該怎麼辦。王滿銀若無其事地厚着臉和她說話，她也不搭理，一個人走到後窰掌的黑暗處，兩隻手胡亂地翻攪這翻攪那，耳朵裏塞滿了各種雜亂的聲響。

當她糊裏糊塗在一個角落裏翻出一些紅綠紙包時，突然怔住了。她想起，這是幾年前滿銀販賣剩下的一些老鼠藥 —— 當年正是這些藥讓公社把他拉到雙水村的工地上，勞教了十幾天。

蘭花面對着這些小紙包，心臟劇烈地跳動起來。這些藥的出現，似乎是一種命運的安排，使她自然而然地想到了死。是呀，她真不想活了！雖然她是個大字不識的農民，但她也是個人 —— 正因為她大字不識，她心中就更容納不了如此的事情！她不願讓公家拿法繩把她的男人綁走；但又沒能力把那個女人趕走；她更沒勇氣為這事公開鬧一場 —— 這樣她的孩子和娘家門上的人都沒臉在這個世界上活下去了。

死的念頭一剎那間便佔據了她的心。

她在黑暗中哆嗦了一下。

她聽見男人和那個不要臉女人在說話。她沒聽清他們說甚麼。但她知道，那兩個人現在裝得像甚麼事也沒有發生。鳳凰窩裏鑽進來個黑老鴉，這個壞女人已經完全像這個家裏的人了。她被她擠在了一邊。她半輩子受死受活，如今落了這麼個下場。她不能再活下去了，她也沒臉活了。去死吧！她相信人死了以後還能輪迴轉世，有可能轉成人，也可能轉成動物。不管來世是人還是牲靈，她都還要轉生到罐子村來；這裏有她的親骨肉；她要來看她的貓蛋和狗蛋……

怎個死法？不能死在這個家裏。不能死在仇人的面前。老鼠藥沒水吞咽不下去……對，到前河灣的水井邊去；那裏僻靜，也有水。

蘭花這樣想着，就揀了一些綠紙包的藥揣在衣袋裏。她喜歡綠紙包而不喜歡紅紙包。她從小就喜歡綠顏色，因為山裏的莊稼、樹木和草都是綠的；她記起她小時候也常愛用綠線繩來扎頭髮……

蘭花隨即掉過身，從後窰掌的黑暗中走出來，臉色灰白，嘴唇紫黑，兩隻眼睛模模糊糊。她沒管鍋台邊那兩個不要臉的人，一直走到前炕邊，一言不發地把狗蛋抱在懷裏，接着便出了家門。

她恍恍惚惚來到村前的公路邊，把兒子放在地上，淚水洶湧地從兩隻皺紋包圍的眼睛裏淌出來。她拚命在兒子臉上親了又親，然後對他說：「你到雙水村找你外爺外婆去……你不要回來了……」

狗蛋瞪着一雙大眼睛，用兩隻髒手為母親揩去臉上的淚水，問她：「媽媽你為甚麼哭？你為甚麼不去外婆家？」

蘭花哽咽着說：「你先去，媽媽過一陣就來了……」

狗蛋聽媽媽的話，就像個大人似的，背抄起兩條小胳膊，挺着胸脯走了。從罐子村到雙水村只有幾里路，他常和姐姐相跟着去外爺家，因此一個人上路也不膽怯。

蘭花用手扶住路邊一根電線杆，哭着對遠去的兒子喊：「你靠路邊走，不要走路中間，操心汽車……」

兒子掉過頭向她招招手，說：「噢！」

當狗蛋的背影完全消失在公路上後，蘭花就邁着兩條軟綿綿的腿，向公路下面的河灣走去。

她來到河邊的水井旁，在一塊石頭上坐下來，從衣袋裏掏出那幾包老鼠藥。她立刻感到胸脯上像壓了個甚麼東西，氣也出不上來，好像已經把毒藥吞咽了似的。她張開嘴巴，呼出的氣在隆冬中變成了一團團白霧。

東拉河覆蓋着厚厚的堅冰，水流在冰層下咕咕地響着。山野裏灰漠漠地看不見任何一點活物。寒風吹着尖銳的口哨從溝道裏颳過來，把地上枯黃的樹葉和莊稼葉一直揚到半空中。

天陰了。寒冷中夾帶着一種潮濕。看來要有一場雪。是呀，應該下雪了，她想。一個冬天沒見一片雪，麥子旱乾不說，開春動農後也沒辦法下籽種。今年要像去年就好了，一年雨水不斷，秋夏都是好收成……

一個要死的人坐在水井邊，手裏捏着幾包致命的毒藥，心裏還在盤算着日月和天年——這就是我們的蘭花！

唉，可憐的人兒，對你來說，好像死是一回事，日月天年是另一回事。你也不想想，你死了以後，這一切對你又有甚麼意義？可你不會把這兩件事混為一談！因為你相信你死了以後還會轉生到這個世界上來。是的，你怎能不再來這個世界呢？不管活在這世界上有多苦，但你總歸還是那麼愛這世界！你在這黃土地上勞動慣了，再說，你也捨不得離開親愛的貓蛋和狗蛋 —— 你還要來看他們；哪怕轉生成豬狗，也要再和他們生活在一起……

蘭花將那幾包老鼠藥打開，把那些灰土一樣的藥粉倒進手心裏，頭揚起來，瞥了一眼陰沉沉的天空，然後就把藥粉全部倒進了自己的嘴巴。

她用兩隻手在冰冷的水井中捧了一掬涼水，低下頭喝了一口，把藥粉沖下了肚子。

現在她坐在水井邊的石頭上，閉住眼睛，靜靜地等待死神的來臨……

第三章

孫玉厚老兩口起牀後剛倒罷尿盆，看見他們的外孫女貓蛋突然推門進來了。孩子的兩個小臉蛋凍得通紅，一見他們就哭。

老兩口看娃娃這麼早一個人跑到這裏來，慌得手忙腳亂，趕緊把她抱到熱炕上，問她家裏出了甚麼事？

貓蛋一邊哭，一邊斷斷續續給外爺外婆說。老兩口半天才弄清楚，不成器的王滿銀帶回來個外路女人，逼得蘭花今早上出了家門，不知到甚麼地方去了。這聰敏的外孫女已經懂些事，就一個人跑出來找他們。

孫玉厚牙關子咬得格巴巴價響。他想抽鍋煙，兩隻手抖得擦不着火柴。少安媽淌着眼淚問外孫女：「那你媽到甚麼地方去了？」

貓蛋哭得更傷心了，說：「我醒來就不見媽媽，問我爸爸，他說我媽死了……」

「王八羔子！」孫玉厚狠狠向腳地上啐了一口唾沫，對老伴說，「你先給娃娃弄點熱呼飯，叫我找少安去！」

孫玉厚說着就急忙出了門。老漢踩着凍得硬邦邦的土地，筒着手匆匆地往少安的新家那裏走，一路上嘴裏不乾不淨罵着他的不要臉女婿。他真想抄起殺豬刀子，跑到罐子村親手捅了那個王八蛋……

但他沒臉進罐子村啊！他只能讓大兒子去收拾這局面。他現在最擔心的是，女兒會不會想不開，已經跑到甚麼地方去尋了短見？

少安夫婦也剛起牀。孫玉厚一進門，就把事態對兒子說明了。

孫少安一聽這事，憤怒使他的臉漲得通紅。他對父親說：「我這就到罐子村去！」

正在燒洗臉水的秀蓮怔了怔，對丈夫說：「你不是說好今天去縣城買製磚機嗎？」

「買個屁！」少安惱怒地對妻子罵道。他生氣秀蓮這個時候還提這事。

秀蓮一看丈夫的臉色，嚇得再不敢言傳了。

父子倆即刻出了門。

當他們走到公路上時，突然看見遠處有一個娃娃正向這裏跑來——他們很快認出這是狗蛋。

兩個人急忙跑着迎前去。

孫玉厚敞開老羊皮襖，一把將小外孫摟進懷裏，問：「你媽哩？」

「媽媽在路上站着哩，過一陣就來呀。」狗蛋嘴裏噙着一塊奶糖，並且還從身上掏出一塊，往外爺嘴巴裏塞，說，「阿姨給的！」孫玉厚氣得把那塊糖扔在了地上。狗蛋不知外爺生甚麼氣，一下子哭開了。

少安對父親說：「你們回家去，讓我到罐子村去看看！」孫少安蹽開兩條長腿，心急火燎向罐子村趕去，不多一會，頭上就熱氣大冒。

從縣上參加罷「誇富」會回來，孫少安就雄心勃勃地開始籌辦上了磚瓦廠。短短十來天，事情已經有了眉目。他放開膽量在公社信用社貸了七千元款，並且僱好了一個可以操作磚機的河南師傅。他原來準備今天到縣城邊一個停辦的磚瓦廠買一台 300 型製磚機，然後就要進行一番大鋪排呀。另外，除過憨牛，村裏還有幾個人也願意來為他幹活。這些天，他一直在村裏、石圪節和原西縣城奔波，緊張得如同打仗一般……他萬萬沒有想到，在這個當口，他姐夫幹下了這麼個混帳事！

他把他姐夫恨得咬牙切齒！他想起姐姐的苦情就忍不住淚水盈眶。命運對人太不公平了，為甚麼姐姐這麼好心腸的人，偏偏就碰上這麼個男人呢？唉，當年他真不該勸說父親答應這門親事……

孫少安一路走，一路朝前面的公路上張望，看姐姐是不是走過來了。只要姐姐平安無事，他想他有辦法收拾王滿銀和那個女人。

孫少安一直走到罐子村村頭，還沒見蘭花的蹤影。

他一下子緊張起來。狗蛋不是說他媽過一陣就到雙水村來嗎？她到甚麼地方去了？

少安當然不會知道，他姐此刻就在公路下面不遠處的河灣裏，閉住眼等死。

少安像一個紅了眼的兇徒一般，闖進了姐姐的家門。

他進門後，發現姐姐不在家。王滿銀正和一個鬈毛頭髮的女人吃麵條。兩個人顯然被他的兇相唬住了，端着碗立在地上，驚恐地看着他。少安問王滿銀：「我姐呢？」

「不曉得到哪裏去了……」王滿銀瞪着眼說。

少安走前去，一拳打在了王滿銀的臉上。一聲慘叫，王滿銀鼻子口裏血大淌；手裏的碗也被打飛了，麵條像蟲子一般撒了一身。

「南洋女人」一看事情不妙，把碗往炕上一摜，提起那個提包正準備奪門而出，少安眼疾手快，一把扯住她的頭髮，在那張黑瘦的臉上接連扇了幾記耳光；那女人殺豬般尖叫着，拚命掙脫開來，大撒腿跑了。少安立刻又掉過身，一腳把王滿銀踢倒在地上。王滿銀鼻子口裏流着血，趴在地上抱住頭就是個嚎叫。

怒氣沖沖的孫少安旋風般出了門，開始在罐子村四下裏跑着，打問他姐姐的下落。

罐子村的人先後都知道了王滿銀家發生了甚麼事，又一次紛紛向這個破牆爛院湧來。有些人圍住少安，向他提供「情況」。有一個老漢說，他清早在對面土坪上拾狗糞，曾看見蘭花從公路上下來，到河灣裏去了。

少安就很快和村裏的一些人，沿着東拉河邊，分別去尋找失蹤的蘭花。

人們很快發現了坐在水井邊的蘭花。

少安心疼地把臉色蒼白的姐姐拉起來，說：「你坐在這兒幹啥哩！」

蘭花一見弟弟，大放聲哭開了，說：「我吃了老鼠藥……」

孫少安大驚失色。他淚水模糊地拉住姐姐的手喊叫說：「你真糊塗啊！你快說！吃了多長時間了？」

「好一陣了……」

「肚子疼不疼？」

「不疼，就是噁心……」

「快去醫院！」

少安拉起姐姐的兩條胳膊，將她揹在脊背上，跑着躥上了公路。他把姐姐放在路邊，自己八叉開雙腿，像個強盜似的立在公路中央，準備硬行攔截從米家鎮方向開過來的汽車。

當一輛卡車按着刺耳的喇叭開過來的時候，立在公路中央的孫少安拚命向司機招手。

汽車在離他幾米遠的地方停住了。司機的腦袋幾乎撞在了擋風玻璃上；他臉色煞白跳出駕駛樓，二話沒說就伸出手打了孫少安一記耳光，喝罵道：「你找死呀？」

剛打了別人耳光的少安捱了一記耳光後，仍然站着沒動。他眼裏噙着淚水，指了指旁邊的蘭花對這位怒氣沖沖的司機說：「我姐姐剛吃了老鼠藥，求求師傅把我們捎到石圪節……」

司機的臉色緩和下來——原來是這！他揮揮手，讓少安趕快上車。

少安把姐姐扶進駕駛樓，汽車便飛一般向石圪節跑去。司機有點不好意思地對少安說：「剛才實在對不起……」

少安下意識地摸了摸火辣辣的臉頰，說：「這沒甚麼！我們還要感謝師傅呢！」

這位打了人的師傅看來心腸不錯，飛快地把汽車開到石圪節，並且繞路把少安姐弟倆一直送到公社醫院的大門口。

少安來不及對司機說句感謝話，就引着姐姐趕快向急診室跑去……

此時，在罐子村蘭花家裏，王滿銀已經從地上掙扎着爬起來。他在水甕裏舀了兩馬勺涼水，把滿臉血跡洗掉；又拿笤帚把身上的麪條掃乾淨。他在牆上的破鏡子裏照了照自己的尊容，左臉腫得像個發麪饃。院子裏看熱鬧的大人都四散走了，留下一些娃娃嬉笑着擠在門口看他的狼狽相。

但王滿銀現在還顧不上疼痛，只是懊喪妻弟把他的財神爺打跑了！

自從在省城火車站結識了「南洋」來的乾姐後，王滿銀一下子覺得自己時來運轉。他帶着這女人，在黃原自由市場上偷偷摸摸出售香港產的玩具手錶，賺了好幾百塊錢。兩個生意人馬上也「麻糊」在了一起。他們白天轉着賣錶，晚上在東關私人開的旅館裏包一間房子，一個被窩裏摟着睡覺。真他媽的，這日子過得比神仙都暢快！

在一塊睡覺的時候，乾姐才告訴他，這手錶原價一隻才幾元錢！王滿銀吃驚之餘心想，天下哪兒還有這麼好的生意呢？兩個人於是商量，這些錶賣完後，他們一塊到廣州再多弄一些，然後返回來到山區的小縣鎮去出售。

可是沒想到有些買了錶的人很快發現了錶芯是塑料的，開始查問這錶的來源。

王滿銀慌了，趕緊引着這女人離開黃原，想回家躲避幾天後，再到內蒙古的草地裏去出售剩下的半提包假錶⋯⋯唉，本來一切都順利着哩！都怪自己昨天晚上不安生，露了蹄爪。事情也真他媽的怪！以前他老婆要是拉起鼾，炸彈也炸不醒——她甚麼時候變得這麼靈動？

王滿銀手指頭戳着破鏡子裏他自己的腫臉說：「都怪你這傢伙！」

這個捱了打的二流子正準備再吃點甚麼東西，突然有人跑來對他說，蘭花吞了老鼠藥，已經被拉到石圪節醫院去了。

王滿銀頓時嚇呆了。他沒想到事情鬧了這麼大。媽呀，這是人命事！

他這時才驚恐地想：要是老婆死了怎麼辦？老婆一死，他說不定也要坐禁閉，那貓蛋和狗蛋就沒爹媽了！

王滿銀兩眼一閉，咧開嘴乾嚎了一聲，連門也沒鎖，就撒開腿往石圪節跑。他一路跑，一路想起兩個娃娃也不知到甚麼地方去了——是不是都跟他媽喝了老鼠藥？

王滿銀由於緊張，跑得又太猛，半路上腿抽了筋。他就坐在公路上，脫下鞋，喊叫着用手把腳上的老拇指頭掰了半天，才又起身繼續跑。

他終於一瘸一拐闖進了石圪節公社醫院。

他推開急診室的門，見幾個醫生正給他老婆診斷。少安見他進來，像仇人一樣惡狠狠瞪了他一眼。

王滿銀顧不了多少，撲在牀前，見他老婆還活着，就趕緊問她：「你吃了哪裏的老鼠藥？」

所有的醫生都扭過頭看這個鼻青臉腫的人，不知他是幹甚麼的。

王滿銀不管這些，只管問老婆：「你快說嘛！吃了哪裏的老鼠藥？」

蘭花微微合着眼，說：「吃了咱家裏的。」

醫生們現在才知道這傢伙是病人的丈夫。

「是你買的老鼠藥？」王滿銀急着追問蘭花。

「就是你那年剩下的……」蘭花回答。

「那你吃的是紅紙包還是綠紙包？」

「綠紙包……」

「都是綠的？」

「都是綠的。」

「嗨呀！」王滿銀一下子跳起來，高興得連喊帶笑，對醫生們說，「不要緊！她吃的是假老鼠藥！」

所有的人都瞪住了眼睛。

王滿銀得意地把頭一拐，說：「紅紙包的都是真藥，綠紙包的都是假的！」

的確是這樣。當年他從河南人手裏買了老鼠藥後，自己又用灰土造了些假的。為了區別真假，他造的「藥」都拿綠紙包起來；準備真藥給周圍的熟人賣，假藥給外面的生人賣——結果真藥還沒販賣完，他就被拉到雙水村「勞教」去了……

醫生們不管王滿銀說甚麼，繼續給蘭花做診斷。當然，最後的結論是她確實沒有中毒。

這下連蘭花也笑了。笑了一下後，又哭開了——她為自己還活着而高興地哭泣。

王滿銀嘴一咧，也哭開了。

少安跟着醫生出了房間，去交診斷手續費。

不一會，蘭花就「出院」了。

王滿銀這會倒又成了個人，對妻弟說：「你忙你的去！我和你姐相跟着慢慢回家呀！」

蘭花問大弟：「貓蛋和狗蛋哩？」

「都在我們那裏。先讓他們住着……」

少安一看姐姐沒甚麼事，也就放心了，說：「那你先回去，我去對面等米家鎮過來的班車，到原西城辦點事……」

於是，孫少安到石圪節對面的公路上等車去縣城辦事，王滿銀就和蘭花起身回罐子村。

剛上路，蘭花頭一句話就問：「那個女人哩？」

王滿銀臉上的青疙瘩都發紅了，說：「叫少安打跑了……」

蘭花也不怕路上的人看見，一頭撲在她的二流子丈夫的懷裏，哭着說：「再不許你把那些女妖精引回咱們家！」

王滿銀胸脯一挺，保證說：「再不啦！」

蘭花哭着用兩隻拳頭在他胸脯上狠狠捶了幾下，直把王滿銀打得倒退了幾步 —— 這既是恨又是愛啊！沒有辦法，不論發生了甚麼事，這個人還是她的男人，也是孩子們的父親！

王滿銀現在變得老實起來，他像一隻做錯了事的小狗，恭順地跟着妻子回了家。

回到家裏，蘭花看見丈夫臉腫得快把眼睛都遮住了，便又心疼起他來。她自己不顧傷心和飢餓，先放火燒了點熱水，拿毛巾給丈夫敷在臉上……

第二天，蘭花又去雙水村把貓蛋和狗蛋接回家來；當然，滿銀可沒敢跟妻子上丈人家的門。

貓蛋和狗蛋回家以後，王滿銀也就把那場風波拋在了腦後。父愛漸漸在他心裏復活。他接連幾天沒有出門，盤腿坐在爛蓆片土炕上，繪聲繪色地給兒女講述外面世界的各種見聞；兩個孩子親熱而崇拜地圍在他身邊，聽得都入了迷。蘭花在鍋台上忙着給他們做飯，時不時淚眼矇矓地瞥一眼炕上擠成一堆的父子三人。這個女人從來沒有感到過像現在這樣幸福啊！

石圪節遇集的時候，王滿銀想起自己賣假手錶還賺了不少錢，就引着貓蛋和狗蛋趕了一回集。在集上他見啥給兒女買得吃啥。他給孩子們一人買了一身新衣服；又給貓蛋買了一個書包和一條紅領巾，給狗蛋買了一支手槍和一個警察帽。最後，他還破天荒給妻子扯了一身的確良衣裳……哈呀，逛鬼王滿銀一下子變得這麼規矩，就好像太陽從西邊出來了！

但沒過幾天，這個二流子舊病復發，逛性勃起；他屁股一拍，把老婆孩子丟下，又跑到外面浪蕩去了……

第四章

孫少平沒等到過正月十五的燈節，就又離家走了黃原，因此他並不知道罐子村姐姐家發生的事；如果他在，弟兄兩個說不定能把他姐夫和那個「南洋女人」踩死哩。

他是臨近春節才回到家裏的。雖然他的戶口落在黃原的陽溝隊，但雙水村永遠是他的家；正如一棵樹，枝葉可以任意向天空伸展，可根總是扎在老地方……

當然，他回來並不僅僅是戀念家鄉。他一方面是為了和全家過個團圓年，另一方面是想為父親做點甚麼事。哥哥已經分家另過光景，他現在成了這面家庭的主心骨。本來，他剛一到家，石圪節公社就邀請他作公社春節秧歌隊的指導，他立刻婉言謝絕了 —— 他已對紅火熱鬧喪失了興致。剛過罷春節，他就忙着跑出去給家裏買了一車炭；並且把前半年用的化肥也買好了。這些大事父親沒有能力辦；而哥哥正在籌辦擴建磚瓦廠，也分不出手來管他們這面的事。

這些事辦完後，他就決定很快返回黃原去。一家人勸說他過罷正月十五的燈節再走，但他堅持立刻就動身。他心裏着急呀！給家裏置辦完必需的東西後，身上就沒幾個錢了。他要趕快到黃原去攬個活幹。臨走時，他除過留夠一張去黃原的車票錢外，又把剩下的錢全給了蘭香。妹妹馬上升學，需要一筆花費 —— 本來他想多給她留一點，但實在沒有了。

家裏人並不知道他急於返回黃原的真正原因是甚麼 —— 他決不能讓他們看出他的窘迫……

像往常那樣，從黃原東關的汽車站出來後，他幾乎又是身無分文了。他在金波那裏把鋪蓋捲一取，就來到大橋頭熟悉的老地方。現在他已經很自信，知道憑自己年輕力壯，很快就會被包工頭帶走的。是呀，他從一切方面看，都是一個老練而出色的小工了！

不出他所料，剛到大橋頭不久，他就被第一個來「招工」的包工頭相中了。包工頭聽口音是原西人。一攀談，沒錯，是原西柳岔公社的，叫胡永州。少平不知道，這位包工頭的弟弟就是原西縣「誇富」會上和他哥住在一個房間的胡永合。當然他更不知道，神通廣大的胡氏兄弟在這地區有個大靠山 —— 他們的表兄弟高鳳閣是黃原地委副書記，因此這兩個農村的能人走州過縣包工做生意，氣派大得很！

少平和幾個攬工漢被胡永州帶到了南關的工藝美術廠。胡永州正給這家工廠包建新房和職工家屬樓；廠房主體已經完成，現在正蓋家屬樓。

因為回家過春節的攬工漢現在還沒大批地返回黃原，因此胡永州現在只招了二十幾名工匠，先處理宿舍樓的地基。

二十幾個人擠在一個垃圾堆旁的大窰洞裏。好在這窰洞有門窗，又生着火，還不算太冷。少平幾個人到來時，這窰洞已經擠滿了。對攬工漢來說，這裏住的條件可以說相當不錯；雖然沒牀也沒炕，但地上鋪一些爛木板，可以抵擋潮濕。少平勉強找了個地方，把自己的鋪蓋捲塞下。天氣冷，睡覺擠一點還暖和。上面幾個公家單位的垃圾都往這窰旁邊傾倒，半個窗戶都已經被埋住，光線十分暗淡。但誰還計較這呢？只要有活幹，能賺錢，又有個安身處，這就蠻好了！少平高興的是，以前和他一塊做過活的「蘿蔔花」也在這裏；兩個人已經是老相識，一見面親切得很！

少平上工的第二天，就是農曆正月十五。到了傍晚，黃原城爆竹連天，燈火輝煌，繼春節和「小年」以後，人們再一次沉浸在節日的氣氛中。古塔山上，彩燈珠串般勾勒出九級高塔的輪廓，十分壯麗。黃原體育場舉辦傳統的燈會，那裏很早就響起了激越的鑼鼓聲，撩撥得全城人坐立不安。

本來，所有的工匠都約好，晚上收工後吃完飯，一塊相跟着去體育場看紅火。但包工頭胡永州對大夥開了恩，買了一大塑料桶散酒，提到他們窰洞來，讓大夥晚上熱鬧一下。工頭並吩咐讓做飯的小女娃炒了一洗臉盆醋溜土豆絲，作為下酒菜。胡永州看來是個包工老手，很會拿抓做活的工匠。

這點酒菜使所有的人都沒興致再去體育場了！

晚上，二十幾個攬工漢圍着火爐子，從塑料桶裏把散酒倒進一個大黑老碗，端起來輪着往過喝。黑老碗在人手中不停地傳遞着，筷子雨點般落在放土豆絲的盆子裏。

連續喝了幾輪後，許多人都有了醉意。一個半老漢臉紅鋼鋼地說：「這樣乾喝沒意思，咱得要唱酒曲。輪上誰喝，誰就先唱一輪子！」

人們興奮地一哇聲同意了。

酒碗正在「蘿蔔花」手裏，眾人就讓他先唱。「蘿蔔花」把黑老碗放在腳邊，說：「唱就唱！窮樂呵，富憂愁，攬工的不唱怕干球！」他說他不會酒曲。眾人說唱甚麼都可以。「蘿蔔花」就唱了一首往古社會的信天遊。他的嗓音好極了，每段歌尾還加了一聲哽咽——

藍格瑩瑩天上起白霧，
沒錢才把個人難住。

二綹綹麻繩捆鋪蓋，
甚麼人留下個走口外？

黑老鴰落在牛脊梁，
走哪達都想把妹妹捎帶上。

套起牛車潤上油，
撂不下妹妹哭着走。

人想地方馬想槽，
哥想妹妹想死了。

毛眼眼流淚襖袖袖揩，
咱窮人把命交給天安排。

叫聲妹妹你不要怕，
臘月河凍我就回家……

「蘿蔔花」唱完後，攬工漢們都咧着嘴笑了。

孫少平坐在一個角落裏，卻被這信天遊唱得心裏沉甸甸的。他真驚歎過去那些不識字的農民，編出這樣美妙而深情的歌。這不是歌，是勞動者苦難而深沉的歎息。

「蘿蔔花」唱完後，喝了一大口酒。他自己沒笑，把酒碗遞到旁邊那個瘦老漢的手中。瘦老漢吃得太多，便把羊毛褲帶往鬆放了放，豁牙漏齒唱開了一首戲謔性的小曲 ——

初唱劉家溝，
劉家溝又有六十六歲的劉老六，
老六他蓋起六十六層樓，
樓上拴了六十六隻猴，
樓下拴了六十六頭牛，
牛身上又馱六十六擔油，
牛後背又捎六十六匹綢，
忽然來了個冒失鬼，
驚了牛，
拉倒樓，
嚇跑猴，
倒了油，
油了綢，
又要扶樓，
又要拉牛，
又要捉猴，
又要攬油，
又要洗綢，
哎嗨依呀嗨，

忙壞了我六十六歲的劉老六！

瘦老漢還沒唱完，眾人就笑得前俯後仰了。等老漢尾音一落，他對面一個二楞小子破開喉嚨既像喊叫又像唱——

本地的曲子不好聽，
叫咱包頭後生也吼上兩聲！

有人喊叫說：「還沒輪上你哩！」有人說：「就讓這小子吼上兩聲吧，要不他嘴裏癢癢嘛！」眾人都已經喝到了八成，紅着臉手指「包頭後生」的嘴巴哄堂大笑。這小子也就醉意十足地咧開嘴巴唱道——

六十六的老劉六下裏分，
唐僧在西天裏取真經；
取回來真經唐僧用，
捅下了亂子都怨孫悟空！

這小子連編帶謅，還蠻有嘴才！

老碗現在輪到一個邊樂和邊在褲腰裏尋虱子的匠人手裏。他額頭上扣着幾個火罐拔下的黑印，嬉皮笑臉地唱道——

人窮衣衫爛，
見了朋友告苦難，
你有銅錢給我借上兩串，啊噢唉！
我有腦畔山，乾陽灣，

沙蓬黃蒿長成椽，

割成方子鋸成板，

走雲南，下四川，

賣了錢兒再給老哥周還！

這是一首地道的酒曲，贏得了滿窰喝彩聲。

酒碗在眾人手裏搖搖晃晃地傳遞着，各種調門嗓音一首接一首唱着小曲。爐中的炭火照出一張張醉醺醺的面孔。窰裏瀰漫着旱煙和腳臭味，叫人出氣都感到困難。此時，這些漂泊在門外的莊稼人，已經忘記了勞累和憂愁。酒精在血液中燃燒着，血液在燃燒中沸騰着。有幾個過量的傢伙已經跑到外面嘔吐去了。

窰門突然打開了一道縫，從那縫隙中伸進一個女孩子的腦袋。這是為他們做飯的小女孩，大概只有十五六歲，臉色憔悴而蠟黃，看了叫人由不得心疼。誰也不知道她是從甚麼地方流落到這個城市的。

小女孩探進頭來，大概是看土豆絲還有沒有 —— 實際上早已經被吃光了，連盆底上的湯都喝得一滴不剩。

有幾個醉鬼看見了她，便喊:「再炒上一盆！」

小女孩顯然對這個場面有點恐懼，猶豫着不敢進來拿那個洗臉盆。少平看出了她的難處，準備把盆子給她送過去。但這時候那個「包頭後生」站起來，醉得東倒西歪往門口走，並且伸開雙臂，下流地說:「乾妹子，讓我親你一下……」

少平忍不住把兩隻拳頭捏了起來。在這個醉鬼通過他身邊的時候，他悄悄伸出一條腿，把這傢伙絆倒在人堆裏，頭正好跌進那個洗臉盆中，弄了一臉骯髒。眾人在哄笑聲中把他推到旁邊，他便像死豬一般再也爬不起來。這當口，那個做飯的小女孩趕緊掉過頭跑了。

雖然沒有菜，但看來這一塑料桶酒喝不完，今夜就誰也別想安生。酒碗繼續往過輪；曲子仍然非唱不行。

現在這隻叫人噁心的黑老碗又遞到少平面前了。以前每輪過來，他不是裝着出去小便，就是起來給爐子加煤，躲避着沒有喝。這次看來不行了，因為這羣醉漢發現少平還沒醉，就要強行灌他。少平只好準備喝這酒。但眾人還不饒，叫他按「規矩」來。他只好也答應唱一支酒曲。這曲子是在村裏鬧秧歌時田五給他教的——

一來我人年輕，
二來我初出門，
三來我認不得一個人，啊噢唉！
好像那孤雁落在鳳凰羣，
展不開翅膀放不開身，
叫親朋你們多擔承，
擔承我們年輕人初出門……

唱完酒曲後，他在碗邊上抿了一點，算是應酬過去了。但他發現塑料桶裏還有不少酒，心想輪到半夜，他也非醉不可；於是假裝上廁所，從這窰裏溜出來了。

他沒有再回窰裏去。

他一個人轉到街道上，慢慢溜達着消磨時間。剛從暖窰裏出來，冷得他直打哆嗦，但頭腦倒一下子清醒了。遠處，鑼鼓聲和嘈雜的人聲還沒有停歇。天特別清亮，星星和月亮在寒冷的夜空中閃爍着慘白的光芒。

孫少平筒着雙手走在清冷的街道上，內心突然湧起一種火辣辣的情緒。他問自己：你難道一輩子就這樣生活下去嗎？你最後的歸宿在哪裏？

是啊，眼前的一切都太苦了……苦倒不怕，最主要的是，甚麼時候才能結束這種流落生活而有一種穩定性？這一切似乎都很渺茫。雙水村他不可能再回去；儘管這次離家時，哥哥又一次勸他一塊合夥經營磚瓦廠，但他還是拒絕了。好馬不吃回頭草。既然他已經離開了老窩，就決心在外面的世界闖蕩下去。要是一輩子呆在雙水村，就是發了家致了富，他也會有一種人生的失落感。

可是，他已經安下戶口的陽溝，對他來說還是個陌生而不相干的地方；他在那裏也許永遠不會有立錐之地……

他該怎麼辦？

他眼下無法回答自己的問題。只能走着瞧吧！他的年齡還允許他再等待選擇的時機。當然，在他的思想深處，退路中的最後一道防線大概還是親愛的雙水村……

孫少平一直在黃原街上轉了很長時間，才返回到住地。

他走進垃圾堆旁的那孔破窰洞，醉鬼們都已經躺在了一片黑暗中。窰裏充滿了熱烘烘的臭氣和酒腥味。他悄悄爬進自己的被窩，但很長時間仍然沒有睡着……

第五章

在我們這個星球上，每天都要發生許多變化。有人倒霉了，有人走運了；有人在創造歷史，歷史也在成全或拋棄某些人。每一分鐘都有新的生命欣喜地降生到這個世界，同時也把另一些人送進墳墓。這邊萬里無雲，陽光燦爛；那邊就可能風雲驟起，地裂山崩。世界沒有一天是平靜的。

可是對大多數人來說，生活的變化是緩慢的。今天和昨天似乎沒有甚麼不同；明天也可能和今天一樣。也許人一生僅僅有那麼一兩個輝煌的瞬間 —— 甚至一生都可能在平淡無奇中度過……

不過，細想起來，每個人的生活同樣也是一個世界。即使最平凡的人，也得要為他那個世界的存在而戰鬥。從這個意義上說，在這些平凡的世界裏，也沒有一天是平靜的。因此，大多數普通人不會像飄飄欲仙的老莊，時常把自己看做是一粒塵埃 —— 儘管地球在浩渺的宇宙中也只不過是一粒塵埃罷了。幸虧人們沒有都去信奉「莊子主義」，否則這世界就會到處充斥着這些看破紅塵而又自命不凡的傢伙。

普通人時刻都在為具體的生活而傷神費力 —— 儘管在某些超凡脫俗的雅士看來，這些芸芸眾生的努力是那麼不值一提……

不必隱瞞，孫少平每天竭盡全力，首先是為了賺回那兩塊五毛錢。他要用這錢來維持一個漂泊者的起碼生活。更重要的是，他要用這錢幫助年邁的老人和供養妹妹上學。

他在工地上拚命幹活，以此證明他是個好小工。他完全做到了這一點 —— 現在拿的是小工行裏的最高工錢。

去年和「蘿蔔花」一塊上那個工時，他曾裝得一個字也不識。現在他又裝成了個文盲。一般說來，包工頭不喜歡要上過學的農村青年。唸書人的吃苦精神總是讓人懷疑的。

孫少平已經適應了這個底層社會的生活。儘管他有香皂和牙具，也不往出拿；不洗臉，不洗腳，更不要說刷牙了。吃飯和別人一樣，端着老碗往地上一蹲，有聲有響地往嘴裏扒拉。說話是粗魯的。走路拱着腰，手背抄起或筒在袖口裏；兩條腿故意弄成羅圈形。吐痰像子彈出膛一般；大便完和其他工匠一樣拿土圪塔當手紙。沒有人看出他是個識字人，並且還當過「先生」呢。

雖然少平看起來成了一個地道的、外出謀生的莊稼人，但有一點他卻沒能做到，就是在晚上睡覺時常常失眠——這是文化人典型的毛病。好在別人一躺下就拉起了呼嚕，誰知道他在黑暗中大睜着眼睛呢？如果大夥知道有一個人晚上睡不着覺，就像對一個不吃肥肉的人一樣會感到不可思議。

是的，勞筋損骨熬苦一天以後，孫少平也常常難以入眠，而且在靜靜的夜晚，一躺進黑暗中，他的思緒反而更活躍了。有時候他也想一些具體的事；但大多數情況下思想是漫無邊際的，像沒有河牀的洪水在泛濫；又像五光十色的光環交叉重疊在一起——這些散亂的思緒一直要帶進他的夢中。

當然，不踏實的睡眠並不影響他第二天的勞動；他終究年輕，體力像拉圓的弓弦那般飽滿……

轉眼間一個月過去了。

清明之前，天氣轉暖，大地差不多完全解凍。黃原河岸邊的柳枝，已經萌生起招惹人的綠意。周圍山野裏向陽的坡壠上，青草的嫩芽頂破潮潤的地皮，準備出頭露面了。

在工藝廠的工地上，幹活的人已經穿不住棉衣，一上工便脫下撂在了一邊。現在，宿舍樓起了第一層；樓板安好後，開始砌第二層的屋牆。少平的工作是把澆過水的濕磚用手一塊塊往二層上扔——這需要多麼大的臂力和耐力啊！這無疑是小工行裏最苦的活；可是他應該幹這活，因為他拿的是這一行的「高工資」。

這工地站場監工的是包工頭胡永州的一個姪子，他年齡不大，倒跟上他叔叔學得有模有樣，嘴裏叼根黑棒捲煙，四處轉悠着，從早到晚不離工地，指手畫腳，吆吆喝喝。胡永州本人一般每天只來轉一轉，就不見了蹤影 —— 他同時包好幾個工程，要四下裏跑着指揮。晚上他是回這裏來住的。胡永州和他姪子分別住在工地旁廠方騰出來的閒窰裏。緊挨着的是灶房。做飯的除過那個僱來的小女孩，還有一位六十多歲的老漢，也是胡永州的親戚；這老漢和胡永州的姪子住在一孔窰裏，那個小女孩晚上就單獨在灶房裏睡覺。其他工匠在這裏吃完晚飯，就回到坡下那個垃圾堆旁的窰洞裏去了。

工程大忙以後，需要的人也多了。胡永州陸續從東關大橋頭又招回一些工匠；同時也打發了幾個幹活不行的人。

人手一多，一老一小兩個做飯的就應付不過來。他們光做飯還可以，但那個老漢還兼管採買，大筐的土豆和白菜，五十斤一袋的麪粉，老漢一個人拿不動。胡永州突然決定由少平幫助老漢出去採買東西。對於工匠們來說，這是個輕鬆活，人人巴不得去幹。但胡永州念少平是一個縣的老鄉，把這好差事交給了他。

少平就像被「提拔」了一樣高興。他現在每天只在工地上幹半天活，另外半天就和做飯的老漢一塊到街上去採買東西；一天下來，感覺當然比過去輕鬆多了。

活路稍微一輕鬆，他突然渴望能看點甚麼書 —— 算一算，他又很長時間沒見書的面了。正月裏返回黃原到現在，他也沒有去找田曉霞借書，因為他一直裝個文盲，借回來書也沒辦法看。再說，他口袋裏空空如也，想專心幹活積攢一點錢，好給家裏和縣城的妹妹寄，根本沒心思想其他的事。

就是現在，他也不能暴露他的「文盲」身份。正因為他是個只會賣力氣的「文盲」，包工頭才信任他，讓他去幹採購工作。要是胡永州知道他是個學生出身的人，又在他這裏清閒得看起了書，說不定馬上就會把他打發走。他捨不得離開這工程啊！一天賺兩塊半工錢不說，現在還不要像其他工匠一天頂到頭地出死力。

但讀書的願望一下子變得如此強烈，使他簡直無法克制。他思謀：能不能找個辦法既能讀書又不讓人發現呢？

只有一個途徑較為可靠，那就是他晚上能單獨睡在一個地方。

主意終於有了。他準備和胡永州說一說，讓包工頭同意自己住在剛蓋起的那一層樓房裏。雖然那樓房還正在施工，新起的一層既沒安門窗，更不可能生火，但現在天氣已經轉暖，可以湊合；就是冷一些也不要緊，只要一個人住着能看書就行了。

胡永州並不反對他挪地方住 —— 只要你小子不怕冷，就是願意住在野場地裏也和我胡永州球不相干！

孫少平搬到沒門窗的樓房後，才想起這裏晚上沒燈。他就在外出採購東西的時候，捎帶着給自己買了一些蠟燭。

條件一具備，他就打算到曉霞那裏去借幾本書回來。

過罷清明節，少平在一個星期六的傍晚，破例拿出牙具和香皂，偷偷到小南河裏洗刷了一番，又換上自己的那身「禮服」，就蠻有精神地去地委找田曉霞。

在地委田福軍的辦公室和曉霞相會後，曉霞又高興又抱怨地問他為甚麼這麼長時間不來找她。

少平吞吞吐吐解釋了半天。

一段時間沒見曉霞，少平吃驚地發現她的個碼似乎躥高了一大截 —— 他一時粗心，沒有留意她換了一雙高跟鞋。

兩個人像往常那樣，一塊吃了曉霞從大灶上買回來的飯菜，接着熱烈地談論了許多話題。

臨走時，曉霞給他借了一本艾特瑪托夫的《白輪船》。她告訴他，這是她很喜歡的一本書，是前幾年內部發行的；父親買回來後，她看完就偷偷地佔為己有了。

少平打開書，見書前有「任犢」寫的一篇批判性序言。曉霞說，那「畜生」全是胡說八道，不值得理睬。

少平很快和曉霞告辭了——既然這本書他的「導師」如此推崇，他就迫不及待地想讀它。

回到「新居」以後，他點亮蜡燭，就躺在牆角麥秸草上的那一堆破被褥裏，馬上開始讀這本小說。周圍一片寂靜，人們都已經沉沉地入睡了。帶着涼意的晚風從洞開的窗戶中吹進來，搖曳着豆粒般的燭光。

孫少平一開始就被這本書吸引住了。那個被父母拋棄的小男孩的憂傷的童年；那個善良而屢遭厄運的莫蒙爺爺；那個兇殘醜惡而又冥頑不化的阿洛斯古爾；以及美麗的長角鹿母和古老而富有傳奇色彩的吉爾吉斯人的生活……這一切都使少平的心劇烈地顫動着。當最後那孩子一顆晶瑩的心被現實中的醜惡所摧毀，像魚一樣永遠地消失在冰冷的河水中之後，淚水已經模糊了他的眼睛；他用哽咽的音調喃喃地唸完了作者在最後所說的那些沉痛而感人肺腑的話……

這時，天已經微微地亮出了白色。他吹滅蜡燭，出了這個沒安門窗的房子。

他站在院子裏一堆亂七八糟的建築材料上，腫脹的眼睛張望着依然在熟睡中的城市。各種建築物模糊的輪廓隱匿在一片廣漠的寂寥之中。他突然感到了一種荒涼和孤獨；他希望天能快些大亮，太陽快快從古塔山後面露出少女般的笑臉；大街上重又擠滿了人羣……他很想立刻能找到田曉霞，和她說些甚麼。總之，他澎湃的心潮一時難以平靜下來……

本來，這本書他準備在一個星期內看完，想不到一個晚上就看完了。他只能等到星期六才可以去找曉霞——平時她不回家來。

星期六好不容易到了。

這天下午他耐到收工，就匆忙地拿了那本《白輪船》，到地委去找她。

他見到曉霞後，一時倒不想說甚麼了。他本來急切地想和她談論看過的書，但他又感到自己很難說清楚。這本書更多的是引起了他情緒上的大波動——一個人是很難把自己的情緒說明白的。真的，這是一種無法用語言表述的感受，因為它太巨大太複雜了！

田曉霞看出了這本書給孫少平帶來的震動；她自己也曾被它強烈地感染過。她高興的是，少平和她一樣理解並喜歡這本書。

吃完下午飯，曉霞突然提議他們一塊去爬一次麻雀山。

這正合少平的心意。

於是，兩個人一同相跟着出了地委大門，向麻雀山走去。

走在路上的時候，少平才有點拘束起來。和曉霞一塊呆在房子裏說話，他覺得很自然；可是，兩個人一塊相跟到野外去溜達，他就感到情調有點太溫馨——不過，這種溫馨是任何一個青年男子都不會反感的！

麻雀山就在地委的後面。他們順着一道緩坡慢慢向山上走。快到山頂時，曉霞頑皮地離開路徑，專意在一些荒地裏行走；少平就愉快地遷就她的任性，緊攆着她在沒有路的地方向上攀行。

一道土塄坎擋住了去路。少平敏捷地一撲就跳上去了。曉霞立在塄坎下，笑着搖了搖頭；然後向他伸出一隻手，要讓他拉她。少平頓時有點慌亂，臉紅得像水蘿蔔一樣。曉霞被他的窘態逗得大笑，手卻固執地伸着，非讓他拉不行。

少平只好伸出一隻顫抖的手，把她拉上了土塄坎。這是他第一次拉一個姑娘的手。他感到自己的那條胳膊僵硬得像條棍子；手掌如同被燒紅的鐵燙過一般。

到山頂了。兩個人在一個地畔上坐下來。

黃原城就在他們眼皮底下。街道上熙熙攘攘的行人像忙碌的蟻羣。他們的背後，太陽正在沉落。對面的九級古塔在夕陽中閃耀着光輝，看起來似乎像發射架上的一枚巨型火箭，格外雄偉。初春藍色的黃原河將城市分割成兩半後，彎彎曲曲地流向遠方的羣山深谷之中……

兩個人先顧不上說話，驚奇而興奮地觀賞夕陽晚照中的大自然景象。城市漸漸沉浸在陰暗中，景物開始模糊起來。黃原河上新老兩座大橋首先亮起了燈火；緊接着，全城的燈火一批跟着一批亮了。

這時候，曉霞才轉過臉，問少平看過《白輪船》後，有甚麼感想。

少平斷斷續續、結結巴巴說了一些，好像也沒能把自己的感受充分表達出來。

說實話吧，這會兒他思想不能集中起來！是呀，黃昏中，在一個荒山野地裏，單獨和一個姑娘呆在一塊，使他渾身的血液由不得沸沸揚揚……

內心的騷動讓他坐立不安，他索性仰面躺在一片枯草上，兩隻手墊在腦後，茫然地望着暮色中的天空。天空已經亮出幾顆星星。曉霞也就不再出聲，靜靜地坐在離他不遠的地方，兩隻手抱着膝頭，凝望着遠方的山巒。這是一個美妙的時光。小樹林中，歸窠的鳥雀扇動着撲棱棱的羽翅。沒有風，空氣中流佈着微微的溫暖。春天的黃昏呀，使人產生無盡的遐思和深遠的聯想，也常常叫人感到一種無以名狀的憂傷！

躺在地上的孫少平，不知為甚麼突然眼裏湧滿了淚水。他深深地向夜空中吐出一聲歎息，嘴裏竟然喃喃地唸起了《白輪船》中吉爾吉斯人的那首古歌——

有沒有比你更寬闊的河流，愛耐塞，
有沒有比你更親切的土地，愛耐塞。
有沒有比你更深重的苦難，愛耐塞，
有沒有比你更自由的意志，愛耐塞。

曉霞仍然保持着她那雕像似的凝望遠山的姿勢，接着他輕輕地唸道——

沒有比你更寬闊的河流，愛耐塞，
沒有比你更親切的土地，愛耐塞。
沒有比你更深重的苦難，愛耐塞，
沒有比你更自由的意志，愛耐塞。

少平猛一下從地上坐起來。一種強烈的衝動，使他真想伸開雙臂，把田曉霞緊緊地抱住！

山下的大街上傳來一聲刺耳的汽車喇叭的鳴叫。孫少平歎了一口氣，抬起軟綿綿的胳膊，用手掌揩掉額頭上的一層冷汗，對田曉霞說：「咱們回去吧……」

曉霞沒說話，對他點點頭。兩個人就沉默地起身下山。山下，繁密燦爛的燈火，組成了一個無比輝煌的世界。

孫少平在南關的大街上和田曉霞分了手，胳膊窩裏夾着一本新借來的《簡・愛》，就回他那個門戶洞開的住處去了。

第六章

這些天裏，孫少平的日子過得很愜意。上午在工地上幹半天活，下午和做飯的老頭到街上的自由市場買些菜揹回來，也就再沒甚麼事了。他估算了一下，賺的錢已經超出了一百元。一百元錢，不容易啊！對一個攬工漢來說，這可是一筆巨款。錢是好東西，它能使人不再心慌，並且叫人產生自信心。

晚上，別人進入睡夢之後，他就心平氣靜地躺在這個沒門窗的房牆角裏，入迷地看書。常常讀到書自動從手中跌落，他才迷迷糊糊睡着。

這一天晚上，他看書看到半夜時分，已經瞌睡得連眼皮也抬不起來。他剛剛吹滅蜡燭，正準備睡覺，突然聽見上面不遠處的灶房裏，似乎傳來一聲低低的、令人恐怖的喊叫。

他在黑暗中猛地挺起身子，支棱起耳朵，靜靜傾聽着。發生了甚麼事？灶房裏只有那個做飯的小女孩睡覺，是不是鑽進去了小偷？

半天再沒聲音了。少平以為是他的聽覺的錯誤——這現象在夜深人靜時最容易發生。

他正要重新躺下，卻又忽然聽見上面傳來輕輕的哭泣聲。這下他聽清楚了，正是那個做飯的小女孩在哭！

他緊張地爬起來，摸索着穿好衣服，悄悄出了房子，躡手躡腳摸到灶房門口。

他到這門口時，小女孩的哭泣聲還沒停。他正緊張地判斷發生了甚麼事，接着便又聽見裏面傳來一個男人的聲音：「悄悄的，不敢哭！你再哭，我明天就把你打發了！」

血「轟」一下湧上了少平的腦袋。他聽出這是包工頭胡永州的聲音！

他甚麼都明白了。他牙咬着嘴唇，渾身索索地抖着，立在灶房門口，不知道自己該怎麼辦。

這時，他聽見那小女孩說：「別打發我，我不哭了……」

少平用一個手指頭輕輕頂了一下門。門關着。他的心像是要從喉嚨裏跳出來。

他在慌亂中又退回到自己的房間，立在黑暗的牆角裏，用一隻手狠狠地摳着剛砌起的磚牆。

孫少平悲憤地想，胡永州簡直不是個人，怎麼能損淩這麼小的孩子呢？這個叫小翠的女娃娃當那個傢伙的女兒都太小了！

這時，他眼前出現了那隻美麗慈愛的長角鹿母和它被砍下的頭顱；出現了那個小孩以及最後淹沒了他的那冰冷的河水深不可測的湖……

他在黑暗中咬牙切齒地想，他要教訓胡永州，並且把那孩子從水深火熱中搭救出來……

第二天，他一個上午幾乎沒說一句話。

下午，他推說自己腳腕扭了，也沒跟那個老頭出去買菜。

他趁沒人的時候，走進灶房。

面黃肌瘦的小翠正在無精打采地切菜。

他問這孩子：「你是從哪裏來的？」

「原北縣來的。」

「家裏有些甚麼人？」

「我媽前年死了。我們家五個娃娃，我是最大的。」

「你爸在嗎？」

「在哩。」

「你為甚麼一個人跑出來攬工？」

「我爸拉扯不了我們，就硬打發我出來了……」

「你想不想回家？」

小翠把刀放在案板上，雙手蒙住眼睛哭了。她一邊哭，一邊說：「我想回，可沒賺下幾個錢，回去我爸打我……我不想在這裏做飯了，我怕主家哩……」

「主家怎啦？」

「天天晚上來欺負我……你看！」這孩子不顧羞恥地一把撩起她的衣服。

少平震驚地看見，她那兩個還沒有發育起來的乳房，像被野獸抓過一般結着血痂。

他扭過臉，眼裏像撒進去一把辣麪。

他又一次目睹了人世間的不幸與苦難。

他對小翠說：「你不怕，我給你錢，你明天就回家去吧！」

這孩子嚶嚶啜泣着說：「有錢我就敢回去哩……」

孫少平像一個精神失常的人，兩隻眼睛迷迷瞪瞪，嘴裏說着一些連他自己也不懂的話，向隔壁胡永州住的窰洞走去。

胡永州沒有在，門上吊把大鎖。

他抬起腳狠狠在門板上踹了一腳。

他回到自己的住處，坐在一堆麥秸裏，呆呆地望着牆壁，連下午飯也沒去吃。

傍晚的時候，「蘿蔔花」嘴裏叼着個旱煙鍋來了。他一進來就問：「你是不是病了？沒見你去吃飯？」

「我沒病。」少平摸出一根廉價紙煙，遞給「蘿蔔花」。「蘿蔔花」就坐在他旁邊，把旱煙鍋趕緊磕掉，點起了那支紙煙，香得嗞嗞價吸起來。

「蘿蔔花」算是個熟人了，少平就把胡永州做的惡事對他說了一遍。

「蘿蔔花」看來沒把這事當個事。他咧着嘴一邊笑，一邊聽少平說。當少平說他準備把自己的錢給這女孩，並打發她回家的時候，「蘿蔔花」驚訝地跳起來了，說：「你是個憨後生！這是個屁事嘛！哪個包工頭不招個女的睡覺？你黑汗流水賺得那麼一點錢，這不等於撂到火裏燒了？」

「小翠還是個娃娃呀！」孫少平痛苦地叫道。

「娃娃不娃娃和你有個屁相干！再說，女娃一十三……」

少平還沒等「蘿蔔花」說下去，就揚起手狠狠地打了他一記耳光。「蘿蔔花」一跳從房間裏躥出去，捂着腮幫子一邊走，一邊嘴裏嚷着罵道：「你情願給你嫩媽多少錢哩！為甚麼打老子哩……」

第二天上午，孫少平先把自己的鋪蓋捆紮起來，做好了離開這裏的準備。

當他看見胡永州進了他姪兒的窰洞後，就隨後跟着撵進去了。

胡永州和姪兒正在一塊算賬。姪兒看着賬本打算盤，胡永州立在旁邊給姪兒指點。兩個人見孫少平走進來，就停下了。

胡永州問他：「現在正幹活，你跑來幹啥？」

「我結算工錢。」少平沉着臉說。

「你不上這工了？」胡永州驚訝地問。

「不上了。」

「怎？」

「不怎！」

「是不是另外尋下好工了？」胡永州的姪兒有點譏諷地問。

「這你別管。」

「咦呀，這後生頭大了！」胡永州摸了一把串臉胡，咧開嘴笑着揶揄。

「你結算吧！」少平有點惡聲惡氣地說。

叔姪倆這時才發現少平的臉色很難看。

胡永州一看這個攬工小子氣這麼粗，簡直對他是個侮辱。真他媽的！哪個工匠敢對包工頭這樣說話哩？這小子倒像個大人物似的，在他面前抖起威風來了！

他對姪兒說：「給他結賬！」

胡永州的姪兒看來也不是個省油的燈盞，對少平說：「你大概是嫌這裏的工錢少了吧？」他把記工本打開，撥拉了幾下算盤，然後把一百多塊錢扔到孫少平面前，「走球你的路吧！」

少平硬忍着把錢收起來，冷冰冰地說：「把小翠的工錢也結算了。」

胡永州和他姪兒這下才真正感到了事情有些奇怪，都愣住了。

胡永州臉吊了有半尺長，問：「為甚麼？」

「你知道為甚麼！」少平挑釁性地瞟了他一眼。

「咦呀！」胡永州叫道，「這小子狗娃喂成個狼娃了！我念老鄉之情，好心待你，讓你做的輕省活，給你開的是大工錢，你恩將仇報，卻和我過不去！」

「不管說甚麼，把小翠的工錢結算了！」少平口氣強硬地說。

「你是她甚麼人？」胡永州的姪兒問。

「甚麼也不是。」

「那你為甚麼管閒事？」

「我想管！」

胡永州對姪兒說：「別和他磨牙了，你去把小翠叫過來！」

姪兒剛一走，心虛的胡永州便用手在少平的肩膀上拍了拍，咧嘴一笑，說：「小夥子，有話好說！」他抽出一支「大前門」煙給少平遞過來。

包工頭知道這後生抓住了他的把柄。

孫少平用手把紙煙擋開。

胡永州繼續笑着，說：「你不要走啦！乾脆留下和我姪兒一塊監工，工資我按大匠工開！」

「我不會再給一個畜生幹活了！」孫少平由於氣憤，出口罵了起來。

胡永州重新吊下臉來，問：「那你準備怎麼辦？」

「這你不用管。」

「你小子吃了豹子膽啦！你查問一下，看誰能把老子的球毛拔上一根？你知道我靠的是甚麼人？」

「願啥人哩！」

「實話對你小子說，我表弟就是地委副書記高鳳閣！」

「高鳳閣和我球不相干！」少平也粗魯地說。

「好吧，放開你小子的馬跑！」胡永州口大氣粗地說。他捉紙煙的手卻在索索地抖着。

這時候，他姪兒把小翠領進來了。

胡永州瞪着眼對那個女孩子喝問：「你是不是要回去呀？」

小翠嚇得連眼皮也不敢抬，說：「我回呀……」

「你他媽的！」胡永州伸開手撲過來，準備動手打這個被他征服了的羔羊。孫少平內心的火山即刻爆發了！還沒等胡永州走出兩步，他就用左手一把扯住他的領口，右手左右開弓，沒命地抽打那張乾瘦的老臉；然後當面一拳將這個老傢伙打倒在後窰掌的腳地上。

胡永州的姪兒這才反應過來，馬上撲前去和少平扭打成一團。倒在地上的胡永州有氣無力地對姪兒說：「不要打了，算工錢，叫這小子走……」

胡永州心中有鬼，看來不想把事情鬧大。

他姪兒只好停住手，罵罵咧咧回到桌子後面，把小翠的工錢結算了 —— 這孩子賺的錢才有五十來塊。

少平把錢塞進小翠的破衣服口袋裏，引着她從窰裏出來，然後又到灶房去幫助她收拾了一下行李。

中午，孫少平拿着他和小翠兩個人的鋪蓋，引着這個不幸的姑娘，離開工藝廠，來到了東關的長途汽車站。

他給小翠買了一張回原北縣的汽車票，然後毫不猶豫地把自己的一百塊工錢也給了她。他對她說：「你不要再到黃原來了！你年紀小，一個人出門太危險……」

小翠看自己有了這麼多錢，高興地說：「回去我爸肯定不會打我了！」汽車開走了，那孩子坐在車上興奮地只顧數錢，給少平連手也沒招一下……

現在，這個仗義疏財的攬工漢呆呆地立在車站門口，腳邊放着那一捲破爛行李。

他幾乎又不名一文了。他此刻才明白他眼下處境的嚴峻性：他自己沒錢，可以湊合；可是在很長一段時間，他將無法幫助父母親和妹妹。

他該怎麼辦呢？他愁得低垂下腦袋，在周圍沸騰的市聲中靜靜地閉了一會眼。

沒有任何辦法。只能再到前面的大橋頭去，等待另一個包工頭來招走他。

他提起那捲破爛行李，邁着兩條無力的腿，向那個熟悉的地方走去。

現在，孫少平身上雖然沒幾個錢了，但他內心還是比較平靜的。他再一次審視了自己的行為，仍然不為此而懊悔。不論怎樣，他在鐵蹄下挽救了一棵小草。他沒想到政法機關去控告胡永州。這不是說他懼怕胡永州的靠山高鳳閣，而是他沒有精力再去折騰了。一個顛沛流離的攬工漢能夠做到的僅此而已。現在，他又要立即為自己的生計而奔忙！

這樣，孫少平就再一次來到東關大橋頭的勞力市場上。

這是一個永遠不蕭條的市場。農村已經全部單家獨戶種莊稼，剩餘勞力越來越多。能像他哥一樣辦個甚麼廠的人並不多，大部分閒散人只好跑出來攬活幹。有的人常年四季外出做活；有的是農閒跑出來攬個半月一月短工，賺兩個現錢。農村的吃糧問題現在已經不大，但大部分農民手頭都缺錢花；跑出來挖抓幾個，總比空呆在家裏強。

正因為如此，黃原東關的這個「市場」不僅沒有蕭條，反而越來越「繁榮」了。從早到晚，大橋四周的空場地和街道兩邊的人行道上，到處都擁擠着北方各縣漫流下來的攬工漢。而圍繞這些人的個體戶飯館、貨攤、旅社也急驟地向四周膨脹起來。整個東關就像一個吉卜賽人的大本營。另外，從外省來的各色人等也都混跡於這個鬧哄哄的場所裏。耍猴弄棒的、賣貓販狗的、行醫算卦的，小偷、騙子、乞丐和暗娼，紛紛潛行於其間。出售成衣的攤販一家挨着一家，一直擺到了長途汽車站附近；五顏六色、花花綠綠的衣服像萬國旗一樣在春風中飄揚。河南人、安徽人、江蘇人、浙江人、廣東人……奇裝異服，南腔北調，形成了一個奇特而駁雜的大世界。本城居民已把這裏稱作「黃原的香港」。

孫少平本來對自己攬活很自信，但今天實在不走運，一直熬到下午，他還沒有找到「工作」。

臨近黃昏的時候，他已經沒甚麼指望了。

怎麼辦？他一天沒吃飯，餓得頭暈目眩；身上只留了十來塊錢，也不敢輕易花出去。再說，晚上到哪裏去過夜呢？

他簡直走投無路了。

沒有其他辦法，看來只能去找他的朋友金波。唉，要不是如此萬般無奈，他真不願意去麻煩金波啊！

又大又圓的落日像一團鮮血浸入了麻雀山的背後。孫少平提起自己的鋪蓋捲，碰碰磕磕地穿過擁擠的人羣，向東關郵政所走去……

第七章

金波從青海當兵復員回來後，已經在黃原東關郵政所幹了近三年臨時工。他雖然不像少平那樣為賺幾個錢而東跑西顛，但基本上也是個攬工漢。除非讓父親提前退休，他去頂替招工，否則他永遠也沒指望入公家的門。從表面上看來，他好像是這個郵政所的一員，其實完全是個外人。

這個快滿二十三歲的小夥子，小時候就很漂亮；現在雖然個頭仍然不算很高，但長得又精幹又瀟灑。皮膚還像女孩子那樣白嫩，一頭披散的黑髮，一雙清澈如水的大花眼，走在街上，常常讓陌生的姑娘由不得顧盼。已有不少姑娘對他一見鍾情。但側面一打聽，是個臨時工，就都遺憾地退縮了。對於大多數在城市有職業的女孩子來說，找對象當然要找有工作的。在城市，沒有正式工作，就意味着甚麼也沒有。雖然現在的姑娘們開化了，但婚姻問題上這個最基本的條件很少有人採取無所謂的態度。在中國目前社會裏，很多情況下，感情往往並不是男女結合的主要因素，而常常要受其他因素的制約和支配。也許世界上所有的不發達國家，這種現象尤為普遍 —— 如果有例外，那就足可以構成本地報紙的新聞。

但金波現在倒也沒甚麼心思去談情說愛。他自己也知道，沒有正式工作，要在黃原找個如意對象，等於水中撈月。

其實更主要的是，有一位姑娘早佔據了他的心 —— 儘管那短暫的瞬間已經過去幾年，而且以悲劇的形式結束了。這個早熟青年幾年前被愛情的烈火燙傷後，直到而今還沒有痊癒。

這秘密已經在他心中深藏已久。本來他很早就想對好朋友少平敘述一番 —— 如果讓一個知心人聽聽，也許能減輕一些他心靈的負重。但每次見了少平，話到嘴邊又咽回了肚子裏。不是他不信任他的朋友，而是覺得當時的氣氛不適於傾訴這樣的心事。少平常常有他自己的一大堆困難，需要急於解決，不應該讓他硬着頭皮聽他的浪漫經歷。

一個經歷了愛情創傷的青年，如果沒有因這創傷而倒下，那就可能更堅強地在生活中站立起來。金波正是有了這樣的經歷後，才成熟了許多。這之前，儘管他父親是個普通的汽車司機，但在農村的環境中，他的家庭條件就是優越的。這種優越不能不對他的心理產生影響。在童年和少年時期，他不要像他的朋友少平那樣為吃飯和穿衣而熬煎。他沒有體驗過飢餓是甚麼滋味；也不知道一個人穿着破爛衣服站在同學們中間，自尊心在怎樣遭受折磨。他在溫暖的小康人家長大，也用小康人家的眼光看待生活和世界。他過去在學校裏的一些小小的「驚人之舉」，完全出於性格本身所致。

直到在那遠離故鄉的地方發生過那場刻骨銘心的感情悲劇後，他才理解了人活在世界上有多少幸福又有多少苦難！生活不能等待別人來安排，要自己去爭取和奮鬥；而不論其結果是喜是悲，你總不枉在這世界上活了一場人。有了這樣的認識，你就會珍重生活，而不會玩世不恭；同時也會給人自身注入一種強大的內在力量……

現在，他心平氣靜地幹他的臨時工。既不自卑，也不抱怨命運。上班時，他穿上那身洗得乾乾淨淨的破爛工作衣，不要命地搬運那些大大小小的郵包，吃苦精神使所有的正式工都相形見絀。他賣力幹活不只是怕失掉這隻臨時飯碗，而是一種內心的要求。在這方面，他的朋友孫少平給了他很大的影響。當然，這樣的勞累也有解脫某種內心痛苦的作用。

下班後，他首先做的第一件事，就是用那隻白搪瓷缸子，泡一缸茶水靜靜地坐着喝。即使不渴，他每天也要用這缸子泡一次茶，哪怕面對着茶缸發一會呆呢。這是一隻極普通的白瓷缸，上面印着一行「為人民服務」的紅字。對金波來說，這隻普通的白瓷缸，就是他青春和愛情的證明……

喝完茶水，他把這白瓷缸小心翼翼地放進小櫃，就到老橋那面的繁華鬧市去溜達一圈。他是個愛講究的人，上街前總要洗洗臉，把頭髮梳整齊，換上那身褪色的乾淨軍裝和那雙雪白的球鞋。

每當穿行於鬧市之中，他常常不會留意到姑娘們愛慕的目光。越過一片熙熙攘攘的人羣，他看見的仍然是那片綠色的草地，奔騰的馬羣和那張親切可愛的粉紅色笑臉；耳邊也總是傳來那支攝人魂魄的歌聲……他有時候就旁若無人地滿面淚水在街頭行走，而不管有多少驚詫的目光在瞧他……

最近一些日子，隨着氣候漸漸轉暖，他的情緒卻不知為甚麼越來越糟糕。奇妙得很！季節往往能影響人的心境。當他看見河岸上一縷縷如煙似霧的柳絲和山灣裏那霞光般燦爛的桃花時，一種無限憂傷的感情就湧上了他的心頭。他想歎息，想歌唱，想流淚，尤其想和甚麼人談一談他曾有過的幸福和不幸；以及那早已流逝但永遠不能忘卻的往事……

他很想念孫少平。所謂和別人談一談，那就是和少平談一談。如果這世界上沒有孫少平，他就只能把他的故事連同自己一齊葬入墳墓中。他是那麼強烈地希望孫少平出現在眼前。但少平很久沒有到他這裏來了。他又沒地方去找他 —— 誰知他在這城市的哪個角落裏呢？

當金波對孫少平的很快到來不抱甚麼希望的時候，少平卻突然出現在了他的面前。他喜出望外地伸開兩條胳膊，在少平的肩頭用勁摟了摟 —— 他知道這種反常的外露顯然使朋友有點驚訝。

他先不問少平的長長短短，馬上又動手做了一盆子雞蛋麪片 —— 他知道少平一上他的門，首先需要的是一頓飽飯。

吃完飯後，金波就提議他們一塊到黃原河邊走一走。少平很樂意地答應了。到了金波這裏，少平就暫時忘記了這幾天發生的不愉快事。落魄的人只要和朋友呆在一塊，心裏就會踏實下來。不過，他感到金波今天情緒似乎有些異樣。

兩個人一路相跟着出了郵政所的大門，穿過東關熱鬧非凡的夜市，從大橋頭斜坡上走下來，一直來到黃原河邊。

夜晚的黃原城閃爍着繁星般燦爛的燈火。城市仍然沒有安靜下來，不過嘈雜聲似乎變得遙遠而模糊。遠遠近近的燈光投照在碧波粼粼的河水裏，一片明光閃閃。風並不溫暖，但很柔和地吹過來，像羽毛在人臉頰上輕拂。

他們沿着河邊，慢慢向上游的新橋那裏走。少平自到黃原後，第一次這麼悠閒地出來散步，心情倒有說不出的美妙。此刻，憂愁和掙扎都退遠了，一切都變得如此平靜，就像一個剛從火線上下來的士兵，重新回到了和平的環境中。

金波雖然個子比少平低，但儘量用一隻胳膊摟着少平的肩膀。兩個人手臂相攀着在夜晚的河邊上款款而行，看起來倒像一對親密的情侶。

起先他們都默默無語地這樣行走着。後來，兩個人坐在了河邊的一塊大石頭上。

朗朗的黃原河水就在他們腳下流淌。河對岸是一片密集的燈火；燈火後面是黑黝黝的麻雀山。彎彎的月牙兒像一柄銀鐮，懸掛在烏藍的天空。

金波凝視着滿河流瀉的波光燈影，輕輕歎息了一聲。

「你好像有甚麼心事？」少平扭過臉看着他的朋友。

「是啊。我很想給你說一說。這是幾年前的事了……」金波仍然望着河水，嘴裏喃喃地說。

少平靜默無言。他似乎感覺到金波要給他說的是甚麼。

他不再詢問了。金波沉默了一會，便開始給朋友講述起了他自己的故事。少平一聲不吭，靜靜地聽着。

「……我剛復員的時候，你大概聽見過傳聞，說我和一個藏族女子談戀愛，叫部隊打發回來了。那是真的。你奇怪嗎？不奇怪？是啊，有些事看起來奇怪，可是實際上又沒有甚麼奇怪的……

「那年當兵我離開家鄉，第一次走了那麼遠。又坐汽車，又坐火車，真不知道要被拉到甚麼地方。一直向西，穿過河西走廊，穿過無數的山脈和河流，最後來到了青海。

「我們的部隊分散在一片草原上。你知道，我是文藝兵，在師部文工團吹笛子。文工團就和師部住在一起。我們的駐地周圍幾乎沒甚麼居民點，幾十間簡易房子孤零零地立在一望無際的大草原上。旁邊有一個小小的湖泊，湖邊上圍着一圈白花花的鹽鹼。遠方的地平線上，是一列綿延不斷的山巒，峯巔之上終年戴着雪冠。

「不過，我們的駐地旁邊有一個軍馬場，這使環境稍微有了一些生氣。日出的時候，出牧的馬羣像一團團彩雲向茫茫的草原上奔去；日落的時候，又從地平線那邊湧湧地漫過來。馬的嘶鳴聲打破了草原上夢境一般的寂寥。這時候，人的心就不由得激動起來。尤其是我們這些剛來的新兵，在每天日出日落的時候，總要跑出去站在土坯房的屋脊上，觀看這壯麗的一幕。到了後來，大部分人慢慢也就厭倦了，在軍馬場的馬羣出牧和歸牧的時光裏，沒有人再有興趣跑出來觀看。

「可是我永遠對一天中這短暫而美妙的景象着迷。儘管早晨馬羣出牧的時候我也不再出房間了，可我總不放過觀看晚間馬羣歸牧時的那個場面。唉，你沒有身臨其境，你就無法想像那景象是如何激動人心。那時候，太陽正在西邊的地平線上下沉。草原上的落日又紅又大，把山、湖、原野都染成了一片絳紅。就在這一片絳紅色中，歸牧的馬羣在地平線上出現了。起先，那只是一條細細的黑線，在圓圓的紅日裏蠕動。這條黑線慢慢地變得粗大起來。不久，你的眼前就滾動起一片奔湧的彩潮。馬羣越來越近，絳紅色的草原上像捲起了一團狂風。你感到腳下的土地都被馬蹄敲得顫動起來。隆隆的馬蹄聲伴隨着馬的警號般的嘶鳴；馬鬃像燃燒的火焰似的飛揚。牧馬人套杆上的繩圈在空中劃出一輪輪弧線。鹹水湖上驚起了一片又一片的飛鳥。與此同時，軍馬場的馬駒歡叫着衝出棚欄，去迎接牠們的父母親歸來……

「每天傍晚，我總要立在營房的屋脊後面，觀看這一幕——這幾乎成了我的一個『保留節目』。

「不知是哪一天，從那遠方歸牧的馬羣中，突然傳來一個女孩子的歌唱聲。那是用藏語在歌唱。雖然聽不懂歌詞，但我知道唱的是那首有名的西部民歌《在那遙遠的地方》。那歌聲一下子就迷住了我。說實話，我從來沒聽過一個人能把歌唱得這麼嘹亮和美妙，嗓音如同金屬一般輝煌。當然，這副嗓子顯然不是調教出來的，完全是一種野腔野調。僅憑她聲音的本色，就會使人聽得神魂顛倒……

「從此以後，這歌聲就再也沒有中斷。我每天傍晚也不僅僅是去觀看馬羣的歸牧了，主要是想去聽那迷人的歌聲。我的心激動地沉浸在這動人的歌聲中，久久地不能平靜下來……

「我知道，唱歌的肯定是位藏族姑娘。但她是怎樣一個人？我多麼想在近處看一眼有如此出色歌喉的姑娘呀！可是我沒條件去接近她。軍馬場有不少藏族姑娘，你知道，部隊紀律嚴，我們不能隨便去那裏……從此，一種渴望便強烈地折磨着我……

「後來，我突然想出了一種『接近』那姑娘的方法。每天當她在遠處唱完那首歌時，我就站在營房後面的高處也用漢語唱一遍這首歌。我想她也會聽見我的歌聲的，你知道，我的嗓音還不錯……

「就這樣，她唱完，我就唱，每天都是這樣。

「那天傍晚，我像往常那樣立在營房後面，終於又聽見了她的歌聲。可是叫人奇怪的是，這一天她只唱了一段就不唱了。她從來都不這樣！她每次總是連着一口氣唱完這首歌的全部四段……百靈鳥啊，你的歌喉為甚麼要停歇？

「我不知出於甚麼原因，在納悶中突發奇想：她會不會是等待讓我唱第二段呢？

「儘管這種想法是如此荒唐，但我還是不由自主地想試探一下。我甚至可笑地想，如果我的猜想是正確的，那麼我唱完第二段，她就會接着唱第三段的……

「我就這樣試了。奇跡出現了！我唱完第二段後，她便立刻唱起了第三段。我的心狂跳不已，淚水剎那間就湧滿了眼睛。等她唱完第三段，我便又唱了第四段……

「那天以後，我們就用這歌聲『交往』起來。一人一段，就像電影裏少數民族談戀愛的青年一模一樣。每天我幾乎總是流着淚和這位沒見過面的藏族姑娘『對歌』。時間在一天天過去，我想和這位姑娘見面的渴望越來越強烈。我晚上睡不着覺，白天吃不進去飯，演出時老出差錯。我每天都等待着傍晚的到來；並渴望着在某個時候和她見面……

「我實在不能忍受了！有一天，我終於冒着風險，一個人偷偷溜出營房，在馬羣進場之前，飛跑着來到軍馬場的外面，和那位藏族姑娘見面了。她和我想像的完全一樣，紅紅的臉龐，黑黑的髮辮，一雙眼睛像黑葡萄似的撲閃着，露出一排白牙齒憨憨地對我笑。

「我們立在軍馬場外面的草地上，相對而視。我不由得哭了。她用厚墩墩的手掌為我揩着臉上的淚水，激動地說着甚麼。但是，她說甚麼我聽不懂，我說甚麼她也聽不懂，互相急得用手亂比劃。但兩個人都知道對方在說甚麼。她撲在了我的懷裏；我緊緊抱住了她。那時世界上一切都不存在了……

「但實際上甚麼都存在着。這時，軍馬場的政委突然出現在了我們的面前。於是，一切都結束了……

「我很快復員了。我違犯了軍紀，應該受到懲處。好在部隊也沒給甚麼處分。

「臨走的前一天，我倒不再顧忌甚麼了。我跑到軍馬場去找我心愛的姑娘。我要下決心帶着她回到咱們家鄉來。

「可是，我沒有能見到她。她被調到另一個軍馬場去了。她將一隻公家發的白搪瓷缸留給這裏的一位同伴，讓她轉交給我。

「我在生人面前強忍着沒有哭出聲來……最後，我把自己那支最心愛的竹笛留給了她……

「……這樣，我的愛情就算完結了。少平！直到現在，我連她的名字都不知道叫甚麼呀！」

金波從石頭上站起來，幾乎出聲地哭了。

少平也站起來，一把抱住了他的朋友……

城市的燈火漸漸稀疏了。黃原河閃着暗淡的波光，深沉地喧響着從他們面前流過。岸邊的樹叢裏，鳥雀在睡夢中呢呢喃喃……

很久以後，金波和少平才一個摟着一個的肩膀，返身從河邊上慢慢往回走。

春夜是如此寂靜。

第八章

兩天以後，孫少平總算又找到了「工作」，就從金波這裏離開了。

少平走後，金波也就迫使自己恢復了正常，像以往一樣忙碌起來。他現在的心情稍稍有所平伏，因為終於有一個人傾聽了他內心的苦痛。往事不會像煙霧似的飄散，將永遠像鉛一般沉重地澆鑄在他心靈的深處。不過，日常生活的紛繁不會讓人專注地沉湎於自己的不幸。即使人的心靈傷痕累累，也還得要去為現實中的生存和發展而掙扎。

對於金波來說，他不能安於在郵政所當一名搬運郵包的臨時工。他的理想並不遠大，只是想當一名汽車司機。他夢想有一天自己能正式開車，讓他的生活和心靈隨着車輪在大地上飛騰。他最怕過一種安寧日子，把自己的精神囿於痛苦的內心世界。

但他學開車是很困難的。他不是正式工，因此沒資格上公家的車。只好相隔一段時間，他假裝回家或請假幹別的事，才出來偷偷跟父親學幾天。

雖然這樣時斷時續地學，但他實際上早可以獨立開汽車了。每當跟父親外出時，路上都是由他來駕駛。只是臨近城市的公路監理站，才把方向盤交到父親手裏。這當然是違章行為。但這類事也許永遠不可能從公路上杜絕。

少平走罷不久，金波有點煩悶，很想再跟父親外出跑一回。剛學會開車，有一種癮，過段時間不摸方向盤，簡直難以忍耐。另外，給少平敍說罷自己的心事，很想出去散淡兩天 —— 這心情就像大病初愈的人想到戶外去走一走一樣。

這一天，他好不容易跟父親上路了。

像往常一樣，出黃原城不久，父親就把車停在路邊。兩個人換了一下座位，他便接替父親駕駛汽車，從公路上飛馳起來。他異常興奮，那種把自己的身體和飛奔的汽車完全融為一體的快感是外人難以知曉的！

金俊海坐在兒子身邊，一邊抽煙，一邊機警地注視着前方，看來隨時都準備為兒子排除緊急事故。他是個容貌和內心都很和善的人，不像有些山區的汽車司機那樣傲氣十足。多少年來，他在公路上沒出過甚麼大差錯，年年都能在單位上領一張獎狀。大半輩子了，無論是他本人還是他的家庭，日子過得都很平靜。作為一個普通汽車司機，生活雖然不很富裕，但也不緊巴；老婆娃娃吃穿不缺，家裏的木箱裏面，還常壓着千兒八百的積蓄。

但金俊海現在心裏卻有了大熬煎。他發愁兒子的工作。他知道，兒子不願回雙水村勞動。他也捨不得。可是他又有甚麼能耐給他在黃原找工作呢？幸虧他在單位上人緣好，要不金波的臨時工也怕幹不了幾天，就讓單位上打發了。可是「臨時」下去怎麼辦呀？這總不是個長遠之計。

惟一的辦法就是他提前退休，讓金波頂班招工。可是兒子不讓他這樣做。想想也是，他今年還沒滿五十歲，閒呆下也的確不是個滋味。但不這樣做，兒子的前程眼看要耽擱了！

多少日子來，他白天黑夜都在為此而發愁。

現在，他不由得又和兒子說起了這件事。他一邊兩眼盯着擋風玻璃外的公路，一邊咄咄訥訥說：「我看還是讓我退了職，你頂我的班。」

「你怎又說這事……」金波放慢了車速。

「要不你怎辦呀？」

「我慢慢想我的辦法。」

「你還是聽爸爸的話。你已經二十三歲，沒時間拖了……」

「再等一等看。」

「要是公家政策變了，不再讓頂班招工，這就麻煩了！」

金波不再言傳。

父親的這個提醒倒使他一驚。是的，中國的這類政策常常說變就變，往往一夜之間趕不上趟，就把人的命運改變了。

但他的確不忍心從父親手裏把方向盤奪過來。對於一個有血性的青年來說，自己無力謀生，靠剝奪父親在這個世界上活着，即便不是墮落，那也實在臉上無光。

過了好一會，他才對父親說：「再等一等看吧！」

金俊海歎了口氣，說：「還能等出個啥結果來……」

午飯之前，父子倆就到了雙水村。

他們把汽車停在田家圪嶗這面的公路上，就趟過東拉河，回金家灣那面的家裏去吃飯。這趟車的終點在沙漠中的一個城市裏，通常到雙水村後，金俊海就留在家裏，由兒子一個人去完成這趟公差。如果單位上知道金俊海如此不忠於職守，恐怕他年終那張獎狀是領不成了。生活中的好人也常常幹這種錯事。

吃過午飯後，金波就一個人開着車繼續向北行駛。

越往北走，大地就越荒涼。山脈緩坦起來，人煙村舍逐漸稀疏了。臨近黃土高原另一個地區所在地的城市時，已經出現了沙邱。穿過這座塞上古城，越過秦時殘斷的古長城線，黃土幾乎完全消失了，展現在眼前的是一望無際的大沙漠。

公路在弧線優美的沙邱中蜿蜒曲折地伸展，路面常常被沙子掩埋，甚至都看不清路跡了。在沙漠中行車是十分令人痛快的。儘管路面不好，但車輛少，不要擔心撞碰。即使亂跑，也沒甚麼大危險，柔軟的沙邱不會碰壞汽車的。

一到沙漠上，金波就感到心情無限地舒展起來。視野的開闊使他想起一望無際的青海大草原。在他看來，那無邊的沙邱不是靜止的，而像滾動的潮頭洶湧而來；這也使他想起了草原上那奔騰的馬羣。太痛快了！幾十里路上碰不見一輛車，也看不見一個人。他漫不經心地開着車穿行在這波山浪谷之中，嘴裏由不得「哇哇」地亂喊亂叫，或放開嗓門唱幾段子歌。在夏季的時候，他還常常把車停在沙漠中的一個小海子邊，脫得一絲不掛，跳到水裏去游泳；游完，再把身上所有的衣服都洗了，晾在草地上，自己赤裸裸地躺在沙邱上曬太陽；望着藍天上悠悠的白雲，無限止地回想那個遙遠的地方和那個不知去向的姑娘……

春天的沙漠依然和冬天一樣荒涼。天地被風沙攪成灰漠漠一片。太陽像一面水銀剝落的破鏡子。沒有花朵，沒有綠色，所有的海子上都漂着大塊的浮冰。

金波開着汽車，在這條既熟悉又陌生的道路上顛簸着行駛。天已經接近黃昏。遠處隱約地出現了一個黑點。那看來是輛汽車。好稀罕！半天才碰上一輛。但那個黑點似乎一直沒有移動。毫無疑問，這輛車「拋錨」了。車壞在沙漠裏可是件頭疼事，能把人活活急死！按照慣例，沙漠裏所有過路的汽車，都有責任幫助一輛不能動彈的汽車——這是嚴酷的環境迫使人遵從的一條準則；因為誰都可能碰上這種倒霉事！

金波把車開到這輛壞車處，就停了下來。

下車以後，他才驚訝地看見，原來這輛車是李向前和潤生開的——這可碰了個巧！

潤生和他姐夫在困境中看見他，就像看見了援兵，親熱地過來拉住了他的手。

「哪兒壞了？」金波問向前。他和向前不熟悉，但認識，也知道他和潤葉姐過不到一塊的事。

「還沒找見毛病……可能是油路出了毛病。」向前搓着兩隻骯髒的手，着急地說。

金波雖然是個新手，但不管行不行，也就過去和他們一塊尋找起「毛病」來了。

三個人一直弄到半夜，才把向前的車修好。他們都已經很累，就決定先在駕駛樓裏迷糊到天明再走。

向前拿出一瓶酒，硬要和金波喝一輪子。潤生不喝酒，就先到金波的駕駛樓裏睡覺去了。

金波和向前兩個人坐在這面的駕駛樓裏，嘴對酒瓶子，一人一口喝起來。駕駛樓外面，遒勁的蒙古風在吼叫着。大地雖然不是一團漆黑，但甚麼也看不清楚。兩個人靜靜地喝着酒，醉眼矇矓地透過擋風玻璃，望着外面混混沌沌的荒野。

「你成家了沒？」向前灌了一口燒酒，長長地吹了一口氣，問金波。

「沒。」金波捉住向前遞過的酒瓶，也灌了一口。

「有沒有對象？」

「沒。」

「沒了好……女人啊……」向前灌了一老口酒。

金波沉默地仰靠在椅座上，感到胸口燒烘烘的。

「女人是酒，讓你迷迷糊糊……」向前也確實有點迷糊了，「女人又是水，像中學化學書上說的，無色無味無情無義……」

金波仍然沉默不語。

向前又灌了一口酒，搖晃着身子說：「沒女人好……你看我，被女人折磨成個啥了！雖然結婚幾年，除過臉上捱過女人的一記耳光，還不知道女人是個啥……我一年四季跑啊，跑啊，心裏常想，甚麼時候，我跑累了，回到家裏，睡在老婆身邊……唉，現在這樣活着，還不如死了……」

金波也有點暈乎起來，說：「天下女人多的是，還沒你個老婆？你為甚麼不離婚？」

「離婚？」向前吃力地扭過臉，瞪着一雙被酒燒紅的眼睛，莫名其妙地看着金波，「你說叫我離婚？我死也不離！為甚麼不離？因為除過潤葉，我誰也不愛！我就愛潤葉！」

「人家不愛你，又有甚麼辦法！」

「她不愛我，我也要愛她！」

「那就受你的罪去吧！」金波灌了一口酒，又把瓶子遞過去。

向前困難地接住瓶子，嘴沒有對準瓶口，燒酒在老羊皮襖的襟子上灑了許多。

他勉強把那口酒喝到嘴裏，手摸了一把紅鋼鋼的臉，提起瓶子在耳朵邊搖了搖。聽見還有酒。他手抖着又把瓶子遞給金波，說：「要說受罪，嘿嘿，那你老哥真是受壞了！有時候，我一個人開車，一邊開，一邊哭。開着開着，就不由踩住剎車，跳出駕駛樓，抱住路邊的一棵樹。我就把那樹當做我的老婆，親那樹，用牙齒咬樹皮，咬得滿嘴流血……兄弟，你不要笑話。你年紀小，沒嚐過這滋味。人啊，為了愛一個人，那是會發瘋的呀，啊嘿嘿嘿嘿嘿……」向前說着，便咧開嘴巴哭起來。

這時候，金波才有點慌了。他想用手拍拍向前的肩膀，安慰一下他，但身不由己，胳膊軟綿綿地抬不起來。他也八成了！

向前竟然打開車門，絆絆磕磕走到了外面。金波攆下來，要拉他，但向前使勁把他甩在一邊。這個痛苦的醉漢在沙地上爬了幾步，就破着嗓子嚎哭起來。金波癱軟地倒在他身旁，試圖往起拉他，但怎麼也拉不起來。風嗚嗚地吼叫着，沙子打得人連眼睛也睜不開。在風的怒號中，向前的哭聲聽起來像貓叫喚。沙漠在暗夜裏如同翻騰的大海，使人感到驚心動魄。

酒精同樣在金波的身上熊熊地燃燒着。他索性不再往起拉向前，自己搖搖晃晃站起來，在昏天黑地裏，放開嗓門唱起了那支青海民歌——動蕩不安的大自然也煽起了他內心的風暴。

在這樣一個狂風怒號的夜晚，在荒無人煙的大沙漠裏，這兩個喝醉酒的男人，為了他們心愛的女人，一個在哭，一個在唱。在正常的環境中，人們一定會把這兩個司機看做是瘋子。可是，我們不願責怪他們，也不願嘲笑他們。如果我們自己有過一些生活的閱歷和感情的經歷，我們就會深切地可憐他們、同情他們，並且也能理解他們這種瘋狂而絕望的痛苦……

在這風聲、哭聲和歌聲之中，躺在另一個駕駛樓裏的田潤生心縮成了一團。他實際上一直沒有睡着。他知道姐夫為甚麼而哭；他也明白老同學金波為甚麼而唱——他早就聽說過金波當兵時和一個藏族女子談戀愛，被部隊提前復員了。此刻，他自己的眼裏也忍不住湧滿了淚水……

和少平、金波同年等歲的潤生，也已經長大了。凡是成人的痛苦他都能體會和理解。就說姐夫吧，儘管他從不在他面前提說他姐的事，但他知道姐夫和姐姐的婚姻非常不幸。在這件事上，他的同情心完全在姐夫一邊。他在心裏恨他姐姐。兩年多來，他跟着姐夫學開車，姐夫不管姐姐如何對他不好，都像親哥哥一樣看待他。姐夫真是個忠厚人，不僅對他們家，就是對世人，都有一副好心腸。有時候在路上，碰見一些孤寡老人，他總要把車停在路邊，問這些人去甚麼地方，然後便讓他們上車來。如果是他駕駛車，姐夫就自己爬到上面的車廂裏，讓這些老人坐在駕駛樓裏。他常對他說，人活在世上，就要多做點好事；做了好事，自己才能活得心安……姐夫不僅教會他開汽車，還給他教了許多活人的道理。他的心裏敬重姐夫。他根本不能理解，姐姐為甚麼不和這樣一個好人在一塊過光景呢？

現在，他躺在這個駕駛樓裏，聽着外面的哭聲和歌聲，心像無數利爪在揪扯。這一切深深地震撼了他的靈魂。別人的痛苦感染了他，他也很痛苦。痛苦啊，往往是人走向成熟的最好課程。是的，許多原來含糊不清的東西，今夜他似乎豁然開朗！

一種男性的豪壯氣概在田福堂這個瘦弱的兒子身上甦醒了。他「騰」地從駕駛樓裏坐起來，腦子裏開始盤算他應該幹些甚麼。是的，他已經是一個二十三歲的後生，怎麼還能這麼窩囊呢？他難道就不能給痛苦的姐夫幫點忙嗎？好，他應該立刻到黃原去找姐姐，和她好好談一談 —— 他要讓姐姐愛姐夫！

田潤生坐在駕駛樓裏這樣大膽地想着，心在胸膛裏狂跳不已。他也不準備去勸說那兩個醉漢 —— 讓他們哭吧，唱吧；現在也許只有這樣，他們的心裏才能痛快一些！

第九章

田潤葉的生活眼下仍然沒有甚麼改變。

雖然她已經是個成了家的婦女，但實際上一直單身一人過日子。

這樣的日子已經過了幾年。

她似乎「習慣」了這種處境；最少在生人看來，她的一切都是正常的。她忙碌而勤懇地工作着，並抓緊時間讀些書，以彌補小學教師轉為幹部後知識上的欠缺。

只是除過工作，她很少有甚麼另外的生活。她不愛和別人一塊說笑，甚至也很少到她的朋友杜麗麗那裏去玩。幾乎不看甚麼電影，因為像她這樣年齡的婦女上電影院，總是有男人陪伴的，她不願去那裏受刺激。再說，現在的電影大部分是愛情故事——無論這些故事的結局是好是壞，都會讓她浮想聯翩而哭一鼻子。

下班以後，除過有時過去幫二爸收拾一下辦公室，她總是呆在團地委她自己的辦公室裏。當然，這是很寂寞的。一個人長時間悄悄鑽在四堵牆裏面，就像個土撥鼠。唉，她還不如徐國強爺爺，老人家雖說寂寞，還有一隻貓在身邊做伴。她總不能也養一隻貓吧？

她就一直這樣生活下去嗎？她難道不能改變一下自己的境況嗎？她為甚麼不離婚？她為甚麼不去尋找自己的幸福？在這麼大的黃原城，難道不能再有一個她滿意的男人？她是不是一輩子就要過這種修女式的生活了？

一切都說不清楚……對於有些人來說，尋找幸福是一件不容易的事，擺脫苦難同樣也不容易。

田潤葉在很大程度上沒勇氣毅然決然地改變自己的命運。而且隨着時間的增長，包圍她的那堵精神上的壁壘越來越厚；她的靈魂在這無形的堅甲之中也越來越沒有抗爭的力量。一方面，她時刻感到痛苦像利刃般尖銳；另一方面，她又想逃避她的現實，儘量使自己不去觸及這個她無法治癒的傷口……

但既然傷口仍舊存在，疼痛就不可排解。她的生活實際上還是全部籠罩在這件事的陰影中。

問題明擺着，她和心愛的人孫少安之間的事早已經完結了。自少安結婚以後，幾年來，她都沒有再見過他的面。她只是從少平嘴裏知道，少安正在辦磚廠，光景日月比以前強多了。她還知道，他已經有了一個孩子……當然，這個男人永遠不可能從她的心靈中消失。在她二十八年短短的生命歷程中，他是她全部幸福和不幸的根源。原來她愛他；現在這愛中又添加了一縷怨恨的情感。本來啊，在這愛與恨之上，她完全有可能為自己重建另一種生活。遺憾的是，她卻長久地不能超越這個層次……

但是，潤葉的可愛和我們對她的同情也許正是因為這一點。如果她能完全掌握了自己的命運，像新近冒出來的一些「女強人」或各方面都「解放」了的女性那樣，我們就不會過分地為她操心和憂慮了。我們關懷她，是因為她實際上是個可憐人 —— 儘管比較而言，也許她的丈夫李向前要更可憐一些。

其實，潤葉自己也不是想不來李向前的處境，只不過她很少考慮這個人的不幸。正是這個人使她痛苦不堪。名義上她是他的妻子，實際上他對她來說，還不如一個陌生人。從結婚到現在，她和他不僅沒有同過牀，甚至連幾句正經八百的話也沒有說過。但有一點她很清楚，所謂的婚姻把她和這個人拴在一條繩索上，而解除這條繩索要通過威嚴的法律途徑。本來這也許很簡單，可怕的是，公眾輿論、複雜的社會關係以及傳統的道德倫理觀念，像千萬條繩索在束縛着她的手腳 —— 解除這些繩索就不那麼簡單了。更可悲的是，所有這些繩索之外，也許最難掙脫的是她自己的那條精神上的繩索……

潤葉只好這樣得過且過地生活着。無論是她所愛的那個人和她所不愛的那個人，她都迫使自己不要去想起他們。

但這也不可能。有關這兩個男人的消息不斷傳進她的耳朵，讓她的心靈不能安寧。尤其是李向前，能把她活活氣死。她早聽說他把她弟弟潤生帶出村子，教他學開汽車；這個人還不時給她家裏幫這幫那，為她的兩個老人幹各種活。她為此而在心裏埋怨過父母和弟弟。可這又有甚麼辦法？他是她弟弟的姐夫，也是她父母親名正言順的女婿！

她根本不能理解那個李向前。她對他這麼不好，他為甚麼還去幹這些獻殷勤的事呢？

沒有其他理由可以解釋。向前這樣做，是要感動她。但這恰恰引起她對他更為深刻的反感。一個女人如果不喜歡一個男人，那這個男人就左也不是右也不是 —— 我們可憐的向前所處的就是這樣一種境況。

唉，事情到了這樣的地步，我們真不知道在這兩個人之間倒究該同情誰！也許他們都應該讓我們同情；如果我們是善良的，我們就會普遍同情所有人的不幸和苦難。

但事實仍然是，不管李向前在雙水村潤葉的娘家門上怎樣大獻殷勤，黃原城裏的潤葉本人卻一直無動於衷。她儘量把這些煩惱置之度外，努力使自己沉浸在日常瑣碎的本職工作中。

她在團地委的少兒部當幹事。這工作通常都要和孩子們接觸。和天真爛漫的兒童呆在一起，既讓她心神歡愉，又常常讓她產生某種傷感的情緒。她多麼想把自己也變成無憂無慮的孩子，再一次回到夢幻般的童年去，而且永遠不要長大 —— 瞧，長成大人，有多少煩惱啊！

有時候，她又忍不住難受地想，如果她的婚姻是美滿的，她現在也應該有個小孩了 —— 她已經二十八歲。

這樣想的時候，她的眼裏往往就盈滿了淚水。她有個小孩多好啊！孩子會把她心靈中的創傷慢慢撫平的……可是，沒有男人，哪來的孩子呢？

她只能為此慘淡地一笑。

這天上午，她去黃原市第二中學參加了一個大會——會議表彰一位搶救落水兒童的青年教師，書記武惠良帶着團地委各部門的人都去了。

中午回來，她在機關灶上吃完飯，就像通常那樣躺在辦公室的牀上看書。

她聽見有人敲門。誰呢？現在是午休時間，一般沒有人來找她。

她拖拉着鞋把門打開：呀，竟然是弟弟潤生！

潤葉太高興了！

她很長時間沒見潤生，潤生好像個子一下躥了一大截，連模樣都變了。

弟弟還沒坐下，她就張羅着要給他去買飯。但潤生擋住了她，說他已經在街上吃過了。她就忙着為他泡了一杯茶，又拿出一堆帶殼的花生和幾個蘋果，擺了一桌子。她記得她桌斗裏還有老早時買下的一包好煙，也搜尋着拿出來放在了潤生面前。

「你坐班車來的？」她問弟弟。

「我開車來的。」潤生說。

潤葉心一沉。她馬上想，是不是向前也一同來了？如果他來了，會不會來找她？

她立刻下意識地朝房門口瞥了一眼，似乎李向前隨時都可能走進這間房子來。

「你已經學會開車啦？」潤葉終究因此而為弟弟高興。

「會了。」潤生心事重重地抿了一口茶水。

「爸爸和媽身體怎樣？」潤葉轉了話題。

「媽好着哩，爸爸還是老毛病，經常咳嗽氣喘。」

「那你為甚麼不帶他到黃原來檢查一下？」

「我說幾次了，他不來嘛。」

「你下次一定要說服他來！」

「嗯……」

再說甚麼呢？潤葉很不願意和弟弟說開汽車的事。說起汽車，就可能要說起李向前。儘管她和向前的關係是這麼難腸，但她不願讓弟弟參與這種事。在她看來，潤生還是個孩子，不應該讓他了解這種痛苦。一個家裏這麼多人痛苦已經夠了，何必把弟弟也扯進來呢？他或許能感覺來她和向前的關係不好，但他大概不會深刻理解這種事的。再說，他現在跟向前學開車，如果知道得太深，會影響他。既然事情已經到了這一步，那麼，她和向前的關係、弟弟和向前的關係，就應該是兩個「雙邊關係」，而不應該弄成「多邊關係」。她現在倒也不反對，更不干涉弟弟跟向前學開車了。

「那爸爸一個人能種了莊稼嗎？」潤葉只好繼續把話題引到家裏。

「那是個硬性子人……活忙了，我也上手幫助他……」潤生點了一支煙。

「家裏還有沒有其他困難？」

「也沒甚麼。爸爸讓你不要經常往家裏寄錢。我要是出去時間長了，就是吃水有些不方便，爸爸擔水氣喘得不行……燒的沒甚麼問題，我姐夫每年開春都送一兩噸炭，一年下來也燒不完……」

潤生終於提起了李向前。這使潤葉很不自在。

她趕忙低下頭為弟弟削蘋果。

潤生吃蘋果的時候，她才又問他：「你到黃原來拉貨？」

「不是……」

「那你……」

「我就是來找一下你。」

「你一個人開車來的？」

「一個人。我姐夫回原西城辦些事，沒來。我已經考上駕駛執照了。」

又是「我姐夫」！

潤生吃完一個蘋果，又點起一支煙，說：「姐姐，我來找你，想說一些事……」

潤葉看着弟弟，不知他要說甚麼事。她從弟弟的神態中，猛然覺察到，他已經完全是一副大人的架勢。

潤生也成大人了？這個發現倒使她大為驚訝。在她的眼裏，弟弟永遠是一個瘦弱的、性格綿和的小孩。

潤生話到嘴邊，看來又有些猶豫。

她就趕緊問：「甚麼事？」

「就是……你和我姐夫的事。」潤生說了這句話後，他自己的臉先漲得通紅。

潤葉把頭扭到一邊，靜靜地看着對面的牆壁。她想不到弟弟真的成了大人，竟然和她談起了這件事！

她也沒轉臉，繼續看着牆壁，問：「你就是為這事跑到黃原來的？」

「是。」

「是李向前叫你來的？」

「不是！是我自己決定來的……姐姐，你不能再這樣對待姐夫了！我姐夫是個好人，你應該和他一塊好好過日子！」潤生顯然有些激動，兩隻手在自己的腿膝蓋上神經質地捏抓着。

潤葉一時不知該對弟弟說甚麼。幾年來，這是第一次有人和她正面嚴肅地談論她和向前的關係。她感到很突然。她更想不到是自己的弟弟來給她做工作！

她靜默不語。但臉也漲紅了。

「姐姐，你不能再這樣了！本來，這話不應該由我給你說。但我想了又想，覺得應該給你說。姐姐，我從小到現在，一直在心裏尊敬你，因此我不願意看見你受苦。我也不願意再看見我姐夫受苦了。前幾年我年紀小，不太明白你和我姐夫的事。自從我跟姐夫學開車，才慢慢明白了。姐姐！你根本不知道我姐夫怎樣痛苦。他常一個人偷着哭。原來他既不抽煙也不喝酒，可這兩年常一個人借酒澆愁，喝醉了，就傷心地哭一場。我擔心，他有一天要把汽車開到溝裏去……你為甚麼不理他呢？」

潤葉在心裏說：你能明白嗎？

「姐姐，我知道你看不起我姐夫！其實，世上像我姐夫這樣的人也不多。他能吃苦，待人誠懇，心也善，對咱老人孝順，對我就像親弟弟一樣看待。你還要人家怎樣哩？你沒和人家一塊過光景，為甚麼就看不起人家呢？咱們倒是些甚麼了不起的人嘛！再說，這樣下去，不僅苦了別人，也苦了你自己！」

潤生說得頭頭是道，這使潤葉聯想起了她父親。想不到父親的一片嘴才也給潤生遺傳了不少。這再一次使她對弟弟大為驚訝。

是的，不能再把潤生當小孩看待了。想想也是，他已經滿二十三歲。她在他這個年齡，不是也明白了許多事理嗎？

但她怎樣給弟弟說這事呢？說他說得對嗎？說他說得不對嗎？

唉，傻孩子，你自己沒有遭遇這種事，你怎能理解姐姐的難腸呢！

不過，弟弟既然以大人的姿態和她嚴肅地談論這件事，她就不能刺傷他的自尊心。說實話，她此刻心裏倒為弟弟的成長而感到十分高興。不管她今後命運如何，她在這個世界上又多了一個依靠。

她仍然沒好意思扭過臉看弟弟，怔怔地望着牆壁說：「你說的話我都聽下了。姐姐的事得姐姐自己解決。你還是好好開你的車。既然向前對你好，你就好好跟上他學本事……」

「姐姐！」潤生痛苦地叫道，「我看見你和姐夫打彆扭，心裏不好受！你還是聽我一句話，和姐夫一塊過光景吧！你現在這個樣，我和咱老人都在雙水村抬不起頭！你在黃原你不知道，雙水村誰不在背後議論咱們家！你知道，爸爸是個好強人，就因為你和姐夫的事，他的臉面在世人前都沒處擱了！媽媽一天急得常唸叨，頭髮都快全白了。你不要光想你自己，你也要為家裏的老人着想哩！」

潤生的話使潤葉感到無比震驚。她回過頭來，見弟弟的眼裏噙着淚水……

啊啊，事情竟然如此嚴重！可是認真想一想，這一切的確是真的。剎那間，潤葉一直紅着的臉蒼白得沒有了一點血色。

她走過去，手搭在弟弟的肩膀上，半天不知該說甚麼。

外面的樓道裏傳來一陣尖鋭的電鈴聲。

上班的時間到了。

她對弟弟說：「我先給你去找個住處。」

潤生站起來，說：「今天我還要趕回原西去裝貨，明天一大早，我和我姐夫去太原……」

潤葉怔了一下，說：「你現在就走呀？」

「噢。」

「……那我去送你。」

於是，姐弟倆就相跟着出了團地委，走到小南河邊的停車場。一路上，他們都沒有再說甚麼。兩個人的心裏各自都在七上八下地翻騰着。

潤葉一直看着弟弟的汽車開出停車場，過了黃原河老橋，消失在東關的樓房後面……她歎了一口氣，立在停車場大門口，望着明媚春光中的城市，怔怔地發了好一會呆。

第十章

田潤生開着汽車離開黃原後，一路上心情仍然難以平靜下來。這個瘦瘦弱弱的青年駕駛這個龐然大物看起來倒很自如；但要駕馭生活中的某些事，對他來說還是力不從心的。

他懷着青年人火熱的心腸，從遠方的沙漠裏趕到黃原城，試圖說合姐姐與姐夫破裂的感情。鑒於他的年齡和他在那兩個人之間的位置，這舉動無疑是有魄力的。僅從這一點看，他就無愧是強人田福堂的後代。

說實話，連潤生本人也對自己的行為有些詫異。這種歲數的青年往往就是如此 —— 某一天，突然就在孩子和大人之間畫出一條明顯的界線，讓別人和自己都大吃一驚。

現在，他帶着失敗和沮喪的情緒返回原西。

他兩隻手轉動着方向盤，在蜿蜒的山路上爬行，黃軍帽下的一張瘦條臉神色嚴峻，兩隻眼睛也沒甚麼光氣。

他把旁邊的玻璃搖下來，讓春天溫暖的風吹進駕駛樓。儘管山野仍然是大片大片的荒涼，但公路邊一些樹木已經開始發綠。滿眼黃色中不時有一團團青綠撲來。山雞在嘎嘎鳴叫，陽光下的小河像銀子似的晶亮。唉，春天是這麼美好，可他的心情卻如此灰暗！

在未到黃原之前，潤生的全部同情心都在姐夫一邊。到黃原之後，他又立刻心疼起姐姐來了。是呀，姐姐也被折磨得不成人樣。她瘦成那個樣子！臉色憔悴，眼角都有了皺紋。他現在既同情姐夫，又同情姐姐。但是他又該抱怨誰呢？

你們為甚麼要這樣？難道你們不能走到一塊和和睦睦過日子嗎？姐夫，既然你那麼痛苦，你為甚麼不設法調到黃原，多往我姐姐那裏跑？你和她接觸得多了，姐姐就會了解你，說不定也會喜歡你的……姐姐，而你又為甚麼不試着先和姐夫在一塊生活幾天呢？大人們常說，一日夫妻，百日恩愛。你要是和姐夫在一塊生活些日子，說不定你也會喜歡姐夫的！姐姐，姐夫，多麼盼望你們都不再痛苦；你們要是親親熱熱住在一起，那該多好……

潤生一路上不斷在心裏對姐姐和姐夫說着話。他要下決心彌合他們的關係。他想，他還要到黃原來。他要不厭其煩地說服姐姐，讓她和姐夫一塊過光景。

儘管潤生第一次出使黃原沒有取得任何結果，但他還是為這次行動而感到某種心靈的慰藉。作為弟弟，他已經開始為不幸的姐夫和姐姐做點甚麼了。如果能使姐夫和姐姐幸福，那他自己也會感到幸福。想一想，他早應該這樣做了。爸爸年事已高，身體又不好；他作為惟一的兒子，就應該像個男子漢一樣為家庭擔負起責任來。

諸位，在我們的印象中，田福堂的兒子似乎一直很平庸。對於一個進入垂暮之年的老者，我們大約可以對他進行某種評判；但對一個未成長起來的青年，我們為時過早地下某種論斷，看來是不可取的。青年人是具有可塑性的，他們隨時都發生變化，甚至讓我們都認不出他的面目來。現在，我們是應該修正對潤生的看法了。當然，這樣說，我們並不認為這小夥倒能成個啥了不起的人物。他仍然是一個平平常常的青年，只不過我們再不能小視他罷了。

半後晌的時候，田潤生開着車已經快進入原西縣境。

在離原西縣地界大約十來里路的地方，一個大村莊外的場地上正有集會，黑鴉鴉擠了一大片人，看來十分熱鬧。

田潤生不由把車停在路邊，想到集上去散散心。

他把手套脫下丟在駕駛樓裏，鎖好車門，就走到擁擠的人羣中。不遠處正在唱戲，他聽了聽，是山西梆子。戲台下面，擠了一大片人。看戲的大部分是莊稼漢，雖然已經開春，但他們還都穿戴着臃腫的棉襖棉褲。戲場外面，散亂地圍了一圈賣吃喝的小販。這些賣飯的人也都是鄉裏來的；他們在土場上臨時支起鍋灶，吆喝聲不斷。鑼鼓絲弦和人羣的喧囂組成一個鬧哄哄的世界，整個土場子上空籠罩着莊稼人蹬起的黃塵和土爐灶裏升起的煙霧。

潤生原來準備到前面去看一會戲，但人羣太稠密，擠不前去，只好立在遠處聽了一會。戲是《假婿乘龍》，他已經在別處看過，也就沒甚麼興趣了。

不久他才發現，戲台子後面的一個小山嘴上，立着一座新蓋起的小廟。他大為驚訝，現在政策一寬，有人竟然敢弄起了廟堂！

一種抑制不住的好奇心，使他很快離開戲場，向小山嘴那裏走去。

這的確是一座新修的廟。看來這裏原來就有過廟，不知甚麼年代倒塌了——黃土高原過去每個村莊幾乎都有過廟；他們村的廟坪上也有一座。不過，完整地保存下來的不多。現在，這裏膽大的村民們，竟然又蓋起了新廟，這真叫人不可思議！縣上和公社不管嗎？要是不管，說不定所有的破廟都會重新修建起來的。他們村的廟會不會也要重建呢？

潤生新奇地走進廟院。眼前一座磚砌的小房，凹進去的窗戶上掛了許多紅布匾；布匾上寫着「答報神恩」和「有求必應」之類的字。右房角掛一面銅鑼，左房角吊一口鐵鐘。潤生不明白此二物作何用場。廟門兩邊寫有一副對聯，似有錯別字兩個：入龍宮風調雨順，出龍宮國太（泰）明（民）安。他知道這是座龍王廟。大概因為黃土高原常鬧旱災，因此這裏大部分的廟都是供奉龍王的。

潤生張着好奇的嘴巴進了廟堂內。

廟堂的牆壁上畫得五顏六色。供奉神位的木牌擱在水泥台上；神位前有香灰盒，香煙正在神案上飄繞 —— 整個廟裏瀰漫着一股驅蚊香的味道。一盞長明燈靜立在香灰盒邊。地上的牆角裏扔一堆照廟老頭的破爛鋪蓋；廟會期間上布施的人不斷頭，得有個人來監視「三隻手」。廟房正牆上畫着五位主神，潤生從神位的木牌上看出這些神的名字叫五海龍王、藥王菩薩、蟲郎將軍、行雨龍王 —— 邊上的一尊神無名。廟堂的兩面牆上都是翻飛的吉祥雲彩，許多騎駒乘龍的神正在這雲彩裏馳騁。潤生想：還應該畫上一輛汽車嘛！

他忍不住笑着走出了這座小廟。他不信神，只覺得這一切倒很讓人開心。

潤生看罷廟堂，又返回到戲場裏。除過戲迷，看來許多鄉下人都是來趕紅火的；他們四下裏轉悠，相互間在擁擁擠擠、碰碰磕磕中求得一種快活。一些農村姑娘羞羞答答在照相攤前造作地擺好姿勢，等待城裏來的流裏流氣的攝影師按快門。

他現在轉到那一圈賣茶飯的人堆裏，想吃點甚麼東西。但看了看，大部分是賣羊肉的，煮在鍋裏的羊肉湯和旁邊的洗碗水一樣骯髒。莊稼人一個個蹲在地上吃得津津有味。空氣裏飄散着叫人噁心的羊膻味。

他還是在一個賣羊肉水餃的小攤前停了下來。賣飯的是位年輕婦女，脊背上用一條帶子束着一個小孩，正彎曲着身子趴在地上用嘴吹火。爐灶是臨時就地掘下的小土坑，只冒黑煙不起火。潤生盤算就在這裏吃點東西，他看旁邊捏下的水餃還比較乾淨。

他正要開口對那吹火的婦女打招呼，那婦女倒先抬起頭來，問：「要幾兩？」

潤生一下子愣住了。

那婦女也愣住了。

天啊，這竟然是郝紅梅！

她怎麼在這兒呢？

我們不會忘記，在原西縣上高中時，這位出身地主家庭的姑娘，在班上曾演出過幾幕令人難忘的生活戲劇。我們知道，起先，孫少平和她產生過感情糾葛。後來，她和班長顧養民相好了 —— 這已經是人人皆知的事實。可是，而今顧養民正在省裏的醫學院上大學，她怎麼在這樣一個地方賣茶飯呢？她自己不是也當了教師嗎？她背上的孩子是誰的？

潤生和郝紅梅相視而立，因為太突然，一剎那間，都不知道該說甚麼。他們是同班幾年的老同學，儘管那時他們相互交往不多，但如今相遇在異鄉，倒有些百感交集。潤生看見，郝紅梅臉色比他姐姐還要憔悴，頭髮散亂地披在額前，不合身的衣衫上沾着柴草和灰土，完全是一副農村婦女的樣子。潤生畢業時就知道紅梅和養民已經確定了關係 —— 他無法想像顧養民的未婚妻現在是這麼一副破敗相！

不過，他在這一剎那間也似乎明白了在她身上發生了些甚麼……

「你……」潤生不知該說甚麼。

「我……就住在對面溝裏，離這兒十里路……」郝紅梅臉上湧起了一種難言的羞愧。

「你怎到這兒來了？」她問潤生。

「我是路過這裏……你？」他仍然不知該問她甚麼。

「唉……我的情況一言難盡。我前年結婚到這裏，去年剛生下孩子，男人打土窰被壓死了……」

啊，原來是這樣！那就是說，她和顧養民的關係早就吹了。

從簡短的幾句交談中，潤生就證實了郝紅梅的不幸。不幸！他困難地咽了一口唾沫，不知自己該怎麼辦。

他也不好意思再問她甚麼。

「我給你下餃子！」紅梅這才反應過來，手忙腳亂地拿起了炊具。

「不不！我剛吃過飯，飽飽的！」潤生趕忙阻攔她。

「我不信！老同學還見外！」

「真的！」潤生硬不讓紅梅把餃子倒進熱氣大冒的鍋裏。

唉，他還有甚麼心思吃這餃子呢！

「到你們村的路寬窄哩？」他問。

「架子車路。」紅梅不知他問這幹啥，瞪住了眼。

「卡車能不能進去？」

「能哩。我們村光景好的人家，都是用汽車拉炭哩。」

「那等你完了，我用車把你送回去！」

「你開着車哩？」紅梅驚訝地問，神色立刻變得像面對一個大人物似的。

「嗯。」潤生給她指了指停在公路邊上的汽車。

「啊呀，咱們的老同學都有出息了！」

「其實我還是個農民，是跟我姐夫跑車。」

「不管怎樣，咱們山區開車的最吃香了！」

真的，對一個農村婦女來說，一個汽車司機就是了不起的人物。

這時候，紅梅脊背上的孩子「哇哇」地哭叫起來。

她把孩子解下來，抱在懷中，也不避潤生，撩起衣服襟子，掏出一隻豐滿的乳房塞在孩子的嘴巴上。

田潤生臉通紅，不好意思地說：「你先忙着！我到前面去看一會戲；等你畢了，我就把你送回家。」

「怕把你的事誤了呢！」

「誤不了！我今天趕到咱們原西城就行了。」

「你吃上碗餃子再走！」

「我飽着哩……」

潤生說完，就離開紅梅，兩眼恍惚地朝戲場的人羣那裏走去。

他儘量往人堆裏擠，好讓別人擋住紅梅的視線。

他立在擁擠的人羣中，並不往戲台子上看，也不聽上面唱些甚麼。一種無比難受的滋味堵塞在他的喉嚨裏。幾天來，他接二連三地目睹了周圍的活人所遭受的不幸與苦難，使他精神疲憊，使他心靈中充滿了沉痛。從現在起，他對生活的理解不會再那麼膚淺了……

他在戲場裏透過人頭的縫隙，偷偷地向遠處那個地方張望。此刻，他看見紅梅又把孩子束在脊背上，開始忙亂地招呼莊稼人吃飯……不幸的人！她為了幾個量鹽買油的錢，而在這個塵土飛揚的地方忍受着屈辱和勞苦。他看見她背轉人，用袖口揩了一把臉。那是揩汗，還是抹眼淚？

田潤生的眼睛潮濕起來。他內心中立刻升騰起一種強烈的願望：他要幫助不幸的紅梅和她可憐的孩子！這時候，他覺得，過去同過學的人不管當時關係怎樣，往後遇到一塊是這麼叫人感到親切……

潤生一直在人叢中偷偷看着紅梅把餃子全部賣完後，才從戲場裏擠出來，向她那裏走過去。

這時候，太陽就要落山了。

紅梅一邊嘴裏說着感謝話，一邊和他共同把灶具收拾起來。她告訴潤生，灶具都是她公公早上給她搬運到這地方的。

潤生把這些傢具扛到車廂放好，就讓紅梅抱着孩子坐在駕駛樓裏。

馬達很有氣魄地轟鳴起來。

他熟練地駕駛着汽車離開公路，轉到河灣裏，然後往斜對面的溝裏開去——溝道裏的路面剛剛能溜過一輛卡車！

太陽從山背後落下去了。潤生打開車燈，小心翼翼地駕駛着。紅梅抱着孩子，一句話也不說，靜靜地坐在他旁邊，不時扭過臉又驚訝又佩服地在看他……

汽車在村子下邊的小河岸上停下來。天已經麻麻糊糊，村裏有些人家的窗戶上亮起了燈光。

潤生幫助紅梅把灶具搬到她家裏。紅梅說甚麼也要留他吃一頓飯——她已經把餃子餡和麪團都準備下了。

潤生推託不過，只好留下來。他看見，紅梅的窰裏不擱甚麼東西——顯然是一個窮家。直到現在，他仍然不了解紅梅為甚麼落到了這個地步！

他大方地和她一塊包餃子。兩個人說了許多當年學校和班裏的事情。紅梅還向他詢問了其他一些同學近幾年的情況——潤生知道的也不多。不過，她避而不提孫少平和顧養民。

吃完飯後，紅梅抱起孩子，又一直把他送到小河岸邊的汽車上……田潤生在夜裏才回到了原西縣城。

他把汽車擱在停車場，先沒去給姐夫打個招呼，就帶着一種說不出的情緒走到街上一個私人開的小飯鋪裏。他要了二兩燒酒和一碟鹹花生豆，一個人慢慢喝起來。幾杯酒下肚，他的五臟六腑都好像着了火。這是他第一次破例喝酒。小夥子！看來以後你不僅是你姐夫的助手，也將是他的酒伴了。

第十一章

田潤生走後，郝紅梅把孩子哄睡着，她自己也跟着躺在了一片孤寂的黑暗中。

往常這個時候，她還要門裏門外忙着幹活。但今天她無心再做這一切了。她感到四肢無力，渾身軟綿綿的；更主要的是，她心裏煩亂不堪！

她躺在自己的小土炕上，任憑眼淚在臉上不斷線地流淌。今天她突然碰見過去班上的同學，使她本來麻木的神經受到了刺激，便忍不住又一次回溯起了往事 —— 那一切似乎都已經很遙遠了……

高中畢業以後，郝紅梅和所有農村學生一樣，回到了村子裏。臨畢業時因為貧窮和虛榮，她曾在原西城百貨二門市幹了那件蠢事 —— 幾塊手帕幾乎就斷送了她的生活。幸虧孫少平的幫助，否則她當時就無臉見世人，說不定會尋了短見。好在一切都暗中平息了。她終於保全了名譽，像逃跑一樣離開了原西縣城。

回到村子以後，她慢慢才把心平靜下來。她竭力使自己忘掉那件醜陋事。不久以後，在公社教育專幹的幫助下，她在村裏教了書。生活似乎再一次被太陽照亮了。

這期間，她一直和城裏的顧養民保持着通信關係。他們的信件來往十分頻繁，每個星期都各寫一封。在信中，相互間的戀愛已經公開了。她每個星期都在等待那封甜蜜的信，沉浸在無比的幸福之中。她看來似乎真的已經完全忘記了那件刺傷她心靈的偷竊事件。

過了不久，她按捺不住自己的激動，就把她和顧養民的關係向父母親說了。

當然，兩個老人比她還激動。和大名鼎鼎的顧健翎老先生的後人結親，對一個地主成分的農民家庭來說，那簡直是一種榮耀。如果在舊社會，紅梅她爺發達的時候，這親事也可以說門當戶對。可如今他們是甚麼光景！和顧家比較，人家在天上，自家在地下，差別太大了！兩個老人快慰的是，他們含辛茹苦供養女兒上學，一番苦心終於沒有白操。

由於這件事的出現，這個多年破敗和晦氣的家庭一下子有了生氣。在親人們的眼裏，紅梅成了全家的大救星。

但是，命運常常捉弄人。一九七八年春天，災難重新降臨在了郝紅梅的頭上。

她自己並不知道，「偷手帕事件」敗露在了她親愛的人面前。傳播這件醜聞的是跛女子的父親侯生才。因為顧健翎是全縣的知名人士，他孫子的婚事也就會有許多人關心。當養民和紅梅的關係在縣城有了傳聞後，侯生才不久就知道，顧先生的孫媳婦竟然就是在他門市上偷過手帕的女學生。小市民撥弄是非的劣根性，使他迫不及待向顧老先生告了密。侯生才一家人身體都不好，常到顧先生那裏去看病；在侯生才想來，給顧先生揭穿這個「西洋鏡」，往後先生給他們家的人看病就會更認真了，說不定老人家還會拿出甚麼祖傳秘方，把女兒侯玉英的那條跛腿治成好腿哩！

顧健翎一生修身養性，崇尚《朱子治家格言》，豈能容一個偷雞摸狗者成為自己的孫媳婦？他將養民叫到跟前，把他嚴厲地訓斥了一通，讓孫子很快和那個手腳不乾淨的女娃娃斷絕來往！

顧養民一聽這事，如同晴天響了一聲霹靂。他決不相信他所愛的人會做出這種事！他沒有當面頂撞爺爺，但也沒有答應和紅梅斷絕交往。他已經不是小孩子；儘管他尊敬爺爺，可這種事怎麼能盲目地聽從他呢？本來他正埋頭復習功課，準備夏天的高考，但他決定甩開手頭的一切，到鄉下去找紅梅……

而所有這些郝紅梅當時還蒙在鼓裏。她仍然沉浸在她的幸福之中。

第一個不幸的兆頭出現了 —— 她在一星期內沒有接到養民的信。

這太反常了！

正在她納悶的時候，養民突然到她家裏來了。她這才又馬上心花怒放 —— 原來他是要上她家的門，才沒給她回信！

顧養民一到，受寵若驚的紅梅一家就緊急行動起來，手忙腳亂地開始給他張羅吃喝；他們翻箱倒櫃，把所有準備過年節的東西都拿了出來，真是恨不能把自己的心肝掏出來款待這位未來的女婿。

但紅梅很快發現，顧養民神色有點不對。為甚麼？是不是嫌她家窮？

唉，你原來就應該想到我家庭的狀況！

吃完紅梅父母精心製作的油糕燴菜後，養民就和紅梅一塊相跟着到村外的山野裏去轉悠。一路上，紅梅興奮地對他說這說那，他只是低傾着頭聽她說，自己很少開口。那時正值清明前後，芳草青青，柳綠桃紅，陽光美好地照耀着這對在山野裏散步的青年。

在一株紅花豔豔的桃樹下，他們停下了腳步。紅梅手攀花枝，含情脈脈地望着她親愛的人。

但顧養民仍然神色嚴峻，用一隻腳蹭着剛冒出地皮的草芽子。他抬頭望了一眼紅梅，突然開口說：「我有件事想問問你！」

「甚麼事？」紅梅一下子警覺起來。

「你是不是畢業時在原西的門市上拿過人家的手帕？」顧養民直截了當問。他迫切地想知道真情啊！

他緊張地望着她，顯然希望她的回答是否定的。

紅梅兩眼一陣發黑，身體順樹幹軟綿綿地堆塌在樹根底下。她失神地望着遠方的山巒，淚水如泉似的湧出了眼眶。她腦子裏冒出的第一個字眼是：完了！

她是那麼愛他，因此她不準備再隱瞞他了。她明白，這事他遲早總會知道的。現在她承認了，也就在精神上獲得了徹底的解脫。以前她儘管假裝自己忘記了這件事，採取了一種「鴕鳥政策」，但實際上這事一直像蛇一般在她心靈深處盤纏着；而且隨着她和養民關係的加深，這件事對她的折磨就更厲害了。好，承認了吧！她現在已經不管養民是否再和她好了。

「沒這事吧？你快說呀！」養民叫道。

「有……」她平靜地說。

「不！不！這是為甚麼？為甚麼！為甚麼……」顧養民瞪着驚恐的眼睛，絕望地喊叫着。他一下子倒在她旁邊的地上，兩隻手瘋狂地抓着黃土，哭起來了。

紅梅像死人一樣呆坐着。她不再對顧養民解釋這件事的前前後後。反正一切都完了；她感到天空和大地一起在她眼前旋轉。

過了片刻，滿臉糊着泥土和淚痕的顧養民爬起來，悲憤地轉過身，默默無語地沿着彎彎的山路走了——永遠地走了。空曠的山野裏，在那死一般的寂寥之中，只有一支深情而憂傷的信天遊在高原上飄蕩——

三十里明沙呀四十里水，
五十里路上看妹妹。

牽牛牛開花羊跑青，
那時候見罷到如今。

大紅公雞毛腿腿，
不想妹妹再想誰。

木鴿子喝了消冰水，
往日裏喜來今日裏灰！

花椒樹上落雀雀，
一對對成了單爪爪。

井子裏打水麻繩繩短，
你丟下妹妹誰照管？

城牆底下撒豌豆，
你扔下妹妹誰收留？

一隻孤雁當天叫，

我心裏的苦情誰知道……

從此以後，她就墮入了一片黑暗之中。過去的一切都成了一場夢。她不抱怨任何人，只抱怨她自己。她親手把自己的青春年華毀滅了。

同年夏天，她聽說顧養民考進了省醫學院。這消息既不使她高興，也不使她痛苦。那個人的好好壞壞已經與她無干；至於他那光輝的前程，她早就估計到了。

第二年春天，本隊幹部的幾個子女都從高中畢業回了村，她的教師職位也自然被擠掉了。她並不為此而過分地難受；她的暗淡命運也早就注定了。

這時候，外縣一個親戚給她介紹了當地一位農村小學教員。她二話沒說就答應了這門親事。她挎着一個土布包袱，單身一人來到這個陌生的地方，很快就結婚了……

她對自己的婚姻很滿足。丈夫是個公派教師，人很老實，愛她，體貼她。公公和婆婆跟她丈夫的弟弟一塊過；他們小兩口單家獨戶，光景日月倒也很安樂。再說，這地方已經到了外縣，她對這一點也很滿意 —— 她要遠離她的痛苦與恥辱之地。

不久，她懷孕了。她摸着自己不斷鼓脹起來的肚子，重新體驗到了人生的幸福；往日的不幸漸漸變得遙遠而模糊了。

但是，災難再一次從天而降。她的孩子剛滿月，男人就死了。可憐的丈夫積攢了一點錢，想重新整治一院地方，便僱了幾個人先打幾孔土窰洞，然後準備接石口。為了省幾個錢，他在假日裏親自上手去幫工，結果被倒塌的土堆活活壓死了！

苦命的人，常常是雪上加霜！紅梅已經完全相信這是命運的懲罰。命運如此殘酷無情，是不是在報應她曾偷過那幾塊手帕？或者是報應她爺爺在舊社會欺壓過窮人？報應之烈焰啊，如果是這樣，你甚麼時候才能在罪孽之人的頭上熄滅？

丈夫死後，她完全變成了另外一個人。她不再奢望人世間的溫暖和幸福。世界上的其他事對她來說不僅是遙遠的，甚至是不存在的。她相信她生來就要吃一輩子苦，受一輩子罪。她活着的惟一寄託就是她懷裏的這個小生命 —— 她親愛的兒子。她感謝老天爺動了惻隱之心，看見了她的不幸，給了她這樣一個關照。

為了這孩子，她忍着悲痛重新開始了生活。她天天出山耕田種地；天冷天熱，孩子都背在她的脊背上。她公公和丈夫的弟弟也窮家薄業，給她幫不上甚麼忙，她就一個人咬着牙苦熬日子……

這幾天，溝口的川道上有廟會，她想着到廟會上去賣點茶飯，好給孩子置辦點必需的東西。於是，在公公的幫助下，她就把一點簡單的灶具搬運到那個戲場子裏，賣起了餃子。她做夢也想不到，在這個地方碰見了過去班上的同學田潤生……

郝紅梅躺在黑暗中的土炕上，一邊流淚，一邊心酸地回首往事。她真後悔去溝口的廟會上賣餃子；要不，她就不會碰見田潤生了。她不願意再見過去那些同學的面。她希望悄無聲息地在異鄉了卻自己的一生；看見過去的熟人，她就會想起自己的往事 —— 而往事是不堪回首的啊！

紅梅又想，田潤生是偶爾相遇，走了也就走了。潤生現在是堂堂的汽車司機，她窮家薄業的，人家怎會把她這樣的人放在眼裏呢？再說，過去在學校裏，她和潤生也沒甚麼交往。

可是出乎她預料的是，三天以後，田潤生竟然又開着汽車，來到了她家裏。

郝紅梅大吃一驚——簡直不相信這是真的！

好心腸的潤生給她拉了幾千斤石炭，帶了一塑料桶菜油，還給她的兒子買了許多吃食和一輛玩具小汽車。

紅梅感動得不斷用圍裙揩眼淚。她把潤生敬讓到她的熱炕頭上，精心給他做了幾碗香噴噴的細麪條，還把給孩子留下的幾顆雞蛋，全部打進了調湯裏。

潤生臨走時，她把自己賣餃子積攢的十幾塊錢，硬往他口袋裏塞。她知道這十幾塊錢也不夠開銷潤生給她帶來的這些東西。但她總不能白白接受人家的禮物啊！

潤生死活不收，最後還是把錢硬給她留下了。他說：「如果我要收你的錢，我也不會給你送這些東西來。你日子過得這麼清苦，我想幫助你。我要是順路，還會來的……」

紅梅含着感激的淚水送走了好心的同學。

打這以後，過些日子，潤生就把汽車開到了坡底下。他每次來，總要給她和孩子帶點甚麼，甚至把城裏的醬油和醋都給她買來了。

俗話說，寡婦門上是非多。不久，村裏就風言風語傳播說，她準備改嫁了。每當潤生的汽車開進村裏的時候，孩子們就喊叫說：「看，紅梅的『後老漢』來了！」

郝紅梅再一次陷入到苦惱之中。活一回人真難啊！嚼舌頭的村民們，我現在這副樣子，怎敢妄想嫁給一位司機呢？你們這樣瞎說，對我倒沒甚麼，可是叫我的同學怎樣再上我的門呢？我而今好不容易碰見一個好心人，你們難道連這麼一點幫助都不容我獲得嗎？

她不能讓她的同學處在這樣尷尬的境地中。

潤生再一次來她這裏的時候，她對他說：「你以後不要再來了……」

「為甚麼？」潤生問。

「村裏人瞎說哩……」

「你怕嗎？」

「我不怕！我已經是這副樣子了，還怕甚麼！我怕你受不了……」

「只要你不怕，我怕甚麼哩！我和你們村的人一個也不認識，他們願說啥哩！只要你不在意，我照樣來！」

紅梅扭過頭，一邊抹眼淚，一邊說：「我苦慣了，我不願再連累別人……」

「不怕！」瘦弱的潤生胸脯一挺，倒像個真正的男子漢一樣氣勢雄壯。

紅梅再還有甚麼話可說呢？對於孤兒寡母來說，沒有甚麼能比得上一個男人的關懷更重要了……

但是，話說回來，她能給好心的同學報答甚麼呢？她一貧如洗，除過每次侍候他吃兩碗她精心擀的細麪條外，就只能兩手空空送人家走了。

後來，她想起給潤生做一雙布鞋。儘管她知道人家不缺鞋穿，但這是她的一點心意。農村婦女感謝別人的禮物，往往就是自己親手做的一雙布鞋……

不用說，村裏傳播她和潤生長長短短的風聲越來越大了。這是不可避免的。生活在窮鄉僻壤的人們，傳播這種事已經成了一種文化娛樂。

這一天，她的公公上門了。

抽了幾鍋旱煙後，老人家為難地開口說：「自我兒歿了後，我就一直盤算這件事。你年輕輕的，如果有合適的人，你就按你的心意跟人家過日子去吧。你出走也可以，招個人上門也可以，我們這方面沒甚麼意見。至於娃娃，我們也不強迫你留給我們。你也離不開這娃娃。再說，娃娃跟上你，不會受苦，我們放心着哩……」

老人的一番話是開通的。但她能說甚麼呢？她到哪裏去找個男人？

她對公公說：「沒個合適人……」

「不是說你要和那個開車的……」她公公吞吞吐吐說。

「那是我中學時的同學，人家來是出於好心幫助我。這是村裏人瞎說哩！」紅梅有點生氣地對公公說。

「噢，是這……」老漢走了。但看來他並不相信兒媳婦所說的話。

紛紛輿論使紅梅苦惱和煩亂，可倒也給她那麻木的精神世界帶來一些刺激。有時候，她心裏也忍不住冒出某些念頭。但往往很快又搖搖頭把這種念頭否定得一乾二淨。說實話，在高中時，她根本沒有看起過田潤生。可現在，她這副樣子——結過婚不說，還帶着一個孩子，開汽車的潤生怎麼能看上她呢？這簡直是異想天開！

唉，她實際上連這種念頭都不應該有，否則，她就有點對不起仗義而好心的田潤生了！

第十二章

這是五月裏一個溫暖的傍晚，田曉霞從宿舍裏走出來，一個人在校園的路徑上慢慢溜達着。路兩邊筆直的白楊樹已經綴滿了嫩綠的葉片。晚風和樹葉在談心，發出一些人所不能理解的細微聲響……

這姑娘仍不失往日那種風度，薄毛衣外面像男孩一樣披件夾克衫，兩條胳膊幫在鼓囊囊的胸前，似乎陷入到一種深邃的沉思之中；但臉上還帶着通常那種無意識的、驕傲的微笑。這是一個美好的夜晚，遠遠近近，燈光點點，綠意朦朧，空氣中瀰漫着槐花甜絲絲的芬芳。

對這位二十三歲的大學生來說，日子過得既快活又不盡如人意。她沒甚麼大苦惱，但內心常常感到騷動不安。一天裏也充滿了小小的成功與歡樂，充滿了煩惱與憂傷，充滿了憤懣與不平，也充滿了友愛和思念。唉，時光就是在這樣飛逝着 —— 轉眼又是冬去春來了！

田曉霞忍不住立在路邊，面對着梧桐山那面升起的一輪明月發了會呆。她望着幽深的藍天，吮吸着深春的氣息，心裏火辣辣的。

她突然發現自己未免有點「小布爾喬亞」了，便由不得哈哈一笑，稍微加快點腳步，向前面走去。

在剛踏入黃原師專的時候，有一件事就在田曉霞的內心深處攪動起來：師專畢業後，她去幹甚麼？

這是一個很現實的問題。這所學校是師範性質的，培養學生的目標，就是畢業後在黃原幾個地區去當中學教師。這是她很不願意從事的職業。一生當個教書匠，這對她來說是難以想像的。儘管她在理性上承認這是一個崇高的職業，但絕對不合她的心意。她天性中有一種闖蕩和冒險精神，希望自己的一生充滿火熱的情調，哪怕去西藏或新疆去當一名地質隊員呢！

但要擺脫當教師的命運，又絕非易事。這學校的歷屆畢業生，很少有過例外。首先必須去當教師，然後才可能從教師隊伍中轉向另外的工作 —— 這也是少數有能耐的人才可以做到的。當然，她父親是地委書記，可以走點「後門」，把她分配到行政單位。但她對行政工作比當教師更反感。再說，她父親也不一定會給她走這個後門。

她有時很為這件事苦惱，甚至都有點精神不振和自製制鬆懈，以致影響了學習和進取心。

但她也能較快地從這種狀態中解脫出來。每當她面臨精神危機的時候，緊跟着便會對自己進行一番嚴厲的內心反省。她意識到，雖然隨着年齡和知識的增長，她成熟了許多，但也不可避免地沾染上某些屬於市民的意識。雖然她一直是鄙薄這些東西的，可又難免「如入鮑魚之肆，久而不聞其臭」。也許人為了生存，有時也不得不這樣。但這些東西像是腐蝕劑，必然帶來眼界狹窄、自制力減弱、奮鬥精神衰退等等弊病。田曉霞畢竟是田曉霞！即使有時候主觀上覺得倒退是可以的，但客觀上卻是無法忍受的。她必須永遠是一個生活的強者！

經過內心的反覆折騰後，曉霞迫使自己不要過分為這事而傷腦筋。車到山前必有路——到時再說吧，反正現在苦惱也無濟於事。當然，她不是把這件事完全拋在了腦後，只是先作「淡化」處理。

但最近以來，另一件事又在她心裏七上八下地攪動——這是由於孫少平的出現而引起的。

她在上高中時，就和孫少平的關係非同一般。不過那時他們的交往的確很單純。她和這個同村而不熟悉的鄉下學生初次相識，他身上的許多東西就引起了她的重視或者說另眼相看。後來，他們之間的關係就加深了。但她和他在黃原相見之前，這種關係僅僅在同學之外另多了一種友誼的成分。在他們的年齡，這種關係是正常的，只是稍稍有些不平常罷了。

自從她在南關電影院門口碰見到黃原謀生的孫少平以來，在近一年的時間裏，她對這個人的心情產生了某些微妙的變化。她現在總是在想着他。她常有點心神不安地等待星期六的到來，期望在父親的辦公室裏，和他一塊吃頓飯，天上地下談論一番。她發現，班上現在還沒有一個男生能代替少平和她在廣闊的範圍內交流思想。

僅僅是為了交流思想，她才如此渴望和他在一塊嗎？不，這個人在很大程度上已經牽動了她內心中那根感情的弦索。

是愛情？但她又覺得一切還沒那麼明確。她籠統地認為，對她來說，愛情大概還是一件相當遙遠的事。她在學習上的進取心和對未來事業的抱負，在很大程度上佔據了她的心，使她對個人問題的考慮缺乏一種強烈追求的意識。

可是，她又為甚麼一想起他，心頭就會泛起一層溫熱的波瀾？她又為甚麼常常渴望和他呆在一塊？甚至多時不見面一種想念之情就會油然而生？

是愛情？也許這就是愛情！只不過她自己還沒有明確承認罷了。

不管怎樣，田曉霞覺得，她的生活中已經不能沒有孫少平這個人了。這個人和他對生活所採取的態度，使她非常欽佩。現在，這樣的男人可是不多囉！當然，社會上，大學裏，不乏許多優秀青年；但像少平這樣在極端艱難條件下的人生奮鬥，時下並不是一種普遍現象。真的，他太艱難了，有時候真令人目不忍睹——可他的不凡正表現在這一方面！

現在，女同學們整天都在談論高倉健和男子漢。甚麼是男子漢？困難打不倒的人才是真正的男子漢！男子漢不是裝出來的——整天繃着臉，皺着眉頭，留個大鬢角，穿件黑皮夾克衫，就是男子漢嗎？有些男同學就是這麼一副樣子，但看了就讓人發笑。男子漢主要應該是一種內在的品質，而不是靠「化裝」和表演就能顯示的。

她喜歡孫少平的正是他不偽裝自己，並不因生活的窘迫就感到自己活得沒有意義。她看得出來，少平甚至對苦難有一種驕傲感——只有更深邃地理解了生活的人才會在精神上如此強大。

這樣說來，她是不是就要真的把自己的一顆心，交給這個來自窮鄉僻壤的攬工漢了？

這樣想的時候，我們的「小夥子」田曉霞也會臊得滿臉飛霞。噢，不！最好先不要匆忙地說這種事。一種真正美好的感情，像酒一樣，在罎子裏藏得越長，味道也許更醇美。另外，從談戀愛的意義上衡量，她和少平目前還有一種難以說清的距離感……

先就保持這種關係吧！這已經使她的內心夠亂了，她還要集中精力把大學上完呢！

但不論怎樣，她和少平每個星期六的相見，總使她的心情久久難以平靜下來。前天晚上，他們又一塊談了那麼多！並且再一次登上麻雀山，在月光下坐了好長時間。她知道，他現在又到地區柴油機廠給人家修建家屬樓。他每星期在她手裏拿走一本書，下個星期再換一本；他說他一個人住在正修建的樓房裏，為的是晚上能安安靜靜看書。

她無法想像，他在沒門沒窗也沒有電燈的房間裏怎樣讀這些書的！有幾次她按捺不住自己的衝動，想晚上去找他，看他究竟住在一個甚麼樣的地方。

但她又打消了這念頭。她要顧及他的自尊心——他不會願意讓她目睹他的處境……

田曉霞在溫暖的晚風中走過校園內那條長長的林蔭道。前面不遠處就是圖書館——她正是到那裏去的。晚飯後宿舍裏同伴們嘰嘰喳喳，互相打鬧個沒完，她感到心煩，就想到圖書館的閱覽室翻翻新出的雜誌。

曉霞進入燈火通明的閱覽室後，卻意外地看見了中學時的同學顧養民也在這裏。

養民也發現了她，手裏拿一本翻開的大型文學期刊，熱情地走過來和她握手。

「你甚麼時候回來的？」她問顧養民。

「我爺爺病了，我回原西看了一下今天才返到這裏。我父母親現在又回去了。我準備過一兩天就回學校去。」

風度翩翩的顧養民說着，就招呼她在一個長條木欄椅上一塊坐下來。

田曉霞在中學時和顧養民不同班，但因為一塊演過戲，彼此也很熟悉。前年高考時，原來的同學中就他們兩個考上了。養民考進了省醫學院 —— 他爺爺是著名老中醫，他報考醫學院是很自然的。

「你也看文學雜誌？」曉霞指了指他手中的那本期刊。

「平時功課壓得很重，沒時間看。這幾天沒事，隨便翻翻小說。現在文學創作很活躍，我們接觸得不多。」顧養民談吐自然，給人一種很成熟的印象。他瘦高個，臉色有點蒼白，近視鏡的度數看來不淺。

他和曉霞很快談論起了中學時的生活。他向她打問原來一些同學目前的情況 —— 但沒有提起過郝紅梅。因為不是一個班，曉霞實際上也並不清楚他和紅梅的關係。

其他人的情況曉霞一無所知，她只是給他簡單說了一下孫少平的情況 —— 這是顧養民第一個就問到的人。另外，她還告訴他，聽少平說，金波也在黃原東關的郵政所當臨時工。至於她哥田潤生，養民壓根沒提起過，她也幾乎把他忘了。在他們的印象中，像田潤生這樣沒甚麼特點的同學，根本不值得一提。

顧養民顯得很興奮，他說：「老同學們遇一回也不容易，你能不能把少平和金波找來，咱們一塊在我家裏吃一頓飯，好好拉拉話。正好我父母親也不在，家裏很清靜。」

曉霞也覺得這個聚會很有意思，就答應說她明天就去找孫少平。

第二天下午沒有課，曉霞就騎了個自行車，破例到城南柴油機廠的工地上去找孫少平。

她以前很少來這裏，一路打問着，才好不容易在一條小溝岔上找到了柴油機廠。進了柴油機廠，她又打問着找到建築工地上來了。

孫少平站在腳手架上，往正在砌房牆的三層樓上扔磚。當田曉霞在下面喊他時，他都驚呆了 —— 這傢伙怎找到這兒來了？

樓上所有的民工都停止了手中的活，驚訝地朝下面觀望。他們大概弄不明白，這麼個花朵一般的「洋」姑娘，怎來找渾身糊着泥巴的攬工小子孫少平呢？她是他的甚麼人？

有的工匠立刻和孫少平開起了粗俗不堪的玩笑。

孫少平很難堪地從腳手架上溜下來，搓着手上的泥巴，走到田曉霞面前。

曉霞立刻對他說明了來意。

孫少平聽後，猶豫了一會，說：「既然養民盛情邀請，我得去一下。甚麼時候？」

「今天晚上。你把金波也叫上，我在學校門口等你們。」

「那好吧！你要不要去一下我住的地方？」

曉霞笑着說：「我不敢到府上去打擾了。我貿然跑到這地方找你，已經叫你見怪了吧？」

少平抬頭望了望腳手架，見所有的工匠仍然不幹活，站下「觀賞」他們。他臉通紅，說：「不，我很高興，甚至還有點……驕傲！」

曉霞明白這話的意思。她也紅了臉，說：「那我先走了，你們可一定要來啊……」

少平就替她推着自行車，走過坑坑窪窪的建築工地，一直把她送到柴油機廠大門口。

送走曉霞後，少平的心仍然突突地跳着。真的，他高興，也有些得意。曉霞來這樣的地方找他，讓與他一起幹活的工匠們羨慕不已，這使他感到一種男人虛榮心的極大滿足；至於到顧養民家裏去聚會，那倒是一件十分平常的事了。

他返回工地，給站場的工頭請了假，就先到他的住處去換了身乾淨衣服，便動身去東關找金波。

金波聽說顧養民請他們去吃飯，既意外又有點作難。我們知道，高中時為少平和紅梅的事，他曾策劃和組織了那次打顧養民的事件。雖然這事已經過了好幾年，但仍然記憶猶新。

他於是對少平說：「我還是不去了。你一個人去，就說你沒找見我……」

少平笑了，說：「還為過去那事嗎？咱們現在都不是小孩了，顧養民也不會計較這些事，否則他不會邀請咱們。咱們不去，反倒失了風格。」

金波想了一下，說：「那就去吧！」

於是，這兩個人在下午五點鐘左右，一塊相跟着去了北關的黃原師專。

曉霞早已在學校大門口笑吟吟地等待他們了。

三個人進了顧養民家。

養民興奮地拉住他們的手搖了半天。他和保姆一塊動手，早已經準備好了一桌飯菜。他還把父親的小酒櫃打開，把所有的白酒、紅酒和啤酒都拿了出來。

四個老同學圍着桌子先後落座。親切、興奮，又有點百感交集。

幾年前，他們還是少年。現在卻都成了大人，而且每個人都已經有過一些生活的經歷。當年，他們還為一些事鬧過孩子式的彆扭。現在想起來，連這些彆扭都值得人懷戀！中學時代的生活啊，將永遠鮮活地保持在每個人一生的記憶之中；即使我們進入垂暮之年，我們也常常會把記憶的白帆，駛回到那些金色的年月裏……

「乾杯！」

四個人把酒杯碰在了一起。

他們一邊喝酒，一邊熱烈地交談着。當然，話題一開始總是要回首往事的。只不過，三個男人都小心翼翼，誰也不提起郝紅梅的名字……唉，你們呀！你們大概只知道可憐的紅梅結婚了，可是她怎樣悲慘地生活着你們知道嗎？你們難道都忘記了這個不幸的人嗎？

不，也許他們誰都沒有忘記這個人，只是這個場所不宜談論她罷了。

保姆開始上熱菜。顧養民有素養地把菜分別夾到每個人面前的小碟裏。四個命運不盡相同的同學這頓飯吃得很融洽。顧養民和田曉霞覺得，儘管孫少平和金波目前都沒有工作，但在他們面前一點也不自卑，而且言辭談吐和對生活的見解，並不比他們低。尤其是孫少平，思想和眼界都很開闊，有些觀點使兩個大學生都有點震驚。在少平和金波這方面看來，顧養民和田曉霞雖然進了大學門，在他們面前也不自視驕傲，像對待真正的朋友那樣誠懇和尊重。

幾杯酒下肚，四個人的情緒高昂起來。曉霞提議一人唱一支歌。他們四個人曾經一塊參加過中學的文藝宣傳隊，這方面都是人才，便立刻響應曉霞的建議，開始再一次重溫過去的快樂。曉霞帶頭先唱了電影《冰山上的來客》中的兩支插曲。接着金波唱了他最動情的《在那遙遠的地方》—— 直唱得自己淚花子在眼裏打轉。少平和養民合唱了深沉的美國民歌《老人河》……

這是一個多麼美好的夜晚呀！

一直到晚上十一點，這個歡樂的聚會才結束。顧養民和田曉霞把少平和金波從學校裏送出來。他們在大門外揮手告別……

少平和有點醉意的金波相跟着，走在夜晚溫暖而寧靜的大街上，情緒仍然有些激動。

從北關走到麻雀山下的丁字路口，他們也要分手了——金波回東關的郵政所，少平要到南關的柴油機廠去。

分手時，金波醉意矇矓地對少平說：「顧養民和田曉霞是不是在談……」話還沒說完，他見少平臉色有點不太對勁，立刻清醒過來，沒有再說下去。他這才想到，少平一直和曉霞關係很要好——他這句該死的話一定引得少平心裏難過！

噢，年輕的朋友們，你們是不是還會重演一次過去那樣的愛情之劇呢？

第十三章

小滿前後，雙水村周圍的山野裏，又漸漸呈現出一派盎然生機。陽光暖洋洋地照耀着大地。東拉河兩岸的緩坡上，鮮綠的草芽已經遮住了冬日裏頑童們燒荒留下的大片黑色斑痕。農村實行以戶為單位的生產責任制後，水利和灌溉設施破壞得很嚴重，因此東拉河水倒比往年旺了許多；河道的某些狹窄處，水流居然起波打浪，發出隆隆的聲響。在田家圪嶗通往廟坪的河灘裏，泛濫的春水淹沒了過去的列石，人們不得不搬來一些大塊的石頭，組成一列新的活動「橋」。

所有的喬木、灌木和大部分野草，都有了葉片。就連對春天的愛撫不很敏感的棗樹，也開始生出了嫩芽；廟坪重新泛起了一片朦朧的綠意。豌豆已經綴滿了粉紅的小花。小麥在拔節，有些向陽的山灣裏，甚至都努出了小小的穗頭。

這時候，農事也開始繁忙起來。大部分秋田作物都開始播種了。村周圍的山野裏，到處都傳來莊稼人「噢啊……」的回牛聲。光景好的人家，能買得起充足的化肥，這時節給小麥追一次尿素那是再好不過了。

孫玉厚老漢在莊稼行裏是一把好手。他在土地上的那種精通、縝密和自信心，不亞於工廠裏一個熟練的八級老工人。雖然他上了年紀，胳膊腿有點生硬，但營務莊稼仍然在雙水村是數一數二的。眼下，他把許多該種的都種上了，並且抽空在院子下面漫了幾畦旱煙苗。正月裏少平回來時，給他買好了半年用的化肥，前幾天剛下過那場小雨，他就給所有的麥田都追了尿素。

但這時節的農活是做不完的。他仍然沒明沒黑在山裏操勞。二小子不在家，大小子已經分開家另過光景，他沒有依靠，只能自己一個人掙命刨挖。即使活路再緊張，他也不想麻煩少安。兒子已經買回來「機器」辦磚廠，忙得門裏門外亂竄，他怎忍心拉扯他呢？別說讓少安來幫他種莊稼了，就是兒子的那點地，也是他幫着給種上的！

孫玉厚老漢雖然忙碌和勞累，但心情倒也還不錯。家裏現在有吃有穿，沒甚麼大熬煎。兩個兒子各奔各的前程，小女兒今年也要從高中畢業了。要說有甚麼不暢快，那就是大女兒蘭花的不幸——這是他永遠不愈的心病。唉，有甚麼辦法呢？老天爺總要給人弄一點不如意！

正在這個忙忙亂亂的當口，孫玉厚的老母親突然生病了。其實，老人家渾身一直都是病。但這次看來得了急症——肚子疼。

這可把孫玉厚急壞了！

老母親已經一天水米沒沾牙，蜷曲在炕頭上不時發出呻吟。生命頑強的老人，今年整整八十四歲了。七十三，八十四，閻王不叫自己去 —— 這是高齡老人最忌諱的兩個歲數。

孫玉厚不敢再出山去了。他一時急得不知如何是好。少安也不在家 —— 他到原西和一個建築單位簽合同去了；據秀蓮說，得五六天才能回來。

晚飯後，他把玉亭叫下來。兄弟倆開始商量怎麼辦。

兩兄弟決定立刻把老母親用架子車拉到石圪節醫院去。

不料，老母親堅決不去醫院。

她呻吟着說：「你們把劉玉升叫來！」

兄弟倆聽母親說這話，一時面面相覷，倒不知該怎辦。他們知道母親叫劉玉升來是甚麼意思。一年前，他們村的劉玉升在一夜之間由凡人變成了「神仙」，開始給周圍村莊的莊稼人「治病」，據說特別「靈驗」。奇怪！這事甚麼時間倒傳進了這個不出門的老人耳朵裏？

孫玉亭嘴對着母親的耳朵說：「媽，那是迷信！」

他媽不管迷信不迷信，繼續用微弱的聲音堅定地說：「你們把劉玉升叫來！我夜裏夢見一隻白狗，在我肚子上咬了一口，早上起來就疼開了……」

怎麼辦？是不是去叫劉玉升來「捉拿」這隻該死的「白狗」呢？

兄弟倆大眼瞪小眼。孫玉厚無可奈何地說：「那就去叫劉玉升吧！」

「你也相信這神神鬼鬼？」玉亭瞪住眼問他哥。

「也不能說有，也不能說沒有……」孫玉厚含含糊糊說。

「我不能做這事。我歪好還算個共產黨員哩！」玉亭在這方面的原則性是不可動搖的。

孫玉厚歎了一口氣說：「那你回去，讓我去叫劉玉升，不要牽連你……」

本來，孫玉亭堅決反對去叫「神漢」劉玉升。但這是他母親的要求，他無法用革命道理說服這位糊塗的老人。

玉亭只好怏怏不快地離開這個即將發生「是非」的地方，拖拉着兩隻爛鞋趕緊回田家圪塄去了。

玉亭走後不久，孫玉厚老漢就起身去前村請劉玉升……

關於劉玉升的情況，我們過去了解甚微。我們只知道他是已改嫁到石圪節的王彩娥的親戚；並且在王彩娥和孫玉亭的「麻糊事件」和金富強佔她在雙水村的窰洞兩次關鍵時刻，他及時去向親戚通風報信。至於他和王彩娥究竟是甚麼親戚，連雙水村的人也不太清楚。

這劉玉升小時候出天花時，落下一臉坑凹，人們也叫他「劉麻子」。他倒也不忌諱這個綽號。

劉麻子身板乾瘦，一颳風能吹倒，勞動行裏實在不行。他老婆神經老早就不大對勁，瘋瘋魔魔的，頭髮經常亂得像個喜鵲窩，胸前衣服上的垢痂積了有一銅錢厚。兩口子生了六個兒女，加上劉玉升勞動不行，光景日月在雙水村也算得上最為爛包的一家。大集體時，分糧按工分人口二八來開成，雖然要出點糧錢，但吃飯問題也和村裏其他人家一樣，沒甚麼高低之分，勉強能維持一家人的性命。

但實行生產責任制後，全村大部分人家光景都已好轉，劉玉升的光景卻不如集體時候了！

反正總得要尋個生計。

一年前的某一天半夜裏，鄰居田海民和媳婦銀花突然被隔壁傳來的幾聲毛骨悚然的嚎叫聲驚醒了。他們分明聽見這是劉玉升的聲音。

第二天，劉玉升自己證實，那嚎叫聲正是他發出的。他瞪着一雙恍恍惚惚的眼睛，對雙水村某些年老的村民講，他昨天晚上下了一回陰界。他說他在睡夢裏到了地下一個洞中，看見了許多陰界的大官。有個坐在中堂的戴花鏡的老漢就是閻王爺——他面前放一本生死簿。閻王對他說，陽界你們那一帶沒人管生死，我叫你下來，封你為「黑虎靈官」；誰要死，你先替我審查一下。領旨以後，一個小鬼還領他在陰界轉了一圈；村裏過去死過的人他都見了，這些人在下面各做各的事。他點出了雙水村許多亡故人的名字：金老先生和他的兒子金俊斌，田二，以及其他一些人。他說田二在下面封了個照門房的職務；而五年前淹死的金俊斌職務是管水的，因此這幾年雙水村才沒有再發過洪水……

劉玉升信口開河胡扯一通，卻把村裏一些人驚得目瞪口呆……從此，劉麻子就成了雙水村一個顯赫人物。在暗中，人們對他的敬畏已經超過了村中任何一位世俗領袖。

新「出馬」的神漢劉玉升立即開始為人「治病」。由於幾次偶然和巧合，這傢伙真的把村裏幾個人的病「治」了。這下子聲名鵲起，連外面的村社也不斷有人來偷偷請他去治病。這大概使得石圪節和米家鎮的醫院門診率下降了許多。

劉玉升除過躺倒在炕上「悶夢」治病外，還兼看手相，以預測人的禍福和壽數。據劉玉升說，石圪節公社主任徐治功也偷偷讓他看過手相，以預測他這輩子的時運和仕途如何。只是治功本人從不承認有過這事。

劉玉升那純粹的瞎說有時也會碰巧言中，因此那「神性」竟然越傳越玄乎。有些農村的二流子看此道還不錯，就想拜他為師學幾手——即使不能隨意下陰界，光學會看手相就行了。但劉玉升不會將這「秘招」傳人。據說，他只給省裏慕名而專程來拜訪的一位熱衷於此道的作家略略指點了一二。

劉玉升因為和神鬼結了親緣，又和閻王爺「掛了鉤」，無形中對迷信的村民們造成了一種精神壓力。人們出於對自己命運的畏懼，誰也不敢再惹這傢伙。鄰居田海民雖然不信神，但他媳婦銀花卻怕得要命。經過好言協商，兩家人在院當中打起了一堵牆。從此，劉玉升獨院裏的那兩孔破窰洞，就籠罩上一層神秘的色彩，一般人平時誰也不去踏個腳蹤……

當孫玉厚老漢踏進劉玉升的家門時，這位神漢正坐在後炕頭上抽紙煙。他老婆和一羣衣衫襤褸的孩子在前炕的一堆破被褥裏搶奪着吃甚麼東西。窰裏光線暗淡，給人一種陰森森的感覺。

孫玉厚簡短地向劉玉升說明了來意。

劉玉升眯着眼沉默了一會，問：「我乾媽說啥沒有？」

「就說夢見一隻白狗在肚子上咬了一口……」孫玉厚說。

劉玉升又沉默了一會，然後咧開嘴狡獪地笑了笑說：「你家裏有玉亭哩……我不能去。但我乾媽有病，我也不能不管。你回去，晚上睡覺時，你和我大嫂頭蒙住，不要關門，我的魂來呀！」

劉玉升知道孫玉亭的革命性，因此不敢貿然親自上門去——看來神鬼也有懼怕的東西！

孫玉厚只好從劉玉升家裏出來了。

晚上睡覺時，玉厚兩口子按照劉玉升的指示，沒有關門；並且還用被子把頭蒙起來。

老兩口在被子裏憋着氣，一直沒有睡着。

半夜時分，突然聽見門關子響了一下——其實這是風搖動的；少安他媽便緊張地對老伴說：「來了！」

孫玉厚老漢繼續蒙着頭，從被子裏伸出一條胳膊，把少安他媽搗了一拳，意思是叫她不敢出聲。

可是第二天，玉厚他媽的病仍然不見好轉。

臨近黃昏時，孫玉厚老漢再一次上了劉玉升的門，請他無論如何親自到他家裏去看一下。他並且保證說，他弟玉亭根本不會知道這事。

劉玉升支吾着猶豫了半天，才終於跟孫玉厚起身了。

到家後，玉厚老兩口先侍候這位「神仙」吃了一頓白麪條。儘管天氣已經暖和，劉玉升還穿着那身用麻繩大納的舊棉襖，腰裏束一根拿各種顏色的破布條擰成的腰帶，如同纏一條花蛇。他乾麻子臉黑得像鍋底一樣，坐在麻油燈下吃了三老碗乾調白麪條。

吃完飯不久，劉玉升的目光就漸漸變了，直勾勾看着一個地方，怪怕人的。他用手摸了摸髒得像氈片一樣的頭髮，對孫玉厚說：「你先拿一把高粱稈，用刀背搗扁，在門背後用火點着。」

孫玉厚趕緊照辦了。

火點着後，他又讓孫玉厚端來一碗涼水。

他噙了一口水，「噗」一聲把門背後的火噴滅了。然後他關照孫玉厚的老婆說：「嫂子，你把我乾媽的臉蒙起來，不要叫老人家受了驚嚇。我一會有個甚麼，你們也不要怕。」

少安他媽趕緊用被子把婆婆的臉蒙住。

劉玉升眼睛癡呆呆地望着對面牆，倒退着上了孫玉厚家的小土炕，連鞋也沒脫。

他對孫玉厚兩口子說，他們當年在這裏建家時並不知道，這地方多年前曾死過一隻白狗，埋在窰上面的山坬上，後來就成了精。他說玉厚老母親的病肯定沒甚麼大危險，因為他以前在陰界的生死簿上沒見閻王爺把乾媽的名字用紅筆打了叉。

說完這些話後，劉玉升就慢慢合住眼，嘴裏開始唸嚷一些凡人所不能知曉的咒語。

緊接着，只見他「咚」一聲栽倒在前炕上，身體僵直，雙拳緊握，嘴裏吐着白沫子，牙關子咬得格巴巴價響！

孫玉厚兩口子恐懼地退到後窰掌的腳地上。他們好像聽見劉玉升嘴裏喊：「小鬼！快把白狗精收回去……」

不一會，又見劉玉升一隻手在身體下面的炕蓆片上抓甚麼。抓了一會，只見他胳膊一揚，把甚麼東西向窗戶上撒去 —— 只聽見窗戶紙被打得啪啪價響！

玉厚老兩口被這非凡現象驚得嘴巴張了多大！

哈呀，這劉玉升就是有神靈哩！蓆片上乾乾淨淨，他把甚麼東西揚到窗戶上了？不得了！光蓆片上都能抓起東西哩！

其實，劉玉升麻繩子大納的破棉襖上有個暗口袋，裏面裝着沙土。他假裝手在蓆片上摸，實際上是偷偷從這口袋裏摸出沙土來，猛然揚在了窗戶上……

劉玉升嘴裏胡唸嚷着，間隔地向窗戶上揚了幾把沙土後，就直挺挺地躺在前炕上，張開嘴向土窰頂上一口一口吹氣；其吃勁程度就像田福堂犯了肺氣腫病。少安他媽見其狀，立刻從後炕上拿起一個枕頭，準備墊到劉玉升頭下，結果被孫玉厚威嚴地阻止了；老漢用眼神向老婆暗示：這是神性！

又過了一會，劉玉升呻吟般地向窰頂上吹了最後一口氣，才慢慢睜開了眼睛。他身體隨即鬆弛下來，但仍躺着，也不看人，只看窰頂。

很久，他才從炕上爬起來 —— 蓆片上留下一攤涎水。

現在他爬蜓着坐到炕欄邊上，兩條腿軟綿綿地耷拉着，像走了很長時間路。

孫玉厚現在才敢走到他跟前，給他把旱煙鍋遞到手裏。

劉玉升抽了一鍋煙，來了精神，便開口說：「我剛才下了一回陰曹，閻王爺沒聽說過這隻白狗精，不好捉。後來派了兩個小鬼上來，還沒捉住。不過，你們不要擔心，閻王爺天不明時還要派四個小鬼上來，肯定能捉住哩……嘿！我從陰界上來時，見咱們村的俊斌跑到廟坪山後堿上玩耍哩！我對他說，下面正點名，你還不快回去？這小子才跑下去了……」

劉玉升一邊說，一邊將一個骯髒油污的線口袋從懷裏掏出來，放在了炕上。少安他媽趕緊拿起這口袋，到後窰掌裏裝了兩大升麥子。

劉玉升說：「本來咱們同村鄰舍，我不能收你們的東西。但這是陰曹下面的規定，不收也不行……」

孫玉厚趕忙說：「那怎能哩！」他隨即又揭開那隻舊木箱，把一塊二尺左右的紅布也拿出來，連同糧食一起放到劉玉升面前。

劉玉升把紅布塞在棉襖襟子裏，把那袋小麥扛在肩頭，就要起身走了。

「我拿手電把你送一下。」孫玉厚說。

「不用了！我們這號人白天和晚上一樣，都能看見路哩……噢，我倒忘了！你們今晚上用一斤白麪捏成兩個豬像，在灶火裏燒熟，趕天不明時送到田家圪塄下面的河灣裏，放在一塊乾淨石頭上，周圍畫一個圓圈。白狗精走時，歪好吃上一點，以後就不會記仇了……」

孫玉厚老兩口連連點頭應承了下來。

劉玉升走後，少安媽就用一斤多白麪捏了兩個「豬像」，在灶火裏精心燒烤得焦黃噴香。

天不明時，孫玉厚按劉玉升指定的地點，把這兩塊吃食送到東拉河岸邊一塊乾淨石頭上，用手指頭在周圍畫了一個圓圈。

玉厚老漢怎能想到，他離開河岸不久，劉玉升就來到這裏，把這兩塊還溫熱的吃食拿回家，給他的六個小「白狗精」分着吃了……

第二天早晨，孫玉厚他媽對兒子和媳婦說，她的肚子好些了。孫玉厚兩口子在高興的同時，對劉玉升敬佩得五體投地。

可是好景不長！中午時分，老人的病情突然加重了 —— 肚子疼得在一堆破棉絮中滾來滾去！

孫玉厚大驚失色，趕緊把孫玉亭叫下來。弟兄倆不敢再瞎折騰，手忙腳亂把老母親拉到石圪節醫院。

醫生一檢查，是肚子裏有了蛔蟲；隨即給開了一瓶「驅蛔靈」。

老人回到家，吃了兩次藥，就屙出了幾條蛔蟲，肚子自然也就不再疼了。

第十四章

在祖母生病的幾天裏，孫少安一直在原西縣城奔波，因此他對家裏發生的事一無所知。

實際上，就是他在家，也不會像以前那樣，為了老人的一點病，就可以把一切都撂在一邊。

這不是說他對祖母的熱愛已經消淡了 —— 他實在是忙不過來呀！製磚機一開始轉動，他自己也跟着旋轉起來。各種生產環節，七八個僱用的工人，還要親自跑着搞經銷，簡直亂成了一團。一個高小文化程度的農民小子，突然辦起了這麼大的事業，那種繁忙和緊張都難以用筆墨來描述。儘管他用每月一百五十元工資僱來的河南師傅主管磚廠的生產流程，但他是這磚廠的主人；他不得不將大量的精力投入到生產現場 —— 搞好搞壞最後都是他自己的，和河南師傅屁不相干！另外，他還得經常往信用社、稅務所、運輸公司以及買方等等部門穿梭奔跑。

他不在家的時候，他老婆就成了磚廠的主管人。可憐的秀蓮除過給七八個人做飯外，還得給買方點磚數，開發票當會計 —— 這一切都夠難為她了。

小兩口再也不可能夜夜消閒地鑽在一個被筒裏摟着睡覺 —— 他們常常好幾天都見不上一面。虎子幾乎一直跟爺爺奶奶住；他們顧不上照管自己的寶貝蛋。

當然，他們如此掙命，是因為生活突然充滿了巨大的希望。有了希望，人就會產生激情，並可以義無反顧地為之而付出代價；在這樣的過程中，才能真正體會到人生的意義。甚麼是人生？人生就是永不休止的奮鬥！只有選定了目標並在奮鬥中感到自己的努力沒有虛擲，這樣的生活才是充實的，精神也會永遠年輕！

眼下，農民孫少安儘管不會這樣表達他的思想，但所有這一切他都實實在在感受到了。在農村這個天地裏，他原來就不是平庸之輩；只不過在往日那漫長的年月裏，他想做的事情不能做，不想做的事情卻又非做不可。

好，現在政策一變活，他終於能放開馬跑了！

兩個多月來，少安和秀蓮儘管累得半死不活，但小兩口心裏從來也沒有像現在這樣暢快過。兩個小學文化程度的人，已經在他們新家的小土炕上，扳着手指頭反覆計算過今年下來的光景。如果不出甚麼差錯，他們將在年終還完貸款後，還有兩三千元的收入 —— 更主要的是，製磚機和磚廠所有的財產都將成為他們自己的囉！

隨着全社會的改革與開放，國家迅速地轉入了大規模的建設時期。從農村到大大小小的城市，各類建築如雨後春笋一般破土而出。有些屬於計劃之內，有些是盲目上馬。整個中國似乎變成了一個大建築工地。在這樣的形勢下，各種建築材料都成了熱門貨。木材在漲價，鋼材在漲價，而磚瓦一直供不應求！尤其是寶貴的鋼材，就像困難時期的營養品一樣，受到了嚴格的控制。越是控制，越是緊缺，漏洞也就越多；各種後門洞開，許多環節上都有不法之徒大發橫財——報紙上不時報道有貪財的官員鋃鐺入獄！

孫少安開辦磚廠，的確趕上了當口——他不愁他的磚沒有銷路。

但是，要把每一塊磚變成人民幣，還得要費一番周折嘍！如果按當時通行的價格，那倒很省心——起先他就是這樣把磚賣掉的。可是有一次，他碰見「誇富」會上和他住同屋的「冒尖戶」胡永合，把他這種便當的買賣大大嘲笑了一番。

胡永合告訴他，現在的買賣人沒他這號瓷腦！他教導孫少安說：腦筋放活些！你把買方的人請到食堂裏吃上一頓，每塊磚就能多賣一二厘錢！

孫少安大為驚訝。他先把這位「傳教士」請到原西縣國營食堂吃了一頓。這頓飯使兩個買賣人成了朋友。三杯酒下肚，生意油子胡永合又給他傳授了不少竅道。

打這以後，孫少安就「靈性」多了。按胡永合的教導試了一回，果真靈驗——原來一塊磚最多賣三分八厘錢，這次賣了三分九厘。一塊磚多賣一厘錢，那就是一筆不小的款項；請一兩個人吃頓飯能花幾個錢！

當然，作為一個本分農民，起先這樣做的時候，他心裏總有點七上八下，很不踏實。後來他才知道，你不這樣做也不行！有些公家人不僅不在乎這種請客送禮，而且還主動暗示或直截了當要你「出血」。這是一種「互惠」生意，既然公家人不怕，一個農民為甚麼有便宜不佔呢？

一個可悲的事實是，許多土頭土腦的農民，很大程度上是因為公職部門的不正之風和某些幹部的枉法行為，才使他們成為「熟練的」生意人。他們提着黑人造革皮包，帶着好煙名酒，從鄉下來到城裏，看起來動作遲笨，一臉忠厚，但精明地不會放過任何一個可以打開的「缺口」。

但和胡永合這樣的生意人相比，孫少安在這方面仍然沒有開甚麼大竅。他只會請人家在食堂裏吃一頓飯 —— 這是一個得了好處的鄉下人通常感謝別人的方式。

說起來，孫少安的身上也還有一些明顯的變化。比如說他現在的衣着裝束，就今非昔比了。如今他只要外出辦事，就會換上那套「禮服」：貼身一套紅線衣，外面是一身廉價混紡毛料制服；足登「力士」牌球鞋，頭上戴一頂深藍的卡單帽，手裏像其他生意人一樣提着黑人造革皮包（也可斜着大背在身上）。當然，這身打扮在城裏人看來仍然是個土包子，但在農村，就算很「洋」了。秀蓮堅持要讓他這樣改頭換面。少安自己也感覺到，到城裏辦事，一身老百姓衣服實在蹬打不開。穿着這身新衣服，開始時還怪有點彆扭，以後慢慢也就習慣了……

現在，孫少安就是這麼一副裝束，坐在原西縣國營食堂的小餐廳裏。

他正在這裏請客吃飯 —— 當然是為了銷售他的磚。

客人是原西縣百貨公司的正副經理和這個單位管基建的幹部。副經理我們已經熟悉了 —— 跛女子侯玉英的父親侯生才。正是因為少平當年曾經在洪水中救過侯生才的女兒，這筆生意使孫少安多賺了不少錢。百貨公司要新蓋一座三層樓的門市部，需要大量的磚。有許多磚廠在競爭這個大買主。當主管基建的副經理侯生才知道少安就是少平的哥哥後，毫不猶豫把好處先給了他；並且每塊磚出價四分——這比當時通行的價格高出二厘。侯生才的「理由」是，少安的磚好。當然，少安的磚確實也好，壓力係數都在一百號以上（七十五號以上就是國家標準）。

為了感激慷慨的侯經理，少安就在縣國營食堂的小餐廳裏搞了這桌飯。從原西水平來說，這桌飯菜已經屬最高層次了。桌上有山珍海味，還上了各種酒。少安殷勤地為那三個人夾菜勸酒，儘量使自己的風度像那麼一回事；生活已迫使一個封閉的鄉下人向外部世界開放。

吃菜喝酒的時候，孫少安無限感慨地想起，當年就是在這地方，他和潤葉曾經一塊吃過一頓飯。那頓飯是潤葉請他的。那時，他是何等的窘迫與恓惶啊！誰能想到，今天他能在這同一個地方，鋪張地請別人吃宴席呢？

他由不得想起了潤葉——這幾年裏，他很少再想起這個曾經愛過他的人。對於一個在實際生活中陷入千頭萬緒矛盾中的農民來說，沒有那麼多閒暇勾起自己的浪漫情思。不過，一旦想起這個人，他就會想起自己整整一段生活歷史；不僅是當年他和潤葉的關係，還有他自己和一家人曾經度過的那無比艱難的歲月……

他在飯桌上的情緒突然低落下來。此刻，他痛苦地想到，他們家其他人的情況眼下仍不景氣。分家以後，父親的負擔加重了，那麼大年紀，還得像小夥子一般出山勞動。弟弟一個人流落門外，誰知成了一種甚麼樣子。姐姐家的狀況更是一如既往；就連上高中的妹妹，也是很艱難的。

孫少安的額頭冒出了一層冷汗。他內心裏剎那間升起一股羞愧之情：分家之後，他只顧他自己的事，對家裏其他人幾乎沒盡甚麼責任。他太混帳了！一天忙着為自己賺錢，連弟弟和妹妹都沒顧上去關照一下 —— 他們嚴格地說還沒有長大呢！

孫少安勉強賠着笑臉吃完了這頓飯，把三位客人送出了國營食堂。

他決定立刻到中學去找妹妹 —— 他要給她留下五十元錢。

是呀，親愛的妹妹馬上就要高中畢業，她已經長成大姑娘，尤其在穿着方面應該像個樣子了。本來，他想自己到商店給蘭香去買幾件衣服，又怕不合身，就決定到中學去把錢送給妹妹，讓她自己去挑揀着買一身好衣裳。

孫少安提着那個黑人造革皮包，急匆匆地往中學趕去。在此之前，他已經打問好去石圪節的一輛順車；給蘭香把錢送下，就得趕緊搭車回去 —— 他已經出門幾天，心裏惦記着家裏那一攤場。秀蓮一個人顧不來啊！

蘭香正在上自習。他把她從教室裏叫到外面的大操場上。

他先簡單地詢問了一下妹妹的情況。

蘭香說她甚麼都好着哩。

他於是就掏出那五十塊錢來給妹妹。

可蘭香卻不接這錢。她不知為甚麼眼裏突然湧上淚水，說：「我有錢哩……」

「你哪來的錢！」少安見妹妹不接錢，有點生氣。

「我二哥每月給我寄十塊……」

孫少安一下子呆了。

呀，他沒想到弟弟一直給妹妹寄錢！

他的喉嚨頓時像堵塞了一團甚麼東西。

他有些聲軟地說：「你二哥的是你二哥的，這是大哥的。你拿上給你買一身時新衣裳，你看你這身衣裳都舊了……」

蘭香摳着手指頭，突然揚起臉用淚濛濛的眼睛望着大哥，說：「哥，我知道你的心哩。現在分了家，你們那面有我大嫂哩。我不願叫你作難。你不要給我錢。我不願意大嫂和你鬧架。我手頭寬裕着哩……」

少安的眼窩發熱了。

他接着又硬把錢往妹妹手裏塞。蘭香卻掉轉身，手抹了一把眼淚，跑回教室裏去了……

孫少安手裏捏着五十塊錢，呆呆地立在空蕩蕩的中學操場上，一顆傷痛的心像是泡在了苦澀的鹼水裏。

……他不知道自己是怎樣走出原西縣中學的。他也不知道自己是怎樣從原西縣回到石圪節公社的……

孫少安在石圪節下車後，便神情恍惚地向雙水村走去。

一路上，那無聲的哽咽不時湧上他的喉嚨。他的胸口像壓了一塊石頭。多麼痛苦啊！他記起，那年因為擴大自留地在公社批判完後，他就是懷着這樣痛苦的心情，從這條路上往村子裏走。那時的痛苦一切都是因為貧困而引起的。可現在，他懷裏揣着一捲子人民幣，卻又一次陷入到深深的痛苦之中！

生活啊，這是為甚麼？貧窮讓人痛苦，可有了錢還為甚麼讓人這麼痛苦？

過了罐子村，在快要進雙水村的時候，孫少安實在忍不住了。他突然從公路上轉入一塊莊稼地，找了一個四處看不見人的土圪塝，一下子撲倒在土地上，抱住頭痛哭起來！

山野悄無聲息地傾聽他的哭泣。

落日將要沉入西邊的萬山叢中；圓圓的山包頂上，均勻地塗抹了一層溫暖的橘紅。有一羣灰白的野鴿從蔚藍色的天空掠過，翅膀扇起一片嗡嗡的聲響。不遠處的東拉河邊，傳來黃牛的一聲低沉的哞叫……

好久，孫少安才從地上爬起來。他拍打掉衣服上的灰土，又抹下頭上的布帽擦去了臉上的淚痕，然後無精打采地捲起一支旱煙棒，蹲在地上靜靜地抽起來。他臉色灰暗，看上去像剛剛生了一場大病。

一直到太陽完全落山以後，他才從地上拾起那個黑人造革皮包，拖着兩條無力的腿，慢慢向村中走去。

拐過一個山峁後，他猛地立在了公路邊上。

他看見了他的磚廠！那裏，製磚機在隆隆地響着，六七個燒磚窰的爐口閃耀着紅光；滾滾的濃煙像巨龍一般升起，籠罩了一大片天空。

一股洶湧的激流剎那間漫上了孫少安的心頭。他疲憊的身體頓時像被人狠狠抽打了一鞭，立刻振作起來了。

是的！不論怎樣，他還得在這條新闖出的道路上頑強地走下去；一切都才剛剛開始，他的心不能亂！這麼大的事業，如果集中不起精力，搞倒塌了，那後果不堪設想！

決不能鬆勁！他還應該像往常一樣，精神抖擻地跳上這輛生活的馬車，坐在駕轅的位置上，繃緊全身的肌肉和神經，吆喝着，吶喊着，繼續走向前去……

孫少安迅速地捲起了一支旱煙捲。

他鼻子口裏噴着煙霧，扯開腳步匆匆地向他的磚廠走去；他遠遠地看見，頭上攏着白羊肚子毛巾的妻子，已經立在一堵藍色的磚牆旁等待他了。

第十五章

我們最初知道蘭香的時候，她還是個十三歲的孩子。現在，站在我們面前的，已經是一位窈窕的大姑娘了。

她今年整整十九歲。

我們真驚歎這貧窮的山鄉圪塄裏養育出如此出眾的女孩子。瞧，那一身舊衣衫包裹着的身材是多麼挺拔而苗條！潔白的臉龐像上了釉的白瓷，閃着珍珠般的光澤；黑油油的剪髮優美地彎曲在腮邊，使那俏麗的下巴顯得愈加叫人心疼。長長的睫毛護着一雙清澈動人的眼睛……當她靜靜地坐在教室裏的時候，我們會不由想起不朽的羅丹那尊著名的雕塑《沉思》。

貧困的家庭出身和艱難的生活磨練，使孫蘭香並不特別留心自己的漂亮。

這個在窘迫和煎熬中長大的姑娘，很早就開始直面艱辛的人生。她的意識中時常充滿了憂慮，焦灼地凝視着自身以外的生活。奶奶、父母親、兩個哥哥和姐姐一家人，都無時無刻不在她的關注之中。唉，她無力去幫助所有這些親人，但她為親人們的一切不幸而揪心地痛苦呀！

蘭香強烈地意識到，她讀到高中是多麼不容易！現在她明白了，她一生不能再回到農村去；她一定要考上大學。那年在石圪節的時候，她還曾打算連初中都不上完就回家去。現在想起來都有點後怕。是的，她怎麼沒學下個甚麼名堂就回去呢？這樣她就對不起含辛茹苦的一家人；她只有考入大學，才不辜負親人們的一片苦心！

從進入高中那天起，考大學就成了蘭香追求的目標。自一九七七年恢復高考制以來，原西縣高中每年都有幾十名學生進入大學門，這無疑極大地刺激了像她這樣有抱負的青年。

正因為這樣，學習對她來說是至高無上的。近三年來，她不僅在班上，而且在整個年級保持前三名的位置。在九門功課中，數學、外語、物理、化學和生物，考試幾乎常常是滿分。但她並不滿足。她知道，高考是全國性的競爭，光在自己學校考高分並不能保證全國統考也能考出好成績。

馬上就要高考了。再有幾個月，她就要面臨這個決定自己一生命運的關口。不管她考上考不上，她都將會變成另外一個意義上的孫蘭香。當然，這次命運的大決戰不僅對她是至關重要的，對所有的同學都一樣。

班上抱有希望的只是一部分人，另一部分人已經不抱甚麼指望——他們知道自己沒有多少腦水。後一部分人包括許多城裏學生。上高中時，他們仗着自己的優越，功課抓得不緊；現在事到臨頭卻大勢已去，只好開始動員父母親為自己尋找出路。

畢業班一片緊張與慌亂。

蘭香也在內心隱隱地感到一種恐懼。她知道，要是高考榜上無名，對她來說，那後果就不堪設想。她清楚地知道，那時會有甚麼樣的命運在等待着她。她將在一兩年內出嫁。而像她這樣的家庭，又能嫁個甚麼人呢？和一個農村後生結婚，過好了，自己能維持自己；過不好，還得連累老人和兩個哥哥——姐姐的不幸就在她眼前明擺着……晚上睡覺時，她常夢見自己沒有考上大學；醒來之後，手裏捏着兩把冷汗。

她只能一心鑽到功課中去；除此之外，其他任何事都引不起她的興趣。她的學習幹事職務，也是老師做了許多次工作才勉強接受了的——她怕當「官」影響她的學習。

班上的女同學們，都到了一個鮮花般的年齡，個個開始精心打扮自己。洗髮精、面霜、頭油，甚至口紅或其他一些很有名堂的化妝品，都出現在各自的小木箱中。有些沒指望考上大學的女生，已經開始談戀愛了。對於這個年齡的女孩子，她們的愛美之心不僅無可指責，而且是我們生活中最為動人的現象；我們的世界正因為有花朵般的姑娘，才永遠如此美好！

但孫蘭香除一塊香皂和一隻貝殼裝着的廉價擦臉油外，甚麼也沒有。一方面她生性不愛塗脂抹粉；另一方面，她也沒錢買這些東西。別說這些花費了，直到現在，她還沒有過一件像樣的衣服。好在她那天生麗質大大彌補了穿戴的寒酸，因而仍然在女同學中鶴立雞羣，使得姑娘們妒忌不已。

自從進入高中後，她只能勉強維持自己的一般生活。當然她還不像兩個哥哥上學時那樣艱難；她起碼能吃飽飯，並且也還能吃得起一份乙菜。

在這期間，曾給她帶來過重大打擊的，莫過於大哥和他們的分家了。從她記事起，一家人的依靠就是大哥。一旦沒有大哥，他們家的日子怎麼過？多麼憂愁啊！她曾為這事偷偷哭過好多回。

後來，是她二哥使她從驚恐中平靜下來。她在實際生活中感到，只要有二哥，她也就不必過分擔心。她越來越看出，二哥是一個不平常的人。他和大哥一樣能吃苦受罪，而且懂的事也多；跟上他，就覺得甚麼也不怕了。她甚至還這樣想過：將來能尋二哥這樣一個男人就好了！

二哥一直對她特別關懷，每月都從黃原給她寄錢來，並且還常寫信開導她，鼓勵她。她最愛讀二哥的信，還在筆記本上抄了他的許多話。她也常給他寫信，甚至還敢在信上和他討論一些「大」問題哩。她的信是寄給金波哥轉他的。

二哥不久前在信中寫給她的一段話，使她的心情久久不能平靜。那信是這樣寫的——

……親愛的妹妹，關於你，說心裏話，是出乎我意料的。因為我原來對你不抱甚麼大的希望。我想你一生能有個溫暖的家庭，生兒育女，有吃有穿，不要像姐姐那樣恓惶和屈辱就行了。現在我越來越看出，實際上你的天資比我和大哥都高。你一定能考上大學的！而且我從你的來信中，看出你已經對人生在較高的層次上有了覺悟。這使我非常激動！我感到，人的一生總應有個覺悟時期（當然也有人終生不悟）。但這個覺悟時期的早晚，對我們的一生將起決定性的作用。實際上就是說我們應該做甚麼人，選擇甚麼樣的人生道路。

我們出身於貧困的農民家庭——永遠不要鄙薄我們的出身，它給我們帶來的好處將一生受用不盡；但我們一定又要從我們出身的局限中解脫出來，從意識上徹底背叛農民的狹隘性，追求更高的生活意義。

要知道，對於我們這樣出身農民家庭的人來說，要做到這一點是多麼不容易啊！

首先要自強自立，勇敢地面對我們不熟悉的世界。不要怕苦難！如果能深刻理解苦難，苦難就會給人帶來崇高感。親愛的妹妹，我多麼希望你的一生充滿歡樂。可是，如果生活需要你忍受痛苦，你一定要咬緊牙關堅持下去。有位了不起的人說過：痛苦難道是白忍受的嗎？它應該使我們偉大！

另外，我不知在甚麼地方看過一則消息，對我們很有啟發：有位美國總統的女兒為了不讓父親供養她上學，自己便利用課餘時間到飯館裏為人家洗碟子賺錢……妹妹，二哥這樣說，不是逼着讓你也去自己謀生！相信我每月的十塊錢一定準時寄給你！真想和你在一塊好好談談……有時間就來信，並希望能把字寫大些，不妨出出格嘛……

這封信引起了她強烈的震動。她在心裏慢慢揣摸二哥的這些話。她內心非常激動，似乎多少年一直堵在眼前的一片朦朧的雲霧，突然被陽光撕開並被大風吹散，使她看見了生活無比廣闊的地平線。真的，她現在對二哥產生了一種崇拜的感情 —— 就像她小時候崇拜大哥一樣！

可是實際上，她對大哥的尊敬一點也沒少。她現在只是認識到，大哥和二哥不一樣。

她明白，大哥因為文化程度低，從小又壓上了生活的重擔，只能和大多數農民一樣為最實際的生活問題而操勞 —— 她深知大哥受過甚麼樣的苦啊！一想起大哥，她眼圈就發熱……

現在，大哥終於辦起了磚廠，不要再像過去那樣窮困。為此，她心裏也為大哥而感到驕傲。她希望大哥發達起來 —— 正是因為大哥的光景翻了起來，村裏人現在才不再小看他們一家人。同時，也正是家庭出現了這種新背景，才使她自己心裏踏實了許多，覺得在同學們面前不很自卑了……

但蘭香又清楚地知道，大哥和他們不再是嚴格意義上的一家人。一旦分開家，大的方面只能是各顧各的光景。

光大哥好說，可還有大嫂哩。大嫂雖說也是個十分好的人，但分家後，當然要維護自家的利益 —— 這是正常的。就是互相幫助個甚麼，也得明確這是兩家人之間的互相幫助，而不能再是一筆糊塗賬。

當然，實際上也不可能一切都斤斤計較。虎子不照樣還在他們這邊家嗎？而大哥和嫂子也常給他們做這幫那。只不過較大數字的開銷，那就得大約有個計算了，否則，大嫂當然會不高興！

正因為如此，不久前她才沒有接大哥給她的五十塊錢。

蘭香知道，大哥當時的確是一片真心。但她又知道，這錢是大哥瞞着大嫂給她的。以後萬一被大嫂知道了，說不定要和大哥吵架；她怎麼能因為五十塊錢而使大哥和嫂子鬧不和呢？

大哥走後，當時她又反覆想了這件事，覺得沒有接大哥的錢是完全正確的。

唉，這不是說她不需要這五十塊錢！二哥每月的十塊錢，她只能勉強維持自己的伙食，另外的花費就十分困難了 —— 光高考的復習材料就得許多錢；幸虧開學時，二哥還給她留了二十幾塊錢，交過八塊五毛報名費後，手頭丟下十幾塊，摳掐着應付那些必不可少的開支。至於生活中的其他奢望她一點也不敢有。半年來，她連一場電影也沒有看過；一方面是因為高考臨近，她要抓緊時間復習功課，更主要的是她捨不得花那一毛錢！

眼下，蘭香惟一的願望是買一件短袖衫。天馬上就要大熱了，她連一件短袖衫也沒有。兩件換着穿的長袖衫，天一熱，只能把袖子捲到半胳膊上，像上了箍似的難受。

可是，一件稍好點的短袖衫少說也得十幾塊錢，她手頭只有幾塊錢，而且除萬不得已決不敢花出去！

但不論怎樣，她既不能拿大哥的錢，也不準備另外向二哥開口要。湊合着穿長袖衫吧！她決不能再給家裏人添麻煩了……

大哥走後的第三天，他們班的一位女同學患急性盲腸炎，在縣醫院動了手術。班上的同學們都先後到醫院去看望了。她也準備去看望。而到縣醫院看望生病的同學得帶點禮物 —— 這錢是無論如何要花的。

她正準備去街上買點食品，金秀卻帶着一挎包東西來約她一起去看這位同學。蘭香明白，親愛的金秀知道她手頭缺錢，就先買好東西拉她去醫院 —— 禮物算是她們兩個人一塊給這位同學送的。

和蘭香同歲的金秀也長成了一位漂亮的大姑娘。金秀是另外一種漂亮。她比蘭香個頭低，但身材勻稱而豐滿，兩隻水汪汪的大眼睛流露出溫柔而多情的波光。她的學習雖然在班上不是拔尖的，但門門功課都很扎實。金秀和蘭香一直保持着十分親密的關係，像一對親姐妹。金秀已經確定要報考省醫學院，而蘭香對自己報考的學校和專業心中還沒數……

下午課外活動時，兩個好朋友拿着東西，一塊相跟着去看望生病住院的女同學。

到醫院後，金秀在同學的病牀前坐了一會，說她父親給縣運輸公司的一位熟人捎來一封信，她要給人家送去，便先告辭走了。

蘭香一個人和同學又拉了一陣話，才從病房裏出來。

她無意中看見，醫院不遠處的地方正在箍一長排窰洞。她馬上想到，她二哥在黃原也是給人家幹這種活的。她竟然不由自主走過去，想看看這些人是怎樣幹活的 —— 這樣她就會大約估摸出二哥在黃原的情況。

蘭香走近前去，看見石匠們都光着膀子，只穿件小布褂，分頭忙活着。有的人在土場子裏細心地拿錘鏨琢磨粗糙的石塊；有的人往壘起一截的窰牆上揹石頭。牆頭上立着高人一等的大匠工，不時吆喝下面的小工送這運那。到處是一片爆竹似的錘鏨聲。

蘭香突然發現，提泥包的大部分是一些女孩子。看她們的穿着，不像是農村來的。

她於是就好奇地問其中一個提泥包的姑娘：「你們是哪裏來的？」

「我們是這城裏的待業青年。」

「你們一天賺多少錢？」蘭香大膽地問。

「一天一塊半。」

啊，一天就賺一塊半錢呢！這些女孩子看來和她的年齡差不多，人家一天就能賺這麼多錢！

蘭香的心不由動了一下：我能不能也來這裏提泥包呢？當然，白天她要上課。不知道這裏晚上幹不幹活？要是晚上能來幹幾個小時，哪怕賺幾毛錢都行呢！

她於是又惴惴不安地走過去，問剛才那個女孩子：「你們晚上幹不幹活？」

那女孩子莫名其妙地看了一眼多嘴的蘭香，說：「我們晚上不來。但匠人們晚上還做活。」

「那晚上誰給匠人們提泥包呢？」

「他們自己騰出人手提……」

「那我晚上來提泥包不知行不行。」

「你呀？」

「嗯。」

「那你要去問站場的工頭！」

「哪個人是工頭？」

這女孩子便給蘭香指了指不遠處一個立着抽黑棒捲煙的人。

孫蘭香已經決定要來幹這活了！她記起了二哥信中所說的話。

她想，人家美國總統的女兒都能跑到飯館裏洗碟子賺錢，她為甚麼不可以提泥包賺點錢呢？

二哥說得對，要自強自立！她一家人都是吃苦幹活的人，她自己幹點活又有甚麼了不起的！二哥說了，不要怕苦難，如果能深刻地理解苦難，苦難就會給人帶來崇高感。對，她這樣做，不應該有任何一點害臊的感覺。

蘭香身上具有孫家的那種倔犟勁。她真的勇敢地走到那位站場工頭的面前，向他提出了自己的願望。

工頭聽完她的話，又了解了一下她的身世和眼下的情況，大為驚訝。

看來這工頭對人有同情心。他立刻慷慨地說：「你要是不怕誤課，你就來。幹兩三個鐘頭活，給你開上五毛工錢！」

蘭香又高興又激動地離開了醫院。她猛然覺得自己長成了大人——她驚訝她竟敢做出如此大膽的抉擇！

既然這樣決定了，她就應該毫不畏懼地投入這種生活。她白天可以增加學習時間，好把晚上的時間騰出來去幹活。當然，她不會幹太多的天數，因為高考快臨近了。她只準備做一個來月活，賺的錢夠買一件短袖衫就行了。她想，用自己賺的錢買一件衣服，穿着更有意義！只是有一點，這事既要瞞着同學們，又不能讓家裏人知道……

從這一天以後，每到傍晚，蘭香就以各種理由離開學校，然後悄悄來到醫院的基建工地，為箍窰洞的匠人們提泥包。

這樣一個漂亮的女孩子出現在一羣攬工男人中間，當然會受到一些粗言俗語的傷害。但我們的蘭香有她自己的一套對付辦法。她一開始就對所有做活的人尊敬地稱他們為「叔叔」和「大哥」，把那些口出粗言的傢伙捧到「人」的位置上，結果使他們自己羞愧不堪。這些人終究也是人，一旦你尊敬他，他就不會再牲口似的對待你了。

提泥包的活並不輕鬆。十點鐘左右收工後，蘭香常常渾身酸疼難忍。她先躲進醫院的女廁所裏，把外面那身糊滿泥巴的衣服脫下來，塞進自己的書包裏，然後就穿過夜晚清冷而空曠的街道向學校趕去。

一個人行走在寂靜無聲的街道上，她常常會仰起頭來，眨巴着那雙美麗的眼睛，迷惑地瞭望着暗藍而幽深的天空，瞭望着那一輪皓月和滿天繁密的星斗，陷入到了深遠的沉思之中。哦，人生，宇宙，一切都是多麼神秘和深奧！她突然想起不知在甚麼地方看過的幾句詩：走千山，涉萬水，登不上你的殿堂……

這個天賦很高的姑娘，常常在這樣的時候，會產生某種突發的奇想。

某一天夜裏在醫院幹完活後，她一邊往學校走，一邊猛然想：我將來一定要乘宇宙飛船到太空去！不知中國有沒有與此有關的大學？她要去問一問老師 —— 如果有，她就一定去報考！

第十六章

一大早，太陽還沒有從東拉河對面的山背後升起的時候，睡夢中的雙水村人就聽見後溝道裏傳來一陣機器轟隆隆的響聲。

這是少安的磚廠又開始了一天的繁忙。

自雙水村的新強人孫少安用機器製磚那天開始，這聲音就天天震動着這個古老的村莊。

開始的幾天，全村不論大人還是娃娃，都先後新奇地跑到孫家開辦的「工廠」來參觀。人們圍着那台神秘的製磚機，看着土磚坯像流水似的從傳送帶上源源不斷地運出來的時候，一個個都驚訝得嘴巴張了老大。哈呀，這玩藝兒神了！甚麼能人造出這麼好的東西呢？如果每家都有這麼一件機器，那人人都可以發大財！

當打聽到這傢伙的價錢時，莊稼人才又驚得舌頭在嘴裏彈得嘣響。

後來，人們對少安的「工廠」習以為常了，也就不再來參觀。他媽的，看一回叫人眼紅一回！眼紅人家又頂屁用哩？沒能耐的人還得用雙手在土地上刨挖着吃！

雙水村搞了責任制以後，一下子平靜了許多。我們知道，這個往日有名的嘈雜村莊，過去經常人喊馬叫的，好像天天都在唱大戲。可是現在，人們單家獨戶種莊稼，各謀各的光景，誰還有心思去管那些閒淡事？再說，也沒甚麼相聚的機會。主動去串門？沒工夫！真是不可思議呀，一個村的人，如今甚至幾個月都不見一面！村中各處的「閒話中心」早都自動關閉了；只留下幾個不能出山的老漢聚在公窰外面的官路旁，觀看來往的車輛行人，說他們那些老掉牙的話題。

好安靜的雙水村！

可呀，外人並不知曉，實際上村裏每個人的心中從來沒像現在這樣騷亂和喧嘩。

是呀，新的生活帶來了新的問題、新的矛盾和新的慾望。大多數人肚皮撐圓以後，必然要謀算新的出路和新的發展。由此而產生了許多新的難唸的經。至於少數光景日月還不如集體時的家戶，那愁腸和熬煎更是與日俱增——過去有大鍋飯時，誰碗裏的一份也少不了。現在可沒人管囉！你窮？你自己想辦法吧！你不想辦法？那你窮着吧！

雙水村許多有苦惱的人並不知曉，他們羨慕的能人孫少安，如今也有他自己的苦惱。正像俗話所說：一家不知一家難哪！

想想也是，孫少安擺開這麼大的戰場，而且想弄出點名堂來，那也就少不了他後生的苦惱。是的，他的確為他的事業苦惱 —— 但更苦惱的倒還不僅僅是這些事！

前幾天從縣城返回村子後，儘管他一如既往緊張地投入到磚廠的忙亂之中，但心情一直感到很沉重。妹妹那雙淚濛濛的眼睛不時浮現在他眼前。他在磚廠一邊幹活，一邊難受地咽着唾沫。他明白妹妹為甚麼不要他的錢。懂事的蘭香心疼他、體諒他，怕秀蓮和他鬧架。唉，幾年前他怎麼也不會想到出現這樣的情況。光景好轉了，可家庭卻四分五裂！

但話說回來，他又怎能全部埋怨他的秀蓮呢？

自進這個家門來，她也沒少吃過苦哇！現在，她又熬死累活幫扶他支撐這個大攤場，家裏和磚廠兩頭忙，手上經常裂着血口子……雖然她堅持分了家，但按鄉俗說，對待老人也無可挑剔。平時，這面家裏做點好吃喝，她總想着給那面的三個老人端過去一些。天冷的時候，母親眼睛不好了，她就熬夜把老人們的棉衣棉褲都拆洗得乾乾淨淨。就是他給老人量鹽買油，她也從不說甚麼。只是他要把一筆大點數目的錢拿出來給家裏的人，她就有些不高興了 —— 錢是她管着的，分分厘厘的花費都瞞不了她……

少安思來想去，覺得分家以後，是他自己對家裏的人沒盡到責任。辦法總應該是有的；但他忙於自己的事，沒有對親人們的處境精心關照過。

怎麼辦呢？偷着給他們一點零碎錢，也起不了大作用，反而還得和老婆磨牙拌嘴……

少安在他的磚廠一邊起勁地幹活，一邊焦慮地思謀着。

後來，他突然想：最好還是說服少平回來和他一塊辦磚廠！是呀，他掏大錢僱用兩旁世人哩，為甚麼讓弟弟流落在外邊賺人家的下眼錢？少平受死受活，一月又能賺多少？如果弟弟回來和他一塊辦這磚廠，他們兩個合夥操持，賺得紅利一分為二，兩家就都能有個大翻身。要是這樣，秀蓮也就無話可說。他相信他能說服妻子。這是一個最根本的解決辦法，而這樣他們實際上又成了一家人！

好！早應該這樣辦了。

孫少安想到這裏的時候，停止了幹活，趕忙捲起了一支旱煙棒。他開始深入考慮怎樣實施這個計劃。他越想越興奮。弟弟文化程度高，說不定很快就能獨立操持製磚機，不用再掏大工錢僱這位河南師傅了。弟兄倆一個照料磚廠，一個出去辦「外交」，說不定還能把事幹得更大哩！

孫少安鼻子口裏噴着煙霧，在製磚機旁吸了一支旱煙捲後，就決定明天親自去黃原找少平。

少平會不會回來呢？這倒是個問題。

少安覺得，少平在吃苦方面和他一樣，但另外一些方面和他有很大區別。弟弟腦子裏常有一些怪想法。唉，也許是書唸得太多了！

不過，他想他還是有些把握把弟弟叫回來的。他知道少平在外面也賺不了多少錢。當初他不願意和他一塊辦磚廠，想到外面去闖蕩一番——年輕人嘛，這也是可以理解的。他當年要不是家境無法維持，說不定也要出去闖蕩一回哩。少平闖不出去，自然就會回頭的。至於他遷出的戶口，那好辦，遷回來就是了；雙水村不會把老根扎在家鄉的人拒之門外的。

孫少安想好以後，決定明天早晨就搭班車走一趟黃原——這也將是他有生以來走得最遠的地方。

晚上睡覺的時候，他就把走黃原的事對秀蓮說了。當然他沒說是去找少平。他對妻子撒謊說，有個熟人告訴他，黃原一個下馬單位有台便宜處理的舊電機，他想去看看，行不行一兩天就回來了。他現在不能對妻子說明他的打算。等少平回來了，他再和她商量這件事——反正到時生米做成熟飯，她同意不同意都無濟於事了。

本來少安想先和父親商量一下，但覺得也沒必要。只要少平願意回來和他一塊幹，父親肯定不反對，還會很高興的。他先要說服的只是少平。

第二天早晨，他換上了秀蓮為他洗乾淨的「外交」制服，便在家門口下面的公路上，舉起莊稼人僵硬的胳膊，揮手擋住了去黃原的班車。

他有點興奮地踏進車廂，在車窗玻璃前向送行的妻子和兒子招招手，就被汽車拉着向遠方的城市奔馳而去了……

下午兩點鐘左右，孫少安到了黃原。

當他斜揹着那個落滿灰土的黑人造革皮包從汽車站走出來的時候，立刻被城市的景象弄得眼花繚亂，頭暈目眩。他連東南西北也搞不清楚了。他抬頭望了望城市上空的太陽，覺得和雙水村的太陽位置都是相反的——太陽朝東邊往下落了？

我的天！這就是黃原？這麼大的城？一條街恐怕比雙水村到罐子村都遠吧？

他現在得打問東關郵政所在甚麼地方。他走時就準備先找金俊海父子。少平是攬工的，誰知他在甚麼地方。找到俊海父子，就能找見少平——家裏寫信，也都是寄到這裏讓他們轉交的。

孫少安走到一個掃街道的老頭跟前，先掏出一根紙煙往老頭手裏遞。老頭一驚。少安忙笑着問：「老人家，東關郵政所在甚麼地方？」他說着，又掏出打火機給老頭點煙。

老清潔工大受感動——他大概沒碰見過這麼客氣的問路人。

老頭舉起手裏的掃把，熱心地給他指點了半天——其實就在前面不遠的地方。

少安對這老頭道了謝，就急忙向前面走去。他心裏踏實了下來。

他剛踏進郵政所的大門，就被照門房的老頭大聲喝住了。當少安說出他要找的人時，門房老頭告訴他，金俊海父子都出車去了，一兩天內不會回來。

把他的！這該怎麼辦呢？

孫少安立在大門口，頭上急得冒出了一層汗珠子。他人生地不熟，到哪裏去打問弟弟的下落？

他惶惶不安地轉到街道上，立在一個小雜貨門市前，盤算他該怎麼辦。

他想起了潤葉。除過金波父子，這城裏他認識的人就是潤葉和她二爸了。田福軍是地委書記，說不定門上有站崗的警察，他進不去。潤葉聽說在團地委工作，門上可能沒警察，但他又鼓不起勇氣去找她啊……

根據樹木和電線杆投在地上的影子，少安知道時間已經不早了。不論長短，他得先有個落腳的地方。對，趕快去找旅社！要是晚上沒地方住，他就得在這街上蹲一夜了。

他看見東關房牆上有許多箭頭，指着一些旅社的去處。他憑在原西縣城的經驗，知道這些旅社都是私人開的。他不敢去住「黑店」，因為他身上裝幾百塊錢呢！萬一叫小偷摸走了，那還了得！聽說城裏賊娃子很多——城裏人錢多，賊娃子當然都往城裏跑；他們村的金富聽說就在黃原做這「生意」。

他決定去住國營旅社。他對公家單位有一種傳統的信任感，覺得那裏面要安全一些。他要時刻留心自己身上的錢。因為第一回出遠門，他實在估摸不來花費，就多帶了一些錢。另外，他不知弟弟已經恓惶成個啥了，準備隨時幫助他解決困難。

孫少安揹着黑人造革皮包，穿過東關擁擠的人羣，過了黃原河老橋，便向對岸的大街道上走去。他一路留心着看門牌上的字，尋找住宿的旅社。他肯定公家的旅社都在大街上。

接連問了幾家旅社，都已經客滿了。孫少安這才有點緊張起來。啊呀，大地方的確不是土包子來的，有錢連個住處也找不到！

孫少安驚惶失措地從黃原街上走過來，一直都快到北關了，還沒找到個住的地方。

他無意中瞥見了「黃原賓館」的牌子。他知道這是個高級地方，不知道老百姓能不能住？

因為再沒有其他辦法，少安就冒出個頗有氣魄的念頭：乾脆到「黃原賓館」去碰碰運氣！

他於是鼓足勇氣，心「咚咚」地跳彈着，走進了這個富麗堂皇的「宮殿」。

孫少安運氣不錯！「黃原賓館」最近會議不多，接待零散客人。

「我住旅社……」他膽怯地走到登記室的櫃枱前，結結巴巴對裏面一位「辦公」的姑娘說。

「旅社」二字顯然使搞登記的姑娘好奇地抬起頭來，瞟了他一眼。

那姑娘問：「幾個人？」

「就我一個。」少安賠着笑臉說。

姑娘一邊開票，一邊說：「證件。」

「證件？」少安吃驚地問。

那姑娘抬起頭來，停止了開票，說：「你是哪兒的？甚麼單位？」

「我是個農民，來這裏找我弟弟，因此沒證……件。」他老老實實說。

這姑娘看出他不是撒謊，又問：「那你帶着介紹信嗎？」

把他的！走時都忘記在田海民那裏開個介紹信了。

他只好又照實說：「我走得忙，忘記在隊裏開介紹信了。」

「按規定，沒介紹信我們不能讓你住。」那姑娘把筆擱在了一邊。

「啊呀，好同志哩！我這是初出遠門，人生地不熟，一條街走過來也沒找下個住處，你就行行好，讓我住一晚上……」少安可憐巴巴地央求這位搞登記的姑娘。

那姑娘看他這麼懇切，猶豫了一下，就把票開了，說：「那你明天得另找地方去住。交十八元錢。」

我的天！住一晚上就得十八塊？

如果原來知道貴得這麼驚人，那他寧願在街上蹲一夜也不來這裏！

但現在他不好再退縮了。人家「破例」讓你住，你再不識抬舉，那就不像話了。

去他的！男子漢大丈夫，不能說熊話，十八塊就十八塊！

少安於是很有氣魄地解開外衣，從貼身襯衣的口袋上取下別着的領針，掏出兩張硬錚錚的「大團結」，遞給了開票的姑娘。

辦完手續後，他根據發票上的房號，上了中樓第三層。

服務員把票據和他本人反覆打量了半天，才把他引到了房間裏。

少安進得房間來，驚訝得愣住了。哈呀，這麼闊的房子啊？地上鋪着栽絨毯，一張雙人軟牀，雪白的被褥都有點晃眼；桌子上還擱台電視機……

嘿，花這十八塊錢也劃得來！

他把黑人造革皮包擱在牆角的地毯上，新奇地又把這房間細細察看了一番。當他推開過道裏一個小門時，發現還有一間小房——嘿，這是澡堂子嘛！還帶廁所着哩！

他立刻激動地走進去，把搪瓷澡盆的水龍頭擰了一下。突然，不知從甚麼地方噴出一股水，澆了他一頭，也嚇了他一跳。

他慢慢才弄明白，一個帶噴頭的軟金屬管一頭連着水龍頭，一頭架在半牆上。哈呀，這澡堂子既能躺到盆子裏去洗，又能淋浴，先進透頂了！

孫少安拿乾毛巾把濕頭髮擦了擦，就從「澡堂子」裏退了出來。

他現在才又發愁地想，他到甚麼地方去找他弟弟。無論如何，今晚上就應該找到少平。否則，明天人家就不讓在這裏住了，他還得為自己的住處熬煎。再說，這地方房費太貴，人家讓住也不敢再住，只敢湊合這一晚上。

他走到窗戶前，兩隻手托在窗台上，焦慮地望着外面。天臨近暮黑了，遠遠近近亮起了星星點點的燈火。

他猛然記起了田福軍的女兒曉霞。他聽少平說過，她在黃原師專上學，他們之間也有來往。她或許能知道少平在甚麼地方吧？

對，找這個田曉霞去！

孫少安立刻掉轉身，把牆角的黑人造革皮包提過去，壓在被子底下，然後就匆匆地出了房門。

他在街道上打問了黃原師專的去處，就一直向北關那裏走去——他忘記了他到現在還沒有吃晚飯呢……

第十七章

孫少安暮黑時分進了黃原師專，見人就打問一個叫田曉霞的學生住在甚麼地方。他既說不出來她是哪個系的，也不知道她是幾年級的。

但田曉霞在黃原師專是個「名人」── 除過她本人很惹人注目外，又是地委書記的女兒；因此不多時少安就打問到了她的住處。

他在女生宿舍找到了她。

那年曉霞回雙水村時，他只見過她一次。但現在見了面，他一眼就認出來了田福堂的姪女 ── 這姑娘臉上某些地方很像潤葉。

曉霞一聽是少平的哥哥，很快熱情地招呼他坐在自己的牀上，接着就給他沖好了一杯加糖的茶水。宿舍裏其他同學見來了客人，便先后禮貌地離開了。

「你知道少平做活的地方離這兒遠不遠？」少安拘謹地抿了一口茶水，問。

「遠着哩！在南關外的柴油機廠，少說也有五里路。」曉霞對他說。

使少安高興的是，曉霞真的知道少平在甚麼地方。他現在心裏才真正踏實了。「我這就起身尋他去呀。」少安性急地站起來。

「那怎麼行呢？這麼遠的路，你得走老半天！」

「五里路算個啥，我一會就走到了。」

「你會不會騎自行車？」曉霞問。

「會哩。」

「那好！我有自行車，咱們騎車子去找他。你能帶了人嗎？」

「就怕城裏我帶不了……」

曉霞笑了，說：「現在街上沒多少人。萬一你帶不了，我帶你！」

「那怎能哩！我試着帶你！」

少安沒想到，地委書記的女兒對人這麼熱情。

曉霞很快在肩頭挎起了自己的黃帆布書包，推起自行車和他一同相跟着出了門。

孫少安本來騎自行車還可以，但這是在黃原城裏，又帶着地委書記的女兒，心裏不免有些緊張。他兩條胳膊僵硬地握着車把，小心翼翼地按曉霞的指點往南關騎去。

到柴油機廠的大門口時，他渾身的內衣都被汗水濕透了——這多半是由於緊張而造成的。

進了柴油機廠亂七八糟的大院，曉霞也難住了。上次顧養民請少平吃飯，她曾來這裏找過少平一回；但她是在工地的腳手架上找到他的。現在已經收工，誰知他住在甚麼地方呢？

少安馬上對她說：「你先在這兒等一等，我去查問一下！」

孫少安好不容易才找到攬工人住的一孔破窰洞。這些人告訴他，少平一個人住在正蓋着的第二層樓房裏。

少安旋即返回來，對曉霞說：「他在前面的樓上住……你回去吧，實在麻煩你了！」

「我跟你一塊去找他！我正想看看他住在甚麼地方哩！」曉霞說着便把車子推在一邊，鎖了起來。

少安只好和她一塊到那座樓裏去找少平。

從外面矗起的腳手架看，這是一座五層樓，現在正蓋第四層。

少安和曉霞磕磕絆絆從一堆一摞的建築材料中穿過，進了那座樓的門洞。

整個樓內像炸彈炸過一般零亂。到處是固定和拆卸下的木模和鋼模。樓道的水泥還沒有幹，勉強能下腳。裏面沒有電燈，兩個人只能借助外面投進來的模糊燈光，摸索着爬上了二樓。

二樓的樓道也和下面一樣亂。所有的房間只有四堵牆的框架，沒門沒窗，沒水沒電。

兩個人在樓道裏愣住了：這地方怎麼可能住人呢？是不是那些工匠在捉弄他們？

正在納悶之時，兩個人幾乎同時發現樓道盡頭的一間「房子」裏，似乎透出一線光亮。

他們很快摸索着走了過去。

他們來到門口，不由自主地呆住了。

孫少平正背對着他們，趴在麥秸稈上的一堆破爛被褥裏，在一粒豆大的燭光下聚精會神地看書。那件骯髒的紅線衣一直捲到肩頭，暴露出了令人觸目驚心的脊背 —— 青紫黑癜，傷痕累累！

大概完全憑第六感覺，孫少平猛地回過頭來。他在驚訝之中，下意識地兩把將線衣扯下來，遮住了自己的脊背。

他跳起來，喊了一聲「哥」，就趕忙迎到門口。「你怎到這兒來了？是不是家裏出了甚麼事？」沒等他哥回答，他又不自在地扭頭對曉霞笑了笑，似乎為了解脫一種尷尬，說，「歡迎來寒舍做客。可惜我無法招待你。你看，連個坐的地方也沒有！」

曉霞看來還沒有從一種震驚中清醒。她面對此情此景，竟不知說甚麼是好。她原來就猜想少平的日子過得艱難，但她無法想像居然能到這樣的地步！

少安的眼圈已經紅了。他聲音有些哽咽地說：「沒想到你……」

少平看出了這兩個人各自的心思。他知道，他們都在為他的處境而難過。

他自己心裏也有點難過。他難過的倒不是自己的處境，而是自己的處境被這兩個人看見了。他已經過慣了這種日子，覺得也沒有甚麼；但這兩個人顯然為他的窘況而難過——還有甚麼能比得上親近的人悲憫你而更使你自己難過呢？

他只好掩飾着這種心境，說：「我都好着哩！本來下面有住處，我為了找個安靜地方看書，才搬到這裏來住的……咱家裏沒甚麼事吧？」他再一次問哥哥。

「沒甚麼事……」少安說着，又向麥草中弟弟的那堆爛被褥瞥了一眼。

這使他想起了歇息在破廟中的叫化子。

「你住下了沒？」少平問少安。

「住下了，在黃原賓館。」

「黃原賓館？」少平衝曉霞一笑，「我哥成了『冒尖』戶，耍上闊了！」

「走，你跟我到賓館去，咱們好好拉拉話！」少安說。

「那當然啦！」少平過去拿自己的挎包。

曉霞對這兄弟倆說：「你們把我的自行車騎上！」

「那你呢？」少平問她。

「我就不回學校去了。這兒離地委很近，我回家去住一晚上。」

於是，少平帶路，三個人一塊從這個亂糟糟的樓裏摸索着走出來。

三個人在柴油機廠大門口分了手：曉霞步行回了地委；少平用她的自行車帶着哥哥去了北關。

到半路上的時候，少安看見一個賣吃喝的夜市，就讓少平停住車。

兩個人走過去，少安一下子買了八碗蕎麪餄餎，兄弟倆一人四碗，不一會便吃得一乾二淨。店主就像遇見了梁山好漢，賠着笑臉送他們出來。

現在他們進了黃原賓館少安包下的房間。弟兄倆都是第一次住這麼高級的地方，不免又感歎地議論了一番。

兩個人商量着先洗澡 —— 一晚上掏十八塊房費，不洗個澡簡直對不起這錢！

少安先躺進澡盆的熱水裏，舒服得嘴裏呻吟着。少平光身子穿個褲頭，為哥哥搓背。

他們一邊洗澡，一邊先拉談家裏和村裏的各種事。主要是少平詢問，少安給敘述。對於他們來說，親愛的雙水村一切都永遠那麼令人感興趣，有說不完的話題。

通過少安的描述，少平才知道，在他離開的短短時間裏，村子裏又有了許多新變化。哥哥說到村裏某個人或某件事，少平完全如同身臨其境一般。他們在一片蒸氣籠罩之中邊說邊笑，心情格外愉快。當然，他們更興奮的是，想不到生活使他們在這樣一個地方相會！

當說到他們的老祖母時，少安對少平敘述了劉麻子為奶奶捉「白狗精」的故事 —— 這是母親告訴了秀蓮，秀蓮又告訴了他的。弟兄倆同時為這出有趣的鬧劇大笑了一番。

少安從澡盆裏出來後，那一盆水竟變得像墨汁一般黑，上面還漂浮着一層污垢，如同發洪水時的河柴沫子。少平拿蛇一般柔軟的金屬管噴頭給哥哥沖洗淨身子，又把盆中的黑湯換成了清水，自己隨即泡了進去。就在他身子入熱水的一剎那間，像被刀子捅了似的喊叫了一聲。那是水刺激了他脊背上的創傷。

少安心一沉。那種愉快的情緒頓時消失了，他記起了他此次來黃原的使命 —— 等弟弟洗完澡再說吧！

少平洗完澡後，弟兄倆像抽了筋似的，軟綿綿地分別坐在了沙發上。

少安心想：現在應該談那件事了。

他想了一下，便直截了當地說：「我這次來是尋你回家的。」

少平臉色陡然變了，驚駭地問：「是不是家裏出事了？你為甚麼不早說呢？」

「家裏確實沒事。」少安說。

「那為甚麼你親自跑來找我？」少平有點納悶。

「回去咱們一塊辦磚廠！」

噢，原來是這！

少平捲起一支煙，尋思着說：「我的戶口已經遷到了黃原。再說……」

「戶口好辦！遷回去不就行了？」

少安說着，也卷了一支旱煙捲。

「我已經習慣外面的這種生活……」少平說。

「這外面有個甚麼好處？受死受活，你能賺幾個錢？回去咱們合夥辦磚廠，用不了幾年，要甚麼有甚麼！」

「錢當然很重要，這我不是不知道；我一天何嘗不為錢而受熬苦！可是，我又覺得，人活這一輩子，還應該有些另外的甚麼才對……」

「另外的甚麼？」

「我也一時說不清楚……」

「唉，都是因為書唸得太多了！」

「也許是……」

「我不願意看着你在外面過這種流浪漢日子……」

「不知為甚麼，我又情願這樣……」

一陣長時間的沉默。弟兄倆鼻子口裏噴雲吐霧，各想各的心事；也想對方的心事。生活使他們相聚在一塊，但他們又說不到一塊。兩個人現在挨得這麼近，想法卻又相距十萬八千里……

「那這樣說，我這趟黃原算是白跑了？」少安問。

「哥，你的一片好心我全能解開哩！可是我求你，讓我闖蕩一段時間再說……」

「那又會有個甚麼結果？」

「說不定能找到個甚麼出路……」

「出路？」少安不由淡然一笑，「咱們農民的後代，出路只能在咱們的土地上。公家那碗飯咱們不好吃！」

「我倒不是夢想入公家門。」

「那又是為甚麼？」

「唉，我還是給你說不清楚呀！」

少安長歎了一口氣。

過了一會，他又問少平：「你月月給蘭香寄錢嗎？」

「不多。一月寄十塊。」

「可我給她錢，她卻不要。這叫我心裏難過……」

「你不要難過，哥。蘭香現在有我哩。咱們分了家，不要叫我嫂子不高興……」

「蘭香這麼說！你也這麼說！」

「你要理解我們的心情哩！」

「我……」

孫少安突然用一隻手捂住兩隻眼睛，當着弟弟的面哭了。

少平慌忙起來給他沖了一杯茶水，端到他面前，勸慰說：「哥，不要哭。男子漢，哭甚麼哩！咱們一家人現在不都好好的？」

少安抹去臉上的淚水，說：「可我就是難過！日子過不下去難過，日子過好了還難過！你想想，我為一家人操心了十幾年，現在卻把老人和你們撇在一邊管不上……」

「不要這樣說！無論是父母，還是我和蘭香，都會永遠感激你的！你已經盡到了你的責任。分家前，在東拉河邊，我就對你說過這些話。哥，你對我們問心無愧。真正有愧的是我們。現在應該是我們為你着想的時候了。爸爸媽媽也是這個意思。我們都希望你能過幾天暢快日子！

「至於我和蘭香，我們都大了，不應該再連累你。我們怎能常讓哥哥關照呢？哥，你更不要擔心我！咱們是一根蔓上的瓜，儘管各走各的路，但心是連在一起的。不過，還是我過去的想法，咱們為甚麼一定要一輩子在一個鍋裏攪稠稀呢？」

「那說來說去，你是不準備回去了？」

「我真的不想回去。我不想就此罷休……」

「唉……」

孫少安看來很難再說服孫少平了。

兄弟倆於是又沉默起來。

後來，他們只好轉了話題，開始討論了許多家庭的實際問題。

一直快到天明的時候，兩個人的情緒才又激昂起來。雖然少安沒能說服弟弟回家和他一塊辦磚廠，但他們兄弟倆興奮地談論了這兩年家庭發生的變化，互相還鼓了好多勁，這使他十分高興。通過實際觀察，少安感覺弟弟的確成了大人，看來完全可以獨立在外面闖蕩——他現在對這點倒可以放心了。歸根結底，孫少安還不是那種純粹的老農民意識；他多少還有點文化，本質上又不屬那種安於現狀的人，因此他也朦朧地思索，弟弟的這種生活態度或許也有他的道理？

天大明以後，弟兄倆又到自由市場上一人吃了四碗蕎麪餄餎。

既然話已說到這種程度，少安就不準備再在黃原停留了。他決定一會就坐班車回家去 —— 家裏有多少事在等着他做啊……

臨走前，他硬給少平留下一百元錢。他讓弟弟給原西城的妹妹寄上五十元，讓她買身換季的夏衣；另外的五十元，讓少平把他的被褥換一下。

「一定把被褥換了！你儘管攬工，可終究是出門人啊！」他囑咐弟弟說。

少平懷着無限溫暖的感情，把哥哥給他的錢裝在貼胸的衣袋裏。

他一直把哥哥送上了開往米家鎮的長途公共汽車。

當汽車走遠了的時候，他眼裏忍不住湧上了兩團熱呼呼的淚水……

孫少平送走哥哥後，悵悵然回到黃原賓館的停車場，騎上田曉霞的自行車，去了師專 —— 他要把自行車還給曉霞。

曉霞碰巧不在宿舍。他要趕回去上工，顧不得再去找她，就把車子安咐給她同宿舍的人。

少平懷着一種踏實的心情，一路步行着從北關回到了南關的柴油機廠。他準備把挎包送回他住的地方，然後就去上工 —— 起碼還能賺半天工錢！

當他進了自己那個門窗洞開的房間後，吃驚地站住了。

他看見，麥秸草上的鋪蓋煥然一新。一塊新褥子壓在他的舊褥子上，上面蒙了一塊淡雅的花格子牀單；那塊原來的破被子上摞着一牀綠底白花的新被子……一切都像童話一般不可思議！

孫少平剎那間便明白了這是怎麼一回事。他一下子忘情地撲倒在地鋪上，把臉深深地埋進被子裏，流着淚久久地吸吮着那股芬芳的香味……很長時間，他才從被子上爬起來；同時在枕頭邊發現了一張二指寬的小紙條。紙條上寫着：

不要見怪，不要見外。

田

孫少平用手指頭輕輕抹去了臉上的淚珠，迅速換上那身髒衣服，便像孩子一般蹦跳着下了樓，大踏步向工地走去……

第十八章

端陽節前後，石圪節搞了個物資交流大會 —— 農民俗稱「騾馬大會」。

哈呀，在這個小街鎮的歷史上還沒有過如此的紅火熱鬧！

幾天以來，肩挑手提的莊稼人源源不斷地湧到了這地方；石圪節的那條土街從早到晚人羣擠得水泄不通。

土街下面的東拉河溝道裏，到處拴着牛、羊、豬、騾、馬、驢等等的牲畜。生意人三個一夥，五個一羣，帶着一臉的詭秘，在袖筒裏，在草帽下，捏碼子搞交易。東拉河小橋的兩頭，蔬菜、糧食和各種農副產品一直擺到了兩邊的土坡上，甚至都擠上了河對面的公路……趕會的莊稼人已經遠遠超出了石圪節公社的範圍，許多人都是從外公社和外縣跑來的。至於本公社的莊稼人，就是甚麼買賣也不做，至少要騰出一天時間來趕一趟這多年不遇的紅火熱鬧。

最吸引人的地方當然在戲場裏。這種物資交流會沒有不請劇團來演戲的。可憐的石圪節連塊平坦的戲場也找不到，就在街東頭一個小山灣的土坡上，用帆布搭了個臨時戲台。另一面土坡就是觀眾席。這倒也好！人們在斜坡上看戲，像城裏那些講究的劇院一樣，座位依次升高，誰也擋不住誰的視線。

劇團是公社徐治功主任從縣上請來的，其中有幾個演員在本縣的知名度，大大超過了當時中國的電影明星陳沖和劉曉慶。

農曆五月的陽光暖洋洋地照耀着這個人山人海的小土灣，台上台下的各種聲音一片喧鬧，老遠就能聽見那海嘯般的嗡嗡聲。莊稼人趟起的黃塵和各種賣茶飯的臨時爐灶裏升起的煙霧，籠罩在人羣的上空久聚而不散。

許多人其實對戲興趣不大，主要是轉悠着吃點甚麼，買點甚麼。戲場外圍的坡坡坬坬上，到處都是賣吃食和各種貨物的人。這些攤販吆喝聲四起，像是專門和縣劇團唱對台戲。

我們在這裏發現了雙水村的金俊文。這個因兒子金富的「手藝」而急驟發達起來的莊稼人，竟然弄起了一個售衣服的攤子，木竿上挑掛着金富從外地「拿」回來的各式時新成衣，人們爭搶着買，生意看來十分興隆。金俊文和他的精能老婆張桂蘭，一個賣衣服，一個收錢，簡直忙得不可開交。雙水村的一些人明知道這是金富偷回來的贓物，但看見金俊文將大把的人民幣塞進自己的口袋裏，也着實有些眼紅。只有俊文的弟弟俊武在心裏冷笑。精人兼強人金俊武既然不能說服他哥認識姪兒的危險性，索性也就不再理睬他們了。雖然是一母所生的兄弟，但現在各過各的光景，出了事和他金俊武球不相干！俊武前兩天也到戲場來過一回，可他決不會湊到他哥的衣服攤上去。他只是在遠處瞟了一眼得意洋洋的大哥和大嫂，在心裏說：好吃難消化，吃進去就怕你們屙不下！

在石圪節如此紅火熱鬧的時候，我們一直沒有看見這個大場面的總導演徐治功。

他到哪裏去了？難道他這幾天還下鄉搞工作嗎？

怎麼可能去下鄉！他就在石圪節。

此刻，徐治功正坐在王彩娥家的沙發裏，一邊抽煙，一邊和彩娥眉來眼去地說些不三不四的話——僅此，我們就不難看出，這兩個人已經是何等關係了。

物資交流會一開始，胡得祿和王彩娥的夫妻理髮店就快被顧客踏斷了門檻。這是石圪節惟一的專業理髮店。另外一些擺攤理髮的人，充其量算是剃頭匠而已。因此，人們當然願意到這「正式」理髮店來理髮。一天沒畢，胡得祿和王彩娥就累得連腰也直不起來了。

去他媽的！錢是好東西，但不能把命也賠上。夫妻倆一商量，第二天就關了門。胡得祿是個戲迷，飯碗一撂，就跑到街頭那邊的小土灣裏看戲去了。彩娥本來也愛趕紅火，但她有她的「事」，一天閉門不出——她在等待徐主任的到來。

我們知道，這兩個人很早就互相熟悉了。在王彩娥和孫玉亭的「麻糊事件」引起那場械鬥後，正是有氣魄的徐治功帶領公社民兵「鎮壓」下去的。去年小偷金富強佔了她在雙水村的窰洞，還是徐主任親自寫信讓她拿着去找田福堂，才使金富又乖乖把窰洞騰了出來。

就是在這次「窰洞事件」後，王彩娥開始主動纏磨上了徐主任。

在雙水村和孫玉亭有過那段風流事以來，這個漂亮女人的心就野了。那件事使她名揚四方，也使她不再懼怕自己的名聲。另外，她時常在鏡子裏照自己的模樣，覺得她這輩子的婚姻很不幸。她這麼俊的女人，先嫁了個「瓷錘」農民，後來又改嫁了一個比她大十幾歲的剃頭匠，胖得像個彌勒佛，實在叫她傷心和委屈。

當她受了別人的欺負，而熱心的徐主任出面保護了她的時候，她自然就在心裏愛上了這位年輕而有魄力的公社領導人。

瞧人家徐主任，長得多帥！又是這公社最大的官，講話口才像打機關槍一樣利索！要是和這個人相好一回，這輩子也就沒枉活一場人。當然，她還不敢奢望和人家徐主任結婚，只要兩個人能相好她就心滿意足了。

她自己先開始向徐主任發起了猛烈的感情「攻勢」。這事當然要她主動；人家是大官，不會來麻纏她這樣一個不識字的女人！

幾次攻勢，她就把徐主任「活捉」了……

至於徐治功本人，的確招架不住這女人的進攻。他老婆在城裏工作，七年來，他一直一個人生活在石圪節，遇縣上開會，才能回城裏住幾天。他當副主任的時候，就想回縣上去工作——哪怕平調回去都可以。結果他沒能回去，換來的好處是副主任升成了正主任。

他一個人在石圪節，當個「土皇帝」，倒也滿足了他的虛榮心；但就是感到日子過得單調而乏味。

因此，王彩娥主動往他懷裏撲，他就神魂顛倒地樂意被這風流女人「俘虜」了。

兩個人的這種關係已經有很長一段時間。他們不知道，儘管遮蓋得嚴密，有關他們的風聲早在石圪節傳播得風一股雨一股。

這幾天石圪節「大亂」的時候，正是他們兩個的好機會。讓胡得祿去看戲吧！他們在理髮店後面的小房子裏演他們自己的「戲」。儘管這房子離街道很近，但門一關，就和外面鬧哄哄的世界隔絕了……

但這天下午，事情突然敗露在了胡得祿他哥胡得福面前。廚師胡得福帶一把弟弟門上的鑰匙，他是來給他們送豬肝的。沒料到推門進屋後，看見公社的徐主任和彩娥大白天睡在一個被窩裏。

胡得福氣得臉像手裏的豬肝一樣，說了句：「我找張有智去告你！」就門一摜走了。

驚慌失措的徐治功趕忙穿起衣服，哭喪着臉叫道：「天啊，這下完了！」

王彩娥又像上次和孫玉亭的事敗露後那樣，鎮定地對徐主任說：「甭怕！讓他告去！屁也不頂！我不承認，能把你怎樣？」

徐治功感動得淚花子在眼裏直轉。

但他慌得再也不敢在這個小屋裏呆下去，立刻像兔子一般竄出了門。

治功心慌意亂地從街道上的人羣裏擠過來。所有認識他的莊稼人都尊敬地給他打招呼，他只是牙疼似的給這些人咧一咧嘴，只顧向前走。可是他並不知道他要到哪裏去。不斷有熟人給他打招呼。天啊，哪來的這麼多熟人！他現在需要一個人躲到甚麼地方去，想想看這怎辦呀。

一輛汽車從對面的公路上停下來，許多人正往上擠。徐治功似乎看見胖爐頭胡得福也擠上去了。一切都完了！他知道「紅燒肘子專家」常被請到縣裏擺宴會，所有的領導人他都認識——一個多鐘頭以後，胡師傅就會坐在縣委書記張有智的辦公室裏，告他徐治功……

徐治功為了擺脫街上的熟人，趕忙往他的「大本營」公社走去。

快到公社時，他又想到，此刻那裏也不是個好去處！說不定一羣人在等他解決問題哩！

他急中生智，折轉身拐進了土坡旁邊的廁所裏。好地方！

他蹲在茅坑上，既不拉屎又不撒尿，只是為了想想他該怎麼辦。

他知道，縣委書記張有智對他不感興趣。一旦胡得福告到他那裏，張書記不會輕饒了他。不管事情最後結果如何，先派人來把你調查一下就叫人吃消不了。如果事情公開，他受處分不說，他老婆還說不定要和他鬧離婚。這樣，一切都不可收拾了。唉，他當初為甚麼要到這該死的石圪節來呢？

現在的問題是，最好能讓張有智開恩，把事情從他那裏壓住。

但他又想，就是給張書記磕上幾個頭，恐怕也無濟於事。他不會饒他！

誰能對張有智說上話呢？想來想去，張有智大概只會聽地委書記田福軍的 —— 這兩個人的關係最好。

徐治功蹲在茅坑上搖了搖頭。太天真了！這種事怎能讓地委書記知道呢！要是田福軍知道了，說不定還讓張有智加碼處分他。真是，腦子急亂了！怎敢妄想地委書記包庇他呢！

他突然想起個白明川。

是的，明川和張有智也是好朋友，說不定只能央求他給張有智做工作。明川過去在這公社當一把手時，他和他處得不太好。但他知道明川是個善良人，也富有同情心，說不定會幫他一把的。

對，立刻到黃原去找明川！現在就動身！事到如今，一分一秒都是寶貴的！

徐治功把褲子一提，慌慌張張出了廁所，跑到公社裏找來副手劉根民，說他有個急事要去黃原一趟，讓根民把物資交流大會負責搞完。

他語無倫次地給劉根民安頓完工作，把他辦公室的門「咯吧」一鎖，提了個包子就跑到東拉河對面的公路上。他即刻擋住一輛去黃原的汽車，手忙腳亂地爬了上去……

天黑以後，徐治功在黃原東關下了汽車，心急火燎地跑到市委。

他進市委大門口時，才從門房老頭的嘴裏知道，明川在前不久已經提拔成黃原市委的正書記了。他當時心裏不免泛上一股苦澀的滋味。唉，人家都在進步，他徐治功倒在搞些甚麼事呀！

他終於在辦公室裏找到了白明川。

明川特別親切地接待了他，又是泡茶，又是遞煙，又是問候。

落難的徐治功感動得鼻子發酸哩。他羞愧地想起，他們在石圪節一塊工作的時候，他曾經常和明川過不去。徐治功哪有心思喝茶抽煙啊！事到如今，他也顧不了多少，就厚着臉向明川直截了當說明了他的來意。

白明川張着驚訝的嘴巴聽他說完後，從沙發裏站起來，立在地上急得攤開兩隻手，說：「啊呀，治功！你怎搞這麼些沒名堂的事！你幾十歲的人了，又是個領導幹部，怎能這麼不檢點呢？你呀……」

白明川真不知該怎樣數落他的前副手。

徐治功垂頭喪氣地說：「亂子已經闖下了。教訓我以後會記取的。只是眼前這一關就過不去。我知道你和咱們縣委書記張有智關係好，你現在這位置說話他也重視，因此我求你給他寫一封信……」

白明川想了一下，誠懇地說：「不是我不願幫助你，這種事我實在不好幫。要說和張有智的個人關係，我倒想起一個人，但不知他會不會幫你……」

「誰？」徐治功急着問。

「徐國強。你不是和他一個家族的嗎？徐老過去也是張有智的老上級……你是不是去找找他？」

「我怕碰上田書記……」

「田書記一般不在家。他家裏有電話，你現在可以先打電話和徐老約一下……」

徐治功只好拿起明川桌子上的電話。

打完電話後，徐治功對白明川說：「徐老讓我現在就過來。」

「那你快去吧！」明川說，「畢了你過來在我這面住。」

徐治功出門的時候，又對白明川說：「如果徐老不肯幫忙，還得要你出面哩！」

白明川說：「你先去，罷了再說。」

徐治功趟過小南河，幾乎是小跑着來到南關的地委家屬樓上。

使他高興的是，這一趟沒有白跑。

同族長輩徐國強懷裏抱着一隻小黑貓，聽他說完後，先指着鼻子把他臭罵了一通；然後戴起老花鏡，用核桃大的字給他以前的下級張有智寫了一封求情信。

徐治功感激涕零地拿起這「聖旨」，一再央求本族叔叔不敢把這事說給田福軍；隨後就一溜煙又從地委大院裏跑出來了。

本來他想去白明川那裏住一晚上，但現在才感到不好意思去見明川了。於是他就在街上一個小旅社裏隨便登記了個房間，渾身痠痛地睡了一夜……

第二天一大早，他就跑到東關買了張汽車票，直奔原西縣城。

上午十點鐘左右，徐治功從原西車站跑出來，低着頭向縣委走去。

路過供銷經理部的時候，他瞥了一眼樓上那個熟悉的窗口，困難地咽了一口唾沫 —— 他老婆就在那窗戶後面辦公。

徐治功在往縣委走的路上，又遇到好多人和他打招呼。他支吾着應付一下，慌忙地只顧朝前走。他感覺人們都用一種異樣的眼光看他。唉，說不定事情已經在城裏傳成一窩蜂了！

他在縣委家屬院張有智的家裏，一直等到書記下班回來 —— 他不能跑到機關去把徐國強的信交給他。

讓徐治功大吃一驚的是，張有智一見他，熱情地和他握手，並向他詢問石圪節物資交流大會的情況。書記還表揚他這件事搞得很有氣魄哩！

是不是張書記先穩住他，給他來點和風細雨，然後再吼雷打閃呢？徐治功在吃驚之餘暗暗思忖。但他又想，張有智向來心中有事臉上就帶出來了——他沒有這麼深的城府。

治功就大膽試探着問：「張書記怎知道我們交易會的情況呢？你又沒去。是不是石圪節誰來告訴你的？」

「石圪節沒來誰。我是聽縣上去過的幹部回來說的。」張有智扭頭對老伴說，「炒幾個菜，我要和治功喝幾盅！」

徐治功提在喉眼的一顆心，又慢慢跌進了胸膛裏。現在看，胡得福沒來告他？

徐治功並不知道，對他鍾情的王彩娥與他同時採取了行動。這個厲害的女人在治功走後不久——也就是他蹲在廁所裏的那陣兒，立刻到後街頭的食堂裏找到了胡得福。她聲色俱厲地警告「紅燒肘子專家」：如果他要把她和徐主任的事傳出去，她就馬上和他弟胡得祿離婚；並且會一口咬定她和徐主任甚麼事也沒！

胖爐頭屈服了。他知道弟弟對這個風騷女人愛得像寶貝蛋一樣。再說，得祿年近五十，已經打了多年光棍，而這女人才三十來歲，有甚麼資本賭氣哩！話說回來，徐治功是公社主任，也不是好惹的！

王彩娥大將風度，三秤二碼就把一場危機化為烏有！平心而論，我們不能不佩服這個又麻又辣的女人！

不過，狼狽不堪的治功同志要等回到石圪節，才能知道他已經完全擺脫了危機……

現在，他正惴惴不安地和縣委書記一塊喝酒。當然，徐國強老漢的那封救急信眼下還不必掏出來。

乘着一點酒勁，治功便巧妙地把話題扯到了自己的工作調動上。他很動感情地對張書記訴苦說，他把老婆孩子丟到縣城，已經在石圪節幹了整整七年，組織應該考慮他的情況，把他調回縣城工作。說到難受之處，他竟然哭了起來！

張有智見此狀，立刻安慰這位下級說，縣委知道這情況，罷了很快會考慮他的問題……

從縣委書記家裏出來，徐治功又立刻馬不停蹄地返回到石圪節。

王彩娥打問着了他回來，很快設法向他通報「事情」已經完全風平浪靜了！

徐治功對彩娥感激不已，高興得幾乎要哭一鼻子。但打這以後，他卻再沒膽量和這位大膽的女人交往了……

沒有多久，徐治功突然喜從天降！縣委組織部下了文件，任命原副主任劉根民為石圪節公社主任，而把他調回縣裏任了令人羨慕的水電局局長。徐治功大為感慨地想：還是毛主席老人家說得對，壞事裏面有好事哩！

第十九章

在我們親愛的大地上，有多少樸素的花朵默默地開放在荒山野地裏。

這花朵沒有人注目。也許惟有自身才憐愛自身的芬芳。

可是，在我們普通人的生活中，在這平凡的世界裏，也有多少絢麗的生命之花在悄然地開放而並不為我們所知啊！

但願我們還沒忘記，不久前，田福堂的兒子田潤生開着他姐夫的汽車，在外縣一個廟會上偶然碰見了原西上高中時和他同班的女同學郝紅梅；在目睹了喪夫携子的紅梅在異鄉的山村悲慘而不幸的生活後，這個身體瘦弱、不善言語的青年，便像個真正的男子漢一樣，擔負起幫助這位落難女同學的責任。我們知道，儘管他很快就遇到了世俗輿論的壓力，但仍然毫不在乎地開着車來到這偏僻山莊，給生活於困境中的孤兒寡母送這送那，關懷備至……

從那時到現在，田潤生到郝紅梅這裏的奔波一直沒有中斷。

毫無疑問，開始的時候，潤生這樣慷慨地幫助紅梅，純粹出於一種同情心。從善良和對別人的同情心來說，田潤生簡直不像田福堂的兒子。

田潤生這樣跑了一段時間以後，他自己驚訝地發現：他的心情似乎發生了某種微妙的變化。

是啊，他強烈地意識到，他而今到紅梅這裏來，不再僅僅是要給她送一些維持生活的用品；而是渴望能見到她，坐在她的熱炕頭上，看着她親切地侍候自己吃兩碗香噴噴的細麪條。儘管他長這麼大，從沒缺過吃喝，可他也從沒吃過這麼有滋味的麪條。是的，那麪條是很有滋味。但是，僅僅是有滋味的麪條才使他如此留戀這地方嗎？

不。他在這孔貧寒的窰洞裏，那麼多地體驗了從來沒有體驗過的溫暖。是的，溫暖。心靈的溫暖。他每次坐到這個土炕上，一路奔波所帶來的緊張和勞累立刻就會消失得一乾二淨。耳朵裏再也聽不見呼呼的風聲和馬達的轟鳴；疲倦的眼睛視線可以放心地重疊在一起，甚至可以閉目養神。僵直的胳膊腿鬆弛了下來；渾身的骨頭也可以一塊一塊散亂地堆壘着——那種舒坦和輕鬆，就像躺在澡盆的熱水裏一般……唉，一旦他坐在這個熱炕頭上，他就不想再離開這裏了！

他清楚這一切意味着甚麼。

是的，不必隱諱，他在心裏開始愛上了他的同學 —— 這個苦命的寡婦！

我們知道，從田潤生的家境來說，雖然不可能找個端公家飯碗的城裏姑娘，但要在農村找個對象，那的確不必發愁；甚至可以有挑有揀。遠處不說，東拉河一道溝的村莊，誰家不願把女兒嫁給赫赫有名的田福堂的兒子呢？

可是，人的感情，尤其男女之間的感情，是世界上最難解釋的一種現象。

現在，在田潤生的眼裏，只有這個寡婦才是他最可心的女人。

在高中上學的幾年裏，潤生儘管和她是同班，但相互間的交往倒很一般。他是一個晚熟的青年，那時還對男女之間的事並不敏感。至於郝紅梅，他只知道她家成分是地主，但光景很窮，本人常面黃肌瘦，穿身破衣服，連個丙菜也吃不起。後來他隱約地聽別人說，他們村的少平和這個女同學有點「關係」……

以後他又聽說，他們班的班長顧養民愛上了紅梅。這倒使他大吃一驚。他想不到家庭和本人都很出眾的班長竟然看上了這個成分不好、家境又困苦的女生。那時他才稍微留意了一下這個郝紅梅。他似乎也發現，她是班裏女生中最漂亮的……畢業以後，同學們都各奔東西，他也就不再記得這些事了……

至於他自己，是這兩年才多少懂得了一點所謂「愛情」—— 在很大程度上是由於姐姐和姐夫之間的不幸婚姻，迫使他也考慮起了他自己的事。是的，男大當婚，他也將要面臨這件人生大事了。姐姐和姐夫的教訓是深刻的，他決不能像他們一樣。

潤生在姑娘面前生性靦腆和膽怯，加之目睹了姐夫的不幸與痛苦，使他對女性產生了某種恐懼心理。他在有女人的地方立刻感到一種不自在，因此經常迴避和女的接觸。這同時造成了一種逆反心理：越是躲避女人，就越覺得女人的神秘；越是感到神秘，內心就越強烈地渴望得到女人的溫暖和體貼。這種水深火熱般的矛盾心理，在悄悄地、嚴酷地折磨着這個二十三歲的青年。這種狀況時間一長，竟使他在女性面前漸漸自卑起來，覺得他一生也許再沒能力去征服和佔有一個女人的感情了……

但自見到紅梅以後，他這種心理障礙卻神奇地消失了。這在很大程度上是因為紅梅自己一開始就在他面前表現出了一種難以掩飾的自卑感，反倒大大地刺激了他的男子氣概。他喜悅地感到，他在紅梅面前才是個真正的男人。男人通常都有一種保護女人的天性，並以此感到滿足——他現在嚐到的正是這種滋味！

田潤生左思右想，覺得只有和紅梅生活在一起，他這輩子才能真正感受到男女之間的溫暖和幸福。

他想過，正因為她結過婚，她也許就更知道怎樣關懷男人；而正因為他沒結過婚，她也不可避免在他面前有點難言的自卑，因此會對他的感情要求熱烈響應，他就不必像姐夫那樣飽受心理和生理上的折磨了。他是一個有文化的人，他不會因為她結過婚並且帶着前夫的孩子，就用世俗的眼光低看她一等。不，他多麼愛她！她現在看起來要比高中時更漂亮。雖然穿一身農村婦女的衣服，但掩飾不住她那豐滿而苗條的身材和沒有喪失掉的文化教養。最使他心旌搖動的是，她是一個各方面都成熟了的女性——和這樣的女人在一起，立刻就能滿足他那飢渴的男性慾望！

決心已經堅定不移了。他要很快向紅梅表露他的心跡。當然，他知道在這件事上，最大的阻力將是他的父母親。但他先不管他們。等他和紅梅把事情說妥了，再去攻克家庭這座堡壘吧！

這一天下午，他懷着無比激動的心情又來到了紅梅家。這次，他給她扛來五十斤重的一袋白麪，也給她帶來了一顆熱騰騰的心。

像往常一樣，紅梅立刻把那塊叫人心疼的碎花布圍裙束在腰裏，手忙腳亂地開始為他和麪。

他脫了鞋，像主人似的自在地上了炕，安然盤腿坐在炕頭上，抱起紅梅的孩子，用手指頭輕輕點着娃娃的下巴，那孩子就咧開小嘴不住地對他笑。他也在笑。一顆心在胸膛裏不安地跳動着。

不一會，孩子睡着了。他小心翼翼地把這小傢伙的頭擱在枕頭上，然後拉了條小被蓋住，就又從炕上下來，轉到炕火圪塄幫助紅梅燒火。

火烤得他額頭上汗水淋漓 —— 但多半是因為他內心過分緊張。紅梅就在鍋台旁邊和麪。她離他這麼近！

他一邊燒火，一邊拚命地咽口水。他一路上已經反覆想好了他要對她說的話 —— 可現在卻感到如此難開口啊！

他把一塊乾柴塞到灶膛後，嘴脣哆嗦了半天，才訥訥着說：「紅……梅，我想對你……說句話……」

紅梅停止了和麪，默默地看着他，顯然是等他說那句「話」。

潤生沒敢抬頭看她，用很大的力氣鼓着勁說：「咱兩個……能不能一塊過日子？」

紅梅呆呆地立在鍋台旁，低傾下了頭。

半天，她才小聲說：「我這個樣子，怎能配得上你……」

潤生索性不燒火了，從灶火圪塄裏站起來，激動地說：「我已經下了決心，一定要和你一塊過！」

紅梅仍然低着頭，兩條腿微微地抖着，說：「你不要憑一時衝動。以後你會後悔的……」

「不！我想了好多時了！我……我現在只要你的一句話，跟不跟我？你相信我！我決不會虧待你和娃娃……」

「你們家的老人不會同意的……」

「我要說服他們！只要你同意，我就有信心說服我父母親！你同意不同意呀？」

「我……」紅梅哭了。

潤生勇敢地走過去，伸出兩條瘦胳膊，緊緊地抱住了她。紅梅垂着兩隻麪手，臉依戀地伏在他胸前，哭得更傷心了。潤生的眼裏也含滿了淚水。他緊緊地抱着她，自己卻怵軟得像一團棉花。

「你不要為難，潤生。你要回去把老人說通，咱們兩個再說這事。不管時間長短，我都等你！」紅梅在他懷裏哭着說。

「這事你別擔心！我要說的是，我這汽車也開不長久，說不定馬上得回去勞動；要是這樣，你一輩子還得跟上我受苦……」

「勞動怕甚麼呢！咱們就一輩子安安穩穩在農村過光景。只要你對我好，跟上你就是去要飯，我也情願。只不過你對我的娃娃也要好……」

「這還要你說哩！娃娃就是我的娃娃！咱們結婚了，我就是這娃娃的父親！」

這天夜晚，潤生就在紅梅家裏留宿了。

第二天，他像獲得了新生一般容光煥發。他感激地告別了他親愛的人，立即返回原西去找父親商談他的終身大事……

田福堂眼下已不在雙水村。徐治功調回縣裏當了水電局長後，正好一個下屬單位要修建十幾孔窰洞，他就把這工程讓以前的老相識田福堂承包了。雙水村這位「無產階級革命家」，終於採取了機會主義態度，開始走上了「資本主義道路」，到縣城當起了包工頭。

潤生在縣城找到他的時候，他正忙着招兵買馬，鋪排工程。田福堂雖然以前沒做過這事，但他是個天生的領導人，很快就成了出色的包工頭，不亞於走州過縣的胡永州之流。他把一切都安排得井井有條。現在，田福堂不僅不再徒勞地和社會的大潮流對抗，反而覺得時勢的變化也並不可怕。只要人有本事，能踢能咬，現在這世事胳膊腿更能伸展得開！

這位過去指揮農業學大寨的帥才，現在正指揮着一羣他僱來的工匠，忙得不可開交；雖然咳嗽氣喘，照樣指手畫腳，一點也不失當年的氣魄和風度！

田福堂萬萬沒有想到，新的打擊又一次降臨到了他的頭上。

當他聽兒子說要和一個帶孩子的寡婦結婚時，就像頭上被敲了一悶棍，一剎那間幾乎要暈過去了。

天啊！他上輩子作了甚麼孽，逢應上這麼兩個氣老人兒女呢？女兒的婚事已經夠他痛苦了，現在兒子又來活活地把他往死折磨！

「你他媽的是不是跟上鬼了！甚麼人家咱挑不下，你為甚麼要找個寡婦呢？田家祖宗幾代，甚麼時候出過你這號敗家子？你羞先人哩！早些把心死了！只要我活着，你就甭想把這喪門星娶回來！」

田福堂先劈頭蓋腦把兒子臭罵了一通！

潤生從小就懼怕他父親，一下子被他虎嘯般的吼叫震懾住了。不過，他聲音很低但態度堅定地辯解說：「我們這是愛情……」

「狗屁！」田福堂吼叫了一聲，便劇烈地咳嗽起來。

潤生眼裏淚花子直打轉。他沒想到父親用如此粗俗的態度對待自己神聖的感情。一剎那間，他在心裏對他產生了某種仇恨。

當天下午，痛苦萬分的潤生和氣急敗壞的田福堂一起回到了雙水村。互相不能說服對方的父子倆，都把勝利的希望寄託在潤生他媽身上。田福堂指望他老婆能勸解兒子放棄這宗荒唐的親事——潤生向來聽他媽的話。而潤生又盼望母親能理解他，站在他一邊勸解父親，幫助他成全自己的婚姻。

可他媽一聽這事，先一鼻子哭得連話也說不成了。她實際上比父親還要堅決地反對這親事。她痛不欲生地絮叨說：「潤葉的婚姻是那麼個樣子，你現在又要找個二婚女人，帶着前家的娃娃……」

「還是地主成分！」田福堂加添說，「咱裏親外戚中連個中農成分也沒，你卻要把地主的後代引到家裏來。田家的門風叫你糟蹋完了！」

絕望的田潤生丟下哭啼的母親和咆哮的父親，一個人踉踉蹌蹌從家裏走出來。他感到東拉河對面的廟坪山和神仙山，都在瘋狂地旋轉起來；雖然天晴日麗，但他眼前一片黑暗！

他不知不覺竟走到了孫玉亭家裏。他知道玉亭叔和父親的關係比較好，就想讓他給父親做點工作。這真是病急亂求醫！

孫玉亭正圪蹴在院子的磨盤上看報紙。當他聽完潤生的陳述之後，把報紙捲起別在胸前僅有的那兩顆鈕釦中間，拖拉起兩隻爛鞋，就和潤生一塊到他家裏來了。

玉亭總算唸過幾天書，又在太原鋼廠當了幾年工人，經見過世面，因此對這事倒能理解。他趕到田福堂家裏，像位敢對「聖上」諫言的忠臣一樣，對書記夫婦說：「福堂哥，嫂子，你們要尊重潤生這感情哩。既然潤生和那寡婦有了愛情，你們就要理解娃娃哩！二婚女人又怎？當然，農村對這事有說法，可那是封建主義！」孫玉亭說得倒振振有辭。

「你懂個屁！誰叫你來騷這楊柳情？」田福堂氣憤地對他的助手出言不恭地喝罵道。他討厭玉亭到他家裏來火上加油。孫玉亭立刻被田福堂罵得張口結舌，泛不上話來了。他再一次意識到，田福堂已經不再把他孫玉亭當一回事。玉亭一看他說話等於放屁，啥事也不頂，就知趣地拖拉着鞋離開了田福堂家……

田福堂一家三口人同時陷入到了深深的痛苦之中。

田潤生在幾天內就好像變成了另外一個人。他目光呆滯，神情恍惚，本來就很瘦弱的身體又瘦了幾圈；袖筒和褲管裏伸出來的胳膊腿，竟像麻稈般纖細。他再也不跟他姐夫去開汽車了，整天神神魔魔爬上雙水村周圍的山梁，默默地淌眼淚。他思念遠方的紅梅；他痛恨自己的軟弱；他和他自己在激烈地鬥爭着……

第二十章

在約定的時間裏，李向前沒有等到他妻弟來跟車。

他於是就一個人出車了。為了讓潤生的駕駛技術更熟練，他常常偷着讓他單獨上路。既然潤生沒來，他自己就得按時出車。

這趟車是到銅城去拉貨，途中要經黃原，因此他中午前後才從原西出發——他準備在黃原父母那裏住一晚上，第二天再下銅城。

一個人開車真是枯燥乏味。如果潤生在旁邊坐着，他們還能說點甚麼。

李向前和他妻弟相處得十分融洽。兩個人的性格也差不多，言談處事都屬「和平型」。潤生也愛開車這一行，人看起來咄咄訥訥，但心靈手勤，一摸就通，天生是吃這碗飯的材料。他們在一塊的話題離不開汽車。只要提起汽車，兩個人就會興致勃勃，說個沒完沒了，就像官癮重的人談論仕途上的升降調遣一樣……

說起來也真叫人難過。李向前由於不能把一片癡情奉獻給他的妻子，就將很大一部分感情傾注到了妻弟的身上。他對潤生關懷備至，甚至可以說百依百順。兩個人要是一同上路，倒好像他成了潤生的徒弟。潤生駕駛車，他坐在助手的位置上，把紙煙吸着，小心翼翼地遞到妻弟的手裏。到了一個地方，也是他搶着把兩個人的飯買好。冬日裏，天還不明的時候，他讓潤生在暖被窩裏睡着，自己爬起來給汽車加熱水，並且先啟動一次馬達 —— 兩隻手握着冰凍的鐵搖把，好像把手上的皮肉都要粘下來……

只要和潤生在一塊，李向前受傷的心靈就有了某種慰藉。是的，通過妻弟，使他感到在自己和妻子之間總還有一絲維繫。他雖然不能和潤葉生活在一起，但他懼怕他和她之間完全變為「真空」。潤生成了他和她的一種微弱的「導線」—— 儘管這「導線」沒指望把處於兩端的「導體」接通。無論如何，即使從純粹的心理安慰來說，潤生對他也是重要的。

潤葉不會不知道自己的弟弟在他的車上！李向前常常在心裏猜測：她有時會不會想到這一點呢？如果她想到了這件事，又會是怎樣一種心情呢？他憑直覺判斷，她不會反對弟弟跟他學開車的……

噢，潤葉，我心上的人！無論你怎樣反感我，但你應該知道，我一如既往地愛你。儘管你把我拋在一邊，但我永遠不會改變熱愛你的心意！我對你的等待是無望的，但我還要等待下去，哪怕一直等到我了此殘生……我是個粗笨人，可我明白，我這樣對你是不應該的，讓你的一生也不能幸福。可我在這件事上永遠要自私下去！你是我的，不應該是別人的⋯⋯

無論是在車上，還是睡在旅途的客店裏，李向前經常不斷地和潤葉在對話。這對話沒有應答之聲。他的話只能在自己的心靈中孤寂地回蕩。這是一種無法解脫的痛苦啊！自從他愛上這個女人之後，他就備受折磨。人都說愛情是甜蜜的，瞧這小夥的愛情有多麼苦澀！愛情啊，有可能是天堂之光，也有可能是地獄之火！但人又不能不去愛！是的，甚麼也別想阻止愛，不管這愛給人帶來的是幸福還是不幸。愛往往是不清醒的。尤其對某些人來說，常常像奔湧的火山熔岩顧不得擇道而行 —— 結果把自己也燒壞了⋯⋯

現在，李向前一邊駕駛着汽車，一邊腦子裏仍然亂紛紛地想他和潤葉的事。一想這事，必定就苦惱萬分。但不想又不可能。尤其是汽車一旦奔跑起來，他的思緒也就馬上活躍起來了。思維是二重的：既要注意行車，又要想自己的心事。對於這個瞬息萬變的工作來說，這種二重思維是極其危險的。李向前卻很自信能將二者並行不悖。實際上，他又不是不知道開車不能分心 —— 可這不由人啊！有時候，他賭氣地想：去他媽的！要翻車就翻吧，一命歸天也比這活受罪強！

離黃原還有一半路程的時候，李向前心裏越來越煩躁。他實在想和甚麼人說說話。唉，這個潤生！家裏有甚麼事擱不下，偏偏把出車時間都誤了。要是潤生在，他還可以安穩地坐在一邊，抽支煙，想點心事；要麼兩個人拉點甚麼話 —— 現在能把人活活悶死！

向前怎能知道，他妻弟正喪魂失魄地在雙水村的山梁上瞎轉，心情和他一樣煩悶 —— 他也在為自己的愛情而痛苦不堪！

要是知道妻弟的情況，向前不知會作何感慨？唉！他們真成了一對難兄難弟⋯⋯

路過一個小鎮時，心情煩亂的向前把汽車停在了公路邊上。

他把油污的線手套抹下，跳出駕駛樓，向那個熟悉的小飯館走去。

他一進飯館門，老闆就眉開眼笑地招呼他入座。看來他常光顧這裏，已經是個老食客了。

老闆沒有徵求他的意見，就吆喝着朝裏面喊：「一盤炒雞蛋，一盤涼拌豬耳朵，四兩燒酒！」

李向前沉默地坐下，把兩條胳膊放在髒兮兮的飯桌上。兩盤菜，四兩酒，這是老規程，也是這個夫妻店所能提供的最好吃喝了。

一時三刻，老闆娘就臉上堆着笑容，把酒和菜都給他擺在了桌子上。向前就自斟自飲，開始吃喝起來。心情煩惱的時候，酒成了他的最好朋友。幾杯酒下肚，沉重的身體連同沉重的心情，便像從深淵裏一起輕輕地飄浮起來，升騰到一種昏昏然的境界中。對他來說，忘卻一切並不可怕，記着一切倒是可怕的……喝！酒能叫人忘記憂愁！是啊，酒實在是好東西！哼，他丈人村裏有個叫田五的傘頭，還唱秧歌敲酒的怪話哩！那個大號叫田萬有的人唱甚麼來着……對，他唱秧歌說：一垧高粱打八斗，打下高粱蒸燒酒，酒壞君子水壞路，神仙不敢和酒打鬥……嘿嘿，我打鬥不過個女人，連他媽的酒也打鬥不過了？……

他已經醉意十足，迷迷糊糊，臉上帶着一絲麻木而淒涼的怪笑。

約摸一個鐘頭後，他從這個小飯館走出來，雖然沒有東倒西歪，但腳步顯然很不穩當了。他沒有看錶，卻抬頭望了望太陽，心裏估摸時間大概到了下午三點多——完全來得及回家吃晚飯。唉，他本來不願意在該死的黃原城住一晚上。多麼令人難堪啊！自己名正言順的老婆就在那個城市裏，可他卻要住在父母親家裏。他痛苦，父母親心裏也痛苦。在兩個老人的眼裏，他是一個窩囊廢，是一個被鬼迷了心竅的人。他們一直叫他離婚。離婚？他才不離呢！他捨不得潤葉！唉，他知道，老人時刻在為他生氣，為他着急，可這又有甚麼辦法呢？儘管回他們那裏，三個人都不好受，但他還得回去。他是雙親的獨生兒子，多時不去看望他們，老人和他自己又都感到很不是滋味……

向前勉強地爬進了駕駛樓。他一半憑意識，一半憑技術，又開着汽車向黃原趕去。

半個鐘頭以後，酒勁更猛烈地發作了。他感到他像坐在一團棉花上，兩隻手忍不住有點抖動。眼前是一個急轉彎，一瞬間，他感到災難已經不可避免了，飛奔的汽車迅速向路旁傾倒下去！他憑求生的本能扭開車門，一縱身從駕駛樓裏跳出來……

但是，一切都晚了！他的兩條腿壓在歪倒的車幫子下面，剎那間就失去了知覺——連那聲悲慘的驚叫都沒來得及喊出口……

一個小時以後，一輛過路的空麪包車停在向前翻倒的汽車旁。一位年約五十歲的老司機跳下車來，面如土色地看見了眼前的慘狀。他把手放在向前的鼻孔上，感到還有氣息。可是他無法把他從車幫子下面弄出來。

看來這是位心腸好又有經驗的老司機。他立刻轉身在自己車上的工具箱裏翻出一把小鐵鏟，跑過來在向前壓住的腿下面挖出一道小溝，把他從車幫子下面拉出來。那兩條腿已經血肉模糊，勉強還和身體連結着。一條腿傷在了膝蓋以下，另一條腿傷在了膝蓋以上。這位老師傅拿出一塊毛巾撕成兩綹，把受傷的腿分別包紮住。他顯然沒有進一步的醫學常識，傷位高的右腿扎在上部——這是正確的；但傷位低的左腿扎在膝蓋下面，根本起不了止血作用。

不過，他實在是盡心盡力在搶救。他把向前抱進了他的麪包車，自己的身上糊滿血跡，開起車就往黃原城裏跑。

又一個多鐘頭以後，這輛麪包車駛進了黃原地區醫院的大門。車被門房上值班的老頭擋在了門口 —— 按醫院規定汽車不准進入院內。

滿頭大汗渾身血污的司機跳下車來，幾乎要扇門房老頭一記耳光。忠於職守的門房老頭無動於衷地問明情況，讓司機到急診室去。

老師傅按門房的指點跑到了急診室。這正好是個星期天，又是晚飯前後，急診室只有一名值班護士。

護士叫司機把傷號背進來。這位師傅只好又跑出去，把昏迷中的李向前從麪包車上揹進了急診室。

值班護士一看傷勢的確嚴重，立刻給外科值班大夫打了電話。緊接着，她便開始忙亂地量血壓，量脈搏。

二十分鐘後，外科值班大夫才來了。

他瞥了一眼那兩條血淋淋的腿。

「血壓？」他問護士。

「五十 —— 三十。」

「脈搏？」

「四十。」

大夫轉身問那位師傅受傷的經過，老師傅只能說上來他到現場以後的情況，其他一無所知。不過，他從傷者衣袋裏的工作證上，已經知道了他是原西縣汽車運輸公司的司機，名字叫李向前。

大夫和護士這才明白這位老師傅與傷者無親無故。醫護人員那種中國式的慣常冰冷臉色緩和了一些。

這時候，又來了一位護士。

大夫一邊察看傷口，一邊讓值班護士給傷者吊糖鹽水，然後配血；同時吩咐剛進來的那位護士，立刻通知手術室，準備急診手術！

十分鐘以後，李向前就被手推車推進了一樓手術室⋯⋯

那位好心救人的老師傅這才從急診室走出來。

現在，天色已經昏暗了，滿城亮起了輝煌的燈火。

這位師傅救人救到底，又跑出去給原西縣汽車運輸公司掛了長途電話，告訴了他們李向前受傷的情況；然後他才開着自己的麪包車離開了醫院。

直到現在，我們還不知道這位師傅叫甚麼名字。在以後的幾年裏，李向前一家人到處查詢這位救命恩人，但也沒有能找見他。他是我們這幕生活長劇中一位沒有名字的角色。這位無名者做了一個普通人應該做的事以後，就在我們的面前消失了。但願善良的讀者還能記住他……

原西縣汽車運輸公司接到這位陌生人打來的電話後，上上下下頓時亂成了一團。公司領導首先立刻給地區衛生局李登雲掛長途電話。李登雲已經下班回家去了。衛生局的一名幹事接到電話後，馬上向行署家屬樓跑去。

地區衛生局長李登雲現在正一個人無所事事地立在他家三樓的陽台上。他剛吃完晚飯，手裏悠閒地轉着兩個健身鐵蛋兒，望着傍晚大街上來來往往的行人。他愛人劉志英在市醫院任黨委書記，儘管是星期天，飯碗一撂照舊跑到單位去了。

當衛生局的幹事氣喘吁吁跑來報了噩訊後，李登雲自己的兩條腿也像壞了，哆嗦得如同篩糠一般。

他急得嘴張了幾張，語無倫次地讓幹事趕快去叫司機，自己卻搶在前面，大撒腿跑出了房門。

等他跑到大街上，衛生局的吉普車才攆來停在他身邊。他對司機罵了一句甚麼髒話，就趕緊坐上去往地區醫院趕來……

這時，在地區醫院的手術室裏，醫生們正在緊張地為李向前清創和止血。

傷勢顯然是嚴重的。看來傷者被壓住後，在淺昏迷中曾試圖掙扎着拚命往出拉自己的腿，因此將血管、神經和肌肉全部撕裂。要保住兩條腿，也許只有顯微外科還有點希望 —— 但地區醫院哪有這等設備和條件？

惟一的辦法只能是截肢！

在血管還沒有結紮之前，衛生局長李登雲十萬火急直接找到了醫院院長。

院長一聽說局長的娃娃腿被壓壞了，立刻將醫院的正副主任醫師、正副主治醫師全部帶進了手術室 —— 院長本人也是外科的副主任醫師。李登雲已經顧不了體統，在院長等人進手術室之前，捶胸頓足地哭着說：「我就這一個兒子呀！你們無論如何要把他的兩條腿保住！」

手術室的門關閉以後，李登雲被衛生局的幹事和小車司機一人架着一條胳膊，靠在走道的牆壁上。

可憐的登雲渾身已經癱軟得無法站立。他大張着嘴巴，驚恐地看着手術室的兩扇門，等待着兒子的命運。

「要不要到市醫院把劉書記接來？」衛生局的司機對李登雲說。

「先不要！」李登雲痛苦地搖搖頭，「先不要叫他媽知道……」

一位護士拿來把椅子，讓李局長先坐着等一等。

不一會，院長和主任醫師從手術室裏出來了。李登雲緊張地觀察着這兩個人的臉色 —— 他從他們的臉色上看出事情有些不妙。

這兩個人戴着大口罩走到他面前，用手示意讓局長不要從椅子上立起來。

穿白大褂的院長這時在上級面前已經是一副專業人員的嚴肅面

孔。他對局長說：「根據我們檢查診斷，已經沒辦法再轉省醫院進行顯微外科。第一，斷肢和肢體離開時間太長，沒有冰凍措施，無法再植。第二，血管和神經創面模糊，無法吻合。如再轉送省院，恐怕有生命危險……」

「那就是說要把腿鋸掉？」登雲絕望地問。

「是的，馬上要施行截肢手術。」主任醫師說。

「能不能留下一條腿？」李登雲又哭着問。

院長和主任醫師都搖搖頭。

這時，一位主治醫師拿來了「醫院術前談話記錄單」，讓家屬簽字。李登雲手顫抖着半天才寫上了自己的名字。

手術室的門再一次關閉了。

李登雲一個馬趴暈倒在了地上。他的兩個下屬趕緊把他也抬進了急診室……

第二十一章

在地區醫院的急診室裏，李登雲在兒子剛躺過的那張小牀上，好不容易才緩過氣來。

看他掙扎着要下牀，衛生局的幹事和小車司機，就把他扶到椅子上。

坐在椅子裏的李登雲絕望而痛苦。他臉色灰白，平時不太明顯的幾塊老年斑，現在很突出地散佈在兩鬢旁邊。巨大的打擊頃刻間就把他完全變成了一個老年人。

人的命運啊！誰知甚麼時候大禍就降臨到你的頭上？在他們老兩口快要進入垂暮之年時，他們的獨生兒子卻失去了雙腿。人常說養兒防老。可他們老了還得侍候兒子。他們自己受點罪又算得了甚麼！反正行將就木，歪歪好好這輩子湊合着已經活完了。可兒子還沒活人哩！他今年才三十一歲，正是人生的黃金歲月……

那邊的手術正在進行中。李登雲臉上掛着淚痕，目光呆癡地坐在這邊的椅子上。此刻，他都真的有點相信命運了。他悲觀而看破紅塵地想，人一輩子都是瞎活哩！誰能掌握了自己的命運？哼，人常常為了一點小小的利益和慾望，就在那裏機關算盡，你爭我奪，喜怒無常，實在是可笑！一切都是命裏注定的！

可是，冥冥之中真的有甚麼神靈安排凡人的命運，為甚麼不讓他自己失去雙腿，而偏偏讓他的兒子失去雙腿呢？

老天爺，你太殘忍了！

李登雲悲哀地想起，他兒子的一生是多麼不幸。後半生不用說，將成為一個殘廢人。就是前半生，也活得可憐呀！雖說結婚已經幾年，連個夫妻生活也沒有過，更不要說生兒育女了。

登雲還不知道，向前正是因為愛情苦悶喝醉了酒，才把汽車開翻的——如果他知道這一點，他更會把田福軍的姪女恨到骨頭裏！

眼下他想到這個所謂的「兒媳婦」的時候，只是在心中怨恨地說：哼，這下你可以走你的陽關道了！你把我的兒子折磨得好苦哇！

李登雲想起潤葉，氣就不打一處來。如果她和兒子感情好，向前今生一世也能多少得到一點女人的溫暖……唉，說來說去，這也怨自己的人！向前要是同意離婚，等不到潤葉滾蛋，就會有新媳婦進門來！可是兒子偏偏被這個女妖怪迷住了，寧願受罪也不離婚，他和志英實在是沒辦法呀！正是為了遷就兒子，他老兩口才奔跑着調到黃原來工作了。因為「兒媳婦」調到了團地委，老兩口劃算他們調上來後，再活動着把向前也調到黃原，這樣，向前和潤葉在一個城市裏，就能多見面、多接觸，時間一長，興許兩個人還能過在一塊哩。為了兒子的幸福，登雲寧願放棄當原西縣一把手，而屈駕到地區當了個「無足輕重」的衛生局長。他多年的願望就是獨當一面領導一個縣。為了兒子，他只能犧牲了自己的政治理想。

但所有這一切都沒能改變向前和潤葉的關係。向前說甚麼也不來黃原工作。他說他在原西長大，那裏熟人多，縣運輸公司對他又好；要是到了黃原，他急忙習慣不了。實際上，主要是潤葉和他打彆扭，他就索性離她遠一點，躲個眼不見，也少點煩惱。這個窩囊廢兒子能把他們活活氣死：既然是這樣，為甚麼又不離婚呢？

可話說回來，他老兩口也太幼稚了：就是向前調到黃原，向前和潤葉就能過在一塊嗎？當年他們不都在原西縣城嗎？兩口子只要合心，天南海北又有甚麼關係！

幾年來，他們夫婦倆已經被兒子的婚姻問題折磨得心衰力竭。

可誰又能想到，還有這麼大的災禍在等待他們！

天啊，要是志英知道了眼前的慘禍該怎麼辦？

「志英，志英，志英……」李登雲像死人一般堆癱在椅子裏，嘴裏喃喃地唸叨着老伴的名字。

「李局長，我看還是把劉書記也接來……」衛生局的幹事囁嚅着說。

李登雲閉住眼痛苦地咧了咧嘴。是呀，紙裏包不住火，這事遲早要讓他媽知道。應該把志英接來……

他仍然閉着眼，說：「侯師，你去接向前他媽……」

衛生局的司機立刻出去了。

時間不知不覺過了四個鐘頭……

現在，已經是夜裏十一點鐘。

不久，穿白大褂的醫院院長走進急診室，一看李局長這副模樣，竟不知怎樣安慰他。他遲疑了一下，對局長說：「手術已經完了。情況都很好……」

「很好？甚麼叫情況很好？兩條腿都保住了？」李登雲嘴角像受了委屈的兒童那般抽動着；痛苦已使他不能自已，竟用一種刻薄的語言極沒水平地譏諷院長。

院長不敢計較局長的混帳話。當然，如果普通病人的家屬喪失理智對他如此出言不遜，他會立刻拂袖而去。

院長尷尬地苦笑了一下，說：「孩子已經進入單間病房，特級護理。你現在可以去看看了。」

院長說着，便和衛生局的幹事攙扶起垮掉的李登雲，出了急診室，來到住院部的單間病房。

向前仍然處於昏睡狀態中。

李登雲一進房子，瞥了一眼兒子的斷腿，就撲倒在地上，失聲痛哭起來……

不一會，向前他媽闖進了病房。

性格剛硬的劉書記被眼前的景象驚得目瞪口呆。等她反應過來這是怎麼一回事的時候，便像受傷的母牛一般哞叫了一聲。她對周圍的醫護人員哭喊着說：「為甚麼要把我兒子的腿鋸掉？為甚麼！」她一直在醫院做領導工作，因此敢對醫生發出這樣的詰難。

院長和主任醫師正要給市醫院的劉書記說明情況，她卻又問丈夫：「是你簽的字？」

「嗯……」

「你……」劉志英一下子跪倒在牀邊，手摸着昏迷中的兒子的頭髮，只是個號啕大哭。她已經不再聽院長和醫生的解釋了。她心裏明白，他們的治療是不會錯的。就是錯了又怎樣？反正她兒子的兩條腿已經沒有了——她面對的只是這個冷酷的事實！

這一夜，悲痛欲絕的李登雲夫婦一直守在兒子的牀邊……

天明的時候，向前還在麻醉狀態中沒有醒來。在他牀邊的父母親也已經快休克了。

以院長書記為首的醫院領導，硬勸說李登雲夫婦回家休息幾個小時再來；他們說，醫院會全力以赴精心護理的……

李登雲夫婦回到家裏後，躺在牀上互相擁抱着仍然痛哭不已。

後來，他們像孩子一樣，一個給一個揩去臉上的淚水，互相心疼地說着安慰話。是啊，一切都無可挽回了，他們都應該健康地活着，好在以後漫長的歲月裏，幫助他們殘廢了的兒子……

上午十點鐘，手術後九個小時，向前慢慢地睜開了眼睛。

明媚的陽光從大玻璃窗戶投射進來，映照在雪白的病牀上。

他努力掙扎着，老半天才弄清楚這好像是在醫院裏。

醫院？思維閃電般地復活了！他迅速地記起了昨天發生的那幕悲劇……

當目光觸及到自己的下部時，他閉住眼慘叫了一聲：「完蛋了！」

剎那間，醒過來的李向前對生活完全絕望了。

他怨恨為甚麼沒有把他壓死，而弄成了這副樣子又讓他活着——這樣活着還不如死了！

是的，生命對他來說，還有甚麼意義呢？他不能再行走，更不能再開他心愛的汽車；把他和親愛的大地連結在一起的不再是自己的血肉之軀，而將是兩根木頭枴杖！本來應該是他照顧老人的晚年，可年邁的雙親將要侍候他以後的生活了……而父母親離開人世呢？誰再來管他這個殘廢人？他連個弟兄姐妹也沒有！到時，大概只能進養老院；天天坐着輪椅，孤獨地看着牆外的樹葉發芽、變綠、變黃，又一片片飄落在地上……年復一年，就這樣度日過月，寂寞地等待死亡的到來……

死亡！為甚麼要用那麼漫長的時間去等待死亡？

是的，儘管人總有一死，但人總是恐懼死而想活在這個世界上。可是，既然活着，就應該活得美好呀！如果人活着是一種受罪，那還不如早早死去，把自己永遠從痛苦的深淵裏解脫出來！

死？

他想：是的，死。也許死對他來說是最合適的。他本來就活得沒甚麼滋味，現在卻又失去了雙腿，活着就更沒甚麼意思了。

是的，死！

他的眼睛一瞬時便被黑暗遮住了。

可是，在那一片死亡的黑暗中，心靈的宮闕卻回蕩起鈴鐺般悅耳的聲音，使他不由回過頭來，追溯他短暫而平凡的一生……

他的生命的大部分時間都是在那個親切的小縣城裏度過的。他曾有過無憂無慮的童年。燦爛的陽光，美麗的野花，碧波蕩漾的原西河，凹凸不平的石板街……他曾在那裏像匹小馬駒一樣活蹦亂跳地撒過歡。以後，先是在有棵老槐樹的小學裏開始了學生生活；後來又上了原西中學。無論在學校，還是在家裏，那一切回想起來都是溫馨的。最後，他上了汽車——就像身上添了兩個翅膀，痛快自由地飛馳於東西南北。真正的幸福感是他懂得愛情並熱戀上潤葉體驗到的。但是，人生的不幸也從那時候開始了。是的，他為愛情深深地痛苦了幾年，最後導致了這個悲慘的結局……

不過，往日的痛苦比之現在來說，那又算得了甚麼呢？那痛苦是一個健全人的痛苦——某種意義上也是一種幸福！為甚麼呢？因為你痛苦，就說明你對生活還抱有希望！可如今的痛苦是絕望的痛苦；絕望的痛苦甚至使人不再痛苦——既然生活沒有了希望，還有甚麼必要再痛苦呢？

真的，如果痛苦不能改變生存，那還不如平靜地將自己毀滅。毀滅。一切都毀滅了，只有生命還在苟延殘喘。這樣的生命還有甚麼存在的價值？

死……

在這短短的時間裏，向前的思緒像洪水般流淌；但所有的一切終歸都流向了那個黑暗的無極深淵：死。

可怎樣去死呢？

他譏諷地想：這倒是一件「具體工作」。令人遺憾的是，他現在連做這件事的能力都喪失了。上吊？他動也動不了。吃毒藥？哪有這東西？

對！安眠藥！

他突然來了「靈感」。聽說有人就是用這白色小藥片結束了自己的生命。據說這種自殺像睡着了似的，沒有甚麼痛苦。這好！他活着時已經夠痛苦了，死的時候當然應該舒服一些！

現在手頭沒有安眠藥，而且一片兩片也不頂事——睡一覺又醒了；得一次吞下去許多才行。那麼，這就得常向護士要，慢慢積攢……

李向前周密地論證並決定了自己的命運以後，心靈立刻獲得了一種大寧靜。既然生活已經有了一個總結局，那麼其他一切都無關緊要了。

這時，他卻不由得又想起了潤葉——他永遠的「主題」。

不同以往的是，他現在想到潤葉時，心情也是平靜的。因為事情再明白不過了：這個從來也沒屬於他的女人，將永遠不必再屬於他。

他在心裏冷笑了一聲。

命運嘲弄了他。他如今也在心裏嘲弄命運；或者不如乾脆說是嘲弄他自己……

你現在自由了，潤葉。隨着我的毀滅你將再生。我不怨恨你。我之所以到了這般地步，那全怪我自己。誰讓我這樣愛你呢？是我自己。我現在感到失望的並不是自己的愛沒有得到回報——儘管我多麼希望是這樣。我現在難受的是，你並不了解我怎樣愛過你。如果你真能了解了我對你的一往情深，那我死了也心平氣靜。使我內心憤慨的是，你把我當成了那種民間故事裏的「憨女婿」。是呀，我沒甚麼學問，是個普普通通的人。但是，一個普通人懂得的事，我都懂。只有到今天這樣的時候，我才明白，我的愛也夠不容易了。一個男人所能忍受的和不能忍受的，我都忍受了。的確，我也真有點像民間故事裏的「憨女婿」。我就這樣憨愛了你一場。一切都結束了——包括你的痛苦和我的痛苦。現在，我對你說的僅僅是兩個簡單的字：別了……

不知甚麼時候，他的思維又從潤葉轉到了汽車上。潤葉和汽車，幾乎是他生活的全部內容。當他得不到潤葉的時候，汽車就是他的愛人。現在，這個「愛人」也別了；他再也不能駕駛着心愛的汽車奔馳在四面八方。令人痛心的是，正是他所迷戀的這兩個「愛人」最終結束了他的生活……

約摸在午飯前後，向前感到兩條斷腿被截去的地方劇烈地疼痛起來。他咬着牙不讓自己喊出聲。說來也奇怪，失去了兩條腿之後，他似乎在感情、思想和意志方面，猛然間變得豐富、深沉和強大起來。一夜之間，他好像成了另外一個李向前！

李向前啊，李向前！面對眼前的你，我們悲傷，但也感到欣慰。你的兩條腿是失去了，但願你能在精神上站起來！死是不可取的。死並不表明強大（當然，也未必就是軟弱）。

正在向前傷痛難忍的時候，悲傷的父母親一起走進病房來。他們趴在他牀邊，再一次泣不成聲。向前看見，兩個老人臉色灰暗，皺紋橫七豎八佈滿額頭，衰老得幾乎都讓他認不出來 —— 他知道父母親已經被折磨垮了。這時，他才真正感到了一種無法言語的痛苦。為了自己失去的雙腿，為了年老的父母，他的心像尖刀在捅戳。死被暫時忘卻了，活人的痛苦卻又尖銳地主宰了他的意識。但他強忍着沒有哭。他也無話可安慰老人。他緊閉着嘴巴，讓苦澀的淚水流進咽喉裏……

又過了一會，原西縣運輸公司的領導以及他父母親的許多朋友熟人，先後都擁進了這個小小的病房。來看望他的人都帶着禮物；各種吃的和喝的，罐頭、橘子水、水果、餅乾、蛋糕……堆滿了牀頭櫃，擠滿了兩個窗台。

向前真不願意看見這麼多人。他央求父母親說：「你們都回去，這裏有護士……你們不要着急，事情已經這樣了……我想一個人安靜一點……」

他閉住了自己的眼睛。

他聽見護士也在婉言勸父母親和其他人離開病房。

不一會，一切又重新安靜了下來。

向前仍然閉着眼睛，在疼痛中恍惚地回想剛才來了些誰。他在一片虛無中追尋的還是那個人啊！

是的，她沒有來。

她不知道他已經成了這個樣子？就是知道了她也不會來……

不知為甚麼，李向前突然渴望能最後再見潤葉一面。他在內心重新審視了他最終的人生極地，結論仍然是去死。但他想在死之前，再見一次她。

為甚麼要見她？他是想對她說，他要和她辦離婚手續。他不能讓她成為「寡婦」。在他死之前，就應該讓她成為自由人；這樣她也許就能更好地安排她以後的生活。他那樣愛過她！這愛就應該始終如一。這樣做不僅是為了她，也為了自己心靈最後的寧靜……

潤葉！難道我死前都不能再見你一面嗎？

一股強烈的辛辣衝上了他的鼻根，兩顆淚珠便從他緊閉着的眼角裏慢慢地滑落出來。

他感到有人用手帕輕柔地揩去了他眼角的淚水——這一定是好心的護士。

他微微地睜開眼睛，卻怔住了：潤葉正靜靜地坐在他的牀邊。

潤葉？

啊啊，是她！

李向前閉住眼睛，讓洶湧的淚水在臉頰上溪流般地縱情流淌……

第二十二章

田潤葉是今天早晨上班後，才聽說李向前因車禍而被鋸斷了雙腿。

地區一個局長家裏發生了這樣的事，很快就會傳遍地委和行署機關。不過，局外人傳播這類事，就好像傳播一條普通的新聞，不會引起甚麼反響。

但田潤葉聽到這消息後卻不可能無動於衷。不論怎樣，這個遇到災禍的人在名義上是她的丈夫。

她不能再像往日那樣平靜地坐在團地委的辦公室裏，處理案頭上的公務。她心慌意亂，坐立不安。與此同時，她還關切她的弟弟潤生是否也蒙難了。

後來她才確切地弄清楚，失事的只是向前一個人，潤生沒有跟這趟車。她還聽說，向前是因為喝醉酒而把車開翻的……

潤葉一下子記起：上次潤生來說過，向前是因為她而苦惱，常常一個人喝悶酒。她知道，這個人過去滴酒不沾，也不吸煙。

一種說不出口的內疚開始隱隱地刺激她那顆冰涼的心。是呀，這個人正是因為她才酗酒，結果招致了慘禍，把兩條腿都失掉了。從良心上說，這罪過起因在她的身上。

事情到了這個地步，潤葉才不由設身處地從向前那方面來考慮問題。是的，仔細一想，他很不幸。雖然他和她結婚幾年，但一直等於打光棍。她想起了結婚後他從北京回來那晚上的打鬥。她當時只知道自己很不幸，但沒有去想他的可憐。

唉，他實際上也真的是個可憐人。而這個可憐人又那麼一個死心眼不變，寧願受罪，也不和她離婚。她知道他父母一直給他施加壓力，讓他和她一刀兩斷，但他就是不。她也知道，儘管她對他冷若冰霜，但他仍然去孝敬她的父母，關懷她的弟弟；在外人看來，他已經有點下賤了，他卻並不為此而改變自己的一片癡迷之心……

可是，潤葉，你又曾怎樣對待這個人呢？

幾年來，她一直沉湎於自己的痛苦之中，而從來沒有去想那個人的痛苦。想起他，只有一腔怨恨。她把自己的全部不幸都歸罪於他。平心而論，當年這婚事無論出自何種壓力，最終是她親口答應下來的。如果她當時一口拒絕，他死心以後，這幾年也能找到自己的幸福。正是因為她的一念之差，既讓她自己痛苦，也使他備受折磨，最後造成了如此悲慘的結果。

她完全能想來，一個人失去雙腿意味着甚麼——從此之後，他的一生就被毀了；而細細思量，毀掉這個人的也許正是她！

潤葉立在自己的辦公桌前，低傾着頭躁動不安地摳着手指頭，脊背上不時滲出一層冷汗。她能清楚地看見，躺在醫院裏的李向前，臉上帶着怎樣絕望和痛苦的表情……

「我現在應該去照顧他。」一種油然而生的惻隱之心使她忍不住自言自語說。

這樣想的時候，她自己的心頭先猛地打起了一個熱浪。人性、人情和人的善良，一起在她的身上復甦。她並不知道，此刻她眼裏含滿了淚水。一股無限酸楚的滋味湧上了她的喉頭。她說不清楚為誰而難過。為李向前？為她自己？還是為別的甚麼人？

這是人生的心酸。在我們短促而又漫長的一生中，我們在苦苦地尋找人生的幸福。可幸福往往又與我們失之交臂。當我們為此而耗盡寶貴的青春年華，皺紋也悄悄地爬上了眼角的時候，我們或許才能稍稍懂得生活實際上意味着甚麼……

田潤葉自己也弄不明白，為甚麼多年來那個肢體完整的人一直被她排斥在很遠的地方，而現在她又為甚麼自願走近這個失去雙腿的人？

人生就是如此不可解說！

總之，田潤葉突然間對李向前產生了一種憐愛的情感。她甚至想到她就是他的妻子；在這樣的時候，她要負起一個妻子的責任來！

真叫人不可思議，一剎那間，我們的潤葉也像換了另外一個人。我們再也看不見她初戀時被少女的激情燒紅的臉龐和閃閃發光的眼睛；而失戀後留在她臉上的蒼白和目光中的憂鬱也消失了。現在站在我們面前的是一個含而不露的成熟的婦女。此刻，我們真不知道該為她惋惜還是該為她欣慰。總之，風暴過去之後，大海是那麼平靜、遼遠、深沉。哦，這大海……

潤葉迅速拎起一個提兜，走出房間，「啪！」一聲關住門，穿過樓道，進了團地委書記武惠良的辦公室。「向前的腿被壓壞了，我要請幾天假到醫院裏去。」她對書記說。

武惠良坐在椅子裏，驚訝地怔住了。他知道潤葉和丈夫的關係多年來一直名存實亡，現在聽她說這話，急忙反應不過來發生了甚麼事 —— 這比聽到向前腿鋸掉都要叫人震驚。

惠良楞了一下，接着便「騰」地從辦公桌後面站起來。他突然明白發生了甚麼事。他又激動又感動地說：「你放心走你的！工作你先不要管，需要多少天你就儘管去！要是忙不過來，你打個招呼，我和麗麗給你去幫忙……」

潤葉沉默地點點頭，就從武惠良的辦公室出來，急匆匆地走到大街上。

她很快在就近的一個副食商店買了一提兜食品，搭坐公共汽車來到北關的地區醫院。

在進李向前的病房前，她先在樓道裏站了一會，力圖讓自己的情緒平靜下來。啊啊，沒想到這一切發生得這麼快！她現在竟然來看望自己的丈夫了。丈夫？是的，丈夫。她今天才算是承認了這個關係。

她的情緒非但平靜不下來，反而更加慌亂。她甚至靠在走道的牆壁上，不知怎樣才能走進那個房間去。她知道，接下來的幾步，將再一次改變她的命運——她又處於自己人生的重大關頭！

「是否需要重新審視你的行為？」她問自己。

「不。」她回答自己。

她於是懷着難以言狀的心情，走進了這個病房。

第一眼瞥見的是那兩條斷腿。

她沒有過分驚恐她所看到的慘狀——一切都在預料之中。

緊接着，她才把目光移到了他的臉上。他緊閉着眼睛。她想，要麼是睡着了，要麼還昏迷着。

他臉上瀰漫着痛苦。痛苦中的那張臉有一種她不熟悉的男性的堅毅。頭髮仍然背梳着，額頭顯得寬闊而光亮。使她驚訝的是，她從沒感到李向前會有這麼一張引人注目的臉！

吊針的玻璃管內，糖鹽水靜無聲息地嘀嗒着。此刻這裏沒有護士，一切都靜靜的。她聽見自己的心像鼓聲一般「咚咚」地跳着。

她走過去，悄悄地坐在病牀邊的小凳上。

突然，她發現他眼角裏滑出了兩顆淚珠！

他醒着！

她猶豫了一下，便掏出自己的手帕，把那兩顆淚珠輕輕揩掉。於是，他睜開了眼睛……

你奇怪嗎？不要奇怪。這是我。我是來照看你的。我將要守在你的牀邊，侍候你，讓你安心養傷。你不要閉住眼睛！你看着我！我希望你能很快明白，我是回到你身邊來了，而且不會再離開……

當李向前睜開眼睛，看見為他揩淚的不是護士而竟然是潤葉的時候，那神態猛然間變得像受了委屈的孩子重新得到媽媽的撫愛，閉住自己的眼睛只管讓淚水像溪流似的湧淌。這一刻裏，他似乎忘記了一切，包括他失去了的雙腿。他只感到自己像躺在一片輕柔的雲彩裏，悠悠地飄浮着。

噢，親愛的人！你終於聽見了我心靈的不息的呼喚……

潤葉一邊用手帕為他揩淚水，一邊輕聲安慰他說：「不要難過。災難既然發生了，就按發生了來。等傷好了，過幾個月就給你安假肢……」

這些平常的安慰話在向前聽來，就像天使的聲音。

他緊閉雙眼，靜默無語。但他內心卻像狂潮一般翻騰。他直到現在還難以相信，坐在他牀邊的就是使他備受折磨、夢寐以求的那個人！

可這的確是她。

你感到幸福嗎？他在內心中問自己。

不！這幸福又有甚麼用！他的一切都毀掉了，還有甚麼幸福可言！說不定她也是來盡最後的人情義務，就像和一個臨終的人來訣別……

不過，我親愛的人，僅此一點，我也就心滿意足了。你來了，這很好。我多年來為你而付出的沉重代價，你多少已給了我一個補償。在我要離開這個世界的時候，最後那個句號總算比較圓……

他想起了高中課本上學過的《阿 Q 正傳》。可憐的阿 Q 在死之前怎樣費盡心機也沒把那個圓圈畫圓。他比阿 Q 強的是，他的「圓圈」總算讓自己滿意了。

「你一定要把思想放開朗。不要怕，我會盡心照顧你。一直照顧……不久前，行署家屬樓上給咱們分了兩間一套的房子。等你出了院，我就把你接回去……」潤葉仍然在他耳朵邊輕輕地說着。

這是她說的話嗎？

是她說的！

他睜開眼睛，滿含着淚水不相信地看了她一眼。

「你現在應該相信我……」她那雙美麗的眼睛真誠地望着他。

他再一次閉住眼睛。幸福地閉住眼睛。一股溫熱的暖流漫上他的心頭，向周身散佈開來。他無法理解她為甚麼在這時候才把那溫暖給予了他。但他已經開始相信，一種他苦苦尋覓的東西似乎真的出現在了他的面前……

「我已經完了……」他用微弱的聲音悲觀地說。

「沒有！只要活着，一切都會重新開始。」她用堅定的聲音說。

「不，咱們現在可以離婚了……請你原諒我。我是因為……愛你才……這幾年把你也害苦了……可是，你不知道，我為了你……」向前說不下去了，閉住眼抽動着兩片嘴唇，不出聲地哭泣起來。

澎湃的激流開始猛烈地叩擊田潤葉的心扉。她不由自主地俯下身子，把自己的額頭在他淚水縱橫的臉頰上貼了貼。她用手輕輕摩挲了一下他又黑又密的頭髮，對他說：「我現在全明白了。從今天起，我準備要和你在一塊生活。你要相信我……」

背後傳來一聲輕輕的咳嗽。

潤葉趕忙站起來，回頭看見護士端着小白瓷盤已經走到了房中間。

在護士為向前換吊針的時候，潤葉問她：「甚麼時候可以出院呢？」

「四個星期傷口就基本痛合了。但出院得到兩個月以後……」

潤葉默默地點了點頭。

不一會，李登雲夫婦也來了。

他們顯然對潤葉的到來大吃一驚！

潤葉也有些不好意思。她想開口叫一聲「爸爸」或「媽媽」，但由於不習慣，怎麼也開不了口。她就直接對他們說：「以後由我來照看。我已經請過假了。你們年紀大，好好休息，不要經常來。這裏有我哩……」

李登雲和劉志英立在病牀前，簡直反應不過來這是怎麼一回事。他們做夢也想不到，在兒子大難臨頭的時候，潤葉竟然來照看他了。人啊……

老兩口對這個他們一直所厭惡的兒媳婦，竟不知說甚麼是好。但就在這一瞬間，過去的所有敵意都消失了。他們知道，也許只有這個人，才能使兒子有信心重新生活下去。此刻，他們是多麼感激她啊！

劉志英抹了一把眼淚，說：「只要你有這心腸，往後我和他爸一定全力幫助你們……」

李登雲站在一邊，兩隻眼睛紅紅的，百感交集說不出一句話來了……第二天早晨。手術後二十四小時。徵得醫生的同意，潤葉開始給向前喂一點流食。她把自己帶來的橘子汁倒在小勺裏，跪在牀邊，小心翼翼地送到丈夫的嘴裏。

向前張開嘴巴，把那一勺勺橘子水——不，甜蜜的愛的甘露，連同自己又苦又澀的淚水，一齊吞咽了下去……

生活啊，生活！你有多少苦難，又有多少甘甜！天空不會永遠陰暗，當烏雲退盡的時候，藍天上燦爛的陽光就會照亮大地。青草照樣會鮮綠無比，花朵仍然會蓬勃開放。我們祝福普天下所有在感情上歷經千辛萬苦的人們，最後終於能獲得幸福！

中午的時候，向前他媽來到病房，說甚麼也要頂替讓潤葉回去休息一下。潤葉只好依了她的願望，說她下午再來頂替讓婆婆回去休息。

田潤葉走出醫院來到大街上，感到自己的腳步從來也沒有這樣輕快過。太陽暖洋洋地照耀着街上的行人；行人的臉上都掛着笑容。街道兩邊的梧桐樹綠葉婆娑。在麻雀山下兩條大街交匯的丁字路口，大花壇裏的鮮花開得耀眼奪目。城市和她的心情一樣，充滿了寧靜與爽朗。

她沒有回機關的辦公室，徑直來到了行署家屬樓上——這裏有不久前分給她的那套房子。這座新蓋起的樓房，只分給結過婚的幹部職工，她當然也就有份了。不過，從房子分下到現在，她只來看過一次，也沒有收拾過，自己仍然住在機關辦公室裏。當時，她對這房子沒有任何興趣——這隻能喚起她的一片憂傷之情。人家是分給結過婚的人住，可她雖然算是結婚了，但和單身又有甚麼兩樣？

現在，她突然對這套房子感到很親切。

她上了三樓，打開房門，然後從對門同事家裏借來掃帚和鐵簸箕，用一條花手帕勉強罩住頭髮，便開始收拾起了房間。

她一邊仔細地打掃房子，一邊在心裏劃算着在甚麼地方擱雙人牀，甚麼地方擱大立櫃……對了，還應該買個電視機。他不能動，有了電視機，可以解個悶。買個十四英吋的，但一定要買彩色的——她這幾年積攢的錢足夠買台帶色的電視……

田潤葉這樣忙碌地收拾着，精心地劃算着，倒像是為自己佈置新婚的洞房！

第二十三章

日子過得快如飛箭！算一算，田福軍從省裏回到黃原任職已經有兩年的時光；他在這個貧困的家鄉所在地區任一把手也已經有一年多了。

兩年之間，不僅黃原地區，整個中國發生了多麼大的變化呀！許多不久前人們連想也不敢想的事，現在卻成了我們生活中最一般的現象。中國的變化震動了資本主義國家，震動了社會主義國家，也震動了中國自己。

闡述這個變化的深遠歷史意義也許不是小說家所能勝任的。我們只是在描繪這個歷史大背景下人們的生活時，不由得感歎：我們這一代人經歷了如此深刻而又富於戲劇性的歷程！現在還是孩子的人們，將不會全部理解我們這代人對生活的那種複雜的體驗。

是的，我們經歷了一個大時代。我們穿越過各種歷史的暴風驟雨。上至領袖人物，下至普通老百姓，身上和心上都不同程度地留下了傷痕。甚至在我們生命結束之前，也許還不會看到這個社會的完全成熟，而大概只能看出一個大的趨勢來。但我們仍然有理由為自己生活過的土地和歲月而感到自豪！我們這代人所做的可能僅僅是，用我們的經驗、教訓、淚水、汗水和鮮血摻和的混凝土，為中國光輝的未來打下一個基礎。毫無疑問，在這一歷史進程中，社會和我們自身的局限以及種種缺陷弊端是不可避免的。但這決不能成為倒退的口實。應該明白，這些局限和缺陷是社會進步到更高階段上產生的。

可是，在具體的現實生活中，堅持前行的人們，步履總是十分艱難的。中國式的改革就會遇到中國式的阻力。

近一年多來，有關田福軍的告狀信不斷頭地從黃原湧向省城和北京。中國的其他事幹起來不容易，但告狀倒相當簡便——八分人民幣買一張郵票就可以了。這些信件寄到了中央紀委、省紀委、中組部、省組織部和中央以及省的人民來信來訪辦公室。更多的信直接寄給了省委正副書記個人手裏。告狀信的內容五花八門，從政治錯誤、經濟犯罪一直到男女關係。如果這些問題都能落實，田福軍恐怕夠判死刑了。

福軍知道有人告他。他也知道省紀委和省委組織部來調查過他的「問題」。但他不知道告他告得如此猛烈；也不知道這場「倒田運動」的幕後人物是他的副手高鳳閣。

地委副書記高鳳閣是黃原前地委書記苗凱多年精心培養的接班人——接他自己班的人。但由於田福軍從省上「殺」回來，高鳳閣沒有當成專員，當然就更當不成地委書記了。苗凱調離後，高鳳閣窩着一肚子不舒服，便開始在暗中鼓動苗凱手上用過的一些對田福軍心懷不滿的人，大量給田福軍製造「罪證」……

起先的時候，省委並沒有特別重視有關田福軍的這些告狀信。根據一貫的經驗，一位新任領導免不了要遭受一些人的反對。後來，告狀信越來越多。同時兼任省紀委書記的省委常務副書記吳斌，便指示省紀委派人到黃原去調查田福軍的問題。當然，苗凱同志也給這位老上級耳朵裏灌了不少田福軍的「情況」。

但省紀委的人沒有調查出田福軍的甚麼大問題；許多告他的信純屬憑空捏造。事情隨之也就不了了之。可是，告田福軍的信仍然有增無減；而且後來的告狀信都直接寄給了省委書記喬伯年的辦公室。

本來，省委書記喬伯年這一兩年對南北山區幾個地區的工作，還是較為滿意的。這些地區大部分都實行了生產責任制。一兩年來，實際成果說服了許多懷疑論者。那些地區大規模生產方式的改變，極大地刺激了農民的生產積極性，初步改變了極度貧困的生活狀況，使大部分羣眾解決了基本的溫飽問題。

當然，「冒尖戶」還是少數。眼下並不像某些滿懷熱情的作家用膚淺的文藝作品所宣揚的那樣，似乎農民都發了財，動不動就把電視機抱回了家。我們的農民難道我們還不清楚嗎？他們過去在某種程度上已經窮到了骨頭裏；新政策的優越性不可能在一兩年內就把所有人都變成大富翁。對於大多數農民來說，解決了吃飯問題，這就是一件多麼了不起的事啊！一切都還在剛剛開頭，許許多多的新問題和新矛盾接踵而來，需要迅速而有力地給予解決。

但是，省委書記感到，這一兩年來，黨的某些基層組織和它的負責人，本身在認識方面都不同程度地存在着一些因循守舊的觀念。改革的阻力由此可想而知。毫無疑問，我國整個農村的進步乃至最終走上現代化的道路，有待於一個長時期不斷改革的艱難過程。

無論如何，這個省的南北山區已經邁出了令人鼓舞的一步，並以此昭示了未來多方面的廣闊的發展前景——這是任何眼睛沒瞎的人都能看得見的。應當指出，在這一方面，最貧困的黃原地區走在了全省的前列；這當然和地委書記田福軍同志大膽解放思想是分不開的。

可是，偏偏他的告狀信最多！

唉，中國呀！甚麼時候才能把那些諸如「人怕出名豬怕壯」「槍打出頭鳥」「出頭椽先爛」等等「經典哲學」從我們的生活詞典中剔除了呢？

近一年來，喬伯年主要把自己的精力放在落實中部平原地區農村生產責任制方面。

中外歷史證明，革命常常容易在最貧困落後的地區開始。而較富庶的地方，變革往往要困難一些。

當山區以戶為主的生產責任制已經實行一年多的時候，本省中部平原地區的農村還在吃「大鍋飯」。不是羣眾不願意改變這種狀況；而是這些「白菜心」地區的許多領導一直抵抗着，長期按兵不動。當然，在省委領導中，也有分歧意見。比如吳斌同志就認為，平原地區不必處處都搞責任制；理由是有些地方的大集體一直搞得很好。

喬伯年認為，平原地區農村的「大鍋飯」照樣應該砸爛。為此，他通過答省報記者問的形式，號召平原地區仿效山區的榜樣，大規模實行生產責任制。沒有人公開反對新政策，但實際工作中抵抗的大有人在。他們採取的是口頭上擁護實際上對抗的方法。這些人在會議上一口一個要堅決貫徹「上面的精神」，而在私下裏，在和老婆睡覺的時候，在和知己們下棋打撲克的時候，卻用一種嘲弄的口氣譏諷所有的改革。而嚴重的是，這些人往往領導着一個幾百萬人口的地區或幾十萬人口的大縣份。一年來，喬伯年為了改變這種局面，改換了中部平原幾個地區的領導班子——這些地區的農村已經漸漸處於一種急劇變革的狀態中……

小暑前後，喬書記想起應該到山區去看一看情況。近一年多，他忙於平原地區的工作，對南北山區的當前情況摸得並不透。

於是，他準備在全省的煤炭基地銅城市按原計劃視察完工作後，順便先到毗鄰的黃原地區走一圈。

沒想到他在一個山溝的礦區發起了燒。這使喬伯年很着急——他已經給黃原打了招呼，說他明天到那裏。

他當時住在這個礦的招待所，又是半夜，只好把秘書小王喊醒，讓他給自己找點藥。

小王手在他額頭上摸了摸，說：「讓我給醫院打個電話！」

「算了，」他說，「吃幾片藥說不定明早上就會好的。你一打電話，市上和礦務局醫院說不定把救護車都開來了。」

「而且還把警報器拉得嗚嗚響！」秘書加添說。

喬伯年笑了。他和身邊的工作人員都很隨便，他們都敢和他「放肆」地開玩笑。

喬伯年索性接上秘書的話，進一步「發揮」說：「那樣，大家以為失了火，說不定把救火車也開來了！」

喬伯年一邊開玩笑，一邊吞下去八片羚羊感冒片和一包阿魯散。

第二天早晨，病情果真好了許多，他就立刻起程直奔黃原……

省委書記一到，地委書記就忙了。田福軍先陪喬書記在幾個偏遠縣份的農村跑了一大圈；回到黃原後，緊接着就召開縣委書記以上的領導幹部會議，以聽取省委書記對全區工作的指示。

在這個幹部會上，喬伯年熱忱地肯定和讚揚了黃原地區的工作；同時指出了下一步應該解決的主要問題。這實際上也是省委對田福軍本人工作的肯定。喬書記的講話使田福軍眼圈不由得發熱。他感謝省委在他困難的時候，及時支持了他……

省委肯定了田福軍的工作，也不等於就否定了反對田福軍的高鳳閣同志。以後不多日子，在省委常務副書記吳斌同志的堅持下，高鳳閣被調到南面一個地區如願以償地任了行署專員。領導這麼一個大省，省委書記不可能在一切事上明察秋毫；再說，即使看出類似的問題，有時也不得不作某些妥協 —— 這是政治生活中常有的現象……

送走省委書記以後，黃原地區各縣的縣委書記都回去了。但田福軍把原西縣委書記張有智留了下來。他要單獨和他商談一件事。當然，他實際上也有許多話想對這位老朋友說。平心而論，原西縣這兩年的工作是不能令人滿意的；這責任在很大程度上和有智分不

開 —— 他是一把手嘛！福軍自己感到，他一個很大的弱點就是在老朋友面前抹不開臉皮。本來，他早應該直截了當指出有智同志這兩年在工作中所存在的問題，但他卻一直沒這樣做。

這一天晚飯前，他把張有智從黃原賓館帶回到自己家裏。愛雲沒去醫院上班，忙了整整一個下午，已經備辦好了一桌飯菜。飯桌上，因為老丈人徐國強和妻子都在座，福軍先沒和有智談工作方面的事。四個人一邊喝酒吃飯，說起許多過去的話題。有智是個爽快人，不僅和愛雲開玩笑，還和他過去的老上級徐國強老漢也逗趣。

吃完飯後，田福軍和張有智進了會客室。愛雲給他們沏好茶，就退出去了 —— 作為地委書記的老婆，她知道丈夫要和有智談些她不應該再聽的話了。

「有件事我想和你商談一下。」田福軍給張有智遞上一根紙煙。

張有智沒說話，點着煙聽福軍的下文。

「文龍已經從省黨校畢業回來了。據地委組織部的考察和省黨校方面的介紹，小夥子這兩年學得不錯，表現也很好。我想讓他回原西縣去給你當個副手……」

「怎安排？」張有智的臉沉了下來。

「副書記兼縣長。」

「甚麼？」張有智衝動地從沙發裏站起來，「你把一個造反派弄來給我當縣長？」

「有智，你坐下，先別激動。文龍在『文革』中是造過反，前幾年在柳岔公社也搞過極『左』的東西。不過，他是個青年嘛，『文革』中他還是個中學生，才十幾歲。這幾年來，小夥子對自己進行了嚴厲的反省，照我看那是真誠的。對待青年，我們不能總是揪住過去的一些事不放。只要認真改了，我們該使用的還要用。

「他是西農畢業生，又上了兩年的省黨校中青班，等於爭得兩個大學的文憑，並且先後當過公社一把手和縣上的副主任；年輕力壯，又有文化，說不定能在工作中開創新局面呢！至於過去的錯誤，他記取了教訓，未必是一件壞事。俗話說，知恥者勇……」

「哼，反正知恥不知恥只會個勇！」張有智挖苦說。

田福軍看張有智態度生硬，一時不知該怎樣說服他。他把茶杯往他面前推了推，說：「你……喝水。」

張有智端起茶杯，長長出了一口氣，說：「不能改變了？重用這小子我不反對，可為甚麼一定要讓他回原西來呢？」

「這不是我一個人的意見。呼專員和組織部也是這個意見。文龍本人也表示願意回原西去工作，說他要哪裏跌倒再從哪裏爬起來。我們應該給他一個機會……」

「哼，回原西來和我再鬧騰一番，弄得雞飛狗跳牆！」

「有智！你為甚麼要這樣看問題呢？人都在變嘛！」

「不見得。我就沒變！」

田福軍不好再說甚麼了。

但是，有智，你真的沒有變嗎？

唉！田福軍本來還想順便和他的老朋友談談心，指出他這兩年來工作中存在的一些問題；但看有智這樣剛愎自用，只好又一次打消了這個念頭——看來今天再談這方面的事顯然更不適宜；他們現在已經有些不愉快了。

張有智最後算勉強接受了地委對周文龍的任用，便快快不快地從田福軍家告辭了……

送走有智後，田福軍一個人又回到會客室，苦惱地在腳地上轉圈圈走了半天。這一刻裏，他心頭湧上一股很難受的滋味。他現在倒忘記了對張有智的不滿意，而對自己太不滿意了。他感到自己非常無能，連批評朋友的勇氣都鼓不起來，怎麼可能把這樣大一個地區領導好呢？

他看了看腕上的電子錶，猛然記起，他下午已經給司機打過招呼，晚飯後要去地區醫院看望失掉雙腿的向前。他幾天前就知道了這件慘事，但因省委書記來了，忙得實在抽不出時間去醫院。另外，他也知道姪女去侍候不幸的向前了——這是潤葉自己對他說的。當時他的鼻子也有點發酸。他感到欣慰的是，他多年來對姪女的心血終於沒有白花——她在人生關鍵的時刻表明她是一個多麼好的孩子！

田福軍匆忙地下了樓，來到院子裏。司機早把車停在門口等他了。

田福軍來到地區醫院向前的病房時，馮世寬和文化局長杜正賢以及他的女兒、女婿都在這裏。當然，潤葉也在。他來後，這個小小的病房已經擠得沒處立腳。於是，世寬、正賢和麗麗夫婦都一齊告辭走了。

田福軍坐在病牀旁邊的小凳上，拉着向前的手，說了許多親切的安慰話。向前只是眼裏含着淚水不斷給田叔叔點頭。潤葉立在一邊低傾着頭摳手指甲。

不一會，向前他媽劉志英來頂替潤葉照看兒子。這些天裏，婆媳兩人輪流在醫院裏過夜。在向前的病牀旁，單另支起了一張行軍牀。

志英沒想到田福軍也親臨病房來看望她的孩子。雖說是熟人，現在又算是親戚，可福軍是地委書記啊！

志英控制不住自己的悲痛，又在田福軍面前哭了一鼻子。福軍和潤葉勸慰了她半天，叔姪倆才離開了病房。

田福軍到醫院時，就把司機打發回機關了。現在，他正好可以和姪女一塊相跟着步行回南關。

七月的夜晚是溫熱的。大街上燈火輝煌。悠閒的人們在梧桐樹下散步。各處的夜市正到了紅火熱鬧的時刻，擁擠着熙熙攘攘的人羣。黃原河充滿激情的喧嘩聲從不遠的地方傳來，給城市歡愉的夜晚帶來了別一種情調。

田福軍把外衣搭在胳膊上，和姪女不緊不慢地在街道上走着。潤葉手裏拎着一個花布提包，那裏面裝着一些給向前帶吃喝的瓶瓶罐罐，叮叮噹噹地響個不停。她跟在二爸的身邊，不時用手攏一攏被晚風吹散的秀髮。

田福軍心情很激動。他這時回憶起許多有關姪女的事。尤其是孩子結婚以後，他曾在原西縣的辦公室裏見她那一次。當時看見她被折磨成那個樣子，他難過極了。可是那時他的確無法糾正老丈人瞞着他而造下的罪孽。他只能無可奈何地等待時間來解決這件事。他沒有想到，事情在今天有了這樣一種結局。不過，他內心深處知道，對於姪女來說，未來生活的嚴峻考驗正在等待着她 —— 她能經受得住嗎？

田福軍實際上有許多話想對姪女說，但此時卻不知說甚麼是好。他只是關心地問：「向前甚麼時候出院？甚麼時候可以安假肢？」

「醫生說過一個多月就可以出院。安假肢得三四個月以後。我已經請惠良的叔叔和省義肢廠聯繫了，到時我和李叔叔陪他去……」潤葉親切而平靜地對他說。

田福軍感到眼窩熱辣辣的。他只是連聲說：「好，好，那好……」

第二十四章

大暑過後，一進入中伏，垂直地懸掛在空中的太陽，幾乎不是放射光芒，而是在噴射火焰了。大地上熱浪滾滾，一片灼人似的炙熱。好在黃土高原有充足的風，這些日子，還不像中部平原那樣晝夜都如同扣在悶熱的蒸籠裏，令人窒息。當然，整個白天，如果你在高原烈日下活動，那多半得曬掉一層皮。只是夜幕一旦撲落，大地上常常會吹起涼爽的清風，使人感到這個季節有多麼美好……

在這個火一般炎熱的季節裏，即將在黃原師專畢業的田曉霞，心中也像燃燒着一團火焰。她剛從省報實習回來。她做夢也沒有想到，在省報實習期間，報社的總編輯非常看重她的才華和工作精神，決定通過省高等教育局，要分配她去省報當記者。按他們學校的性質，畢業的學生當然應該分配到黃土高原各地中學去當教師。但每年也總有一兩名特別出眾的學生，以特殊原因被分到了另外的單位。看來田曉霞成了他們這屆畢業生中的幸運兒 —— 誰不願去當一名記者呢？更何況還要進大城市去工作和生活！

不用說，立刻就有許多謠言在學校和畢業生中間傳播開來，說曉霞是通過她父親走「後門」才被分到省報的。平心而論，這的確和田福軍無關；因為省報決定要她的時候，並不知道她是黃原地委書記的女兒。

田福軍夫婦知道這個消息後，也很為他們的女兒高興。事到如今，福軍才猛然覺得，也許他的曉霞最合適的職業就是記者工作！這孩子思維敏捷，知識面也比她哥曉晨寬一些。另外，她性格潑辣，愛跑動，又不怕吃苦 —— 這些都是搞記者工作所需要的。

實際上，當記者對田曉霞來說，也是她夢寐以求的理想職業！

沒想到這個理想就這樣變成了現實。命運往往就是如此 —— 有的人事事不順，有的人一順百順！

分配基本沒甚麼大問題後，田曉霞愉快得都有點飄飄然了。也許用不了一個月，她就要離開黃原，到省城的報社去報到啦！

那麼，她該怎樣打發在黃原的這一段日子呢？

她很快想到了孫少平。

是的，她要儘量多些時間和少平在一塊。她實習回來後還沒顧上去找他。他當然也不知道她已經分到省報去當記者了。

曉霞想起少平的時候，心中就會湧上一種連她自己也急忙弄不清楚的複雜情緒。毫無疑問，在她已有的生活之中，沒有一個男人像少平那樣使她在感情上有一種親近感。尤其是和他在黃原交往以來，每想起他，心中就會泛起一縷溫熱的情思。她的確還沒有考慮好她和這個人未來的關係會怎樣發展。但她感到她在生活中已經不能再失掉這個人。是的，從家庭和社會地位來說，他們的距離很大；可是從心靈方面說，沒有一個人像他那樣和自己接近。在我們的生活之中，還有甚麼能比得上人與人心靈的融洽更為珍貴呢？不是家庭、職業、社會地位和其他條件接近的人，相互間心靈就更能接近；而實際上，生活中常有的現象是，兩個人儘管其他方面條件殊異，可心靈卻往往能接近和相通 —— 她和少平正是這樣的。

田曉霞決定立刻去找孫少平。

上次實習走前，少平告訴她，南關柴油機廠的活不久就要完工了。不知他現在是否還在那裏？如果他已經離開了，她又上哪兒去找他呢？

但她又想，有一點是肯定的：他不會離開黃原城。只要他在這個城市裏，她就一定要找到他！她在心裏調皮地說：哼，孫少平，你插翅難飛！

其實，孫少平眼下仍然還在南關的柴油機廠幹活。不過，用不了多少天，這裏也就完工了 —— 他現在正熬煎不久以後他到甚麼地方再找個活幹哩……

當田曉霞找到這裏的時候，少平正在工地上拉水泥板。他光着身子，只穿一件短褲，被太陽曬黑的身子流着骯髒的汗泥道。這副樣子站在穿着裙子、打扮得花枝招展的曉霞面前，使他感到十分窘迫。他趕忙把那件比身體還髒的汗衫套在身上。

很長一段時間了，他一直沒和曉霞見過面。現在她猛然出現在面前，倒使他十分激動。

曉霞按捺不住自己的興奮，先趕快把她分配到省報當記者的事告訴了他。

記者？對孫少平來說，這是記者田曉霞向他報道的第一條新聞 —— 一條讓他震驚的新聞！

他那激動的情緒剎那間消失了，隨之而來的幾乎是一種無聲的哽咽。是的，她要遠走高飛了。他再一次認識到，即使她和他近在咫尺，可他們之間相隔的距離卻永遠是那麼遙遠！

「你能不能請半天假，咱們一塊出去玩一玩？」曉霞很快看出她自己的好消息在朋友那裏引起了甚麼樣的反響，於是趕快轉了話題。

「行！」孫少平立刻爽快地說。事到如今，他感到他很快就要和曉霞天各一方了，因此也很想再和她在一塊呆一段時光。他痛切地感到，一種最美好的東西從此將要永遠地從他身邊流逝。是的，流逝。

「你先在這兒等一下，讓我去換換衣服！」他說着就走過去向站場的工頭請了假，然後兩條腿像抽了筋似的跑回到他住的地方。

他先在樓下水龍頭上沖了沖身子，便回到房間換了身乾淨衣服，用手指頭匆忙地梳理了一下蓬亂的頭髮，就又跑回來了。他沒忘記帶了二十元錢——他要請曉霞在街上的飯館吃一頓飯，以慶賀她到省報去當記者……

他們在梧桐樹和漢槐灑下的濃密蔭涼中，相跟着從南關的大街上走過來。

在影劇院附近，滿懷激情的孫少平，瀟灑地把曉霞帶進了黃原最好的一家飯館。這時候，誰也不會看出來他是個半小時前還滿身黑汗的攬工小子。

少平讓曉霞坐着，自己跑前跑後，買了四菜一湯，並且提來兩瓶青島啤酒。

曉霞今天像個乖孩子似的坐在凳子上，眼睛一刻也沒離開走動着的少平。她感到自己的眼窩有點熱。她第一次這樣安心地坐在飯館裏，讓一個男人花錢為她買酒買菜。她長大後從來沒有感到過心情如此輕鬆，又如此踏實；就像小時候依偎在媽媽的懷裏或者伏在爸爸肩背上一樣……

酒菜齊備以後，兩個人面對面坐在一張小桌前。少平舉起啤酒杯，微笑着輕聲說：「祝賀你。為你乾杯！」

曉霞無言地把她的杯子在少平的杯子上輕輕碰了一下，視線就有點模糊了……

兩個人不像過去那樣，見面後立刻互相打開話匣子。此刻，他們都默默地碰杯、喝酒、吃菜，很少開口說話。

這時候，少平想起了高中畢業時，曉霞在原西飯館請他吃的那頓飯。現在，是他在這裏請她吃飯。轉眼之間，他們就又踏入了一個人生的新階段！曉霞將再一次進入一個更高層次的生活領域——對她來說，這是很正常的，也是他所希望的。不過，這一切仍然使他心頭泛起一股說不出的苦澀滋味。他自己的未來會是個甚麼樣子？還顧說未來呢！過幾天，他就不知該再到何處去落腳！

正如俗話所說：人比人，活不成。

但無論怎樣，他還是高興今天能用他自己勞動賺來的錢，在這裏請曉霞吃一頓飯。哪怕他今生一世黯淡無光，可他在自己生命的歷程中，仍然還有值得驕傲和懷戀的東西啊！而不至於像一些可憐的鄉下人，老了的時候，坐在冬日裏冰涼的土炕上，可以回憶和誇耀的僅僅是自己年輕時的飯量和力氣……

吃完飯後，曉霞提議他們去上古塔山。這也正好是孫少平所想的！

於是，兩個人出了飯館，興致勃勃地過了小南河上的水泥橋，沿着一條荒僻的小土路，攀上了高高的古塔山。

立在古塔旁的邊畔上，烈日烤曬下的黃原城便一覽無餘了。從高處觀望，街道、房屋和人的比例都已經縮小，像小人國似的。黃原河與小南河如同一粗一細兩條銀練，閃着耀眼的光輝在老橋附近纏繞在一起，然後到東關飛機場前面拐過一個大彎，就在遠方的山巒峽谷間消失得無蹤無影了。儘管烈日炎炎，但看見大街上仍然有不少行人 —— 尤其是東關大橋附近，忙碌的人羣如同暴風雨前搬家的蟻羣一般紛亂……

少平和曉霞只在塔下立了一會，兩個人便不言不語向山後的樹林中走去。他們一前一後只管向樹林深處走；似乎他們已經約好了一個明確的去處 —— 實際上，是兩顆心不約而同把他們導向一個更為靜謐的地方。

他們穿過大片低矮的杏樹林，來到古塔後面的一個小山灣裏。

嘈雜喧鬧的市聲馬上被隔在了另一個世界。四周圍靜悄悄毫無聲息，只聽見一兩聲小鳥的啁啾。

這是一個三面被地塄圍起來的小土圪塄，長滿了茂密的青草；草間點綴着許多無名小花 —— 紅、黃、藍、紫，一片五彩繽紛。雪白的蝴蝶在花間草叢安心地翩翩飛舞。這地方只長着一棵獨立的杜梨樹，碗口般粗，濃密的枝葉像傘似的投下很大一片蔭涼。

少平和曉霞走過去，先後坐在樹陰下。兩個青年的心在狂跳着，臉都紅騰騰的。他們大概意識到，此時此刻，他們來到這樣一個地方意味着甚麼。

很長一段時間裏，他們仍然都沒有說話。

太安靜了！靜得叫人能聽見自己的呼吸和心跳聲。一陣涼爽的清風吹來，杜梨樹的枝葉在他們頭上發出沙沙的聲響。由於這裏地勢較高，透過密密的杏樹林，可以隱約地瞭見九級古塔塔尖上的金屬避雷針，在熾熱的陽光下閃爍着炫目的光芒。

曉霞順手在草叢中摘下一朵粉紅的打碗碗花，舉在眼前微笑着細細瞅着，似乎那上面有甚麼景致，有甚麼十分逗人的情趣。少平兩隻手局促地抱着膝頭，一動不動地望着東川空蕩蕩的飛機場。

「終於畢業了……」曉霞「終於」開口說，「他正坐在教室裏，突然有個女同學在門口叫他出來一下……」

「女同學？叫他？誰？」少平敏感而驚奇地轉過頭，對曉霞這句沒頭沒腦的話感到莫名其妙。

曉霞仍然微笑着，不看他，只瞅着那朵粉紅色的打碗碗花，繼續說：「是的，是一位女同學叫他出來一下。他出來了。那女同學在教室外面的走道裏，對他說：『有句話我一直想跟你說說：十年以後咱倆見一次面吧！』」

「我敢肯定，你要給我說你的事了。那個女的就叫田曉霞吧？」少平臉漲得通紅，插嘴說。

曉霞仍然不理他，只管說她的。

「……那女的說完後，男的問她：『為甚麼要見面？』女的說：『因為我想知道那時候你會變成甚麼樣子。這些年來我一直很喜歡你……』」

「你原來要在今天告訴我這麼一件事？」少平忍不住又打斷曉霞的話。

「男的問那女的：『為甚麼你以前一直不說呢？』女的說：『說了又有甚麼意義？你那麼喜歡尼娜！』」曉霞繼續說她的。

「我不願聽你們的三角戀愛故事！」少平叫道。

「……那男的悵然若失地問道：『那咱們甚麼時候，在甚麼地點見面呢？』『十年以後，五月二十九日晚上八點在大劇院那排圓柱正中間的通道裏。』」

「不過，黃原劇院那排柱子是方的。十年後大概會變成圓的？」少平的話裏含着一種酸味的諷刺。他接着便沉默下來，任憑曉霞去說她的羅曼蒂克故事。

「……『要是那兒的圓柱是單數怎麼辦？』男的問。『那兒有八根圓柱……』女的說，『如果我的外貌變化很大，你就憑我那時候的照片來辨認我吧。』

「『好吧，那時候我肯定也是個知名人士了，反正我準是乘我的小轎車來……』

「『那才好呢，到那時你就帶着我在全城兜風。』

「……就這樣，他們分別了。歲月流逝。後來發生了戰爭……」

「戰爭？」孫少平看着如癡如醉的田曉霞，驚訝地問。

他越來越被她說糊塗了！

「是的，戰爭。戰爭開始了，她從大學輟學進了航校。以後她犧牲了。當年她所愛的那位男同學在軍醫院住院期間，從無線電廣播裏聽到授予空軍少校魯勉采娃以蘇聯英雄的稱號……」

「噢！你這傢伙……你原來說的是一個蘇聯故事！」孫少平長長地出了一口氣。

「可是，這個故事並沒有完。」曉霞仍然瞅着手裏的打碗碗花，臉上的微笑不知在甚麼時候就消失了。

「……『生活不斷向前，』作者這樣寫道，『有時我會驀然想起我們倆的約會。快到約會期限的那幾天我覺得有一種強烈的不安的感覺，彷彿過去這些年來我一心一意在為這次會面作準備……』」

「後來呢？」少平輕聲問。

「後來，他在當年約定的那一天終於如期來到那個大劇院前。他向賣花姑娘買了一束鈴蘭，朝大劇院圓柱正中央的通道走去。圓柱確實是八根……他在那裏佇立了片刻，然後把那束鈴蘭送給一個腳穿球鞋，身材纖瘦的灰眼睛姑娘，就驅車回去了……

「作者後來這樣抒發了自己的感情：『……剎那間我真想令時光停住，好讓我回顧自己，回顧失去的年華，緬懷那個穿一身短小的連衣裙和瘦窄的短衫的小女孩……讓我追悔少年時代我心靈的愚鈍無知，它輕易地錯過了我一生中本來可以獲得的歡樂和幸福！』」

「這是一本甚麼書？在哪裏？讓我看一看！」少平從草地上跳起來，對田曉霞喊道。

曉霞也站起來，用手絹把眼角的兩顆淚珠揩掉，從尼龍布挎包裏摸出一本去年出版的《蘇聯文藝》，說：「就在這上面。名字叫《熱妮婭・魯勉采娃》，作者是尤里・納吉賓。」

少平走過去，先沒有接書，立在曉霞面前，渾身微微地抖着。

曉霞抬起頭來，用熱切而鼓勵的目光望着他。

他終於張開攬工漢有力的雙臂，把她緊緊地抱住了！

她頭埋在他胸前，深情地說：「兩年以後，就在今天，這同一個時刻，不管我們那時在何地，也不管我們各自幹甚麼，我們一定要趕到這地方來再一次相見……」

「一定。」他說。

第二十五章

接近傍晚的時候，孫少平和田曉霞才從古塔山上走下來。

他們在小南河邊約好了下一次見面的時間，就有點依依不捨地分手了。曉霞回了地委自己家；少平看時間還早，想到東關金波那裏坐一坐。

現在，孫少平沿着小南河邊的馬路，懷着激動的心情，向東關大橋那裏走去。

一時三刻，城市的四面八方就成了燈火的世界。不知又來了甚麼重要人物，九級古塔上的彩色燈串也亮了，像半空中驀地出現一座瓊山仙閣，景象壯麗而輝煌。

少平一身輕快，邁着矯健的腳步走着。暑氣消失了，涼爽的晚風從河道裏吹過來，撩亂了他一頭濃密的黑髮。黃原河和小南河流瀉着燈火，閃爍着金銀般的光輝。

直到現在，少平還難以相信今天發生了這樣的事！

他第一次擁抱了一個姑娘，並且親吻了她。他飽飲了愛的甘露。他的青春出現了雲霞般絢麗的光彩。他真切地感受到了甚麼是幸福。幸福！從此以後，不管他處於甚麼樣的境地，他都可以自豪地說：我沒有在這人世間枉活一場！

他時而急匆匆地走着，時而又放慢腳步，讓那顆歡蹦亂跳的心稍許平靜一些。前面不遠處就是大街，那裏人聲沸騰，一片紛擾。人們！你們知道嗎？知道這城市有個攬工漢和地委書記的女兒戀愛嗎？你們也許沒人會相信有這樣的事；這樣的事只能出現在童話裏。可這是真的！

此刻，我為甚麼要去找金波？是要告訴他這件事？

是啊，多麼想給朋友說一說，好讓他來分享我的幸福！分享！這個字眼用得不恰當……扯到哪兒去啦！

是的，我當然會把這事告訴金波的，但不應該是現在。正如他和那位藏族姑娘戀愛一樣，秘密最好過一段時間再給朋友傾吐。愛情啊，無論是橄欖還是黃連，得先自己一個人嚼一嚼！

既然不是去給金波說這事，現在就不應該去他那裏——此刻最好一個人慢慢地回味剛剛發生過的那一切……

現在，孫少平發現他已經走到東關大橋的人羣裏了。

他猛地停住腳步，不由向人行道旁邊那個低矮的磚牆瞥了一眼。

一股冰涼從後腦勺沿着脊背傳遍了全身。他頓時像重感冒退過燒似的清醒而軟弱無力。剛剛發生的事一下子就似乎遙遠了，而現實卻又這麼近地出現在眼前！

他的兩條腿自動走到那個磚牆下。他初來黃原之時，就是在這地方落下腳，開始等待包工頭來買他的力氣。以後他又不止一次來到這地方。

他彎下腰，不由用粗糙得像石板一樣的手掌，在那磚牆上面摸了摸——這是他經常擱那捲破行李的地方……

一種無限憂傷的情緒即刻便湧上孫少平的心間。

你有甚麼可高興的？你難道現在就比以前好些了嗎？你只不過和地委書記的女兒親熱了片刻，有甚麼可以忘乎所以地樂個沒完？瞧，你在實際生活中的一切都沒有絲毫的改變。你仍然像一叢飄蓬流落在人間，到處奔波着出賣自己的體力，用無盡的汗水賺幾個錢來養家糊口。你未來的一切都沒有着落——可歲月卻日復一日地流逝了……

孫少平立在磚牆邊，眼裏旋轉着兩團淚水。街道上的人羣和燈火都已經模糊不清。

愛情的溫柔使少平感到自己變得脆弱起來。他現在痛心地認識到，就是他和她已經到了這一步，但他們仍然還在兩個世界裏！而且隨着曉霞的遠走高飛，這兩個世界只能是越來越遠！

孫少平強迫自己立刻回到現實中來。他，農民孫玉厚的兒子，一個漂泊的攬工漢，豈敢一味地沉醉在一種羅曼蒂克的情調中？是的，他和地委書記的女兒擁抱了，親吻了，但這是否意味着他就能和她在一塊生活？他們如此懸殊的家庭條件和個人條件，怎麼可能僅憑相愛就能結合呢？更重要的是，曉霞的行為是出於愛情還是一種青春的衝動？她馬上就是省報的記者，能一直對他保持愛情嗎？

可是，他感到她確實是一片真心……

這時候，少平不由想起他哥和潤葉姐的關係——不幸的是，命運是否也要他重蹈他哥的覆轍？

不！他決不會像哥哥一樣，為了逃避不可能實現的愛情，就匆忙地給自己找個農村姑娘。無論命運會怎樣無情，他決不準備屈服；他要去爭取自己的未來！當然，這不是說，他以後就一定能和曉霞一塊生活——即使沒有田曉霞，他也要去走自己的道路！生活包含着更廣闊的意義，而不在於我們實際得到了甚麼；關鍵是我們的心靈是否充實。對於生活理想，應該像宗教徒對待宗教一樣充滿虔誠與熱情！

立在磚牆旁的孫少平閉住了眼睛。他看見：遙遠的撒哈拉大沙漠裏，衣衫襤褸、蓬頭垢面、一步一跪的教徒們，眼睛裏閃爍着超凡脫俗的光芒，艱難地爬蜒着走向聖地麥加……

他睜開眼睛，看到的是他熟悉的世俗生活中的黃原東關。現在，夜色之中，燈火通明，人羣熙熙攘攘；攤點小販雜亂地散佈在街道兩邊。各色人等，南腔北調，吆喝聲不絕於耳。在他周圍，最後一些等待包工頭招工的工匠們，正失望地收拾自己的行李，準備找個地方去過夜——少平知道，這些人多半不會找旅社，現在是伏天，野外隨便一個小土圪塄就能安息。

突然，他在對面電影院的門口，似乎發現了一個熟悉的身影。

他仔細辨認了一下：沒錯！這是上次他用自己的一百元錢打發回家的小翠！

這女孩子怎麼又出現在這裏呢？

孫少平趕忙穿過馬路，徑直走到小翠面前，急切地問她：「小翠！你怎又來了？」

這孩子一邊嗑葵花子，一邊瞪住眼看着他。大概是因為他穿了一身新衣服，她幾乎都認不出他是誰了。

好半天，她才「噢」地叫了一聲，說：「你……」

她顯然已經記不起他的名字。她大概只記得，幾個月前正是他給了她近一百元錢，才把她從黑包工頭胡永州那裏領出來，就在前面不遠處的汽車站打發她回了家。

小翠看來不知如何是好，天真地從衣袋裏掏出一把葵花子，硬塞在他手裏，說：「哥，你吃！」

少平哪有這興致！他問：「你甚麼時間又來了？」

「快一個月了。」

「你為甚麼又要來呢？」少平痛苦地問。

「家裏沒錢了，我爸又罵又打，叫我出來做工……」

「那你現在在甚麼地方幹活？」

「在北關哩……」

「提泥包還是做飯？」

「還是做飯。」

「工頭叫甚麼名字？」

「還是胡永州。」

少平一下子僵住了。他萬萬想不到，這孩子又重新跳入了火坑！

他難受地咽了一口吐沫，問：「他再欺負沒欺負你？」

「我已經習慣了……」小翠一副無所謂的樣子回答他。

少平這才發現，這小姑娘的臉上已經帶着某種墮落的跡象。

「你為甚麼還到這裏來呀！」他絕望地叫道。

「沒辦法嘛！」小翠說。

是呀，沒辦法……他再不能把自己的血汗錢給了這女孩子，打發她回家去——這錢用完了，她那無能而殘忍的父親仍然會把她趕回到這裏來。我們的社會發展到今天，也仍然不能全部避免這些不幸啊！

他匆匆給這孩子打了個招呼，就兩眼含着悲憤的淚水，轉過臉向馬路上走去。

他幾乎是橫衝直撞地穿過人羣，又順着原路拐回到小南河邊。此刻，他早已把自己的幸福忘得一乾二淨！他連鞋也沒脫，就趟過了嘩嘩喧響的小南河。他像一個精神失常的人，瘋瘋魔魔爬上河對岸，撲倒在一片草叢裏，出聲地痛哭起來；他把手中小翠給他的葵花子撒在一片黑暗之中，一邊哭，一邊用拳頭瘋狂地捶打着草地……

孫少平現在完全又回到了他自己生活的這個世界裏。一顆心不久前還沉浸在溫暖的幸福之中，現在卻又被生活中的不幸和苦難所淹沒了。在這短短的一天之中，他再一次品嚐了生活的酸甜苦辣——也許命運就注定讓他不斷在淚水和鹼水裏泡上一次又一次！

人的生命力正是在這樣的煎熬中才強大起來的。想想看，當沙漠和荒原用它嚴酷的自然條件淘汰了大部分植物的時候，少女般秀麗的紅柳和勇士般強壯的牛蒡卻頑強地生長起來——因此滿懷激情的詩人們才不厭其煩高歌低吟讚美它們！

……孫少平很晚才從小南河的岸邊回到他做活的南關柴油機廠。

兩天以後，他的心情已稍許平靜下來。這裏很快就要結工，他重新發愁他過幾天到甚麼地方去幹活——他真沒勇氣再到東關的勞力市場去等待包工頭把他「買」走。

生活的沉重感，有時大大沖淡了他對田曉霞的那種感情渴望。人處在幸福與不幸交織的矛盾之中，反而使內心有一種更為深刻的痛苦。看來近在眼前的幸福而實際上又遠得相當渺茫。海市蜃樓。放不得抓不住。一腔難言的滋味。

啊，人哪！有時候還不如生活在純粹的清苦與孤獨之中。

兩天來，少平無論是幹活，還是晚上躺在那個沒門沒窗的房子裏，都在思索着他和曉霞的關係——連做夢也想的是這件事。他越想越感到悲觀；熱情如同爐火中拉出來的鐵塊，慢慢地冷卻下來了……

按原先約定的時間，這天下午晚飯後，他應該到地委她父親的辦公室去找她。當然，在那個老地方的這次新的會面，將會不同以往 —— 他們現在已經越過了那條「界線」，完全是另一種關係了。

少平並不因為兩天來悲觀的思考就打算失約。不，他實際上又在內心激動地、迫不及待地期待着和曉霞見面。

剛和一羣赤膊裸體的同夥吃完飯，他就十分匆忙地在樓道的水管上沖洗了身子，返回宿舍從枕頭底下抽出那身洗得乾乾淨淨、壓得平平整整的衣服換在身上。仍然用五個手指頭代替梳子，把洗淨的頭髮撥弄蓬鬆，再梳理整齊。他赤腳片穿起那雙新買的涼鞋，就急切地下了樓。

出柴油機廠的門房時，他在那扇破玻璃窗戶上看來無意實際有意照了照自己的身姿。他對自己的「印象」還不錯。真的，除過臉和兩條胳膊被太陽曬得黝黑外，他現在看起來又不像個攬工漢了！

孫少平懷着歡欣而緊張的心情，不知不覺就來到了地委常委辦公院。

不知為甚麼，這次在進入那個窰洞時，他心中充滿了恐懼。他看見那窗戶亮着燈光。她在。那燈光是如此熾烈，像熊熊燃燒的大火。他不由顫慄了一下。

現在已到了門口。心跳得像擂鼓一般。他困難地咽下去一口唾沫，終於舉起了僵硬的右手，像有規矩的城裏人一樣，用指關節輕輕叩響了門。

叩門聲如同爆炸一般在耳邊、在心中蕩起巨大的回聲。

門立即打開了。

同他期望的那樣，出現的是那張燦爛的笑臉（他想起夏日裏原野上金黃色的向日葵……）。

進門以後，他才發現：潤葉姐也在這裏！

他的臉立刻像被騰起的蒸氣撲過一般燙熱。難道他和曉霞的事潤葉姐已經知道了？

他拘謹地開口說：「姐……」

「你長這麼高了！」潤葉親切地看着他。「快坐下！」她招呼說。

「潤葉姐要和你說件事呢！」曉霞一邊倒茶，一邊對他說。

少平心裏不免有點驚訝：潤葉姐要給他說甚麼事呢？

他兩天前才從曉霞那裏知道，李向前的兩條腿被他自己的汽車壓壞，潤葉姐已經擔當起了一個妻子的責任。他當時既為向前而難過，又為潤葉姐而感動。潤葉姐的行為他並不驚奇，這正是他心目中的潤葉姐！

可是，她有甚麼事要對自己說呢？是要把她和向前的事託他轉告少安嗎？可他又一想，不會是這件事——這沒有必要了……

少平看見，潤葉姐已經不像過去的模樣。她看上去完全成了少婦，臉上帶着一種修女式的平靜與和善。

「我向前哥……甚麼時候能出院呢？」少平只好這樣先問潤葉姐。

「還得一段時間……我已經好長時間沒上班了，想多少做點工作，團委領導就讓我在社會上找個人，把地委行署機關的中小學生組織起來，搞個暑期夏令營，免得孩子們在暑假裏無事生非。據說這也是地委秘書長的意思。

「要找個有文化，又懂點文藝的人才，我正愁得找不下個人，曉霞就給我推薦了你。我也想起，你正是最合適的人了！聽曉霞說你在柴油機廠幹活，已經要結束。不知你願不願意做這事？可能工資沒你幹活拿得多，按規定一天一塊四毛八……」

原來是這！

少平一口就把這事答應了下來。

去帶地委行署的子女搞夏令營，這件事太吸引人了。賺錢多少算不了甚麼！總比在東關白蹲着強。再說，這是一件多麼體面的工作——就是一分錢不賺，他也願意幹個半月二十天的！

少平的情緒一下子高漲起來。他正發愁過幾天沒活幹哩，想不到有這麼個好營生在等着他。

潤葉姐說妥這事後，就急急忙忙到醫院頂替婆婆照看丈夫去了。

於是，少平和曉霞又單獨在一塊度過了一段美妙的時光。一直到機關要關閉大門的時候，他才懷着甜蜜和愉快的心情，回到了柴油機廠他那個亂糟糟的住處……

第二十六章

幾天以後，柴油機廠一完工，少平衣袋裏揣着一摞硬錚錚的票子，把自己的破爛被褥用曉霞送他的花牀單一包，就來地委「上班」了。

潤葉姐已經給他收拾好一個空窰洞，並且還給他抱來一牀公用鋪蓋，因此他不必把那捲見不得人的爛髒被褥在這樣一個地方打開。

地委行署各級幹部的幾十名子弟集中起來後，潤葉姐就把他介紹給大家。他穿戴得齊齊整整，誰也看不出來幾天前他還是個滿身黑汗的攬工小夥子。像以前在中學演戲一樣，他在生活中也有一種立刻進入「角色」的才能。他很快把自己的一切方面都復原成了「孫老師」。

孫少平的確很勝任這個夏令營的輔導員。他教過書，演過戲，識簡譜，會講故事，還打一手好乒乓球。另外他又不辭勞苦——比起扛石頭，這點勞累算得了甚麼！

他風度翩翩地給同學們教唱歌，排小戲；帶着孩子們在地委對面的二中操場上打籃球，做遊戲。他內心感慨萬端，時不時想起他光着脊背在烈日下揹石頭拉水泥板的情景……

幾天以後，孩子們把孫老師領他們搞的一切活動，都反映到家長的耳朵裏。家長們又反映到地委和團委領導的耳朵裏。各方面都對團地委書記武惠良搞這件事很滿意。武惠良起先並沒有重視這工作；聽到這些反映後，他很快讓潤葉帶着來看了一次孫少平，對他大加讚揚；並且感慨地對潤葉說：「咱們團委正缺乏這樣的人才！」

潤葉乘機說：「那把少平招到咱們團地委來工作！」

武惠良苦笑着搖搖頭：「政策不允許啊！現在的情況就是如此，吃官飯的人哪怕是廢物也得用，真正有用的人才又無法招來。現在農村的鐵飯碗打破了，甚麼時候把城市的鐵飯碗也打破就好了！」

少平並不指望入公家的門。他知道這是不可能的。但他要在這短短的時間裏，證明他並不比某些自以為高人一頭的城市青年更遜色！

帶這幾十名嬌生慣養的傢伙對一個幹部來說，也許太吃勁。可對少平來說，就像過節假日一般輕鬆。

「下班」以後，他還有許多閒暇時間和曉霞呆在一塊。

晚上，要是田福軍不在，他們就可以廝守在他的辦公室裏。傍晚，常常在天涼以後，他們就去登古塔山、麻雀山和梧桐山；要麼，就肩並肩順着黃原河上游或下游漫步。有時候，要是有好點的電影，他們就一塊去看。他們都記得，兩個人在黃原的第一次相會，正是在電影院門口的人羣裏——那次放映的是《王子復仇記》……

潤葉姐過一兩天就來看望他一次，詢問他有沒有困難。她還給了他一摞地委大灶上的飯票；他不要也不行，潤葉姐硬往他口袋裏塞。

記得他上高中時，好心的潤葉姐就給過他錢和糧票。

當然，他現在還不能給潤葉姐解釋，已經有另一個人在關懷他了！

總之，田家兩姐妹使他深切地感受到，一個男人被女人關懷是多麼美好。

在這期間，他還抽出時間去找了他的好朋友金波。

前不久，金波在萬般無奈的情況下，終於聽從了父親的勸告，已經正式頂班招工了 —— 他現在接替父親開了郵車。對於金波來說，這是一個「劃時代」的事件；這意味着他成了公家人。事到如今，金波看來也很高興。這心情完全可以理解；到了這種年齡，生活和工作沒有着落，叫人又難過又慌亂！

當然，少平比之朋友，也有他自己的高興事 —— 那就是他和曉霞的關係。但他現在還不願給朋友說出這件事。在他內心深處，這件事最後的結局仍然是個疑問。也許他們將以悲劇的形式結束一切。到時，他大概也會像金波講他和那位藏族姑娘的故事一樣，對他講述自己和曉霞的悲劇故事……

半月以後，少平徵得團地委的同意，決定把孩子們帶到野外去玩一玩。他把地點選在離黃原幾十里路的一個解放軍駐地。團地委和地委辦公室大力支持，專門調了兩輛大轎車運送他們。

孫少平帶着孩子們搞了一整天野營活動；還和當地駐軍開了聯歡會。返回途中，他們又在一個野花盛開的山坡上，讓孩子們分散開自由玩了一會。

下午，兩輛汽車上插着彩旗，一路歌聲開到了地委門口。

所有的家長都跑出來迎接自己興高采烈的孩子。孩子們紛紛把水壺裏的山泉水遞到父母親嘴邊，讓他們嚐一嚐「大自然的滋味」。

從地委行署的一般幹部到部局長們，誰也沒有留意給孩子和他們帶來歡樂的孫少平——他已經悄悄地回到了他住的那孔窰洞裏……

當天晚上，在地委大灶上吃完飯後，少平正準備去找曉霞，旁邊窰洞的一位幹部過來告訴他，說門房打來電話，外面有個人找他，讓他出去一下。

少平忍不住心一縮：誰？是家裏的人？出甚麼事了？誰病了？

他一邊匆促地向地委大門口走，一邊還在猜測誰來找他。會不會是家裏託人來給他捎話，讓他回去？除過老人生病，按說這一段不會有甚麼大事——惟一的大事就是妹妹蘭香考大學。不過，考上考不上，現在還沒到發榜的時候呢！

快要到大門口時，少平才發現，立在大門外的是陽溝大隊的曹書記！他懸在半空中的心踏實了下來。

不過，曹書記這時候來找他，有甚麼事呢？沒緊事他不會到這裏來找他！

自他在陽溝安下戶口後，由於四處奔波着幹活，很少能抽出時間回那裏去。雖說他成了陽溝人，但實際上只是個名義；除過戶口，他在那裏一無所有。當然，他仍然很感激曹書記兩口子給他辦了這麼一件大事。幾個月來，他已經拿着禮物去看望過他們好幾次……

孫少平一直不知道曹書記兩口早已把他當未來的女婿看待了。曹書記兩口早就商量好：如果他們的女兒再一次考不上高中，他們就要和少平攤開說這件事。說實話，如果不是要招女婿，他們也不會幫助他把戶口落在陽溝大隊。

不久前，曹書記的女兒考高中又沒考上。看來這孩子的書不能再唸下去了。於是，書記和他老婆才把少平的事提到了女兒的面前。不料，菊英學習不中用，找對象的眼頭倒蠻高。她說她看不上孫少平！

話說回來，這也難怪。菊英雖然是農村戶口，但一直在黃原城裏長大，怎麼可能看上一個鄉下來的攬工漢呢？她對父母親表示，她決不可能和這個叫孫少平的鄉巴佬結婚；她要在黃原城找個有工作的對象哩！

曹書記兩口子四隻眼大瞪。他們絕沒想到，他們各方面都平庸的女兒，竟然看不上他們精心挑選的孫少平！

這可怎麼辦？這不僅使他們的願望落了空，也把人家娃娃閃在了半路上！如果少平成了他們的上門女婿，那陽溝隊其他人有甚麼，少平就得有甚麼；如果沒這個關係，少平怕連空頭戶口也落不長久！

正在曹書記發愁的時候，事情突然有了一個轉機。

根據市上下達的文件，今年銅城礦務局要在黃原市招收二十來名農村戶口的煤礦工人。他們公社的領導人是他的酒肉朋友，跑來問他有沒有甚麼親戚要去。

曹書記大喜！馬上要回一個指標來。

儘管這是入公家門，但城邊上的農民沒人願去幹這種下苦工作。曹書記早料到了這一點。他於是立刻四處打問着尋找孫少平，看他願不願意去……

當少平在地委大門口聽曹書記說了這件事後，高興得幾乎要跳起來了！

啊啊，這就是說，他將有正式工作了，只要有個正式工作，哪怕讓他下地獄他都去！

不過，曹書記對他說，因為他落的是空頭戶口，怕市上和地區的勞動部門找麻煩。

「不怕！」少平胸有成竹地說。他馬上想到了曉霞——他要讓她出面給他幫忙！

送走曹書記後，少平幾乎是小跑着找到了田曉霞。

曉霞聽說有這事，說她明天就開始活動！

她對他說：「我知道你不怕這工作苦。」

「苦算得了甚麼呢？而今攬工幹的活也不比掏炭輕鬆！」

「是呀，這樣你就有了正式工作！」

「對於我這樣的人來說，這也許是惟一可以走進公家門的途徑。我估計這也不容易，怕人家會在甚麼關口卡住。你一定要給我想辦法。」

「這你放心！這種後門大敞開，也沒多少人願意進去……只要你到了煤礦，過一兩年我再央求父親把你調出來！」

「這樣說，你不願意我一輩子是個煤礦工人？」少平笑着問她。

曉霞不好意思地笑了，說：「到時我才能知道我的真實想法。」

「那就是說，我如果一輩子當農民，你更不會把我放在眼裏了！」少平的臉色一下子嚴峻起來。

「你扯到哪兒去啦！」曉霞在他胸脯上搗了一拳。

第二天，田曉霞披件衫子，便風風火火為少平當煤礦工而「活動」開了。少平夏令營的事還沒完，一時脫不開身，每天都惴惴不安地等待着曉霞的消息。

田曉霞雖然第一次操辦這樣的事，但「一招一式」看起來倒像個老手似的。當然，各個「關口」知道她是田福軍的女兒後，趕忙都開了「綠燈」。曉霞也不怕。她想，這又不是讓少平幹甚麼好工作哩！下井挖煤，有多少幹部子弟願去？她的孫少平連這麼個「工作」都不能幹了？走後門就走後門！為了給少平辦成這事，她甚至故意讓「關口」上的人知道她是誰的女兒！

市上主管這次招工的勞動局副局長，神秘地問她，這個孫少平是他們家的甚麼人？曉霞說是她大爹的兒子 —— 她乾脆糊弄着把少平換到了田潤生的位置上！

既然是地委書記大哥的兒子，勞動局長豈敢怠慢！一定是田書記本人不好出面，才讓女兒來找他辦的。辦！

給地委書記辦事心切，勞動局長都沒顧上想想田書記的大哥竟然姓孫。

田曉霞知道，要是父親知道她背着他搞這些名堂，一定會狠狠收拾她一通！

事情很快就妥當了，孫少平以「一號種子選手」列在了市勞動局副局長的私人筆記本上 —— 這比寫在公文上都可靠！

孫少平興奮不已，都沒心思繼續搞這個夏令營 —— 好在也快結束了。曉霞和他一樣興奮。她說銅城市已經到了中部平原的邊上，每天有兩趟到省城的火車，他們以後見面也容易多了。

兩個同時準備遠行的人，沉浸在他們未來生活的美好嚮往中……

填完招工表不多幾天，孫少平就被通知正式錄取了；九月上旬，他們就要離開黃原到煤礦去報到。

還有近半個月時間 —— 他得準備一下！他身上還有近二百元錢。他先給家裏寄回去一百元。他自己不準備添置甚麼。只買一套零碎生活用品就行了 —— 到時拿上工資，再從根本上為自己搞點「建設」！

這一天，他在百貨門市上買了一把梳子和一支牙膏後，突然在十字街頭碰見了過去攬工時結識的「蘿蔔花」。幾個月沒見面，「蘿蔔花」似乎又老了許多，腰彎得像一張弓。兩個人用城裏人的禮節緊緊握住了手。我們記得，在工藝廠做活時，為了胡永州欺負小翠的事，「蘿蔔花」說了幾句「怪話」，少平就扇了他一記耳光。此刻，那件事已經在他們之間不存在了。攬工漢之間的友誼常常在經受了拳腳的洗禮後，變得更加熱烈和深沉。此時相見，少平還親熱地把「蘿蔔花」引到地委他住的地方，並且買了二斤豬頭肉和十幾個油餅子，兩個人用攬工漢的方式大吃了一頓。

最後，少平索性把他那捲破爛鋪蓋也送給了「蘿蔔花」—— 可憐的「老蘿」就一領老羊皮襖伴隨他度夏過冬，連個被褥也沒有。當然，曉霞送他的那牀被子和那條牀單，他不會給人；他要留下來永遠溫暖自己的身體和撫慰自己的心靈。

送走「蘿蔔花」後，孫少平就興奮地跑到東關，向他的好朋友金波報告了他被招工的喜訊。金波立刻炒了三十顆雞蛋，買回一瓶白酒，兩個人一下午喝得面紅耳赤，說話時舌頭在嘴裏直打捲……

他從金波那裏出來，正是下午四五點鐘，西斜的太陽仍然火熱地照耀着喧鬧的城市。遠遠望去，城外四周的羣山覆蓋着厚重而葱蘢的綠色，給人的心情帶來一片蔭涼。山明水淨，岸柳婀娜；白得晃眼的雲彩像一團團新棉絮，悠悠地飄浮在湛藍如水的天空……

少平暈暈乎乎擠過人羣，來到東關大橋頭。他在那「老地方」佇立了片刻。他用手掌悄悄揩去滿臉的淚水，向這親切的地方和仍然蹲在這裏的攬工漢們，默默地告別。別了，我的憂傷的辛酸之地，我的幸運與幸福之邦，我的神聖的耶路撒冷啊！你用嚴酷的愛的火焰，用無情而有力的錘砧，燒煉和鍛打了我的體魄和靈魂，給了我生活的力量和包容苦難而不屈服於命運的心臟！

別了，我的東關……

第二十七章

八月下旬，孫少平已經做好了去銅城煤礦的所有準備。

在此期間，本來他想回家走一趟，但又放棄了這打算 —— 他怕他離開黃原後，又會有甚麼突然的變故。幸運之神降臨得過分慷慨，他生怕好景在最後一剎那變為海市蜃樓 —— 他的心已被命運折磨怯了。如果他在黃原，事情有個變化，他就可以立刻找田曉霞力挽狂瀾！

家裏人到現在也許還不會知道他要去銅城當煤礦工人。這也好！當他們突然接到他從煤礦寄回的信時，一定會又驚又喜！當然，他知道，父母親在驚喜過後，就會為他的安全擔心。相信哥哥會安慰老人 —— 上次他來黃原看他，已經對他出門在外放心了。

現在，孫少平最大的心事是，他不知道妹妹蘭香能否考上大學。

按她來信說，她自以為考得不錯。但這是全國性的競爭！一個山區縣城的好學生，說不定連大城市的一般學生都比不過 —— 人家是甚麼學習條件啊！

孫少平在內心不斷祈告幸運之神也能降臨到妹妹的頭上……

按往年的時間，高考很快就要發榜了。他多麼希望在他離開黃原之前，能知道妹妹的消息。無論她考上考不上，他都要為她的未來做出安排 —— 這責任天經地義落在了他身上。再說，他對妹妹的感情極其深厚，他決不能讓她像姐姐一樣一輩子吃那麼多苦！

現在，夏令營的工作早已結束，他不會再去找活幹，因此一天很閒。曉霞馬上也要動身，忙着收拾東西，和要好的同學告別聚餐，最近也不能時時和他在一起。他只好一個人躺在窰洞裏讀她送來的書。

此刻，他內心騷動不安，就像一個即將進入火線的士兵。

雖然夏令營結束了，潤葉姐給武惠良打了招呼，仍然讓他住在地委的那孔窰洞裏。聽說他要到銅城去當礦工，潤葉姐也很為他高興，還給他送來了一條毛巾被，並一再安咐讓他到煤礦上注意安全……

這一天，他仍然躺在窰洞裏心煩意亂地看書。本來他想出去走動一下，但外面熱浪撲面，出去就是一身大汗；他捨不得把自己新買的短袖襯衫弄髒。他發現，從南關柴油機廠結束攬工後，他已經習慣了眼下這種較為舒適的生活。唉，人的惰性哪！

不過，他同時也原諒自己的懶散 —— 他牛馬般幹了那麼長時間活，有權利放縱幾天了！

他正在看書，金波突然從門裏闖進來。少平看見，他的朋友的臉上帶着一種異樣的情緒。

金波進得門來，先沒說話，伸出胳膊就把他緊緊地抱住了！

「怎麼啦？」他緊張地問。

「蘭香和金秀都考上大學了！」金波說着，兩團淚水就從他那雙漂亮的大眼睛裏湧了出來。

少平一下子呆住了。當反應過來的時候，他自己又伸開雙臂，把金波緊緊地抱住了！

兩個好朋友興奮和激動得在腳地上像小孩一樣又笑又鬧！

「你甚麼時候知道的？她們被哪個大學錄取了？」少平揩着眼角的淚水問金波。

「蘭香考上了北方工業大學天體物理專業。金秀考進了省醫學院……北方工大是全國重點大學！」金波從衣袋裏摸出一封信，「這是她們給咱倆的信！」

少平急切地打開信，飛快瀏覽了一遍。

「九月一號就開學！那她們這兩天就要從家裏動身！」少平一邊看信，一邊說。

「我馬上就開車回去接她們。中午一吃完飯就走！明天到包頭，後天返回時正好能把她們捎到黃原來！」

金波不敢再耽誤時間，報完信後馬上就走了……

少平心情難以平靜，一個人在窰洞的腳地上轉着圈走了好長時間。生活的變化是如此急速，以致使事變中的人們都反應不過來——一切都叫人眼花繚亂！

孫少平強迫自己平靜下來，冷靜下來；因為潛意識提醒他，還有一些具體事需要辦理，而時間已經很緊迫了！

他坐在凳子上，低傾下頭，兩個手指頭叉着閉住的眼窩，讓自己的思想集中起來。是的，他應該在這一兩天內為妹妹做點準備……當然，父母親和哥哥嫂子也會為妹妹操辦出門的行裝；但有些事他們想不到。對，他首先應該為蘭香買一隻漂亮的人造革皮箱。這是門面。箱子要儘量大一點，能容納所有的零七八碎。色彩要鮮豔而不俗氣……想起來了！百貨一門市的那種最好。要拐角處黃紅條格相間的那種——不知還有沒有？

還要給她買三套夏衣：兩件短袖，一件長袖襯衣。省城聽說夏天特別熱，多買一件短袖。罩衣不買了，熱天用不着——等他到煤礦後再給她買也來得及。

另外，還有香皂、牙膏、牙刷、手帕、面霜、涼鞋、襪子……

少平一邊思考要給妹妹買的東西，一邊同時計算所需要的錢。他身上仍然有一百多元。他自己買東西用掉的是夏令營賺的工資；過去的工錢給家裏寄過所剩下的，一分錢也沒動。本來這錢是他準備初到礦上應急用的——但現在他準備全部給妹妹花銷完！

他突然想到，還有幾件女孩子最重要的用品要買。本來，這些東西應該由母親為妹妹準備，可一個農村老太太絕對不可能備辦這件事。哥哥嫂子大概也不會想到。他們只知道農村的習慣……

是的，他應該給妹妹買幾條內褲、兩個乳罩、幾條衞生帶……孫少平十分周詳地想好了他要給妹妹買的全部東西；然後再一次估算了費用，覺得他身上的錢足夠。

本來他馬上就準備到街上去置辦這些物品。但又一想，應該讓曉霞給他參謀一下；女孩子的東西應該由女孩子來買，才能確切知道買甚麼更好更合適。

第二天，曉霞聽少平說他妹妹考進赫赫有名的北方工業大學後，大吃了一驚。她簡直難以相信一個農村姑娘能考進這樣的大學，而且學的還是天體物理！

曉霞馬上興奮地陪少平到街上去為蘭香買東西。

所有買到的東西他都相當滿意。

當少平讓曉霞為妹妹買那幾件女孩子的必需品時，曉霞忍不住眼裏含滿了淚水——她被少平能這樣周到地體貼人而深受感動……

按金波說好的時間，蘭香和金秀今天就要到達黃原。

一吃過早飯，少平就提着為妹妹準備好生活用品的那隻花條格人造革箱子，來到東關俊海叔那裏，等待他們的到來。

金俊海和少平一樣興奮。這位提前退休以便讓兒子頂班的老司機，高興得連嘴也合不攏。是啊，應該高興！兒子招了工，女兒上了大學，作為一個普通工人，這輩子也算功成業就了……

上午十點半，金波和妹妹們就如期地到達了！少平高興的是，他哥少安也跟車下來了！

兩家六口人熱熱鬧鬧地擠在金俊海的一間小房裏，互相激動地說個沒完。

少平發現妹妹雖然穿了一身新衣服，但顯然比金秀的衣服土氣——金秀是時新式樣的成衣，妹妹的衣服大概是嫂子給裁縫的。另外，金秀是一隻大皮箱，妹妹帶的是家裏那隻惟一的木箱——這還是當年母親出嫁時帶來的嫁妝；年深日久，紅油漆都脫離得斑斑駁駁。

他立刻把他買的人造革箱子和其他用品給蘭香和大哥看。他同時對哥哥說：「把東西騰出來放在這隻皮箱裏，你把家裏的箱子帶回去，那箱子太舊了……」

少安沒想到弟弟為妹妹置辦了這麼多東西。他有點慚愧地說：「時間緊，我們家裏來不及準備；再說，也不曉得城裏過日子需要些甚麼……」

蘭香看見二哥為她考慮得這麼周全，幾乎都要掉眼淚了。但她是個很能克制自己感情的孩子，立在一邊只是低頭摳手指頭。另外，她也不能過分地對二哥表示她的感激——這樣會使大哥傷心的。實際上，在她離家之前，大哥也跑前跑後為她的出門操盡了心……

這時候，金俊海已經開始忙碌地準備午飯了。

少安立刻跑過去制止了他。這位「冒尖戶」很有氣魄地宣佈：為了慶賀，他要出錢在黃原最好的飯館請兩家人一塊吃桌酒席！

這樣，他們就一起相跟着來到了街上。在金波的指點下他們走進了南關的「黃原酒樓」——這正是上次少平請曉霞吃飯的地方。

不多時間，兩家六口人就在擺滿酒菜的圓桌前坐下來了。

少安捏着玻璃酒杯，手微微地有些抖，說：「太高興了，真不知該說些甚麼。幾年前，咱們做夢也想不到有這一天……」他的眼睛裏閃着淚光，困難地咽了一口唾沫，「是因為世事變了，咱們才有這樣的好前程。如今，少平和金波都當了工人，蘭香和金秀又考上了大學。真是雙喜臨門呀！來，為了慶賀這喜事，咱們乾一杯吧！」

六個人站起來，一齊舉起了酒杯。

第三部
卷五

第二十八章

傍晚，當暮色漸漸籠罩了北方連綿的羣山和南方廣闊的平原之後，在羣山和平原接壤地帶的一條狹長的山溝裏，陡然間亮起一片繁星似的燈火。

這便是銅城。

銅城無銅，出產的卻是煤。

這城市沒有白天和夜晚之分，它一天二十四小時都在激動不安地喧騰着，像一鍋沸水。

此地煤聞名四方。這銅城正是因煤應運而生。這裏有大西北首屈一指的煤炭企業——所產煤炭不僅滿足了本省工業的需要，而且還遠銷全國十七個省市。

正因為這裏有煤，氣貫長虹的大動脈隴海鐵路才不得不岔出一條支脈拐過本省的中部平原，把它那鋼鐵觸角延伸到這黑色而火熱的心臟來。

無疑，鐵路給鄂爾多斯地台南緣這片荒僻的土地帶來了無限生機。同時，也帶來了成千上萬操各種口音的外地公民。如今，雜居在這座煤城的就有全國二十四個省市籍貫的人——其中以河南人為最多，幾乎佔了三分之一。

河南人遷徙大西北的歷史大都開始於一九三八年那次有名的水災之後。當時他們携兒帶女，揹筐挑擔，紛紛從黃泛區逃出來，沿着隴海鐵路一路西行，蹤跡直至新疆的中蘇邊界——如果沒有國界的攔擋，河南人還可以走得更遠。不過，當時這些災民大部分都在沿途落了戶，至今都已繁衍了兩代人了，成了當地的「老戶」。河南人豁達豪爽，大都直腸熱肚，常用震天價的吼聲表達自己的情緒。好鬥性，但拳腳之爭常常不訴諸國家法律仲裁，多由鬥毆雙方自己私了。由於他們有着艱難的生存歷程，加之大都在鐵路和煤礦幹粗活，因而形成了既敢山吃海喝，又能勤儉節約的雙重生活方式。

銅城除過河南人之外，從北方黃土高原和南方平原地區貧困縣漫流來的鄉民也是它的重要組成部分。自從有了煤炭業，這裏就成了中國西部的阿拉斯加，吸引來無數尋找生活出路的人。

在這個口音五花八門的「聯合國」裏，由於河南人最多，因此公眾交際語言一般都用河南話。在銅城生活的各地人，都能操幾句河南腔，哼幾句嗯嗯啊啊的豫劇。

這城市四周全是山梁土峁。山上石多土薄，不宜耕作，農業人口遠比不上黃土高原腹地稠密，更不要說和擁擠不堪的中部平原相比了。因為事農者甚少，加之此地又不缺乏燃料，這些山山峁峁竟然長起了茂密的柴草，甚至還有一些樹木梢林，顯得比黃土高原其他地方更有風光。每當入秋之時，有些山上紅葉如火，花團錦簇似的奪人眼目……

山梁土峁間，由於地層深處挖掘過甚而形成空洞，地表時有下陷，令人觸目驚心的大裂縫往往撕破了幾架山梁，甚至大冒頂[1]造成整座大山崩塌陷落，引起周圍里氏三級左右的地震。大山以北一二百華里處就是黃河，它帶着成千上萬噸泥沙沉重地喘息着淌向東方……

城市在這條狹長的山溝裏只能擺下一條主街。那商店舖面，樓房街舍，就沿着這條蜿蜒曲折的街道，沿着鐵路兩側，沿着那條平時流量不大的七水河，鱗次櫛比，層層疊疊，密集如蜂房蟻巢，由南到北

---

1 冒頂，即地下開採中，上部礦岩層自然塌落的現象。是由於開採後，原先平衡的礦山壓力遭到破壞而造成的。採煤工作中有時有計畫地放落上部煤層，也稱為「冒頂」。按照頂板一次冒落的範圍及造成傷亡的嚴重程度，可將常見的頂板事故分為局部冒頂和大冒頂事故。

鋪排了足有十華里長。

火車站位於城市中心。一幢長方形的候車室塗成黃色，在這座沾灰染黑的城市裏顯得富麗堂皇。除過南郊軍民兩用的飛機場，火車站不大的廣場也許是市內最為開闊的地方了。

火車從這裏向南，穿越綠色的中部平原，五六個小時就可以抵達省城。而向西，向東，向北，都有公路伸出，一直可以通往鄰近幾個省份。這個火車站每天上下午分別和省城對開兩趟快慢客車，其餘就全都是運煤車了。

從隴海鐵路岔出來的這條支線，它的最後一節鐵軌並沒有在這個車站終止。這鋼鐵階梯又在這裏岔出兩股，一路爬坡穿洞，沿途串起了東西兩面二十多個礦區。

外地人提起銅城，都知道這是個出煤的地方，因此想像這城市大概到處都堆滿了煤。其實，銅城邊上只有一兩個產量很小的煤礦，其餘的大礦都在東西兩面那些山溝裏。

當你沿着鐵路支線拐進這些山溝，便會知道那裏有着多麼龐大的世界。這些相距只有十來里路的煤礦，每個礦區都有上萬名工人，連同他們的家屬，幾乎都超過了一個山區縣城的規模。密集的人口，密集的房屋，高聳的井架，隆隆的機聲，喧囂的聲浪，簡直使人難以相信這些小小的山溝山灣，怎麼能承載如此大的負荷？

可是，你看到的還僅僅是這世界的一半。它的另一半在大地幾百米深處。在那裏，四通八達的巷道密如蛛網，連接成了別一個世界。大巷裏礦車飛奔，燈火通明；掌子面[2]炮聲轟響，硝煙瀰漫；成千上

2　掌子面又稱礃子面，是坑道施工中的一個術語。即開挖坑道（採煤、採礦或隧道工程中）不斷向前推進的工作面。

萬的人二十四小時三班倒，輪番在地下作業。他們在極端艱難的條件下，用超強度的體力勞動，把詩人們稱之為「黑金」的東西從岩石中挖掘出來，倒騰在飛速轉動的煤溜子上。於是，這黑色的河流就源源不斷從井下流到井上，從地面流進車廂，流向遠方，然後在某個地方精靈般地變為看不見的電流，使得機器轉動起來，使得我們的生活和整個世界都轉動起來……當我們在輝煌的燈火下舒適地工作和學習，或摟着女伴翩翩起舞，盡情享受生活的時候，的確，我們也許根本不會想到在這樣一些荒涼的山溝裏，在幾百米深處的地下，這些流血流汗、黑得只露兩排白牙齒的黑人為我們做了些甚麼。他們的創造是多麼驚人！遠的不說，僅銅城礦務局三十年間掘進的巷道，就相當於三條從銅城到北京的地下隧道；所開採的煤炭裝上三十噸位的火車皮，可以繞地球赤道兩圈還多——而每百萬噸煤同時要獻出兩三條人命啊！

是的，煤礦無異於戰場，不傷亡人是不可能的。他們對這一切都視為平常，不會組織個甚麼報告團，在鮮花和鑼鼓聲中給世人誇耀他們的功績。更不會幸運地收到愛慕英雄的少女們寫來的求愛信——恰恰相反，再沒有比煤礦工人找對象更難的了！

但是，沒有煤，我們這個世界就會半癱而跛行。因此，無數的人一代又一代獻身於這個事業。眼下，僅我國國營煤礦就有四百六十多萬職工，加上他們的家屬已達一千萬，相當於保加利亞的全國人口。

銅城有煤之說，在成書於戰國時期的《山海經》中就有記載。據考古發掘證明，早在新石器時期，生活在這裏的先民們就已利用精煤製作煤玉環等裝飾品。到了西漢，這裏竟然用煤冶鐵了。造物主看來偏愛銅城。這裏不僅有煤，還有石灰石、陶瓷粘土、水泥配料黃土、耐火粘土、鋁礬土等。因為用煤近在咫尺，這個城市的陶瓷、水泥和耐火材料的生產業都頗具規模。其中水泥製品在五六十年代不僅為我國之最，而且雄踞亞洲之首。至於陶瓷業，早在唐、宋、金、元各個時期都已建有名揚天下的十里窰場。銅城周圍甚至還有仰韶、龍山、商周各個時期的文化遺存。在商代遺址中發掘出土的就有鬲、盆、豆、罐、尊、簋等陶器，這對研究中部平原的商代文化，直至追溯先周文化的淵源，都具有極其重要的參考價值。

銅城歷史的興衰變遷，都和煤分不開。

此地最早設縣制在北魏年間。但這個城市真正的興起和發展是建國不久的五十年代初。那時，中蘇關係正處於蜜月時期，有許多蘇聯煤炭專家來這裏幫助建礦。以後因為眾所周知的原因，這些藍眼睛的「老大哥」便在中途撤走了。至今，在某些礦井的岩壁上，還留存着幾個勾起人複雜情緒的俄文字母ДОМБАС（頓巴斯）[3]。

現在的銅城行政建制為市，級別相當於一個地區。除過市區本身，另外還管轄着周圍兩三個縣份。銅城礦務局是「國中之國」，和市政當局沒有隸屬關係，級別也與其相等。這兩家機關互有所需，也互有所嫌，因此關係有和有爭，時好時壞；要是打起官司，往往得各自的上級機關省政府和煤炭部來出面調解……

銅城及其周圍的礦區，就是這樣一片喧騰不安、充滿無限活力的土地。它的街道、房屋、樹木，甚至一棵小草，都無不打上煤的印記；就連那些小鳥，也被無處不有的煤熏染成了煙灰色……

這就是孫少平要來的地方。

3　頓巴斯是烏克蘭東部一個發達地區，以重工業為主，如煤炭開採、冶金行業，為前蘇聯最重要的重工業中心之一。

第二十九章

從黃原起程的時候，孫少平和他的同伴就知道，他們是屬於銅城礦務局大牙灣煤礦的工人。

至於大牙灣是個甚麼樣的地方，他們一無所知。有一點他們深信不疑：那一定是個好地方。

和他一塊出發的這四十來個人，全部是從農村招來的。由農民成分變為工人成分，對這些人來說，可是自己人生歷史的大轉折。毫無疑問，未來的一切在他們的想像中都是光輝燦爛的。

但是，雖然同為農村出身，別人和孫少平的情況卻大為不同。在這些人中，只有孫少平一個人是純粹的農民子弟。其他人的父親不是公社領導，就是縣市的部長局長。在黃原各地，男人在門外工作而女人在農村勞動的現象比比皆是。中國的政策是子女戶籍跟隨母親。因此，有些幹部雖然當了縣社領導，他們的子女依然是農民成分。即使他們大權在握，但國家有政策法規卡着：如今不准在農村招工招幹。這些人只能乾着急而沒辦法。現在好不容易煤礦破例在農村招工，當然就非他們的子弟莫屬了。吃煤礦這碗飯並不理想，但好歹是一碗公家飯。而大家都知道，公家的飯碗是鐵的。再說，只要端上這飯碗，就非得在煤礦吃一輩子不行？先混幾天，罷了調回來另尋出路！有的人自己的子弟剛招工還沒有到礦，就開始四處活動着打探關係了——對他們來說，孩子到煤礦那僅僅是去轉一圈而已。

孫少平就是和這樣一羣人一同從黃原起身的。

這是九月裏的一個早晨，天氣已經有了一絲涼意。在黃原城還沒有睡醒之前，東關這個旅社的院子裏就一片熙熙攘攘了。兩輛大卡車已經發動起來，這些即將遠行的青年，紛紛和前來送行的家人告別，然後興奮地爬上了前面的空車。另外一輛卡車裝載着這些人的被褥箱子，壘得像小山一般高。

沒有人給少平送行。哥哥把妹妹送到這裏後，已經返回了雙水村。曉霞和蘭香、金秀，都先後走了省城，去投奔新的生活。本來朋友金波說好送他，但昨天單位讓他去包頭出公差——他剛正式上車，不敢耽誤工作。

這沒有甚麼。對於一個已經闖蕩過世界的人來說，他並不因此而感到孤單和難受。不，他不是剛離巢的小鳥作第一次飛翔；他已經在風雨中有過艱難的行程。此刻，他的確沒有因為無人送行而悵然若失，內心反而彌散着歡欣而溫馨的情緒。是的，無論前面等待他的是甚麼，他總歸又踏上了人生新的歷程。

他也沒甚麼行李。原來的舊被褥在他一時興奮之中，索性慷慨地送給了可憐的攬工夥伴「蘿蔔花」。曉霞送他的那牀新被褥，他也給了上大學的妹妹，而只留下一條牀單以作青春的紀念。就連攬工時買的那隻大提包，他也讓哥哥帶回家裏了。

現在，他仍然提着初走黃原時從老家帶出來的那隻破提包。這提包比原來更加破爛了，斷繫帶上挽結着幾顆疙瘩，提包上面的幾塊補釘還是陽溝曹書記的老婆（險些成為他的丈母娘）給他縫綴的。

他的全部家當都在這隻爛黃提包裏裝着——幾件舊衣服，幾雙破鞋爛襪。當然，曉霞送他的牀單也在其中，疊得整整齊齊，用塑料紙裹着；這顯然已經不是用品，而是一件紀念品。

他就提着這破包，激動而悄無聲息地從喧嘩的人堆裏爬上了卡車。

汽車在一片話別聲中開出了東關旅社。

當汽車穿城而過的時候，夜色還沒有褪盡。黃原街上一片寂靜，只有幾個慢跑的老人沿着人行道踽踽而行，連他們的咳嗽聲聽起來都是響亮的。小南河對面，九級古塔的雄姿在朦朧中影影綽綽；地平線那邊，已有白光微微泛起。

少平兩隻手扒着車幫，環視着這個熟悉而親切的城市，眼裏再一次含滿了淚水。別了，黃原！我將永遠記着這裏的一切；你留在我心間的無論是憂傷還是歡樂，現在或將來對我來說都已是甜蜜；為此，我要永遠地懷戀你，感謝你……

南行的汽車在黃土高原蜿蜒的山路上爬梁跨溝，然後順着涓涓的溪流，沿着滔滔的大河，經過一整天的顛簸，突然降落似的躍下了高原之脊。綠色越走越深……

暮黑時分，汽車終於進入了嚮往已久的銅城市區。

展現在這些人面前的是一片燦爛的燈火和大城市那種特有的喧囂。被一整天顛簸弄得東倒西歪躺臥在車廂中的青年，都紛紛站立起來，眼睛裏放射着驚喜的光芒，歡呼他們壯麗的生活目的地。

但是他們高興得太早了。他們真正落腳的地方不是在這裏。

當汽車在火車站廣場停下後，許多人立刻收拾起了車廂裏的東西。但招工的人從駕駛樓裏跳出來，對這些興高采烈的人喊叫說：「下來撒泡尿，馬上就開車！」

那麼，他們要去的地方難道不是這裏？

不是。大牙灣煤礦在東面的山溝裏，離銅城還有四十華里的路程。

這些興高采烈的人聽說還要坐車走，高漲的情緒便跌落了一些。本來，在他們的想像中，他們要去的正是這樣一個燈火輝煌的地方。

銅城氣勢非凡的夜景只給他們留下一閃而過的印象。汽車很快拐進了東面一條幽黑深邃的山溝裏。他們甚至連夢寐以求的火車都沒來得及看見，只聽見它的一聲驚人的長嚎和車輪在鐵軌上鏗鏘的撞擊聲，接着就被拉進了這條與他們家鄉別無二致的土山溝……

一種不安和驚恐的情緒霎時使這個剛才還歡呼雀躍的車廂，陷入了一片沉寂。黑暗中，前面坐着的人堆中傳來幾聲唏噓歎息。

當又一片燈火出現的時候，這些人再一次從車廂裏站起來。這片燈火看起來也很壯觀。於是大家的情緒又不由得熱烈起來。

這的確是一個煤礦 —— 但還不是大牙灣！

汽車再一次駛入黑暗中。

人們的情緒再一次跌落下來。

接着，汽車又穿過兩個礦區，在夜間十點鐘左右才駛進了大牙灣煤礦。

從燈火的規模看，大牙灣顯然也是個大地方。

車廂裏頓時活躍起來。黑暗中有人用很有派勢的口氣說：「哼！看我們是些甚麼人！他們敢把我們塞在一個不像樣的地方！」這些沒見過大世面的地方官員的子弟，腦子裏只保留着自己父輩在鄉縣的權威印象，似乎那權威一直延伸到這裏甚至更遙遠的地方。

汽車拉着黃土高原這些自命不凡的子弟，在礦部前的一個小土坪上停下來。他們不知道，這就是大牙灣的「天安門廣場」。旁邊礦部三層樓的樓壁上，掛着一條歡迎新工人到礦的紅布標語。同時，高音喇叭裏一位女播音員用河南腔的普通話反覆播送一篇歡迎詞。

輝煌的燈火加上熱烈的氣氛，顯出一個迷人的世界。人們的血液沸騰起來了。原來一直聽說煤礦如何如何艱苦，看來並不像傳說中的那麼差勁！瞧，這不像來到繁華的城市了嗎？

好地方哪！

可是，當招工的人把他們領到住宿的地方時，他們熱烘烘的頭腦才冷了下來。他們寒心地看見，幾孔磚砌的破舊的大窰洞，裏面一無所有。地上鋪着常年積下的塵土；牆壁被煙熏成了黑色，上面還糊着鼻涕之類不堪入目的髒物。

這就是他們住宿的地方？

煤礦生活的嚴峻性初次展現在了他們的眼前。

在他們還來不及歎息的時候，礦上的勞資調配員便像嚴厲的軍事教官一般，吼叫着讓他們到另外一個地方去揹牀板，扛凳子。是的，既然到了煤礦，就別打算讓人伺候，一切要自己動手。揹牀板扛凳子算個屁！更嚴厲的生活還在後邊哩！

一孔窰洞住十個人。大家剛支好牀板，勞資調配員便喊叫去吃飯。

他們默默無語地相跟成一串來到食堂。一人發一隻大老碗。一碗燴菜，三個饅頭。

「有沒有湯？」有人問。

勞資調配員嘴一撇，算是回答：得了吧，到這裏還講究甚麼湯湯水水！

吃完飯以後，這些情緒複雜的人重新返回宿舍，開始鋪牀，支架箱子。

現在，氣氛有所緩和。大家一邊拉話，一邊爭着搶佔較好的牀位；整理安放各自的東西。不管條件怎樣，總算有了工作嘛！

現在，這些縣社領導的子弟們紛紛把包裹鋪蓋的彩色塑料布打開。每人一大包，被褥都在兩套以上。整潔簇新的被褥一一鋪好後，這孔黑糊糊的大窰洞五顏六色，倒有點滿室生輝的樣子。眾人的情緒又隨之高漲起來。他們分別打開自己的皮箱或包銅角的大木箱，一次次誇耀似的把裏面的東西取出又放回……

只有孫少平一個人沉默不語。他把自己惟一的家當 —— 那隻破黃提包放在屋後牆角那張沒人住的光牀板上。直至現在，這夥人誰也沒有理睬他。是的，他太寒酸了，一身舊衣服，一隻破提包，竟連一牀起碼的鋪蓋也沒有。在眾人鄙視的目光裏甚至含着不解的疑問：你這副樣子，是憑甚麼被招工的？

到現在，少平也有點後悔起來：他不該把那牀破被褥送了別人。他當時只是想，既然有了工作，一切都會有辦法的。沒想到他當下就陷入了困境。是呀，天氣漸漸冷了，沒鋪沒蓋怎行呢？更主要的是，他現在和這樣一羣人住在一起！如果在黃原攬工，這也倒沒甚麼；大家一樣恓惶，他決不會遭受同夥們的譏笑。

眼下他只能如此了 —— 他身上只剩了幾塊錢。他想，好在有一身絨衣，光牀板上和衣湊合一個來月還是可以的。一月下來，只要發了工資，他第一件事就是鬧騰一牀鋪蓋。

現在，同屋的其他人有的在洗臉刷牙；洗漱完畢的已經坐在牀邊削蘋果吃；或者互相遞讓帶嘴紙煙和冒着泡沫的啤酒瓶子。

少平在自己的牀邊上木然地坐了片刻，便走出這間鬧哄哄的住所，一個人來到外邊。

他立在院子殘破的磚牆邊，點燃了一支廉價的「飛鶴」牌紙煙，一口接一口地吸着。此刻已經接近午夜，整個礦區仍然沒有安靜下來。密集而璀璨的燈火撒滿了這個山灣，從溝底一直漫上山頂。各種陌生而雜亂的聲響從四面八方傳來。溝對面，是一列列黝黑而模糊的山的剪影。

不知為甚麼，一種特別愉快的情緒油然漫上了他的心頭。他想，眼下的困難又算得了甚麼呢？不久前，你還是一個流浪漢，像無根的蓬草在人間漂泊。現在，你已經有了職業，有了住處，有了牀板……麪包會有的，牛奶會有的，列寧說。嘿嘿，一切都會有的……

他立在院子磚牆邊，自己給自己打了一會氣，然後便轉身回了宿舍。

現在，所有的人都蒙頭大睡了。

少平脫下自己的膠鞋，枕着那個破黃提包，在光牀板上躺了下來。這一夜他睡得很不踏實。各種聲響紛擾着他。尤其是深夜裏火車汽笛的鳴叫，使他感到新奇而激動。此刻，他想起故鄉的村莊，碧水漣漣的東拉河，悠悠飄浮的白雲。廟坪那裏的棗林興許已經半紅，山上的糜穀也應該泛起了黃色，在秋風中飄溢出新鮮的香氣。還有萬有大叔門前的老槐樹，又不知新添了幾隻喜鵲窩……

接着，他的思緒又淌回了黃原：古塔山，東關大橋頭，沒有門窗的窰洞，躺在麥草中裸體的攬工漢……

第二天早晨起牀後，同屋的人顧不上其他，先紛紛跑出窰洞，想看看大牙灣究竟是個甚麼模樣。

夜晚燈火造成的輝煌景象消失了。太陽照出了一個令人失望的大牙灣。人們臉上那點本來就不多的笑容頓時一掃而光。礦區顯出了它粗獷、雜亂和單調的面目。這裏沒有甚麼鮮花，沒有甚麼噴泉、林陰道，沒有他們所幻想的一切美妙景象。有的只是黑色的煤，灰色的建築；聽到的只是各種機械發出的粗野而嘶啞的聲音。房屋染着煙灰，樹葉蒙着煤塵，連溝道裏的小河水也是黑的……大牙灣的白天和夜晚看起來完全是兩回事！

在大部分人都有點灰心的時候，孫少平心裏卻高興起來：好，這地方正和我的情況統一着哩！

在孫少平看來，這裏的狀況比他原來想像得還要好。他沒想到礦區會這麼龐大和有氣勢。瞧，建築物密密麻麻擠滿了偌大一個山灣，街道、商店、機關、學校，應有盡有。雄偉的選煤樓，飛轉的天輪，山一樣的煤堆，還有火車的喧吼。就連地上到處亂扔的廢鋼爛鐵，也是一種富有的表現啊！是的，在嬌生慣養的人看來，這裏又髒又黑，沒有甚麼詩情畫意。但在他看來，這卻是一個能創造巨大財富的地方，一個令人振奮的生活大舞台！

孫少平的這種想法是很自然的，因為與此相比較的，是他已經經歷過的那些無比艱難的生活場景。

第二天上午，根據煤礦的慣例，要進行身體復查。

十點鐘左右，勞資調配員帶着他們上了一道小坡，穿過鐵道，來到西面半山腰的礦醫院。

復查完全按徵兵規格進行。先目測，然後看骨縫、硬傷或是否有皮膚病。有兩個人立刻在骨科和皮膚科打下來了。皮膚病絕對不行，因為每天大家要在水池裏共浴。

少平順利地通過一道道關口。

但是，不知為甚麼，他的心情漸漸緊張起來。他太珍視這次招工了，這等於是他一生命運的轉折。他生怕在這最後的關頭出個甚麼意外的事。

正如俗話所說：怕處有鬼。本來，他的身體棒極了，沒一點毛病，但這無謂的緊張情緒終於導致了可怕的災難——他在血壓上被卡住了！

量血壓時，隨着女大夫捏皮氣囊的響聲，他的心臟像是要爆炸一般狂跳不已，結果高壓竟然上了一百六十五！

全部檢查完畢後，勞資調配員在醫院門診部的樓道裏宣佈：身體合格的下午自由安排，可以出去買東西，到礦區轉一轉；身體完全不合格的準備回家；血壓高的人明天上午再復查一次，如果還不合格，也準備回家……

回家？

這兩個字使少平的頭「轟」地響了一聲。此刻如果再量血壓，誰知道上升到了甚麼程度！

他兩眼發黑，無數紛亂的人頭連同這座樓房都一齊在他面前旋轉起來。

命運啊，多麼會捉弄人！他歷盡磨難好不容易來到這裏，怎能再回去呢？回到哪裏？雙水村？黃原？再到東關那個大橋頭的人堆裏憂愁地等待包工頭來招他？

他不知道自己是怎樣走回宿舍的。

孫少平躺在光牀板上，頭枕着那個破提包，目光呆滯地望着黑糊糊的窰頂。窰裏空無一人，大家都出去轉悠去了。此刻，他也再聽不見外面世界的各種嘈雜，只是無比傷心地躺在這裏，眼中旋轉着兩團淚水。他等待着明天——明天，將是決定他命運的最後一次判決。如果血壓降不下來，他就得提起這個破提包，離開大牙灣……那麼，他又將去哪裏？

有一點是明確的：不能回家去——絕對不能。也不能回黃原去！既然他已經出來了，就不能再北返一步。好馬不吃回頭草！如果他真的被煤礦辭退，他就去銅城謀生：攬工，掏糞，掃大街，都可以……

他猛然想到，他實際上血壓並不高，只是因為心情過於緊張才造成了如此後果；他怎能甘心因這樣一種偶然因素就被淘汰呢？

「不！」他喊叫說。

他從牀上一躍而起。他想，他決不能這樣被動地等待命運的宰割。在這最危險的時刻，應該像偉大的貝多芬所說：我要扼住命運的咽喉，它決不會使我完全屈服！

—✦ 第三十章 ✦—

萬般焦灼的孫少平首先想到了那位量血壓的女大夫。他想，在明天上午復查之前，他一定要先找找這位決定他命運的女神。

打問好女大夫住宿的地方，時間已經到了下午。晚飯他只從食堂裏帶回兩個饅頭，也無心下咽，便匆忙地從宿舍走出來，下了護坡路那幾十個台階，來到礦區中間的馬路上。

他先到東面礦部那裏的小攤前，從身上僅有的七塊錢中拿出五塊，買了一網兜蘋果，然後才折轉身向西面的幹部家屬樓走去。

直到現在，孫少平還沒想好他找到女大夫該怎說。但買禮物這一點他一開始就想到了。這是中國人辦事的首要條件。這幾斤蘋果是太微不足道了——本來，從走後門的行情看，要辦這麼大的事，送塊手錶或一輛自行車也算不了甚麼。只是他身上實在沒錢了。不論怎樣，提幾斤蘋果總比赤手空拳強！

現在，又是夜晚了。礦區再一次亮起燦若星河的燈火。溝底裏傳來一片模糊的人的嘈雜聲——大概是晚場電影就要開映了。

女大夫會不會去看電影呢？但願她沒去！不過，即使去了，他也要立在她家門口等她回來。要是今晚上找不到她，一切就為時過晚了——明天早晨八點鐘就要復查！

孫少平提着那幾斤蘋果，急行在夜晚涼颼颼的秋風中。額頭上冒着熱汗，他不時撩起布衫襟子揩一把。快進家屬區的路段兩旁，擠滿了賣小吃的攤販，油煙蒸氣混合着飄滿街頭，吆喝聲此起彼伏。那些剛上井的單身礦工正圍坐在髒兮兮的小桌旁，吃着喝着，揮舞着胳膊在猜拳喝令。

家屬區相對來說是寧靜的。一幢幢四層樓房排列得錯落有致；從那些亮着燈火的窗口傳出中央電視台播音員趙忠祥渾厚的聲音——新聞聯播已近尾聲，時間約摸快到七點半了。

他找到了八號樓。他從四單元黑暗的樓道裏拾級而上。他神經繃得像拉滿的弓弦。由於沒吃飯，上樓時兩條腿很綿軟。

黑暗中，他竟然在二樓的水泥台階上絆倒了。肋骨間被狠狠撞擊了一下，疼得他幾乎要喊出聲來。他顧不了甚麼，掙扎着爬起來，用衣服揩了揩蘋果上的灰土。

現在，他立在三樓右邊的門口了——這就是那位女大夫的家。

他的心臟再一次狂跳起來。

他立在這門口，停留了片刻，等待急促的呼吸趨於平緩。此刻，他口乾舌燥，心情萬分沉重。人啊，在這個世界上要活下去有多麼艱難！

他終於輕輕叩響了門板。

好一陣工夫，門才打開了一條縫，從裏面探出來半個腦袋——正是女大夫！

「你找誰？」她板着臉問。

她當然不會認出他是誰。

「我……就找你。」少平拘謹地回答，儘量使自己的聲音充滿謙卑。

「甚麼事？」

「我……」他一時不知該怎說。

「有事等明天上班到醫院來找！」

女大夫說着，就準備關門了。

少平一急，便把手插在門縫裏，使這扇即將關閉的門不得不停下來，「我有點事，想和你說一下！」他哀求說。

女大夫有點生氣。不過，她只好把他放進屋來。

他跟着她進了邊上的一間房子。另一間房子傳來一個男人和小女孩的說話聲，大概是大夫的丈夫和孩子——他們正在看電視。

「甚麼事？」女大夫直截了當問。從她臉上的神色看，顯然對這種打擾煩透頂了。

孫少平立在地上，手裏難堪地提着那幾斤蘋果，說：「就是我的血壓問題……」

「血壓怎？」

「這幾顆蘋果給你的娃娃放下……」少平先不再說血壓，把那幾斤蘋果放在了茶几上。

「你這是幹甚麼！有啥事你說！你坐……」女大夫態度仍然生硬，但比剛才稍有緩和。孫少平看出，不是這幾顆蘋果起了作用，而是因為他那一副可憐相，才使得女大夫不得不勉強請他坐下。

女大夫說着，自己已經坐在了藤椅裏。

好，你坐下就好，這說明你準備聽我說下去了！

少平沒有坐。他在燈光下看見，他剛才跌了那跤，也忘了拍一拍，渾身沾滿了灰土。他怎能坐進大夫家乾淨的沙發裏呢？

他就這樣立在地上，開口說：「我叫孫少平，是剛從黃原新招來的工人。復查身體時，本來我血壓不高，但由於心情緊張，高壓上了一百六十五。就是你為我量的……」

「噢……」女大夫似乎有所記憶，「當然，你說的這種情況是有的。正因為這樣，我們才對血壓不合格的人，還要進行第二次復查……」

「那可是最後一次復查了！」少平叫道。

「是最後一次了。」女大夫平靜地說。

「如果還不合格呢？」

「那當然要退回原地！」

「不！我不回去！」少平衝動地大聲叫起來，眼裏已經旋轉着淚水。

這時，女大夫的丈夫在門口探進頭看了看，生氣地白了少平一眼，然後把門「啪」地帶住了。

女大夫本人現在只是帶着驚訝的神色望着他。她說不出甚麼來。她顯然被他這一聲哈姆雷特式的悲愴的喊叫所震懾。

少平自己也知道失禮了，趕忙輕聲說：「對不起……」他用手掌揩去了額頭的汗水，又把手上的汗水揩在胸前的衣襟上。他哀求說：「大夫，你一定要幫助我，不要把我打發回去。我知道，我的命運就掌握在你的手裏。你將決定我的生活道路，決定我的一生。這是千真萬確的！」

「你原來是幹甚麼的？」女大夫突然問。

「攬工……在黃原攬了好長時間工。」

「上過學沒有？」

「上過。高中畢業，在農村教過書。」

「當過教師？」

「嗯。」

「那你……」

「大夫，我一時難以說清我的一切。我家幾輩子都是農民。我好不容易才來到這裏。煤礦雖然苦一些，但我不怕這地方苦。我多麼希望能在這裏勞動。聽說有的人下幾回井就跑了。我不會，大夫。你要知道，這是我的最後一次機會。你要相信，我的血壓一點都不高，說不定是你的血壓計出了毛病……」

「血壓計怎會出毛病呢！」女大夫嘴角不由露出一絲笑意。

這一絲笑意對少平來說，就像陰霾的天空突然出現了太陽的光芒！「你說的我都知道了。你回去。明天復查時，你不要緊張……」

「萬一再緊張呢？」

女大夫這次完全被他的話逗笑了。她從藤椅裏站起來，在茶几上提起那幾斤蘋果，一邊往他手裏遞，一邊說：「你把東西帶走。明早復查前一小時，你試着喝點醋……」

孫少平一怔。

他猛地轉過身，沒有接蘋果，急速地走出了房子。他不願讓大夫看見他奪眶而出的淚水。他在心裏說：好人，謝謝你！

他絆絆磕磕下了樓道，重新回到馬路上。

他解開上衣的鈕釦，讓秋夜的涼風吹拂他熱烘烘的胸脯。現在他腦子裏是一片模糊的空白。他只記着一個字：醋！

他立刻來到礦部前，但看見所有店舖的門都關了。

他發愁地立在馬路邊，不知到何處去買點醋？晚上必須搞到！明早上七點鐘就要喝，而那時商店的門還不會開呢！

他抬頭望了望山坡上密麻麻的燈火，突然想：他能不能到礦工的家戶裏去買一兩毛錢的醋呢？

這樣想的時候，他的兩條腿已經迫不及待地向山坡上的燈火處走去了。

在大牙灣煤礦，能住進家屬樓的只能是幹部和雙職工。大部分礦工的老婆和孩子都是「黑戶」—— 連戶口也沒有，怎有資格住公家的房子呢？

說實話，礦工是太苦了。如果身邊沒有老婆孩子，那他們的日子簡直難以熬過。在潮濕陰冷的地層深處，在黑暗的掌子面上，他們之所以能夠日復一日，日日拚命八九個小時，就因為地面上有一個溫暖而安樂的家。老婆和孩子，這才是他們真正的太陽，永遠溫暖地照耀着他們的生活。因此，他們把家屬的戶口都扔在農村，在礦區周圍隨便搭個窩棚，或在土崖上戳幾孔小窰洞，把老婆孩子接過來，用自己的苦力養活着他們，而同時也使自己能經常沐浴在親人們的溫情和關切之中。

這樣，在整個礦區周圍的山山坬坬、溝溝渠渠，就建立起一片又一片的「黑戶區」。一般都是同鄉人擠在一塊；口音、生活習俗都相同，有個事可以互幫。因此，就形成了「河南區」、「山東區」和黃土高原、中部平原等各地的「黑戶區」。一般說來，河南人住宿比較講究，即使幾座低矮的茅草房，院落也收拾得乾乾淨淨，牆壁都刷成白的——似乎專門和煤作對比色！

不僅大牙灣，銅城所有的煤礦，都佈滿了這樣的「黑戶區」。

孫少平現在走進的正是大牙灣的「河南區」。

他穿過鐵路，上了一道小山坡，隨意走進一個小院子（他想不到以後會和這小院結下那麼深的不解之緣！）。

這院落連同三四個小房子，都可以說是「袖珍」型的。房子只有一人多高，如果伸出手臂，就可以隨便在房頂上拿放東西——那上面就擱着許多日用雜物。

「你找誰呀？」一個五歲左右的小男孩歪着頭在院子裏問他。

少平蹲下來，先笑嘻嘻地拉住他的小胖手，問：「你叫甚麼名字呀？」

「我叫明明，王明明！」

聽孩子的口音，少平才知道這是一家河南人。

這時，一位三十大幾的男人從屋裏走出來，驚奇地打量着他，顯然弄不明白一個陌生人來他家幹甚麼。這人臉色有點白，是一種缺乏日曬的那種沒有血色的白。他背駝得很厲害，鑲着兩顆「金牙」。從他高大的身材輪廓看，年輕時一定是個很展拓的後生。少平憑直觀判斷，他的駝背和那兩顆假門牙都是煤礦留給他的紀念。

「你找誰？」他用很地道的河南話疑惑地問少平。

少平從地上站起來，說：「王大哥，能不能在你家買一兩毛錢的醋？」他之所以這麼直截了當，是因為他看出這是一個普通勞動者的家庭，不必轉彎抹角。他從孩子嘴裏知道他姓王。

「買醋？在我家裏買醋？」河南大哥咧着鑲假牙的嘴忍不住笑了。

「街上的門市部關了……」少平解釋說。

但他實際上還沒說清楚。王師傅莫名其妙地看着他。這時，屋裏又走出一位婦女。那個叫明明的孩子跑過去拉住她的手，喊叫說：「媽媽，這個叔叔要喝醋！」

「他是不是醉了？」這女人小聲對男人嘟囔。她看起來比丈夫要年輕七八歲，身體苗條而豐滿，口音也是濃重的河南腔。

少平臉漲得通紅，不得不結結巴巴向這家人說明了原委。

他說完後，這兩口子都仰起頭哈哈大笑了。

「走，進屋去坐！」王師傅過來拉住他的胳膊。

河南人最大的秉性就是樂於幫助有難處的人，而且豪爽好客，把上門的陌生人很快就弄成了老相識。

王師傅夫婦先不說醋的事，竟然把他拉到了飯桌旁。女人麻利地拿出一盤花生豆和一碟腌雞蛋。王師傅已經把白酒倒起兩大杯。

「兄弟，先喝一杯！」

少平還沒反應過來，河南師傅已經把酒杯舉到了他面前。

他滿懷感動地舉起酒杯，在王師傅的酒杯上碰了碰，抿了一小口。

一時三刻，這夫妻倆就熱忱地問了他的許多情況。小明明已經坐在他懷裏玩上了。

過了好一會，少平喝完了那杯酒，說他得回去睡個好覺以便明早上過關，就拿起王師傅妻子給他裝好的半瓶子醋，和這家好心人告辭了。至於醋錢，還再能啟齒嗎？

孫少平手裏提着醋瓶，一個人靜靜地沿着鐵路往回走。現在，他面對滿山遍野的燈火，對這裏的一切更加充滿了無比親切的感情。只要有人的地方，世界就不會是冰冷的。他不由再一次思想：我們活在人世間，最為珍視的應該是甚麼？金錢？權力？榮譽？是的，有這些東西也並不壞。但是，沒有甚麼東西能比得上溫暖的人情更為珍貴——你感受到的生活的真正美好，莫過於這一點了。

他回到宿舍，吞咽了那兩個冷饅頭，便帶着複雜的思緒躺在了光牀板上。

……第二天一大早，一聲火車汽笛的吼叫驚醒了他。

他立刻跳下牀，匆忙地洗了一把臉，就從牀底下取出那瓶山西老陳醋來。他像服毒藥一般，閉住眼灌了幾大口，酸得渾身像打擺子似的哆嗦了好一陣。他感到，胃裏像倒進了一盆炭火，燒灼般地刺疼。

他一隻手捂着胸口，滿頭大汗出了宿舍，弓着腰爬上一道土坡，穿過鐵道，向礦醫院走去。

他來到醫院時，醫生們還沒有上班。他就蹲在磚牆邊上，惴惴不安地等待着那個決定他命運的時刻。

心跳又加快了。為了平靜一些，他強迫自己用一種悠閒的心情觀察醫院周圍的環境。這院子是長方形的，有幾棵泡桐和楊樹。一個殘破的小花壇，裏面沒有花，只栽着幾棵低矮的冬青；冬青也沒有修剪，長得披頭散髮。花壇旁有一棵也許是整個礦區惟一的垂柳，這婀娜身姿和煤礦的環境很不協調。在相距很遠的兩棵楊樹之間，扯着一根尼龍繩，上面晾曬着醫院白色的牀單和工作服。院子的背後是黃土山。院牆外的坡下是鐵路，有一家私人照相館。從低矮的磚牆上平視出去，東邊是氣勢磅礴的礦區，西邊就是幹部家屬樓 —— 樓頂上立着桅林似的自製電視天線……

八點鐘，復查終於開始了。這次比較簡單，哪科不行，就只查哪科。

和孫少平一塊查血壓的一共四個人。他排在最後一位。查驗的有兩位大夫，一位是男的，另一位就是那個女大夫。

前面的三個很快查完了。其中有一個的血壓還沒有降下來，哭着走了 —— 這是一位從中部平原農村來的青年。

現在，少平驚恐地坐在小凳上了。女大夫板着臉，沒有一絲認識他的表示。她把連接血壓計的橡皮帶子箍在了他的光胳膊上。

他像忍受疼痛一般咬緊了牙關。

女大夫捏皮氣囊的聲音聽起來像夏日裏打雷一般驚心動魄。

雷聲停息了。鼓脹的胳膊隨着氣流的外泄而漸漸鬆弛下來。

女大夫盯着血壓計。

他盯着女大夫的臉。

那臉上似乎閃過一絲微笑。接着，他聽見她說：「降下來了。低壓八十，高壓一百二十……」

一剎那間，孫少平竟呆住了。

「你還坐着幹啥？你合格了！」女大夫笑着對他點點頭，然後拉開抽屜，把昨夜他裝蘋果的網兜塞在他手裏。

他向她投去無限感激的一瞥，聲音有點沙啞地問：「我到哪裏去報到？」

「不用。由我們向勞資科通知。」

他大踏步地走出醫院的樓道，來到院子裏。此刻，他就像攬工時把脊背上一塊沉重的石頭扔在了場地，直起腰向深秋的藍天長長吐出一口氣。噢，現在，他才屬於大牙灣——或者說大牙灣已經屬於他了……

第三十一章

「……嗯，都是好身體！我還沒顧上到你們住的地方去串門，據聽說你們都是些洋小子，甚麼頭油啦，鏡子啦，牀鋪打扮得像結婚一樣。我看過不了幾天，你們那點洋血就會放了！還聽說你們文化程度都不低，不是初中，就是高中。不過，識字不識字球都不頂！井下黑得甚麼也看不見！

「你們在老子手下幹活，不准耍奸溜滑，要按規章制度來。把你們的球腦蛋子和胳膊腿都自個招呼好。聽說你們都是甚麼部長局長的兒子，可井下的鋼樑鐵柱石頭炭疙瘩不怕你爸，把你小子做死就做死了。幹活時不要急躁，放平和一些。咱們這個礦還能開採一百年，不光足夠我和你們挖一輩子，就連你們的兒孫也夠挖……

「你們看見了，咱們採煤五區是個有功勞的區隊。這不，牆上錦旗都掛滿了。其實，還有幾塊哩，不知哪些龜子孫拿回家叫老婆做了枕頭，這都是好綢緞……你們年輕，煤礦不是沒前途！就拿我雷漢義來說，球大字不識一個，剛到煤礦時連個組織也不帶，可如今又是黨員，官還熬了這麼大！好好幹……前面是誰？你把帶把煙給老子也抽一支，甭光你自己抽！」

這是採煤五區副區長。他正在區隊學習室的班前會上對分到本區的新工人致歡迎詞。

孫少平坐在低矮的長條鐵凳上，和一羣新老工人擠在一起。學習室煙霧大罩。新工人都瞪大眼驚恐地聽雷區長講話。老工人們誰也不聽，正抓緊時間在下井前過煙癮；他們一邊抽煙，一邊說笑，屋子裏一片嗡嗡聲。

雷區長從前面一個老工人手裏要過一支帶嘴紙煙，點着吸了幾口，然後讓區隊辦事員點新工人的名字。點到誰，誰就站起來答個「到」。點完名後，雷區長繼續講話。

「……世事不一樣了，你們的名字也和我們這些隔輩人叫的不一樣！甚麼文軍，少平，永生……永生是叫對了！來煤礦都想活，還沒叫短命的。有沒有結過婚的？站起來！」

有兩三個新工人紅着臉從人堆裏立起來。

「嘿嘿，娃娃們，你們想老婆的日子在後邊哩！」

學習室「嗡」一聲都笑了。那幾個結過婚的新工人趕忙坐在鐵凳上，低傾下頭。「不要緊，等掙下兩個票票，土崖上戳幾個窰窰，就把你們的花骨朵接來吧……我還要說第二點……」

雷區長正要往下說，有幾個老工人已經站起來，走過去在區長的光頭上不恭地摸了摸，說：「對了，不要再放臭屁了！」

雷區長咧開大嘴笑着，從台子上退下來。會議也隨之結束了。

這就是煤礦生活最初的一課。

在以後緊接着的日子裏，礦上先組織新工人集中學習，由礦上和區隊的工程師、技術員，分別講井下的生產和安全常識。另外，工會還來人全面介紹了這個礦的情況。

十天以後，他們第一次下井參觀。

這一天，新工人們都有點莫名地激動。在此之前，他們的工作衣、作衣箱和礦燈都已經分好了。

在浴池換衣服的作衣櫃前，大夥說笑着穿上了簇新的藍色工作服，脖項裏圍上了雪白的毛巾。每個人的屁股上都吊着電池盒子，礦燈明晃晃地別在鋼盔似的礦帽上。就像新演員第一次出台，有的人甚至拿出小圓鏡，端詳着自己的英武風貌。一切看起來都像電影電視裏的礦工一樣整潔瀟灑。

出現了第一件不妙的事 —— 一律不准帶煙火！儘管大家在學習時就知道了這一點，但此刻仍然有點愕然。

這些人穿戴完畢，就在區隊領導和安全檢查員的帶領下，通過連接浴池的一條長長的暗道，蜂擁着來到井口。一個老頭又分別在眾人身上摸一遍，看是不是有人違章帶了煙火。

少平是第三罐下井的。他走進那個黑色的鋼鐵罐籠，心中充滿了無比的新奇感。他將要經歷一個全新的世界。對他來說，這是一個歷史性的時刻。

隨着井口旁一聲清脆的電鈴聲，鐵罐籠滑下了井口。陽光消失了……

罐籠在黑暗中墜向地層深處。所有的人都緊緊抓着鐵欄杆。誰都不再說話，聽見的只是緊張的喘氣聲和凹凸不平的井壁上嘩嘩的淌水聲。恐懼使得一顆顆年輕的心都提到了嗓門眼上。

一分多鐘，罐籠才慢慢地落在了井底。

難以想像的景象立刻展現在他們的眼前：燈火、鐵軌、礦車、管道、線路、材料、房屋……各種聲響和回音紛亂地混攪在一起……

一個令人眼花繚亂不可思議的世界！

所有來到井下的新工人一個個都靜無聲息。每個人的心情都是複雜的。他們知道，這就是他們將要長年累月工作的地方。一旦身臨其境，他們才知道，一切都不是幻想中的。

真正嚴峻的還在前面。

他們即刻被帶進大巷道，沿着鐵軌向沒有盡頭的遠處走去。地上盡是污水泥漿，不時有人馬趴摜倒。甚麼地方傳來一股屎尿的臭味。

走出長長的一段路後，巷道裏已經沒有了燈光。安檢員從岩壁上用肩膀接連扛開了兩扇沉重的風門，把他們帶進了一個拐巷。

一片寂靜。一片黑暗。只有各自頭上礦燈的一星豆光勉強照出腳下的路。這完全像遠離人世間的另一個世界。當阿姆斯特朗第一腳踏上月球的時候，他的感受也許莫過於此。

接連跋涉一百米左右的四道很陡的絞車坡，然後再拐進一個更小的坑道。這時，人已經不能直立了。各種鋼樑鐵柱橫七豎八支撐着煤壁頂棚。不時有沙沙的岩土煤渣從頭頂漏下來。整個大地似乎都搖搖欲墜。

這時候，所有行進中的新工人都不由驚恐地互相拉起了手，或者一個牽着一個的衣角。嚴酷的環境一刹那間便粉碎了那些優越者的清高和孤傲。他們明白，在這裏，沒有人和人之間的互相幫助，是無法生存的。而煤礦工人偉大的友愛精神也正是這樣建立起來的。

現在，他們終於到了掌子面上。

這裏剛放完頭茬炮，硝煙還沒有散盡。煤溜子隆隆地轉動着。斧子工正在掛樑，攉煤工緊張地抱着一百多斤的鋼樑鐵柱，抱着荊笆和搪採棍，幾乎掙命般地操作。頂樑上，破碎的矸石嘩嘩往下掉。鋼樑鐵柱被大地壓得吱吱嚓嚓的聲響從四面八方傳來……天啊！這是甚麼地方！這是甚麼工作！危險，緊張，讓人連氣也透不過來。光看一看這場面，就使人不寒而慄！

他們一個個狼狽不堪，四肢着地爬過柱林橫立的掌子面。許多人丟盔撂甲，礦帽不時碰落在煤堆中，慌亂得半天摸不着……

熬到上井以後，大部分人都繃着臉，情緒頹敗地通過暗道，在礦燈房交了燈具，去浴池洗澡、換衣服。那身剛才還乾乾淨淨的工作衣，現在卻像從垃圾堆裏撿出來似的。白淨的臉龐都變成了古戲裏的包公。

儘管這次參觀弄得眾人心緒紛亂，但這對他們是必要的。他們應該儘早知道，這就是煤礦。這裏需要的是吃苦、耐勞、勇敢和無畏的犧牲精神；這不是弱者的職業，要的是吃鋼咬鐵的男子漢！

回到宿舍以後，少平看見，那些一直咋咋唬唬的幹部子弟們，此刻都變得隨和起來。有人開始給他遞上了紙煙。兩個鐘頭的井下生活，就擊碎了橫在貧富者之間的那堵大牆。大部分人直至現在還都臉色蒼白。有個可憐的傢伙已經趴在緞被子上哭開了。

少平的心情是平靜的，因為他一開始就沒把一切想得很好。說實話，在他看來，井下的生活也是嚴酷的。和別人不同的是，他已經有過一些吃苦受罪的經歷，因此對這一點在精神上還是能夠承受的。是啊，他脊背上被石塊壓爛的傷疤，現在還隱隱作疼！他更多的是看到這裏好的一面：不愁吃，不愁穿，工資大，而且是正式工人！

第二天，新工人都參加了考試。

試題很簡單，比如甚麼叫柱子，瓦斯高了的徵兆有哪些，瓦斯對礦井的危害是甚麼等等。還有一道發揮題，讓自己談談如何為煤礦做出貢獻。所有這些考題學習時都反覆講過。

有些準備離礦不幹的人以為等上了好機會，故意胡答一通，心想考試過不了關正好有藉口逃出這該死的地方。這樣回去也能給父母親大人和朋友們有個交代，總比偷跑回去強。是呀，父母扯旗放炮走後門把他們送來，家鄉年輕的朋友們又熱烈祝賀他們正式被招了工，怎好意思偷跑回家呢？好，考試得個零蛋最好！甚麼叫柱子？柱子就是枴杖！

但是，兩天后礦部大門前張榜公佈，所有的人都被「錄取」了，而且成績竟然都在七十分以上！

孫少平卻以一百分的滿分名列榜首——他也許是惟一認真對待這場考試的。

在正式下井之前，全礦招收的新工人中跑了二十多人。少平宿舍裏也跑了一個。

但大部分人沒有跑。到了這個年齡，人就有了自尊心；再艱難，也得強打起精神，準備承受人生最初的考驗。

下井幹活這一天，在區隊例行的班前會上，少平意外地和那晚上給了他半瓶醋的王師傅坐在了一條鐵凳上。現在他知道師傅叫王世才，是全區出名的斧子工，採煤一班班長。更巧的是，他就分在了一班，而且就給王師傅當徒弟。能作為班長的徒弟，多半是因為他考試考了第一名。這使少平異常高興——他不僅和王師傅已經熟識，同時知道他是個很好的人。一個新工人初到井下幹活，遇個好師傅多麼重要啊！

可是，跟王師傅的另一個徒弟卻是一個粗魯不堪的傢伙。他叫安鎖子，是前幾年招收的工人，因此在少平面前也是老資格了。

在掌子面上，每班都有七八個煤茬。斧子工就是茬長。一般兩個攉煤工跟一個斧子工。每當一茬炮放完，就要趕緊掛茬支棚。這是千鈞一髮的時刻，動作要閃電般快，否則引起冒頂，後果就會不堪設想！這時通常都是班長一聲呼喊，人們就從回風巷[4]衝進了掌子面。頭上矸石[5]岩土嘩嘩跌落着，斧子工抱起沉重的鋼樑，迅速掛在舊茬上；同時，攉煤工[6]像手術室給主刀大夫遞器械的護士，緊張而飛快地把繃頂的荊笆[7]和搪採棍遞給師傅，還要騰出手見縫插針刨開煤堆，尋找底板，栽起鋼柱，升起柱蕊，扣住樑茬，以便讓師傅在最短的時間裏把柱子「叭」一斧頭鎖住……所有這一切都在緊張而無聲地進行，氣氛的確像搶救垂危病人的手術室 —— 不同的只是他們手中的器械都在一百斤以上！更困難的是，在這密匝匝亂糟糟的樑柱煤堆下面，危險的、暗藏殺機的煤溜子[8]還在瘋狂地轉動着。在緊張、快速、沉重的勞動中，人們在低矮的巷道裏連腰也直不起來；東躲西避倒騰一百多斤重的鋼鐵傢伙，大都在身體失去平衡的狀態下進行；而且稍有不慎，踩在殘暴無情的溜子上，瞬息間就會被拉扯成一堆肉泥！

只有將破碎的空棚架好，安全才有了保障。這時候，茬長們一般都蹲下休息了。攉煤工這才操起大鐵鍬，把炸下來的煤往溜子上攉……一班三茬炮，每茬炮過後，都要進行這樣一番拚命。一天的時光就在這樣緊張而繁重的勞動中緩慢地流過。一般情況下，八小時很難結束工作，常常得幹十來個小時才能上井。

每當一茬炮過後，支架完頂棚，茬長們躺在黑暗中休息的時候，

4　在礦井通風中，人們把清洗工作面後流出的風流稱之為「回風」，回風流經的巷道稱為「回風巷」。

5　混含在煤層中的石塊，含少量可燃物，不易燃燒，俗稱「矸子」。

6　攉煤工就是以前煤礦上的礦工，主要負責清理浮煤。當煤層變薄，過斷層，過構造帶等，就需要放炮採煤。簡稱「炮採」。炮採會讓煤落得很遠，會超出刮板運輸機的範圍，這個時候就需要人工攉煤。

7　一種人拉的荊條蓆子。

8　煤溜子是一種用於煤礦井下綜採工作面和綜掘工作面的輸送設備，是煤礦井下主要的煤炭運輸設備之一。

王世才不休息，總是操起鐵鍁，幫助少平和安鎖子攉煤。在井下，王世才很少說話。作為班長，他只是發出一些簡短的指令；那聲音是低沉的，也是不容違抗的。

安鎖子是個又高又粗的壯漢。勁很大，但不很靈巧。作為老資格，雖說也是攉煤工，但完全可以對少平指手畫腳，而且不時惡作劇似的捉弄少平。比如，他在甚麼地方拉了一泡屎，便哄着讓少平去那地方找個啥東西，結果讓少平抓兩把屎。安鎖子樂得露出兩排白牙大笑。眾人也跟着大笑。在井下，讓你抓兩把屎實在算不了甚麼事！假如安鎖子捉弄的是王世才，他會笑着把兩手屎都抹在安鎖子的臉上！

少平只能默默地在煤牆上抹掉手上的屎……

不知不覺，一個月過去了。

十一月初，銅城地區落了第一場雪。

這天上午十點鐘左右，少平上井後欣喜地看見，外面已經是白茫茫一片。雪花仍然在紛紛揚揚飄飛着，大地上流佈着微微的暖意。昨夜十二點下井時，天空還是星疏月朗，一片烏藍，想不到現在竟成了這樣一個晶瑩潔白的世界。

他心情愉快地沉浸在這一片美麗之中。今天，還有一件值得高興的事 —— 他要第一次領工資了。

在浴池洗完澡後，他便直奔旁邊二樓的區隊辦公室。他已經在心裏算好了自己的工資。只有他和另外兩個農村來的新工人在一月中上了滿班。他們是四級工，加上入坑費，月工資能領到一百三十元。好大一筆錢啊！

他進入本區隊辦公室後，看見房子裏已經擁滿了人。人不要排隊，由自己的私章在辦事員的桌子上排隊。少平把自己的章子放在桌上的那一條長蛇陣後面，然後看着辦事員不斷用剪子剪開一捆捆新票子的封條。

前面有兩個新工人，一個領了十八元，一個領了二十元。蹲在旁邊的雷區長對他們說：「你們這月吃球呀？不好好下井，褲衩都要賣得吃了！甭看礦井是個黑口口，很公正！鑽得多了錢就多，在地面上瞎逛球毛都沒一根！不上工，就是你爸當礦長，也是這兩個錢！」

那兩個新工人垂着腦袋悄悄退出了人羣。

這時，辦事員拿起少平的章子在工資表上壓了一下，便給他扔過來一摞子錢。

少平連點也沒點，揣在懷裏就走出了區隊辦公室，穿過樓道，來到外面。

飄飄灑灑的雪花像無數隻白蝴蝶在天地間飛舞。礦區的黑色無蹤無影，和周圍山野連成一片銀白。往日喧囂的大牙灣寧靜下來，充滿了某種肅穆的氣氛。

孫少平踏着鬆軟的荒雪，穿過馬路，徑直走向那個他早已想算過的地方。

他來到了郵政所。

他是來寄錢的。除留夠本月的伙食和買一牀鋪蓋的錢外，他還剩五十元。他要把這錢寄給父親。

這是一個莊嚴的時刻。是的，這是他正式參加工作後第一個月的工資。他能想像來，這張匯款單出現在雙水村將意味着甚麼。他似乎看見，父親是怎樣捏着那張紙片走進了石圪節郵政所墨綠色的大門……

孫少平用一分錢買了一張匯款單，然後伏在櫃枱上開始填寫。圓珠筆在他手裏微微地抖着。當他在收款人欄裏一筆一畫寫下「孫玉厚」三個字的時候，止不住的淚水已經模糊了他的雙眼……

第三十二章

經過漫長的冬天和短暫的春天，荒涼的黃土高原又漸漸進入了它一年中最為美好的季節。

五月初，立夏前後，山野裏的草木大部分都發芽出葉，連綿的山巒染上了一片片鮮綠嫩青。太陽開始有了熱力，暖洋洋地照耀着廣袤的大地。河流水泊清澈碧澄，映照出初夏的藍天和藍天上悠悠的白雲彩。

一九八二年，整個黃土高原全部實行了生產責任制。這塊飽經滄桑的古老土地進入了它新的歷史時期。各級政權機構也由多年來一元化的革命委員會演變成了黨政分家的局面。縣以上重建了人大，和黨委、政府一起被俗稱為「三套班子」。舉世聞名的人民公社先後被鄉政府所取代。「革命」留下的許多遺產正逐漸在生活中銷聲匿跡。

雙水村在外觀上看不出有多大變化。山還是原來的山，人還是原來的人，東拉河依舊唱着它不倦的歌謠淌過這個平凡的村莊。

但是，雙水村的確不是原來的雙水村了。它的變化有的能感覺到，也有感覺不到的。一個最顯著的變化是，大部分人再不為吃飯而熬煎了。僅此一點，就不能不使人百感交集地喊道：天啊……

如今，對大部分人家來說，玉米麪饃已經成了家常便飯。有些門道的人家，不僅白麪，就是大米也不再是甚麼稀罕之物。個別農戶的存糧，據本村一些觀察家估計，遠遠超過了舊社會老地主金光亮他爸。金家灣前二隊長金俊武就是其中之一。

需要提醒諸位的是，這一切變化都是在短短一兩年中發生的；要知道，我們曾幾十年鳴雷擊鼓搞農業，也沒有能解決農民的吃飯問題……

可是，隨之也出現了一些令人不安的情況。最突出的問題是大部分人缺錢花。

說實話，眼下人們對新政策是否久長，心中還存在着疑問。那麼，趁現在手腳放活之時，趕快狠狠收幾年糧食！為了多打糧，大部分農民都對土地實行了掠奪式耕種。誰也不再給土地施有機肥料。過去，為了搶擔公社機關和縣城的公共廁所裏的茅糞，常常釀成各地農民的武鬥。現在，城裏大小廁所的糞便都無人問津，公家不得不掏錢僱人清理。糧食要高產，當然上化肥最足勁！

可買化肥需要錢——一年兩料莊稼，得要多少化肥呀！

當然，除過買化肥，還有許多用錢之處。一家一戶耕作，壞了的農具要自己添置。牲畜不蹬勁需要換個好使役的，也需二三百元。另外，市場一開放，洪水一樣泛濫的各種東西也惹人眼饞。旁的不說，石圪節街上一排排花花綠綠的時髦衣裳，兒女媳婦們趕集上會想買一身，你不給錢行嗎？

錢啊！成了莊稼人經常掛在嘴上的一個字眼。為了買化肥，為了買牲畜農具，為了給兒女們買一兩身時新衣裳，為了像鄰居一樣添置一件新時代的小玩藝兒，莊稼人不得不又把囤裏積攢下的糧食，扛到石圪節的自由市場上去賣掉……

俗話說，這山望見那山高。的確，在農村，人們在剛吃飽飯之後，就又有點不滿足了。老百姓紛紛尋思，怎樣才能把日子過得更紅火一些？這心理極其正常——追求更好的生活是人的本性。

對大部分農民來說，只要土地由自己耕種，多收穫一些糧食是不成問題的；這是祖傳的專業和本領，他們信心十足。但要在土地之外再打點別的主意，那就不是甚麼容易事了。

但無論如何，只靠在石圪節街上去賣一點糧食、土豆、旱煙葉，或靠一年出售一頭老婆餵養的肥豬，就想把光景日月過好，那實在是妄想！這一點收入，通常連化肥都買不回來！

芝麻鹽，黑豆醬，張三李四不一樣。農村也有個把踢飛腳的傢伙，早已不靠土地吃飯了。他們做生意，跑買賣，搞副業，人民幣在手裏嘩嘩響，愛得眾人眼睛都紅了！

這雙水村出現的第一個能人就是孫少安。他已經用機器辦起了磚瓦窰，並且第一家在村裏修整了一院新地方。緊接着，書記田福堂不甘人後跑到原西城裏當起了包工頭 —— 只是因為兒女的急躁事加重了他的肺氣腫，最近才不得不咳嗽氣喘地回來了。副書記金俊山 —— 他現在還兼任了村長 —— 買了十幾隻奶山羊，和教書的兒子金成合夥餵養，去年秋天就向石圪節的機關賣上了羊奶，據說收入很可觀。唉，說來說去，有能耐的人甚麼時候也有能耐！

瞧，現在雙水村又一個有能耐的人，竟然要挖塘養魚了！

這人是大隊支委田海民。

三十五歲的田海民，在莊稼行裏屬平庸之輩。多年來，他一直是大隊會計，很少出山勞動，靠撥拉算盤珠子，月月下來都是滿工。加之他岳父在米家鎮公私合營門市部賣貨，家底厚實，三五十塊的錢常支援他，媳婦銀花又出身於經營者家庭，很會計算，因此小兩口的光景一直在村裏拔尖。

土地分開以後，雖說海民種莊稼不行，家道也沒有衰敗下來。但也沒甚麼發展。

孫少安等人的發跡其他人看見眼紅，海民兩口子也不例外。這對精明夫婦日夜思量，看能不能在土地之外另尋一條出路。他們有一千多塊存款 —— 在農村是個了不起的數字！這些錢搞大事業不行，但弄個小打小鬧的資金還是足夠的。

當海民不知從甚麼地方搞回一本養魚的小冊子後，夫妻倆在燈下頭挨着頭直看了一夜。他們立刻興奮地決定：得，乾脆挖個池塘養魚！

黃土高原山鄉圪塄的農民，從來沒有吃魚的習慣——別說吃了，許多人連這玩藝兒見也沒見過。聽說海民兩口子要養魚，雙水村的人大為震驚。哈呀，這小子看別人發了財，急得胡跳彈哩！魚？誰吃那東西！

其實，這初中畢業的夫妻倆是有遠見的。正因為這裏人不愛吃魚，因此本地很少有人養魚。但不是沒有吃魚的。逢年過節時，海民曾目睹過原西城的幹部市民怎樣排着長隊，在副食門市上爭買外地進回來的那點凍魚。是的，他們將不指望在農村銷售他們的出產，而是準備賣給城裏人的。現在這社會，四面八方門戶大開，原西城裏天南海北的人都來，吃魚的人有的是！海民已經在城裏打探過，好幾個飯館都提出，只要他有魚，有多少儘管往來拿！

由於海民是村裏的支委，因此很順利地徵得田福堂和金俊山的同意，以每年交三十六塊錢的微不足道的代價，在村子北頭東拉河岸邊搞到了三畝六分荒草地，就準備在這裏挖養魚池了。

這一天下午，以每小時十二元租來的石圪節農機站的推土機，就喧吼着開到這片荒草地上，開始了引人注目的挖掘工作。推土機巨大的轟鳴聲再一次震撼了這個古老的村莊。許多幹畢活的莊稼人和放了學的孩子們，都前呼後擁趕到這地方來看熱鬧。

順便提一提，這裏正是那年雙水村偷水攔壩的地方。相信諸位對六年前那場悲喜劇依然記憶猶新。唉，時光流逝得多快。當年在這裏命喪黃泉的金俊斌，墳頭早已被青草覆蓋，而人間的生活卻照樣在這裏轟轟烈烈地進行着……

雙水村立刻被攪動得紛紛亂亂。現在，村子南頭，孫少安的製磚機隆隆價響動，燒磚窰上空黑煙大冒；村子北頭，這田海民租來的推土機，又在喧天吼地，攪得滿天黃塵飛揚……雙水村啊，你是一個永遠不肯安靜的世界。往日，是田福堂和孫玉亭這些人在此翻雲覆雨，而現在又是孫少安和田海民這些人在大顯身手囉！

雙水村那些手頭緊巴的莊稼人，無限感慨地立在推土機周圍，觀看這鋼鐵動物怎樣在荒地上拱出一個大坑來。他們羨慕和眼紅有能力折騰的人 —— 聽一些見多識廣的人談論，這土坑裏撈出來的將是一把又一把的人民幣啊！他們自己只有眼紅的份。他們折騰不起。一來手頭沒有本錢，二來也沒魄力到公家門上去貸款。再說，就是有錢有魄力，大字不識一個，哪來的技能？弄不好還得倒賠錢。看來他們只能在土地上戳牛屁股囉！

可是，他們委實窮得心慌啊……

在觀看田海民非凡壯舉的人堆裏，還有他爸田萬有和他四爸田萬江。

田四田五老兄弟倆蹲在一起，在人堆裏只抽旱煙不說話。如果這是另外的人家，村中首席藝術家田五馬上會給眾人編出一段逗笑的「鏈子嘴」來。現在，他蹲在這裏卻是一副平時少有的沉思面孔。

田五有他的愁腸事。他明年就滿六十歲了，家裏還有兩個十四五歲的小女兒。他這把年紀一個人在山裏掙命，勉強能糊住四張嘴，手頭緊巴得連化肥也買不回來。兩個女娃娃都大了，穿不起一件像樣的衣服，經常破衣連身。別看他常在人面前是個熱鬧人，其實一個人在山裏唱完一段子信天遊，便由不得抱頭痛哭一場。海民不管他。不是兒子不想管，是兒媳婦不讓兒子管。

蹲在旁邊的他哥田萬江，日子過得比他還恓惶。田四的三個兒子都另過了光景，一個個老實巴交，都拉着一窩兒女，根本不可能照顧他們。老兩口窮得連口鍋也買不起，一直用一隻漏水的破鍋做飯。

老弟兄倆聽說海民要挖池養魚，就湊到一塊拉談過，看能不能在海民這裏入個「股」。他們一沒資金，二沒技術，但粗笨活可以全包在他們身上。他們估計，儘管兒媳婦銀花看不見他們的死活，但他們幹重活，拿個小頭，也許她能同意。

現在，他們還沒有向海民提這事。不過，他們此刻熱心地蹲在這裏，心理上倒覺得，這事好像也是他們自己的事；聽着推土機的吼叫聲，心裏怪激動！

兩天以後，魚池已經挖好了。海民兩口子正緊張地做放水前的工作。據那本小冊子介紹，放魚苗前，要用白灰對魚池消毒。一畝放六百斤生石灰，再潑一層大糞，用犁耕一遍 —— 這樣既能消毒，又能生微生物。

這天上午，田五田四乘銀花不在工地，兩兄弟就結伴來找海民，向他提出了他們的「建議」。

海民當時沒有拒絕。只是為難地對兩位父老說，這要徵得他媳婦的同意。海民的家事由銀花掌管，他只能把這一點不害臊地向兩位老人當面表明。

兩位老人也知道這是事實，只好等待海民去請示他媳婦。

當天晚上，海民就到父親家來了。他告訴等待消息的父親和四爸：銀花不同意他們來幹活！

田四田五一時瞪住眼睛，不知該說甚麼。

田五發了半天呆，長歎一口氣，說：「我和你四爸等於去給你們攬工，你們都不要。你們比舊社會的地主都殘酷！我和你媽吞糠咽菜把你拉扯大，如今我們不行了，你連我們的一點死活也看不見！你還算個人嗎？」

田五數落兒子的時候，田四一直低垂着蒼頭——海民是弟弟的兒子，他無權數落人家。前一隊飼養員此刻只能承認現實的打擊是一件自然的事。

田海民無言地接受了父親的一頓責罵，然後又無言地退出了這個把他養育大的破土窰洞。他在黑暗的村道上回家的時候，眼裏噙滿了淚水。

唉，海民不是不知道兩家老人的苦情。但他無法說服自己的女人。沒辦法呀！他要和這女人一塊生活，一塊過光景日月；如果和銀花鬧翻，除不能解決老人們的問題，他自己的光景也要爛包！他無法在老人面前為自己的難腸辯解。他盤算只能在自己賺下錢後，背着銀花偷偷給他們幫扶一點，此外便束手無策了。一個男人活到這種地步，那痛苦也是外人所不能理解的。

第二天，受到生活和感情雙重打擊的田五，在公眾面前仍然扮演了他那慣常的樂天派的角色。在神仙山那裏，他仍然神仙般快活地唱他的信天遊。至於唱完後哭沒哭，我們就不得知曉了……

過了沒多久，又起了意外的風波。海民家的隔牆鄰居劉玉升，突然傳出了一個可怕的預言。這位先知先覺的神漢危言聳聽地散佈說，在田海民的養魚池裏，將要誕生一條「魚精」。說這魚精必定要在雙水村殃害人和牲靈；而且以後還要到外地去作怪哩！一些迷信的村民立刻開始詛咒海民和銀花，有的人並且揚言要給魚池裏撒毒藥！

本來情緒十分高昂的海民夫婦，被這謠言氣得連飯也吃不下去。他們惹不起這位自稱掌握全村人生死命運的神漢。但他們也決不放棄養魚——他們已經花費七百元資金了！

與此同時，田五因生兒子的氣，竟然用荒誕手法編了一段「鏈子嘴」，使劉玉升的謠言變為戲謔性的藝術在村子裏傳播開來——

雙水村，有能人，
能不過銀花和海民。
東拉河邊挖土坑，
要在裏面養魚精。
魚精鱉精蛤蟆精，
先吃牲靈後吃人。
吃完這村吃那村，
一路吃到原西城。
原西城裏亂了營，
男女老少爭逃命。
急壞縣長周文龍，
請求黃原快出兵！
地委書記田福軍，
拿起電話發命令。
中國人民解放軍，
連夜開進原西城。
進得城來眼大瞪，
報告上級無敵情——
原來魚精沒吃人，
反被人把魚吃盡。
吃完魚頭吃魚尾，
只剩一堆白葛針……

當「鏈子嘴」在村裏傳開後，田五卻後悔極了。唉，他怎能給自己的兒子編排笑話？他太過分了！兒子光景爛包了，對他有甚麼好處？再說，這樣能解決了他自家的困難嗎？「鏈子嘴」沒人給稿費！

這一天，田四又一臉愁苦找到田五，對弟弟說：「咱們再去找找少安，看能不能到他的磚場打一段零工？要不，秋天種麥子的化肥都沒錢買……」

田五一想，也覺得可以去碰碰運氣。少安人雖年輕，但為人做事都很寬厚，說不定能同情他們的處境哩。

這樣，窮困無路的兄弟倆就準備麻纏他們的「老隊長」去了。

第三十三章

其實，抱有同樣願望來找少安的人，不止田四和田五。早在春播大動農之前，村裏就有許多人來找他，想為他幹一段活，賺幾個錢，以便解決春播所需要的化肥。來找少安的人不僅有一隊他原來的「部下」，還有金家灣那面的人。

但少安只能為難地婉言拒絕了這些登門求告的人。不是他不同情左鄰右舍的困難處境，而是他實在無法滿足他們的願望。他雖然買了一台不大的製磚機，開了兩個燒磚窰，但用不了多少人手。除過他夫妻外，已故田二的憨小子常年在這裏幹活。操縱製磚機和燒窰的師傅，是他出高工資僱用的河南人。把村裏這些人收留下，他根本開不起他們的工資。就是現在，儘管村前莊後傳說他發了大財，實際上一月下來也賺不了多少。到目前為止，還過當年搞設備的貸款及其利息，他手頭只有一兩千元的現金積蓄。就他個人而言，和當年相比，那的確已經是天上地下了。但是，他的事業仍然是初創階段，並不像人們傳說的那樣成了「大財主」。眼下這攤場，怎麼可能招攬更多的人來幹活呢？

自去年秋天以來，孫少安從沒有感到生活如此順心如意。妹妹考上了大學，弟弟當了工人，他自己的磚場也走上了正路。孫家的歷史甚麼時候有過這樣的輝煌？據神漢劉玉升傳播說，他們之所以興旺，是因為他們家老窰的風水好。這是純粹的胡扯。前多年他們不就住在那窰裏嗎？可光景日月像個破篩子。這和風水屁不相干，也不是他們個人有多大能耐；如果世事不變化，他孫少安還是當年的孫少安！

這不是說，世事變了，所有人的日子都好過了。像罐子村姐姐家，光景日月一如既往。新時代也使他姐夫這樣的人更有條件不務正了。王滿銀一年四季跑得連個蹤影也找不見，全靠姐姐一個人拉扯兩個孩子。只要想起他們的不幸，他和他父親的心頭就罩上了一片烏雲。另外，村裏一些有困難的人乞求似的找到他門上，要來他的磚場賺點買化肥的錢，這也使他的心情感到沉重。

雙水村所有人家的情況，少安心裏都很清楚。他知道，大部分人家雖然不再愁吃飯，但另外的發愁事並不比往年少。如今這世事，手頭沒兩個錢，那就甚麼也弄不成。旁的不說，化肥買不回來，莊稼就種不進去。村裏人多口眾的幾家人，光景實際上還不如大集體時那陣兒。那時，基本按人口分糧，糧錢可以賴着拖欠。可現在，你給誰去耍賴？因此，如今在許多人吃得肚滿腸肥時，個把人竟連飯也吃不上了。事實上，農村貧富兩極正在迅速地拉開距離。這是無法避免的，因為政策允許一部分人先富起來。這也是中國未來長遠面臨的最大問題，政治家們將要為此而受到嚴峻的考驗。這當然是後話了。

眼下貧困的人怎麼辦？

辦法不很多。吃救濟款嗎？現在石圪節全鄉一年的救濟款才三百元，人均只有幾分錢！

當貧困的人們帶着絕望的神情來找少安的時候，他常常十分痛苦。他也窮過啊！當年，他不就是這樣絕望過嗎？他現在完全理解這些鄉鄰們的處境。他同情他們。尤其是一隊的人，他曾經和這些人一塊勞動和生活了二十多年！現在，他眼睜睜地看着他們手無分文，而他又幫不了多少忙。從內心說，不管他自己將如何發達起來，他永遠不會是那種看不見別人死活的人。他那辛酸的生活史使他時刻保持着對普通人痛苦的敏感而入微的體會。

這一天，田四和田五找上門來了。田四是他當隊長時一隊的老飼養員。多少年裏，萬江老漢就睡在飼養室，像對自己的娃娃一樣精心餵養那些牲靈。少安像父親一樣尊重這老漢。田五也是當年一隊的社員，他那些笑話和「鏈子嘴」曾給餓着肚子的人們帶來多少快樂——真的，那時只要和田五在一塊勞動，大家就常常忘了憂愁。

現在，這老弟兄倆佝僂着腰，豁牙漏氣地央求：讓他們在他的磚場打幾天零工吧！

孫少安看着他們的一臉可憐相，忍不住鼻子一酸。

他怎能忍心拒絕他們呢？

可他又怎能答應他們呢？

少安已經知道，他們曾想和海民一塊養魚，但被銀花拒絕了。他也知道，他們是信任他，才又求告到他門上；否則，自己的子姪都不頂事，怎麼可能再求兩旁世人呢？

「少安，你拉扯我們一把呀！要不，我們連一點量鹽買油的錢也沒有……」田五哭喪着臉說。

「總不能把糧食都賣了。你知道，我們弟兄人老了，手腳不麻利，再加上化肥買不夠，一年下來也打不了多少糧，賣多了，連一家人的口也糊不住嘛！」田四訴苦說。

老兄弟倆你一言我一語，輪番給孫少安訴述他們的恓惶。他們最後滿懷深情地說，現在就看好心的少安解救他們的危難哩！

孫少安一時不知如何是好。

他想了半天，說：「四叔，五叔，你們的情況，就是不說，我也知情！但我現在這點攤場，確實用不了幾個人……是這，我每人借給你們幾十塊錢，先把化肥買回來。我知道你們現在等肥料下籽種哩，時令不饒啊！等莊稼種畢了，看我能不能再想點辦法。現在正是大播種的時候，我也準備把磚場停幾天，幫我爸和罐子村我姐去種地，因此現在我再沒甚麼好辦法幫助你們……」

他說的是實情。田家老兄弟倆說了一堆感激話，一人拿了五十塊錢告辭了。

田四、田五走後，孫少安的心情一直平靜不下來。

他突然對田海民有了看法。本來，海民是應該關照兩個老人的——他們不是白要他的錢，而是要和他合夥養魚嘛！

這樣想的時候，一種義氣便促使少安有點衝動地走到村子北頭找到海民，直截了當向他說了他對他的意見。

海民正在做放魚苗前的最後工作。池塘裏已經盈滿了綠茵茵的水。他有點吃驚地看着少安，一直默不作聲地聽雙水村這位新富翁把話說完。

海民對小他幾歲的少安譏諷地笑了笑，說：「如今天下怕老婆的不是我一個人，而是一茬人。我並不為此害臊。你大概不怕？不過，據我所知，你當初也並不願意和你爸分家。可後來你拗過秀蓮了嗎？

兄弟，各家都有各家的難處。現在這社會，自家顧自家都掙得人屁直吼，誰能顧了別人？你如果有本事，你積你的德，給咱多關照幾個村裏的窮人！我沒這本事。我比不上你。你已經把世事鬧得紅火熱鬧，能說這號硬氣話哩！我呢？才弄起個小攤攤，連一分錢的利也沒見，倒把一點積蓄都踢騰光了。再說，養魚是個技術活，咱們人老八輩子誰弄過這事？萬一失敗了，我爸和我四爸不是跟着我吃虧嗎？另外，像劉玉升預言的，這池子裏養出個魚精怎麼辦？」

海民一番冷嘲熱諷，嗆得少安無言以對。

是啊，海民話難聽，但其中不是沒有一點道理——誰家都有一本難唸的經！

少安從前村返回後村的時候，一路上腦子像亂麻纏繞一般。無論怎樣，那些上門向他求救的人都寄希望於他；他們的困難和不幸也使他心裏難過——可是他現在卻毫無辦法幫助他們。他看得出來，再過幾年，雙水村說不定有人能起樓蓋房，而有的人還得出去討吃要飯！誰來關心這些日子過不下去的人？村裏的領導都忙着自己發家致富，誰再還有心思管這些事呢！按田福堂的解釋，你窮或你富，這都符合政策！

政策是政策，人情還是人情。作為同村鄰舍，怎能自己鍋裏有肉，而心平氣靜地看着周圍的人吞糠咽菜？

這種樸素的鄉親意識，使少安內心升騰起某種莊嚴的責任感來。他突然想：我能不能擴大我的磚場？把現有的製磚機賣掉，買一台大型的，再多開幾個燒磚窰，不是就需要更多的勞力嗎？

好！也許這是一個好門道！這樣，不僅能解決村裏一些人的問題，他自己的事業也擴大了！實際上，他早應該這樣來考慮問題。現在，農村剩餘勞力很多，只要有魄力，完全可以把事業搞大些！

當然，首先是資金問題。少安估算了一下，將現有設備賣掉，加上那點積蓄，要擴大磚場，少說也還得另籌借一萬塊錢。這只能向公家貸款。不怕！只要路子對頭，這個風險還是敢擔當的。孫少安已經不是那個借一二百塊錢還心驚膽戰的孫少安了 —— 他手裏已經倒騰過大宗的票子！

頭腦發熱的孫少安當天吃完晚飯，就到父親那邊走了一遭。他的新打算要徵求父親的意見。雖然他和父親分了家，日子基本上各顧各的，但在這樣一些重大的問題上，少安總要徵求父親的意見。父親永遠是父親。在生活的重大關頭，求得父親的指導，這已經像原則一樣固定在少安的腦子裏。在任何時候，親愛的父親，都將是我們精神上一個最為重要和可靠的支柱！

父親正在院子外邊的那塊彈丸之地上漫旱煙苗。從以往的年月一直到現在，這塊旱煙地對他們家的貢獻是巨大的。這裏出產的那些金黃色的煙葉，不僅保障了他父子倆和他二爸的煙布袋，還有剩餘在石圪節的土街上換回幾個零用錢。父親營務旱煙的本領在雙水村只有田福堂才能比上。

少安進了煙地，一邊幫父親幹活，一邊把他的新打算給父親談敍了一番。

孫玉厚聽完少安的侃侃敍談，一時倒沒有對兒子的宏大抱負發表甚麼評論。從理論上說，這是兒子自己的事。兒子已經獨當門戶，並且在社會上鋼巴硬正站立起來，他是否再有必要對兒子的事說長道短？再說，這社會變化太快，許多事情他估摸不透。他的全部能耐也許都在土地上；土地以外的事，他心中無數。

從內心上說，孫玉厚老漢對全家目前的狀況已經很滿足了。家裏出了工人，出了大學生，少安的日子也發達起來。作為恓惶了一輩子的老窮光蛋，他還再敢奢望甚麼呢？如今，二小子也開始給他寄錢了，家裏有吃有穿，也不缺錢花……這一切都好像是做夢一樣！

現在，兒子突然要把事情往大搞，孫玉厚心裏不免有些擔心。

他沉默了半天，說：「這要貸一筆大款項。萬一……有個三長兩短，可就擔當不起。」

少安又仔細說明了他的計劃，而且表現出了十足的信心。

孫玉厚一看兒子決心已定，知道他的意見無足輕重，就只是說：「那你看着辦吧。不過，你可千萬要操心哩……」

在徵得父親有限度的同意後，當天晚上睡覺時，他就又在被窩裏和妻子商量開了這件事。

他們二人還同以前一樣保持着他們的「老傳統」—— 光身子摟着在一塊被子裏睡覺。秀蓮還像往日那般豐滿和多情，只是磚場沒明沒黑的操勞，使她紅潤的臉黑了一些，兩隻手像男人的手一般堅硬。

在少安提出他的想法後，儘管事情重大，秀蓮很快也就表示了贊同的意見。她現在不僅信任丈夫的謀略，而且有點崇拜他了。幾年來的事實證明，只要丈夫決心搞的事，最終沒有搞不成的。在重大事情上，她越來越不願意多動腦筋。她滿足於給丈夫熱情表個態，接着便是全力以赴幫助他實現自己的雄心。

這件事實際上很快就「討論」完了。接着，秀蓮又提起了她百說不厭的老話題 —— 再生一個女孩子的事。虎子已經快滿五歲，秀蓮一心盼望有個女兒。

「……少安，我聽說石圪節來了個私人大夫，偷着給女人取環哩。我想也去把環取了，咱再懷個娃娃！」

秀蓮用粗糙的手掌親熱地撫摸着丈夫的光脊背，用撒嬌的方式提出了這個他一直沒有同意的事。

「唉呀，」少安不耐煩地說，「這都是些黑醫生！聽說碾盤村一個婦女被弄得大出血，險乎把命都要了……再說，超生下的娃娃，公家連戶口也不給上，還要罰款！」

「不上戶口就不上！罰款就罰款！我不信咱們就連個娃娃也養活不了！」秀蓮已經生了氣。

「好你哩！咱們現在準備擴大磚場，忙亂事在後邊哩！你再坐個月子，這不是要人的命嗎？」

「按你說，人家那些做大事的人就連娃娃也不養了！你乾脆連老婆也甭要！」

「好好好，你要生咱就生！這事容易！不過，你等一半年不行？等咱磚場發展得有個眉目了，你再生娃娃也不遲嘛！老輩人說，忙婆姨生不下好娃娃！」

秀蓮笑着在丈夫的胸脯上拍了一巴掌。她高興的是，丈夫終於同意她再生一個孩子了……

幾天以後，孫少安的磚場就停辦了。他要抽出幾天時間，幫助父親安種他們兩家的莊稼，然後還要到罐子村去，幫助蘭花把籽種下到地裏。與此同時，他已經開始籌劃擴大磚場的事。擴大磚場少說也得幾個月光景，因此，僱用的河南師傅辭退了這裏的工作，到其他地方另謀生計去了。

少安的磚場突然沉寂下來，這使雙水村的人都很奇怪。

不久，全村人才知道，這小子原來是要大鬧騰呀！

啊啊，如果辦這麼大的「企業」，那不需要好多人手嗎？

村中許多人立刻重新湧上少安的門，說他的磚場擴大後，無論如何首先要招收他們幹活！

少安先在口頭上滿足了他們的願望——他之所以擴大他的磚場，也正是想幫助他們解決一些困難。

出人意料的是，這天下午，他二爸孫玉亭也為此而找上他的門來了。

玉亭仍然是幾年前的那副老樣子，一身爛衣服，腰裏束一根破皮帶。他費勁地把那雙綴麻繩的踏倒跟鞋脫在腳地上，便上了姪兒家乾淨的小土炕。

玉亭接過姪兒遞上的一根紙煙，幾口吸去一大截，然後才開口說：「聽說你擴大磚場需要好多人手，能不能叫你二媽也來做個甚麼？我們沒一點來錢處……晚上點不起燈，都黑摸着往下睡哩……」

嚴酷的生活不得不使這位無產階級革命家，也低聲下氣地來向「資本主義」求救了。

少安說：「這事還沒眉目哩。到時候再說吧！」

第三十四章

不知不覺，孫少平在銅城大牙灣煤礦已經下了半年井。

半年來，他逐漸適應了這個新的生存環境。最初的那些興奮、憂慮和新奇感，都轉變為一種常規生活。

他幾乎不誤一天工，月月都上滿班。這在老工人中間也是不多的。而和他一塊來的新工人，沒有偷跑回家，就算很出色了。我們知道，這批新工人都是一些有身份人家的子弟，他們很難在這樣充滿危險的苦地方長期呆下去。

半年之中，新工人又逃跑了不少。跑了的人當然也被礦上除了名——這意味着他們再一次變為農民身份。有些沒走的人，也不好好下井。他們磨蹭着，等待自己的父親四處尋找關係，以便調出煤礦，另找好工作。不時有人放出風聲，說他們的某某親戚在省上或中央當大官。的確，局裏也接到省上某幾個領導人寫來的「條子」，把十幾個要求調動的工人放走了。同時，不斷有某些縣上和鄉上的領導人，用汽車拉着各種土特產，到局裏和礦上活動，企圖把他們的子弟調回去。這類「禮物」一般只能使孩子換個好點的工種，而不可能徹底調出煤礦。煤礦的某些領導雖然不拒絕「好處」，但總不能把手下的礦工都放走吧？

少平當然沒這種靠山。他也不企圖再改變自己煤礦工人的身份。他越來越感到滿意的是，這工作雖然危險和勞累，但只要下井勞動，不僅工資有保障，而且收入相當可觀。

錢對他是極其重要的。他要給父親寄錢，好讓他買化肥和日常的油鹽醬醋。他還要給妹妹寄錢，供養她上大學。除過這些，他得為自己也搞點建設，買點他所喜愛的書報雜誌。另外，他還有個夢想，就是能為父親箍兩三孔新窰洞。他要把這窰洞箍成雙水村最漂亮的！他自己今生也許不會住這窰洞。他只是要給故鄉一個證明：證明他孫少平決不是一個沒出息的人！他要獨立完成這件事，而不準備讓哥哥出錢——這將是他個人在雙水村立的一塊紀念碑！

正因為這樣，他才捨不得誤一天工；他才在沉重的牛馬般的勞動中一直保持着巨大的熱情。

瞧，又到發工資的日子了——這是煤礦工人的盛大節日。

孫少平上完八點班，從井下上到地面，洗了一個舒服的熱水澡，就到區隊辦公室領了工資。

他揣着一摞硬錚錚的票子，穿過一樓掘進隊辦公室黑暗的樓道，出了大門。

五月燦爛的陽光晃得他閉了好一會眼睛。從昨夜到現在，他已經十幾個小時沒見太陽了。陽光對煤礦工人來說，常有一種親切的陌生感。他睜開眼睛，深深地吸了一口氣。他真想把那新鮮的空氣連同金黃的陽光一起吸進他灌滿煤塵的肺腑中！

他看見，遠山已經是一片翠綠了。對面的崖畔上，開滿了五彩斑斕的野花。這是一個美妙的季節 —— 春天將盡，炎熱的盛夏還沒有到來。

少平把兩根紙煙接在一起，貪婪地吸着，走回了他的宿舍。

宿舍裏除過他，現在只留五個人。另外四個人，三個偷跑回家被礦上除了名，一個走後門調回了本縣。這樣，宿舍寬敞了許多，大家的箱子和雜物都放到了那四張空牀上。

宿舍零亂不堪。沒有人疊被子。窗台上亂扔着大夥的牙具、茶杯和沒有洗刷的碗筷。窰中間拉一根鐵絲，七零八亂搭着一些發出臭味的髒衣服。窗戶上好幾塊玻璃打碎成放射形。肥皂盒和盛着髒水的洗臉盆就擱在腳地當中。牀底下塞着鞋襪和一些空酒瓶子。惟一的光彩就是貼在各人牀頭的那些女電影明星的照片。

少平已經有一牀全宿舍最漂亮的鋪蓋。他還買了一頂蚊帳，幾月前就撐起來 —— 現在沒有蚊子，他只是想給自己創造一個獨立的天地，以便躺進去不受干擾地看書。另外，他還買了一雙新皮鞋。皮鞋是工作人的標誌；再說，穿上也確實帶勁！

少平回到這個亂七八糟的住處後，看見其他人都在牀上躺着。他知道，大家的情緒不好。今天發工資，每個人都沒領到幾個錢。雷區長話粗，但說得對：黑口口鑽得多，錢就多；不鑽黑口口，球毛也沒一根！

在這樣一個時刻，勞動給人帶來的充實和不勞動給人帶來的空虛，無情地在這孔窰洞裏互為映照。

為不刺激同屋的人，少平儘量克制着自己的愉快心情，沉默地，甚至故作卑微地悄悄鑽進了自己的蚊帳。

蚊帳把他和另外的人隔成了兩個世界。

他剛躺下不久，就聽見前邊一個說 :「孫少平，你要不要我的那隻箱子？」

少平馬上意識到，這傢伙已經沒錢了，準備賣他的箱子。他正需要一隻箱子 —— 這些人顯然知道他缺甚麼。

他撩開蚊帳，問 :「多少錢？」

「當然，要是在黃原，最少你得出三十五塊。這裏不說這話，木料便宜，二十塊就行。」

少平二話沒說，跳下牀來，從懷裏掏出二十塊錢一展手給了他，接着便把這隻包銅角的漂亮的大木箱搬到了自己的牀頭。

搬箱子時，這人索性又問他 :「我那件藍滌卡衫你要不要？這是我爸從上海出差買回來的，原來準備結婚時穿……」

少平知道，這小子只領了十一塊工資，連本月的伙食都成了問題。這件滌卡衫是他最好的衣服，現在竟顧不了體面，要賣了。

「多少錢？」

「原價二十五塊。我也沒捨得穿幾天，你給十八塊吧！」

少平主動又加了兩塊錢，便把這件時髦衣服放進了那隻剛買來的箱子裏。

這時，另外一個同樣吃不開的人，指了指他胳膊腕上的「蝴蝶」牌手錶，問 :「這塊錶你要不要？」

少平愣住了。

而同屋的另外幾個人，也分別問他買不買他們的某件東西 ——

幾乎都是各自最值錢的家當。

所有這些東西都是少平計劃要買的。現在這些人用很便宜的價錢出售他需要的東西時，他卻有點不忍心了。

但他又看出，這些人又都是真心實意要賣他們的東西，以便解決起碼的吃飯問題。從他們臉上的神色覺察，他如果買了他們的東西，反倒是幫助他們渡難關哩！

少平只好懷着複雜的心緒，把這些人要出售的東西全買下了。

一剎那，手錶、箱子和各種時髦衣服他都應有盡有了；加上原有的皮鞋和蚊帳，立刻在這孔窰洞裏造成了一種堂皇的氣勢。到此時，其他人也放下了父母的官職所賦予他們的優越架勢，甚至帶着一種惶愧的自卑，把他看成了本宿舍的「權威」。

只有勞動才可能使人在生活中強大。不論甚麼人，最終還是要崇尚那些能用雙手創造生活的勞動者。對於這些人來說，孫少平給他們上了生平極為重要的一課——如何對待勞動，這是人生最基本的課題。

簡直叫人難以相信！半年前初到煤礦，他和這些人的差別是多麼大。如今，生活毫不客氣地置換了他們的位置。

是的，孫少平用勞動「掠奪」了這些人的財富。他成了征服者。雖然這是和平而正當的征服，但這是一種比戰爭還要嚴酷的征服；被征服者喪失的不僅是財產，而且還有精神的被佔領。要想求得解放，惟一的出路就在於捨身投入勞動。在以後的日子裏，其中的兩三個人便開始上班了……

總之，這一天孫少平成了這宿舍的領袖。他咳嗽一聲，別人也要注意傾聽，似乎裏面包含着甚麼奧妙。

不用說，這一天他的情緒也特別高漲。他索性利用下午的一點時光，想到對面山上轉一圈。到現在，他還沒抽出身到礦區周圍轉一轉。從今天起，他又倒成晚上十二點班，轉悠一圈後，他可以直接去下井。

他昂揚地出了宿舍，下了護坡路那幾十個台階，沿着馬路一直向東，走到礦部大樓前的廣場上。這個小廣場是礦區的中心地帶，類似雙水村大隊部旁邊的「閒話中心」。商店、門市和小攤販大都集中在這一片。最大的職工食堂也在廣場上面的平台上。食堂上面的第三級平台，就是整個煤礦生產的心臟。主井、副井、壓風房、選煤樓都在那裏。從第三級平台以上，就是山坡了，擠滿了密密麻麻的「黑戶」，房屋窰洞如同蜂巢。從副井旁伸出的運送矸石的絞車道，幾乎在陡坡上天梯般矗起，把黑戶區一劈兩半，並在其間一直伸向山頂 —— 山那邊，在黃土梁的一側，堆起了黑色的矸石山，運輸帶不斷地把這些黑石頭傳送到這裏，日日夜夜嘩嘩地響個不停……

孫少平來到礦部前的廣場上，看見這裏永遠是那種熙熙攘攘的景象。下班的單身工人端着大老碗，蹲在二級平台食堂外面的水泥棱上，俯視着下面的小廣場。另有一些休班的工人無所事事地蹲在這周圍，不知在觀看甚麼。長期在井下生活的人，對地面上的一切都充滿了興趣。如果從礦部大樓裏走出一位女幹部，整個廣場便會掀起一陣嘩然。在這女性寥若晨星的世界裏，她們的出現如同太陽一般輝煌……

少平在廣場南側走下一道陡坡來到溝底。溝底的小土台上便是礦工俱樂部。這裏每晚上都有一場電影，常常擠得人山人海。燈光球場就在俱樂部門前。這裏是全礦的文化娛樂區。不過，白天這地方倒也清靜。

從俱樂部再下一個小土坡，就到了小河邊。小河叫黑水河。黑水河名副其實，水流一年四季都是黑的（想必它的源頭也會是明鏡般清澈）。

對於礦工來說，黑水河仍然是迷人的。它像一位黑皮膚的姑娘吟唱着多情的小曲，人們走到它身旁，就會感到如釋重負似的輕鬆。

小河兩岸，是周圍農人們的菜地和一些楊柳樹。如今，在五月的陽光下，青枝綠葉油光鮮亮。有一棵年老的柳樹不知甚麼時候倒在河上，將另一頭擱在了對岸。人們砍去了老樹的大枝，樹幹便成了河上的獨木橋。這是一座有生命的橋，它身上抽出許多嫩綠的枝條。

少平過了這橋，便向對面山上爬去。山並不高，但路相當陡峭。這小山是礦區的天然公園，人們在節假日都願到這裏來轉悠。

他是第一次上這山。到山頂的平台上時，他才發現這的確是個幽靜的地方。遠處是一片小樹林。平台上長滿了綠絨似的青草，其間點綴着許多無名小花。雙雙對對的蝴蝶在花間草叢翩翩飛舞。

他坐在青草地上，向對面望去，大牙灣礦區的全貌便一覽無餘了。他震驚而興奮地看見，他們的礦區原來是如此的氣勢雄偉！從東往西，五里長的大灣擠滿了各種建築物。山一樣的煤堆，大廈一般矗立的選煤樓；火車噴吐着白煙隆隆地駛過三級平台……

他出神地望着他所生活的這個世界，心中不由生出許多感慨來。他知道，外面的人很少了解這個世界的情況。他們更瞧不起生活在這個世界裏的人。是啊，人們把他們稱作「煤黑子」「炭毛」。大部分女人寧願嫁給一個農民，也不願嫁給他們。

他突然想起了田曉霞。

他離開黃原前，曉霞就走了省城。他們分別已有半年多了。他到煤礦的第三個月才給她寫了一封信 —— 在此之前，他的一切都處在混亂中，沒心思顧及其他。從曉霞給他的回信看，她馬上就在那裏幹得順心如意了。他知道她很快會施展才華，成為省報的重要角色。但他最為關心的是她對他的態度。

從信上看，曉霞對他一如既往充滿感情。他甚至能看出那些驚歎號和省略號後邊所包含的深情。

以後的幾封信同樣如此。

因為她經常外出采訪，半年來，他們的通信次數不像一般戀人那麼多。但那幾封信對他來說已經足夠了。他在井下黑暗的掌子面上，常常閉住眼默唸她信上的那些甜言蜜語。他內心無比驕傲的是，周圍的人做夢也想不到，他，一個「煤黑子」，女朋友卻是省報的記者！如果他說出這個事實，恐怕沒有人相信。煤礦工人連不識字的女人都難找下，竟然有省報的女記者愛你小子？吹牛皮哩！

有時候連他自己也不相信這是真的，總覺得這是一個夢幻。

其實認真一想，也許這的確是一場夢幻！

是的，夢幻。一個井下幹活的煤礦工人要和省城的一位女記者生活在一起？這不是夢幻又是甚麼！憑着青春的激情，戀愛，通信，說些羅曼蒂克和富有詩意的話，這也許還可以。但未來真正要結婚，要建家，要生孩子，那也許就是另一回事了！

唉，歸根結底，他和曉霞最終的關係也許要用悲劇的形式結束。這悲觀性的結論實際上一直深埋在他心靈的深處。

可悲的是：悲劇，其開頭往往是喜劇。這喜劇在發展，劇中人喜形於色，沉湎於絢麗的夢幻中。可是突然……

孫少平不願再往下想。他的心情變得陰鬱起來。

太陽西沉了。大地和他的情緒融合成一片同樣的昏黃。

他看了看腕上剛剛買來的「蝴蝶」牌手錶，時針的箭頭已指向了八點。

他在蒼茫的暮色中走下山來，又到其他地方轉悠了好長時間才向礦區走去——不論怎樣，十二點鐘，他要準時從那個「黑口口」裏鑽入地下……

第三十五章

孫少平徑直來到與採掘區隊辦公室相連的浴池，開始了下井的第一道程序——換作衣。

由許多小櫃組成的一排排大作衣櫃就立在水池旁邊。一人佔一個小櫃，鑰匙自帶。整個浴池為三層樓，每層的格局大同小異。少平的作衣櫃在三樓。

現在，中午十二點入坑的工人，正陸續走上地面。他們在通往井口那條暗道旁的礦燈房交了燈具，就紛紛進了浴池。這些人疲倦得連說話的氣力也沒有，沉默寡言地把又黑又髒的作衣脫下。有的人立刻跳進黑糊糊的熱水池，舒服得「啊啊」地呻喚。有的人先忙着過煙癮，光屁股倒在作衣櫃前，或蹲在浴池的瓷磚棱上。所有的人都是兩支煙銜接在一起，到處聽得見「嗞嗞」的吸氣、「撲撲」的吹氣以及疲勞的歎息聲。整個大廳裏瀰漫着白霧般的水蒸氣和臭烘烘的尿臊味。

孫少平把自己身上的乾淨衣服脫下，塞進衣櫃，從裏面拉出那身汗味刺鼻的作衣匆匆穿在熱身子上。煤礦工人也許不怕井下的熬苦，但都頭疼換衣服——天天要這麼脫下又穿上！尤其是冬天，被汗水和煤塵染得又黑又髒的作衣，潮濕而冰冷，穿在身上直叫人打哆嗦！

少平作衣的褲子後邊，已經被礦燈盒的硫酸腐蝕開一個破洞。

好在有襯褲，不至於露肉。有許多人就是露着屁股下井的。井下誰也不在乎這。和他一塊幹活的安鎖子，經常連褲子也不穿，光身子攉煤哩。在煤礦，男人相互間對裸體都看厭煩了。

少平換好作衣，就從浴池的樓上走下來，在一樓礦燈房的小窗口，把燈牌扔進去。接着，便有一隻女人的手把他的礦燈遞出來。礦燈房四壁堵得像牢房一般嚴實，只留幾個小口口。裏面全是女工——一般都是丈夫因公傷之後頂替招工的。煤礦的女人太少了，就是這幾個寡婦，也常是礦工們在井下猥狎地百談不厭的話題。她們被四堵水泥牆保護得嚴嚴實實，以免遭受某些魯莽之徒的攻擊。男人們只能每天兩次看看她們的手。

少平從那隻女人手裏接過自己的礦燈，把燈繩往腰裏一束，就提着燈盞穿過暗道，向井口走去。暗道本來有燈，但早被人用斧頭打掉了。如果再安，不出一天照樣會被打掉。疲勞的工人常常冒出許多無名火而無處發泄，不時隨手搞點小小的破壞。

穿過暗道的盡頭，準備下井的工人從井口一直擁到了那幾十個水泥台階上。人們到這裏仍然是沉默寡言，只聽見上下罐的信號鈴在噹啷噹啷地響着……

十幾分鐘後，少平便下到井底。接着，在黑暗的坑道中步行近一個小時（其間要上下爬四五道大坡），才來到他們班的工作面上。

頭茬炮還沒有放。所有的斧子工和攉煤工都在溜子機尾的一個拐巷裏等待。人們在黑暗中坐着，或乾脆大叉腿睡在煤堆裏。正像農民在山裏不嫌土，煤礦工人也不嫌煤，甚麼地方都可以躺下睡——反正這地方誰也別想把衣服穿乾淨！

這一段時光實在叫人閒得慌。礦工一下井，就想馬上幹活。每天的任務都是死的，幹完才能上井，那麼最好早點就幹。但井下的工作程序也是死的，沒有放炮，想幹也幹不成！

在這個時候，人們既然閒得沒事，又不能抽煙，總得尋找某種消遣方式。最好的消遣方式當然是談論女人。首先從礦燈房小窗口那隻女人的手談起，一直談到和自己的老婆睡覺的各種粗俗不堪的細節。人們在黑暗中猥狎地說笑着，微弱的礦燈光照出一張張露着白牙的嘴巴。

通常這個時候，少平總是把隨身帶下井的一本書在黑暗中翻到折頁的地方，然後借用手中的礦燈光，一聲不吭地看起來。最近他看的是《紅與黑》。這本書他以前粗粗翻過，印象不深，因此想再看一遍。

前不久，班長王世才突然提議，讓少平利用這個時間，給大夥講講書中的故事。王世才不識字，但很愛看戲聽故事。另外的人對自己的老婆也說膩了，一致支持班長的提議。

「這是本外國書。」少平對班長說。

「外國人也是人！他們的故事咱們正聽得少！你說！」

「外國的男人女人一見面就一個啃一個，正美！」安鎖子喊叫。

既然班長提議，大夥又都想聽，少平就只好給他們講起了《紅與黑》的故事。于連這個名字像中國人的名字，大家能記下；其他人物的名字他都用甚麼「先生」「夫人」「小姐」等代替了……

今天，大家躺在黑暗的煤堆裏，又準備聽他講於連的故事。

孫少平儘管今晚心情不太好，但他還是在煤溜子的隆隆聲中，接着昨天的情節給大夥講開了。今天該講於連怎樣爬着那個梯子，從窗口鑽進了「小姐」的臥室。

當少平繪聲繪色講到於連爬進窗戶，抱住那位「小姐」的時候，安鎖子突然像發情的公牛那般嚎叫了一聲，便從少平手中奪過那本書，一揚手扔在了煤溜子上。「去他媽的！于連小子 × 美了，老子在這兒乾受罪！」

少平還沒反應過來，那本《紅與黑》就被溜子拉走了。于連、「夫人」、「小姐」以及整個巴黎的上流社會，都埋進煤堆，滾進了機頭那邊的溜煤眼……

安鎖子的舉動引起黑暗中一片快活的哄堂大笑。

少平無可奈何。一本書的毀滅引得大家一笑，那也許就是值得的？無聊而寂寞的人們呀！

瘋狂的安鎖子做完這件破壞性的工作，像甚麼事也沒有發生，把褲子一脫，光屁股蹲在一邊就拉開了屎。

「我操你親媽！你不能往遠一點嗎？」王世才罵道。

那邊只傳來「嘿」一聲無恥的笑。

少平知道，安鎖子已經三十歲的人了，還沒找下老婆；因此一聽男歡女愛，就忍不住變態似的發狂。唉，去他媽的！書毀就毀了，他只能另買一本……

這時，掌子面那邊接連響起沉重的爆炸聲。頃刻間，濃煙就灌滿了巷道。有人破着嗓子咳嗽起來。

炮聲一停，王世才像只老虎一般跳起來，喊叫大家趕快進工作面！於是，那天天照舊的驚險的場面便又展開了……

接連攉完三茬炮炸下的煤，他們一個個累得像死人一般。眾人先後搖搖晃晃通過黑暗的巷道，向井口走去 —— 此刻，地面上又該是陽光燦爛的時候了。

離開掌子面的時候，少平突然感到一陣天旋地轉般眩暈。他知道自己病了。其實，昨夜剛開始幹活的時候，他就感到兩條腿發軟，身子輕飄飄的沒有一點力量，脊背上時不時掠過一陣似冷似熱的激流。這個班他是勉強支撐下來的。既然到了井下，就應該把這一天的工資完整地拿到手！

現在，幹活的人都自顧自走了。他渾身像着了火似的，一個人手哆嗦地扶着巷道凹凸不平的岩壁，慢慢從絞車坡走下來。

下了幾道坡以後，他好不容易來到風門後邊——出了風門，就到大巷裏了。

但他再也沒力氣拉開那扇沉重的門。

他頹然地坐在潮濕的地上，嘴裏發出輕輕的呻吟。黑暗。無聲無息。此刻，他就像身處另外一個無生命的世界，永遠再不能返回到人間。

他勉強掙扎着立起來，兩條腿打着顫，試圖再一次拉開那扇風門。

又失敗了。

他簡直不知道該怎麼辦。即使拉開這道風門，還得拉開另外相同的一道，他才能走到大巷裏。

看來，他只能等待下一班工人的到來，但這得等很長時間，說不定這期間他會昏迷過去。

他絕望地再一次靠岩壁坐在地上。

他恍惚地看見，那扇風門竟無聲地打開了。接着，彎腰走進來一個人。

他只從氣息上就嗅見是班長！

「我沒見你出來……怎啦？」王世才用手在他頭上摸了摸，「你病了……站起走吧！」師傅架着胳膊把他從地上拉起來。

一股熱辣辣的激流湧上了孫少平的胸腔。他無聲地立起來，依靠着師傅的肩膀，走出了風門……

上井後，少平在師傅的幫助下洗了一個熱水澡，感到稍有好轉，但還不可能退燒。

「走，到我家裏去。你是着了涼，吃點熱呼飯，再睡一覺，就屁的事也沒了！」王世才換完衣服，硬把他拉起身。

他只好隨師傅出了大門，從壓風房那邊的小坡拐上去，沿着鐵路向師傅家走去。一路上，王世才一直架着他的一條胳膊。

到家後，王世才馬上叫老婆單另給他做一碗酸辣麪條。我們知道，這個家少平已經來過一次。那時他是一個想要點醋的生人。如今，他們已經成師徒關係了。王世才的老婆叫惠英，像所有礦工的老婆一樣，對男人的關照體貼入微。她早已把菜炒好，細心地用碗扣在爐邊上。她一邊招呼少平吃藥，一邊開始侍候男人喝酒吃飯。

少平的麪條做好後，明明搶着要自己端給孫叔叔。惠英只好在後面像老母雞一樣護架着他，生怕把孩子燙了。王世才一邊喝酒，一邊看着她母子倆不由滿足地「嘿嘿」笑着。

當少平從這母子倆手中接過熱燙燙一碗麪條時，淚花子在眼眶裏直打轉。他沒有想到，在遠離故鄉的地方，他受到了這種親人般的關照。吃完飯，少平就準備回他自己的宿舍去。但這家三口人都不讓他走。王世才夫婦拉扯着把他帶到旁邊的屋子裏，給他安頓好牀鋪。他們在他身上壓了三塊棉被，還在屋裏生起了火……

少平一覺睡醒後，已經到了夜晚。惠英給他端來小米湯和各種小菜。王世才對他說：「我一會上班走呀，你晚上就在這裏睡，不要回去了。熱身子不敢再冒風。想吃甚麼，就叫你嫂子給你做！」

少平強忍着沒有讓淚水衝出自己的眼眶。

惠英也笑着說：「到這裏就不要見外。你王大哥常回來誇你，說你有文化，還能吃下煤礦的苦。以後你常跟你哥回來！大灶上的飯沒法吃！你說，嫂子做的飯怎樣？」

「好！」少平說。

王世才手在老婆的屁股蛋上拍了一巴掌，說：「甭自誇自了！」

「別打我媽！」明明喊叫着，用他的小胖手報復似的在他爸的屁股上也拍了一巴掌，使得三個大人都忍不住大笑起來。

這個幸福的家庭強烈地感染了孫少平。

甚麼叫幸福？這就叫幸福。幸福在任何地方都是相同的。在這荒涼的山野礦區，在這些土窰窩棚裏，人依然會活得如此幸福和美好！

孫少平在這個溫暖的家庭裏，一覺又睡到了大天明。

早上他睜開眼睛時，看見師傅一臉倦容立在他牀頭 —— 他在井下掙了一個晚上的命，現在又回來了。

「看臉色，你大概退燒了。」師傅關切地說。

少平一下子跳下牀來，感到渾身無比的輕鬆。是的，病完全好了。

惠英趕緊收拾飯桌，侍候師徒倆吃飯。

「今天你能喝酒了，好好陪你哥喝兩杯！」惠英說着，便在兩個大玻璃杯中倒滿了白酒。這是煤礦工人喝酒的氣度 —— 不用小盅，而用城裏人喝茶的大杯。在潮濕陰冷的井下幹八九個小時的活，上地面來灌一兩杯燒酒那是再好不過了；它使人暈暈乎乎，忘記疲勞，忘記驚心動魄的掌子面……

少平在喝酒的時候才知道，明天是明明的生日 —— 小傢伙要滿六歲了。他尋思得給孩子買個甚麼禮物。

他問明明：「你最喜歡甚麼？」

「喜歡狗！」明明說。

對，他記起商店裏有一種絨毛做的玩具狗，挺大，挺威風。就給他買這件禮物吧！

吃完飯，王世才沒有睡覺，說他要到矸石山上撿點燒飯的煤去。

少平立刻說：「我跟你一塊去！」

「你不要去，你病才剛好。」惠英說。

「要去就去。」王世才不阻擋他。

於是，師徒倆就一塊相跟着出了門，向矸石山走去。少平擔着筐子，師傅背抄着手走在後邊。

對於大部分養活着黑戶人口的礦工來說，儘管他們生活在一個煤的世界，整天都在挖煤，但他們自家燒的煤卻不那麼容易搞到。他們當然不想出錢買煤，只好利用上井休息的空隙，到矸石山的矸石中間去撿一些碎小的煤塊。這同樣是一件很苦的事。在矸石山的陡坡上，人連站也站不住，而上面的矸石還在不斷嘩嘩往下飛滾，不小心就會被砸得頭破血流！

少平沒讓師傅動手，他自己一個人到矸石山的陡坡上，沒用多少工夫，就撿了兩筐子煤。

撿好煤後，他們沒有急忙下山。兩個人坐在山崖畔上一邊抽煙，一邊拉話。

王世才很動感情地對他的徒弟說：「咱們煤礦工人就是苦。井下拚命幹活，一天給國家出好多煤，可自己的老婆孩子連個戶口也沒。除非我死在井下，要不，你嫂子和明明就要當『黑人』……

「我在井下已經幹了十幾年，被矸石打掉兩顆門牙，身上的傷疤數也數不清。有時我累得的確不想下井了。可是，每當我晚上趴在你嫂子的肚皮上，就想，這麼好的女人，還給我生了這麼好的兒子，可他們要吃飯呀！所以，第二天起來就又鑽到地下了。你如果有了老婆，就明白我說的這些話了……你現在有沒有？趕緊找一個！煤礦這麼苦的活，沒個老婆可是不行啊……」

少平靜靜地聽着，眼睛一直望着遠方的山巒。他沒有回答師傅的問話，而心裏卻想着曉霞。此刻，他的心是冰涼的。

曉霞！曉霞！現在我越來越明白，我們是不可能在一塊生活了。無疑，我的一生，就要在這裏度過。而你將永遠是大城市的一員。我決不可能生活在你那個世界裏；可是，你又怎能到我這個世界來生活呢？不可能！你不可能像惠英一樣，到這樣一個地方來侍候一個煤礦工人；你恐怕連到這裏看一看的願望都沒有……

他們在這裏蹲了一會，少平便擔起煤筐，師傅背抄着手跟在他後邊，兩個人相跟着慢慢走下山來。

第三十六章

當天晚上，少平又下井了。

仍然像黃原攬工時那樣，他感到，精神上的某種危機，只能靠強度的體力勞動來獲得解脫。勞動，永遠是他醫治精神創傷的良藥。遺憾的是，他這個月不可能再是全班了。

第二天早晨上井後，王世才邀請跟他掛茬的兩個徒弟去他家做客——今天是他兒子六歲生日。

「我顧不上！我要去看電影。聽說這電影美！男的女的摟着一塊睡覺，女人的奶都在外面露着哩！」安鎖子說着，口水都要從嘴角裏淌出來了。

「那你可要去！明明等着你呢！」師傅對少平說。

「我肯定去。你先走，我一會就來呀！」

師傅走後，少平趕緊到礦部前的商店裏，用八塊錢買了那隻白絨絨的大玩具狗，又買了一些罐頭和一盒蛋糕，就抱起這些東西，沿着鐵路向師傅家趕去。

到師傅家後，桌子上已經擺滿了酒菜。一家三口人還沒動筷子，顯然在等他。

明明喊叫着從他手裏搶過那隻玩具狗，小嘴在狗身上親吻着。他對少平說：「叔叔，你甚麼時候一定要給我買隻真的狗！」

「給你買！」少平說。

王世才夫婦把他推讓在小凳上，又給他倒酒，又給他夾菜。師傅興奮地拿錐子開啤酒瓶，把手都戳破了，仍然笑着給他斟酒，手上的血也不揩 —— 對礦工來說，這點傷算個屁！

吃完飯，少平沒一點瞌睡。他於是又一個人帶上明明，到山上玩了大半天；給他捉蝴蝶，拔野花，一直到午間才返回來……

孫少平漸漸和師傅一家人建立起極其深厚的感情。他經常去他們家吃飯，也幫助他們幹家務活 —— 擔水，劈柴，到矸石山上去撿煤。每當進入這個小院，他就像回到了自己家。王世才一家人也把他當自家人看待，有個甚麼活，就不見外地讓他幫助做；有個甚麼好吃的，也吼喊着非讓他吃不行。

少平後來才知道，師傅也是三十歲上才成家的。當地找不下老婆，他只好回到老家河南，在親戚的幫助下，費了好大勁，才找到了惠英。惠英儘管比師傅小八歲，結婚後一直實心疼愛師傅。她出身農家，裏外活都很麻利。雖然識字不多，可人很精明。至於漂亮，那在整個黑戶區都是很出名的。

孫少平感到慶幸的是，他來煤礦半年多，就結識了如此好的一家人。也許這是命裏有緣，使他不論走到何處，都會遇上對他特別關照的人家。在黃原時，有陽溝曹書記兩口子；在這裏，又有王世才一家人。是啊，在他艱難的生活歷程中，如果沒有這些好人，他的日子將會更加難過！

這一天他回宿舍，屋裏其他幾個人都擠眉弄眼對他說，昨夜他下井後，來個很俊的「娘們」，把他牀頭和搭在鐵絲上的髒衣服都收拾走了。

和他同屋的這些傢伙都開始下井勞動，因此現在敢用粗言俗語對他說話。

少平發現，他脫下的髒衣服就是不見了蹤影。不過，他立刻明白，同屋人所說的「娘們」，就是惠英嫂。是的，是她拿走給他洗去了。

他心裏不由一熱。

「這個騷娘們是誰？」有人用髒話問他。

「少放臭屁！她是我們班長的老婆！」少平瞪了一眼那個問話的小子。

「噢……王世才那麼個狗熊樣，找了這麼個俊老婆，比他媽唱戲的都漂亮！」

少平無法阻止這些人用骯髒的粗話評說惠英嫂。說粗話是這個行道的家常便飯。他自己儘管反感，有時嘴裏也會不由冒出一句來……

轉眼間就到了六月。

山野裏的綠色越來越深了。碧藍的天空通常沒有一絲雲彩，人的視野可及十分遙遠的地平線。地面上，人們已經身着很單薄的衣衫了。

不過，井下一年四季都是潮濕陰冷的。即使三伏天，不幹活還得披上棉襖。

這天因為發生了冒頂，少平他們直至上午十點鐘才把活幹完。儘管大家累得半死不活，好在還沒造成甚麼傷亡。

他們幾十個人，像苦役犯一般拖着疲憊不堪的身子，來到井口下面，等待上罐。所有人的臉上看不見一絲笑影，也不說任何話，身上都像墨汁潑過，只有從眼白上辨認出這是一羣活物。

少平最後一罐上井。

當罐籠在井口停下以後，他一下子驚呆了。

他看見：曉霞正微笑着立在井口！

少平以為是強烈的陽光刺花了眼，使他產生了幻覺。

他趕忙眨巴了幾下眼睛，卻再一次看清這的確是曉霞啊！她正腦袋轉來轉去，顯然是在尋找他 —— 在這羣黑人中找個熟人是不太容易。

他是在不知不覺中被大家擁擠出罐籠的。他這時才發現，連同先前上井的工人，大家都沒有離開井口周圍，呆立在旁邊有點震驚而詫異地觀看曉霞。是呀，誰也反應不過來，在這個女人從不涉足的地方，怎麼突然會降落這麼個仙女呢？曉霞是太引人注目了，尤其在這樣一個特殊的環境裏。她已經穿起了裙子，兩條赤裸而修長的腿從天藍色裙襬中伸出，像剛出水的藕。一根細細的黑色皮帶將雪白的襯衫束在裙中。臉龐在六月的陽光下像鮮花般絢麗。現在，曉霞認出了他。

她立刻激動地走前來，立在他面前，看來一時不知該說甚麼是好。親愛的人！你不會想到，你此刻看見的是這樣一個孫少平吧？他又髒又黑，像剛從地獄裏爬出來的鬼魂。

淚水不知甚麼時間悄悄湧出了他的眼睛，在染滿煤塵的臉頰上靜靜流淌。這熱的河流淌過黑色大地，淌過六月金黃的陽光，澎湃激蕩地拍打她的胸膛，一直湧向她的心間……

她仍然連一句話也說不出來，胸前的山脈在起伏着。

他用黑手抹了一把臉上的淚水，使得那張臉更骯髒不堪。他說：「你先到外面等一等，我洗個澡就來了！」他不能忍受井口那一羣粗魯的夥伴這樣來「觀賞」她。

曉霞笑着轉身就走。她眼中也有淚花在閃爍。

孫少平匆匆忙忙而又糊裏糊塗穿過暗道，把燈盒子「啪」地扔進礦燈房，就衝上了三樓的浴池。

他十來分鐘就洗完澡，把乾淨衣服一換，急速地跑出了大樓。

她正在門口等他。

相視一笑。

無言中表達了雙方萬千心緒。

「我在招待所住……咱們走吧！」她輕輕對他說。

他點點頭，兩個人就並肩相跟着向半山坡上的礦招待所走去。少平感到，一路上，所有的人都對着他笑。怎麼曉霞也對着他笑？笑甚麼？他都被人笑得走不成路了！

到招待所，進了曉霞住的房子，她第一件事就是從洗漱包裏拿出一面小圓鏡，笑着遞到他手裏。

少平對着鏡子一照，自己也忍不住笑了。他的臉在忙亂中根本沒洗淨，兩個眼圈周圍全是黑的，像熊貓一樣可笑！

這期間，曉霞已經給他對好了半臉盆熱水，拿出自己雪白的毛巾和一塊圓圓的小香皂，讓他重新洗一下臉。

他對着那塊白毛巾躊躇了一下，便開始再一次洗臉。那塊小香皂小得太秀溜，在他的大手裏像一隻小泥鰍，不知怎麼一下子就從脖項滑進了衣領中。

聽見曉霞在身後「咯咯」地笑着。他立刻感到那隻親愛的小手從他脊背後面伸進來。

他的整個身子都僵直了。

她從他脊背後面抓出那塊小香皂，遞給他，笑得前俯後仰。

他兩把洗完臉，然後猛地轉過身，用一雙火辣辣的眼睛盯着她，問：「我還漂亮嗎？」

曉霞不笑了，嘴裏喃喃地說：「是的，還和原來一樣漂亮……」她說着，欣喜的淚水就湧出了她那雙美麗的眼睛。

少平大步向她走去。兩個人張開雙臂，緊緊地擁抱在一起。

一切都靜下來了。只有兩顆年輕而火熱的心臟在驟烈地搏動着。外面火車汽笛的鳴叫以及各種機器的嘈雜聲，都好像來自遙遠的天邊⋯⋯

「想我了嗎？」她問。

回答她的是拚命的吻。

這也是她所需要的回答。

不知過了多久，他們才手拉着手坐到了牀邊上。

「我做夢都想不到你會來。」

「為甚麼想不到呢？我早就準備上這次會面了，只是一直沒有到銅城出差的機會。」

「剛到嗎？」

「剛剛到。」

「礦上知道你來嗎？」

「已經和你們礦宣傳部打了招呼。」

「來采訪我們礦？」

「采訪你！」

「真的⋯⋯別誤你的事。」

「我這次到銅城，主要了解礦務局和鐵路部門的矛盾。為車皮的事，他們一直在扯皮！我已經寫了個公開報道的稿子，同時還寫了個內參。到這裏來主要是看你。公私兼顧嘛！」

少平再一次抱住她，拚命在她臉上和頭髮上親吻着。所有關於他和她關係的悲觀想法，此刻都隨着她的到來而煙消雲散了。或者說，他已根本不再想他們以後的事，只是擁抱着這個並非夢幻中的親愛的姑娘，一味地沉浸在無比的幸福之中。

有人敲門。

他們趕忙鬆開了互相纏繞在一起的臂膀。兩個人的臉都通紅。

稍稍平靜了一下，曉霞便前去打開門。

進來的是大牙灣煤礦的宣傳部長。他來叫「田記者」吃飯。

少平並不認識他們礦的這位部長。部長當然更不會認識他。

「這是我的同學。我們還是……親戚哩！」曉霞有點結巴地給宣傳部長編織了她和少平的關係。

「你是哪個區隊的？」宣傳部長客氣地問他。平時，一個像他這樣的普通礦工根本不會放在部長的眼裏。

「採五的。」少平說。

「那一塊去吃飯！」宣傳部長殷勤地邀請田記者的「親戚」。

少平當然不會客氣。礦上看重的是省報的記者（礦務局領導已打電話讓大牙灣好好接待），但這位記者是他的女朋友！這並不是說他想依仗她的威勢跟她去吃這頓官飯，而恰恰是一種男人的尊嚴感促使他這樣做——儘管他是個卑微的挖煤工人！

部長陪着他們來到西邊家屬區旁邊的小食堂。這裏是專門招待上級領導和重要來賓吃飯的地方。少平是第一次涉足這種高雅餐廳。

這裏確實很講究。在中國，不論怎窮的地方，總會有一處招待上級領導的儘量講究的小天地。

這小餐廳的大圓桌上還有一個能轉動的小圓盤，像高級賓館的餐桌一樣。飯菜當然也不會像礦工食堂那麼簡單粗糙。各種炒菜，啤酒，果子露；碟子，杯子，勺子；擠得海海漫漫。每人手邊還有疊得整整齊齊的餐巾紙……

由於職業的關係，曉霞在飯桌上說話很有氣魄。宣傳部長和另外兩個陪餐的人，都恭敬地附和她說話。少平沉默地喝啤酒。曉霞在和別人說話時，卻用筷子不斷給他往小碟裏夾菜。在這樣的場合，少平心中湧上許多難言的滋味。驕傲？自卑？高興？屈辱？也許這些心緒都有一點……

吃完飯後，曉霞用三言兩語客套話打發走了宣傳部長和另外的人，然後立刻就回到了他們兩個人的甜蜜情意裏。

她要去看他的宿舍。

少平只好把她領進了那孔黑窰洞。好在另外的人都去上班了，不會引起甚麼「騷亂」。

曉霞來到他的牀前，然後撩開蚊帳，就忘情地躺在了他牀鋪上。

他立在牀邊，隔着那層薄紗，看見她翻他枕頭旁邊的書。

「你……不進來嗎？」她在裏面輕聲問。

少平囁嚅着說：「宿舍裏的人很快就回來了。咱們乾脆到對面山上去……你甚麼時候離開大牙灣？」

曉霞趕緊從牀上跳下來，在他臉頰上親了親，說：「明天上午八點的飛機票。明早七點礦上的車送我到銅城機場。」

「唉……那明早上我可送不成你了。我們八點以後才能上井。」

「你們今晚甚麼時候下井？」

「晚上十二點。」

「我也跟你去下一回井！」

少平慌忙說：「你不要下去！那裏可不是女人去的地方！」

「聽你這樣一說，那我倒非要下去不行。」她的老脾氣又來了。

少平知道，他不可能再擋住她，只好為難地說：「那你先給礦上打個招呼，讓他們再派個安檢員，咱們一塊下。」

「這完全可以。咱們現在就走。我給他們打個招呼，然後咱們到對面山上玩去。」

這樣，他們在其他人未回來之前，就離開宿舍，徑直向礦部那裏走去。

到小廣場上後，少平在外面等着，曉霞進樓去給宣傳部的人打招呼，說她晚上要跟採五區十二點班的工人一同去下井。

等曉霞走出礦部大樓，他就和她肩並肩相跟着，下了小坡，通過黑水河上的樹橋，向對面山上爬去。少平知道，此刻，在他們的背後，在小廣場那邊，會有許多人在指畫着他們，驚奇而不解地議論着……

第三十七章

孫少平和田曉霞氣喘吁吁爬上南山，來到那個青草鋪地的平台上。地畔上的小樹林像一道綠色的幕帳，把他們和對面的礦區隔成了兩個世界。

他們坐在草地上後，心仍然在「咚咚」地跳着。這樣的經歷對他們來說，已經不是第一回。在黃原的時候，他們就不止一次登上過麻雀山和古塔山。正是在古塔山後面的樹叢中，她給他講述了熱妮婭·魯勉采娃的故事。也正是那次，他們在鮮花盛開的草地上，第一次擁抱並親吻了對方。

如今，在異鄉的另一塊青草地上，他們又坐在了一起。內心的激動感受一時無法用語言表述。時光流逝，生活變遷，但美好的情感一如既往。

他粗壯的礦工的胳膊搭上了她的肩頭。她的手摸索着抓住了他的另一隻手。情感的交流不需要過多的語言。沉默是最豐富的表述。

沉默。

血液在熱情中燃燒。目光迸射出愛戀的火花。

沒有愛情，人的生活就不堪設想。愛情啊！它使荒蕪變為繁榮，平庸變為偉大；使死去的復活，活着的閃閃發光。即便愛情是不盡的煎熬，不盡的折磨，像冰霜般嚴厲，烈火般烤灼，但愛情對心理和身體健康的男女永遠是那樣的自然；同時又永遠讓我們感到新奇、神秘和不可思議……

當然，我們和這裏擁抱的他們自己都深知，他們畢竟不是伊甸園裏上帝平等的子民。

她來自繁華的都市，職業如同鼓號般響亮，身上飄溢着芳香，散發出現代生活優越的氣息。

他，千百萬普通礦工中的一員，生活裏極其平凡的角色，幾小時前剛從黑咕隆咚的地下鑽出來，身上帶着洗刷不淨的煤塵和汗臭味。

他們看起來是這樣地格格不入。

但是，他們擁抱在一起。

直到現在，孫少平仍然難以相信田曉霞就在他的懷裏。說實話，從黃原他們分手後，他就無法想像他們再一次相會將是何種情景。尤其到大牙灣後，井下生活的嚴酷性更使他感到他和她相距有多麼遙遠。他愛她，但他和她將不可能在一塊生活——這就是問題的全部癥結！

可是，現在她來了。

可是，縱使她來了，並且此刻她就在他的懷抱裏，而那個使他痛苦的「癥結」就隨之消失了嗎？

沒有。

此時，在他內心洶湧澎湃的熱浪下面，不時有冰涼的潛流湍湍流過。

但是，無論如何，眼下也許不應該和她談論這種事。這一片刻的溫暖對他是多麼寶貴；他要全身心地沉浸於其中……

現在，他們一個拉着一個的手，透過樹林的空隙，靜靜地望着對面的礦區。此刻正是兩個班交接工作的時候，像火線上的部隊在換防。上井的工人走出區隊辦公大樓，下井的工人正從四面八方的黑戶區走向井口。

孫少平手指着對面，從東到西依次給曉霞介紹礦區的情況。

後來，他指着礦醫院上面的一個小山灣，聲音低沉地說：「那裏是一塊墳地。埋的全是井下因工亡故的礦工。」

曉霞長久地望着那山灣。

她看見，山灣裏，墳堆連着墳堆。墳堆前都立着墓碑。有幾座新墳，生土在陽光下白得刺眼，上面飄曳着引魂幡殘破不全的紙條。

「你……對自己有甚麼打算呢？」她小聲問。

「我準備一輩子就在這裏幹下去……除此之外，還能怎樣？」

「這是理想，還是對命運的認同？」

「我沒有考慮那麼多。我面對的只是我的現實。無論你怎樣想入非非，但你每天得要鑽入地下去挖煤。這就是我的現實。一個人的命運不是自己想改變就能改變了的。至於所謂理想，我認為這不是職業好壞的代名詞。一個人精神是否充實，或者說活得有無意義，主要取決於他對勞動的態度。當然，這不是說我願意牛馬般受苦。我也感到井下的勞動太沉重了。但要擺脫這種沉重是不可能的。再說，千百萬人都這樣沉重。你一旦成為這個沉重世界裏的一員，你的心緒就不可能只關注你自身……唉，咱們國家的煤炭開採技術是太落後了。如果你不嫌麻煩，我是否可以賣弄一下我所了解到的一些情況？」

「你說！」

「就我所知，我們國家全員工效平均只出零點九噸煤左右，而蘇聯、英國是兩噸多，西德和波蘭是三噸多，美國八噸多，澳大利亞是十噸多。同樣是開採露天礦，我國全員效率也不到兩噸，而國外高達五十噸，甚至一百噸。在西德魯爾礦區，那裏的礦井生產都用電子計算機控制……

「人就是這樣，處在甚麼樣的位置上，就對他的工作環境不僅關心，而且是帶着一種感情在關心。正如你關心你們的報紙一樣，我也關心我們的煤礦。我盼望我們的礦井用先進的工藝和先進的技術裝備起來。但是，這一切首先需要有技術水平的人來實現。有了先進設備，可礦工大部分連字也不識，狗屁都不頂……對不起，我說了句礦工的粗話……至於我自己，雖然高中畢業，可咱們那時沒學甚麼，因此，我想有機會去報考局裏辦的煤炭技術學校。上這個學校對我是切實可行的。我準備在一兩年中一邊下井幹活，一邊開始重學數、理、化，以便將來參加考試。這也許不是你說的那種理想，而是一個實際打算……」

孫少平自己也沒覺得，他一開口竟說了這麼多。這使他自嘲地想：他的說話口才都有點像他們村的田福堂了！

曉霞一直用熱切的目光望着他，用那隻小手緊緊握着他的大手。

「還有甚麼『實際打算』？」她笑着問。

「還有……一兩年後，我想在雙水村箍幾孔新窰洞。」

「那有啥必要呢？難道你像那些老幹部一樣，為了退休後落葉歸根嗎？」

「不，不是我住。我是為父親做這件事。也許你不能理解這件事對我有多麼重要。我是在那裏長大的，貧困和屈辱給我內心留下的創傷太深重了。窰洞的好壞，這是農村中貧富的首要標誌，它直接關係一個人的生活尊嚴。你並不知道，我第一次帶你去我們家吃飯的時候，心裏有多麼自卑和難受 —— 而這主要是因為我那個破爛不堪的家所引起的。在農村箍幾孔新窰洞，在你們這樣家庭出身的人看來，這並沒有甚麼。但對我來說，這卻是實現一個夢想，創造一個歷史，建立一座紀念碑！這裏面包含着哲學、心理學、人生觀，也具有我能體會到的那種激動人心的詩情。當我的巴特農神廟建立起來的時候，我從這遙遠的地方也能感受到它的輝煌。瞧吧，我父親在雙水村這個亂紛紛的『共和國』裏，將會是怎樣一副自豪體面的神態！是的，我二十來年目睹了父親在村中活得如何屈辱。我七八歲時就為此而傷心得偷偷哭過。爸爸和他的祖宗一樣，窮了一輩子而沒光彩地站到過人面前。如今他老了，更沒能力改變自己的命運。現在，我已經有能力至少讓父親活得體面。我要讓他挺着胸脯站到雙水村眾人的面前！我甚至要讓他晚年活得像舊社會的地主一樣，穿一件黑緞棉襖，拿一根瑪瑙嘴的長煙袋，在雙水村的『閒話中心』大聲地說着閒話，唾沫星子濺別人一臉！」

孫少平狂放地說着，臉上淚流滿面，卻仰起頭大笑了。

曉霞一把摟住他的脖子，臉深深地埋進他的懷裏。親愛的人！她完全能理解他，並且更深地熱愛他了。

「……你還記得我們那個約會嗎？」好久，她才揚起臉來，撩了撩額前的頭髮，轉了話題。

「甚麼約會？」少平愣住了。

「明年，夏天，古塔山，杜梨樹下……」

「噢……」

少平立刻記起了一年前那個浪漫的約會。其實，他一直沒有忘記——怎麼可能忘記呢！不過，在這之前，他不能想像，未來的那次相會對他意味着甚麼。

但無論意味着甚麼，他都不會失約。那是他青春的證明——他曾年輕過，愛過，並且那麼幸福……

「只要我活着，我就會準時在那地方等你！」他說。

「為甚麼不是活着！我們不僅活着，而且會活得更幸福……反正像當初約好的，咱們不一塊相跟着回黃原，而是同一個時刻猛然同時出現在同一個地方！想起那非凡的一刻，我常激動得渾身發抖哩……」

他們在這裏已經坐了好幾個小時，但兩個人覺得只有短短一瞬間。

之後，少平帶着她去後山峁的小樹林中轉了一陣。他摘了一朵金燦燦的野花，插在她鬢角的頭髮裏。她拿出小圓鏡照了照，說：「我和你在一塊，才感到自己更像個女人。」

「你本來就是女人嘛！」

「可和我一塊的男人都說我不像個女人。我知道這是因為我的性格。可是，他們並不知道，當他們自己像個女人的時候，我只能把自己變成他們的大哥！」

孫少平笑了。他很滿意曉霞這個表白。

「你願不願意到一個礦工家裏吃一頓飯？」他問她。

「當然願意！」她高興地說。

「咱們乾脆一起到我師傅家去吃晚飯。他們是一家很好的人。」

少平接着給曉霞講了王世才一家人怎樣關照他的種種情況。

「那你一定帶我去！」曉霞急切地說。

少平十分想讓王世才和惠英嫂見見曉霞。真的，男人常常有那

麼一點虛榮心 —— 想把自己漂亮的女朋友帶到某個熟人面前誇耀一下。他當然不敢把她帶到安鎖子這些人的面前。但應該讓師傅兩口子和曉霞見見面。同時，他也想讓曉霞知道，在這偏僻而艱苦的礦區，有着多麼溫暖的家庭和美好的人情……

這樣，下午五點鐘左右，他們就從南山轉下來，過了黑水河，通過坑木場，上了火車道旁邊的小坡，走進王世才的小院落。

師傅一家三口人高興而忙亂地接待了他們。他們翻箱倒櫃，把所有的好吃好喝都拿出來款待他倆。儘管少平說得含含糊糊，但師傅和惠英馬上明白了這個漂亮姑娘是他的甚麼人。聽說她是省報的記者後，他們大為驚訝 —— 不是驚訝曉霞是記者，而是驚訝漂亮的女記者怎麼能看上他們這個掏炭的徒弟呢？

直到吃完飯，他們熱情地把少平和曉霞送出門口的時候，這種驚訝的神色還掛在他們臉上。他們的驚訝毫不奇怪。即使大牙灣的礦長知道省上有個女記者愛上了他們的挖煤工人，也會驚訝的。這驚訝倒不是出於世俗的偏見，而是這種事向來就很少在他們的生活中發生！

當少平引着曉霞，下了師傅家外面的小土坡，走到鐵路上的時候，已經是夜裏十點多了。再過一個多小時，他就要帶着她下井。他的心情不免有點緊張。曉霞第一次到一個危險地方，他生怕出個差錯。好在王世才也知道了曉霞要下井，說他一會親自領着他們去。

現在，他們在黑暗中踏着鐵軌的枕木，肩並肩相跟着向礦部那裏走去。遠處，燈火組成了一個爛漫的世界。夜晚的礦區看起來無比壯麗。曉霞挽着他的胳膊，依偎着他，激動地望着這個陌生的天地。初夏溫暖的夜風輕輕吹拂着這對幸福的青年。在黑戶區的某個地方傳來輕柔的小提琴聲，旋律竟是《如歌的行板》。這裏呀！並不是想像中的一片荒涼和粗莽；在這遠離都市的黑色世界裏，到處漫流着生活的溫馨……

曉霞依偎着他，嘴裏不由輕聲哼起了《格蘭特船長和他的孩子們》中的那支插曲。少平雄渾的男中音加入了進來，使那浪花飛濺的溪流變成了波濤起伏的大河。唱吧，多好的夜晚；即便沒有月亮，心中也是一片皎潔！

當他們忘情地在鐵路上走出一段後，猛然在旁邊的山崖下躥出一條黑影，徑直堵在了他們面前。

他們不由緊張地站住了。少平從輪廓上看出，這是他的師兄安鎖子！

這頭變態的公牛要幹甚麼？他是否發了瘋？

少平不由捏緊了雙拳。

「你們吃過飯了？」黑暗中果真是安鎖子在說話，「我聽說你的……女人來了。又聽說你們到師傅家去吃飯。我劃算吃完飯天黑看不見路，就……」

「那你怎不上師傅家來？」少平沒有明白安鎖子說的是甚麼意思。

「我……沒好意思。」安鎖子囁嚅說，「我是專門拿手電給你們照路的，怕天黑，你們有個閃失……」

天啊，原來是這樣！少平真想為他的「雷鋒精神」而扇他一記耳光！

「走吧，我在前面給你們照路……」安鎖子殷勤地說。

他說着便調轉身，捏亮了手電 —— 他們眼前即刻出現了一道多餘的光亮。

少平一時反應不過來他該怎麼辦。這傢伙！竟然幹這種令人哭笑不得的事！

不過，他感覺，這令人厭惡的舉動似乎還不包含惡意。

他只好和曉霞在安鎖子照出的道路上繼續往前走。他給曉霞介紹說：「這是我們一個班的工人，叫安鎖子。」

曉霞並不知道這是怎樣一個人，聽說這人和她的少平一塊幹活，趕忙走前一步，要和安鎖子握手，安鎖子立刻把手電筒從右手倒在左手，慌得手在腿膝蓋上擦了擦，像抓炭火一般握了一下曉霞的手。

少平幾乎要笑了。唉，這個人……

走到有燈光的馬路上時，安鎖子連看也沒看他們一眼，就說：「現在能看見路了……」說完後便像逃跑似的返身走回了黑暗中。

直到現在，孫少平也無法理解安鎖子究竟為甚麼要這樣。有些人的某種行為也許永遠使別人無法理解——甚至連他本人也理解不了！不過，從內心深處，少平對他這粗魯的師兄倒也有一絲憐憫的溫情……

這時，他們看見，宣傳部長正立在礦部門前，笑容可掬地在恭候着他們了。

第三十八章

短短一天之中的經歷，使田曉霞眼花繚亂，應接不暇。感情與思緒一直處在沸點，就像身臨激流之中，任隨翻滾的浪山波谷拋擲推湧，顧不得留意四周萬千氣象，只來得及體驗一種單純的快感。

瞧，現在她又懷着無比的新奇與激動，在礦部二層樓的一個單間裏換上一身礦工的作衣，準備經歷一次井下生活了。

當她換好衣服來到隔壁的時候，少平、宣傳部長和安檢員，都忍不住笑了。曉霞穿的是男人的作衣，衣服太大，極不合身，顯得像孩子一樣。她在牆上的鏡子前照了照自己的模樣，也忍不住笑起來。

這時候，王世才趕到了。

於是，他們一行五人出了礦部大樓，走進井口旁的區隊辦公室。少平和王世才去換作衣，宣傳部長去給曉霞領了一套燈具。

等上下井的工人們都完畢以後，他們最後一罐來到地下。

曉霞立刻震驚地張大了嘴巴。當走到大巷燈光的盡頭，踏入無邊的黑暗之中後，她由不得緊緊抓住了少平的衣袖。接着便是過風門，爬滑溜的大坡，上絞車道。少平一路拉扯着她，給她說明旁邊的設備，介紹井下的各種情況。她只是一直驚訝地張着嘴，一句話也說不出來。

現在，他們爬進了工作面旁邊的回風巷。本來，接連通過的那些巷道就已使她震驚不已，而沒想到還有這麼令人心驚膽戰的地方！

她緊緊抓着少平的手，和他一起彎腰爬過橫七豎八的樑柱間。這時候，她更加知道她握着的這隻手是多麼有力、親切和寶貴。熱淚不知甚麼時候已經和汗水一起在臉上漫流。她也不揩這淚水 —— 黑暗中沒有人會看見她在哭。她為她心愛的人哭。她現在才切實明白，他在吃甚麼樣的苦，他所說的沉重倒究是怎麼一回事！

他們好不容易到了掌子面煤溜子機尾旁邊。

王世才像猴子一般靈巧地穿過那些看起來搖搖欲墜的鋼樑鐵柱，到機頭那邊讓溜子停下來。震耳欲聾的巨大響聲停歇了。他們在這頭稍事停留，等待王世才返回。

掌子面一茬炮剛過，頂棚已經支護好了。正在攉煤的工人也暫時停下來。他們知道這是來參觀的人。因為班長親自帶路，還跟着礦上的領導和安檢員，知道來參觀的是個「大人物」。安鎖子似乎知道來的是誰，不過，這傢伙今天倒沒說甚麼粗話，而且把屁股上開洞的破褲子也穿上了。

溜子停下一會後，王世才又像猴子一樣從溜槽上爬過來。「走吧！」他在黑暗中招呼大家說。

少平幾乎是半抱着曉霞，艱難地從溜子槽上爬過掌子面，好不容易來到漏煤眼附近的井下材料場。

他們這才又直起了腰。

現在，曉霞的衣衫已經被汗水濕透了，臉黑得叫人認不出來她是女的。

直至現在，她還緊張得沒說一句話。是的，她反應不過來這就是井下生活，這就是她親愛的人長年累月勞動的地方！她眼前只是一片黑色：凝固的黑色，流動的黑色，旋轉的黑色……

現在，已經是深夜兩點鐘了。按原來說好的，少平不再上井送她。那麼，他們就要在這兒分手告別 —— 就在此刻！

相見時難別亦難，東風無力百花殘。此時此刻，真有一番生離死別的滋味！

黑暗中，她再一次緊緊握住了他的手。她願自己的手永遠留在這隻手裏而不再放脫。

「我就不上去了。」他說。

「我還要來大牙灣……」她說。

宣傳部長和安檢員在旁邊等着她。

他放開了她的手。他和師傅目送着他們離開材料場。

一直到巷道拐彎處時，她又回過頭來，在一片漆黑中徒勞地尋找他的身影。她看見遠處有燈光在晃動。她無力地舉起自己手中的礦燈，擺動了幾下 —— 這是最後的告別……

曉霞不知道自己是怎樣上井的。

當她洗完澡回到招待所，躺進乾燥而舒適的被窩裏，就像剛剛從雷鳴電閃的暴風雨中走回來。腦子裏一片空白，只有不盡的黑色在眼前流動着……

第二天一大早，太陽還沒有從遠方的地平線上露臉，她就坐進大牙灣礦那輛惟一的小轎車離開了這裏。礦上前來送行的領導在車窗外揮手道別，但她根本沒有在意那幾張殷勤的笑臉。眼前流動的仍然是黑色。

她淚眼矇矓地告別了大牙灣。大牙灣的一切都深藏在她心中。別了，大牙灣。我說過，我還要回到這裏來。這裏有我夢中都思念的那個人。任何堂皇的地方，怎麼能和這裏相比？我最喜愛的顏色也將是黑色。黑色是美麗的，它原本是血一般鮮紅，蘊含着無窮的熾熱耀眼的光明……

汽車飛馳過綠色的山野。

太陽升起來了，山嶺上高壓線的鐵塔一座連着一座，一直排向遙遠的天邊，像藍天上展翅騰飛的雁行。山坳裏，那些相距不遠的礦區，用黑灰兩種色調在黃土地上塗抹出它們巨大的圖形。滿載的運煤專列隆隆地衝上緩坡，噴出的乳白色蒸氣淹沒了鐵道旁那些小小的村莊。

汽車從盤山路降入溝道。視野立刻窄狹了。緊接着，就是銅城市區林立的樓房和耳熟的嘈雜市聲。

曉霞在銅城南郊飛機場大門前下了車，提起她那隻漂亮的皮革包，和司機打了聲招呼，就走進候機室的大廳。

大廳極其寧靜。稀稀落落的旅客邁着四平八穩的步子，在售貨櫃前悠閒地踱來踱去，挑挑揀揀買東西。有幾個人坐在舒適的皮沙發裏，靜靜地望着大廳天花板上的枝形吊燈。擴音器裏放出輕柔的音樂，一位新近走紅的女歌星正用沙啞的嗓子嬌聲嗲氣唱一首流行歌曲——

假日裏我們多麼愉快，
朋友們一起來到郊外，
天上飄下毛毛細雨，
淋濕了我的頭髮，
…………

田曉霞竟不知所措地在光潔如鏡的水磨石地板上呆立了片刻。眼前這樣的場所本來是她極熟悉的，現在倒有點陌生了。她耳朵裏還在轟隆隆地響着溜子的轉動聲，眼前仍然流動和旋轉着一片黑色……

她在候機室的大廳裏呆立了片刻，才慢慢地回到了眼前的現實中。這裏太寧靜了，靜得叫人有點心慌。

她看了看腕上的手錶，還來得及吃點東西。

她很快走進候機室餐廳。

現在，她雙腳踏上了柔軟的紅地毯。

紅地毯不時在她眼裏變為黑色。

她恍惚地在櫃枱上要了一杯熱牛奶和一小塊蛋糕，然後端到餐桌上靜靜地吃起來。不一會，透過餐廳的大玻璃窗，就看見省城飛來的客機降落在了停機坪上，機翼在陽光下閃着耀眼的銀輝。

半小時後，她坐着這架飛機衝上了碧藍的天空。

飛機進入水平飛行後，她解開安全帶，側過臉從舷窗望出去，只見下面一片白雲在翻騰。在那飛捲奔躍的白色浪潮的遠方，她似乎看見他從地平線那邊向她走來，黝黑的臉龐，露出兩排整齊堅實的白牙齒微笑着，雙腳踩踏白雲彩大步地向她趕來……

少平！少平！她心裏默默地呼叫着他的名字。喉嚨一直像被甚麼堵塞着，胸腔裏燙傷似的灼熱。

不到一個小時，飛機就在省城西郊的機場降落了。

她用手指悄悄抹去眼角的兩顆淚珠，提起皮革包走下舷梯。六月燦爛的太陽美好地照耀着外面的世界。候機樓前面巨大的花壇裏，五彩繽紛的鮮花如錦似綉。遠處都市無盡的建築羣矗立在綠色的樹海之中。

田曉霞突然看見，在停機坪出口處的鐵欄杆後面，她的同事高朗正在人羣中向她招手。他顯然是專門來接她的。

她心頭即刻湧上一股說不清的滋味。

高朗是和她一起進省報的。他是西北大學中文系的畢業生。由於去年進省報的大學生就他們兩個，而且又同時分在了城市工業組，彼此很快就熟悉了。報社向來是個論資排輩的單位，他們作為「孫子輩」，不免和「老子輩」「爺爺輩」們有些撞磕，因此兩個同輩人的關係也自然變得親密起來。高朗知識面寬闊，人也不錯，他們很能談在一塊。只是不久前，曉霞敏感地意識到，這傢伙對她有點過分地殷勤，似乎要表達甚麼「意思」了。她向來不是那種狹隘姑娘，不願因此就傷害一個好人。現在也還沒必要告訴他自己有了男朋友。如果他真的要說出甚麼「求愛」之類的話，那時她才可以直截了當告訴他她和少平的關係。

順便說說，高朗的父親是這個省會城市的副市長；他爺爺就是中央那位大名鼎鼎的高老。高步傑老漢現在是中紀委常委。這樣說來，高朗實際上也是原西人，和曉霞是同鄉。不過，他在北京爺爺膝下長大，上大學時才考到這個城市。但他從來沒有回過原西縣，故鄉觀念十分淡薄。他可以說是一個「完整」的北京人。

曉霞現在已經和高朗握過了手。他們相跟着出了候機室，來到外面的廣場上。

高朗是帶着市政府的小車來接她的。他看來情緒很高漲，似乎專意為接她而打扮了一下：皮涼鞋閃閃發光；筆挺的西褲，雪白的短袖衫，脖項裏打一條深紅色領帶。曉霞看他這一身裝束忍不住想笑——他幾乎像國際旅行社的導遊或高級賓館的侍應生了！

小車飛快地駛出機場內那條足有五華里長的林陰大道，然後加入到大街上洪流一般的汽車和行人之中。

車速慢下來了。透過車窗，都市五光十色的景象在緩緩流動。兩邊商店的大玻璃櫥窗中，假時裝模特兒帶着永遠不變的微笑，在機械地作三百六十度的旋轉。大街上行走的人們都已經換上了夏裝；濃密的中國槐下，姑娘們五彩斑爛的花裙子飄飄曳曳，像孔雀尾巴一般耀眼奪目。四面八方傳來錄音機播放的刺耳的流行歌曲和電子音樂。

「我算得很准，知道你今天回來，而且是坐飛機回來！」高朗仰靠在後車座舒適的椅背上，用略帶北京土味的普通話說。

「謝謝……最近有甚麼重要新聞？我可是幾天沒看報了！」她岔開了話題。

「國內新聞嘛，總就是那些工農業簡報！最重要的新聞是，六月十四號世界杯足球賽開幕式上，比利時隊以一比零戰勝了上屆冠軍阿根廷隊。唉，阿根廷算是倒霉透頂了！就在輸球的同一天，他們駐馬爾維納斯羣島的軍事長官梅嫩德斯將軍打起白旗，向英國軍隊投降了！」

「是嗎？還有甚麼重要新聞？」

「另外嘛……紅色高棉又在磅湛省打死了十幾個越軍。」

他們都笑了。

汽車駛過繁華的解放大道，在鼓樓旁他們熟悉的「黑天鵝」酒店前停下來。高朗已經在這裏請她吃過兩次飯——他看來今天又要在這裏款待她了。說實話，她現在可沒甚麼興致在這裏吞咽這頓山珍海味。

但她不好拒絕熱忱的高朗。她隱隱地感到，她是否應該和他進行一次不很愉快的談話了？當然不是今天！

她儘量不使高朗看出她的為難，便和他一塊走進了酒店二樓的雅座。又是紅地毯。杯盞裏是紅葡萄酒，盤子裏是紅鯉魚，高朗的臉泛出興奮的紅光，櫃枱上播放輕音樂的收錄機閃着紅色的訊號……

可是，她眼前卻又流動起排山倒海般的黑色。她的心又回到了遠方幽黑的井下。黑色。是的，黑色。黑色之中，他和他的同伴們黑臉上淌着黑汗，正把那黑色的煤攉到黑色的溜子上……

但她現在已經優雅地坐在了這裏，品嚐着佳餚美味……生活！生活！你的滋味可不都是香甜的，有時會讓人感到那麼辛辣和苦澀！

「你……心事重重？」高朗舉起手中的酒杯伸到她面前，一雙聰慧的眼睛熱辣辣地盯着她。

她莞爾一笑，拿起酒杯和他碰了碰。

「阿根廷失敗了……說說，你的心情怎樣？」高朗問她。似乎這件事和他們有甚麼重大關聯。其實，這只是新聞記者的職業習性。

「我的心情很複雜。」她不經意地說，「你知道，我喜歡偉大的撒切爾夫人。我佩服她為英國紳士們的臉面，有魄力派出了那支遠征艦隊，耗費巨額英鎊去萬里之外保衛一個荒島。當然，在感情上我為不幸的阿根廷哭泣。它那可憐的籬笆竟然連自家門口的一塊菜地都圈不回來……」

「糟糕的是，他們的足球都踢輸了！比利時幾個後衛像膏藥一樣貼着馬拉多納，他被踢倒好幾次，躺在草坪上爬不起來。」

「倒下的不是馬拉多納，是阿根廷。這幾天，那個國家整個地倒在地上痙攣着！」

「能想來！緊接着，便會是議會的混亂，政治家和將軍們唾沫星子亂濺互相指責……來，咱們為巴西乾杯吧！祝他們奪得本屆世界杯賽的冠軍！」

田曉霞和她的同行說了許多閒話，好久才吃完了這頓飯。她立刻搶着用自己的錢結了賬。

高朗對她的執拗很了解，只能無可奈何地使自己反主為客。

「今晚有一場音樂會，是羅馬尼亞國家交響樂團的演出，我已經從市政府搞到了兩張票。」他用多情男子那種溫柔的語調邀請她。

「我今晚怕去不成了。」她對他抱歉地笑了笑，「我要到北方工大去看一下我的妹妹。」

「你在工大還有個妹妹？這你可從沒說起過！」高朗在驚訝中摻雜着極其失望的情緒。

曉霞說的是蘭香。在離開大牙灣的時候，她就想到要去看一下少平的妹妹 —— 是的，這也是她的妹妹。

第三十九章

孫蘭香在北方工業大學已經快上完了一個學年。

我們記得，當蘭香第一次出現在我們面前的時候，她還是一個臉蛋上吊着淚珠的農村小女孩。我們也不會忘記，她提着那個小筐筐，怎樣用小手給家裏撿拾燒飯的柴火；在石圪節上初中時，她又是怎樣憂心如焚地與父親和大哥商量自己是否應該繼續唸書。同樣，我們也不會忘記，上高中時，為了給自己買件短袖衫，她曾怎樣瞞着家人和同學，在夜幕遮掩下到醫院打短工的情景……

現在，我們可愛的蘭香已經是令人羨慕的北工大的大學生了。

如今，當她再一次站在我們面前的時候，簡直使我們難以聯想起她就是以前的那個蘭香。

她已經成長為青年。從外表看，已不再存留任何一點農村姑娘的痕跡。一身樸素大方的夏裝勾勒出修長健美的身材。髮端稍稍燙過，瀟灑地從鬢角攏過；耳後的三角區和優美的脖項像用雪白的大理石雕出似的。每當她挎着那個洗得發白的黃書包出現在公共場所，男生中即便是純粹的書呆子，也不得不抬起頭望她幾眼。她成了大家公認的「校花」。外系有人傳播她是「杭州人」，父母親都是上海芭蕾舞團的演員。甚至有人說她就是電影演員孫道臨的女兒……

不到一年的時間裏，蘭香就完全適應了大城市的生活。這是一件很自然的事。實際上，她的天資早已引導她進入了一個更為廣大深遠的世界——宇宙。

她的專業就是研究宇宙。腦子裏活動的概念超出了地球的範圍——甚麼物質與時空，三維宇宙，四維宇宙，白矮星，黑洞……

不過，現在他們上的還是基礎課——要在三年級開始才進入專業課程的學習。當然，一些基礎課輕鬆的人，早已在圖書館借閱許多艱深的理論專著了。

大學生活是極有規律的。這種規律生活也適應她——她整天鑽研的就是「規律」。

早晨六點半，校園裏響起廣播聲後，同宿舍上下架子牀八個女生就都紛紛起來。大家也不洗臉，穿着運動衣褲到外面跑一圈。約摸六點五十分返回來，打仗一般衝進洗漱間刷牙洗臉——一層樓只有兩個水房，人很擁擠。洗漱完畢，換上衣服，就到了七點。她們挎上書包下樓，在食堂買一個油餅或饅頭，一邊啃着，一邊橫穿過校園內的中央大道，進入西面有門衛的教學區。

通常大家先跑到教室用自己的書包佔好座位，然後才到外面的廣場上朗讀外語。教室是階梯式大課堂，坐在後邊聽不清老師講課，因此同學們都想在前面搶先佔個有利位置。

教室外面的廣場其實是個小花園。周圍有噴泉、假山和廊亭；花朵豔豔，綠樹婆娑。

八點鐘開始上完兩節課後，要倒一次教室，於是又有一場爭奪座位的緊張戰鬥。

午飯時，蘭香通常在就近的學生食堂買一兩個饅頭和一份簡單的菜，一邊看書一邊吃。他們學校的食堂是高教部表揚過的，主副食花樣翻新，甚麼高級菜都有。但所有價錢高的菜蘭香都不敢問津。二哥每月給她寄三十塊錢，加上十一塊助學金，勉強可以維持一種簡單的學生生活。當然，吃飯的時候，已經不像中學時那樣，男女分成兩大陣營；同班同學大都是男女混雜一起，有說有笑一塊吃。也不同中學時那樣，不會因為菜好菜壞就讓人感到高貴或低賤。甚至誰買了一份好菜，大家搶着就瓜分了。大學，這是人生的一個分水嶺。當你一踏進它的大門，便會豁然明白，你已經從孩子變成了大人。青春歲月開始了。這是你的黃金年華，連空氣都像美酒一般醇香醉人。

下午一般沒有課。蘭香和大部分同學一樣，有時上圖書館、閱覽室，或到電化教學樓去看電視教學片。

一到星期六下午，本市的學生都回家去了。星期天，在校的學生首先洗一周積下的髒衣服；這一天，所有學生宿舍的窗口都掛滿了晾曬的衣服，像五顏六色的萬國旗一樣迎風飄揚。有些星期日，蘭香也和同宿舍的女生一塊相跟着去市中心，買點女孩子的日常用品。星期天也是戀人們的黃道吉日，成雙成對的男女紛紛走出校園，到野外或公園裏去度過一個甜蜜的日子。戀愛現象常常在第一學期就開始，以後當然會如火如荼地展開。學校既不提倡，也不干涉。這是明智的。要讓這個年齡的男女「安分守己」，那簡直是徒勞的。

那麼，我們的蘭香是否也有了這方面的「情況」？

說實話，像她這樣漂亮出眾的姑娘，不知使多少男生神魂顛倒。尤其是一些高年級學生，甚至在電影院裏厚着臉皮尋着和她說三道四。她已經接到過好幾封外系男生的求愛信，都紅着臉悄悄在廁所裏燒了。

至於班上，給她獻殷勤的男生好多，但一般說來，還都比較含蓄。蘭香也不在意這些。她整天沉潛到功課和書中，對這種事都視而不見。可她擔任班上的學習委員，因此也避免不了和一些同學打交道。這也有好處，使她在其間變得大方多了。

在所有班上的男生中間，有一個人她倒不十分反感——儘管這個人也明顯地表露出對她抱有特別的好意。

這個男生叫吳仲平。雖然聽說他是幹部子弟，但人很質樸，常穿一身隨隨便便的衣服。他長得黝黑而挺拔，愛好體育，是校足球隊的前鋒。聽說吳仲平高考分數很高，原先輔導員讓他當班長，但他硬是不當；最後沒辦法，只勉強同意當班上的文體委員。平時這人不多說話，但考試常和她不相上下，也是班上的學習尖子。

她和吳仲平最初的接觸是在階梯教室的一次課前。那天上高等數學。她在打鈴前進了教室，但顯然已經來遲了，前面的座位都被人佔據。她正準備到教室後邊找個座位，走道旁邊一位男生把他身邊空座位上的書包拿開，並看了她一眼。通常，同學們都互相幫着用書包佔座位，蘭香原估計這個放書包的座位肯定有了主人。

她當時一怔。她不由用眼睛詢問這個叫吳仲平的男生：這個座位是否沒人？

他迅速無聲地點點頭。她便在他旁邊坐下來了。

事後，蘭香才發現，放在空椅上的那個書包不是別人的，而是吳仲平本人的。

那麼，他為甚麼要多佔一個位子呢？給誰佔那個位子？別人？她是最後一個進教室的，在此之前，所有的人都有了座位。

她的臉不由得紅了。她用數學般嚴密的邏輯推導出，那個座位實際上吳仲平就是為她而佔的！

蘭香內心第一次泛上一種特別異樣的情緒。她一時又難以理清這種心緒究竟是甚麼。這可不是用邏輯所能解決的——再縝密的邏輯也難以推斷人的微妙心情。

總之，對孫蘭香來說，這的確是異乎尋常的一天。她現在還不會想到，這一天對她的一生將意味着甚麼。無論是個人還是社會，許多意義深遠的重大事件，往往是從某些微不足道的小事開始的（我們甚至可以浪漫地假想，根據中美蘇三國政府首腦在日內瓦達成的協議，他們作為夫妻一同乘坐我國「東方號」宇宙飛船，與蘇聯和美國的飛船在太空實現了歷史性的對接，轟動了全人類——當然，這部描寫當代生活的書將不可能敘述這些屬於未來的事件了）。

從那天以後，她和吳仲平就漸漸熟悉起來。他們常常在學校的圖書館和社科書目閱覽室不期而遇，同時會很自然地坐在一塊，討論許多問題。她很快知道，在班上，她只能和這個人一塊討論課程以外更艱深的學術問題。他們各方面的資質都很接近，完全可以用對方能聽懂的語言對話。對於天才來說，能在一個小範圍內找到知音，那概率大概如同海中撈針。

他們立刻建立起一種寶貴的友誼。雙方小心翼翼，不深究他們關係的性質，也不專意設置阻擋交流感情和思想的籬笆。相互的來往既誠懇自然，又不迴避比別人更親密一些。他們有時一起在學生食堂吃飯，吳仲平顯然家境闊綽，常買許多好菜，蘭香也不客氣地沾他的光；要是她先進教室，總會用自己的書包給他佔個座位。

同學們已逐漸發現他們兩個關係要好。但沒有人大驚小怪。在班上，幾乎所有的女生都分別有比一般人關係更要好的男生。這在大學的環境是很正常的。這種關係最後也不一定都會發展為戀愛或婚姻關係。

最近幾天，校園裏一片喧鬧。不是學校出了甚麼事，而是因為在西班牙進行的第十二屆世界杯足球賽。人們紛紛談論的是馬拉多納、濟科、蘇格拉底、普拉蒂尼、薄涅克和閃閃發光的羅西。所有人的目光都投向那個陽光燦爛、海水蔚藍的遙遠國度。即使在深夜，一切有電視機的公共場所都不時傳來洪水般的呼嘯聲。

一般來說，許多女同學也喜歡看足球比賽，但絕沒有男生們狂熱。

當巴西隊被淘汰出局後，許多球迷都互相抱頭痛哭。這情景早在預選賽中國隊最後一場在新加坡輸給新西蘭隊而失去出線機會時，也同樣有過。

孫蘭香起先對這種狂熱還有點難以理解 —— 來大學之前，在家鄉那些土圪塄裏人連肚子都吃不飽，誰還關心這種事呢！

但她的朋友吳仲平（現在可以這樣稱呼他們的關係了）卻是個十足的球迷。他本人就常踢足球，因此這是很自然的。他硬是把蘭香也拉進了這種狂熱中。他甚至對她說：不喜歡足球是一種沒文化的表現！她儘管對這種說法不以為然，但看了幾場後，也有點着迷了。仲平是內行，在旁邊不斷給她解釋各種比賽規則和某個球的妙處。她費了好大勁才弄明白怎樣才算「越位」。

這一天是星期六，晚上同樣有球賽。上午上課時，許多球迷就有點心神不寧了。

中午吃完飯，吳仲平約她晚上到電化教學樓去看球賽。她答應了他。平時他們一般不去那麼遠的地方——這意味着，班上就他們倆坐在外系一羣生人中間；這和那些談戀愛的人在街上看一場電影有甚麼差別？

可是，這又有甚麼呢！

蘭香回到宿舍後，同屋的人都上牀準備睡午覺了。

這時，有人在敲門。

她順手拉開門，驚訝地看見，立在門口的竟是田曉霞！

儘管那年她二哥請曉霞在他們家吃羊肉餃子，蘭香只見過她一面，但她馬上就認出了她。

「姐，快進來！」蘭香趕忙招呼說。

曉霞看見宿舍的人都睡了，就說：「我不進來了，咱們到外面去說說話。」

蘭香看曉霞執意不進來，就穿了件衫子，把門帶住，和曉霞走出女生宿舍樓。

來到操場上後，曉霞掏出五十塊錢對蘭香說：「這是你二哥給你捎的。」

「你去我二哥那裏啦？他怎樣？他這個月已經給我寄錢了，怎還捎這麼多錢！」

「我剛從你二哥那裏回來，他都好着哩。」曉霞說着又從提包裏拿出一件黑紅格子相間的漂亮裙子，說：「這是我給你買的，不知你喜歡不喜歡……」她抬頭親切地看了看她，「你真漂亮！」

蘭香不好意思地笑了笑。

一股溫暖的熱流漫上了她的心頭。這不僅是因為她意外地受到了一種親切的關懷，而是她立刻意識到，這個關懷她的人和她二哥有着十分深厚的感情。

「我在省報工作。我把電話號碼留給你，星期天就到我那裏來！」曉霞從提包裏摸出採訪本撕下一頁，把她的地址和電話號碼寫在上面，交給了蘭香。「我還有點事，得馬上回去。有甚麼事你就給我打電話。我和你二哥一樣，不要把我當外人！」

蘭香一時激動得不知該說甚麼。她挽着曉霞的胳膊，一直把她送到校門外，看着她坐上了公共汽車。

曉霞姐走後，蘭香已經無意回宿舍去睡覺。她心頭蕩漾着無比歡欣的情緒，在校門外馬路對面那一大片蔬菜地中間的小路上，溜達了很長時間。她不時停下腳步，望着遠處高聳入雲的廣播電視轉播塔，將自己洶湧的心緒漫散到浩渺的藍天之中……

孫蘭香根本沒有想到，吃過晚飯之後，又有人來找她。

這次來的是親愛的金秀。在這個大都市裏，金秀仍然是她最親的人。每隔一兩個星期，她們總要見一次面 —— 通常都在星期天。醫學院離這裏很遠，中間要換兩次車，但兩個好朋友多時不見面，就想得不行嘛！

金秀的個子還沒長高，可也不算太低。她一直比蘭香顯胖，娃娃臉上一對水汪汪的大花眼，誰見了都會喜愛的。蘭香往往從秀身上才意識到她們已經不是娃娃了。秀的胸部在雪白的短袖衫下高高突起，一頭黑髮用紅綢帶一束，瀑布一般披在肩後，滿身洋溢着青春的活力和激情。

今天不是金秀一個人來。她還帶着一個顯然比她們年紀大幾歲的男青年。

「這是顧養民，也是咱們縣的老鄉。醫學院四年級學生。」秀向她介紹說。

「我和少平、金波，在原西高中是一個班的。」養民補充說。

蘭香聽說是她二哥和金波哥的同學，又是老鄉，很快就和顧養民消除了陌生感。她給他們泡了茶，還從箱子裏翻出一些吃的來。三個人很快就興致勃勃地談起了他們共同上過學的原西中學。

他們東拉西扯，愉快地談了故鄉的許多事情。直到晚上，當吳仲平冒失地闖進宿舍來叫她去看足球比賽的時候，金秀和顧養民便馬上要告辭了。

吳仲平一看他攪散了蘭香的客人，十分懊悔地先一步離開了這裏。

蘭香挽留不住金秀和顧養民，只好把他們送出了學校。

當蘭香看着金秀親熱地和一個男人相跟着漸漸遠去的時候，不知為甚麼，她的眼睛潮濕了。心中產生了一種說不清楚是憂傷還是喜悅的情緒，讓她鼻根感到辛辣。她一下想起了她和秀小時候那些「醜小鴨」式的日子。想不到她們已經悄悄長大，現在竟大方地和一個「男人」相跟在一起了。

蘭香調轉身，迎着清爽的晚風，穿過校園內的中央大道，激動地向電化教學樓走去——在那裏，也有一個「男人」在等待着她。

第四十章

每年一進入農曆六月，從小暑到大暑這一段時光，是農村中活路最為繁忙的季節。在這些日子裏，莊稼人常常累得連腰也直不起來。所有的秋田要連着鋤幾遍草，同時還要施關鍵性的一次肥料。如果錯過節令，一年的勞苦就算是白費了。馬上就要立秋，那時百草結子，收成好壞已成定局，想彌補點甚麼都來不及了。

孫少安和父親一塊起早貪黑把兩家的秋田鋤了三遍草，施足了肥料，就又趕到罐子村幫助蘭花去鋤完了她家的地。

立秋之前，莊稼活總算鬆懈了下來。孫少安就像在拳擊場上打完了最後一個回合，已經喪失盡了力氣。

但是，更重大的事情正亟待他馬上行動。他要立即開始擴建他的磚場——這要求他付出更大的力氣才行。

從大動農開始到現在，他的磚場就偃旗息鼓了。往日雙水村南頭聽了叫人心亂的喧囂聲已停歇多時。

這一段，村民們的目光都移到了北頭田海民夫婦的養魚場。海民的養魚場看起來一切都順利。春天投放的魚苗已長了幾寸長，活潑的魚兒不時躍上水面吹氣吐泡，每天吸引許多人前去看稀罕。劉玉升關於這裏要出「魚精」的預言，至今還沒甚麼跡象，村民們漸漸也忘掉了這種鬼話。相反，這海民夫婦作為雙水村的新能人，已經在東拉河流域有了一定的知名度。可以料想，他們的名聲還會更響亮。

但雙水村的許多人仍然對孫少安的磚場抱有最大的期待。人人皆知，少安是暫時「熄火」。一旦他重新發動起來，就會像雷聲一般轟響。更重要的是，少安的事業將不再只是他個人的，而與村中的許多人都有關係。大夥已經在前一隊長那裏得到許諾，只要他的磚場擴大了，他們就可以去那裏幹活，賺幾個他們急需要的錢。

現在，那些得到許諾的無能莊稼人，都眼巴巴地盼望村子南頭再一次響起轟隆隆的機器聲。當初，這聲音聽起來叫人感到刺耳。這陣兒，大夥可是迫切地想聽見這非同凡響的聲音哩！

少安，少安，你何時才能讓大夥眉開眼笑？

孫少安完全能理解這些村民的焦急心情。現在，人們把僅有的一點化肥全部撒到了秋田中，而白露前後就要種麥子，所需要的化肥錢還沒有着落。他們把全部希望都寄託在了他的磚場上。

可是，要擴建磚場又談何容易！

這需要一大筆錢。他賣掉現有設備，加上手頭那點積蓄，只能湊個五六千元。而僅買一台 400 型製磚機就需要九千元 —— 連同運費和提貨花費的盤纏，少說也得一萬。另外，擴建燒磚窰和添置相應的設備，沒有五六千元就別想投入生產。

粗粗一算，他至少也得到銀行貸一萬塊錢的款。不容易啊！

但孫少安既然雄心已定，對他未來的事業就不會猶豫躊躇。

秋田裏的大忙亂一結束，他就拖着兩條疲憊不堪的腿四處跑開了。經過一番艱難機巧的討價還價，他把原來那台小型製磚機賣給了石圪節新開張的磚瓦廠。這台製磚機原價五千左右，他賣了四千五百元。機器他已用了一兩年，這個賣價已經相當不錯。

接着，孫少安就心急火燎去找他的同學劉根民。

根民現在是石圪節鄉鄉長，手中握有大權。老同學對他的支持一如既往。不過，他有點遺憾地說：「你來得太遲了！前不久，省上的山區建設委員會發放了一批無息有償投資貸款，現在都已經被人貸光。你只能通過農業銀行貸機械設備款，月息九厘六。」

這有甚麼辦法呢？怨自己命不好！他只能貸有息貸款。

當然，這麼大數字的款項，鄉信用社無權批准，得要上報縣農業銀行。根民說他可以給周文龍縣長掛個電話，讓周縣長在縣農行通融一下。

這樣，孫少安返回村子，就找到管公章的田海民，讓他給鄉信用社寫一份貸款申請。海民說他不會寫。少安只好和他一塊湊合着，總算寫成一份「申請書」——

申　請

石圪節信用社：

我村村民孫少安，在村上建有一座磚場，由於設備陳舊，產量低，經濟效益差，今年準備增修設備，提高產量，因資金周轉困難，特向貴社申請代（貸）款壹萬元，希解決為盼！

此致敬禮！

雙水村村民委員會（蓋章）

孫少安拿着這份貸款申請書又返身折回石圪節。鄉信用社的信貸員告訴他，劉鄉長已給他們打過招呼，因此他們雖然沒按規定去他那裏調查，就寫好了可行性報告。當然，這要上報縣農業銀行。縣農行批覆後，其中九千元機器款和另外的運費將轉賬結算，不准提現金，錢會直接匯到河南鞏縣。他可以提剩下的幾百元現金作為零用錢。按往常，縣農行的審批少說也得半月二十天。

「這太慢了！」少安着急地叫道。

但沒有辦法，他只能回村去耐下心等待。

可是剛過三天，石圪節的信貸員就跑來說，他申請的貸款縣農行已經批覆了。信貸員驚訝地對少安說：自他當信貸員以來，縣農行還沒有這麼快就批覆這麼大宗的貸款！

孫少安心裏明白，是根民給周縣長打了電話，才如此迅速地解決了他的問題。現在這社會，即使辦正經事，也得走旁門拐道！

這樣一來，他就得立刻動身到河南鞏縣去提貨了。

親愛的秀蓮連忙晝夜為他出遠門而打點行裝。

到河南去！這對少安來說，也是一次非同尋常的經歷。在此之前，他最遠只到過黃原。現在，他將不僅走州過縣，還要通過本省省城，到外省去辦一宗大事。過去，都是河南人到他們這一帶來做生意；而現在，黃原人也要涉足那個漂泊者們的故鄉去了。

中國的大變革使各省的人都變成了不安生的「河南人」。如今，汽車、火車、輪船、飛機，客員急驟暴滿，其中很大一部分是各地的個體戶生意人。最為有趣的是，大多數火車臥鋪的軟席都被這些腰裏別着大把人民幣的生意人佔據了。瞧吧，這些人穿着粗劣的西裝，脖項裏挽結着死蛇一般皺巴巴的領帶，操着醋溜普通話，登着髒皮鞋，理直氣壯地踏進了鋪紅地毯的軟臥房間；而把許多身份優越的老幹部擠到了擁擠不堪的硬臥車廂。幹部有權，但權力有限。人民幣魔力無邊，只要肯出高價，二道販子手裏有的是軟臥票。至於軟臥票如何流入二道販子手中，普通人只有想像的權力。以後這種局面一直維持到一九八七年，鐵道部才不得不發了一個專門文件予以限制——因為鐵路上連外賓的軟臥都不能保障了。

一九八二年夏天從黃原山區出發的孫少安，還沒有這種氣派。他仍然屬於貧困地區那些艱苦創業者的行列。他的裝束在石圪節一帶農民中間就算是很「現代」了，其實仍然是一副土包子模樣。他身上裝着一點有限的錢，勉強可以去河南打個來回。當然，他已經遠遠不是傑出的柳青所描寫的那種五十年代的創業者形象，到外地辦事還揹着家裏的饃。孫少安甚至很有氣魄地在個體商販那裏買了兩條高價「紅塔山」牌香煙，以備一路上應酬。

他在黃原沒有停留。

他在銅城也沒有停留。

他甚至在繁華的省城也沒有停留。

他心急火燎，坐罷汽車，又坐火車，急迫地向河南趕去。製磚機提不回來，一切都無從談起！再說，那是一件萬把塊錢的東西啊！一點都不敢大意！

本來，他應該從銅城拐到大牙灣去看看弟弟。或者至少應該在省城停留一天，去看看上大學的妹妹。說實話，正是弟弟和妹妹有了出息，才使他對生活更有了信心，以至於激發起更大的雄心和魄力。他很想順路見見這兩個親人，可又實在耽擱不起時間。看來只能在返回時再去看望他們了。

少安是第一次坐火車。他找了一個靠窗戶的座位，聽着車輪在鐵軌上的鏗鏘聲，出神地望着車窗外綠色無邊的中部平原。最使他驚訝不已的是，眼前竟連一座山也看不見了。啊啊，世界上還有看不見山的地方？

列車喧吼着駛過遼闊的中部平原，在聞名天下的三門峽跨過鐵路大橋，進入河南省。這裏的黃河已經很寬闊了。少安記得，幾年前他去山西丈人家買那頭騾子時，也曾在一座大橋上仔細看過黃河。不過那裏的黃河水面很窄，橋也沒這裏長。想當年，他是騎着光脊背騾子過橋的，而現在坐着火車跨過了這座更為壯觀的大橋。那時過黃河，他是為了買頭騾子；現在他卻是為自己的磚場買一台價值近萬元的機器！

孫少安帶着創業者的激情，一到河南鞏縣，立刻就辦妥了製磚機的事。

等他返回省城，算了算時間，覺得製磚機幾乎和他同時出發直達鐵路終點銅城，因此無法停下來去看妹妹，只好遺憾地即刻向銅城趕去。

現在，他連到少平那裏走一趟的時間也沒有了。從銅城把製磚機運回雙水村，需要很快在此地包一輛專車。可是他在銅城人生地不熟，到哪裏去包車呢？

他突然想到了他們村的金光明。聽說光明去年就調到這裏，當了原西百貨公司駐銅城採購站的站長。

他費了好大勁，才在「勞動飯店」找到了金光明 —— 原西的採購站在這裏長期包着兩個房間。

金光明戴一副金絲邊眼鏡，看來不像個商業幹部，倒像個大學講師。他很熱情地接待了少安。儘管金家的人都對他二爸孫玉亭反感透頂，但這幾年對他們一家人還比較尊重。這種新關係最初的建立，應該歸功於少平 —— 我們知道，正是他利用給金光亮家的三錘補習功課，才打破了金、孫兩家將近十年的「三不政策」。

同村人突然相逢在異鄉，倒使兩個人都感到十分親切。當少安向光明提出他的困難後，神通廣大的金光明二話沒說，很快就跑出去給他聯繫好一輛車。

「正好，」金光明高興地說，「我給我哥買好了兩箱蜂，還發愁沒個熟人捎回去呢。這下咱倆的問題都解決了！」

「那還有啥問題！蜂可以直接運回咱們雙水村。」少安說。

「先還不敢運回村裏！你先捎到原西城我一個熟人家裏，這人是個養蜂行家，罷了叫我哥到城裏去，先學一學，再把蜂運回去。你知道，我哥沒養過這東西，一下運回去，他老虎吃天，無法下手！」

光明立刻給原西城他的熟人寫好一封信，交給了孫少安。他然後感慨地對少安說：「你還是有氣派！敢弄這麼大的事！我哥和我弟弟雖然生活沒甚麼大困難，但錢也不寬裕，買化肥常得我操心。歸根結底日子要自己過哩！我給我哥買了兩箱蜂，弄好了，也是來錢處。我弟弟的情況稍好些，聽說光輝媳婦在咱們村的公路邊上賣茶飯，還有些收入……」

「收入不錯！」少安說。

當天晚上，光明在另一間房裏臨時搭了個鋪，少安就在這裏睡了。

第二天，他坐在包車的駕駛樓裏，拉着他的製磚機和光明捎給他哥的兩箱子蜂，離開了銅城。

他在黃原住了一個晚上。當天下午，他跑到東關去打問僱用一個燒磚師傅。原來的師傅在他的磚場關閉後就走了，現在他不得不另僱人。燒磚是技術性很強的活，需要有個行家指導 —— 哪怕掏大工錢也得僱個內行師傅。

交運的是，他很快就找到了一個人 —— 他是個河南人。不過，這人說不能馬上跟少安起身，得把他手頭的瓦盆賣完才行。

少安一聽說他賣瓦盆，心中不免有些疑問：他究竟會不會燒磚？他隨即拐彎抹角問了這人一些燒磚的事，河南人倒也說得頭頭是道。

於是，少安當場拍板，把他的住址留給了河南人；這人保證說，他過幾天一定會及時趕到雙水村。

在黃原順路辦完這件當緊事，第二天少安就回到了原西。他先到城裏卸下了金光亮的蜂箱子，然後在中午前後回到了親愛的雙水村。從離開村子到返回來，他一路上只用了八天。他的返回對雙水村來說，當然是一件大事！尤其是那些企圖指靠他的人，一聽說他回來了，立刻興奮地紛紛從金家灣和田家圪嶗趕到了他的磚場。人們笑逐顏開地撫摸着他買回來的龐然大物，把這鋼鐵傢伙看成是他們共同的財神爺。田五在鬧哄哄的人羣中說開了「鏈子嘴」——

孫少安，走河南，
買回個東西不簡單，
嘴裏吞下泥疙瘩，
屁股後面就屙磚！

眾人的熱烈情緒使少安深受感動。在生活中，因為你而使周圍的人充滿希望和歡樂，這會給你帶來多大的滿足！

第四十一章

幾天之後，賣瓦盆的河南人不失前約，如期地來到了少安門上。

河南師傅一到，少安的磚場就重新開張了。他一下子僱用了村中三十幾號人馬，開始另建四個大燒磚窰；同時開動新買回的大型製磚機，打製磚坯。

自實行責任制以來，雙水村還沒有過這麼多人聚在一塊勞動。村子南頭這個小山灣裏，機器的吼叫和喧騰的人聲不免叫人想起當年農業學大寨的場面。但今非昔比，這裏不再有紅旗和高音喇叭；而最主要的是，這磚場屬於孫少安個人，其他人都是來賺他的「工資」——男勞一天三元，女勞一天一元五角。少安的媳婦賀秀蓮，臉上帶着出人頭地的滿足，既是她丈夫的「副統帥」，又是給眾人記工的會計。

所有來這裏幹活的人，都是雙水村目前的「窮人」；有田家圪嶗的，也有金家灣的。孫少安儘量滿足了村裏所有想來他這裏賺幾個緊用錢的村民。有些家戶的男勞還要忙自家地裏的農活，他就讓他們的婆姨和子女來上他的工。他的行為大得人心，雙水村有許多人為他歌功頌德。

他二媽賀鳳英也來了。她還當着村裏的婦女主任，只不過這職務早成了個名義。幾年來，她和她丈夫在村裏都沒甚麼「工作」可做。那光景依舊過得沒棱沒沿，她不得不屈駕來姪兒這裏賺幾個買化肥的錢。少安夫婦不好意思叫二媽也和眾人一樣去刨土挖泥，只好讓她幫秀蓮在家裏做飯。

孫少安搞起這麼大攤場，又僱用了村裏這麼多人，在東拉河前後村莊馬上傳揚開來。有些鄰近村莊沒辦法的莊稼人，也跑來想上他的工。他趕快婉言謝絕了。現在這麼多人就夠他心驚膽戰的——一月下來光工錢就得開兩三千塊！實際上，他最多用二十幾個人就夠了，只是因為同村人抹不開面子，才用了如此多的人——他這樣做完全是出於一種人情和道義感，而不是他有多大經濟實力。

眾人在這裏當然不能像在自己地裏幹活，可以隨便晚出早歸；得像以前的生產隊一樣，天明出工，天黑收工。

後半晌，那些從自己地裏早歸的村民，都不由紛紛串到這裏來，蹲在磚場周圍，觀看少安的紅火場面。在這些旁觀者中間，有時也能看見我們的孫玉亭同志。

熱愛大集體場面似乎是玉亭的天性。儘管他也知道，這場面和當年的農田基建大會戰屁不相干，但幾年來他終歸又看見了一羣人湊到一塊勞動的場面，不能不使他觸景生情，唏嘘感歎。有時候，在這紛亂的人頭上空，他恍惚看見一面面紅旗在風中招展……別了，往日那火紅的歲月！

孫玉亭蹲在姪兒的磚場邊，吸着從他哥煙布袋裏挖來的旱煙，心緒煩亂地思前想後，不時用手指頭把流在嘴脣的清鼻涕抹在他的破鞋幫子上。世事變了，他還是一副窮酸相。一身破爛衣服，胸前的鈕釦還是缺三掉四，旱煙照樣由他哥供應。要不是大女兒衛紅已長成個懂事姑娘，相幫這對「革命夫婦」種地，一家五口人恐怕連口也糊不住。這不，鳳英現在也只好投在「資本主義」門下，賺幾個「下眼」錢。

玉亭不僅光景沒變，其他「愛好」也沒變。他一直不間斷地到小學教師金成那裏取來報紙，搶着趕天黑看完（晚上他點不起燈）。如此關心「政治」的人，至少在東拉河一帶的農村實屬罕見！

由於玉亭經常看報，因此在任何時候都很了解「目前形勢」。

當姪兒擴建後的磚場裝起第一窰磚坯的時候，對「目前形勢」很了解的孫玉亭，忍不住給姪兒出了個「點子」。他對少安說：「目前報紙上正宣傳幫窮扶貧的萬元戶哩！你比他們報紙上宣揚的那些人都突出！因此，你要叫人知道你的光榮事跡哩！」

「怎？咱自己給報紙上寫稿子表揚自己？」少安笑着對一本正經的二爸說。

「還要咱自己寫哩？只要你鬧騰一番，他上面的人搶着報道哩！」孫玉亭嘴一撇，驚奇辦大事業的姪兒竟然如此缺乏「政治頭腦」。

「你說怎鬧騰哩？」少安仍不明白他二爸的意思。

「嗨！這有甚麼難的？你乾脆弄個隆重的點火儀式，給鄉上和縣上的機關發出請帖，讓他們都來參加。你破費一點錢，辦幾桌酒席，晚上再包一場電影，把氣氛造得轟轟烈烈。你現在又不是出不起這兩個錢？再說，錢是小事，關鍵是個政治影響！你既然要颳風下雨，為甚麼不先來個吼雷打閃？你連光榮都不會光榮！」孫玉亭說到興頭上，竟然居高臨下指教開了姪兒。

二爸的一番話倒使少安大吃一驚。沒想到這個破敗的「革命老前輩」現在還保持着這麼高昂的「政治」激情。

吃驚之餘，少安才細細思量，他二爸這個提示說不定還有些「意思」哩。說老實話，在此之前，他可從沒往這方面想。因為村中許多人缺錢花而求到他門上，他也誠心想幫助這些人，這才促使他擴建了磚場。既然如今事情到了這一步，按二爸說的，宣揚一下又有甚麼不好？孫家已經晦氣了幾輩子，利用這機會沖沖晦氣也值得！另外，那年他冒充了一回冒尖戶，心裏很不美氣，總想堂堂正正在世人面前「光榮」一回……好，現在這也許正是個機會！

不過，他又盤算，人家上面的幹部會不會接受他一個老百姓的邀請，來參加這樣一個儀式呢？

當他支吾着對二爸提出這個疑問後，孫玉亭立刻胸有成竹地說：「沒問題！上面正打着燈籠尋找這號先進典型哩！出了這號典型，也是他們的成績。不怕！這事如果你情願，就交給我來辦！準保落不了空！」

孫少安被他二爸煽得心火繚亂。他即刻去徵求「內當家」的意見。秀蓮滿心支持，說：「二爸這主意好！過個事情，你還能認識上面的幹部，以後也好辦事！」秀蓮把孫玉亭策劃的「政治活動」說成了「過事情」——就像農村辦婚嫁喜事一樣。儘管說法不同，其實也就是那麼一回事！

少安放話以後，孫玉亭立刻緊張地行動起來。他就像當年幫助田福堂「鬧革命」一樣，拖拉着一雙綴麻繩的破鞋，興奮地前後村亂跑，連自家地裏的活都不幹了，撂給了他的大女兒衛紅。

孫玉亭先張羅着在自家土炕的破蓆片下，找出了幾張春節寫對聯剩下的紅紙，讓鳳英剪了一疊「請柬」，由他親自用毛筆填寫好邀請的單位和人名；接着就火燒屁股一般躥到了鄉上。因為鄉長劉根民是少安的同學，少安自己不好意思去，就把這些事全權交給二爸去執行。

我們真沒有想到，玉亭在新形勢下仍然可以發揮自己的「特長」。我們更想不到，他這次竟然利用這特長為「資本主義」鳴鑼擊鼓！無論如何，這孫玉亭還是孫玉亭；雖說「政治」不同以往，但革命熱情未減半分！

當孫玉亭給鄉長送上請柬，並眉飛色舞描繪了他將為姪兒設計的「點火儀式」後，劉根民也有點激動了。鄉長恍然大悟地說：「是呀，少安的確是咱們石圪節鄉的好典型！這樣，玉亭，你把給縣上的請柬放下，我現在就給周縣長打個電話，爭取讓縣上最少來個鄉鎮企業局的副局長參加這個點火儀式！」

孫玉亭眼巴巴地看着劉鄉長給周縣長打完了電話。

劉根民放下話筒，咧開嘴笑着說：「你回去給少安傳話，到時周縣長要親自來參加他磚場的點火儀式哩！」

孫玉亭驚得目瞪口呆。興奮使他渾身冒起一層雞皮疙瘩。他拖拉起破鞋就往回跑，一路上絆了好幾個馬趴……

啊啊！縣長也要來？孫少安一聽事情鬧了這麼大，心裏又高興又焦急。高興的是，他似乎真的成了個人物，連縣長也要來上他的門。焦急的是，他怎樣才能把這個「儀式」搞好，千萬不敢鬧出甚麼笑話來！

少安和妻子一商量，便把在他這裏做工的婆姨女子都抽出來，在他二媽和秀蓮的共同指揮下，碾米磨麪，緊急準備待客的茶飯。與此同時，玉亭馬不停蹄跑着在鄉上聯繫好一場電影，準備在「點火儀式」結束後的當天晚上放映。

臨近點火的頭一天，秀蓮喂肥的那頭豬也在他們新家的院畔上被宰倒了……

這消息一時三刻就傳遍了全村。幾天來，雙水村大人娃娃都早就議論着孫少安的點火儀式，熱心地等待這一天的到來。

這一天終於來臨了。雙水村又一次沉浸在節日般的氣氛中。許多莊稼人今天都不再出山，紛紛趕到村子南頭孫少安新建的院落及其新建的磚場，準備觀看這新時代的新把戲。

孫玉亭憑藉豐富的想像力，用一把破掃帚做好了一個火把，並且澆了一瓶煤油，以便在那個莊嚴的時刻點燃爐火。

中午前後，石圪節原武裝專幹、現任副鄉長楊高虎，率領鄉上所有在機關的幹部，先一步趕到了雙水村。高虎不是生人。當年雙水村搞農田基建大會戰時，他就是副總指揮；並且曾協助公社主任徐治功鎮壓過孫玉亭和王彩娥「麻糊事件」引起的那場大動亂。前兩年還來這裏搞過生產責任制。

高虎一到，撇下其他人，自己先抓緊時間上廟坪山打了一會山雞 —— 這是他永遠的愛好。與楊副鄉長一起到來的還有鄉上的電影放映隊，他們已經動手在磚場的空地上撐起一面雪白的幕帳。

鄉長劉根民還沒有到。他此刻正在石圪節對面的公路上等候從原西上來的周縣長。根民剛給縣政府辦公室掛了電話，說周縣長和幾個部局長以及縣委的通訊幹事，已經坐麪包車出發了。

下午兩三點鐘，孫少安的磚場周圍聚起了黑鴉鴉一片人羣。

村中大部分人都趕到了這裏，加上過路的外地村民和鄉幹部，足有二三百人。

四點鐘左右，從南面開來的一輛麪包車，停在了少安家院子下面的公路上。劉根民先從車裏跳出來；緊跟着，一些提黑人造革皮包的「大幹部」一個接一個出了車門。

孫少安一直攆到車門口去迎接鄉縣領導。

當劉根民把少安介紹給周文龍時，縣長握住他的手，先大大讚揚了一番他幫扶貧困戶的可貴精神。

相隔幾年，周文龍的變化也讓我們大為驚訝。想起幾年前，他在柳岔公社搞那一套極「左」做法，至今還令人不寒而慄。生活和時代的浪濤漸漸沖刷掉他身上的那些「革命」火藥味，使他看起來成熟多了。省黨校學習兩年畢業後，他先是任原西縣革委會的常務副主任 —— 我們記得，為此，田福軍曾和張有智有過一次艱難的談話。黨政分開後，文龍就擔任了縣長職務。

外界並不知道，縣委書記一直和周文龍鬧矛盾。憑過去對這兩個人的印象，人們一般會認為有智同志肯定是正確的。可是，說實話，原西縣這幾年的工作主要是周文龍在撲騰着搞。他有文化，有專業知識，接受新思想快，又能吃下苦，經常在全縣各個地方跑。而令人費解的是，有智這兩年精神狀態越來越消沉，動不動就跑到老中醫顧健翎那裏開一大包補藥。工作能推就推，權力不該抓的也抓住不放。而文龍由於自己過去犯過錯誤，只能忍受和遷就縣委書記這一切所作所為。這兩個人先後發生的變化，應該提醒我們不能老是用一種眼光來看待人。不要以為一個人一時正確，就認為他永遠正確。也不要因為一個人犯過錯誤，就斷定他永遠不可能再加入優秀者的隊伍。道理是如此簡單，事實又不斷在佐證，可是生活中用不變的眼光看待人的現象卻是常常存在的。幸虧田福軍不是這種人，因此才不抱偏見，甚至不計個人恩怨而重用了這個曾經竭力反對過他的人……

現在，周文龍進了少安家。他開始熱誠地詳細詢問少安的磚場情況，並不時和縣上有關的部局長商討全縣範圍內怎樣發展蓬勃興起的鄉鎮企業……

半個鐘頭以後，這一羣上面來的領導人就在孫少安的陪同下，向他的磚場走去。孫玉亭拖拉着爛鞋，臉上帶着消失了幾年的狂熱，手忙腳亂地在前面引路。

同一個時刻，在少安家的兩個邊窰裏，婦女們正忙亂地準備飯菜，菜刀在案板上叮叮咣咣直響 —— 一旦點火儀式結束，就要開始吃慶賀飯。這頓飯招待的可不是一般人！做飯的婦女們臉上都帶着某種緊張神色，像是在操持敬神的祭品。為了使領導們吃飯時涼快些，田五和幾個人把村裏借來的幾張飯桌，支架在了院子背陰的涼崖根下。

現在，以周縣長為首的一羣鄉縣領導，已經來到了磚場上。

人羣立刻擁擠着包圍了這些領導，紛紛觀看「大幹部」究竟是個甚麼樣 —— 老百姓能這麼近看一回縣長也不是一件容易事；這將是他們一生中的重大經歷。

雙水村我們所熟悉的那些人物，大部分都在這裏露了臉。即使像金俊武這樣矜持自尊的人，也經不住如此場面的誘惑，站在人羣中張着驚愕的嘴巴觀看這氣勢非凡的一幕。

可是，令人奇怪的是，我們在人羣中沒有發現孫玉厚老漢。

少安他爸到哪裏去了？他兒子這樣體面排場的大喜事，他怎麼能不來跟着榮耀一回呢？

孫玉厚老漢現在就在東拉河對面山上他的玉米地裏。此刻，老漢一個人心不在焉地鋤莊稼，似乎和河這面的事毫不相干。

玉厚老漢今天一早就出山了。他只讓少安媽過去幫兒媳婦去操勞。他自己不想參與兒子的紅火熱鬧。不知為甚麼，他一點也不為兒子的壯舉而感到高興和榮耀。相反，他心中一直有種莫名的懼怕和擔憂。他說不清楚他懼怕和擔憂的倒究是甚麼。總之，即使全中國的人都為他的兒子歡呼，孫玉厚老漢也永遠心懷這種懼怕和擔憂啊！

當然，他今天實際上也無心做活，只是到這裏來躲避某種在他看來類似災禍一般的事件。他不時把鋤撂到地裏，蹲在地畔上的玉米林中，憂心忡忡地看着對面那片亂得像馬蜂窩似的人羣和那塊高懸在人頭上的「耍電影」的白布帳。在這全村歡騰喜慶的日子裏，蹲在這裏的他簡直就像個不吉祥的怪物。而老漢自己瞅着對面人羣頭上的那塊白布，也奇怪地聯想起喪事上的孝布。

他嘴裏吸了一口涼氣，渾身打了一個寒顫……

這時，在東拉河這面人頭攢動的場地上，孫玉亭一臉莊嚴點燃了他那把破掃帚，交給了姪兒。一股嗆人的煤油味瀰漫在空氣之中。孫少安尊敬地將火把又傳遞給周縣長。縣長滿面笑容走到燒磚窰口，點燃了爐火。人羣中立刻掀起了一片喧嘩聲。幹部們舉起胳膊使勁鼓掌。整個點火過程的形式，倒像是召開奧林匹克運動會！

接下來，村、鄉、縣各級領導先後都即席發表了熱情洋溢的講話——當然都是表彰孫少安和賀秀蓮的。

等最後講話的周縣長話音一落，孫玉亭就指揮人放開了鞭炮。霎時，噼噼叭叭的鞭炮聲，人羣的喧鬧聲，加上熊熊的爐火、飄飛的硝煙和亂腳趟起的黃塵，把這個「點火儀式」的熱鬧氣氛推向了高潮……

我們發現，剛才代表雙水村「致詞」的是羊奶喝得紅光滿面的金俊山（他已成了奶羊專業戶）。

那麼，有這麼多「上級領導」光臨的大場面，而且就在雙水村，村裏的黨支書田福堂豈能不在這裏露臉呢？當然，我們也知道，他一直和孫少安有隔閡。但是，福堂向來是個精明的政治家，他不會因此就連「大場面」都不顧 —— 他終歸還是雙水村的「一把手」嘛！

第四十二章

在孫少安磚場的「點火儀式」鬧翻了雙水村的時候，田福堂正一個人躺在他家院牆外那個破碾盤上，無聲無息地曬太陽。

他的狀況看起來十分令人震驚。

福堂的身體是完全垮了。他瘦得像一根乾柴棒，原來合身的衣服如今顯得袍褂一般寬鬆。臉色蒼白不說，還蒙着一層灰暗；多時沒刮剃的鬍鬚亂糟糟地在臉上圍了一圈。碾盤旁邊的土地上，吐下一堆骯髒的黏痰。

他半閉着眼睛，蜷曲在這個早年間就廢棄的破碾盤上，一動也不動。如果不是那乾癟的胸脯還在起伏，我們會以為他不再是個活人。

夏日的陽光熱烘烘地照耀着大地。在這樣的日子裏，人們都巴不得躲到陰涼地方去，而田福堂卻專意在這裏曬太陽。只有這毒辣辣的陽光和熱燙燙的石碾盤，才能使他冰涼乾瘦的身體得到某種撫慰。他感謝夏天的陽光給他帶來了溫暖。

他沒福氣在這破碾盤上長時間安靜地閉目養神。過個一時半刻，猛烈的咳嗽就像風暴一般把他掀起來，使他不得不可憐地趴在碾盤邊上，在嘔吐似的「哇哇」聲中，把黏痰、鼻涕連同淚水一齊甩在旁邊的土地上。這種折磨是可怕的，每一次都像要把五髒六腑從胸膛裏掏出來。

咳嗽完畢，他像白癡那樣發半天呆，才又躺倒在碾盤上，享受一會難得的安寧時光。

我們沒有料到，當年雙水村或者說整個石圪節一帶的風雲人物，如今已成了這副樣子。在這樣的時候，我們不能不對他寄予深切的同情。我們猜想，這位曾經立志要成為永貴式人物的農民政治家，此刻內心中也大概為自己而悲哀。他不知是否明白，他日趨衰敗的不僅僅是自己的身體？

福堂，你此刻蜷曲在這裏，像被拋棄了的孤兒。是的，大夥能看得出來，你早已對雙水村的公眾事務不再那麼熱心。但從根本上說，是雙水村的公眾事務不再熱心於你的指導了。你現在只能孤獨地躺臥在這裏，反芻你往日吞咽下去的東西。

的確，對田福堂來說，現在沒有甚麼地方比這個破碾盤更使他感到親切。躺在這裏，他起碼能獲得片刻的安寧。尋找安寧就像當年尋找轟轟烈烈的政治運動，成了他今天的願望。

他身下的這個破碾盤，像一張天然牀鋪。滾石年經月久在上面碾出的凹槽，剛好使他的瘦身板蜷曲於其間。躺在這個石頭凹槽裏，就像躺在搖籃裏一般舒適和妥帖。

看得出來，他身下這破碾盤曾是用一塊上好的石頭琢打而成。石色湛藍如水，不含任何一點雜質。從那一圈碾出的深槽判斷，這碾盤已很有一些歷史了。大概是滾石直把一邊碾斷一塊之後，這碾盤才壽終正寢，結束了它的使命，被搬遷在院牆之外。想不到它現在又被主人派上了新的用場。

福堂自己也說不清這碾盤的歷史。在他記事的時候，他們家用的就是這塊碾盤。據他早已死去的父親說，他也不知道這碾盤最早在甚麼時候起用的。那麼，其歷史最少可以追溯到福堂爺爺的手裏。

不過，關於這塊碾盤，福堂還記得，一九四七年國民黨軍隊進攻到這裏，胡宗南將軍的士兵曾在這碾盤上用美國人的麪粉烙過餅子。這件事是後來聽他爺爺說的。那時他二十一歲，和父母都跑到哭咽河後溝的山崖窰躲避戰亂。爺爺和奶奶死活不走，他們非要留下看家不行。記得老奶奶還用灶裏的爐灰把臉抹得看了叫人噁心 —— 她怕白軍欺負。聽爺爺說，那些軍隊就在這碾盤下燒起火，在上面烙了一整天洋麪餅子，還給爺爺吃過一塊。當這些士兵用他們家的尿盆盛菜時，爺爺對他們說，這是尿盆。結果一個戴大蓋帽的軍官扇了他一記耳光，吼叫道：老子還沒吃飯，你就要盆……

十幾年前，這塊碾盤終於在他手裏用壞了。碾盤的一邊掉了一大塊 —— 也許這碾盤的毀壞應該由胡宗南將軍負責。

碾盤壞了後，福堂只好把它搬棄到現在這地方，另外又請米家鎮的石匠打了塊新的 —— 原來的滾石仍然可以用。他現在用的碾子是新舊配套而成。

自從他的身體徹底垮掉以後，這塊當年丟棄在這裏的破碾盤，就成了他生活中的重要夥伴。他本人的境況似乎和這破碾盤差不多，也是被丟棄在這裏的。

在白天悠長的日子裏，只要有太陽，他就一直躺在這碾盤上。即使冬天，外面天氣稍微暖和一些，他也要拿塊狗皮褥子墊到上面，長久地仰臥在這裏……

此刻，一輪咳嗽剛剛平息，他發了一會呆，便又躺在了碾盤上。他半閉着眼睛，在陽光熱烘烘的烤曬下，似乎進入了一種無意識狀態。

其實，在他瘦弱的胸脯下面，心潮卻在滾滾不息地湧動着。外動內靜，外靜內動，永遠如此。只要咳嗽平息，思緒接着便會活躍起來。現在，翻來覆去思考的不再是「革命運動」，而是自己兒女的事。

在很大程度上，他正是被家庭接二連三的災難徹底擊倒在這塊破碾盤上的。當潤生突然提出要和一個有孩子的寡婦成親時，他就對這打擊招架不住了。在此之前，女兒和女婿的不幸婚姻已經使他痛苦不堪。緊接着，如同當頭響了一聲炸雷，他的女婿雙腿被汽車砸斷。女兒重新回到廢物一般的女婿身邊並沒有給他帶來甚麼安慰 —— 儘管盼望他們和好一直是他最大的心願。潤葉最終要和一個殘廢在一塊過日子，這還不如當初就和李向前一刀兩斷！他知道，對於他的女兒來說，真正的災難才「正式」開始了……

對田福堂來說，災難絕不僅來自女兒女婿。最使他老兩口痛心的，是他們視為掌上明珠的兒子，竟然鬼迷心竅，一心要和遠路上那個該死的寡婦結親。他們好說歪說，就是說不轉這小子。結果，不知是真的神經出了問題，還是裝瘋賣傻，這潤生整天哭哭笑笑，東轉西游，幾乎快成了死去田二的接班人。更為可怕的是，兒子在前幾天終於跑了 —— 他給他媽留話說，他要去找那個寡婦，而且永遠不再回這個家來……

命運啊，如此殘酷無情！這叫他老兩口怎樣在這世界上活下去呢？他如今躺在這裏，儘管嘴裏還出氣，但確實像死人一般。他活過了今天，卻不知道明天該怎麼辦……

田福堂不是不知道孫少安今天要大耍一回排場。昨天，孫玉亭還拖拉着當年他送給他的那雙破鞋，來到這碾盤前，請他今天去「出席」哩。去你的蛋！老子現在這攤場，有甚麼心思去趕你們的紅火熱鬧？

但玉亭濺着唾沫星子，不屈不撓地要他代表雙水村黨支部去為他姪兒致「祝詞」。他連眼皮也沒往起抬，說：「我病成這個樣子，怎去？

你是不是眼睛瞎得看不見了？你叫金俊山去！」

「你終歸是咱村裏的一把手！」玉亭繼續打勸他。

「一把手是個屁！我現在只剩一把乾骨頭了！」他厭惡地對他的前助手說。

「縣上的周縣長要親自來出席哩！」孫玉亭又提醒他。

「我沒見過個縣長？我家裏地委書記都有！你趕快拍縣長的馬屁去吧！看他能不能把你也提拔一下！」他惡毒地挖苦孫玉亭說。

孫玉亭不敢和他頂嘴，只好悻悻然走了。

田福堂知道，在這種時候，你把孫玉亭罵成個龜子孫，他也不在乎。他現在甚麼也不顧，只顧跑爛鞋地張羅這宗「喜事」。他會拖拉着爛鞋，一時三刻就趟過東拉河，興奮地出現在金俊山的院子裏……

「狗改不了吃屎！」田福堂在心裏罵孫玉亭。

但說來奇怪，田福堂雖然不願去出席孫少安的「點火儀式」，並且把孫玉亭臭罵了一通，但他對玉亭來請他去代表雙水村「致詞」這一點，倒還滿意。

哼，不管怎說，我田福堂還是村裏的首要人物！這號事，不管你們情願不情願，還得來請我。我不去才輪你金俊山哩！甭看你金俊山成了雙水村的「總理」，任何時候都是共產黨領導一切！孫悟空一個筋斗十萬八千里，也翻不出如來佛的手掌！甭看你們……

一陣猛烈的咳嗽打斷了他的思索——正是因為內心活動過於激烈，才使這次咳嗽提前到來了。

田福堂把一堆黏痰和鼻涕甩在旁邊的地上，呻吟着重新躺進破碾盤的凹槽裏。唉，心強命不強呀！要是家裏不出這麼多災事，他的身體也許不至於垮到這種程度；只要他身體不垮下來，那雙水村這陣兒頭一個紅火人說不定還是他田福堂。孫少安辦了個磚場，他田福堂就辦個鐵廠讓你們瞧瞧！

不過，從內心說，他對孫玉厚的大小子還是佩服的。這小子氣魄就是不小！敢到銀行貸萬把塊錢，還僱用了村中幾十號人馬，弄起了磚場。現在，又請來縣長，雷鳴擊鼓搞甚麼「點火儀式」。田福堂承認，在農村，這孫少安就是個人才。他由此也自然想起了當年少安和潤葉的那些「瓜葛」。唉，現在這小子揚眉吐氣，前後溝踩得地皮響；而他可憐的女兒卻和一個殘廢人生活在一起……

對於少安和潤葉最終沒有成親，田福堂即使現在也無半點懊悔之意。女兒的不幸是另一回事，而決不是說她沒有和孫玉厚的兒子結婚！孫少安再飛黃騰達，也是個泥腿把子。他有文化的女兒應該找個吃官飯的丈夫 —— 當然不是缺胳膊少腿的！

眼下，他對孫少安最大的心病倒不在於他「發財」，而是他強烈地意識到，雙水村的公眾逐漸被這小子吸引過去了。孫少安現在儘管連個黨員也不是，但幾乎已經成了村中的「領袖」。某一天，雙水村的「權力」是否要落入這傢伙的手中？

田福堂雖然已不再熱心雙水村的公眾事務，農村的「官」現在也沒甚麼權力，但他只要還在出氣，就不準備把黨支部書記的職務交給別人。

對田福堂這樣的人來說，權力即就是象徵性地存在，也是極其重要的。活着時，權力是最好的精神食糧；死去時，權力也是最好的「安魂曲」。他害怕的是，他要眼睜睜看着把權力交到別人手裏。不，他哪怕躺在這破碾盤上不再起來，雙水村黨支部書記的職位他決不放棄！哼，不管你們活得如何美氣，如何紅火熱鬧，但我仍然是管你們的！

田福堂咳嗽一輪子，又不由自主地亂想一陣子……

太陽已經西斜了，田家圪嶗後面大山的陰影，像一隻怪鳥的巨翅漸漸從山坡上鋪展下來。田福堂的心情也暗淡了。他就像一隻毫無抵抗能力的小雞，懷着恐懼等待那黑色的翅膀將他籠罩和吞沒。

他掙扎着從破碾盤上欠起身子，看見有許多人正紛紛從南面的公路上走出來，大聲喧嘩着，有的趟過東拉河，向金家灣走去；有的在田家圪嶗四散開走回各自的家中。田福堂知道，這些人是剛看罷孫少安磚場的「點火儀式」—— 那個榮耀的鋪排場面大概已經結束了。

田福堂忍不住從多痰的喉嚨裏發出一聲歎息。他感歎歷史的飛轉流逝，感歎生活巨大迅疾的演變。是呀，想當年，在雙水村這個舞台上，他田福堂一直是主角；而現在，是別人在扮演這個角色了。他年老多病，一個人孤零零地躺在這裏，成了生活中一名無足輕重的「觀眾」。

這時候，像往常一樣，老伴胳膊窩裏夾着他的夾襖，從大門外的院牆根下向他走來。只有這個人不會拋棄他！她用那永遠的感情給予他溫暖和關懷。田福堂眼裏不由盈滿淚水。他傷心地看見，無盡的煎熬和歲月的操磨，親愛的娃他媽滿臉皺紋，頭髮也已灰白。他知道，幾天來，她為出走的兒子幾乎夜夜在流淚……

現在，田福堂不再考慮其他事，又一次為不成器的潤生痛苦得渾身發抖。他老兩口終於未能挽回最後的局面，眼巴巴地看着兒子離開了這個家，尋找他那個「花媽媽」去了。而今，只丟他們老兩口守在這空蕩蕩的院落裏。這和埋進墳墓有甚麼區別？

田福堂一想起兒子，便湧上一腔憤慨。他愛潤生，但又恨他。他之所以恨他，是因為他辜負了他對他的愛。瞧，他竟然甩下自己的父母親，尋找一個寡婦去了！

哼，你說你不回這個家了？就是你小子回來，老子也要把你打出這個家門！你把田家的門風敗壞完了，你這個敗家子……

老伴走到他面前，把夾襖披在他身上，說：「太陽快落了。回家裏去。」

「等一會再……」

「操心涼了……」她憂愁地看着他。

「死不了！」

她猶豫了一下，對他說：「你是不是出去尋一尋咱潤生……不知道娃娃……」她哽咽得說不下去了，撩起圍裙只是個揩眼淚。

「我才不尋他哩！他活着死了都和我沒相干！你不要急。你就當咱一輩子沒生養過兒女！」田福堂說着，一陣猛烈的咳嗽使他一個馬趴跌倒在破碾盤邊上。他感到喉嚨裏吐出來的不是痰，而是血。

老伴趕緊跪在他身邊，哆嗦着抱住了他。等咳嗽平息下來後，這兩個孤苦的老人竟然在這個破碾盤上抱在一起，出聲地痛哭起來。太陽在羣山中沉落了。無邊的昏暗刹那間便籠罩了大地……

第四十三章

當一個人集中地凝視着自己的不幸時，他就很難想像別人的苦難。

遠在雙水村的田福堂夫婦既然不能理會兒子的一肚子苦水，又怎能想到在外縣這個荒僻的村莊裏，他們所詛咒的那個年輕的寡婦，卻是如何在水深火熱中掙扎……

自從答應了潤生的求愛以後，不幸的紅梅就一直在等待這個男人的到來。

在最初那些日子裏，這個本來對生活已經絕望的人，熱情慢慢又在心中死灰復燃。她萬萬沒有想到，命運又使她和田潤生相遇。而且他不嫌她孤兒寡母，竟然很快就提出要和她一塊生活。她能感覺來，老同學對她是一片真心。這就像冰天雪地裏遇上一盆炭火，她在無限的感激中立刻對他產生了不亞於當年對顧養民和死去的丈夫所具有的那種戀情。而這種戀情也許更為深厚——因為她在艱辛的生活旅途上已經精疲力竭，急需要靜靜地投身於一個男人的懷抱，永遠和淒風苦雨告別。

當潤生向她表明了心跡，繼而返回原西和他父母通報這件事之後，郝紅梅就沉浸在新的熱望與期待中。她頓時感到，胸腔裏那顆冰冷的心重新被熱血融化，開始強有力地跳動起來。她從牆上摘下那面被灰塵蒙蓋的鏡子，用手帕揩淨，忍不住端詳自己的容顏。她看見，那瘦削的臉頰上，似乎泛出了兩片紅暈。她再一次體驗到女人的那種羞澀的幸福。

緊接着，她不由自主地開始收拾自己的家。

自從丈夫死後，她就無心再打掃這孔窰洞。東西亂七八糟扔在四處，窰壁上吊着骯髒的灰線。現在，她就像過春節一樣，頭上罩起花毛巾，用了整整一天工夫，把這孔窰洞收拾得乾乾淨淨。她尋思，要是潤生做通了父母親的工作，說不定很快就會來這裏和她成親。當然，他們不會請客待賓「過事情」，但應該讓潤生有一種「新房」的感覺。此外，她又打開箱子，細心地查點了兩個人的鋪蓋。那牀從沒沾身的新被褥讓潤生蓋。出於一種忌諱，前夫用過的所有東西她都不能讓新夫碰摸着。

幾天之內，紅梅就把所有要準備的東西都準備好了。有些事要等潤生來後，兩個人得商量一下再說。

所有這一切她都在靜悄悄地進行。村裏人誰也不知道她將再嫁；連前夫家的人也不知道。她先不準備給公婆和前夫的弟弟說這件事。她知道他們擋不住她。他們也不會擋。事情明擺着，他們總不能讓她守一輩子寡 —— 這不是舊社會！她有權利重新為自己建立一個完整的家庭！

當然，在她正式和潤生結婚前，一定得給前夫家裏的人打招呼 —— 因為她的孩子，使她和這家人的關係永遠不可能割斷。孩子不僅是她的骨肉，也是他們的骨肉。

不過，這一切都要等親愛的潤生到來之後，才能進行……

可是，潤生卻遲遲地沒有到來。

起先，紅梅還沒有十分焦急。是呀，潤生要說服父母也不是一件容易的事。在農村，除非實在沒辦法，一般人很少娶寡婦為妻；更何況，她還帶着個孩子！至於像潤生這樣的家庭，她上高中時就知道，在農村屬於「上等」人家，並且還有在門外工作和當大官的親屬。人家不是找不下對象，為甚麼要她這樣一個可憐的寡婦呢！

不過，郝紅梅相信田潤生對她的感情是深切的 —— 他們甚至已經在一個被窩裏同宿過一夜……

三個月以後，潤生還沒有來。

郝紅梅這才有點焦急起來。

正在她惶惶不安的時候，突然收到了潤生的一封信。紅梅高興的是，潤生在信中除過像往日那樣表示對她熱烈的愛戀和思念外，並且還告訴她，說他很快就會回到她的身邊。他沒在信中提及他父母的態度。紅梅猜測，老人大概同意了；要不，潤生不會說他馬上就來……

但是，整整一個秋天過去了，田潤生還沒有來。

冬天又過了，仍然不見他的蹤影……

日月如水地流逝，轉眼間就是一年。現在，郝紅梅依舊孤單地帶着自己的孩子，像土撥鼠一般悄無聲息地生活着。

她苦心等待的那個人終於失去了音訊……

可憐的紅梅再一次陷入到絕望之中。心頭復燃的火焰重新熄滅，臉頰上泛出的那兩片紅暈也消失了。生活又回到了往日那一片淒風苦雨之中。

這就是你的命運，她想。既然你生來就要無盡地受苦受難，你為甚麼要相信那偶然一瞬間出現在你面前的光輝呢？你呀，永遠不要再抱甚麼幻想！命運決定你就該如此生活……

那種由希望所帶來的幸福，以及這幸福被粉碎後的痛苦，都很快退潮似的一齊消失了。郝紅梅又日復一日開始了她那麻木不仁的生活。她帶着自己的孩子，做飯，喂豬，種地。沒有笑容，也不哭泣。沒有過去，也無未來。天明時，她去幹活；天黑時，她就睡覺。所謂明天，也無非是和今天同樣的一天……

她的小亮亮跟着她，就在這寂寞的日子中一天天往大長。他是個好動的孩子，一刻也不停地跑動和玩耍。母子倆相依為命，他從不離開她身邊。她在地裏勞動的時候，他就在周圍玩。他最愛玩的是打窰窰，每天都要在地裏造幾孔「窰洞」。唉，他父親就是打土窰才喪命的……

不知哪一天，孩子突然問她：「媽媽，人家都是爸爸在地裏幹活，你為甚麼不讓爸爸幹？我的爸爸在哪兒哩？」

孩子的問話像尖刀一般戳在了她的心口。她幾乎想放開聲哭一鼻子。

她強忍着淚水對兒子說：「你爸爸……到外面去了……」

「他甚麼時候回來？我可想他哩！」亮亮追問她。

她把兒子緊緊摟在懷裏，無聲地痛哭起來……

在這期間，她父親從原西的老家來此地看過她兩次。老人面對她的悲慘遭遇，也只是流淚和歎息。他一邊流淚，一邊打勸她歪好再尋個人 —— 出走也可以，招個人上門也可以。總之，她不能一輩子就這樣一個人裏外操磨。父親第二次來的時候，說他已經在原西老家那裏打問好幾個「茬茬」，讓她回去見見人；如果能行，就趕快解決這件事。

不，她不回原西去。她現在心靈上的新創傷還在流血，為甚麼要回原西重溫往日的傷痛？再說，她熬苦慣了，如今孩子也已經長大，她不願再去尋找一個陌生的男人。

郝紅梅絕不再相信，她還能在這人世間找到溫暖和幸福。如果和一個不合心意的男人生活在一起，那還不如就這樣靜靜地度過一生。她覺得，她有能力獨自把亮亮帶大。只要這孩子有出息，她還要好好供養他唸書哩！要說她對未來還抱點甚麼希望的話，那就是她的亮亮。她不願孩子到別人門上受委屈。雖然是這樣的艱難，但她要像老母雞一樣，用她的翅膀保護這孩子，以免使他受到傷害。她深知生活本身有多麼嚴酷！

但是，她無法向父親說明的還有另外一個理由。

可憐的人！我們知道，你內心深處還在思念着潤生。

是啊，自從這個人出現在她的生活中，她就深深地依戀上他了。這是她悲慘歲月裏的愛情，因此這愛深沉而又深刻。儘管一年來他杳無音訊，但她仍舊深藏着一縷揪心的期待！

有時候，她躺在夜晚的黑暗中，不由得回想起他怎樣把那一塊塊石炭背到她院子來；又怎樣用兩條瘦弱的胳膊真誠而親切地摟抱她，並且喜愛地親吻她的亮亮……是的，他愛她，愛她的孩子；她和孩子也愛他。她終歸是上過學的知識婦女，因此她仍然希望未來家庭的組成應該以愛情為基礎。說實話，當初她和養民的愛情是不成熟的。她和前夫是在這種不成熟的愛情破滅後結婚的，開始時也並沒有多少感情。後來生了孩子，她剛開始萌發了一些愛，結果他卻離開了人世。她感到，她和潤生的感情才是一種成熟了的感情 —— 因為在此之前，她已經飽嚐過生活的各種滋味……

花朵是美麗的，果實的價值更高。

可是，說來說去，在她的愛情之樹上，無花也無果。

但不論怎樣，她絕沒有再找另一個男人的打算！她準備就這樣一個人帶着她的亮亮，靜悄悄地在這個世界上活下去……

郝紅梅萬萬沒有想到，她竟然不能這樣靜悄悄地生活！

在以後的日子裏，村裏一些男人不時出現在她破敗的院落。這些人有老有小，大都是光棍。

她的另一種災難開始了。

這些酸眉醋眼的男人你來我往，坐在她的炕欄上，厚顏無恥地說些不堪入耳的騷情話。尤其是一個叫毛蛋的老光棍，還殷勤地給她擔水掃地，強制性地坐在她的灶火圪塄裏，幫她拉風箱。天黑時，如果不是她摔盆子摜碗表示出厭惡，毛蛋是不會離開她家的。

郝紅梅知道毛蛋們企圖在她這裏得到甚麼。

不！他們的企圖不會得逞。她需要男人，但不需要這種男人。

她發愁的是，她又對這些人的糾纏無可奈何。她總不能把這些斜眉吊眼的傢伙用棍子打出她的家門。她鼓不起這種勇氣。在農村，處理這種局面自有許多為難之處。這些人都是同村鄰舍，有的還是她死去丈夫的長輩。如果他們還沒動手動腳，只說些八竿子打不着的騷情話，她只能在容顏上表示自己的憤怒而別無他法。但這些死皮賴臉的傢伙又根本不在乎她的容顏，只管到她這裏來「串門子」。

紅梅的生活陷入了新的困境。夜晚，她有時還能聽見院子裏傳來令人心驚的腳步聲。她不得不在門叉子裏別上切菜刀……

炎熱的夏天來臨之後，郝紅梅便格外地繁忙起來。

一大早，她就做好了兩頓飯。家裏吃一頓，飯罐裏提一頓，然後引着孩子一整天都泡在地裏。

中午她不回家。母子倆在地裏吃完飯，找個陰涼處睡一會，又繼續開始幹活。兒子也有他自己的「營生」—— 刨土窰窰。

沉重的勞動使她雙手打滿了血泡。血泡又被鋤把磨成了硬繭。那張原本俏麗的臉龐，被毒火似的陽光烤曬得又紅又黑。少女時期的嬌豔蕩然無存了，看起來就像秋天北方山野裏一株樸素的紅高粱。毫無疑問，她早就成了真正的勞動婦女。

但是，心靈的淒苦和勞動的折磨，仍然沒能改變她身上那種漂亮女人的誘人魅力。現在，她那苗條豐滿的身體更給人一種健康的美感。直到如今，她仍然保持着上學時的衛生習慣，牙齒刷得雪白，內衣經常換洗得乾乾淨淨；一身灰土之中，散發出芬芳的香皂味。

不用說，在農村莊稼人的眼裏，郝紅梅是個「洋婆姨」。那些老小光棍們提起她來，就像提起他們永遠吃不夠的肥豬肉一樣，饞得直淌口水。

這一天，紅梅在河對面鋤她的玉米。

臨近中午，她照例和亮亮在地裏吃完早晨帶來的飯，就躺在涼崖根下睡了。好動的兒子從不睡午覺，他繼續到後邊那個小土圪塄去完成他的「土建工程」。

紅梅躺在地上，用一塊花手帕遮住臉，不一會就睡着了。

其實，在野地裏睡覺從來都是不踏實的。風聲，流水聲，小鳥的啁啾聲，時刻伴隨着恍惚的夢境。她常常半睡半醒，心中總是牽掛着不遠處玩耍的孩子。

她耳邊似乎隱約傳來鋤頭在地上刨土的聲音，而且聽起來很近，就像在身邊。

鋤地？誰鋤地？鋤她的地？誰給她鋤地？

睡夢中的一連串發問，使紅梅醒了。

她睜開眼睛，揭去蒙住臉上的手帕。

她的心臟一下子狂跳起來！她看見，老光棍毛蛋只穿件短褲，幾乎裸着身子在給她鋤地。

他現在已經「鋤」到了她身邊，眼睛盯着她，咧開嘴只是個笑，手裏的鋤頭接連砍倒了好幾棵玉米。

她一下子從地上站起來，一時倒不知道自己該怎麼辦。

這時，毛蛋一把將鋤扔下，突然脫掉自己的褲子，張開雙臂撲過來摟住了她。

在她還沒有反應過來的時候，餓狼一般的毛蛋就把她按倒在地上，並且開始扒她的褲子。

她驚恐而絕望地喊叫了一聲，抓起一把土掙扎着揚在毛蛋的臉上。毛蛋一聲不吭，只管扒她的褲子。

在這危急之時，亮亮聽見母親的哭叫跑過來了。孩子沒命地哭着，舉起手中的小钁頭就在毛蛋的光屁股上砍了一傢伙！

毛蛋一聲慘叫，爬起來提起自己的褲子大撒腿跑過了小河。

親愛的兒子用暴力把暴力下的母親解救了出來。

紅梅勉強束住了自己的褲帶，渾身抖得像篩糠一般。她頭髮散亂，目光呆滯，滿臉灰土，竟連哭泣都忘記了。

她也不管兒子的哭叫，慢慢爬起來，向旁邊那棵椿樹走去。

她來到樹下，解下自己的褲帶，在椿樹的枝杈上挽結起一個環。她把褲腰別好，就毫不遲疑地把自己的頭向那個高懸的環伸去。透過那環，透過椿樹的枝葉，她看見了破碎的藍天、亂針般飛散的陽光，以及一朵被撕爛的白雲……

當她把頭伸進那個將結束她一生悲慘命運的圈套時，她突然看見了兒子糊着鼻涕淚水的小臉。

孩子揚起骯髒的臉，問：「媽媽，你在幹甚麼？」

淚水淹沒了她的雙眼。她把頭從那環中縮回，彎下腰緊緊摟抱住孩子，放開聲號啕起來。

午間的山野死一般寂靜。輕風吹拂過綠色的玉米林，像千萬雙小手在揮揚。村中傳來一聲牛的沉重的哞叫……

三天之中，郝紅梅沒有出她的家門。

可是，三天之後，我們看見，這不幸的人又出現在了她那塊未鋤完的玉米地裏。小亮亮歡蹦亂跳，繼續在打他的小土窰洞。她頭上罩塊白毛巾，臉上帶着慣常的麻木，一聲不吭地鋤她的地……

在一個滿天飛霞的傍晚，有個提着小包的瘦高個青年，從前溝道的架子車路上走來。他趟過霞光染紅的小河，來到了這塊玉米地，一直走到了她面前。

這是田潤生。

對紅梅來說，這個人就像從天而降！

她說不出話，流不出淚，只是驚訝地看着他。世界在一瞬間凝固了。緊接着，天地一齊像飛輪般旋轉起來。

亮亮驚恐地依偎在紅梅身上——他對任何走近母親的男人都永遠懷着懼怕。孩子問：「媽媽，他是誰？」

她嘴唇顫動着，哽咽地說：「這是……你的爸爸！」

她抱起兒子，幸福地閉住眼睛，投向他伸開的雙臂之中……

第四十四章

遠在另一塊藍天下的孫少平，根本不會想到，他少年時期的戀人，歷經那麼多磨難後，最終投身於他同村同學田潤生的懷抱。

生活就是這樣不可思議。就他而言，往日那些令人斷腸的情思，隨着時光的流逝，早已不留任何痕跡地消失了。而誰能想到，如今命運又把他和另一個同村人紐結在一起？

青春年華如同晨曦與晚霞，絢麗多彩而又變幻莫測。

就說他和田曉霞吧，目前的關係也許仍然是一種雲霧難辨的境況。

不久前，光彩照人的田曉霞突然出現在大牙灣，着實使孫少平感到難以言狀的幸福和激動。

本來，他成了一名正式工人，對自己的生活已經夠滿足了；在他內心深處，對他和曉霞未來的結局，並沒有寄託十分的期望。他的社會地位和生活道路決定了他對這件事的悲觀論斷。他永遠是這樣一種人：既不懈地追求生活，又不敢奢望生活過多的酬報和寵愛，理智而清醒地面對着現實。這也許是所有從農村走出來的知識階層所共有的一種心態。

可是，無論他怎樣想，親愛的曉霞卻風塵僕僕到這黑色王國看他來了。

她來了，像一股清風，一縷陽光，一時驅散了他心頭繚亂的雲霧。在那短暫而美好的日子裏，他再一次飽飲了愛情的甘露。時間在那一片刻不再流動。忘記了過去，也不想像未來。他真願那一瞬間變為人生的永恆……

現在，隨着曉霞的離去，那種繚亂的雲霧又漸漸開始在他心頭凝聚。唉，一旦她在他眼前消失，她就變得像故事中的人物一樣虛幻——他又看不清她的真實存在了。

在孫少平的想像中，身處都市的田曉霞生活一定是滿地鮮花，一片流彩飛霞；轉而想想自己，現在仍然是滿臉煤黑，一身臭汗，在陰暗的井下牛馬般幹苦力活。如果沒有曉霞的存在，他在他的環境中就會心平氣靜，用煤礦工人一天中的喜怒哀樂來組成自己的全部生活。可現在，他卻不能不從自己心靈的湖水中一次次騰升起浪漫的彩虹，企圖探尋和連結一個飄渺的世界。是的，浪漫的彩虹！飄渺的世界！而實際上，他自己的生活天地永遠只是這單調骯髒的井上井下和無休無止的流血淌汗！

唉唉！你可不能沉醉於一種現在還說不來的幻想之中；你必須凝視着你雙腳踩踏的土地。大牙灣的一切對你才是真實可信的。無論這裏有多麼艱苦，但這裏的生活是真正屬於你的。你只能在這黑色世界裏，尋找你生存的價值。別難過，想想看，當初你漂泊黃原，在那樣的境況中，你都從沒失去昂揚的意志；而現在，正如你已經感受到的那樣，生活才真正算走上了大路。你應該感謝命運給予你的機遇。你有了工作；你不再為吃飯和睡覺而熬煎；你還有可以自由支配的金錢。話說回來，就是你和她的愛情，也許還不全是你所想像的一道稍現即逝的彩虹……那麼，你，又有甚麼可傷感的呢？

自從曉霞離開煤礦後，孫少平就一直糾纏在一團紛亂的思緒中。他對自己和曉霞關係的疑慮是自然的，也不是始於今天。想想他所處的地位和境況，我們完全可以理解他的心情。我們也不必過分擔心。少平向來具有說服和開導自己的本領；他不會因此就使自己的精神陷於困頓——直接的結果有時卻恰恰相反，他反而奇妙地對生活更加激發起了熱情！

是的，少平每當抬頭望見巨塔般雄偉的選煤樓和小山一般的煤堆，或耳聽火車和煤溜子隆隆不息的喧吼聲，他便會忘記焦慮和痛苦，周身的血液由不得沸揚激蕩起來。有時候，在黑暗的井下，他和同伴們在死亡的威脅中完成了一天的任務，然後拖着疲憊的雙腿搖搖晃晃走出巷道，升上陽光燦爛的地面，他竟忍不住兩眼淚水濛濛。是啊，他們有理由為自己的勞動自豪。儘管外面的世界很少有人想到他們的存在，但他們給這世界帶來的是力量和光明。生活中真正的勇士向來默默無聞，喧嘩不止的永遠是自視高貴的一羣。只不過，這些滿臉黑汗的人，從來不這樣想自己，也不這樣想別人。勞動對他們來說是一件慣常的事：他們不挖煤叫誰挖呢？而這個世界又離不開這些黑東西……

拚命掙扎八九個小時上了地面，有家室的工人馬馬虎虎洗個澡，連那可愛的太陽都不多瞧幾眼，就紛紛走向各個黑戶區，鑽進了那些低矮的窩棚土窰中——那裏有屬於他們自己的太陽。他們會安然地坐在小飯桌前，撫摸着孩子，大口大口地喝酒吃菜。那些腰裏束着圍裙的婆姨們，就像和丈夫久別重逢似的溫柔親熱，殷勤地侍候他們吃好、喝好、休息好；然後暖好被窩，周到地給他們性的體貼和關懷。作為一個沒有戶口、沒有工作的煤礦工人的妻子，這就是她們的天職。礦工們正是在妻子溫暖的懷抱中，重新恢復了力量和勇氣，再一次喚起莊嚴的生活責任感，幾個小時後，又穿上冰涼骯髒的工作衣，從那個「黑口口」裏鑽入到地層深處……

沒有家室的光棍們，只好到職工灶上狼吞虎咽吃喝一頓，然後大部分人都回到集體宿舍，倒在自己的牀鋪上蒙頭大睡了。也有一些心神不安的人，出去在礦區無所事事地亂竄一通。他們有時會蹲在二級平台食堂外的牆棱邊，永不厭煩地觀看下面小廣場上的人來人往。特別是碰巧從礦部大樓裏走出一位女幹部，那這一天就算是交了好運。看女人不犯法。看！直要把你看得連路也走不成；最好再看得你跌一個馬趴！

在煤礦這個大世界裏，甚麼人也有，甚麼事也出。在某些方面，它像軍隊一般嚴格。在另外一些方面，它又散亂得無邊無沿。有人勇敢地流血犧牲，有人卻在偷雞摸狗；有人栽花種草，有人卻看哪裏乾淨便故意把哪里弄髒；有人學英語，有人說髒話。即使同一個人，有時候會把事幹得叫你肅然起敬，有時卻又叫你哭笑不得，甚至使你討厭和憎惡。

這是一個奇特的生存部落。先進與落後，文明與野蠻，高尚與卑俗，新的與舊的，全都混雜並存，交織在一起。

當然，煤礦看起來似乎比任何一個地方都亂，但實際上任何生產單位都又很難和它嚴密的秩序相比。礦務局總調度室對全局二十幾個礦井下面成千上萬人的勞動，每時每刻都了如指掌。局長本人的電話任何時候都能直接和某個掌子面上的班長通話。這是一張聯絡緊密的大網，即使某個最小環節的失誤，也會引起全局的震動。

別以為亂就會失去秩序 —— 你去看看蜂房裏的情況就明白了。

但煤礦終究是煤礦。對於一個生活在其間的人來說，除過在生產崗位上按章作業，生活中就大都得靠自己管自己了。人是這麼多，勞動又這麼沉重，誰告訴你應該怎樣生活或不應該怎樣生活？當然，要是你犯了法，公安局會來找你的。

對於大部分礦工來說，勞動，賺錢，睡覺，把自己的小窩儘量弄合適一些，有精力的話，再去看一場電影，這就夠滿足了。

但孫少平無法長期忍受這種生活。他慢慢開始為自己找點另外的事，以彌補他精神上的空缺。

他首先想到的是學習。前不久，他曾經對曉霞談起過他的抱負——準備將來報考煤炭技術學校。

曉霞走後不久，他就滿懷着對自己未來生活的激情，四處奔波着，終於找全了過去高中時的數、理、化課本和一些參考書。

儘管這是復習過去的功課，但和從頭學沒甚麼區別。我們知道，他們上學的時候，基本沒有學甚麼文化，大部分時間都搞了「革命」。

整整一代人知識素質的低落，也許是「文化大革命」最為嚴重的後果。教育的斷層造成當今國家中生代人才的斷層。其消極痕跡，到處斑駁可見。而迅猛發展的生活進程又對人的知識提出了嚴厲的要求。被貽誤了的一代只能痛苦地在以下二者中選擇：要麼被生活淘汰；要麼走「在職進修」的道路。好在國家也認識到了問題的嚴重性，到處在開辦「電大」「業大」和「自修大學」，為這些人創造學習條件。

少平上井後，儘量抓緊時間演習功課。這是一件相當沉重吃力的事，甚至比挖煤都要艱難。不過，這種艱難帶給人的是心靈的充實。人處在一種默默奮鬥的狀態，精神就會從瑣碎生活中得到昇華。

正當孫少平沉醉於各種公式、定理和化學分子的時候，曉霞的一封信卻把這一切打斷了。

這封信看起來和往常的信沒有甚麼不同。信中除過海闊天空，談東論西，也同往日一樣表達了她對他的熾熱感情和無盡的思念。只是在信的後面，她隱約地提到和她一塊工作的一個男人似乎在追求她。而最使他震驚的是，她竟然沒有「攻擊」這個人。她並且坦率地告訴他，這個人的名字叫高朗，也是原西籍人，還是甚麼中央某個「老」的後人等等……

一剎那間，少平感到就像一塊矸石砸在了他的腦袋上，眼裏火星亂飛！

他隨手把信扔進箱子，一個人腳步趔趄地走出宿舍。

他糊裏糊塗穿過礦區，而又不知道他該去哪裏，眼前一切都是朦朧迷茫的；礦區各種建築物像頑皮的兒童胡亂堆壘的積木。高聳的井架傾斜了；不是天輪在旋轉，而是整個天空在旋轉。

「天啊……」他嘴裏喃喃地叫道。

他自己並不清楚，他沿着鐵道的枕木，一直走出了礦區，已經來到了東頭的山野裏。

他呆立在一塊收割過小麥的地邊上，茫然地望着遼遠的山巒和模糊的地平線。他牙齒咬着嘴唇，眼裏旋轉着淚水，喉嚨上堵塞着哽咽。此刻，他又想起了早遠年間的那個傍晚，他從原西中學的籃球場上走出來，恍惚地立在原西河邊的情景。現在，他再一次為了愛情的傷痛，而難過地立在這裏。生活使他重新扮演了往日的角色。生活，生活，這就是生活！

隨着一聲汽笛的長嚎，一輛自東而西的運煤專列隆隆地駛過旁邊的鐵道。氣勢磅礴的火車頭噴出一團白霧淹沒了他。淹沒！一個平凡而普通的人，時時都會感到被生活的狂濤巨浪所淹沒……

你會被淹沒嗎？除非你甘心就此而沉淪！

不，你仍應該掙扎着前行。你對這件事本來就憂心忡忡，並且早已做過悲劇結局的判斷。那麼，這幕殘酷的戲劇早點收場有甚麼不好？你仍然應該是你！你說呢？他傷感地問自己。

是這樣！他悲壯地回答自己。

孫少平沒有想到，他一直惴惴不安的事終於發生了，而且來得這麼快。既然或遲或早總有這麼一天，也許的確越早越好。

可是，他的思路從這方面走入極端以後，又不由回過頭來掂量她在信中所說的另外的話。是呀，她還說她在愛他，想念他。

也許這話依然是真誠的。

應該相信她嗎？

他立刻冷笑了一聲。

這冷笑不是對曉霞，而是對他自己。

你，一個掏炭小子，怎麼能和那個叫高朗的記者相匹敵？別再做夢了，你這可笑的傢伙！

當然，你……也是可憐的。他有點哽咽地對自己說。

太陽的最後一線光輝在地平線那邊完全消失了。滿天紅霞變為沉沉暮雲，如同火焰熄滅後剩下了一堆灰燼。

孫少平在蒼茫的暮色中轉過身來，懷着痛苦的失落感，沿着鐵道旁空蕩蕩的小土路，向礦區走去。大腦裏的生物鐘提醒他，不久就該下井了。他一邊走，一邊抬起腫脹的眼皮，看見前面又亮起了那一片熟悉的燈火。

他過了冷清清的小火車站，不由從旁邊拐上山坡，向師傅王世才家走去。現在，也許只有那個親切的院落，才能給他一些撫慰。

真的，走進師傅家，就像回到了自己家。他立刻被一種溫暖的氣息所包裹。惠英一邊責怪他好長時間不來吃飯，一邊麻利地為他斟酒端菜，明明拉着他的手，竟然給他講起了故事。師傅催促讓他趁熱吃菜，多喝一點酒。他破例喝了一大玻璃杯白酒，直喝得頭暈暈乎乎，兩條腿像離開了地面……

晚上，他和師傅相跟着從家裏走出來，準時來到井下。多大的痛苦也不能打亂日常生活的節拍 —— 這就是他精神強大的根本所在！

這一個晚班，孫少平幾乎發瘋似的幹活。為了心中的痛苦，為了使這痛苦變為麻木，他藉着酒勁，百斤重的鋼梁鐵柱在手中掄得像孫悟空的如意金箍棒。攉煤的時候，他把上衣也脫光撂在了回風巷中。鐵鍬雨點般在煤堆中起落。在他旁邊不遠處，安鎖子背對着他，身上一條線不掛，撅着光屁股一邊攉煤，一邊嘴裏還罵着甚麼 —— 他就是不罵人，也要罵罵煤溜子或鐵鍬甚麼的。

孫少平突然在一片紛亂中，看見溜子上拉出來一根鋼梁，幾乎像閃電一般朝安鎖子的光屁股上戳去。在他還來不及發出那聲驚叫的時候，就見從老坑裏躥出一條黑影，把那根長矛似的鋼梁拚命往自己那邊一扳，緊接着便傳來一聲悲慘的喊叫！

這分明是師傅的聲音！

少平丟下鐵鍬，幾步就奔到了他身邊。

所有幹活的人都跑過來了。有人立刻用燈光晃動着，讓機頭那邊停下了溜子。帶班的副區長雷漢義也從機頭那邊跑過來。

那根鋼梁無情地從王世才的肚子裏戳進去，一直從後背上穿出來。

他死了！

少平把師傅抱在懷裏，在黑暗中閉住了眼睛。

不息的熱血在涓涓地流淌。這是礦工的血。血滲進煤中；血成為黑色 —— 這染血的煤將變為熊熊爐火。難道我們還不能明白，為甚麼爐火總是那樣鮮紅⋯⋯

雷漢義雙膝跪下，用自己的嘴對着那張沒有氣息的嘴，做人工呼吸。雖然毫無指望，但礦工們一個接一個對着王世才的嘴，希望用自己的氣息讓班長復活。

雷漢義沉默地擺了擺手，人們停止了這徒勞的努力。副區長再一次雙膝跪地，在老戰友的額頭上親了親。

黑暗中一片死一般的寂靜。

不知甚麼地方，樑柱在大地的壓力下，發出「叭叭」的聲響。

少平抹了一把臉上的淚水，把師傅揹起來，離開掌子面。所有的人都跟在兩邊，沉寂地爬出了回風巷。

下絞車坡了。安鎖子和其他人分別捉着師傅的胳膊腿，生怕被岩壁碰磕着 —— 他身上的傷已經夠多了……

在風門口，雷漢義自己揹起了王世才。他叫幾個人跟他上井，然後打發少平和其餘的人都回掌子面繼續幹活。

區長的話就是不容違抗的命令。

是的，生產不能停 —— 這就是煤礦！

安鎖子不服從區長的決定，非要護送師傅上井不行。

雷漢義對安鎖子說：「你他媽的吊着腹子怎上去？」

這時，大家和安鎖子本人都才發現，他連褲子也沒穿，還光着屁股。

當師傅的屍體在井口的報警鈴聲中升上地面的時候，他剛剛淌過血的掌子面上，煤溜子又隆隆價轉動了……

第四十五章

對於煤礦來說，死人是常有的事。這不會引起過分的震動，更不會使生產和生活的節奏有半點停頓。

當醫院後邊的山坡上又堆起一座新墳的時候，大牙灣的一切依然在轟隆隆地進行。煤溜子滾滾不息地轉動，運煤車喧吼着駛向遠方；夜晚，一片片燈火照樣燦若星漢……

王世才卻和這個世界永別了。不久，青草就會埋住他的墳頭，這個普通人的名字也會在人們的記憶中消失。

只是他近二十年間的勞動所創造的財富，依然會在這個世界上無形地存在；他挖出的煤所變成的力量永遠不會在活人的生活裏消失。

我們承認偉人在歷史進程中的貢獻。可人類生活的大廈從本質上說，是由無數普通人的血汗乃至生命所建造的。偉人們常常企圖用紀念碑或紀念堂來使自己永世流芳。真正萬古長青的卻是普通人的無名紀念碑 —— 生生不息的人類生活自身。是的，生活之樹常青。

這就是我們對一個平凡世界的死者所能夠做的祭文。

一個普通人的消失對世界來說，的確像甚麼事也沒有發生。

可是，對大牙灣煤礦黑戶區這個小院落來說，這似乎就是世界的末日。我們知道，這裏曾有過一個多麼溫暖而幸福的家。現在，妻子失去了丈夫，兒子沒有了父親。他們的太陽永遠隕落了……

幾天來，不幸的惠英一直在牀上躺着。

直到現在，她還不相信丈夫已經死了。她披頭散髮，兩隻眼睛像蜂蜇了那般紅腫。即使風搖動一下門環，她也要瘋狂地跳下牀，看是不是丈夫回來了？面對空蕩蕩的院落，她只能伏在門框上大哭一場。可憐的明明抱着她的腿，跟她一起嚎哭。

她自己水米難咽，但總得要給孩子吃飯。

飯桌上，她像往日一樣把丈夫的筷子和酒杯給他擺好。這是一種無望的期待。但她又相信，丈夫一定會像過去那樣羅着腰從門裏走進來，坐在這張飯桌前，撫摸着明明的頭，笑眯眯地端起酒杯一飲而盡……

但是，他永遠不再回來。

她躺在牀上，淒苦地摟着可憐的兒子，不管白天還是晚上，眼前盡是一片黑暗。夢境中，她感覺她還躺在他結實的懷抱裏。醒着時，耳朵在固執地諦聽着外面院子的動靜，期盼某種奇跡的出現。

這天，她真的聽見了院子裏傳來一陣腳步聲！

她破門而出。

走進這小院的是孫少平。

幾天來，孫少平和這不幸的母子倆同樣悲傷。曉霞的來信和師傅的去世，使他精神上扛起了雙重的十字架。他先顧不得再為自己的感情而痛苦，卻被師傅的死壓得喘不過氣來。眼前這個家庭的全部災難，也就是他自己的災難。沒有任何考慮，他就自動地、自然地對這不幸的家庭負起了責任。

少平知道，惠英嫂和明明眼下多麼需要人來安慰。師傅死得太突然，他們很難在這個打擊中恢復過來。如果是在疾病中慢慢被折磨而死，親屬也許不至於長時間陷入痛苦。而在毫無精神準備的情況下，突然失去了最親近的人，那痛苦就格外深重。

他無法用言語來安慰嫂子和明明。言語起不了甚麼作用。他來到這個愁雲籠罩的家庭，只能幹一些具體的活。

他幹活，並且儘量弄出聲響，使這死氣沉沉的院落有一點活人的氣息；使這痛苦不已的孤兒寡母重新喚起生活的願望。他幹活，也使他自己冰冷的心恢復一點熱力。他知道，人的痛苦只能在生活和勞動中慢慢消磨掉。勞動，在這樣的時候不僅僅是生活的要求，而且是自身的需要。沒有甚麼靈丹妙藥比得上勞動更能醫治人的精神創傷了。少平對此已經有過極為深刻的體會。

現在，他走進這個不幸的家庭，第一件事首先是做飯。

他笨手笨腳，忙裏忙出，做好飯讓明明吃，並把飯碗雙手端到嫂子牀前。在他們吃飯的時候，他就到院子裏去劈柴、打炭、補壘殘破的院牆。隨後，他又擔起桶，到土坡下的自來水管去挑水。

在這些日子裏，他再也沒心思去動一下課本。他一上地面，就匆忙地趕到這院落，默默地幹起了活。除此之外，他不知道該怎樣使惠英嫂從這可怕的災難中緩過氣來。

孫少平把門裏門外的活幹完，把房子和院落收拾得乾乾淨淨，就引着明明到矸石山上去撿煤。他在山裏給明明逮螞蚱，拔野花，千方百計使孩子快樂……

這天，他擔着從矸石山上撿的兩筐子煤塊，引着明明回到師傅家。明明一進門，就把他給他拔的那一大束野花捧到媽媽牀邊，說：「看，孫叔叔給我拔了這麼多花！媽媽，你說好看嗎？」

「好……看……」惠英嫂嘴角第一次掠過一絲笑意。

孫少平猛地轉過身，眼裏旋轉起兩團熱呼呼的淚水。噢，那一絲笑意正是他所期待的！他多麼希望惠英嫂從黑暗中走出來，重新鼓起生活的勇氣——為了明明，也為了她自己。

孫少平天天如此，來這個院落幹活，帶着明明到矸石山上去撿煤。每次從山上回來，他都要給明明拔一束野花，讓孩子送到母親面前。他還把這五彩斑斕的花朵插在一個空罐頭瓶中，擺在惠英嫂臥室的牀頭櫃上。花朵每天一換，經常保持着鮮豔。鮮花使這暗淡灰氣的房屋有了一線活力和生機。

惠英嫂終於從牀上爬起來，開始操持家務了。

當然，這不是僅僅因為那束鮮花。她沒多少文化，不會像詩人那樣由花而聯想到甚麼「生活意義」。不，她在很大程度上是被她死去丈夫的這個徒弟所感動。她想她不能就這樣一直躺在牀上，讓少平門裏門外操勞。她承認，正是有了少平的幫助，才使她感到生活中還不是無依無靠。既然命運使她成為現在這個樣子，她就得再掙扎着去生活。

按照國家的政策，她不久就頂替死亡的丈夫，被礦上錄用為正式工人。隨之而來的是她母子倆都吃上了國庫糧。令人心酸的是，這一切都是她親愛的人用生命所換取的。

但這無疑給這個寡婦增加了生活下去的力量。

她像大多數因失去丈夫而被招工的婦女一樣，被安排到礦燈房去工作。少平很為惠英嫂高興，這樣，她或許能在工作中慢慢抹掉心中的傷痕。

「你不要再為我們操心了。嫂子有了工作，日子就能過下去。」她對少平說。

「你不要擔心，嫂子。家裏有甚麼事，都有我哩！」

她含着淚水對他點點頭。

說實話，至少在眼下，她不能沒有他的幫助。這不僅是生活中的一些具體事，而更主要的是，她在精神上需要一個依託。要不是在大牙灣有了工作，她就準備帶着明明回河南老家去。無依無靠無工作的孤兒寡母，怎麼可能在這樣的地方生存下去呢？

現在，她有了工作，維持兩個人的生活還是可以的。再說，她和丈夫已經在這裏營造起一個蠻不錯的窩。當然，最重要的還是丈夫生前帶了個好徒弟，可以給她幫許多忙。就是回到河南老家，父母兄弟也不一定能這樣對待她母子倆。

惠英開始在礦燈房上班了。

礦燈房和井下一樣，也是一天三班倒。每班九個人，其中一個人輪休，因此實際上班的是八個人。一個管一個窗口，四個燈架，共四百盞礦燈。上班以後，首先清理衛生，關掉充好電的燈源；然後就開始在窗口收上井工人的礦燈，再把充足電的礦燈發放給下井的工人。

這工作說來也不輕鬆。每盞燈交回後，要擦乾淨，並且要充好電；如果某盞燈壞了，也要自己修理。最容易出的毛病是接觸不良。惠英沒上過幾天學，起先工作很吃力。少平就抽空給她講電的基本常識，並且讓惠英把一盞不用的舊礦燈提回家，給她一次又一次做示範修理。

現在，少平每次上下井，總是在惠英嫂的窗口交接他的礦燈。他敢肯定，沒有哪個人的礦燈比他的礦燈更乾淨了。同時，每當他下井前窗口那隻熟悉的手中接過自己的礦燈，裏面還總要傳出一聲關切的叮嚀：「千萬操心些……」

少平走過黑暗的通道，眼睛常常熱淚濛濛。惟有下井的煤礦工人，才能深深體會這一聲叮嚀多麼令人溫暖。

上井以後，他洗完澡走出區隊辦公大樓，有時會看見親愛的明明正立在馬路邊等他。他知道，是惠英嫂打發他來叫他吃飯的。如果她下班早，總會提前做好飯讓明明來叫他。

不需要任何推諉，他拉起明明的手，就向東邊山坡上那個院落走去，如同回自己的家一樣自然。

對孫少平來說，這是一種新的生活。由於他對師傅的感情，使他不能不對惠英嫂和明明擔當起愛護的責任。同時，井下沉重的勞動之後，他自己也希望能在這裏的家庭氣氛中得到某種鬆弛。他幫助惠英嫂幹那些男人的力氣活，也坐在她的小飯桌前，讓惠英嫂侍候他吃一碗可口飯，甚至喝一杯燒酒，以緩解滲透在身上的陰冷。

但是，他並沒意識到，有人已經對他和惠英嫂「另眼相看」了。儘管他們像姐弟一樣互相關懷，可在某些人的眼裏，這似乎已經超出了常規。每當他走進這個小院，周圍那些閒得沒事的黑戶婆姨，總要互相擠眉弄眼議論大半天。

孫少平和惠英嫂目前還都不知道這些風言風語。在他們看來，一切都是正常的，根本不會想到有人會嚼舌頭。他們的來往依舊照常。惠英嫂甚至利用輪休假，親自跑到他住的單身宿舍，幫他拆洗被褥。

這一天，他在惠英嫂家裏吃完飯，明明又一次提出，讓他給他買一隻狗。

少平這才記起，他早已給孩子答應了這件事，卻一直沒有辦。這是孩子的一件大事。明明愛狗；有隻狗，他的日子也就不寂寞了。

月初，他領罷工資的當天，就坐公共汽車去了銅城。

在這幾天裏，銅城街上陡然增加了一倍以上的人口。只要煤礦一開工資，這個城市總要熱鬧那麼幾天。礦工們腰裏別着大把的人民幣，紛紛從東西兩面的溝道裏坐汽車，搭火車，湧到了這街上。所有的飯館都擠滿了猜拳喝令的礦工。百貨商店，副食商店，個體戶的各種攤點，營業額都在暴漲。四面八方的生意人，這幾天也都雲集這個有利可圖的城市。連省上一些大百貨公司都來這裏設了臨時售貨點。當然，像雙水村金富一類的扒竊能手，也會準時趕來撈幾把礦工的血汗錢。不用說，這幾天也是派出所和公安局最頭疼的日子。

孫少平來這裏主要是買一隻狗。

他在前後大街的人羣裏串了大半天，最後好不容易在火車站附近碰上一個狗販子。他馬上挑了一隻全身皮毛黑亮而兩個耳朵雪白的小狗娃。狗販子一口要價十五元。少平沒討價，付了錢抱起狗娃就走。

他半後晌回到大牙灣，一下火車就直接去了師傅家。

這隻狗娃可把明明高興壞了。他把這小東西抱在懷裏，不斷地親吻它。

少平動手在院牆角給小狗壘窩。

「叔叔，它叫甚麼名字？」明明抱着小狗，在旁邊問他。

「它還沒名字。你給它起個名字吧！」他一邊說，一邊在壘好的狗窩裏填進一層柔軟的麥秸。惠英嫂也高興地拿了一些舊棉絮，幫他墊在麥秸上。

「就叫它小黑子吧！」明明喊叫說。

「好，就叫小黑子！這名字很好聽！」少平對明明說。

這一天，因為家庭增加了一個新成員，三個人的情緒都很好。飯桌上，他們一直在談論着這個被命名為「小黑子」的傢伙。明明顧不得吃自己的飯，蹲在地上為小狗餵食。

就在這天晚上，少平下井後，卻遭遇了一件極不愉快的事。

當頭一茬炮放完，又支護好了頂棚，大夥剛開始攉煤的時候，他旁邊的安鎖子突然大聲喊叫說：「哈呀，王世才死了還沒多日子，他老婆就撐不住了！」

「那你去解決一下問題嘛！」有人下流地說。

「輪不上咱！少平比咱年輕足勁，早頂王世才的班了！」

掌子面的黑暗中傳來一片哄笑聲。

孫少平頭「嗡」地響了一聲。一種無言的憤怒使他摜下鐵鍬，走過去幾拳就把那個不穿褲子的傢伙打倒在了煤堆裏。

安鎖子哇哇亂叫，少平只管在他的光身子上又踢又踏。所有幹活的人都笑着，誰也不制止這種毆打——打架在煤礦就像是玩遊戲，誰還把這當一回事！

孫少平正當氣圓力壯之時，他把這個壯漢在掌子面上打得亂滾亂爬。最後，他索性抓着安鎖子的兩條腿，一直把他拉到機頭那邊的漏煤眼上。

他扯着安鎖子的兩條腿，顛倒着把他懸在那個黑色深淵的口上。

煤溜子在轟隆隆地轉動着，煤流像瀑布似的從安鎖子身邊跌入了那個不見底的黑窟窿裏。安鎖子嚇得殺豬般嚎叫起來 —— 要是少平一鬆手，他頃刻間就會掉入那個可怕的黑色地獄之中！

這時候，帶班的副區長雷漢義過來了。他也沒制止這危險的「把戲」，反而嘿嘿地笑着在旁邊說：「好！我還正愁沒人頂替王世才當班長哩！孫少平這小子能打架，就能當個好班長！好！把那小子撂下去！」

雷漢義立在一邊，樂得只管笑。

孫少平把安鎖子從漏煤眼上拉出來，像死狗一般把他扔在一邊……

少平並沒意識到，對安鎖子的這次暴力行動，使他無形中在礦工中提高了威信。拳頭和力氣在井下向來是受尊重的。能打就能幹，也就能統帥這羣粗野的漢子。雷漢義說的是事實，有一些班長和區隊幹部就是打架打出來的！

但是，孫少平雖然打倒了安鎖子，可他自己受傷的卻是心靈 —— 安鎖子的話嚴重地傷害了他。不僅如此，這也是對惠英嫂和死去的師傅的侮辱。

在澡堂裏換衣服的時候，安鎖子討好似的給他遞上一根紙煙 —— 捱了一頓飽打之後，他就立刻服服帖帖承認了少平的「拳威」。

少平接過他的紙煙，眼裏含着淚水說：「你小子不知道，師傅正是為了救你才送了命。要不，死的是你小子！」

安鎖子沉默地低垂下了他那顆肉乎乎的腦袋。

中午，少平也沒去惠英嫂那裏吃飯。他一個人在火辣辣的陽光下，走到醫院後面的小山坡上。

他在山坡上轉悠着拔了一大束野花，然後走到那一片墳地裏，把花束擱在師傅的墳頭。他靜悄悄地坐在墓地上，難受地閉住了眼睛。

他似乎聽見旁邊有腳步聲。

他睜開眼，看見是安鎖子。他並不感到驚訝。

安鎖子手裏提一瓶白酒。他揭開瓶塞，把酒全灑在師傅墳前的石頭供桌上，嘴裏嘟囔着說：「你活着時愛喝兩口，我來給你祭奠一點……」

安鎖子倒光一瓶酒後，把瓶子甩到坡下，也過來坐在他身邊。

兩個人誰也不說話，沉默地一直坐到太陽西斜……

第四十六章

列車像拉犁前的黃牛那般沉重地歎息了一聲，又顫慄了一下，然後發出幾聲驚人的長鳴，就悠悠地滑出車站，噴吐着白霧向南駛去。

車輪撞擊鐵軌的鏗鏘聲迅速地急驟起來。

在動人心魄的隆隆聲中，兩邊那些蒼老的破房舊屋跳舞一般飛快地旋轉着退向後邊。

銅城頃刻間消失了。

接二連三穿過幾條幽深的隧道後不久，寬廣遼闊的中部平原便展現在眼前。

短短的時間裏，就像從一個世界來到另一個世界。從車窗望出去，平原上麥田裏復種的玉米已經嚴嚴實實遮罩了大地，在夏日炫目的陽光下像漫無邊際的綠色海洋。遙遠的地平線那邊，逶迤的南嶺在藍色的霧靄中時隱時現。縱橫於廣大平原上的河流，如同細細的銀練盤繞在墨綠色的絲絨中。

列車像驚馬一般奔馳在平坦的原野上。

車廂兩邊的窗口，不斷飄飛出紙屑、食品袋、空汽水瓶和廢啤酒罐。車廂內，頭頂的電風扇嗡嗡地作三百六十度旋轉，把涼風均勻地送到各個座位。男女旅客都光膀子裸腿，吃着，喝着，賞心悅目地瞭望着盛夏豐茂碧綠的田野。

孫少平坐在緊靠窗口的座位上，眼睛裏閃着新奇和激動的神色。他是第一次坐這麼舒適的火車 —— 在此之前，他只是坐過大牙灣到銅城運煤車的悶罐；相比之下，那和坐下井的罐籠沒甚麼差別。

他也是第一次去省城。

如此說來，他的新奇和激動就不難理解了。如果你出身於山區農村，第一次坐火車，第一次到平原，並且第一次去大城市，你就會和此刻的孫少平抱有同樣的心情。

少平是代表大牙灣煤礦來銅城礦務局參加完乒乓球比賽後，臨時決定作這樣一次遠行。他得了一個全局男子單打第二名，並且和另外一個人合作，取得了男子雙打第一名的好成績。他左手橫握拍的近台快攻，給所有參賽的選手留下了極深的印象。據說，大牙灣煤礦已經廣播了他的成績 —— 一件也許並不重要的事，使他成了他們礦的「著名人物」。在煤礦這樣的地方，你有點甚麼特長，很快就能顯示出來。

乒乓球比賽結束後，照例有幾天休假。對一個礦工來說，這也是很難得的：不下井，照拿工資獎金。

孫少平突然想，他為何不利用這幾天假日去省城看看蘭香呢？

再說他自己也從沒到過這個一直在夢想中的大都市。此外，他近期來心情很壓抑，想走遠點散散心。當然，在內心深處，他也想見見曉霞的面。自從接到曉霞那封令他傷心和痛苦的信後，他一直沒有給她回信。個人感情上的折磨和師傅的死使他在這一段時光裏心火繚亂，度日如年。無論如何，他要見見她 —— 哪怕這是最後一次見面。如果命運決定他必須和她分手，那麼最好及早地結束這一切……

現在，他坐在這車窗口，心情倒很愉快。飛馳的列車和隆隆的聲響使他心潮湧動。他自豪地想，正是他們挖出的煤變為熊熊的爐火，才讓這龐然大物奔騰不息地駛向遠方。他白汗衫的胸前印着「大牙灣煤礦」幾個紅字 —— 這是乒乓球比賽前礦上發給他的。此刻，他為自己是個煤礦工人而感到驕傲。他竟抱着一種優越感環視車廂內的旅客，像個悲劇詩人一樣在心中問他們：你們是否想到這列車因甚麼才滾滾前行呢？

「看看你的車票！」

他突然聽見一個操河南腔的女高音在旁邊喊着說。他扭過頭，見一位女列車員立在他面前，顯然是對他說話。

他趕忙從衣袋裏摸出車票遞給她。

女列車員把那個硬紙片翻過正過看了幾遍，才又給了他，一聲不吭地離去了。

少平原來以為她是查所有人的車票，想不到她只是查他一個人的。

他忍不住難受地咽了一口唾沫，把頭向車窗那邊扭去。

車窗外，綠色在飛一般旋轉。前方一聲汽笛長鳴，一團白霧貼着車廂撲面而來，給他臉上蒙了一層冰涼的水汽。

是的，他剛才還為胸前的那幾個紅字而驕傲。但正是這幾個字說明了他那低賤的身份。在列車員的眼裏，不買票混車坐的大概只能是煤礦工人。

去他媽的！他索性就像一個真正的煤礦工人那樣，肆無忌憚地表演了一個小小的「國技」—— 把一口痰像子彈一般吐出窗外，使對面那位染紅指甲的女士厭惡地把頭一擰，給了他一個憤怒的後腦勺！

他微微一笑，心理上產生了一種阿 Q 式的平衡。

下午兩點左右，列車駛進了省城車站。孫少平被洶湧的人流夾帶着推出了檢票口。

他在萬頭攢動的車站廣場，呆立了好長時間。

天呀，這就是大城市？孫少平置身於此間，感到自己像一片飄落的樹葉一般渺小和無所適從。他難以想像，一個普通人怎麼可能在這樣的世界裏生活下去？

他懷着一種被巨浪所吞沒的感覺，恍惚地走出擁擠的車站廣場，尋找去北方工大的公共汽車站 —— 蘭香早在信中告訴了他，出火車站後，坐二十三路公共汽車，可以直達他們學校的大門外。

他向行人打問了半天，終於找到了二十三路公共汽車的站牌。

好在這是起點站，他上車後，還佔了個座位。

一路上，他臉貼着車窗玻璃，貪婪地看着街道上的景致。他幾乎甚麼具體東西也沒看見，只覺得繽紛的色彩像洪水般從眼前流過。

將近四十分鐘後，他下了車。他立刻就看見了北方工業大學的校牌。

他的心踏實下來了。

少平事先並沒給蘭香寫信說他要來，因此妹妹見到他既驚訝又興奮。她立刻跑着到學校招待所為他訂了個牀鋪，然後引着他來學生食堂吃飯。兄妹倆高興得幾乎還沒顧上說甚麼。

蘭香買好飯菜，他們剛坐在一張小桌前，便有一個男生過來和妹妹打招呼。

蘭香給她的同學介紹說：「這是我二哥！」

「我叫吳仲平。」這年輕人很熱情地握住了少平的手。

「我們是一個班的。」蘭香在旁邊補充說。

「我再去買幾個菜。你能喝酒嗎？」吳仲平問他。

少平對他點點頭。

不一會，吳仲平就端來幾大盤菜，又提了兩瓶青島啤酒，三個人便坐在一起吃起來。

少平大為驚訝的是，他沒想到妹妹已經出息得這麼大方，竟然和一個男同學親密到如此程度了！

這就是他那個吊着淚珠、提着小筐筐拾柴火的妹妹嗎？他似乎都不認識她了。

不知為甚麼，他感到眼窩有點發熱。他為妹妹的成長感到欣慰。她也許是家族中第一個真正脫離老土壤的人。妹妹的這種變化，正是他老早就對她所希望的。在這一剎那間，他自己的一切不幸都退遠了。為了有這樣值得驕傲的妹妹，他也應該滿懷熱情地去生活……

第二天上午，興高采烈的妹妹陪他去上街。在此之前，她已引他轉悠了他們美麗如畫的校園。

行走在大城市五光十色的街道上，少平倒不像初來乍到時那般縮手縮腳。他是一個有文化的人，很快便知道這個世界大約是怎麼一回事。惟一使他感到彆扭的是，行人用那種誤解的目光把他和妹妹看成了情侶。

蘭香大方而親切地挽着他的胳膊，不時給他指點街道上的情景。她穿一件天藍色裙子和白短袖衫，稍稍燙過的黑髮剛漫過脖項，樸素中洋溢着青春的光彩。

走到一個叫騾馬市的地方，少平堅持要帶妹妹去看一看衣服。

這是一個個體戶出售成衣的大市場。街道兩旁花花綠綠擺得一眼望不到頭。衣服大都是廣州上海一帶進來的。還有一些香港和外國的冒牌貨，價錢稍貴一些，但式樣相當時髦。

蘭香說她夏衣足夠，少平就給她買了兩條牛仔褲和一件高雅的春秋衫。

妹妹紅着臉說：「我還沒穿過牛仔褲……」

「你穿牛仔褲肯定好看！不過，假期回雙水村，可不要把這褲子穿回去。村裏人不用說，就是咱們家裏人也看不慣！」少平笑着對妹妹說。

這天下午，妹妹安排他們到市中心的流花公園去划船。在此之前，她的男朋友吳仲平已經提前到公園租船去了。蘭香還給金秀打了電話，約好在公園湖邊的游船售票處碰面。

妹妹領他到公園後，吳仲平已經租好了船，並且買了一堆飲料。不一會，金秀也來了。

少平高興的是，他的老同學顧養民和金秀一塊相跟着來了。他們緊緊握手，搶着詢問各自的情況，情緒相當激動。他們沒想到在這樣一個地方又見面了。

不一會，五個人就蕩起小船，駛向碧波漣漣的湖心。

孫少平知道，此刻和他同遊的其他四個人，平時也許很少涉足這種公共娛樂場所——他們大部分時間都泡在圖書館裏。今天，他們之所以安排這樣一個活動，純粹是為了他。是的，大城市人接待小地方來的親友，必定要安排他去看看動物園，到公園裏划划船。

哦，這也很好。他的確大開眼界。尤其是輕鬆地置身於這樣優美的環境，又是和自己親密的人在一塊，這使他非常愉快。

陽光燦爛，湖水碧澄；岸柳婀娜，花朵絢麗；清涼的風像羽絨般輕柔地撫摸着人的臉龐。金秀興致勃勃地喊叫說：「咱們一塊唱個歌吧！」

「新歌還是老歌？」吳仲平說。

「應該說現在的歌還是過去的歌。」蘭香笑着糾正她的朋友。

「好好，你說得對。過去的歌我就會唱個《讓我們蕩起雙槳》。」

「那正合適。」顧養民說。

於是，由金秀尖利的高音起頭，眾人就隨她一齊唱起來——

讓我們蕩起雙槳，
小船兒推開波浪。
水面倒映着美麗的白塔，
四周環繞着綠樹紅牆。
小船兒輕輕，
漂蕩在水中，
迎面吹來了涼爽的風……

歡樂的歌聲隨着小船在碧綠的湖水中流瀉。蘭香、金秀、顧養民、吳仲平，都像孩子一般沉醉在歌聲中，臉上掛着燦爛的笑容。

可是，孫少平的眼睛卻潮濕起來。他透過朦朧的淚眼，看見遠方地層深處的一片黑暗中，煤溜子在轉動，鋼樑鐵柱在地壓下彎曲顫抖，淌着汗水的光膀子在晃動……

晃動……小船停泊在了岸邊的碼頭。

孫少平從恍惚中醒過來，跟隨這些快樂的人走進了公園餐廳。熱情的吳仲平即刻就備辦好了酒菜。

孫少平強迫自己回到眼前的現實中。是的，煤礦和這裏雖有天壤之別，但都是生活。生活就是如此。難道自己吃苦，就妒忌別人的幸福？不，他在黃原攬工時就不止一次思考過類似的問題。結論依然應該是：幸福，或者說生存的價值，並不在於我們從事甚麼樣的工作。在無數艱難困苦之中，又何嘗不包含人生的幸福？他為妹妹們的生活高興，也為他自己的生活而感到驕傲。說實話，要是他現在拋開煤礦馬上到一種舒適的環境來生活，他也許反倒會受不了……

第二天上午，妹妹要去上課。少平說他自己一個人再到街上逛逛——他沒好意思對妹妹說他想去找曉霞。

聰敏的蘭香卻猜到了他的心思。她對他說：「你應該去看看曉霞姐。她上次來我這裏，還送給我一條裙子和五十元錢，說是你讓她捎來的。其實我明白，這錢是她給我的……」

少平呆住了。曉霞在信中可從來沒提過這件事！

一剎那間，說不清楚是幸福還是痛苦，使他感到心頭湧上一股酸楚的滋味。

「這是她的地址和電話號碼。」妹妹說着把一張小紙片遞到他手裏。

他把這紙片裝進衣袋。其實，曉霞的地址和電話號碼他都知道。

在蘭香上課前半小時，少平還沒動身上街的時候，兄妹倆做夢也想不到，他們的姐夫王滿銀突然闖到這裏來了。

這個逛鬼的出現，着實使他們吃了一驚。一年四季，這個人的蹤跡家裏人誰也不知道。他怎麼會逛到這裏來了？

「哈呀，早聽說蘭香考上了大學！喜事呀！我也忙得沒顧上來看看！」王滿銀滿臉黑汗，撩起衫襟子往臉上扇風。那件幾乎是透明的尼龍背心髒得像小孩的尿布。

「你吃飯了沒？」蘭香問他。不論怎樣，這個人歪好還算個姐夫，又是上門來看她的，總不能劈頭把他臭罵一通。

「吃得飽飽的！」王滿銀在肚子上拍了拍，「我就是來看看你！哈呀，你真不簡單！咱們的光榮嘛⋯⋯我馬上就得走，晚上還要坐火車到蘭州去販點白蘭瓜。我以後再來⋯⋯聽說你到了銅城煤礦？」王滿銀有點怯火地扭頭問少平。正是因為少平在這裏，他才準備馬上離開。他知道兩個小舅子都不是好東西，他們都敢打他哩！

少平沒有搭理他。真的，要不是在妹妹的宿舍裏，他早就對這個混蛋姐夫不客氣了——他把姐姐和兩個外甥害得好苦！

這王滿銀卻又從衣袋裏摸出一片生意人用的簡易計算器，對小姨子說：「把這東西給你留下！你用得着！這東西加減乘除又快又靈⋯⋯你看！」他用手指頭壓着計算器，嘴裏唸叨着：「一加一，等於⋯⋯你看，這不是，二！」

蘭香哭笑不得地說：「你快拿走，我們不用這！」

「噢⋯⋯」王滿銀只好把那玩藝兒收起來，喝了幾口蘭香為他泡的茶水，就悻悻地走了。蘭香正好也要去上課，就和這個二流子姐夫一同出了宿舍。

他們走後一會，少平才離開學校，到市內去找田曉霞。

當他從解放大道的繁華鬧市處走到省報大門口時，卻猶豫地徘徊起來。

從報社門口望進去，是一條綠樹婆娑的林陰大道。一座赭紅色的小樓掩映在綠色深處。那就是她工作的地方。他不知道，當他涉足於那地方的時候，等待着他的將是甚麼。

周圍的市聲退遠了，耳朵裏像有只蚊子在嗡嗡吟唱。他感到視線也變得模糊不清，眼前流轉着似是而非的物體和混雜難辨的顏色。

他困難地咽了一口唾沫，終於鼓起勇氣走進了報社門房。

「找誰？」一位老頭問。

「田曉霞。」他說。

「噢……是工業組的。讓我給她打個電話。你先登記一下！」

少平還沒登記完，那老頭便放下話筒，對他說：「田曉霞不在！出差去了！」

孫少平放下筆，怔住了。

不知為甚麼，他在遺憾之中也有一種解脫似的鬆寬。

他旋即走出報社大門，來到街上。

現在，他邁着煤礦工人那種鬆鬆垮垮的步子，在一個兒童服裝店，為明明買了一支玩具卡賓槍和一身草綠色小軍衣——上面還有領章哩！

接着，他又串游到一個雜貨鋪，買了一個炒菜的鐵鍋。惠英嫂家裏的炒菜鍋是鋁製的，他知道用鐵鍋炒菜才符合科學要求——這常識是他從最近一期《讀者文摘》上看到的……

孫少平第二天就離開省城，搭火車回到了大牙灣煤礦。

第四十七章

就像大晴天冷不丁下起了冰雹——孫少安的磚燒砸了！所有千辛萬苦燒製的成品磚，出窰的時候，無一例外地佈滿了裂縫，成了一堆毫無用處的廢物。

問題全部出在那個用高工資新僱來的河南人身上。這個賣瓦盆的傢伙實際上根本不懂燒磚技術，而忙亂的少安卻把掌握燒磚火候的關鍵性環節全託付給他來掌握，結果導致了這場大災難。

災難是毀滅性的。粗略地估算一下，損失都在五六千元以上。這幾乎等於宣佈他破產了！旁的不說，村中幾十人在他這裏辛苦了近一個月，他卻連一分錢的工資也給大家開不出；而他自己還在銀行貸一萬元巨款，每月利息近百元……

絕望的人們所做的第一件事，就是把那個吹牛皮的河南人痛打了一頓。河南人除過受了點皮肉之苦，屁也沒損失 —— 他帶着預支的一個月高薪落荒而逃了。

一天之內，所有幫孫少安幹活的本村人，都咒罵着別人也咒罵着自己，灰心喪氣地各回了各家。一些人走時還留下話：你孫少安小子無論如何得給我們開工資，要不，馬上種麥子，我們拿甚麼買化肥呢？

現在，紅火熱鬧的磚場頃刻間就像散了的戲場。人走空了，只留下遍地狼藉。我們記得，不久前開張的時候，這裏曾有過甚麼樣的風光！

此刻，在這個一夜間敗落下來的場所，少安夫婦相對而泣。他們就像遺棄在戰場上的敗將，為無可挽回的慘局而悲鳴。

孫少安的災難馬上在雙水村掀起大喧嘩。人們各自懷着不同的心情，紛紛奔走傳告這消息。歎喟者有之，同情者有之，幸災樂禍者有之，敲怪話撇涼腔者有之。聽說田福堂激動得病情都加重了，一天吐一碗黑痰。神漢劉玉升傳播說，他某個夜晚在西南方向看見空中閃過一道不祥的紅光，知道孫少安小子要倒霉呀……

夜幕降落的時候，少安和秀蓮仍然沒有回家去。他們坐在一堆燒壞的磚頭上，臉上糊着淚痕，默默無語地看着東拉河對面那輪初升的明月。

他們一時無法從這災難性的打擊中反應過來；他們做夢也想不到，命運會發生如此戲劇性的轉折。在此之前，他們沒有任何一點精神準備啊！

少安用哆嗦的雙手勉強捲起一支旱煙棒。滿臉淚跡斑斑的秀蓮湊到他身邊，從他手裏拿過火柴，為他點着了煙。親愛的人伏在他膝頭，又一次失聲地哭起來。

少安沉重地歎了一口氣，像乖哄孩子一樣親切地撫摸着妻子滿是灰土的頭髮。

他無法安慰她。

秀蓮哭了一會，卻反過來安慰他說：「事情到了這一步，你……不敢太熬煎。急出個病，咱更沒活路了！」

「怎麼辦……」少安臉痛苦地抽搐着，不知是問秀蓮，還是在問自己。

「咱難道不能重起爐灶？」秀蓮在月光下瞪着那雙大眼睛問丈夫。

少安仰起頭，像精神病人那樣，對着燦爛的星空怪笑了幾聲。

「重起爐灶？」他痛不欲生地看着妻子，「錢呢？你算算，連貸款和村裏人的工資，咱已經有一萬大幾的賬債。如今兩手空空，拿甚麼買煤？拿甚麼付運費？拿甚麼僱人？咱兩個能侍候了這台機器？更可怕的是，燒磚窰倒閉了，月月還得扛一百來塊的貸款利息。另外，我們拿甚麼給做過工的村裏人開工資？眼下這是最當緊的！村裏人實際上是等米下鍋哩……」

「能不能再去貸款？」

「天啊！我已經沒這個膽量了。」少安叫道，「再說，咱已經貸下這麼多，現在又破了產，公家怎麼可能向一個毫無償還能力的人再貸款呢？」

「哪咱只能賣機器了？」

「不！」少安對妻子喊叫說，「就是賣了機器，連公家的貸款都還不利索，更不要說給村裏人開工資了。咱們將來能不能翻身，還得指靠這台機器哩！要是賣掉，咱這輩子再也沒能力買了。公家的貸款咱可以賴着，月月扛利息就是了。現在最主要的是，怎樣才能給村裏幹過活的人開工資……」

沒有任何辦法。

兩個人沉默地陷入到痛苦的深淵之中。他們忘記了飢餓，忘記了睡眠，一籌莫展地坐在這一堆破磚頭上，不知該怎麼辦。

夜很深了。金家灣那邊最後幾點燈光也已熄滅。月亮靜靜地照耀着寂靜中昏睡的大地。東拉河閃着銀白的波光，朗朗喧響着在溝道裏流淌。晚風涼意十足，帶着秋天將至的訊息，從大川道裏遒勁地吹過來，夾帶着早熟的莊稼所特有的誘人芳香……

炎熱的夏天即將結束。

孫少安磚場的熊熊爐火也隨之熄滅了。

對於一個平凡的農民來說，要在大時代的變革浪潮中奮然躍起，那是極其不容易的。而跌落下來又常常就在朝夕之間。像孫少安這樣一些後來被光榮地奉為「農民企業家」的人，在他們事業的初創階段是非常脆弱的。一個偶然的因素，就可能使他們處於垮台的境地；而那種使他們破產的「偶然性」卻是慣常的現象。因為中國和他們個人都是在一條鋪滿荊棘的新路上摸索着前行，碰個鼻青眼腫幾乎不可避免。

這就是人們面對的現實。

而問題在於，我們能不能在這條路上跌倒後，爬起來繼續走下去？

當然，我們毫不懷疑整個社會將奮然前行！

但是，這個倒在泥濘中的名字叫孫少安的人，此刻卻爬不起來了。他個人的力量無法使自己從這場突發的災難中恢復過來。

此刻，他頹喪地坐在這一堆破磚頭上，像一隻被風暴打斷翅膀的小鳥，在夜風中索索地顫抖着。無論他多麼堅強，他終歸是雙水村一個普通農民。他有甚麼能力抗擊命運如此冷酷的打擊呢？

當然，我們記得，這位性格非凡的青年，在過去一次次的災難中都沒有倒下過，而是鼓起勇氣重新為創立家業苦鬥不已。但那時他一貧如洗，儘管精神痛苦卻也沒甚麼大負擔。現在，他一下子揹了這麼多賬債，簡直壓得連氣也透不過來了！

孫少安和妻子在他們倒閉了的磚場，痛不欲生地坐到了深夜。

他們突然看見，父親佝僂着高大的身軀，背抄着手在月亮照得白花花的公路上走出來，轉到前面土坡的小路上，一直走到了他們面前。

父親沉默地立着，叭叭地抽着旱煙，火光在煙鍋裏一明一滅。

「回去吧，你媽把飯做好了⋯⋯」他開口對他們說。

淚水再一次從少安眼裏湧出來，在他憔悴不堪的臉頰上淌着。這樣的時候，只有最親近的人才不會拋棄他！他知道，父母親現在也為他的災難而急碎了心。想想分家以後，他實際上沒有給老人多少關照；而眼下自己又栽倒在地不能爬起來，讓老人跟着他擔驚受怕⋯⋯

秀蓮也站起來，勸少安回家去。

於是，夫妻倆垂頭喪氣地跟着父親，離開了燒磚場。

月光皎潔，大地如銀似水。夜色是這樣美好，人心卻如此灰暗！

母親在他們新居的鍋灶上，已經做好了雞蛋麪條，顫巍巍地把冒着熱氣的飯食端到炕上。少安和秀蓮都無心下咽，一人只挑着吃了幾根麪條。

母親用圍裙揩拭着眼淚，對他們說：「不管怎樣，要吃飯哩……」

孫玉厚老漢蹲在腳地上，低傾着蒼頭，一直在抽煙。他握煙鍋的手在微微地抖着。一生所遭受的各種打擊，早已使他對家庭面臨的任何災難都聞風喪膽，卻想不到兒子如今又闖下這麼一場大禍。太可怕了！一萬大幾千的賬債，別說他和兒子了，就是虎子手裏也還不清！

儘管這幾年他家的日子越過越紅火，但一種宿命的觀點一直主宰着孫玉厚老漢的精神世界。記得他父親活着的時候，就一再對他說過，孫家的祖墳裏埋進了窮鬼，因此窮命是不可更改的。看來，還是他父親說得對。米家鎮那個死去的老陰陽，卻胡扯說他們宅第的風水是雙水村最好的。好個屁！看，這好風水如今給他們帶來了甚麼樣的災禍！

其實，在少安決定要把磚場往大鬧騰的時候，他老漢心裏就直打小鼓。兒子的剛愎自用使他當時沒勇氣阻擋他實現那個宏圖大業；而他愚笨的老古板腦筋，又怎麼可能替他明察其間暗藏的危險呢？

他只是沒去參加兒子那個紅火翻天的「點火儀式」。對他來說，生活中出現不幸，那倒是慣常而自然的事；一旦過分地紅火而幸運，他倒會產生一種莫名的恐懼和擔憂。

現在，他的恐懼和擔憂終於變成了事實。

重溫當年父親的「教誨」，孫玉厚老漢再一次確信：孫家的不幸是命裏注定。我的兒子！有吃有穿就蠻不錯了，你為甚麼要喧天吼地大鬧世事呢？看看，人能勝了命嗎？你呀！你呀！你想給村裏人辦好事，眾人把你抬哄成他們的救星；可是現在，他們都成了你的債主！

你瞧，還是人家田福堂和金俊山謀劃大。人家都謀自己的光景，誰管兩旁世人的事？你既不在黨裏，又不是領導，你為甚麼要給村裏眾人謀利？如今，人家除過登門討債，誰再會看見你的死活……

孫玉厚老漢不時把清鼻涕用手掌揩在鞋幫子上。他蹲在腳地憂心如焚地思前想後，被兒子的災難打擊得抬不起頭來。

炕頭上那盞豆粒似的燈光，靜靜地映照着兩輩人四張愁苦的面孔。滿窰裏一片死氣沉沉。

屋外，月亮已經移到了田家圪嶗的山背後，半個村子被深沉的黑暗所籠罩。遠處，公雞們正在激昂地合唱今晚的第三支歌。

孫玉厚和老伴歎息着，默默無語地回了他們的住處；他們擔心那邊早已睡熟的老母親和小孫子。

父母親走後，少安和秀蓮都沒有脫衣服就倒在了他們的土炕上。這對患難夫妻忍不住緊緊摟抱在一起。他們渾身酸疼，好像走了好長時間的路。唉唉！在災難面前，他們更加感到了相互間的恩愛是多麼寶貴。

明天，他們將怎麼辦？

少安抱着妻子，難受地絮叨說：「村裏人的工錢，趕種麥前無論如何得給他們開一點。要不，咱還有甚麼臉活在雙水村？眾人是信任我，才投到了咱門下。如果他們去黃原打一個月短工，也把種麥的化肥錢賺回來了……可是，咱拿甚麼給人家開工錢呀！」

秀蓮沉默了一會，突然嚴肅地對丈夫說：「事到如今，我也想過了，只能讓我回一次娘家，看能不能讓姐夫先給咱們借一點錢。有林在村裏辦醋廠，多了拿不出來，一千來塊估計還可以……」

少安聽妻子這麼說，便「騰」地坐起來。他感激地望着仰面而臥的秀蓮，似乎在完全的絕望中獲得了一點生機。

他說：「有個一千多元，咱先給眾人都開上點工資，這樣他們就能湊合着把種麥子的化肥買回來……乾脆，咱兩個一塊回你們家！」

「你不能走。咱歪好還有個爛攤場，需要照料。再說，馬上要收秋，爸爸一個人也忙不過來。」懂事的秀蓮勸丈夫。

少安想不到在這種時候，秀蓮的頭腦倒比他冷靜。

「那你甚麼時候動身？」他問妻子。

「還能等甚麼時候哩！我天一明就準備擋車走。」

少安溫柔地俯下身子，再一次緊緊抱住親愛的人，在她那零亂得像沙蓬一樣的頭髮上親了又親。

兩口子一時無法入睡。

他們索性爬起來，為秀蓮收拾起了走山西的行囊。

為了不使虎子纏磨着攆秀蓮，他們先不準備給父母那邊打招呼；等秀蓮走了，少安再設法編個謊話哄兒子。秀蓮也不會在山西久留，無論能否向姐夫借到錢，她都會很快返回來的——她惦記着這個爛包了的家庭。

一大早，夫妻倆就出了門。

外面三分曙色，七分黑夜。

公路上已經有汽車開過。

太陽冒花時分，他們終於擋住了一輛去柳林的汽車。當少安看着妻子一個人坐車走了的時候，難受得抱住頭在公路邊上蹲了好長時間……

幾天之後，一些給他幹過活的村民，結伴來到他家裏，咄咄訥訥地訴說他們的苦情，希望他給他們開工資。在眾人想來，少安即使破了產，他們這點錢總還是能開了的。當然，對於他們每個人來說，也的確沒有多少錢。可幾十個人加在一起，就是一筆相當巨大的款項，孫少安除過賣掉製磚機，否則根本無力付這賬債。

他現在只能擺出一副可憐相，給眾人寬心說，他妻子已經去丈人門上借錢，一旦借回來，一定先給眾人解燃眉之急。大家懾於他過去的威望，只能歎息着等待他老婆從山西返回。其中也有幾個人，已經對他不那麼恭敬，嘴裏開始說些諷言嘲語。少安無力逞強，只能忍受。任何時候，處在失敗者的位置上，就得忍辱受屈。

是的，僅僅一夜之間，許多人就用另一種眼光來看孫少安了。實際證明，這個幾年來喧天吼地的人物，看來也不過如此罷了！雙水村大部分輿論認為，他小子要從這場災難中翻過來幾乎是不可能的！

在目前這種境況中，孫少安本人也承認了輿論對他做出的判斷。惟一能安慰他的是，幾天後，親愛的妻子總算從山西娘家門上借回一千多塊錢，使他能給村中幹過活的人多少開些工資，暫時緩解了一下迫在眉睫的危機……

第四十八章

當秋日金色的陽光從田家圪塄那邊漫過公路，漫過東拉河，斑斑駁駁照亮金家灣的那陣兒，就到了莊稼人吃早飯的時辰。在此之前，人們已經在山裏幹了好長時間活，肚子餓得貼到了後脊樑上。現在，他們邁着懶洋洋的步子，走回了自己的院落。

早熟的秋田作物已經開始收割。禾場上，塄畔上，院子裏，到處都堆起了乾枯的豆蔓，金黃的玉米棒。地裏的南瓜卸光了。用不了幾天，就得動鐮割糜子。紅薯和土豆漲破了地皮。遠山浮現出大塊的斑黃。

在廟坪三角洲那裏，黃綠相間的樹葉間垂掛着紅豔豔的棗子。早晨的陽光漸漸抹去灰淡的薄霧，草葉上滾動着白花花的露水珠。放學的孩子們唱着歌在哭咽河的小橋亂了隊形，紛紛四散開奔回了家。炊煙從各家窰頂裊裊升起，像藍色的綢帶在晨光中飄曳……

金俊武把一捆豆蔓扔在院子裏，像往常那樣坐到院外的小石凳上，帶着一絲滿足的神色點起了一鍋旱煙。不多時分，他老婆李玉玲就麻利地把飯菜端到他面前的小石桌上。夫妻倆面對面坐下吃起來。他們的兩個孩子，一個在原西上了高中，一個在石圪節上初中，除過星期天，家裏就他們兩個人。

金俊武四十八歲，額頭和眼角有了很深的皺紋。不過，那對銅鈴大眼依然光氣逼人。

看得出來，他還是雙水村的一條漢子。

這幾年，俊武沒去鬧騰生意，一心都撲在了土地上。按他的精明，本來是塊做買賣的材料。但俊武有俊武的想法。做買賣要資本，那就得去貸款。再說，一個土包子農民，很難摸來行情（如今叫甚麼「信息」）。一旦賠了，就沒個抓挖處。前不久孫少安磚場的倒塌就是明證。

在金俊武看來，土地上做文章最保險。就是有個天災，賠進去的也只是自己的力氣。當然，他現在不會再按老古板種地。他一直和石圪節農技站「掛鈎」，照科學方法撥弄莊稼。因此同樣大小的地塊，他總能比別人多收近一倍的糧食。

金俊武眼下的光景，並不比村裏其他能人們差。糧食大宗賣過之後，仍然是村中存糧最多的家戶。現在，除過一孔住宿的窰洞，其他兩孔窰全部塞滿了糧食。就這樣還盛不下，他不得不又在院子裏搭起一個專門存放玉米的棚子。

金俊武和他老婆李玉玲一邊吃飯，一邊合計着準備僱用幾個人幫助他們收秋。今年雨水充足，秋莊稼格外厚實，光他們兩個無力收割完這麼多的莊稼。他們種地也種得太貪心了！瞧，連畔邊的一點零散地都種了蕎麥。現在，這蕎麥正在開花，他們飯桌周圍像落了一層白粉粉的雪。勤勞的俊武從哭咽河溝道把家搬到這裏的那年，就在院子內外栽了不少果樹。桃三杏四，棗圪蹴起就是。如今，那些棗樹的枝頭開始綴上了紅豔豔的大棗。他的玉玲和他一樣精明而能幹，四十幾歲的人，看起來就像三十出頭的小媳婦那般俊俏，走起路來颼風似的輕快。無論是光景還是年齡，金俊武夫婦都處於他們的輝煌年代。

兩口子正邊吃飯邊商量收秋的事，他們的鄰居金光亮手裏端個茶缸子，一路吧咂着嘴喝蜂蜜水，笑嘻嘻地走過來，坐在旁邊的小石凳上。

金俊武夫婦趕忙敬讓着叫前地主的大兒子吃飯。

但金光亮笑着搖搖頭，說他吃過了。他抿了一口自己的蜂蜜水，香得張開嘴「哈」地一聲，眯住眼陶醉地說：「好東西啊！再好的飯也比不上這蜂糖。怪不得丸藥都用蜂糖做哩，十全大補嘛！過去咱們誰知道外國還有蜂？我這蜂是意大利的！聽說光明是走後門才給我買了兩箱……」

每過幾天，金光亮就情不自禁要到這個飯桌前來能一能他的「意大利」蜂。就目前而言，金光亮也許是全雙水村最為得意的公民。地主成分的愁帽剛摘不久，二小子就當了中國人民解放軍。緊接着，門外工作的大弟弟又給他捎回來兩箱子「意大利」蜂。除過冬天，他一年三季動不動就到石圪節或米家鎮賣蜂蜜，票子雖不是大把抓，也足讓雙水村大部分人家眼紅。今年以來，他也不再出山勞動，整天和他的蜂為伍。山裏的莊稼有他的大錘和三錘耕種。這人輕閒得三天兩天就趕集上會，又喝的是蜂蜜水，光景日月綠格錚錚。他不能叫誰能哩？

金光亮這樣得意洋洋地說話的時候，他的「意大利」蜂就在旁邊金俊武家的蕎麥花上嗡嗡嚶嚶地採蜜。並且不時吟唱着從三個人之間穿過，像是進行飛行表演。

精人金俊武只好對淺薄的金光亮微笑着點頭，表示對他和他的「意大利」蜂心懷敬意。但他老婆李玉玲卻氣得把臉轉向一邊，給金光亮個後腦勺。

在李玉玲的想像中，金光亮的這些「毛老子」在她家的果樹和蕎麥花上採蜜，很可能把裏面最好的養料都採光了，因此對這蜂充滿了仇恨。而更使她氣憤的是，老東西金光亮還常跑來能他的這羣毛老子哩！

李玉玲曾幾次給丈夫建議，在自家的果樹上噴些「六六六」，把這該死的「意大利」蜂都毒死，讓老地主的兒子再能！

但金俊武堅決地阻擋了她這危險想法。俊武雖然個性強，可他從來不做這種短事。採就採去吧，能就能去吧，這金光亮幾十年抬不起頭，快六十歲的人了，也讓他張狂上幾天……

金光亮這時又抿了一口蜂蜜水，正準備繼續誇耀他的「意大利」蜂，卻突然像蜂在屁股上螫了一下，一閃身站起來，慌亂地說：「看我這忘性！我得要挪一下蜂箱子哩！」他話音未落，便端着茶缸子急忙回家去了。

俊武和玉玲扭頭一看，見光輝的媳婦馬來花提着個大竹籃子，從坡底下走上來了。

這夫妻倆都忍不住笑起來。

馬來花和她大哥金光亮是一對冤家。儘管她丈夫和光亮是親兄弟，但來花一直和大哥不和。尤其是二哥金光明給大哥家捎回兩箱子「外國蜂」後，來花不僅更敵視金光亮，連光明當教師的媳婦姚淑芳也不搭理了。她認為，有工作的老二兩口子在偏愛老大一家而歧視他們。為此，急得姚淑芳給銅城的丈夫寫了好幾封信，數落他不該光給大哥家買那兩箱該死的蜂——這蜂已經把弟兄三家的關係攪和得一爛包！

馬來花是雙水村有名的潑辣女人。她在金家灣這面說話，河對面田家圪嶗的人也能聽見。別人家都是男人做生意，來花卻讓丈夫光輝安分守己勞動，她自己在村子公路邊上賣起了茶飯，一天下來，收入也相當不錯。村裏的女人指教丈夫的時候，常常說：「你還算個男人？你連人家馬來花的腳後跟都拾不上！」而男人們卻又頂嘴說：「我有個馬來花當老婆，也就能過好光景！」

馬來花最出名的還是她那張嘴。喜笑怒駡，威震全村。特別是金光亮，只要一聽見她的聲音，就像聽見老虎的聲音，常常嚇得落荒而逃。馬來花卻專意把那些最難聽的話往她大哥耳朵裏送。

唉，狗不和雞鬥，男不和女鬥，再說，又是自己的弟媳婦，金光亮挨了駡也只能裝個沒聽見……

這陣兒，來花上了塄畔，湊到俊武家的飯桌前，大聲嚷嚷着說：「又給你們能他那羣毛老子來了？甚麼時候，蜂糖能把他噎得不出氣呀！」

俊武夫婦不吭聲，只是個笑。

馬來花坐在這飯桌前，扯開大嗓門指桑駡槐亂吼了一通，直到她丈夫金光輝來才把她硬拉回了家。光輝也管不住自己的女人和她那張不饒人的辣子嘴，只能常常在大哥和老婆之間扮演一個尷尬角色。

具有戲劇性的是，當年被田福堂用革命行動從哭咽河趕到這裏的兩大戶人家，而今的關係呈現出一種新的組合。俊武夫婦和大哥俊文一家人也不和睦，而和隔牆的金光輝一家倒很親密。相反，金光亮一家和金俊文一家卻相處融洽。那邊老二家光明在門外工作，媳婦姚淑芳本人是公派教師，不參與兩個農民弟兄的矛盾。這邊老三家的俊斌早已亡故，改嫁的王彩娥走了石圪節，雖然有個院落，但已經「黑門」；院子裏蒿草一人高，門上的鐵鎖都生了銹。

生活使弟兄妯娌們發生齟齬，卻分別和外人結成了友好聯盟。

這四家的光景都很殷實，但發達的途徑卻各有不同。當然，富中之富，首推金俊文一家；我們已經知道，他們是靠金富的「三隻手」發了大財……

吃完飯，李玉玲把碗筷一收拾，就轉回家去了。俊武點着一鍋旱煙，有滋有味地抽着。這時候，他看見金俊山吆着他那頭黑白大花奶牛從畔下面的小路上走過來。雙水村的這位領導人自從新添了這頭奶牛，似乎又年輕了好幾歲。他現在既養奶羊又養奶牛，牛羊奶增加了大筆收入，同時也把自己喝得紅光滿面。

金俊山讓他的寶貝奶牛獨個兒回家去，自己徑直從金俊武家的土坡小路轉上來。金俊武看出，俊山是找他來拉話的。他同時發現，俊山哥竟然用大紅布給他的奶牛做了兩個乳罩，便忍不住笑了。這金俊山真有意思！他把奶牛打扮成了個婆姨！

金俊山在小石凳上坐下後，俊武喊叫讓玉玲端出一杯茶來。金俊山不抽煙，但有茶癮。

俊山喝了一口茶水，對俊武說：「我前幾天就想找你……」

「甚麼事？」俊武問。

「唉，你又不是不知道。咱們學校的窰洞，那年炸山打壩後，就震壞了。如今，縫子越裂越大，娃娃們都怕得不敢進教室。聽我金成說，他頭天給裂縫上貼根紙條，第二天就又裂開了。看來，這窰洞十分危險，不敢再讓娃娃們在裏面上課。我給福堂說過幾次，他說他不管……」

金俊山的話又自然勾起了金俊武對往事的回憶。

他一想起當年田福堂逼他們搬家的情景，就壓抑不住滿腔憤怒。他罵道：「田福堂龜子孫為了揚名，造下的孽太深了。你不要管！這是他屙下的，叫他自己去拾掇！」

「唉，那人如今身體也垮了。再說，咱們總不能眼看着讓村裏的娃娃壓死在窰洞裏；出個事，可就不得了呀！」金俊山抱着現實主義態度說。

在我們的印象中，從過去到現在，金俊山在雙水村似乎永遠扮演一個收拾殘局的角色。

「那你找我有甚麼辦法？」金俊武的臉色仍然不好看。

「我想找你商量一下，把二隊原來那兩孔公窰騰出來，先讓娃娃們搬進去湊合着上課。」金俊山說。

「裏面那些亂七八糟的公物往哪裏擱？」

「擱在原來的飼養室。」

看來這事金俊山早已謀劃好了。俊武想了想，覺得俊山哥是好意。要不，學校窰真的塌了，出個人命事，也的確不是玩的。他於是就同意了金俊山的建議。

一兩天后，在村民委員會主任金俊山的主持下，雙水村小學從岌岌可危的原址搬到了金家灣二隊的公窰裏。這次學校的搬遷實際上是對田福堂和孫玉亭的一次公開聲討。世事再不同往年，如今人們破口大罵這兩個「革命家」造下的罪孽。那時叱咤風雲的田福堂是打着為全村人謀福的旗號在哭咽河上炸山打壩的。現在，那個早已豁口的廢壩和這個搬空的破學校，為田福堂的歷史留下兩座恥辱的紀念碑。金俊山和金俊武利用搬遷學校這一機會，巧妙地提高了他們在村民中的威望。不用說，田福堂在雙水村的權勢又下跌了一截。

正當某些戶族觀念甚強的金姓人家藉機抱着惡意的態度，嘲笑敗落的田福堂和孫玉亭的時候，金家戶族裏卻暴發了最不光彩的醜事 —— 金富和他父母親一齊被縣公安局拘留了！

這是一個天剛麻麻亮的早晨，一輛警車突然停在村子的公路邊上。車裏跳下來一些身穿法衣、腰裏別着手槍的人。他們迅速過了東拉河的列石，一直向金俊文家院子走去。

村中倒尿盆的女人們首先看到了這情景。消息立刻傳到了家家戶戶。人們拖拉着鞋，一邊穿衣服，一邊往村中跑。當大夥跑到公路上的警車旁時，就見公安人員已經把金富和他爸他媽從家裏拉出來了。一家三口人頭垂到胸前，手上都戴着明晃晃的手銬。他們被押過東拉河，來到公路上的警車旁。警察把圍觀的村民豁開，將三個犯人塞進了警車。警車一聲長嚎，車頂上旋轉起紅燈，便颳風一般揚着黃塵朝縣城方向開走了……

警車一走，村民們才如夢初醒，紛紛議論起來。雖然抓的是別人，但這陣勢把大夥都嚇得臉色煞白。雙水村大人娃娃幾乎全聚集在了公路上。

人們在這個時候，才開始直言不諱地談起了他們村的這窩竊賊。在此之前的幾年裏，金俊文一家為了堵村裏人的口，不時分別給眾人一點小恩小惠，使得大家只能在背後議論他們，而不好意思在公眾場所揚他們的賊名。

有人立刻告訴公路上議論成一窩蜂的村民，現在，金俊文家除過二小子金強住的一孔窰洞，其他兩孔窰裏，還留幾個民警在抄點他們的贓物哩！聽說光票子就抄出來四五萬塊！

啊啊，偷下那麼多？

人們馬上前呼後擁趟過東拉河，向金俊文家的院子趕去。不多時分，那院裏院外就擠下黑鴉鴉一大片人。

公安人員正把金俊文家裏的布匹、衣服和其他東西，一件件造冊登記，然後分門別類擺在炕上。

人們懷着極大的好奇心，輪流擠到兩孔窰的門口，探着脖子觀看裏面的景致。

所有看罷的人都紛紛議論說，比石圪節供銷社的貨物都豐富！

這一天，雙水村的大部分人都推遲了出山。直等到公安人員拿封條把金俊文家的兩個窰門封住後，人們才散開了。

當天，金富一家老小三口被捕的消息，就傳遍了整個石圪節鄉。幾年來，這家人的名聲早已揚遍周圍的村社；石圪節鄉沒有人不知道雙水村有個大名鼎鼎的金富！

兩天以後，又從原西縣城傳回更驚人的消息：金富一案共逮捕了十七個人，有的還是從外縣捉回來的。據說，這是一個大盜竊團夥，首領就是金富，賊娃子們稱他為「老闆」。同時，石圪節鄉政府也貼出告示，說在後天的集市上，縣法院要專門把金富一家拉到這裏來公開宣判……

第四十九章

除過那年徐治功搞的物資交流大會，石圪節還從來沒有聚集過這麼多人。

今天，縣法院要在這裏公判盜竊犯金富一家子。在人們的記憶中，也很少有過一家三口人被同時押上了法場。

因此，鄉民們看這場面，比看縣劇團唱大戲都有興致。

法場就設在當年的戲場上。

我們不會忘記，那年在這同一地方，金俊文夫婦在戲場上出售大兒子從外地偷回來的各色時髦成衣，是何等的喜氣洋洋。而高瞻遠矚的金俊武當時就預言他們「好吃難消化，吃了屙不下」！

現在，這兩輩三個人臉色灰白立在戲台子前，一人一副手銬，六條腿索索地抖着。法院的人在歷數他們的罪行。台下，無數雙眼睛在盯着他們 —— 其中包括雙水村的男女老少和他們自家的人。

人羣裏最暢快的要數石圪節「胡記理髮館」的王彩娥了。金俊文的前弟媳婦描眉擦粉，穿着入時，此刻站在人羣裏一邊嗑葵花子，一邊向周圍的陌生鄉民臭罵數落這家人的壞德行；甚至把金俊武和李玉玲也罵在了一塊。

法院最後的宣判結果是：判處盜竊團夥首犯金富有期徒刑十八年；窩贓犯金俊文有期徒刑四年；張桂蘭有期徒刑二年，緩期二年執行。

當天，金俊文父子又被警車拉回了原西，而緩刑的張桂蘭似乎從陰曹界走了一回，渾身半癱着被二小子金強架着胳膊引回了雙水村。

誰能想到，當張桂蘭母子臉上無光回到自家院落後不久，石圪節鄉副鄉長楊高虎帶了一幫子人，敲鑼打鼓進了隔壁金光亮家的院子。高虎他們是給金光亮送他兒子金二錘在南方前線的立功喜報來了。

觀看金俊文家道敗落的村民們，即刻又轉而觀看了金光亮家的榮耀場面。光亮喜得嘴咧了多大，滿院子嚷嚷着給眾人散發帶錫紙煙；並破例用蜂蜜水款待了鄉上送喜報的官員。

雙水村啊！悲劇和喜劇在輪番上演……

這時候，金家灣這面的頭號能人金俊武卻陷入了嚴重的危機之中。

從表面上說來，大哥一家秋風落葉般的衰敗與他金俊武並沒有甚麼。犯法的是他哥一家而不是他們！幾年來，正是因為深惡痛絕大哥家靠鼠竊狗偷發不義之財，才使他和俊文別了兄弟之情。

可是現在，當這個家庭一夜之間完蛋之後，他內心卻感到異常痛苦。是的，他們自食惡果，罪當應得；他們的下場他預料到了。但是，他們和俊文終究是一家人啊！大禍不能不殃及他們。其他先撇過不說，識文斷理的父親生前在東拉河一道川為金家帶來的好名聲，被大哥一家完全葬送了。好名聲是金子都買不回來的。樹活皮，人活臉，他金家的子孫後代都成了眾人唾罵的對象！

「大哥，你造下的罪孽太深了……」金俊武蹲在自家的腳地上，雙手抱住頭，痛苦地長吁短歎。

金俊武在腳地上抱頭歎息，他媽躺在炕頭被子裏雙拳捶胸，痛哭、喊叫、呻吟。在大兒子夫婦和孫子被捕的那天，金老太太就被二兒子揹到他家的炕頭上來了。毫無疑問，老太太遭受了她有生以來最重大的打擊。在金先生的遺孀看來，這要比小兒子被洪水淹死都更令她痛苦。她和丈夫一生自豪的就是他們的聲譽；別人的愛戴和尊重勝於任何金銀財寶。可是，死去的丈夫和活着的她，誰又能想到他們的兒孫變成了一羣賊娃子，被官府五花大綁拉上了法場？老天爺，為甚麼讓她活着的時候，目睹後人們這一幕又一幕的悲劇？

俊武的媳婦李玉玲沒有哭，也不歎息。她只是吊着個臉，立在婆婆頭前，過一會嘟囔一句安慰老人的話。李玉玲在滿臉愁苦之中也不免露出一絲暢快情緒 —— 好，這羣賊娃子！再叫你們能！活該！最好槍斃上兩個！

幾年來，大哥一家人炫耀他們不光彩的財富，並且在他們面前要闊弄勢，早已使李玉玲恨透了他們。現在，她臉上裝出和婆婆、丈夫一樣的難受，心裏卻在暢快地笑着。

這個時候，在隔壁金強的那孔窰洞裏，犯人張桂蘭被子蒙頭，軟癱地躺在炕頭上。她實際上還沒有從自己的噩夢中醒過來。幾年的劣跡也許得她一生去反省。真令人痛惜！貪圖金錢使這個性格開朗、愛說愛笑的勞動婦女，成了一名罪犯。從中我們深切地意識到，大時代的浪潮不僅改變物質世界，更重要的是，也在改變人。許多原來沒出路甚至看來沒出息的人，變得大有作為，並且迅速走上了廣闊的生活大道；而可悲的是，有的好人卻變壞了，漸漸向墮落的深淵滑落⋯⋯

金俊文的另外兩孔窰洞被公安局查封，門上交叉貼着白紙條，上面還蓋着官印。

在院牆根那個小房間裏，金強臉上糊着煙黑，正給他媽熬米湯。他眼睛腫得核桃一般大，頭髮亂得像一團刺猬。

金俊文的二小子是全家惟一的守法公民了。這個當年曾和他哥一樣調皮搗蛋的青年，不知甚麼時候腦筋開了竅，在不知不覺中成了一個相當出色的青年。

雙水村人是慢慢才把金強和他家其他人區別開來的。後來，幾乎全村人都誇讚起了這個青年。小夥在土地上的那股勤勞勁頭，很像他死去的三爸金俊斌。但他又比他三爸活泛，尊老愛小，見人不笑不說話。不論誰家有難處，只要他能幫上，就會盡力而為。更主要的是，他和人交往的時候，總謙讓着叫自己吃點虧 —— 這對於一個農民來說，是最受人尊敬的品質。事物就是這樣奇怪 —— 一條西葫蘆蔓上卻結出了一顆南瓜！

幾年來，金強揹着大哥和老人的賊名，異常痛苦地生活着。家裏所有的農活也都撂給了他。有時候，當耳朵邊傳來別人對他家的無情譏笑時，他真想操起殺豬刀子，把父母和大哥都一起捅死！他忍受着恥辱和折磨，沒明沒黑泡在山裏，眼淚直往肚子裏流。沒辦法啊！他還鼓不起勇氣跑到公安局去告發他的親人，以便及早結束這黑暗的生活……

現在，他臉上染着煙灰，坐在灶火圪塄裏一手拉風箱，一手往爐灶裏添柴。

此刻，他並不難受，反而覺得心裏很輕快。當公安局把銬子戴到父母和大哥手上的時候，他感到自己精神上的鐐銬卻「嘩啦」一聲打開了。他的日子也許將更艱難，但他自己是清白的。做一個清白人多麼好啊！他知道，雙水村大部分人不會把他和家裏的其他人混為一談。

金強聽見院子裏傳來腳步聲。他抬起頭，在煙熏火燎中看見進來的是衛紅。他立刻感到渾身像抽了筋似的綿軟……

衛紅是孫玉亭的大女兒。此刻，她怎麼獨個兒走進這個喪失了名譽的家庭呢？

其實，在此之前，世界上沒有人知道，孫玉亭的這個大女兒，一兩年前就和金強產生了很深的感情。

他們的戀愛是從大山裏開始的。

責任制以後，碰巧孫玉亭的幾塊地都和金強家的地緊挨着。玉亭和鳳英勞動實在差勁，好多情況下，都是他們的大女兒衛紅一個人在地裏幹活。至於金強家，我們知道，其他人都在忙「生意」，山裏的活也是金強一個人幹。

兩個青年常常在相鄰的地裏不期而遇。衛紅終究是個女孩子，地裏的活幹起來相當吃力。有些活路她實際上根本幹不了，急得坐在地上抹眼淚。這時候，金強就把自己地裏的活撂下，過來先幫她幹活。人心是肉長的。久而久之，孫衛紅感到，世界上再沒有比金強更親的人了。金強幫她幹完活，她就又過去幫金強幹活。後來，他們實際上是一同在耕種兩家相鄰的土地。他們在勞動中建立起無比深厚的愛情。兩個人在山裏同吃各自帶來的飯；休息的時候，衛紅給他補綴柴草掛破的衣衫，他給衛紅挑扎在腳心的葛針……

誰都知道，金家和孫玉亭家的矛盾極其深刻。兩個相愛的青年也都清楚這一點。但愛情的藤蔓可以越過任何籬笆而盤纏在一起。他們是雙水村的羅密歐與朱麗葉。

因為前兩年「朱麗葉」年齡還小，婚姻尚未被提起。但兩個人心裏都明白他們的關係實際上屬於何種性質……

在家裏出這樣的大禍以後，金強已經忘記了他的「朱麗葉」；他更不會想到，親愛的衛紅在這時候走進了他的家門——她可是從來也沒上過他家的門啊！

不過，一個可怕的念頭閃電般在金強的腦際掠過：衛紅是不是來告訴他，他們的關係從今往後就一刀兩斷了？

完全可能！是啊，哪個女人再願跟他這樣家庭的人結親呢？

金強頓時感到兩眼一陣發黑。

他從灶火圪嶗裏站起來，望着立在他面前默默無語的衛紅，不知該說甚麼。

衛紅仍然默默無語。金強看見，她眼裏噙着淚水。她立了一會，便坐在灶火圪塄，替他拉起了風箱。

金強木呆呆地站在旁邊，閉住了眼睛 —— 淚水洶湧地沖出了眼眶。

他不由自主地歎了一口氣，用手掌抹去臉上的淚水，揭開鍋用勺子攪了攪米湯。

開鍋以後，衛紅站起來，低頭摳了一陣指甲，似乎鼓了很大的勇氣，開口說：「我想……到你這邊來過日子……」

這位十九歲的姑娘說完這句話，臉一直紅到了耳根旁。

金強又感動又激動，說：「你給你爸你媽說了沒？」

「沒……」衛紅仍然低頭摳手指甲，「最好叫個大人給他們說一說……」

大人？他家哪來的大人？大人都成了罪人！金強知道，玉亭叔革命性很強，他怎麼可能讓衛紅和一個「階級敵人」的子弟結婚呢？再說，那年為玉亭叔和他三媽王彩娥的事，兩家人結仇太深……

金強傷心地歎了一口氣，對自己親愛的人說：「你先回去，罷了叫我想個辦法。」

衛紅走後，悲喜交加的金強先硬勸說着讓他媽喝了一碗米湯。

此後，他就一個人蹲在院牆角裏，困難地咽着唾沫，不知該怎樣給玉亭叔說他和衛紅的親事。

他突然想起了他二爸。二爸儘管和他們家、玉亭叔家的關係都不好，但這終究是個「大人」。他知道，二爸二媽對他一直都是好心相待，不像對父母和哥哥那樣心懷敵意。事到如今，也許只能依靠二爸為他做主……

金俊武聽完姪兒給他敘說了他和衛紅的事後，震驚得目瞪口呆，一時倒不知說甚麼是好。

金俊武能料到他哥他嫂和大姪子的下場，但萬萬料不到二姪子和孫玉亭的女兒粘到了一搭。

他首先氣憤地想起孫玉亭和俊斌媳婦的「麻糊」事件。雖然那事過了好幾年，一想起仍然叫人怒不可遏。

不過，另有一股熱流隨即淌過了這個硬漢的心頭。他為孫玉亭的女兒如此深明大義而感動不已。不簡單啊！一個十九歲的女娃娃，能在這樣的關頭做出這樣的抉擇，能不叫人眼窩發熱嗎？

金俊武沒有往下考慮，就一口答應了姪兒的請求。

金俊武同時意識到，他將要負起的是一個大家庭主事人的責任。弟弟俊斌那門人，死的死，走的走，已經斷了根。哥哥俊文一家三口雖然活着，但基本上也完蛋了，只留下金強一條完整的根苗。他金俊武不能讓這家人也絕了門。金強已經二十六歲，如果不是衛紅這麼好的孩子，哪個女娃娃還願意和賊門人家結親？要是金強打了光棍，大哥那門人也就斷了種代，金家的後世不堪設想！要是這樣，他怎能對得起死去的父親？

但是，金俊武答應了姪兒之後，才感到這事十分棘手。他和孫玉亭多年來一直勢不兩立，怎麼可能做通他的工作呢？再說，上玉亭的門本身就令他萬分為難！

唉，事到如今，他金俊武只能下臉去為姪兒求親 —— 金家再有甚麼資本逞強鬥性哩！

金俊武突然出現在孫玉亭家的黑窰洞裏，也着實讓玉亭兩口子大吃一驚。

雖然金俊文一家已經臭不可聞，但金俊武仍然是金俊武。對金家灣事實上的領袖登門拜訪，感情上敵對的玉亭夫婦也不能不流露出某種榮幸之色。在農村，不管你身居何種要職，如果你家境貧困，就自然對家境好的人心懷敬畏；更何況，這金俊武不僅光景在村中拔尖，同時也是雙水村的領導之一，而且敢和卓越的田福堂分庭抗禮！

賀鳳英馬上用一隻豁口破碗，為金俊武倒了一點白開水。金俊武反客為主，給孫玉亭遞上一根紙煙。

俊武不繞圈子，開門見山說明了他姪兒和衛紅的事，希望玉亭夫婦能支持兩個娃娃的婚事。

「……我哥一家是完了。你們清楚，幾年來，我和他們也早斷了來往，別了兄弟之情。但金強是個好娃娃，這村裏人都能看得見。

「至於咱們兩家的關係，過去的已經過去了。往後成了親戚，我想也不必再計較過去的那些碰磕。同村鄰舍，有點甚麼不美氣也是難免的。你們都有文化，我想會寬懷大度對待這些事。再說，就是我們之間有點不和，也不應該影響娃娃們的親事……」

金俊武雄辯而誠懇地對他的前對手說了一大堆熱忱話。

孫玉亭臉由紅變白，又由白變紅，夾紙煙的手指頭索索地抖着，別過臉不再看金俊武。賀鳳英也吊着個臉一言不發，低頭在鍋台上拿切菜刀砍一顆老南瓜。

黑窰洞裏一時寂靜無聲。

過了一會，孫玉亭紅脖子漲臉對金俊武說：「這事弄不成！我怎能把衛紅給了犯罪分子的後代？就是這話！你們是白日做夢！妄想把我的女兒拉入那個黑染缸？我一千個不答應！一萬個不答應！」

談判破裂了。

金俊武碰了個硬釘子，尷尬而痛苦地退出孫玉亭的院子。

金俊武剛走，孫玉亭就把大女兒叫到跟前，盤問了半天。衛紅不僅說出真情，還頂嘴說她非和金強結婚不可！

惱羞成怒的孫玉亭費勁地脫下一隻破鞋，一直追趕着把女兒打出院子，又攆着打到了坡底下。賀鳳英喊叫着衝出來，打了孫玉亭一記耳光，才制止了他的瘋狂。作為母親，不論她是否同意這門親事，鳳英當然要護着女兒。

賀鳳英怕出逃的衛紅尋了短見，一路哭着去尋找孩子。當她路過田福堂家的畔時，躺在碾盤上曬太陽的支書問婦女主任：「你哭甚麼哩？」

鳳英畢竟是婦道人家，馬上鼻子一把淚一把向支書敍說了事情的根根梢梢。

田福堂一陣猛烈的咳嗽過後，臉上露出一絲諷刺的笑容，說：「好事嘛！玉亭還給我做工作，讓潤生和寡婦結親，說兩個人有了愛情，大人就不應該阻擋。他怎能阻擋自己娃娃的愛情哩？再說，衛紅又尋了個打着燈籠也找不下的好人家……」

在孫玉亭家鬧翻天的時候，金俊武卻在自己家裏愁得一籌莫展。他先不想把他的失敗告訴姪兒，以免孩子遭受打擊。

但他又有甚麼辦法攻克孫玉亭這座頑固的堡壘呢？

金俊武一下子想起了孫少安。是的，也許只有少安才有能力說服他二爸。當然，俊武知道，少安現在磚場倒閉，處境險惡，心情很壞，此刻麻煩他實在不合時宜。但他已走入絕路，只能去求他了！

金俊武決定馬上去找孫少安。

第五十章

金俊武一見孫少安，才吃驚地發現，前一隊長已經被磚場的倒塌折磨得不成人樣了。小夥高大的身軀像他父親一樣羅了下來，臉色憔悴而黑瘦，眼角糊着眼屎，嗓子也是沙啞的。

俊武先安慰了他一番。儘管他出於誠心，但話語是空泛的。他知道，幾句安慰話解決不了少安的問題。如果少安缺的是糧食，那他金俊武有能力幫助這位年輕的朋友。

孫少安儘管心情壞到了極點，但他不能拒絕俊武的請求。

他答應當天就去找他二爸。

哈呀，這孫玉亭真的成了個人物！他剛把雙水村的一條好漢趕出了門，另一條好漢又上門求他來了。

玉亭這陣兒腰桿子確實很硬。他吸着少安的紙煙，拿板作勢地聽姪兒七七八八給他說好話。

「不同意！就是這話！你別再給我灌清米湯了！」孫玉亭很有氣魄地打斷了少安的話。如果在前不久，少安紅火熱鬧的時候，他決不敢對姪兒如此態度生硬——那時是他有求於姪兒。可是現在，你少安小子還不如我！我窮？我不欠債呀！你小子屁股後面欠一堆賬債，有甚麼資格來教導老子？

「你甭再為金俊武小子說情了！你自己連自己屙下的都拾掇不了。你先甭說其他事，你二媽的四十塊工錢我們還等着用哩！你最好先把錢給我們開了，再去管兩旁世人的事！」

孫玉亭儼然以一副債主的神態對他以前敬畏的姪兒說話。

孫少安氣得嘴唇直哆嗦。他沒想到，連無能的二爸也不把他當一回事了。

唉，也許在所有人的眼裏，已認定他孫少安這輩子再也爬不起來。既然是這樣，人們有甚麼必要尊重一個在生活中軟弱無力的人呢？

孫少安一看他沒本事再說服張狂的二爸，只好沉着臉從這個破牆爛院裏走出來。他難受地咽着唾沫，喉骨結在不停地上下滑動。他並不計較二爸那些過分刺人的話，而更多的是為自己的處境悲哀。唉，他孫少安現在竟手無縛雞之力了！

少安下了二爸家的小土坡，半路正好碰見擔水的妹妹衛紅。他攔住妹妹，詢問了她本人對自己婚事的態度。

衛紅很有主見地告訴大哥，她堅決要和金強成親。

孫少安大受感動。他以前沒有想到，他二爸二媽那樣的人，竟生下這麼個好娃娃。少安感到，衛紅妹妹在骨子裏有孫家的那種硬勁。

他於是給妹妹出主意說：「這是你自己的事，不管你爸你媽是甚麼態度，只要你本人堅決，你就按你的想法去行事！你知道，婚姻是自由的，到時候誰也擋不住你們！」

衛紅抹去眼角的淚水，嚴肅地對大哥點了點頭。

孫少安走出田家圪嶗，趟過東拉河，直接去金家灣向俊武報告了他的努力沒有任何結果。

於是，這宗親事就暫時被擱置起來……

冬至過後不久，陽曆一九八二年快要結束的幾天，隨着西伯利亞大規模寒流的到來，黃土高原落了第一場雪。

雪下了一天兩夜，大地和村莊全被厚厚的積雪埋蓋。田野裏鳥獸絕跡，萬般寂靜。家家封門閉戶，只有窰頂煙囱中升起一柱柱沉重呆滯的炊煙。野狗吐着血紅的舌頭，嘴裏噴着白霧，在雪地上奔躍。無處覓食的麻雀擠在窰檐下，餓得嘰嘰喳喳叫個不停……

大雪停歇的那個無風的早晨，村裏人出門以後，就見金俊武和姪兒金強，黑棉襖鈕釦上掛着紅布條，從白雪皚皚的廟坪走過來，不管碰上大人還是娃娃，都雙膝跪地磕上一頭。人們朝金家灣北頭望去，見俊武家的院牆上，插起一嘟嚕白色歲數紙。

所有的人立刻明白：是金老太太謝世了！

金老太太的去世，意味着一代人在這個古老的村莊即將最後消失。扳指頭算算，那一茬人中，現在殘存的就只有孫玉厚的老母親了。

不管老太太的後人們有多少劣跡，但她本人和已經亡故多年的金先生，一直受到普遍的尊敬。他們的好德行甚至得到了整個東拉河流域的確認。

因此，雙水村各姓人家都紛紛對老太太的去世表現出真誠的哀悼。人們爭搶着去打墓；樂意幫助金家操辦這場喪事。

幫忙的外姓村民，老太太娘家門上的人，以及金家其他親戚，都先後擁進了金俊武的院子。當然，金家灣這面姓金的人家，全都成了事中人。

俊武家地方太小，其中兩孔窰堆滿了糧食；他哥家的兩孔窰又被公安局查封了。因此，喪事的許多具體事宜得分散在金家灣各處進行。金俊山父子被聘為總料理。俊山精通鄉俗禮規，做各種安排；他兒子金成記賬。

金俊武毫不猶豫地決定，他要按農村習俗的最高禮規安葬他母親。這個大家庭已經晦氣十足，母親的葬禮一定要隆重進行；讓世人看看，金家仍然是繁榮昌盛的！

不用說，金家全族人都是賓客；外族人每家也將請一個人來坐席。這等於要款待全村人來吃喝。不怕，他金俊武有的是糧食！

金家灣這面許多家戶都在替金老太太的喪事碾米磨麪。光輝家的院子裏，五六個人在殺豬宰羊。從米家鎮請來的陰陽先生，正在金俊海家做紙火。金波他媽忙着一天五頓飯侍候這位「聖人」；他們家的炕上和箱蓋上，擺滿了紙糊的房子、院落、碾磨、課幡、引魂幡和童男童女。

與此同時，在金家祖墳那裏，打墓人掘開了金先生的墳堆，把先生的骨骸裝進一個小木棺函中，準備和老太太合葬。

金老太太裝穿好七八身綢緞壽衣後，便入了早年間做好的鏤花柏木棺中。

棺木停放在院子搭起的靈棚裏。長明燈從屋裏移出，放在棺木前。靈案上擺滿供果和一頭褪洗得白白胖胖的整豬。一隻活公雞綁住爪子，擱在棺木之上。

棺木兩邊的長條凳上，老太太的直系親屬輪流坐着守靈。弔唁的人川流不息。親戚們過一會就輪着來一批，跪在靈棚前唱歌一般哭訴一番，但真正流眼淚的是少數人。哭得最傷心的是大媳婦張桂蘭——她多半是藉此哭自己的命運。前來弔唁的村民只是送點香火，燒燒紙；輩數小的跪下磕兩個頭。

入葬的前一天，親戚、金家全族的大人娃娃和所有被邀請的賓客，從早到晚一直不斷地輪流吃兩頓非吃不可的飯。第一頓是餄餎油糕；第二頓是「八碗」和燒酒。隔壁金光亮弟兄三家的窰洞全都擺滿了宴席。

下午，僱用的一班吹鼓手來了——進村以後，先放了三聲銃炮。所有的孝子都到村頭去跪迎五個穿開花破棉襖的樂人。

夜幕一降臨，隆重的撒路燈儀式開始。吹鼓手前面引路，孝子們一律身穿白孝衣，頭戴白孝帽，手拄哭喪棒，真假哭聲響成一片；

他們跟在吹鼓手後面，從金俊武家的院門裏出來，沿着哭咽河邊的小路，向金家祖墳那裏走去。許多人手裏都拿着白麪捏成的燈盞，走一段，便往右邊的雪地上放一盞，並且隨手拋撒着紙錢。返回來時，又向路的另一邊間隔擱置麪燈。入夜，雪地上的路燈如同流螢一般閃閃爍爍，其陣勢蔚為壯觀。雙水村的老年人們紛紛羨慕地議論感歎：金老太太生了個真孝子，把喪事辦得多體面啊！

第二天大出殯以前，又進行了著名的「游食上祭」儀式。全體男女孝子，手拄哭喪棒，披麻戴孝在老太太靈前間隔按輩數跪成方陣。仍然由吹鼓手領路，後跟兩個三指托供果盤的村民，在孝子們的方陣中繞着穿行。託盤人為田五和一隊原會計田平娃。這兩個人左手舉盤，右手拿着白毛巾，邁着扭秧歌一般的步伐，輕巧地走着，像是在表演一個節目。

接下來是「商話」。一般說來，這是孝子們最心驚的一個關口。這實際上意味着老人能不能順利入土。

所謂「商話」，就是由死者娘家的人審問孝子們在老人生前是否對她孝順；或者她死後的葬禮是否得到盡心操辦？這時候，死者娘家門上來的人，哪怕是三歲娃娃，在孝子面前都是權威人士，像君主立憲國的皇室成員，神聖不可侵犯。如果他們中任何一個人從中作梗，孝子們就別想讓老人入土！

現在，俊武的兩個七十來歲的老舅舅盤腿坐在炕頭，身後是其他小輩的「皇室成員」，一個個都不由自主擺出高高在上的架勢。

金俊武領頭跪在炕欄下的腳地上。他身後跪着自己的妻子李玉玲和大嫂張桂蘭。接下來是金強和俊武兩個上學的兒女。其他孝子們從腳地上一直跪到了門外的院子裏。其陣勢真有點像羣臣跪拜新登基的皇上。

俊武先概要地向娘舅家的人彙報了他們生前照顧老人的情況，其中當然也有一些必要的檢討。接着，他又詳細敘說這次是如何操辦母親喪事的。最後，他請求舅舅們提出意見；如有不滿足，他將盡力彌補缺憾。

接下來，孝子們就斂聲屏氣，等待娘舅家的質詢了。

在這種情況下，死者娘家的人多少總要提點意見，向孝子們發難；俗稱「抖虧欠」。

為首的大舅莊嚴地盤腿坐在炕頭，耷拉着鬆弛的眼皮，像老法官一般沉吟着說：「其他嘛，也就不說了。我姐和我姐夫東拉河一道溝誰不知道他們的好名聲？如今，他們入土合葬，你們為甚麼不給他們做個道場，讓禮生來唱唱禮呢？」

所有孝子們的心都在咚咚跳着。他們想不到這老傢伙竟提出了如此高的要求。俊武的媳婦李玉玲頭叩在地上，心裏罵道：「老不死的東西！看你死了還能耍個甚麼花子！」

俊武給大舅磕了三頭，回話說：「本該按你老說的這樣做。只是咱們周圍請不下和尚道士。要做道場，只能到白雲山去請禮生，但路太遠，還不知人家來不來……」

他大舅合住眼一言不發——這等於拒絕了外甥的理由。

事情眼看着陷入了僵局。

這時候，二舅咳嗽了一聲，扭頭看了看他哥，說：「也就不要再為難娃娃了。俊武為辦他媽的喪事，已經盡了力，這我們能看見……」

二舅是個明白人，主動為外甥開脫。

大舅沉默了一會，抬起眼皮說：「那就這樣吧。起來……」

金俊武和所有孝子都趕忙向炕上這一輩嚴厲的審判官磕頭謝恩。

迎完村民們送的挽幛和祭飯後，就要起喪了。

八個壯漢湧前來準備抬棺木。前面兩人手提長條板凳，以備抬棺人路上歇息時停靈。

米家鎮已故米陰陽的兒子繼承了父業，現在是周圍最有名氣的陰陽——此時他手拿切菜刀，走到棺木前象徵性地在雞頭旁砍了砍，然後把那隻將屬於自己的老公雞扔在地上，背過身嘴裏唸了一會咒語，喊道：「起殃！」

三聲銃炮轟鳴，吹鼓手奏起哀樂，棺木被八個人抬起來。

金強扛着引魂幡打頭，後面是舉課幡和童男童女的孝子。接下來是吹手，然後直系孝子手扯棺木上的纖帳，一路哭說着出了院門。歲數紙和老太太生前的枕頭在院畔上點燃了。與此同時，雙水村所有人家的院畔上都點起一堆避邪的火。

棺木在坡下作程式性停留。女孝子們在這裏燒過紙磕過頭後，就返回家不再去墳地。

重新起棺後，只留了男性孝子。吹鼓手也停止了奏樂。人們在雪地上艱難地行進着，好不容易才把這分量很重的柏木棺抬到金家祖墳。

在墓地上，陰陽成了主要角色。孝子們都懷着敬畏的感情，由年輕的米陰陽用羅盤指導着將棺木吊入墓穴。這裏的一招一勢，稍有不慎，按迷信說法，都會給後輩人招致災禍。

墳堆起後，米陰陽唸招魂曲：「……每日兒燒香在佛前，三載父母早升天。千千諸佛生喜歡，萬萬菩薩授香煙……啊哈！硃砂硼砂磨合砂……磨合缽羅啊，缽彌羅……羅羅羅飯缽……缽缽羅飯羅……」

米陰陽一唸完，在墳旁畫一十字，再畫一圓圈，又向墳堆撒了五穀，葬禮就全部結束了……

母親的喪事全部辦完後，金俊武夫婦累得睡了兩天兩夜。從大哥一家三口被捕到母親去世，使他們處於一連串的事變之中，身體和精神全有點撐不住了。他們知道，老母親正是因為俊文家的禍事才一病不起的。

現在，這一切都完結了。在這對夫婦的內心深處，倒像是收割完一季莊稼，可以長長地出一口氣。他們剩下的惟一心病，就是侄兒金強的婚姻問題。在這件事上，李玉玲和丈夫的熬煎是一致的 —— 他們都喜愛和同情可憐的強娃。

但是，俊武夫婦並不知道，事情在孫家那裏有了突破性的轉機。

春節前的幾天，孫衛紅又一次向父母提出她要和金強結婚；而且強硬地表示，不管大人同意不同意，他們趕春節就到石圪節鄉政府去領結婚證呀！

不用說，孫玉亭又把女兒和金家壓到一塊臭罵了一通，堅決反對這門婚事。

但玉亭奇怪的是，他老婆卻不再對這件事說話。

賀鳳英不再說話，不是說她還支持丈夫，而是基本上默許了女兒的抉擇。

鳳英有鳳英的想法。她和玉亭沒有生男孩，能在本村找個女婿，老了也有人照顧他們的生活。再說，雖然金俊文家的三口人犯了法，但金強是個好後生，既能吃苦又會撫弄莊稼 —— 這正是他們夫婦所欠缺的。有了金強，他們就不要再低聲下氣求大哥一家人了。更重要的是，她已經知道女兒和金強生米做成了熟飯，無法再阻擋這門親事。她甚至對吼天喊地的玉亭抱着一種嘲笑的態度。

當丈夫準備再一次收拾女兒的時候，賀鳳英不得不告訴玉亭：衛紅已經懷孕了！

孫玉亭就像被一悶棍敲在頭上，頓時傻了眼。天啊！誰能想到他孫玉亭的女兒做出如此丟臉的事呢？這叫他以後怎樣再教育雙水村的人民？

玉亭同志應該知道，自他和王彩娥的「麻糊」事件之後，他就早沒資格在兩性問題上教育別人了。

孫玉亭氣倒在了他的爛蓆片炕上。他也知道，局面已經無可挽回。女兒懷着金強的娃娃，不讓她和那小子結婚，誰再要她呢？

不管孫玉亭反對不反對，春節前，衛紅和金強相跟着去石圪節鄉政府領了結婚證。鑒於金強家的狀況，懂事的衛紅不要金家舉行任何儀式，準備直截了當從田家圪嶗走到金家灣就行了。

在雙水村一片驚訝的議論聲中，孫衛紅和金強無聲無息地生活在了一起。

孫玉亭儘管痛苦不堪，但女兒終究是自己的親骨肉。在孩子離家之前，他在一堆過去的學習材料中翻出一個紅皮筆記本 —— 這是那年評法批儒時石圪節公社獎給他的。他將這筆記本作為結婚禮物送給了女兒，並且在上面很有才華地寫了兩句題詞：一顆紅心兩隻手，世世代代跟黨走。

第五十一章

一九八三年春天，社會大變革的浪潮異常迅猛地向深度和廣度發展。以深圳經濟特區為標誌，中國條件優越的東部地區的改革，已為全世界所矚目。

落後的西部地區，就像過去參觀大寨那樣，由各級領導帶領，紛紛組團結隊，到溫暖的南方去取經，也捎帶着遊覽了一些名勝古跡。

過去沒啥名氣的深圳成了中國新的耶路撒冷。

穿臃腫老式棉衣的西部人，參觀遊覽一圈回來以後，有的羨慕驚訝那裏的開放與發達；有的則搖頭歎息，大發「國將不國」的哀歎，說東部地區完全成了「西方世界」……

不管怎樣，去那裏轉了一圈的西部各級領導，都受到了巨大的衝擊。有些幹部率先改革了自己的服裝，穿起做工粗糙的西服，戴起鴨舌帽、變色鏡，披上了米黃色風雨衣。當然，他們各自也或多或少取回了一些「經」。他們最為震驚的是，像江蘇省某些鄉鎮企業的經濟產值竟然超過北方某些地區的產值。看來，僅僅在農業經濟上做文章顯然遠遠不夠了。必須大力發展鄉鎮企業。東部地區的口號成為新的經典在西部傳播開來：無農不穩，無工不富，無商不活！

一九八三年開春以後，不管條件是否成熟，各地的鄉鎮企業星羅棋佈般發展起來。各種確有才能的人和一些冒險家紛紛申辦起各種工廠和公司。掛着「總經理」「董事長」等等頭銜的名片滿天飛。其中有些單位的全部人馬就是「總經理」自己一個人 —— 他們的「公司」就在腋下的皮包裏裝着。

從總體而言，沉睡的西部打了一個哈欠，伸了一個懶腰，開始甦醒過來，似乎準備動一番干戈了。發展經濟的熱情急驟地高漲起來。

但是，在雙水村這個普通的小山村裏，作為先行者的孫少安，當全社會鄉鎮企業蓬勃興起的時候，他的事業卻像一隻被巨浪打碎的小船拋在岸邊，失去了繼續前行的能力。

磚場倒閉至現在，已經有半年的時光。孫少安的精神仍然沒有從這場災難中恢復過來。

這半年中，他又復原成一個地道的莊稼人，整天悶着頭在地裏幹活。村裏和外面世界的事，他都漠不關心。那些事和他有甚麼相干哩？他現在欠一屁股賬債，處於水深火熱之中，熬煎得吃不下飯，睡不着覺。

這時候，他也體驗到類似孫少平的那種感覺：只有繁重的體力勞動，才使精神上的痛苦變為某種麻木，以至使思維局限在機械性活動中。他真沒勇氣去面對自己殘破不堪的現實啊！磚場死氣沉沉。日子死氣沉沉。村裏幹過活的人，工錢還沒給人家開完，而一萬元貸款，利息已經滾了好幾百元……

他實際上又不可能處於麻木狀態。一旦細細盤算他的光景，他就不寒而慄。

孫少安在山裏常常把钁頭扔在一邊，頹然地四肢大展睡在土地上，面對高遠的天空長吁短歎。他不盡地回味自己坎坷的人生道路，雙眼噙滿了淚水。他詛咒命運的不公平，為甚麼總是對他這樣冷酷無情！想一想，他已不再年輕——今年三十一歲，過了而立之年；可是，到頭來，他不僅仍然兩手空空，還揹負着沉重的債務！

有時候，走入絕境的他，竟然像孩子一般在山裏天真地幻想，會不會出現個奇跡讓他擺脫這厄運呢？比如過去年代金家的老地主就在這塊地裏埋下一窖金銀財寶，讓他一钁頭挖出來了……他對自己的荒唐想法報以刻毒的冷笑。得了吧，孫少安！你這樣躺着胡思亂想，還不如起來幹一會活。你已經是這樣可笑，說明你活該倒霉。看來，你要重新振作精神是多麼不容易！你往日那股勁頭哪裏去了？你就甘心這樣像死狗一般沉淪嗎？

是啊，我為甚麼變得這麼軟弱無力？我過去不是沒有經歷艱難困苦；而那時不是一次又一次用頑強不息的意志渡過了重重危難，並且一次次轉危為安嗎？當然，這次危難不比往常，是太巨大太可怕了；

但總不能用這樣一種灰心喪氣的態度去逃避這危難。再說，能逃避了嗎？

那麼，你應該怎麼辦？你又怎樣才能度過你一生中這場毀滅性的災禍？

他又有甚麼辦法呢？他不是沒想過辦法。因為想不出辦法，才逼得他胡思亂想啊！

孫少安心裏明白，惟有他的磚場重新上馬，他才有希望翻身。

可是重開磚場需要資金。貸款是不可能了。公家的錢是扶持有能力償還本息的人，而再不可能給他這樣一個破產戶。問私人去籌借嗎？惟一有兩個錢的「挑擔」常有林，他已經在人家手裏借了一千多塊，用來安撫村中給他幹過活的親朋好友——現在，這筆賬債還未還清，村民們礙着他的老面子，才不好三番五次上門逼債，但他已經在這些信任他的人面前抬不起頭了……

痛苦的少安總是一個人早出晚歸——他不願見村裏人的面。

有時候，他從山裏回來，也不直接回家，一個人坐在黑暗的東拉河邊，一支接一支抽自捲的旱煙棒；或者孤魂一般游蕩到他那荒涼清冷的磚場，用手摸半天油毛氈棚裏的製磚機……直到等心焦的秀蓮來尋到這裏，他才默默無語地跟妻子回家去吃飯。

半年來，孫少安真正體驗到甚麼叫「患難夫妻」。親愛的秀蓮不僅像他一樣承受着破產的痛苦，而且還要千方百計安慰他。

她給他說寬心話，給他做好吃喝，給他溫柔的撫愛和體貼。甚至在他苦悶至極，無端地向她發火的時候，她也心甘情願當他的出氣筒。

晚上，在大多數情況下，他都是摟抱着她睡覺——這已不僅再是肉體的需要，而是尋找一種可靠牢固的精神依託。沒有秀蓮，他說不定神經都要錯亂了……

又是一個深沉的夜晚。

秀蓮已經入睡了，他仍然在黑暗中醒着。

他心緒煩亂，把胳膊從妻子溫熱的脖項裏抽出來，坐起穿好衣服，一個人靜靜地呆在黑暗中，抽着自捲的旱煙棒。焦躁中他不知自己想了些甚麼。

「你？睡吧……」

旁邊傳來妻子輕輕的說話聲。

他扭過頭，在微光中看見秀蓮那雙大眼睛睜得圓圓的。她看來早就醒了。

「唉……」少安長歎了一口氣，「睡不着嘛……」

沉默。

妻子理解他，知道他說的是真話。

「咱們不能再這樣等死了！」秀蓮也坐起來，脊背上披了件衫子，往他這邊挪了挪，用手拉住了他的手。

「可咱們又有甚麼辦法呢？」少安把妻子的手親切地用力捏了捏。

「反正你不能再整天悶着個頭，從家裏走到山裏，又從山裏走到家裏。你應該出去跑一跑！一眼看見，窩在雙水村是沒有出路的！」

「你是說讓我像當年少平那樣出去攬工嗎？」少安側過臉，不解地問妻子。

「不。我是說，你應該到鄉上和縣上走一走，看能不能再貸下款。」

「誰還再敢給咱貸款呢！」

「你不會找找劉根民？他總不會眼看着老同學走到死路上！」

「就是根民想幫助我，他也拿不出錢。貸款要縣上的銀行批准哩……」

「那你不會到縣上去？你去尋他周縣長！他都親自跑來為咱們的

磚場點火，說不定會支持咱哩！」

「咱有甚麼臉再去尋人家縣長？人家支持咱，是叫咱往好辦哩！現在咱把磚場弄垮了，人家怎再支持你？」

「這又不是咱故意往壞辦！是那個河南師傅……該死的……」

「人家還管你這號事！」

「可是，你難道就不能跑到縣上去試試嗎？不行了拉倒！這總比坐着等死強！過去，你可從來都沒這麼窩囊過……」

秀蓮說得有些傷心，但沒有流淚。她知道，這時候她不能在丈夫面前流淚。她不是沒有流過眼淚，只是一個人悄悄偷着哭罷了。

妻子的話嚴重地刺激了少安。他並不生秀蓮的氣，反而猛地感到，妻子的話是多麼正確。是呀，他孫少安為甚麼變得這樣沒出息？難道他真的就這樣一籌莫展、灰心喪氣地坐着等死嗎？

他感到脊背上掠過一道寒冷的顫慄。心臟在胸膛裏狂跳不已。

他「騰」地從炕上站起來，舉起雙拳在黑暗中咬牙切齒地揮舞了幾下。

「我操他媽！」他罵道。

他不知道他在罵誰。

孫少安重新坐到妻子身邊。他的心情久久不能平靜下來。他滿懷深情摟抱住妻子滾圓的肩背。他感激她。這不是說她替他想出了甚麼起死回生的妙方，而是她重新喚起了他生活的勇氣。

對，他不能就此而甘願沉淪！他還應該像往常那樣，精神抖擻地跳上這輛生活的馬車，坐在駕轅的位置上，綳緊全身的肌肉和神經，吆喝着，吶喊着，繼續走向前去……

不知不覺中，窗戶紙已經發白了。

屋外，那隻老公雞扯着嗓門唱起了嘹亮的晨曲。公路上傳來汽車的隆隆聲響。

「我今天就出去跑一趟。」

多少天來，少安第一次用平靜而清爽的語調對妻子說話。

秀蓮望着他笑了。她的笑容看起來是那樣令人心酸。丈夫重新振作起精神，對她來說，那就是希望。只要親愛的人不倒下，再大的苦難都沒有甚麼。是的，沒甚麼。當年她從山西攆來和他一塊生活的時候，不也是困難重重嗎？只要人本身鋼巴硬正，即使去討吃要飯，那又有甚麼可怕！

秀蓮趕緊點火做飯。

她給丈夫烙了幾張白麪葱餅，又打了一碗荷包蛋。丈夫吃飯的時候，她給他收拾好那個多時不用的黑人造革皮包；又把那身過去做生意穿的「禮服」從箱子裏翻出來。她要把出門的丈夫重新打扮得像往常一樣。人憑衣衫馬憑鞍，一身好衣服能給人添許多精神！

孫少安穿起那身禮服，把黑人造革皮包斜掛在肩頭（裏面裝着僅存的幾盒「牡丹」牌香煙），在妻子滿含期望的目送下，出了家門，順着公路向南走去。

他先來到石圪節鄉政府，找到了他的老同學劉根民。

他的情況根民一清二楚。

「……唉，我只能給周縣長寫封信，你帶着去找他，看縣上能不能幫助你解決困難。少安，我和你一樣急，只是鄉上根本解決不了你的問題。這裏沒權給你貸幾千塊錢呀！」根民很誠懇地對他說。

「我又不是不知道這些情況！你千萬不要為難！你能給周縣長寫封信，這就蠻好了。」少安為一次又一次麻煩他的老同學而感到十分內疚。

孫少安帶着根民寫給周縣長的信，從石圪節搭車當天就去了原西縣城。

他碰了個大釘子：周縣長到省上開會去了，一個星期都回不來。

少安垂頭喪氣走出縣政府大門，在原西街上漫無目的地走着。

他癡呆呆地立在十字街旁一個角落裏，愁得像個傻瓜一般。觸景生情，往事又一幕幕浮現在眼前。他想起了當年他和潤葉在這裏的交往；想起他和牲畜一起拉着沉重的架子車往中學送磚；想起那年「誇富」會上的游行；想起他氣勢非凡地在這裏交談生意，請人家吃山珍海味……現在，他一副破落相，如同鬼魂一般游蕩在這街頭，叫天天不應，喊地地不靈……

他在恍惚中突然想起一個熟人。

他決定去找找以前在他們公社當過領導的徐治功。聽說徐主任已經從水電局調到了鄉鎮企業管理局，正是他們這號人的「娘家」，何不去他那裏碰碰運氣呢？

孫少安幾乎不抱甚麼指望。但人到急處，往往盲目瞎碰。他知道，徐主任在石圪節時，對他的看法很不好。那年為多留了一點豬飼料地，他還組織大會批判過他。

出乎少安預料的是，徐主任 —— 現在應該叫徐局長，很熱情地接待了他，似乎已經忘記了他們之間曾經有過不愉快。少安馬上覺得，人家徐主任終究是大官，心胸開闊，不計前嫌，而他卻用老百姓的肚量估摸人家，實在是……

不過，治功熱情倒很熱情，但這裏不能給他解決任何問題。

「走，我引你到農業銀行去！你的情況我知道哩！周縣長都親自到你的磚場參加過點火儀式嘛！」

孫少安很受感動地跟着徐治功來到了縣農行。在這一刻裏，徐治功簡直就是一位下凡的天使！

治功在縣農行的營業室還沒把話說完，負責貸款的營業員就打斷了他，說：「這個人的情況我們知道。我們不可能再給一個不僅無償還能力，而且還破了產的人貸款！」

徐治功又急忙敍說了周縣長如何為孫少安的磚場點火的情況——他幾乎把這件事編成了故事。

營業員看來有所鬆動。不過，他說：「那你們得尋承保單位。」

徐治功難住了。儘管周縣長支持過孫少安，但這小子已經搞塌火了，他徐治功可沒膽量承保——孫少安再塌火了呢？

徐治功於是接連給縣上和城關鎮幾個企業單位掛了電話，詢問看誰家能給孫少安貸款做個承保單位。

沒有人答應這件事。

徐治功雙手一攤，表示這事他已經無能為力了。不過，他安慰他的前臣民說：「等周縣長回來，我一定給他彙報你的情況！」

再還有甚麼可說的呢？少安說了一堆感謝徐局長的話，就只好返身回雙水村了。

當他坐在北行的公共汽車上，望着車窗外綠意盎然的山野，視線漸漸模糊起來。他難受的不僅是他沒有貸到款——這結局實際上比他預料的還要好；他只是不忍心目睹妻子那雙殷切期待的眼睛……

第五十二章

「四人幫」垮台以後，中國最為矚目的現象之一，就是文學在全社會的大爆炸。從劉心武的那篇小說開始，以社會問題為主題的文學作品，哪怕是一個短篇小說，常常立刻就引起全社會的喧嘩。也許有史以來，中國文學直接的社會效應從未達到過如此巨大的程度。

（究其原因需要冗長的篇幅，這裏就不再累贅了。）

在這種狀況下，作家這個行道變得異常地吃香起來。一時間，有志於此道的人多如牛毛。文學作品的數量逐年驟增，猶如決堤洪水；水來土掩，各種文學雜誌紛紛面世；中國眼看就要成為文學的「超級大國」了。

當然，這好現象中也包含一些令人憂慮的成分。有許多人因「文化大革命」耽擱了學業，理工科沒指望，就在這方面尋找出路，因此將文學弄成了純粹的謀生手段。另有個別人對此幾乎中了魔法，竟丟了工作，撇下妻室兒女，夾着成堆的廢稿和幾句敷衍的退稿信，一臉宗教般的狂熱，長年周轉於各編輯部。

為了迎合這種文學的狂濤巨浪，有許多文學單位和報紙雜誌，紛紛辦起了甚麼「文學講座」「刊授大學」「函授大學」……以此滿足和吸引成千上萬的文學青年。儘管這類活動收費實在不低，但參加者蜂擁如潮。由主辦單位出錢僱用的一些已經出名的作家，紛紛到各地去進行演講，聽眾竟場場爆滿。有時候，這類「講座」還售門票，並兼售演講者本人的著作，使得這類活動讓各方面都受益匪淺。

三四月間，省作協《山丹丹》文學月刊的文學講座在黃原地區搞面授活動。來講課的有著名老作家、省作協副主席黑白和新近冒出來的「第五代」詩人古風鈴。

在黑老的關懷指導下，黃原地區去年初就成立了文聯。此次活動就由地區文聯協助《山丹丹》編輯部來搞。因為黑老親臨講課，地區文化局也出面了。

客人到達的當天晚上，田福軍就以地委和行署的名義，在黃原賓館宴請了黑老一行人。出席作陪的有管文、衛、體的副專員，兼着文聯主席的地委宣傳部長；當然也少不了地區文化局長杜正賢和文聯副主席、詩人賈冰。杜正賢的女兒杜麗麗已經是《黃原文藝》的詩歌編輯，又是這次具體安排活動的工作人員，因此也參加了這個隆重的宴會。

為了確實安排好這次活動，地區文聯在黃原賓館和黑老他們相鄰的樓層包了兩間房子，賈冰和杜麗麗各住了一間。賈冰負責侍候黑老，杜麗麗負責陪同詩人古風鈴。

幾年來，杜麗麗在賈老師的指導下，已經成了小有名氣的女詩人；不僅在省級刊物上發了一些詩，而且還在《詩刊》上露了一次面。起先，她的詩師承賈冰；後來，便自然地在意識上超越了她的老師，加入了新詩人的行列。不過，她知道，比起古風鈴，她已經又成了落後流派中的一員。

杜麗麗和古風鈴是第一次見面。但她早已崇拜這位在全國有影響的青年詩人。古風鈴是《山丹丹》編輯部的詩歌組長，已經出版過兩本詩集，據說他的詩都引起了外國的注意。麗麗特別慶幸這次能親自陪同這位著名的新派詩人。

杜麗麗和田潤葉同歲，今年已經三十了，但看起來還像二十出頭的姑娘那般光彩鮮嫩。和團地委書記武惠良結婚到現在，她堅持說服了丈夫，至今還沒要孩子。至於那穿着打扮，一直在黃原領導潮流。她自豪地宣稱，她在街上走過時，男人們的「回頭率」達到了百分之九十以上！

古風鈴名不虛傳，高高的個子，一頭長髮披到肩頭，白淨的臉上圍了一圈炭黑的絡腮鬍，兩隻眼睛流動着少年般的光波。上身是棕紅色皮夾克，下身是十分緊巴的牛仔褲；褲膝蓋磨白處，用鋼筆橫七豎八寫着一些令人莫名其妙的話，幾乎把褲子變成了草稿紙。不看他的詩，光看人就知道他絕非凡俗之輩。從他嘴裏說出的是「超越」「嬗變」「集體無意識」等等新鮮的詞彙和費解的概念。據他所說，舒婷、北島等人已經成為歷史上的詩人，不值一提了。麗麗感到慚愧的是，她現在還把那兩個詩人奉為神明哩。

黑老的課講完後，古風鈴就在黃原影劇院做了一場有關現代派詩歌的報告。

由於事先就出了佈告，聽講者擁滿了整個劇院。儘管大部分人幾乎沒有聽懂古風鈴一上午說了些甚麼，但所有聽講的文學青年都對這個人佩服得五體投地。在古風鈴演講的時候，杜麗麗替他在影劇院門口推銷詩人新近出的那本書名帶有天文學味道的詩集《光子》。這本詩集印了兩千冊，其中徵訂數不足二百，剩下的一千八百多冊得靠自己推銷，否則出版社就不出版。因為詩人在影劇院裏主要談他的這本詩集，所以他帶來的二百冊《光子》，趕散會就被杜麗麗賣得一乾二淨。

「謝謝你萬能的幫助！」講完課回到賓館後，古風鈴十分滿意地對麗麗說。

「這都是因為您的著作本身具有魅力！」麗麗崇拜地對古風鈴說。

「不必稱『您』。就年齡來說，我應該叫你姐姐。」

「就水平和成就來說，您是我的大哥！」杜麗麗有點庸俗地說。她實在為古風鈴的話而受寵若驚。

以後的幾天裏，黑老在杜正賢和賈冰陪同下，去原北縣農村體驗生活。古風鈴對此不感興趣，沒有跟隨他們去，就由杜麗麗陪同在黃原市內和周圍一些有點特色的地方轉悠。多數情況下，他們都不坐車，步行相跟着東跑西顛地活動。不用說，古風鈴給他的崇拜者傳授了不少寫詩的「秘訣」。他還動手改了她寫的幾首詩，對她的寫詩才能給予極高的評價，並且答應在《山丹丹》上接連用頭條位置發她的幾組詩；說一定要把她推向全國去！

杜麗麗興奮得神魂顛倒。她把古風鈴比作她的「啟明星」。兩個人立刻成了相互高度理解的知音。一個晚上的半夜時分，古風鈴敲開了杜麗麗的房門。麗麗絲毫沒有拒絕，兩個人就在黃原賓館睡到了一塊。

幾個晚上的雲來霧去，杜麗麗就徹底愛上了古風鈴。

這一天中午，杜麗麗正和古風鈴在她房間的牀邊上抱在一塊親吻，聽見有人敲門。兩個人趕緊分開。古風鈴坐在沙發上，麗麗前去開門。

麗麗打開門，看見是她的丈夫武惠良。

直等到惠良手裏提着洗澡的東西和換洗衣服走進來後，杜麗麗才想起她原先約好讓惠良中午來這裏洗澡。

麗麗有點慌張地介紹古風鈴和惠良認識。兩個男人握了握手。古風鈴搪塞了幾句，就過他房間去了。

武惠良先坐進了沙發。

麗麗為了使自己平靜下來，鑽進衛生間替丈夫收拾澡盆去了。

武惠良雖說是個行政領導，但也讀了不少書，因此頭腦極其聰慧。他一進來，就感覺這房子裏有一種令人疑惑的氣氛。他發現妻子和那個怪模怪樣的詩人，臉上的神色都很不自然。丈夫對妻子的敏感幾乎要勝過雷達對空中飛行物的敏感。

但是，沒有甚麼直接的證據來證實他的猜疑是有道理的。

不過，他相信他的直覺。沒有錯！在他妻子和剛離開的那個人之間，已經發生了一些不可言傳的事！

衛生間的水在嘩嘩地響着。看來那個澡盆還得收拾一段時間！

是的，麗麗得讓自己平靜下來，恢復到一種「正常」狀態才露面。衛生間成了掩飾她的庇護所。

他要不要現在立刻走進去？

不！這樣反而會降低了他自己的人格。

武惠良呆呆地坐在沙發裏，手裏還提着換洗的內衣。他內心狂濤驟起，思維在閃電般排除或肯定各種可能和不可能。他多麼希望一切都是他的錯覺啊！

但是，他在無意間卻找到了該死的「證據」。他看見，那個平展展的牀鋪邊上，竟有兩個挨得很近的塌陷的窩。這分明是兩個人一塊坐過的地方！

武惠良感到兩眼一陣發黑。

他索性閉住眼仰靠在沙發背上，困難地咽了一口唾沫。

「都好了，你快去洗吧。」他聽見妻子在說話。

他睜開眼，沒有馬上起來。

「你怎啦？」麗麗問。

「沒甚麼……」他站起來，向衛生間走去。

武惠良糊裏糊塗在澡盆裏泡了一下，竟然忘了擦肥皂，就穿上衣服走出來了。

坐在沙發裏的麗麗像被驚醒一般猛地抬起頭——她顯然沒有想到丈夫會這麼快就洗完了澡。

武惠良先迅速瞥了一眼牀鋪。

那兩個窩沒有了。整個牀鋪平平展展，恢復得和妻子的臉色一樣。還要再說甚麼嗎？

一切都全然明白了！

「我今晚上回家去住。」麗麗對丈夫說。

「你隨便吧！」他生硬地說，連看也沒看她一眼。

麗麗愣住了。

她似乎覺察出惠良的情緒不大對勁。難道他已看出了她和古風鈴的關係？不可能吧？可也難說！她知道丈夫是個極其敏感的人。

武惠良匆匆地走出了房間，甚至都沒給妻子打個招呼。

他拎着裝髒衣服的提包，既沒有回家，也沒有去機關，兩隻眼睛模模糊糊，恍惚地穿過街道，在東關老橋旁的石台階上走下來，坐在黃原河邊的一塊石頭上。巨大的痛苦壓得他喘不過氣來。他的腦子像被挖空了似的，一時間都不知道該怎樣思考這個突然出現的災難。這是人生的災難。毫無疑問，他的生活將要改變了；他處在極端可怕的危機之中……

黃原河靜靜地在眼前流淌。無聲的洶湧。

在毫無察覺之中，夜幕撲落了。

他從石頭上起來，感到渾身酸疼；尤其是兩個肩膀的骨縫，像被斧頭砍開一般。

他從河邊走上街道。萬念俱灰。滿城輝煌的燈火不再像往日那樣令他陶醉。曾記得，在這之前的每一個夜晚，當他在燈火映照的大街上騎車回家的時候，總是一天中最為愉快的時刻；因為那個溫暖的房屋裏，親愛的人這時已經為晚飯做準備。等他一回去，兩個人說笑着一塊動手，然後馬上就可以坐在小飯桌前，頭挨着頭，一邊看電視，一邊吃飯……別了，我的愛，我的幸福！

武惠良拖着囚犯般沉重的腳步，走回了地區文聯他們那間住房。

踏進家門，他看見麗麗已經把飯菜擺在小桌上，一個人靜靜地坐着，顯然在等他。

見他回來，她沒有說話，站起來把碟子上扣菜的碗揭開。

他沒有說話，也沒有去吃飯，而把提包一丟，就倒在牀上睡了。

一切都是沉重的，連空氣也不例外。

他聽見她收拾碗筷，把所有的東西都送回了廚房。

她也沒有吃飯。

最後一絲僥倖心理蕩然無存。這已經無可辯駁地再一次說明，她身上肯定發生了非同尋常的事。要不，她總會和他說點甚麼的，因為他已經對她明顯地表現出了反常的情緒！

他索性脫了衣服，蒙住頭睡在被子裏。

他聽見她在洗漱；在脫衣服；在拉被子；並且在他旁邊睡下了。

長時間的無聲無息。

過了好一會，他感到她的手在隔着被子輕輕扳他的肩膀，並且小聲問：「你……怎麼啦？」

武惠良狂怒地一把揭開被子，翻身起來，瞪着痛苦而兇狠的眼睛大聲喊：「你自己知道怎麼啦！你說！你和那個該死的傢伙幹了些甚麼！」這時候，團地委書記已經把行政領導幹部的那種修養拋到了九霄雲外，像個粗野的莊稼漢一般怒吼着。

麗麗避開那兩道劍一般的寒光，把頭扭向一邊。不過，她很老實地說：「我不準備隱瞞你，我是和古風鈴好了……」

「這不是真的！」他痛苦地叫道。

「是真的。」她說。

「你撒謊！你在氣我！」

「沒有……」

武惠良瘋狂地抱住妻子，絕望地哭了，渾身在痙攣地抖動着。

「你應該打我……」她說。

「不！回答我，你再愛不愛我了？你要說出你的真心話！如果你不再愛我，我現在就走出這家門！」

「我仍然愛你！像過去一樣愛你！」麗麗眼裏也湧滿了淚水。

「那你和古風鈴……」

「我也愛他。」

武惠良放開妻子，兩眼呆呆地望着她。

「我不應該騙你。我愛你，也愛他。」麗麗平靜地說。

「你甚麼時候變成了這樣的人？」

「我也不知道。我一直愛你，但在感情上不能全部得到滿足。你雖然知識面也較寬闊，但你和我談論政治人事太多了。我對這些不感興趣，但我尊重你的工作和愛好。我有我自己的愛好和感情要求，你不能全部滿足我。就是這樣。未認識古風鈴之前，我由於找不到和我精神相通的朋友，只能壓抑我的感情。但我現在終於找到了這樣的人……」

「那麼，咱們商量個辦法吧！怎樣離婚？」

「離婚？我可沒這樣想過！」

武惠良嘴脣哆嗦着問：「難道你既不和我離婚，又和古風鈴一塊鬼混嗎？」

「怎能用這樣粗魯的話評論我們的關係？你現在的思想還停留在過去的年代。你現在很痛苦。我理解你的痛苦。我也痛苦。我的痛苦你未必理解。這既是我們個人的痛苦，也是現代中國的痛苦。我相信有一天你會理解並諒解我，因為你自己也許能找到一個你滿心熱愛的女人……」

武惠良掄起胳膊，在妻子臉上狠狠打了一記耳光。

麗麗沒有吭聲，倒在被窩裏睡了。

武惠良光身子坐在牀上，想哭，但哭不出聲來。此刻，他看起來是這樣的強暴，可實際上又是多麼的軟弱！

他一直呆坐到後半夜，然後拉滅了燈。

他流着淚扯開妻子的被子，痛苦地呻吟着，一次又一次和她性交……

第五十三章

幾天以後，古風鈴把痛苦的種子撒播在黃原，自己一身輕快回了省城。他已經給杜麗麗聲明，他不可能和她結婚。杜麗麗也從沒這樣想過。他們對於家庭和兩性的看法，都屬於觀念全新的一代。

但武惠良卻無法接受這個冷酷的現實。

多年來，惠良一直搞行政工作，而且擔當了領導職務。在他那一代人中，算是前程遠大之輩，有多少青年男女對他羨慕不已。誰又能想到，這樣一顆光彩奪目的政治新星，個人生活竟然蒙上了一層暗淡的陰影呢？

現在，團地委書記眼神無光，兩頰凹陷，頭髮零零亂亂，說話前言不搭後語，像完全變成了另外一個人。只是因為過去的印象，他的下屬還沒有充分發現他的不正常狀況。

武惠良的痛苦在於他對妻子愛得既專一又深刻。而發生了如此嚴重的事情後，他反倒更不能割捨這種愛戀。恰恰是因為愛得太深，這種打擊就更悲慘。

不幸的是，他連痛苦都是不自由的。他領導着一個大部門，每天得應付各種工作，還要竭力掩飾自己的情緒，對不同的人做出不同的笑臉。更難為人的是，還得去參加許多熱鬧歡樂的場面——這是團的工作所必不可少的……

只有每天下班以後，他走出機關大門，才可以把自己真實的壞心緒表現在臉上。通常他不再按時回家，而像孤魂一般在城外黃昏籠罩的山野裏轉悠。

這一天傍晚，他又來到古塔山。古塔山周圍已經辟為公園，各處修起幾個涼亭，並且在山後一個大水庫上擱置了幾條小船——這都是在地委書記田福軍倡導下修建起來的。

武惠良沿着彎彎曲曲的山路，一直走到水庫邊上。

天色已經暗了下來。水庫邊沒有甚麼人跡。春天輕柔的晚風吹拂着他燙熱的臉龐。水波輕輕湧動，發出細語般的喧嘩。不遠處，那幾條游船靜悄悄泊在岸邊。

武惠良坐在一片枯草地上，點燃了一支香煙。他望着暗淡的波光和模糊的山色，眼裏噙着淚水，喉嚨裏堵塞着哽咽。這時候，他才震驚地感到，他走到了人生的迷途之中。過去，無論在工作上，還是在生活上，他都曾達到過興奮的高潮。尤其是美滿的家庭和熱烈的愛情，不僅給他帶來了個人生活的滿足，而且還促使他在事業上奮發追求。他在麗麗身上寄託的是永恆的愛，因此他才舒心爽氣地在工作中施展他的才華。可是剎那間，一切都像肥皂泡一樣破滅了。他以前所相信的一切都變得迷離混沌，精神上所有的支柱都開始搖搖欲墜。因為理想太光輝，一旦破滅，絕望就太深。他不能容忍麗麗的背叛行為。這就是新人嗎？全是瞎扯淡！說來說去，還是為了滿足自己的慾望！人本身就是自私的，可我卻真誠地相信人，真是咎由自取！

武惠良把煙頭丟在地上，然後起身走到那邊泊船的小房裏，向看船的老頭租了一隻小船，在昏暗中一個人划向湖心。

他漫無目的地划着船，回想着以前他和麗麗的一切情景，心中愛與恨難解地交織在一起。矛盾。無法解決的矛盾。他真想一縱身跳入黑暗的湖水中……

可是，我為甚麼要死呢？我如此年輕，生活才剛剛開始，我為甚麼要死？春天來了，滿山青綠，遍地黃花，它們都生機盎然，而我為甚麼要死？

他閉上眼睛，用力划着船，嘴裏不由自主地唱起了歌——

正當梨花開遍了天涯，
河上飄着柔曼的輕紗，
喀秋莎站在峻峭的岸上，
歌聲好像明媚的春光……

他抹掉滿臉淚水，睜開眼睛，發現小船似乎又回到了原來的地方。是的，只不過轉了一圈而已。他面對的仍然是眼前的現實——冷酷而無情的現實。

起風了，水面的波浪湧起來；濤聲和山林的喧嘩響成一片。

武惠良揮動雙臂，發狠地用力划着，既和風浪搏鬥，也好像在和命運搏鬥……

一直到晚上十一點鐘，他才把小船泊在岸邊，從土路上摸索着走下古塔山，來到清冷的黃原街頭。

夜晚的大街上行人稀疏；地上的燈火和天上的星月組成了一個迷亂的世界。

他拖着沉重的步伐向家裏走。他不知前面等待他的是甚麼。現在，他和麗麗都是硬着頭皮走自己的路。也許他們都不知道接下來該怎麼辦。進家之後，屋裏瀰漫着一股煙氣和燒酒味。

麗麗也沒有睡，一個人頭髮散亂地坐在小桌旁，正在抽煙——她是這兩天才開始抽煙的。桌上還放一瓶烈性西鳳酒。

她對他的進來沒有反應，端起酒杯仰頭又灌了一口。

武惠良一言未發，也坐在小桌邊。他只覺得心中一片淒苦。幾天以前，這個家還是那麼溫暖和諧，現在卻像低等旅館的房間一般亂成一團。

亂的不是房間，是人，是人的心。

他默默無語地抽了一支煙，又接上了另一支。

麗麗站起來，從廚房裏尋出一個酒杯，給他放在面前，滿滿倒起一杯。

他端起酒一展脖子喝了個淨光。

她也喝了自己的一杯。

第三杯時，她說:「咱們乾一杯吧！」

他拿起酒杯，兩個人噹啷一碰，各自都一飲而盡。

武惠良眼淚像斷線的珠子一般從臉上淌下來。

「別哭……也許以後我們不會在一起吃飯了。本來我不希望那種結局，可你……我求你別哭了……」

武惠良還是沒說話，又灌了一杯酒。

酒沒有了。

兩個人木然地呆坐着。

城市已經完全寂靜下來，只有春汛期的黃原河在遠處發出雄渾的聲響。隔壁的房間裏，傳來男人的深沉的鼾聲。

武惠良站起來，想要離開這個小桌，麗麗卻伸手拽住了他的胳膊。他索性伏在飯桌上，出聲地哭起來。幾天裏，他第一次這樣無拘無束地痛哭。他哭他自己的悲慘命運；他也受不了麗麗折磨她自己！

酒力猛烈地揮發了。他離開小桌，跌跌撞撞走過去，一頭倒在牀上，繼續哭着。

麗麗也走過來，躺在他身邊，說：「你冷靜點。哭解決甚麼問題？我們一起談談……對你，我一直真誠地愛着。可現在我也真誠地愛古風鈴。如果我不說出這一點，那才真是對不起你了。

「當然，在感情上，你們兩個都有權利要求我，但問題是你的確受了傷害。我也不知該怎麼辦……雖然我知道你無法原諒我，但我還想和你一塊生活下去。至少咱們應該試一試，看我們能不能還生活在一起……」

武惠良不哭了。他開口說：「你要試你試吧，反正我沒有多少信心。歸根結底，對你來說，我將會是多餘的人。到目前這種局面，我承認這是必然的。因為你成了詩人，你瞧不起我的工作。我自己永遠都成不了甚麼詩人……既然是這樣，你去尋找和你相般配的藝術家去吧！如果我仍然賴着和你在一塊，最後不高尚的反而是我了……」

「你在諷刺我。我承認，是我不高尚，從一開始就不高尚……」

「那麼，最偉大最光輝最高尚的就只有古風鈴了？」他刻毒地諷刺說。

麗麗不再言傳。

沉默。久久地沉默。

麗麗酒喝得太多，已經睡着了。

但武惠良卻睡不着。他恨自己太軟弱，為甚麼一再在麗麗面前哭鼻子呢？他即使失去了她，也不能在她面前失去男子漢的尊嚴！

他實在是太累了。想睡，但又睡不着。他爬起來，摸進廚房，另外找出一瓶白酒，接連喝了幾杯，又回來躺下。還是睡不着。又起來喝了五六杯，倒在牀上昏昏然然，仍然沒有完全入睡。

夜，一個徹夜不眠的夜……

天亮以後，麗麗出門上班去了。但他卻爬不起來，心跳每分鐘達到一百幾十下。

他沒有按時上班去。武惠良灰心喪氣地躺在牀上，屋頂似乎在頭上面旋轉 —— 生活的信心粉碎了，崩潰了！

他昏亂地想，也許人生正如某些人所說，就是一場瘋狂的角逐，一切都不過是逢場作戲罷了！既然是這樣，也就索性寬容地看待一切，包括寬容地看待自己。為甚麼要那麼認真呢？是的，世界上怕就怕「認真」二字。他太認真了！人和社會，一切鬥爭的總結局也許都是中庸而已。與其認真，不如隨便。採菊東籬下，悠然見南山；有錢就尋一醉，無錢就尋一睡；與世無爭，隨遇而安……

這樣想的時候，他渾身不免冒出一身冷汗。這還像一個團地委書記嗎？這是一種徹底的墮落！純粹的市儈哲學！

一身冷汗出過之後，他感到身上輕鬆了一些，於是便穿衣起牀，在廚房裏用涼水抹了一把臉。

他看了看牆上的大電子石英鐘，時針剛指向九點。

他歎了一口氣，就出門騎上自行車，到團地委去上班。

不管他內心怎樣憂心如焚、萬念俱灰，一旦置身於他的工作環境，便又不由得像往日那樣忙碌起來。

第一個走進他辦公室的是少兒部部長田潤葉。

潤葉已完全是一位工作老練的幹部。她穿一身樸素的衣服，剪髮頭稍稍燙了一下，身體比過去略豐滿一些，臉色又恢復了很久以前的那種紅潤光鮮。

她把一份稿子放在武惠良的辦公桌上，說：「後天全區優秀少先隊員表彰會的開幕式，你要講話。我替你擬了個稿子。你看一看，不合適的地方再改一改。」

武惠良茫然地對她點點頭，就把稿子拉到自己面前，假裝着翻了翻。

潤葉走後，惠良無心看講話稿，一隻手捏住下巴，呆呆地望着光潔如鏡的棕色辦公桌面。他突然感歎地想，潤葉和麗麗雖然是老同學、好朋友，可是她們的一切又多麼不同！以前，他和麗麗都曾同情潤葉在愛情生活中的不幸遭遇。時過幾年，潤葉卻失而復得，重新找到了自己的生活 —— 儘管向前已經殘廢，但他們的感情現在卻是融洽的。而當初潤葉又是多麼羨慕他和麗麗的婚姻。她怎能想到，他們現在已經破碎得像一堆瓦碴……人生啊，是這樣不可預測。沒有永恆的痛苦。沒有永恆的幸福。生活像流水一般，有時是那麼平展，有時又那麼曲折。瞧，現在該輪上他武惠良羨慕斷腿的李向前了！

痛苦至極的武惠良不由冒出個念頭，想把自己的一肚子苦水給潤葉倒一倒。人在這樣的時候，總想和一個人談談自己的不幸 —— 但這應該是一個適當的人。也許只有潤葉是適合傾聽他訴苦的人。她和麗麗是同學，又是朋友；而幾年來，他自己又和潤葉一塊共事，她會理解他的。另外，潤葉也是經歷過感情挫折的人，她大概不會小看他說出這樣一件不該說的事。

唉，不管怎說，在任何時候，訴苦總是一種軟弱的表現 —— 尤其是一個男人向一個女人訴苦！

但武惠良無法抑制自己，還是決定要向他的下級訴說他的不幸與痛苦。

這樣決定之後，他甚至產生了一種力量；而且情緒也鎮定了一些。就像一個溺水的人，突然發現了某種似乎脫險的方式，使他減少了許多譫妄和迷亂。

下班以後，他一個人靜靜地坐在辦公室裏，肚子絲毫沒有飢餓的感覺。他似乎覺得，田潤葉就坐在他對面，傾聽他訴說自己的苦情……是的，他第一次這麼專注地思考起了他的下屬部門的這位部長。準確地說，是他第一次集中精神凝視除麗麗之外的另一個女人。在此之前，他的全部心思都在麗麗身上，很少考慮到別的女人的長長短短。

現在，他眼前浮現的只是潤葉這個人。他驚異地發現，她的一切方面似乎比麗麗都更要接近生活中的正常人標準。她樸素、清爽、有頭腦。熱情，又不放縱感情。麗麗一開始就是浪漫主義主宰生活中的一切——對一個女人來說，這也許是一種危險的素質。活躍的分子天性就是不穩定的。人需要火，但火往往能把人燙傷，甚至化為灰燼。瞧，他終於被親愛的杜麗麗燒得這般焦頭爛額了！

唉唉！他現在多麼需要清涼的風撫慰這受傷的心靈。給潤葉談談他的苦惱，心情或許會平靜一些？而說不定她還能給他出點主意，讓他清醒地處理這場感情危機、人生命運的危機。他眼下已經失去了智慧，失去了判斷力，在自己的事上能力連三歲的娃娃都頂不上！在工作中，他是她的上級；而現在，他願意潤葉成為他的上級，指導他怎樣從這迷津中走出來……

他的頭一直抵在辦公桌冰涼的玻璃板上，昏亂中竟然荒唐地喃喃自語說：「我的上級啊！」

但是，武惠良卻不知怎樣對他的「上級」訴說他的苦情；因為她畢竟是他的下級，而且還是個女同志！

不能在辦公室！上班時，怎能在辦公室說這種事？即就是下班以後，他要是單獨把潤葉留在這裏說話，別人也一定會有閒言碎語。再說，她下班後還要回去照料殘廢的丈夫……

連個訴苦的地方也找不到。這就是你的處境。你現在應該認識到，你的悲劇有多麼深刻。

那麼，把她約到外面去？

笑話！這成何體統！

……人哪，活着是這麼的苦！一旦你從幸福的彼岸被拋到苦難的此岸，你真是處處走投無路；而現在你才知道，在天堂與地獄之間原本也只有一步之遙！

武惠良想來想去，覺得只能到潤葉家裏去。雖然向前在家，但他可以和她在另外的房間單獨說這件事。以前，他為工作的事幾次去潤葉家，向前都是主動推着輪椅進了臥室，讓他和潤葉在客廳裏談話。好，就這樣……甚麼時間去呢？乾脆過一會就去吧！

武惠良由於實在壓抑不住內心的痛苦，決定當晚就去潤葉家向她傾倒肚中的苦水。他在辦公室停留了一個鐘頭，估計他們吃過了晚飯，就喪魂失魄地走出機關，連辦公室的門也忘記鎖了……

第五十四章

命運總是不如人願。但往往是在無數的痛苦中，在重重的矛盾和艱難中，才使人成熟起來，堅強起來；雖然這些東西在實際感受中給人帶來的並不都是歡樂。

田潤葉和失去雙腿的李向前在一塊生活已經很有些日子了。在這些悠長的日月裏，潤葉逐漸適應了她的家庭生活。

當然，起先很長一段時間，這共同的生活還談不到十分美滿，因為丈夫終究是一個肢體不健全的人。生活中的許多不方便，大都要她一個人來操持。經濟方面沒有甚麼問題。向前雖然吃勞保，單位上也還有一些補貼，加上她的工資，兩個人的光景滿可以過了。她要給雙水村的兩個老人寄點錢。但向前父母親工資高，又只有這麼一個兒子，錢儘量讓他們花。

夫妻生活中至關重要的性生活，向前也還具備正常人的功能；只不過有點讓她難堪的是，幹這件事的時候，需要她幫助他。

總之，人殘廢了，這個家庭還是完整的。

在地委家屬樓的兩居室單元裏，他們的房間收拾得既乾淨又清爽。潤葉是個愛整潔的人，回家一有空閒，就擦抹清掃，連廚房都經常保持一塵不染。傢具都是時新式樣。彩色電視機是她為向前解悶而老早就買回來的——只是後來公公和婆婆又給了他們兩千元現金。前不久，李登雲還託武惠良的叔叔在省城為他們買了一個雙門電冰箱。從物質方面說，他們在同代人中間是相當優越的。

潤葉從幾月前由一般幹事提拔成了團地委少兒部部長，因此工作變得繁忙起來。不過，無論工作怎樣忙，她都一如既往，千方百計照料丈夫。她是妻子，也是保姆。在向前初回家不能自理生活的日子裏，她給他餵飯餵水，端屎端尿，洗臉洗身，還要每天用柔言細語安慰他。每當向前因失去雙腿而一次次陷入絕望的時候，她就像阿姨一樣乖哄他、撫愛他，並且幫助他和自己發生肉體關係，使他重新獲得生活的願望和信心。

正是在這種自我犧牲和獻身之中，潤葉自己在精神方面也獲得了一些充實。她開始更現實地看待生活。在這種思想的支配下，她對工作的態度也更認真和踏實了。生活的風浪改變了我們的潤葉。青春熾熱的漿汁停止了噴發，代之而立的是莊嚴肅穆的山脈。

我們不由再一次感歎：是該為她遺憾呢？還是該為她欣慰？

不論我們希望潤葉成為怎樣的人，但潤葉只能是她自己。

啊，潤葉！難道她不仍然為我們所喜愛嗎？

後來，向前的情緒也漸漸穩定了下來。有時候，他拄着雙拐走下樓，在家屬院裏轉悠轉悠。星期天，潤葉用輪椅推着他，到黃原城外的山野裏玩大半天。他拒絕她推着他去看電影，也不去街上的稠人廣眾處。她理解他的心情——他怕她受到眾人目光的傷害。

不用說，向前也力盡所能設法體貼她。他本來就是一個很會體貼人的人。

有了輪椅以後，他的活動方便了些。她一上班，他就坐着輪椅拿拖把拖地；並且轉着把各個房間替她清掃揩抹得乾乾淨淨。他堅持把打掃衛生的工作從她手裏接替了。他說他有的是時間，一整天無事可幹，這點忙總可以幫她的。

她提拔成少兒部長後，工作一繁忙，有時下班回來就要晚一點。向前對她說：「乾脆讓我給咱做飯！你負責把東西買回來就行了，其他你不要管！」

「你能行嗎？」她既感動又疑慮地問。

「保准能行！你又不是不知道，我做飯比你強。你放心去工作！」

她兩眼含着淚水笑了。

那天下班她進門後，向前就把飯菜都做好放在桌子上，靜靜地坐在輪椅裏等她。她看見，他像孩子一樣，舌頭舔着嘴唇，天真地笑着，望着她。淚水從她眼裏湧出來了。她走過去，忘情地摟住他結實的脖項，在他臉上親吻了一下。

「我能行嗎？」他仰起臉問她。

「能行！能行！」她親切地撫摸着他的頭髮說。

從此之後，家務就全由丈夫包攬了。她除去買糧買菜，上班前在廚房裏稍微準備一下，其餘就都由向前來操持。他樂意幹，她也願意讓他幹；這樣，他會覺得他在生活中還是一個有用的人。

的確如此，勞動使向前的情緒越來越好了。他有時候咿咿唔唔唱幾句歌，或者和妻子開開玩笑。

在這樣的過程中，潤葉也加深了對丈夫的愛情。她體驗到，愛情，應該真正建立在現實生活堅實的基礎上，否則，它就是在活生生的生活之樹上盛開的一朵不結果實的花……

當武惠良一臉痛苦走進他們家的這個晚上，他們兩口子都已經吃完了飯，正坐在一塊看電視。

潤葉趕緊給她的領導沖茶。向前一邊招呼惠良坐進沙發，一邊推着輪椅從小櫃裏取出一盒帶嘴「大前門」煙，放在茶几上，就轉而進了臥室，並且把裏間的門也帶上了——他知道惠良要和妻子談工作，他不應該使他們感到不方便。僅就這一點，潤葉也就不能不對向前充滿了感激與尊敬。

潤葉坐下以後，才發現武惠良的神色有些不大對頭。

她驚訝地發現，一貫瀟灑自如的團地委書記臉色慘白，頭髮亂蓬蓬地耷拉在額頭，心中似乎很有些苦衷。

是政治方面受到了甚麼打擊？這沒有任何跡象！包括她二爸在內的所有地委領導都很器重他的才幹。團地委內部，幾個副書記和大部分中層領導也都很尊重他，看不出有誰在背後搗他的鬼。那麼是生活方面有了麻煩？這更不可能！他和麗麗的感情一直如膠似漆，這是團地委所有人都知道的。

倒究出了甚麼事，使得這個人的情緒如此頹敗？

潤葉當然先不便說甚麼，只是問他吃飯了沒有？武惠良撒謊說他吃過了，然後不由自主歎息了一聲，把頭垂到了胸前。

是的，他出甚麼事了——她的猜測沒有錯。

「怎麼啦？」她含糊地問。

武惠良抬起頭來。潤葉震驚地看見，他眼裏噙滿了淚水！

「怎麼啦？」她瞪大眼睛又問他。

武惠良接連歎息了幾聲，接着便大約把他蒙受的災難與恥辱向潤葉敘說了一番。

潤葉驚訝地聽他說完，但一直不相信她耳朵所聽到的那些話是真實的。她緊張得兩隻手捏出了兩把汗。

「這……」

她簡直不知該說甚麼是好。

沒有想到！做夢也想不到！她多少年羨慕的這個美滿的家庭，竟然到了破裂的邊緣！她先來不及思索這件事的本身，卻再一次被生活的曲折複雜而強烈地震撼了。生活！你為甚麼總是這樣令人費解，令人難以想像？

「我……能為你們做些甚麼呢？」她說着，寒栗仍然不時從脊背掠過。

「我也不知道。」武惠良垂着頭說，「我實在痛苦得不行，才來向你倒這苦水。這事只有你能傾聽……反正我的生活被毀滅了……也許你能和麗麗談談，她現在滿不在乎地抽煙喝酒。我的心都要碎了。儘管我痛不欲生，但我不願意她這樣折磨自己。我甚至都不想再怨恨她。事情看起來是偶然發生的，可實際上也是必然的。不幸的種子一開始就埋藏在我們之間，只不過我們起初都沒有看見罷了。沒有完美的社會，怎能有完美的人。你知道，我一直深深地愛着她，就是現在也一樣。細細想起來，我們之間本來就存在着差異。這不是說誰比誰強，而是性格、愛好和對生活的看法不盡相同。正因為如此，才終於導致了這場悲劇……你無論如何去看看她吧！」

「我一定去！」潤葉沒有思考就答應了下來。

「當然，我不是讓你去說合我們的關係。誰也不能解決我們的問題。我們的問題歸根結底要我們自己解決。只不過怎樣解決我和她現在都不太清楚……」

「那麼，我應該和麗麗說些甚麼呢？」潤葉深深地同情不幸的惠良。他現在看起來像沒娘的孩子那般可憐。

「先勸她不要抽煙喝酒了……也許只有你能勸說她。千萬不要責備，也不要表示憂慮，她討厭別人同情或教育她……」

武惠良坐了好大一陣工夫，才步履踉蹌地離開了潤葉家。本來，田潤葉很想對自己的領導說一些安慰話，結果卻甚麼也沒有說出來。她知道，一個人到了這種地步，別人的任何安慰都無濟於事——她已經是一個經歷了感情折磨的人，深深懂得個中滋味！

潤葉回到臥室之後，向前已經躺在了被窩裏。她發現他用一種探尋的目光在看她。是的，她情緒不好，臉色當然也不正常，這肯定使丈夫感到詫異了。但她又不能給他解釋發生了甚麼事。

她脫掉衣服，鑽進了他為她弄好的被窩裏，隨手拉滅了燈。她久久地不能入睡，腦子像一團亂麻。儘管這是麗麗和惠良的不幸，但就像當年她自己的不幸一樣使她心緒如潮水般湧動。她反應不過來這是怎麼一回事。難道世界上就沒有自始至終的愛情和幸福嗎？

唉，麗麗，你是怎麼搞的……

幾年來，由於她自己的不幸，也由於麗麗成了小有名氣的詩人，走了另一條道路，她們之間的交往便少了許多。但不論怎樣，她們是從小到大的好朋友，偶爾遇在一塊，仍然像姐妹一樣親熱。不過，她發現，她們的共同語言已經很少了。麗麗說的許多話她理解起來十分費力，甚至根本聽不懂。每次到她家，她們主要是說過去在原西的事。她和惠良反而倒有許多話題可以談論……她沒有想到，他們終於發生了這樣的事……

潤葉老半天不能入睡。她知道，向前也沒有睡着——他看起來像睡了的樣子，其實一直醒着，因為他沒有打鼾。唉，可憐的人，他太敏感了。他或許猜測她和惠良之間發生了甚麼事！不過，無論怎樣，她現在還不能對丈夫說出事情的原委來……

第二天下午，惠良告訴潤葉，麗麗沒有去上班，在家裏呆着；如果她要找麗麗，可以直接上他家去。潤葉考慮晚上還要照顧向前，再沒有甚麼空閒時間，就趕緊騎了自行車去文聯家屬院找麗麗。

潤葉見到麗麗後，看見她穿得邋邋遢遢，拖着拖鞋，一邊抽煙，一邊在房子裏走來走去，桌子上還放着滿杯的酒。情況正如惠良告訴她的那樣。

麗麗對她的到來似乎沒有感到驚訝。她把她讓進椅子裏坐下，先開口說：「我知道惠良會告訴你的。」她神經質地笑了笑，「是他讓你來教導我的吧？」

「沒有。惠良是很痛苦。他讓我來勸勸你，叫你不要抽煙喝酒了……」潤葉說着，伸出手拉住了麗麗的手。

麗麗卻一下伏在她肩頭哭了。她對潤葉說：「我不是不愛他。但他不會原諒我。看來分手是不可避免了……」

「如果不是不得不走這一步，還是不走的好。命運中的大錯，往往是在一時的荒唐中造成的……」

「但是，我不能欺騙惠良，也不能欺騙我自己。我愛古風鈴。矛盾和痛苦正在這裏。你知道，我是一個理想主義者。理想主義者都矛盾和痛苦。但我又不能使自己違心地活一輩子……

「我知道我對惠良的傷害太深了。他是一個善良的人。你大概不會相信，在我愛上古風鈴後，我很多很多的痛苦都是想到惠良的不幸。如果不是這樣，我現在就不會這樣折磨自己……」

潤葉無法理解麗麗的這種「矛盾」。不過，她相信她的痛苦是真實的 —— 這是屬於一個現代人的痛苦，也許更具有外人難以理會的深刻性。

潤葉一開始就知道，她不能來用一般的傳統道理說服她的朋友。她不可能說服麗麗不要再跳這種痛苦的「愛情三人舞」；她也沒有這種水平和智慧。實際上，她還是只說了一些毫無用處的開導話，帶着對生活的新的迷茫，走出了這個令人窒息的房間……

田潤葉不知是怎樣走回自己家門口的。

她這時才發現，她已經比平時晚回來一個小時了。

她匆忙地把鑰匙捅進鎖眼，打開了房門。

走進會客廳，她愣住了：桌子上擺着做好的飯菜，上面都用碗扣着，但不見向前的蹤影。她很快瞥見桌子上有一張紙條。她一步跨過去，把紙條拿起來，只見上面寫着 ——

飯在桌子上，可能涼了，你熱一熱。別了，親人！我感謝你給了我幸福。

潤葉像瘋了一般撞開臥室的門。她一下子呆立在門口。她看見，向前一隻手撐着枴杖，立在窗戶下，另一隻手正費力地把一根麻繩子往穿窗簾環的鐵棍上扔 —— 看來他已經費了大半天勁，仍然沒有把繩子搭在鐵棍上。

她猛衝過去，一把抱住了他，接着把他按倒在旁邊的牀上，哭喊着說：「你在幹甚麼！你這個混蛋！」

向前臉色蒼白，瞪着一雙無精打采的眼睛，突然嘴一咧，在妻子的懷抱裏哭了。哭了一會，他呻吟着說：「我不願再連累你了……你不應該和我這樣的人一塊生活。你應該有一個健康體面的男人。我知道，終有一天，你也會受不了這種生活的。我應該早一點解脫你……」

潤葉很快明白，向前的確對她和惠良敏感了。於是哭着對他說了惠良和麗麗的事，驚得這個要尋無常的人嘴巴張得大大的，半天合不攏。

她突然衝動地把他的手放在自己的肚子上，說：「你難道要把我和孩子都扔下嗎？」

「啊？有咱們的……兒子了？」

李向前淚流滿面，把臉深深地埋進了妻子的懷抱裏。

第三部

卷六

第五十五章

黃土高原火熱的夏天來臨了。荒涼的山野從南到北依次抹上了大片大片的綠色。河流山溪清澈碧澄，水波映照着藍天白雲，反射出太陽金銀般燦爛的光輝。千山萬嶺之中，綠意盎然，野花繽紛；莊稼人進入了一年一度的繁忙季節。令人醉心的信天遊在無邊的高原上不斷頭地飄蕩。大自然和人的生活都隨着夏天的到來而變得豐富多彩。

黃原城也一改冬日的灰暗，重新展現出它的活力和生機。瞧，街道兩旁的中國槐和法國梧桐，都翻起了綠色的波浪；大大小小的街心花園，五顏六色的鮮花開得耀眼奪目。黃原河還未進入汛期，河水清澈透底，甚至能看見水中墨點似的蝌蚪和纏繞着蛤蟆衣的鵝卵石。在古塔山那裏，幾個古色古香的涼亭，已經深埋在樹海之中；遠遠望去，會激起人許多詩意的聯想，猶如夢境中出現的江南景象。大街上，姑娘們都穿起了鮮豔的花裙子，滿眼都是流彩飛霞。因為沒有了取暖爐子冒出的黑煙，城市上空潔淨如洗，豁然開朗；人們倏忽間就像生活在了別一個世界。

在這些火辣辣的日子裏，地委書記田福軍忙得像熱鍋上的螞蟻，團團亂轉。

前不久，省委派來工作組在黃原搞黨政機關機構改革。說穿了，這是一次人事大變動。因此上上下下颳風下雨，鬧得雲來霧去，不可開交。

根據中央和省委的指示，地區一級新的領導班子年齡在五十歲以下的要佔三分之一，大專文化程度的要佔三分之一，而且要採取個人推薦和組織推薦相結合，民意測驗與組織考察相結合，下級黨組織考察與黨委人事安排小組考察相結合的辦法。一旦地委行署新的領導班子組成，便立即着手各部、局、委、辦的機構改革工作。所有這一切，當然要牽扯許多領導幹部的命運；而一個領導或上或下，又牽扯一批幹部的命運。

不必諱言，在中國及其執政黨內，幹部中大山頭不明顯，但小山頭小圈子則處處存在，世人皆知。因此，在那些日子裏，黃原地委和行署都亂得沒人上班了。幹部們四處亂跑，搞各種秘密活動。省裏來的工作組，幾乎沒明沒黑被許多人包圍着，傾聽這些人說某個領導的好話或壞話……

現在，這場混亂終於結束了。地委行署的班子變化很大。老人手除過他、正文和世寬沒有改變外，年齡大點的都退到了二線。繼而上任的副書記副專員都是一些年輕而有大專文憑的幹部。

田福軍本人比較滿意這個新班子。當然，他知道許多幹部對此有各種不同意見和看法。

新班子組成之後，各部局和縣的領導機構也進行了相應的改革。這樣，工作才逐步轉入了正常。田福軍立刻從農業和工業兩個大的方面開始作新的部署與安排。

農業方面問題不是很大。這兩年，他主要依靠現已被提拔為副專員的原農業局副局長姚旺林搞「四法」種田，使得全區的糧食產量大幅度增加。姚旺林是北京農業大學的畢業生，南方人，畢業後主動要求來黃土高原工作。經過十幾年的探索，在總結了黃土高原幾千年農民種地的經驗後，創造了「四法」種田的科學方法。所謂「四法」，即壟溝種植，水平溝種植，間作套種和生物肥田。這種方法已經引起了農牧漁業部的高度重視，被中央一位領導譽為北方旱作農業的典範性方法。由於全區普遍採取這種先進的種田法，加之地委在四月份又做出了在農業方面十條放寬政策的措施，今年的糧食產量有希望突破歷史最高紀錄，達到十三億市斤左右，比去年要增長百分之三十五。農村工作下一步的重點是集中精力發展鄉鎮企業。要鼓勵農民搞小買賣，搞長途販運，搞建築行業，搞磚瓦廠，搞小煤窰，搞各種編織活動；並且要迅速改造農業經濟結構，將單一種糧發展為搞大規模經濟作物，種花生，栽果樹，栽泡桐，辦各類養殖業。去年，他和專員呼正文與省上有關部門爭得紅脖子漲臉，終於將全區的烤煙種植面積由原來的三萬畝擴大到二十萬畝……

麻煩的是全區的工業。如果按中共十二大的精神，工農業生產總值要在本世紀末翻兩番，就黃原地區而言，光靠發展鄉鎮企業和擴大農村的多種經營根本不可能實現這樣一個驚人的目標。必須在骨幹企業上下大功夫。沒有工業的翻番，總產值的翻番就是一句吹牛皮話！

黃原在歷史上一直是個貧困落後地區，但實際上又不窮。它的優勢在資源方面。這裏有石油，有煤炭，還有一百六十多萬畝次生林。田福軍設想，旁的先不說，如果原油能搞到六十萬噸以上，產值就有四五億元人民幣。另外，應該將煉鋼廠、絲綢廠、水泥廠和第二毛紡廠的規模擴大——現在那種狀況根本見不了幾個錢！

唉，設想僅僅是設想，困難卻大得無法設想。主要的困難在兩個方面，一是交通運輸，二是缺乏人才；外地的知識分子不願來這裏，本地的知識分子又大量外流……

田福軍和正文商量後，決定召開縣委書記縣長會議，地區部門的一二把手也參加，讓大家出主意想辦法。

田福軍在這個會的開頭，很動感情地講了一番話，把縣一級領導鼓動得人人像屁股下面用棍撬一般坐不住了。福軍在這樣的場所講話從來不用稿子，而且也不在主席台上坐。他通常都是一邊抽煙，一邊在大家的座位中間走來走去，講話時有點東拉西扯，但不離主題，並隨意插幾句黃原式的幽默，引得眾人哄堂大笑。不過，這次講話卻出了點醜：他從褲兜裏掏手帕揩汗，竟然在手帕中間混着一隻尼龍絲襪子。當他邊說邊用襪子揩臉時，縣長縣委書記們笑成了一堆。田福軍半天才發現大家為甚麼笑，把他自己也逗得大笑起來。他有腳氣病，夏天愛光腳穿鞋，但愛雲一定讓他穿襪子，他一急，就常把襪子脫了塞在衣袋裏，結果當場鬧出這麼個笑話……

就在這次會上，有人提出了是否可以利用一下黃原的「政治優勢」的問題。他們說，除過資源，黃原還有一個優勢，就是「三老」幹部多。這是事實。因為這裏是老區，出去的幹部多，光北京就不知有多少黃原籍的高級領導。這些人有的仍然在位，有的雖退居「二線」、「三線」，但仍能影響「一線」。他們都很關心黃原的建設，現在何不利用這個「優勢」，和中央的一些部門搞「橫向聯繫」呢？這種「橫向」或「縱向」聯繫只能對黃原有好處！

其實，田福軍也早有這個打算。這個會議於是就決定，以地區的名義，在北京開個彙報會。名義上是「彙報會」，實際上是讓中央的一些部門支援黃原的建設哩！

會議結束之後，地委和行署決定讓常務副專員馮世寬掛帥，負責籌備北京彙報會的有關事宜。田福軍準備自己親自到省裏去找喬伯年，爭取讓省上的領導也能赴京參加他們的活動，以增加這個彙報會的分量。

可是，還沒等他動身，就接到省委辦公廳的通知，說國務院一位副總理要來黃原視察工作，讓他們做緊急接待準備。

對一個地區來說，這是一件大事。

於是，田福軍和呼正文直接住進了黃原賓館，開始佈置有關的接待事宜。第二天，省委常務副秘書長張生民也趕到了黃原，和他們一塊做準備工作。生民在這方面是行家裏手，在任上不知接待過多少中央首長，因此芝麻一行，茄子一行，安排得井井有條。

在副總理到達的前一天，省委書記喬伯年也趕到了黃原。

副總理的專機預定從北京起飛後，直接到黃原機場降落。根據張生民的要求，在專機降落之前，大街上除清掃得一乾二淨外，從飛機場到賓館的道路上，還間隔站了許多警察。警察一律是白手套，佩戴着不裝子彈的手槍，肅立在街頭。為了防止一些人闖進賓館找中央首長告狀，張生民還出主意將地區人民來信來訪辦公室也搬到了賓館門口，專門做堵擋工作。

上午十點半，專機降落在黃原機場。省地領導分別陪同中央首長乘兩輛中型麪包車來到賓館。跟隨副總理來黃原視察工作的有國家計劃委員會副主任，農牧漁業部副部長，國務院農村發展研究中心副主任。另外，還有中央紀律監察委員會常委高步傑。我們知道，高老是黃原原西縣人，對家鄉的建設一直很關心；他這次跟隨副總理來黃原是大家預料中的事。

副總理住下後不久，即通過保衛處向地區領導傳達了他的批評意見：為甚麼要在街上站那麼多警察？並指示把賓館門口的禮賓哨也撤掉。同時規定，不准搞甚麼照相和錄像活動，也不准搞宴會；下午兩點鐘就直接去農村視察工作……

看來，生民同志又有點「畫蛇添足」了。於是，警察崗哨立刻撤掉，保衛工作轉入外鬆內緊。

中午吃飯時，原來準備的山珍海味都沒敢上。四菜一湯，只在中間擺了一盤裝飾性的菜花。田福軍堅持要讓副總理嚐嚐本地出產的一種酒，但張生民嚇得不敢再「越軌」。

「不怕，由我給副總理解釋！這是我們自產的東西，也是我們的一點心意！」田福軍沒有聽從生民的意見。

副總理實際上是一個很隨和的人。他個碼高大，臉色黝黑，滿頭白髮，如果不是穿了一套西裝，倒像個種地的老農民。他說話鼻音很重，不時用手勢加強語氣的分量。吃午飯的時候，他倒首先把桌子上的酒瓶抓起看了看，說：「黃原還能釀酒啊？」

田福軍趕忙說：「我們的酒在省裏還小有名氣哩，銷量很不錯！」

「好，讓我來嚐一杯黃原酒！」副總理爽快地說。

張生民心裏的一塊石頭總算落了地。

副總理喝了一杯酒，細細品咂了一會，說：「就是不錯！有點西鳳酒的風格，但要比西鳳綿一些。」

這頓飯的主菜是大塊子煮羊肉。副總理竟然豪爽地用手抓着吃，餐巾揉成一團，撂在旁邊的桌子上。他的這種極隨便的作風，使飯桌上的氣氛立刻輕鬆起來。高老還不時和副總理開玩笑。

下午兩點鐘，中央和省地三級領導分別坐着中型麪包車，到黃原市山區農村看了那裏的一個養雞場和另外兩個村的「四法」種田。

離開最後一個村子時，副總理看村邊的土場上有兩個農民，就讓車子停下來。

他走過去，在各級領導眾目睽睽之下，和這兩個老鄉拉呱了一會家常，詢問了他們的家庭生活狀況。他問他們：「農民現在最需要甚麼？」老鄉說：「最需要化肥！還需要自行車和縫紉機，不過，想要好的哩！」在場的人都被逗笑了。

副總理又扭頭問這個鄉的鄉長：「你感到鄉上現在甚麼工作最難搞？」這位鄉長如實稟告：「計劃生育最難搞！」副總理和大家都仰頭大笑了。

在返回黃原的路上，一行人又看了一個集體辦的小煤窰。副總理當場對國家、集體和個人一齊上開採煤炭資源發表了許多重要意見。

上面包車以後，副總理開玩笑對田福軍說：「福軍，你們應該設法讓煤礦工人把臉洗乾淨嘛！」在大家的笑聲中，高老說：「小煤窰條件差，工人洗澡很困難，他們自己開玩笑說，連他們老婆的肚皮都是黑的！」車上的人都笑得前仰後合。

第二天上午，在賓館二樓會議室裏，由田福軍主持，專員呼正文向副總理彙報了黃原地區幾年來的工作情況。副總理對這個地區的工作給予了充分的肯定和讚揚；尤其對「四法」種田表現出極濃厚的興趣。他說，咱們國家是缺水國家，特別是北方，依靠灌溉無法解決問題。因此，農業可以分為灌溉農業和旱作農業。旱作農業不靠灌溉，而靠改良土壤，保存天然雨水。「四法」種田正是旱作農業典範性的經驗。

「你們是否可以在黃原開個全國性的旱作農業會議呢？當然主要是北方各省參加。」副總理對旁邊農牧漁業部副部長說。

「我們很快着手準備召開這樣一個會議！」副部長把副總理的指示寫在了自己的筆記本上。

當呼正文彙報到黃原地區老幹部多，住房十分困難，而地區又沒有資金解決的時候，副總理笑着說：「我很同情黃原！讓他想點辦法吧！」他指了指國家計委的副主任。

副主任當場表態，給他們二百萬元（不過，地區的同志們白高興了一場，因為這筆錢後來都被省上有關部門卡走了）。

副總理兩天的視察圓滿地結束了。他給人們留下親切的印象，離開了黃原。

送走副總理一行人之後，省委書記喬伯年又在黃原留了一天。中紀委常委高步傑老漢也沒有隨機回北京。

好機會！田福軍和呼正文立刻把他們打算在北京開彙報會的想法，詳細向喬書記和高老作了彙報。

高老說：「我早就讓你們搞這樣一個活動！乘我們這些老頭還活着，給咱們黃原人民好好謀點福利！不怕！你們來！北京那裏有我張羅哩！」

喬伯年也同意，並表示到時他一定去北京出席這個彙報會。

不過，喬伯年在黃原多留一天，是要和田福軍單獨談一件重要的事 —— 這事是有關田福軍本人的工作調動問題。

下午，喬伯年在賓館告訴田福軍，中央組織部和省委決定，要調他任省委副書記兼省會所在地的市委書記。當然，他的主要工作將在市上。

田福軍感到這個任命很突然。前不久，黃原就有這種傳聞，當時中央組織部也來過人 —— 不過，他以為是誰又寫信把他告下了，中組部是來調查他問題的。這種任命在黨內屬於機密，想不到他還不知道，社會上就早傳開了……

「那麼，黃原地區的班子呢？」田福軍問喬書記。

「由正文接替你的工作，世寬任行署專員。」

田福軍沉默了一會，說：「那等我把北京彙報會開完後，再接替新的工作行不行？」

「那當然可以了！」省委書記說。

第五十六章

田福軍對自己即將面臨的新的使命，精神上沒有任何準備。他感到緊張，甚至有點畏懼。他知道，他要咬的將是一顆硬核桃。省會所在市連同它管轄的郊縣，人口達三四百萬，佔全省總人口的十分之一還多。這是一個中外聞名的大都市，他能領導好嗎？他的主要工作經驗是從領導農業方面積累起來的，而這一套經驗怎麼能適應了主要以工業和商業為主的大城市的工作？另外，年齡不饒人啊！他已經五十二歲了，體力和精力遠遠不能和過去相比。

但命令不可違。他得鼓足勇氣，準備在新的崗位上接受嚴峻的考驗。

在調動工作的正式文件下達之前，他全力以赴要把黃原的幾件事辦好。說實話，他對黃原有一種依依不捨的感情。這不僅因為這裏是生他養他的故鄉，更主要的是，他在這塊土地上拋灑過汗水，付出過心血。他個人和這裏的一切都融合在了一起……

在佈置了下半年全區的整黨工作後，地區又協助農牧漁業部在這裏召開了北方十五省（區）旱作農業會議。黃原很少開過這樣規模的全國性會議，因此接待工作和為會議做的各種準備，着實讓他們大傷了一番腦筋。

這個會一完，田福軍立即着手北京彙報會的各項事宜。

在此之前，認真負責的常務副專員馮世寬，已經為彙報會做了許多工作。彙報稿已被地委幾個寫材料「高手」草擬完畢。這個總共不到二十分鐘的稿子，主要向關心黃原建設的中央首長彙報三中全會以來這個地區的變化。其中如實彙報：本地區有百分之二十的人「先富起來」了；百分之十五的人還處於貧困狀態中；其餘的人溫飽問題基本解決。當然，重要的內容是講存在的問題和困難。地委主管宣傳的副書記還出點子搞了一個錄像，說到時給中央領導和老首長們放一放，讓他們有個直觀印象。這個錄像除拍攝了黃原改革方面一些好的變化外，大量展示了困難和落後的一面；畫面上有毛驢馱水，中小學教室和一些縣級醫院破破爛爛的房屋設施。另外，準備彙報完畢後，要招待與會的首長們吃一頓黃原風味的飯。馮世寬徵求了各方面的意見，最後采納了地委行署幾個老顧問的「方案」，擬定吃南瓜、羊雜碎和軟小米油糕。眾人都認為很好，很有意義，很有特色。

大約有眉目以後，田福軍指示馮世寬在電話上向省委作個彙報。

省委接電話的是常務副秘書長張生民。生民當即告訴世寬，到時省委正副書記喬伯年、吳斌、石鐘和省長汪昭義都要和他們一起去北京參加這個彙報會。在聽了馮世寬對一些具體事的彙報後，張生民在電話中沉吟了一會，出主意說，地區去北京的所有同志都應該穿西裝。他指出，這樣就可以向中央的同志們表示，雖然黃原是個貧窮落後地區，但幹部們的精神狀態都是屬於改革型的！

馮世寬立刻把省委常務副秘書長關於穿西裝的建議向田福軍和專員呼正文作了彙報。這兩個領導商量了一下，決定就按生民同志的意見辦，指示馮世寬籌劃這件事。世寬這幾年思想也解放了，加之他過去對這些形式上的工作就很有一手，因此立即有氣派地打發兩個幹部到廣州去訂做了幾十套高級西裝，花了約一萬塊錢。田福軍和呼正文並沒意識到，這件事以後將給他們帶來甚麼樣的麻煩。他們當初並沒穿西裝的打算；恰恰相反，準備以老區艱苦樸素的面貌出現在北京。只是生民同志的意見聽起來又很有道理，因此才決定這麼辦了。

黃原方面的事宜全部準備好以後，地委和行署就派馮世寬為首的先遣隊，提前趕到北京，以便和高老一塊籌辦那裏的事情。

因為還有七八天時間，田福軍很快插空到黃原周圍幾個縣轉了一圈。從某種意義上說，這帶有告別的性質。

直到臨近動身去北京的前一天，他才返回黃原。

當天晚上，他正在辦公室整理文件，地區公安處一位副處長突然進了門。這是原西籍幹部，也是他的老熟人。田福軍以為哪裏發生了惡性案件，便緊張地等待這位副處長向他彙報案情。

副處長閻生華不是來彙報甚麼惡性案件的。他是來報喜的。他告訴地委書記：黃原地區公安處，已經被省上評為全省精神文明的先進集體了！

「這很好。地區公安處這幾年確實做了許多工作。」田福軍鼓勵說。

「咱們地區的刑事案件，這幾年一直保持全省最低程度！」生華有點自滿地說。他接着還舉了個例子：某偏僻村莊的村民外出趕集走親戚從來不鎖門，只掛上門關子，以防豬狗鑽進去就行了；下地勞動，工具也不往家裏拿，就在地裏擱着；可多少年來，全村沒有發生一次失盜事件……

「這有點遠古文明的味道。」田福軍微笑着說，「你還有甚麼具體事？」

閻生華一本正經坐在他對面，說：「既然咱們成了精神文明的先進集體，就應該好上加好，多做一些工作。我有個想法，不知……」閻生華遲疑地望了一眼田福軍。

「你說！」田福軍有點煩。這位副處長如果要談他的工作，本來應該去找分管政法的副書記。

閻生華見書記不耐煩，就趕忙談起了他自己有關精神文明的「想法」。他說：「近來，外面的壞風氣傳到黃原不少。比如，現在街上留長頭髮的青年越來越多，流裏流氣的，許多老同志都看不慣。我在處裏是分管治安的，因此，我想派些人到街上去，勸說這些青年把頭髮剪短一些。咱們也不強迫！只是做說服工作……」

田福軍驚訝地張開嘴巴，將這位副處長看了大半天，才說：「你再沒個幹上的了？管這些事幹啥嘛！頭髮長短和你公安處有何關係？精神文明不文明，其標誌就是頭髮長短嗎？老弟呀，現在都是我們這些短頭髮的人掌權；要是有一天留長頭髮的人掌了權，說我們這些留短頭髮的人不文明，不留長髮不准我們上街，我們該怎麼辦？人家留長頭髮，我們好辦，拿剪子一剪就行了；可到時我們的短頭髮要往長留，那可是得一些日子囉！」

田福軍揶揄生華的話，倒先把自己逗得仰頭笑起來。

閻生華大概也意識到他已把精神文明搞得有點庸俗了，便紅着臉尷尬地起身告退。

閻生華走後，田福軍想笑，又笑不出來，反而陷入了長久的深思之中。是呀，這個地區經濟文化的落後，造成了人的意識的落後。瞧，我們的生華同志竟然把「精神文明」搞到了何種程度！黃原，需要現代文明的大衝擊——但這隻能在經濟大發展的基礎上發生。唉，如果鐵路能通到這裏就好了。鐵路的到來，必然會使這裏的經濟極大地發展起來，隨之也會把外面各種新鮮的思想、觀念和生活方式帶進來，雖然可能要付出喪失某些優良傳統的代價，但黃原歷史前進的步伐將無疑會大大地加快……鐵路！鐵路！這次去北京搞這個彙報會，哪怕其他方面一無所獲，只要能爭得中央和省上的支持，把鐵路從銅城修到黃原就是最大的收穫了！這不是他田福軍一個人的夢想，而是全區一百多萬人民的夢想……

在地區的人馬準備向首都進發的時候，北京那裏諸方面的工作也接近就緒了。

十多天裏，馮世寬帶着地委行署的兩個秘書長，以及地區經委、計委和財政局的負責人，以省駐京辦事處為大本營，中紀委常委高步傑為總顧問，沒明沒黑為彙報會的召開而奔波……

實在可以這樣說：如果沒有高老的幫助和支持，這個彙報會也許開不出甚麼樣子；甚至開成開不成都很難說。

馮世寬一到北京，就首先帶着黃原來的所有幹部集體拜見了高老。我們知道，高老和世寬也是熟人了。那年老漢回家鄉時，曾經批評過原西的工作——那時正是世寬當縣革委會主任。老頭對此事記憶猶新，不過倒沒對世寬本人產生甚麼隔閡。尤其是此次世寬作為急先鋒趕來北京為黃原的建設奔忙，高老更是全力以赴幫助他做工作。高老不愧為高老；他經驗豐富，熟人又多，大部分事情很快就被處理得妥妥帖帖。

高老首先應用政治智慧，把此次活動正式定名為「振興黃原經濟彙報會」。接下來，他讓馮世寬等人以黃原地委和行署的名義，給中央寫了個報告——因為在人民大會堂開會需要中共中央辦公廳批准。

等馮世寬寫好報告，高老就去了一趟中南海，親手將報告送給他的老戰友、籍貫是本省中部平原的一位中共中央政治局委員。這位政治局委員二話沒說，立刻批示同意，並請另一位中共中央政治局委員，也就是前不久去黃原視察過工作的那位國務院副總理出席。同時，會議定在人民大會堂西大廳舉行。

最主要的事定下後，馮世寬這才鬆了口氣。他用長途電話向田福軍和呼正文作了彙報。大家又高興又緊張——沒想到有兩位政治局委員要出席他們的會議！

緊接着，由高老親自出面，又分別請了幾位全國人大的副委員長、全國政協的副主席和許多中央部委的領導人。幾乎所有黃原籍和本省籍以及在這個省搞過工作或沾點甚麼邊的高級幹部，都被一一請動了。氣勢磅礴的高老原準備請到八百人，但本省籍的那位政治局委員沒有同意，嫌規模太大，只批准了二百人；而且確定，不准打擾中央六套班子的一把手。這個高步傑！簡直要把這個彙報會弄成個高級幹部的代表大會了！

彙報會召開的頭一天，省地領導人都坐飛機趕到了北京。

當天晚上，馮世寬在省駐京辦事處向兩級領導詳細彙報了會議的準備情況。大家都對他們的工作深表滿意。

第二天一早起來，黃原參加會的所有人都在辦事處各自房間裏，對着牆壁上的大鏡子，換上了廣州訂做的十分考究的銀灰色西裝。許多人是第一次穿這「洋」衣服，不會打領帶。於是，一些年輕的秘書就從這個房間跑到那個房間，給領導們幫忙穿衣服，那氣氛使大家都不由失笑。呼正文說：「這像是個集體出嫁儀式！」在大家的哄笑聲中，黃原這羣「土八路」幾乎變成了一個日本來的貿易代表團。

省上和地區的同志們提前半小時來到人民大會堂西大廳。

中央來的領導第一個當然首先是高老。大家都迎上去，感謝他為這個彙報會所做的努力和貢獻。當田福軍上前握住高老的手時，高老突然指着他的腳說：「福軍啊，你怎麼一身西裝，腳上卻穿了一雙布鞋？」眾人朝田福軍的腳看去，果真發現他穿了一雙圓口黑斜紋布鞋；只是不像平常那樣光着腳丫子，總算還穿着襪子。大家都笑了。田福軍慌忙說：「疏忽了！現在怕來不及換皮鞋？」

「算了，算了，這既體現了改革精神，又保持了老區艱苦樸素的光榮傳統嘛！你這身打扮就是黃原當代生活的寫照！」省委書記喬伯年開玩笑說。

緊接着，中央首長和所有的領導們都陸續到來了。省地兩級領導在大門口分別把客人迎接進來。

上午九點鐘，田福軍主持開會。先由專員呼正文照稿子作了二十分鐘彙報。接着，便開始放錄像。

錄像看完後，曾在這個省擔任過省委書記的一位全國人大副委員長首先發言。他很動感情地說，黃原人民過去對革命做出了很大的貢獻，但全國解放後，那裏羣眾的生活一直很苦。周總理在世時視察過黃原，當時為黃原人民貧困的生活狀況都難受得流了淚⋯⋯副委員長說着，自己也流淚了。他最後強調說，中央和各部委應該幫助和支援黃原的建設。

緊接着，許多老同志爭搶着發言，基調和那位副委員長都一樣。這些人不是在黃原出生，就是過去艱苦歲月裏在這裏工作過，因此感情都很激動。全國解放以後，他們都進了大城市，對黃原以後的情況很不了解。現在，通過這個機會，使他們又一次喚起了對這塊土地的深情厚誼。他們想幫助黃原是出自真情；而且他們都大權在握，也有能力幫助黃原。

最後，兩位政治局委員先後講了話。他們講話的主要精神是，黃原人民的確為中國革命做出過重大貢獻，但主要還得靠自力更生、艱苦奮鬥來搞好這個地區的建設。當然，應該幫助的還要大力幫助⋯⋯

彙報會開得時間雖短，但應該說很完滿。臨畢時，省委書記喬伯年和省長汪昭義也表了態，說中央這樣關懷黃原，省上也要努力支援這個地區的建設。

彙報會結束後的幾天裏，地區領導和各部局來的人分別與中央有關部委、有關單位搞起了「橫向聯繫」，很快就落實了二三十個項目。

僅勞動人事部就給了三百五十萬人民幣，為黃原修建一個勞動服務公司。地區有些單位聞風而動，紛紛帶着南瓜、羊雜碎和軟小米油糕，來北京搞「橫向聯繫」。連地區文聯都跑來向全國文聯和作協要了近一百萬元，修建「創作之家」，讓全國的作家藝術家來黃原休假和搞創作。黃原的「新招」名揚四方。省內其他地區對黃原發「浮財」除眼紅外，也不無譏諷，說田福軍帶了個「討吃團」，到北京討吃去了！

田福軍和呼正文不管三七二十一，纏住個喬伯年，主要為黃原「跑」鐵路。經過艱難的談判，終於達成了協議，由鐵道部、省上和黃原地區一塊投資，先搞第一期工程，將銅城的鐵路修到黃原原南縣的煤炭基地……

當田福軍和他的「赴京討吃團」返回黃原後，萬萬沒有想到，有人卻寫信把他們告到了中共中央紀律監察委員會，說他們鋪張浪費，以權謀私，搞不正之風，去北京開會每人做了一套高級西裝……

富有戲劇性的是，由中紀委常委高老親自派出的調查組跟着他們的腳後跟到了黃原。告狀信反映的情況屬實。田福軍和呼正文分別做了檢查，並決定將所有人的西裝都收回來，由黃原駐省城辦事處在其新開的門市上折價售出；所短的錢由每個人自己墊付。

福軍為這個錯誤感到很痛苦。他在忙亂中竟然沒有想到這是一起違紀事件 —— 世寬為甚麼事先不按價向每個人收錢呢？唉，當初就不應該聽從生民這個餿主意！在人民大會堂開會時，他就感到不舒服；西裝革履，灰蓬蓬坐下一片，哪像貧困地區來向人家求援呢……

幾天以後，調令下來了。田福軍帶着某種內疚的情緒，匆匆告別了親愛的黃原，趕赴省城去接受新的使命。

第五十七章

有時候，現實生活中某些引起社會強烈震動的突發性事件，往往是歷史所發出的回聲。為了探尋此類事件的起因，我們常常不得不回過頭從遙遠的過去說起……

二十五年前，也就是那個有名的一九五八年，「大躍進」的浪潮席捲了中國大陸。從羣眾運動的規模來看，簡直可以說是「文化大革命」的一次預演。那時間，浪漫主義進入了從中央到地方的政治生活。為了「超英趕美」，把國家富強的標誌鋼鐵產量搞上去，人們連吃飯的鍋也砸了，用砍倒的樹木代替焦炭，大煉鋼鐵。中國大地火光熊熊，其非凡氣勢令全世界瞠目。其結果把一點好鋼好鐵也煉成了廢鋼爛鐵。

與此同時，全國各行各業都在爭搶着大放「衛星」—— 自人類歷史上第一顆人造衛星上天之後，「衛星」一詞就成了「超級成就」的代名詞。在農村，某地畝產剛宣佈超過五千斤，另一地的「衛星」立刻放到了畝產一萬斤。報紙每天都用套紅大標題莊嚴地報道這些彌天大謊。記得筆者那時剛上小學，為了使本村畝產成為全公社之最，曾在秋夜裏跟隨大人們把其他地裏割倒的莊稼，偷偷集中背運到一小塊地裏。新成立的人民公社領導人來這裏裝聾作啞目測了「畝產」，就厚顏無恥地向縣上「如實」作了彙報，從而使我們村和我們鄉分別獲得了縣上獎勵的兩塊丈二長的大紅綢錦旗……放「衛星」已使全國處於譫妄狀態。連作家協會的某位老詩人也拍着胸膛吼叫說，他要在一九五九年就把荷馬踩倒在腳下！

全國都實行了「食堂」制，人們「各取所需」，隨吃隨拿，喜氣洋洋地踏進了光輝的「共產主義社會」。不過，據說上層還在爭論：是先讓「老大哥」蘇聯進入共產主義社會呢，還是我國先宣佈已經進入了共產主義社會？

當然，「結論」還沒有得出，中國不久就進入了駭人聽聞的三年困難時期，餓死了許多人。在以後著名的七千人大會上，據說發動這場「運動」的毛澤東主席做了檢查。遺憾的是，這位中國歷史上劃時代的偉大老人，並沒有記取這個教訓，以後又一錯再錯，從一九六六年開始導致了中國更大規模的混亂，使得整個國家陷入了痛苦與絕望的深淵……

就在那個「大躍進」年頭，離省城六十公里的某地區，決心放一顆大「衛星」：在位於中部平原和南部峻嶺間的黑龍河上，修建本省最大的水庫。其氣勢之大，令人咋舌。全區動用了兩萬民工，費時一年零四個月，動用一千萬方土，在這個淺山區修起了佔地一萬二千畝的「躍進」水庫。水庫要淹沒許多村莊，牽扯兩個公社的幾千人口。於是，只能把這些人撤出，另尋安插之地。

但這幾千農業人口的大遷徙絕非易事。平原地區本來人口就已爆滿，哪裏願意接受這些佔地吃糧的人呢？而這些祖輩生活在淺山區的人又寧死也不進入貧瘠的南部大山之中。經勸說和強迫相結合，好不容易才將這些人疏散到了幾百里路以外的銅城地區——那裏有一個自然環境看起來與此地差不多的無人區。

當時這些人遷徙他鄉的場面十分悲慘。幾千人哭聲慟地，喊聲震天。是啊，這裏是他們不知生息了多少輩子的故土；現在，他們自己連同祖先的骨頭都要搬到一個陌生而荒僻的地方了。不久，這裏的一切將要永遠地埋葬於深水之下！

但他們無法抗拒殘酷的現實，立刻被汽車和火車拉到了遠方的

「新墾區」。初到異地的幾年裏，由於不服水土，有一百多位老人相繼離開了人世。這是一場人為的大悲劇！

至於那個勞民傷財的「躍進」水庫，好景不長。沒多久，山洪過後所沉積下的淤泥開始逐漸把這個水庫變成了一座土壩。到七十年代中期，庫區完全淤成了平地。滾滾的黑龍河攔擋不住，它帶着嘲弄人的嘩嘩聲響，依然如脫韁的野馬，從旁擇道而繼續往北方的平原上奔騰遠去，絲毫也沒有放慢奔向黃河與大海的步伐。

這時候，根據新的行政區劃，水庫所在地的區域歸屬了省會所在市。市上決定，在這個一萬二千畝的壩地上建立一個國營農場，職工逐步擴大到了六百人。滄海桑田，當年萬頃綠波變成了金色的麥浪。這裏先後起樓蓋房，出現了商店、醫院、俱樂部和學校……

在這些漫長的年月裏，當年那些遷走的老鄉，不時從幾百里路上來到這裏。通常都是一些老者帶着一些青年和小孩，在這裏轉悠幾天；晚上，他們就分別露宿在一個固定的地方。這是一種悲傷的「尋根」活動。當年這裏搬走的那些老人，幾乎都已客死他鄉。現在的這些老者，那時還都是青壯年。可是，二十來個年頭過去了，他們仍然在懷念這塊母土。母土啊！對於一個人來說，永遠都不可能在感情上割斷；尤其是一個農民，他們對祖輩生息的土地有一種宗教般神聖的感情。現在，他們要帶着自己的兒孫來這裏尋找他們生命的根。

所有這些人都能根據周圍的環境，準確地追尋到他們當年老住宅的所在地。他們一般都要在那地方露宿幾天，才含着淚水，帶着痛苦，悵然若失地離開了。不用說，他們對這裏的農場職工懷着一種仇視的心理。在他們看來，這是自己的地方啊！怎麼能讓這些陌生人盤踞在自己的土地上耕作和收穫呢？

一九八〇年以後，隨着整個國家政策的放寬和改變，一場醞釀已久的危機開始在這裏露出了苗頭。有個把外遷的鄉民，把「尋根」活動放在了農場的收麥季節。他們甚至攜兒帶女，就在周圍搭個窩棚，開始搶收農場的麥子。農場職工勸阻不下，結果發生了多起鬥毆事件。

到了一九八二年夏天，此類事件愈演愈烈。更多的外遷鄉民湧到了周圍，紛紛安營紮寨，開始哄搶着收割農場的麥子。這一年，農場損失了三分之一的糧食。事件反映到了市委。但市上拿不出行之有效的辦法。派去的幾個公安人員，被鄉民們打得鼻青眼腫回來了。逮捕鬧事者嗎？鬧事者有幾百人，該逮捕誰？

市委的這種無所作為的態度，終於導致了不可收拾的局面。

在此期間，從黑龍河庫區遷往銅城周圍的鄉民中，有幾位「領袖」人物組成了「返鄉委員會」，發起了一個頗有聲勢的回鄉運動。當年遷出的幾千口人現已繁衍成了幾萬，「委員會」的號召如乾柴上澆油，立刻燃起了一片大火！

今年一入夏，黑龍河農場的麥子還沒完全成熟的時候，上千憤怒的人就從銅城湧到了這裏，一天之內把農場全部的麥子搶收得一乾二淨。更為嚴重的是，所有農場職工的房屋，甚至校舍，都被鄉民們佔據了。他們聲稱，這是他們的土地，他們永遠不準備再離開自己的故鄉；他們振振有辭，說他們是當年極「左」路線的受害者，按現在的政策，理所當然要糾正這個歷史錯誤！

就這樣，一夜之間，農場職工和他們的家屬就從家裏被趕到了野地裏。莊稼被鄉民們搶收光了，他們連吃飯都成了問題。學校的教室睡滿了拖兒帶女的農民，他們的孩子沒地方去上課……

事件很快上報到了市委。市委書記秦富功這才動了肝火，指示市公安局出動大批武裝警察趕到黑龍河農場。

這個行動實際上越發刺激了事件的惡性發展。手無寸鐵的農民根本不怕全副武裝的警察。有些老漢淚流滿面，扯開衣服，露出乾瘦的胸膛，對警察說：「打吧！打死我也不離開這地方！寧願死在故鄉田地，也不活着回銅城去！」警察也是人，他們怎忍心用暴力去對付這些年紀像自己父親一樣的老人呢？

警察和農民僵持在那裏，毫無辦法。

農場的職工家屬一看事情仍得不到解決，也開始採取他們自己的行動了。他們把單位上所有的汽車和拖拉機都隆隆價發動起來，幾乎所有的職工家屬，包括老人和兒童，都紛紛上了車。有的人還把紅布標語圍在車幫子上，上面寫着「我們要吃飯！」「我們要工作！」「孩子要上學！」等口號，十幾輛載滿人的汽車和拖拉機便直接開進了省城。

省城大亂。這條汽車和拖拉機組成的長龍進入繁華的解放大道後故意放慢了速度，變為一種游行節奏。車上有人開始領呼口號，大人娃娃的喊聲響成一片。街上正在行駛的車輛都被堵塞在各個十字路口。大街兩旁的行人紛紛駐足而立，饒有興致地觀看這多年不遇的景致。的確，自「文化大革命」結束後，人們還是第一次觀看這樣的羣眾游行示威活動。交通警察措手不及，木雞一般呆立在指揮台上。游行車輛暢通無阻開過繁華鬧市，直接來到了市委大門口前的小廣場。

市委機關頓時被包圍了。成千的人擁進辦公大院，吵吵嚷嚷，亂成一團。市委書記秦富功趕忙出來向人羣講話；勸說大家回去，說問題市上會妥善解決的。但農場職工家屬一定要市委書記當面答覆他們提出的條件。有人立刻連喊帶叫，擁上前去圍攻這位市委的領導人。十五分鐘還不到，秦富功的心臟病就犯了，被救護車拉到了省紅十字會醫院。

市委的幹部一看書記住了醫院，紛紛夾起公文包溜回了家。與此同時，幾千人等於把市委和一牆之隔的市政府佔領了。

警察奉命趕到了現場，但很快被羣眾包圍起來。

省委常務副書記吳斌幾乎和警察同時趕到市委。在外地視察工作的省委書記喬伯年和省長汪昭義已經在電話上知道了情況，正在趕回來的途中。

吳斌一看這情況，知道他也一時無法控制局面——因為其間有大量的老人和兒童，絕對不能動用武力。他急忙返回省委，迅速將情況用電話報告了中共中央書記處。

當天下午，下起了傾盆大雨。

但市委大門前的廣場上仍然擠滿了黑鴉鴉的人羣。

現在，黑龍河農場的職工家屬們，正紛紛向圍觀的市民訴說他們的苦情。其中有些人無錢買飯，就湧進市委的幹部食堂，把饅頭拿出來讓老人和小孩吃。有的人一邊啃着饅頭，一邊向眾人做「宣傳」工作，讓社會同情和支持他們。幾個外國旅遊者也混在人羣之中，興致勃勃、似懂非懂地打聽出了甚麼事？

兩天之後，世界各大通訊社轉發了美聯社駐京記者就此事件的一條與事實大相徑庭的報道；而台灣的《中央日報》竟興高采烈為此專門發表了社論，歡呼「大陸義民反抗中共暴政」。

現將美聯社的這條「消息」轉述如下——

〔美聯社北京18日電記者：布蘭特雷· 馬拉德〕來自中國C省的外國旅遊者證實，該省省會發生了大規模公眾游行示威活動，抗議地方當局大幅度提高食品價格。據幾位在現場的外國人提供的消息，憤怒的市民佔據了中共黨委機關，並將幹部食堂的高級食品拿出來在大街上分享。當局出動了大批武裝警察，據悉有幾百人被捕……

當省委書記喬伯年和省長汪昭義趕回省城時，事態已經到了這樣嚴重的程度。黨的總書記迅速在新華社有關此事的內參上作了批示；中共中央書記處指示省委省政府立刻做出妥善處理，並隨時將處理進展情況電告中央。喬伯年和汪昭義兩天兩夜沒有休息，親自到現場做說服工作，才暫時平息了這場風波……

經中央同意，省委決定改組市委。秦富功同志被免去了省委副書記兼市委書記職務，等人大會議召開時，擬增補為省人大常委會副主任……

田福軍正是在這個背景上接替了秦富功的職務。現在，他已經在市委上任了。愛雲和岳父要等一段時間才能搬下來，因此他就在辦公室裏間臨時支了一張牀。從家庭方面來說，全家將團圓了。兒子曉晨和女兒曉霞已經興奮地來看了他；見他忙，都坐一會就回了各自的單位。可就工作來說，卻比黃原更沉重了；因為所面臨的許多事，都是他原來所不熟悉的。

田福軍上任還沒有幾天，黑龍河農場事件又舊病復發了。那裏的問題因為沒有從根本上得到解決，農場職工們不滿意，又開始聚集鬧事。這次鬧事的方式和上次一樣，許多人再次坐着汽車來到市委要求解決遺留問題。不過，這次規模沒有上次大，老人兒童沒有來——孩子們的校舍已經騰出來，下學期上課沒甚麼問題。

規模雖然小了，但影響照樣很大。省城又頓時為之嘩然。市委大門前的小廣場上重新變得像鬧市一般亂。

田福軍緊急採取了措施。他先讓辦公室安排了這些人的吃飯和住宿。不能再把事情擺到大街上解決！通過和電視台與電影製片廠聯繫，把許多電影和電視錄像片拿到了這些人住宿的地方。田福軍指示：要武打片！要情節曲折熱鬧的錄像！一部接着一部放！

這樣，鬧事的農場職工總算先安頓了下來。

市委同時召開緊急擴大會議，研究解決問題的辦法。田福軍先提了兩點意見讓大家討論：一是農場退出一部分地給農民；二是農場出租土地給農民。他說這只是他的一些不成熟想法，讓常委們和政府部門的同志充分發表看法，提出意見和方案。

會議從天黑一直開到了天明。伴隨會議室吵嚷氣氛的是外面嘩嘩的大雨。雨已經不斷線地下了好幾天。看來，一年一度的雨季提前到來了；而且雨量異常地大，據說全省所有江河的洪水都已經到了危險的程度。好在市區周圍沒有大河，這方面他們不必過分操心。只是市內某些街區的危房恐怕難以招架如此兇猛的雨水。田福軍在會前就已宣佈，等這個會一開完，市委和市政府的領導立刻分頭去市內各處視察水災情況。

會議臨近結束的時候，秘書進來讓田福軍接省委副書記吳斌的電話。

田福軍趕忙走出會議室，來到隔壁電話間。

當他聽完吳斌的電話後，話筒從手裏滑落下來，「噹啷」一聲掉到了桌子上。他像死人一般僵在了電話間。

外面的雨在嘩嘩地下着，下着……

第五十八章

……中亞高脊發展東移至西藏高原，到明日八時 500 毫巴強度為 593 位勢什米……西太平洋……本省及南方鄰省為輻合槽區……亞洲……烏拉爾山……貝加爾湖至本省分別為槽區……

我們不懂。

這是氣象工作者的術語。

客觀事實是：位於本省南部一條大江上的某地區所在城市，在近日來環流形勢干預下，天機開始醞釀一場突降的災變。

本省南部，夏季經常受西伸的太平洋副熱帶高壓影響和康藏高壓影響，地面則受黃河西部走廊、南方鄰省盆地熱低壓影響，冷暖空氣相遇而暴雨瀕臨。進入秋季時，鋒面活動更加繁密，常常形成連綿的陰雨天氣。兩條大山脈橫亘該地區，阻滯抬升氣流運行，秋夏必然形成暴雨區，隨時都可能引出災禍。

幾日前，大江上游的縣份已出現 50 毫米的降水量；緊接着，大江中游另一地區雨量達到了日降 85 毫米。同時，由於中亞高脊東移發展，在西藏高原迅速建立一強大高脊；脊前冷平流加強，造成高原鋒生。

同日下午，冷鋒勁旅經過該地區東部上空。暴雨傾盆而瀉，並以迅猛之勢潛入該地區西部；範圍之大，足數百公里。沿江最大日降雨量的縣份，已高達 140 毫米。

第二天中午，副冷鋒之旅掠過城市上空。大雨如注似傾，襲擊了這座人口有十萬之眾的城市。

緊依城市的那條大江是長江的一條重要支流，洪水流量立刻突破了一萬秒立方米。

入夜，該城上游一百多公里處江上最大的水電站，入庫量一萬六千秒立方米，出庫量一萬五千七百秒立方米。據水文部門預測，不久，該地區江段洪水流量很快將達到二萬秒立方米！而且，這絕非最高位數——接下來只會增加而不會減少！

城市處於一髮千鈞的危急時刻！

據該城《歷次洪水紀事年表》記載，歷史上最大的一次洪水發生在明萬曆十一年（1583）。「江水漲溢，河水壅高城丈餘，全城淹沒，公署民房一空，溺斃者五千餘人。」按當時河口摩崖刻字記載的水位換算，實際水位近二百六十米，流量接近三萬四千秒立方米。

想不到整整四百年後，這座城市又面臨相同的厄運。

市委和地委機關的領導們在慌亂中立刻行動起來。地市主要領導和軍分區的司令員政委組成了抗洪指揮部，緊急召開會議。但是，地區防汛指揮部總指揮、行署專員高鳳閣同志卻沒有在場。

高鳳閣在省裏參加完一個會後，回中部平原老家為兒子操辦婚事去了。本來，近半月之中，防汛工作正進入最關鍵時刻，而且高鳳閣前幾天已經知道南部地區的江河都已處於危險狀態，但這位地區的行政首腦還是帶着秘書，坐着行署的「馬自達」回家去參加兒子的婚禮。在當夜該地區領導們像熱鍋上的螞蟻焦急不安的時候，高鳳閣正喜氣洋洋在家鄉所在縣城的招待所大宴賓朋。我們知道，在黃原時，高鳳閣就夢想當專員。現在，這個夢想終於如願以償。他何不藉兒子的婚禮衣錦還鄉，向父老們炫耀一番呢？

在總指揮不在的情況下，地委書記立刻任命自己為總指揮。由他主持的會議，開始起草緊急動員令。起草到第三條，他說：「不寫了！立刻到廣播站直接廣播！」他向該市市長口授了內容，讓他趕快先去廣播站。

廣播站馬上開始播發市公安局讓市民緊急撤退的通知。地委書記隨後趕到了播音室，利用這個空隙起草了第一號命令；接着便由他直接在廣播上向市民宣讀。

此刻，黑雲壓城，大雨滂沱，加上車輛的噪音，壓住了城內幾個少得可憐的高音喇叭聲。許多單位和家屬院根本就沒安裝有線廣播，大都沒有聽見這命令。有些人聽到了，又以為是嚇人話，不予理睬。再說，許多人不願撤退。他們離不開自己的安樂窩，貪戀家裏的那點盆盆罐罐。即使開始撤離的人羣，行動也極其遲緩。

江水一浪高過一浪，如猛獸般的血盆大口，吞沒了城堤之沿。一場不可倖免的厄運注定要臨頭了！

暴風雨中，城市完全陷入了混亂。地委書記穿過敗兵般逃生的人羣，摸黑趟水趕到了郵電大樓，命令報務員向省委省政府和蘭州軍區發出緊急求援呼救電報。緊接着，他又返身奔往廣播站。此刻，老城已經完全淪陷了；大水中到處傳來呼喊救命的聲音。

「我是地委書記！大家要丟掉罎罎罐罐，洪水已經進城了！快逃命吧！我是地委書記！大家快逃命哇！」

地委書記沙啞的嗓子帶着哭音，在廣播上絕望地作最後的呼喚。

逃命的人一邊往高處撤退，一邊心酸地抹着眼淚 —— 親愛的城市啊，眼看就要完了……

淩晨四點鐘，一串急促的電話鈴聲把省委書記喬伯年驚醒。這時候的電話一定是有甚麼十萬火急的事。他連衣服也沒顧上披，跳下牀抓起了話筒。電話是省防汛總指揮、副省長萬國邦打來的 —— 他報告了南部那個城市被水淹沒的消息。

喬伯年頭「轟」地響了一聲，一陣眩暈幾乎使他摔倒在茶几上。他立刻讓萬國邦和省長汪昭義直接去飛機場等他。

喬伯年先撥通了省軍區司令員的電話，讓他馬上準備一架直升機，在省民航機場等候起飛。然後，他又用電話把常務副書記吳斌從牀上叫起來，讓他準備一塊緊急飛往南部那個處於危難中的城市。

吳斌一聽發生了這麼嚴重的事情，趕緊起牀穿衣。他老伴要給他弄點吃的，被他喝住了。家裏一片紛亂，吵醒了隔壁的兒子。

因為是星期六，吳仲平從工大回家來住宿。他聽見父母親在這個時候起牀，不知發生了甚麼事，也趕緊穿衣起來。

仲平很快從父親那里弄清楚發生了甚麼事。

他突然想起了他在省報的好朋友高朗。高朗的父親在市上任副市長，和他父親交情很深，因此他和高朗也自然十分要好。吳仲平想到，對於一個記者來說，這是一個重大新聞。他應該立刻去找高朗，使他能爭取搭乘省上領導的直升機到現場採訪。他知道，高朗對新聞事業具有一種無畏的獻身精神，這種采訪對他來說是千載難逢！

出於友誼，吳仲平在父親剛踏出門，就立刻冒着大雨跑到省委家屬院值班室那裏，叫起一個他所熟悉的汽車司機，迅速驅車趕到了省報。他讓車停在報社大門外，自己用百米速度沖到報社單身宿舍樓上，拿拳頭使勁擂高朗的門板。

半天沒人來開門，也不見屋裏亮燈。

吳仲平正在焦急之時，見旁邊一個房間的門開了，走出一位披着衫子的女同志。仲平認出這是田曉霞。她是高朗的朋友，他們三個曾在「黑天鵝」飯店有過一次聚餐。

「高朗出差去了。你這時候找他有啥事？」曉霞問他。

吳仲平喪氣極了。

他於是簡短地向田曉霞說明了情況。

不料，田曉霞馬上說：「我去！你帶車了沒有？」

「帶了。」吳仲平說。他沒想到一個姑娘要去冒這種險。他並不知道，這個姑娘的冒險精神聞名全報社。

田曉霞在說話之間便衝進自己的房子，不到兩分鐘就穿好衣服，肩上掛了個黃書包走出來，抓起樓道的電話，給值夜班的副總編打了招呼，就旋風一般跟吳仲平下了樓梯。她一邊氣喘吁吁往大門外跑，一邊對吳仲平說：「謝謝你給了我一個機會！」勇敢的女記者情緒異常激動。他們此時還不知道雙方都熱戀着同一個家庭的兄妹倆。

小汽車在夜晚的風雨中駛過省城空無一人的大街，在西郊轉了一個急彎，箭似的衝進了飛機場。

省委書記喬伯年等人都已經在候機室的大廳裏。沒有人坐。他們站着等待最後一個人 —— 副省長萬國邦；他正最後一次和蘭州空軍部隊聯繫。

停機坪上，一架直升機隆隆地響着，紅色的信號燈在雨夜裏一明一滅。

田曉霞奔進候機大廳，直接對省上幾個主要領導說：「我是省報記者。請允許我和你們一同前往災區……」

省上的領導都異常驚訝：她怎麼知道他們要搭機去南部災區？

「飛機上沒座位了！」省委常務副秘書長張生民不客氣地說。

「報道這次特大洪水是我們的職責。如果誤了事，你怕負不了這責任！」田曉霞語氣強硬地對副秘書長說。在場的領導沒有人知道她是田福軍的女兒，但她的記者風度使所有的領導都注意到了這個姑娘。

「擠出一個位置，讓她去！」喬伯年對張生民說。

生民無話可說了。但他顯然很不滿意。在秘書長看來，這麼大的事，記者去能解決個屁問題！

副省長萬國邦一到，田曉霞就跟着省上的領導們鑽進了已經發動起來的直升機機艙中。

飛機轟鳴着升上天空，在漆黑的雨夜向南部飛去。

黎明時分，飛機蒞臨被水淹沒的城市上空。從舷窗望下去，滿眼黃水茫茫。城市的房屋半淹半露，一片極其悲慘的景象。所有的領導都不由緊捏着雙拳；省委書記的眼裏閃爍着淚花。

一個高地升起了一堆大火。這是地面上要求飛機降落的地方。

直升機掠過浪濤翻滾的水面，降落在地區師專的大操場上。

成千上萬的人包圍了飛機。省上的領導在一片慟哭聲中走下來。地市領導像一羣孤兒找到了爹娘，流着恓惶的淚水和上級領導緊緊握手。

於是，一個強有力的指揮中心在師專迅速建立起來。

本地郵電局的載波室被洪水吞沒，城市和外界的聯繫已經隔絕了幾個小時。隨機來的無線電報員立刻按動了電鍵，把喬伯年口授的內容向省上、大軍區、黨中央、國務院和中央軍委報發了出去。

與此同時，三級領導分頭奔向各處，緊張地指揮搶險 —— 主要是搶救生命！

誰也不知道，現在已經被洪水捲走了多少人。但有一點是肯定的：還有許多人處於嚴重的危險之中。僅被洪水圍困在樓頂上的人就不計其數；而已經落水的羣眾到處都在呼喊救命……這個城市除過自救之外，焦急地等待着外援，等待着北京的關懷；它為自己的生存充滿焦渴的希冀！

接到中央軍委命令的蘭州和武漢空軍部隊的飛機穿雲破霧來到城市上空，救生器材、食物、醫藥品紛紛空投下來。總後的一支部隊已經趕到了現場，在銀行、商店、倉庫周圍布崗立哨，並立刻投入營救羣眾的緊張戰鬥中。不到二十分鐘，該部隊就有三十多人為搶救羣眾的生命獻出了自己的生命。另外幾支部隊正奉命以強行軍速度向這裏趕來……

田曉霞走下直升機後，豁開大哭小叫的人羣，走出師專，單槍匹馬向洪水淹沒的城內跑去。她把黃挎包大背在身上，衣服很快被瓢潑大雨澆得透濕。茫茫的洪水帶着可怕的喧吼在眼前洶湧而過。在黎明的微光中，看見水面上漂浮着各種各樣的東西。江面上，死屍和絕望的活人順水而下。牛、羊、豬、狗、雞、鳥，有的隨主人移到了安全處，有的則在屋脊上和人一塊待援；大部分卻被水吞沒，不免一死。人，昆蟲，飛禽，走獸，各從其類，相依為命，有生有滅。樹木皆以生存環境及機遇存亡不等。有的老樹不幸連根拔起，卻在水中作楫作橋，賜恩於難中之人，成為偉大的「諾亞方舟」……

未被水淹的地方，到處都是潰亂不堪的人羣。成羣的老鼠和吐着信子的蛇夾隨在人羣中奔竄逃命。

田曉霞在亂人羣中，在洪水的邊沿上奔跑而行，胸膛和嗓子眼似乎有大火在燃燒。她不知道她要跑向哪裏，該做些甚麼；但她知道她有許多事可幹！

她不知道自己已跑到了東堤上。

現在，她渾身糊滿泥漿，一隻鞋幫綻開，腳指頭露在了外邊。

因為水還沒到這裏，城內的大混亂此處人並不知情。儘管民警和軍人竭力催促，三千多居民仍然滯留在堤外，不聽從勸告。敬老院的人還在打撲克消遣，其中有倚老賣老者說民國，道清朝，明明水就要到來了，還在舉例論證不會發水。

田曉霞一到這裏，便很快弄清了情況。她找到氣得快要發瘋的市公安局副局長，從懷裏掏出記者證，像足球裁判亮黃牌一樣，在副局長面前一晃，說：「我是記者！請你命令民警端起槍，上起刺刀，強迫羣眾撤離！」

公安局副局長如夢初醒，聽從了這個小女孩的指揮，立刻命令民警端起上了刺刀的槍，強迫這些戀家如命而又頑固不化的市民撤退。

三千人在刺刀的逼趕下，嚎哭着、咒罵着撤退了。半小時後這地方就變為一片汪洋。但除過一個瘋子，這裏所有的人都倖免於難。

公安局副局長對這位女記者佩服得五體投地，求她跟着他們一塊做疏散羣眾的工作。

田曉霞欣然答應，立刻成了副局長的「高級參謀」，指揮警察四處奔忙着救人。她利用空隙，在屋檐下寫成了她的第一條消息，交給副局長，讓他過一會打發人送到師專，設法讓指揮部發回報社。

田曉霞剛把用塑料袋裝好的稿子交到副局長手裏，突然發現不遠處洪水中有一個小女孩抱着一根被水淹了一半的電線杆，在風雨水嘯中發出微弱的哭聲，眼看就要被洪水吞沒了。她幾乎甚麼也沒想就跳進水中，耳邊只傳來公安局副局長發出的一聲驚叫。

曉霞在學校時游泳不錯，但那是在游泳池裏。她在洪水中很快覺得她失去了控制自己的力量。不過，她在漂浮物中抓住一塊木板，勉強推到那個小女孩手邊。當她看見那女孩抓住木板的時候，一個浪峯便向她頭上蓋下來。在最後一瞬間，她眼前只閃過孫少平的面影，並伸出一隻手，似乎要抓住她親愛的人的手，接着就在洪水中消失了……

當省委書記喬伯年和省上的其他領導人知道跟隨他們來的女記者犧牲後不久，又弄清了這就是田福軍的女兒。所有的人都在指揮部既難受又大驚失色。第二天淩晨，喬伯年指示回省城組織支援的吳斌，很快把這消息告訴福軍同志。於是，吳斌坐直升機返回省城後，就在飛機場向田福軍打了那個如同五雷轟頂般的電話……

第五十九章

雨刷刷地下着。大牙灣煤礦籠罩在一片水霧之中。地面上很少有人活動。就連礦部大樓前那個平時很熱鬧的小廣場周圍，也變得冷冷清清；只有幾個從鄉下來的零星小販，拿着一點土特產，躲在職工食堂的屋檐下，筒着手，也不吆喝，聽天由命地等待着買主。

各種機器所發出的聲音，在雨中聽起來格外清脆而響亮。到處都是淙淙的流水聲。水流都像泥漿一般又稠又黑。

黑水河漲寬了。河上那棵根梢分別倒在兩岸的柳樹，軀幹已全被黑水淹沒，只露出一些嫩枝綠葉在水面上搖曳。這座有生命的「橋」已不再起作用；人們要過河對岸，得繞着走上游的石拱橋。

連日的大雨一掃長期積下的煤塵污垢，使得整個礦區變得清爽了許多。主井下面小山一樣的大煤堆，被雨水洗得油黑發亮。通過礦區的鐵軌蒙上了一層水珠，明晃晃地失去了那種有色金屬的質感。鐵道兩旁青草的鮮綠和遠山雲纏霧繞的混沌，都叫人不由生出一縷愁情和傷感來。從山坡黑戶區低矮的窩棚中，不時發出男人們粗野的哄笑和吆五喝六的猜拳聲……

從井下上來的礦工，吃完飯就在雨聲均勻的催眠曲中倒頭大睡。即使無雨的日子，勞累過度的人們上井後主要的願望也就是睡覺。

天氣的好壞不會影響井下的生產。那裏的一切都一如既往地進行着。井下的礦工通常難以想像地面上陰雨日晴的變化。只有當他們升上地面，泡過熱水澡，穿着乾燥清爽的衣服走出區隊辦公樓的大門，才使自己切實地置身於地面上的生活中。煤礦工人並不喜歡陰雨天氣，因為井下常年四季都潮濕陰涼，到處嘀嗒着水；他們希望上井後看見燦爛的太陽照耀着一個明亮溫暖的世界——沒有甚麼人比他們更感到太陽的親切和可愛了。

是的，倒霉的陰雨天氣使得礦區這麼冷冷清清！這麼死氣沉沉！人們除了吃飯就是睡覺。睡！不睡再幹啥？

孫少平倒在自己的牀鋪上，卻怎麼也睡不着。

幾天來，他一直沉浸在一種異常的激動之中。因為再過幾天，就到了曉霞和他約定的那個充滿浪漫意味的日子。他們將在黃原古塔山後面那棵杜梨樹下相會，以不負他們兩年前在那地方定下的愛的契約。呀！甚麼樣的人生幸福能比得上如此美妙的時刻？年輕的朋友，只有你們才有這樣的激情和想像力……

上個月，親愛的曉霞又到大牙灣來過一次。她那次來是專門向他解釋她和高朗的關係的。因為他流露出的痛苦使她感到不安，便親自跑來和他談這件事——他為此好長時間都沒給她寫信。

她告訴他，她已經和高朗談過，他們之間除過友誼之外，不可能再有別的甚麼。她和高朗說明了她和他的感情，說她只愛他。高朗表示自己完全尊重他們的關係。

她解釋了這件事後，他們緊緊擁抱着哭了。一個小小的插曲，使他們覺得猶如久別重逢，經歷了一次生死般的離別。感情因誤解的冰釋而更加深切。兩顆心完全交融在一起。他們甚至談到了結婚；談到了將來是要兒子還是要女兒；談到了他們未來的許許多多事情。當然，他們都沒忘記兩年前古塔山上的那個約會——這將是他們一生中最有紀念意義的一天。他們再一次約定，各自在那天回到黃原，然後在那個老地方見面。曉霞並告訴他，兩年前他們在杜梨樹下擁抱的時候，她當時還瞅了瞅手錶，時間是下午一點四十五分。她建議他們就在那個時間準時趕到杜梨樹下……

其實，曉霞走後一個多月時間裏，孫少平每一天都在激動地、焦躁不安地等待着那個日子的到來。那一天對他來說，猶如生命一般重要。他覺得，如果沒有那一天，他一生都會黯然失色。青春啊！你深藏着多少令人讚歎的童話般迷人的故事呢？

一個多月來，孫少平天天不誤下井。他要給自己積攢足夠的假日；因為他和曉霞約定，古塔山相會之後，兩個人還要一同相跟着回一次雙水村。她說，這次回村不是以田福堂姪女的名義，而是以孫少平未婚妻的名義！少平能想來，雙水村會為此事而怎樣驚訝地議論紛紛；他父母親又會怎樣高興得合不攏嘴巴……

孫少平的心情從來沒有像現在這樣好。是呀，他有了一個雖然艱苦但很穩定的工作；又有了完滿而幸福的愛情生活。他將要不負生活的厚愛，好好度過生命中的每一天。

上井之後，他通常都是先到惠英嫂家裏，幫她擔水劈柴，或到矸石山上為她撿回一些煤塊。

當然，他也得陪明明和那隻被明明命名為「小黑子」的小狗玩半天。這個白耳朵的小黑狗已經長大了許多，和明明形影不離，連晚上睡覺都很難分開。明明也快滿七歲，再過一個月開學時，就該入學了。

惠英嫂已從失去丈夫的悲痛中漸漸恢復過來，每天在礦燈房照常上班。他幫助她把家庭院落收拾得仍像師傅活着時一樣清爽。三個人加上一條活潑的小狗，使得這個院落又充滿了紛擾的生活氣息。牆角下，天暖時他們種下的向日葵已經冒過了牆頭；纏繞向日葵稈的菜豆蔓子，吊着一嘟嚕一嘟嚕的豆角。土窰上面的崖崖畔畔，野菊花開得霜雪般白粉粉一片。很多時候，少平上井以後都是在嫂子家吃飯。惠英像當年侍候師傅那樣侍候他喝幾杯白酒，以驅散井下帶上來的滿身徹骨般的寒冷和潮濕。

有時候，孫少平一旦進了惠英嫂的院落，不知為甚麼，就會情不自禁對生活產生另外一種感覺。總之，青春的激情和羅曼蒂克的東西會減掉許多。他感到，作為一個煤礦工人，未來的家庭也許正應該是這個樣子——一切都安安穩穩，周而復始……

但是，當他回到自己的宿舍，躺進蚊帳中一人獨處時，便又完全沉浸在他和曉霞所共同幻想的他們未來生活的憧憬之中。遠的不說，僅就很快要來臨的古塔山的那次相會，就會使他拋開一切最「現實」的想法。

這一天是越來越臨近了。屈指一算，就只剩了三四天時間！

孫少平已經請了假，不再去下井。他要留兩天時間，為回家而置辦一些東西。

在臨近回黃原的前一天，他準備先到銅城為兩個老人買點衣料。這是他參加工作後第一次回家，應該給家裏所有的人都帶禮物，包括罐子村的大姐和兩個外甥。

吃過早點，他背了個大掛包，帶了那把新買的黑色自動傘，帶了足夠的錢，走出單身宿舍，踏入了茫茫雨霧中。他準備搭乘東面返回的第一趟火車下銅城，便徑直向礦區那頭的火車站走去。

當他路過礦部大樓前的閱報欄時，不由駐足而立，想瀏覽一下報紙上的消息。火車到本礦還得一個鐘頭，有的是時間；現在去那個破爛不堪的候車室，得呆坐很長一段時光，不妨在這裏消磨掉。

孫少平自高中認識田曉霞以來，在她的影響下，一直保持着每天看報紙的習慣。不過，到煤礦後，區隊的報紙常常被礦工們拿去包豬頭肉，七零八落從未齊全，他一般都在礦部前的這個閱報欄前立着看。至於《參考消息》，過幾天他才設法找齊，躺在牀鋪上作為一種「高級享受」來閱讀。

現在，少平撐着雨傘立在這報欄前，按通常的習慣，先前後轉着瀏覽了八版《人民日報》。當然，國際版稍微多費了一點時間。

接下來他才看辦得很糟的省報。在少平看來，省報在內容方面連《黃原報》都趕不上。

不過，省報今天倒讓他一驚。他突然被頭版頭條的大黑體字標題所吸引 —— 南部那座著名的城市被洪水淹沒了！

更讓他大吃一驚的是，電頭「記者田曉霞」幾個字迅速跳入他的眼簾。啊？她已經在那裏了？那麼，她還能按時如約趕到黃原嗎？

孫少平一邊看田曉霞的這條驚人消息，一邊在想她能不能趕回黃原的問題。他用這雙重思維讀完了這條簡短的消息 —— 他知道以後的幾天才會有大量詳細的背景新聞……

但是，對孫少平來說，真正爆炸性的新聞是緊接着這條消息的另外幾行字 ——

……又訊：本報記者田曉霞發出這條消息後，在抗洪第一線為搶救羣眾的生命英勇犧牲……

犧牲？我的曉霞……

孫少平一下把右手的四個指頭塞進嘴巴，用牙齒狠狠咬着，臉可怕地抽搐成一種怪模樣。洪水撲滅了那幾行字，巨浪排山倒海般向眼前湧來……

他收起自動傘，在大雨中奔向二級平台的鐵道。

他瘋狂地奔過選煤樓，沿着鐵路向東面奔跑。他任憑雨水在頭上臉上身上漫流，兩條腿一直狂奔不已。他奔過了東邊的火車站。他奔出了礦區。他一直奔跑到心力衰竭，然後倒在了鐵道旁的一個泥水窪裏。

東面駛來的一輛運煤車在風雨中噴吐着白霧，車頭如小山一般急速奔湧而過 —— 他幾乎和汽笛的喧鳴同時發出了一聲長嚎……

孫少平倒伏在泥水中，絕望地呻吟着。大雨在頭頂嘩嘩澆潑。滿天黑色的雲朵，潮水般向北湧去。鐵道那面的黑水河，發出嗚咽似的聲響。遠處，矸石山那裏，矸石噼噼啪啪在向深溝中滾落。滾落！整個大地都在向深淵滾落……

不知過了多少時候，當孫少平滿身泥漿返回宿舍，那神態已經完全像一個瘋子或純粹的白癡。同宿舍的人看他這副樣子，都嚇住了，誰也沒敢問他個長短。

他換了身衣服，便倒在牀鋪中，兩眼呆呆地望着雪白的蚊帳頂。他無法相信一切是真實的。這是報紙的失實報道 —— 這張報紙經常幹這種事！

下午，同宿舍的人給他捎回一份電報。

他從牀上跳起來，手抖得像篩糠一般，打開了這份電報 —— 他希望這是田曉霞打來的！他相信會有奇跡出現！

可是，電報竟是她父親的 ——

銅城大牙灣煤礦採五區孫少平請速來我處田福軍

孫少平兩眼一陣發黑，把電報紙丟在牀鋪上。是的，曉霞的死是真實的。可是，誰讓她父親給他拍電報呢？他根本不知道他和曉霞的事，他怎麼知道他在這裏？他為甚麼給他拍電報？速來？

孫少平神神魔魔，赤手空拳走出了宿舍。他很快趕到礦部前的小廣場。每隔一小時發往銅城的公共汽車正在往上擠人。

他撲進車門，夾在人縫裏，胸膛像壓了一塊大研石。呼吸困難而急促。

一個多鐘頭後，他在銅城下了汽車，上了當天開往省城的最後一趟火車。

火車在茫茫大雨中駛過綠色的中部平原。

孫少平坐在靠窗戶的座位上，也不看車窗外流逝的原野。他伏在茶几上，閉住眼睛。巨浪在心頭一排排掀起，又猝然間落下。波浪中浮現出她美麗的臉龐。

你不可能死，曉霞！你會活着的 —— 這也許只是一場惡作劇。你會發出那銀鈴般的笑聲，不知會從甚麼地方突然出現在我面前。你那麼鮮活而蓬勃的生命，怎麼可能在這個世界上消失了呢？

不，你絕不會死！也許你已經在甚麼地方上岸了！是你讓父親給我打了這封電報。你或許只受了點傷，正躺在某個醫院的病牀上。你一定在等着我的到來……

孫少平內心緊張地做各種設想。所有這些設想的前提都是曉霞還活着。是的，她怎麼能死呢？她怎麼會死呢？活着，是的，活着！親愛的人，你只不過受了點傷，受了點驚嚇，說不定我們還會明天從省城出發，趕到黃原去 —— 因為後天，下午一點四十五分，我們還要在古塔山後面的杜梨樹下相會……

孫少平雙手蒙面伏在茶几上。淚水糊滿了手掌。他渾身酸疼，疲憊不堪；似乎不是火車載着他，而是他拖着火車在向省城飛奔……

當他恍惚地隨着人羣擠出省城的火車站，已經是夜晚了。

繁密的燈火在雨中大放光華。積水的街道被燈光映照成了一條條流金瀉銀的長河。電車甩着長辮子，在夜空中碰擊出蔚藍色的火花。透過雨簾，街道兩旁五光十色的大櫥窗看起來像德加的印象畫。他感到一陣又一陣眩暈。這世界現在一切都和他毫不相干！他在這世界上惟一要尋找的，要看見的，是那張甜蜜的笑臉。難道她真的不存在了嗎？她仍然還活着嗎？對他來說，答案還都不是最後的！他同時又執拗地相信，過一會，他就能看見她——活着的她；並且會緊緊地擁抱她……

儘管他這樣的昏亂，有一點還是清醒的——他先在旅館為自己找了個住宿的地方，然後才搭上了去市中心的公共汽車。

他先並沒有去找曉霞的父親——他從曉霞不久前的信中知道，她父親已經是這個城市的市委書記了。他先來到了報社——只有這裏才能證實他親愛的人倒究是死了還是活着！

他的心狂跳着，走進報社大門。

「你找誰？」門房老頭在窗戶上探出頭問他。老頭當然不知他是誰。但他已經來過一次，認出這老頭還是原來的老頭。

「我找田曉霞。」他聲音沙啞着說，眼睛盯着老頭的臉色。

老頭兩眼瞪住他看了半天，才說：「這娃娃已經……死了。唉，實在是個好娃娃！連個屍首也沒找見……你是她的甚麼人？」老頭在自言自語中突然像夢中驚醒一般問他。

孫少平兩眼一黑，腿軟得如同抽了筋骨。他感到有熱辣辣的東西從腿上淌下來——他禁不住小便在了褲子裏……

他沒有回答老頭的話，就轉身走出報社大門。

大街上燈火輝煌，人頭在傘下攢動；車輛飛濺着水花急馳而過。然而，他面對的卻是一片沙漠——人生的沙漠啊……

孫少平強忍着悲痛來到市委，打聽了田福軍的住處。

當他走到二樓那個房間的門口時，牙齒咬着嘴唇，停留了片刻。

過了一會，他才抬起軟綿綿的胳膊，在門上敲了敲。

第六十章

開門的是個男青年。

少平一驚：這張臉太像曉霞了！

不過，他很快明白，這是曉霞她哥田曉晨。

「你是少平吧？」曉晨在客廳裏問他。

他點了點頭。

「我父親在裏邊等你。」曉晨指了指敞着門的臥室，便垂頭不再言語了。

孫少平通過客廳，向裏間那個門走去。

他在門口立住了。

首先映入眼簾的是小桌上那個帶黑邊的相框。曉霞頭稍稍歪着，爛漫的笑容像春天的鮮花和夏日裏明媚的太陽。那雙美麗的眼睛欣喜地直望着他，似乎說：親愛的人！你終於來了……

相框上挽結着一綹黑紗。旁邊的玻璃瓶內插幾朵白色的玫瑰。一位老人羅着腰坐在沙發上，似乎像失去知覺一般沒有任何反應。這是曉霞的父親。

孫少平無聲地走到小桌前，雙膝跪在地板上。他望着那張親愛的笑臉，淚水洶湧地沖出了眼眶。

他撲倒在地板上，抱住桌腿，失聲地痛哭起來。過去，現在，未來，生命中的全部痛苦都凝聚在了這一瞬間。人生最寶貴的一切就這樣早早地結束了嗎？

只有不盡的淚水祭奠那永不再復歸的青春之戀……

當孫少平的哭聲變為嗚咽時，田福軍從沙發上站起來，靜靜地立了一會，說：「我從曉霞的日記中知道了你，因此給你發了那封電報……」

他走過來，在他頭髮上撫摸了一下，然後摟着他的肩頭，引他到旁邊的沙發裏坐下。他自己則走過去立在窗戶前，背對着他，望着窗外飄落的濛濛細雨，聲音哽咽地說：「她是個好孩子……我們都無法相信，她那樣充滿活力的生命卻在這個世界上消失了。她用自己的死換取了另一個更年幼的生命。我們都應該為她驕傲，也應該感到欣慰……」他說着，猛然轉過身來，兩眼含滿淚水，「不過，孩子，我自己更為欣慰的是，在她活着的時候，你曾給過她愛情的滿足。我從她的日記裏知道了這一點。是的，沒有甚麼比這更能安慰我的痛苦了。孩子，我深深地感激你！」

孫少平站起來，肅立在田福軍面前。

田福軍用手帕抹去臉上的淚水，然後從桌子抽斗裏拿出三個筆記本，交到少平手裏，說：「她留給我們的主要紀念就是十幾本日記。這三本是記述你們之間感情的，就由你去保存。讀她的日記，會感到她還和我們生活在一起。」

孫少平接過這三本彩色塑料皮日記本，隨手打開了一頁，那熟悉的、像男孩子一樣剛健的字便跳入了眼簾——

……酷暑已至，常去旁邊的冶金學院游泳，曬得快成了黑炭頭。時時想念我那「掏炭的男人」。這想念像甘甜的美酒一樣令人沉醉。愛情對我雖是「初見端倪」，但已使我一洗塵泥，飄飄欲仙了。我放縱我的天性，相信愛情能給予人創造的力量。我為我的「掏炭丈夫」感到驕傲。是的，真正的愛情不應該是利己的，而應該是利他的，是心甘情願地與愛人一起奮鬥並不斷地自我更新的過程；是融合在一起——完全融合在一起的共同鬥爭！你有沒有決心為他（她）而付出自己的最大犧牲，這是衡量是不是真正愛情的標準，否則就是被自己的感情所欺騙……

孫少平的視線被淚水模糊了。他合住日記本，似乎那些話不是他看見的，而是她俯在他耳邊親口說給他聽的……

當田福軍摟着他的肩頭來到客廳的時候，曉晨旁邊又多了一位穿素淡衣服的姑娘——她不是曉晨的妻子抑或就是他的未婚妻。他們要帶他去吃飯。

但少平謝絕了。他說他已經吃過飯，現在就回他住宿的地方去。田福軍讓曉晨到值班室叫了一輛小車，把他送到了火車站附近的那個旅館。

孫少平回到旅館後，立刻又決定他當晚搬到黃原辦事處住。他明天要趕回黃原——辦事處每天有發往那裏的班車。他明天一定要趕回黃原！因為後天，就是曉霞和他約定在古塔山後面相會的日子。她已經離開了人世，但他還要和她如期地在那地方相會！

他想起了《熱妮婭·魯勉采娃》。是的，命運將使他重複這個故事的結局。在這個世界上，在人的生活裏，常常會有這樣的「巧合」。這不是藝術故事，而是活生生的人的遭遇！

當天晚上，他就到了黃原辦事處。

第二天黎明，他搭乘長途公共汽車，向那個告別了兩年的城市趕去。

汽車天黑時才駛進黃原城。

又是華燈初上了。一切是那樣熟悉。高原涼爽的晚風撲面而來。市聲之外，是黃原河與小南河朗朗的流水聲。暮靄圍罩着遠山，天邊有幾點星光在閃爍。

黃原，我的慈祥而嚴厲的父親！我又回到了你的懷抱。我是來這裏尋找往日那些失落了的夢？是尋找我的甜蜜和辛酸？尋找我的流逝了的青春和幸福？

他在東關當年去煤礦的那個旅館住下後，也無心去隔壁找他的朋友金波。他一個人來到街頭，漫無目的地穿行於人羣之中。一時間思維關於往日的回憶大都已阻斷，情感的焦點如焚似的全部匯聚在暮色蒼茫裏的那座大山之中。

他立在黃原河老橋的水泥欄杆邊，抬起頭久久地凝視着古塔山。山仍然是往日的山。九級古塔沒高也沒低，依舊巨人一般矗立在那裏。可他心中的山脈和高塔卻陷落了！留下的只是一抔黃土和一片瓦礫……

但是，愛情將永存。在那抔黃土和瓦礫中，會長出兩棵合歡樹來。那綠色的枝葉和粉紅的絨花將在藍天下攙和在一起；雪白的仙鶴會在其間成雙成對地飛翔……我的親人，明天，我將如約走到那地方；我也相信你會從另一個世界走來和我相會……

晚風把他臉頰上燙熱的淚珠吹落在橋頭。他伏在橋欄上，看着不盡的河水悠悠地從橋上淌過。歲月也如流水。幾年前，他壯懷激烈，初次涉足於這個城市的時候，還是一個膽怯而羞澀的鄉下青年。他在這裏度過了許多艱難而酸楚的日子，方才建立起生活的勇氣；同時也獲得了溫暖的愛情。緊接着，他像展翅的鷹一樣從這裏起飛，飛向了生活更加廣闊的天地。在離開這裏的一天，他就設想了再一次返回這裏的那一天。只不過，他做夢也想不到，他是帶着如此傷痛的心情而重返這個城市的——應該是兩個人同時返回；現在，卻是他孤身一人回來了……

孫少平一直在橋上呆到東關的人散盡以後。大街上冷冷清清，一片寂靜，像乾涸了的河流。乾涸了，愛情的河流……不，愛的海洋永不枯竭！聽，大海在遠方是怎樣地澎湃喧吼！她就在大海之中。海會死嗎？海不死，她就不死！海的女兒永遠的魚美人光潔如玉的肌膚帶着亮閃閃的水珠在遙遠的地方憂傷地凝望海洋陸地日月星辰和他的痛苦……哦，我的親人！

夜已經深了……

不知是哪一根神經引導他回到了住宿的地方。

城市在熟睡。他醒着。眼前不斷閃現的永遠是那張霞光般燦爛的笑臉。

城市在睡夢中醒了。他進入了睡夢。睡夢中閃現的仍然是那張燦爛的笑臉……笑臉……倏忽間成為一面燦爛的鏡面。鏡面中映出了他的笑臉。映出了她的笑臉。兩張笑臉緊貼在一起。親吻……

他醒了。陽光從玻璃窗戶射進來，映照着他腮邊兩串晶瑩的淚珠。他重新把臉深深地埋進被子，無聲地啜泣了許久。

夢醒了，在他面前的仍然是殘酷無情的事實。

中午十二點剛過，他就走出旅社，從東關大橋拐到小南河那裏，開始向古塔山走去——走向那個神聖的地方。

對孫少平來說，此行是在進行一次人生最為莊嚴的儀式。

他沿着彎曲的山路向上攀登。從山下到山上的這段路並不長。過去，他和曉霞常常用不了半個鐘頭，就立在古塔下面肩並肩眺望腳下的黃原城了。但現在這條路又是如此漫長，似乎那個目的地一直深埋在白雲深處而不可企及。

實際中的距離當然沒有改變。他很快就到了半山腰的一座亭子間。以前沒有這亭子，是這兩年才修起的吧？他慢慢發現，山的另外幾處還有一些亭子。他這才想起山下立着「古塔山公園」的牌子。這裏已經是公園了；而那時還是一片荒野，攬工漢夏天可以赤膊裸體睡在這山上 —— 他就睡過好些夜晚。

他看了看手錶，離一點四十五分還有一個小時；而他知道，再用不了二十分鐘，就能走到那棵傷心樹下。

他要按她說的，準時走到那地方。是的，準時。

他於是在亭子間的一塊圓石上坐下來。

黃原城一覽無餘。他的目光依次從東到西，又從北往南眺望着這座城市。這裏那裏，到處都有他留下的蹤跡。

東關大橋頭，仍然是人羣最稠密的地方。他依稀辨認出了他當年曾駐足而立，等待包工頭來買他力氣的小土場，以及那個擱過破行李捲的磚牆。他的目光「走」到了北關。那不是陽溝嗎？他的攬工生涯首先就是從那裏開始的。他想起了曹書記一家人。他們的院落被山脈遮擋着，他看不見。但他們的面容依稀可見；想起當初他們對他的好心，至今還難以忘懷。

現在，他把憂傷的目光投向了麻雀山。那是他和她多次漫遊過的地方。就是在那裏，他心跳臉熱，第一次產生了想擁抱她的強烈願望。他想起了他們共同背誦那首吉爾吉斯人的古歌。他清楚地記得，那是一個黃昏，他仰面躺在一片枯草上，兩隻手墊在腦後，眼裏湧滿了淚水，唸了這首古歌的第一個段落；而曉霞兩隻手抱着膝頭坐在他身邊，凝望着遠方的山巒，接着他唸了第二個段落……

麻雀山下，就是那座著名的常委小院。他們真正的感情交流是從那裏開始的。他們曾在她父親的那個套間窰洞裏，有過多少次美好而快活的相會；最後，熾熱的情感才把他們共同牽引到這山背後那棵杜梨樹下……

少平看了看手錶，時間又過去了一刻鐘。他站起來，出了涼亭，繼續向山上走去。

他在九級古塔下佇立了片刻——就在他們當年共同站立的地方。眼前的黃原城仍然是當年的格局。大街上照舊擠滿了繁忙的人羣。多少美好的東西消失和毀滅了，世界還像甚麼事也沒有發生。是的，生活在繼續着。可是，生活中的每一個人卻在不斷地失去自己最珍貴的東西。生活永遠是美好的；人的痛苦卻時時在發生……

他從古塔下面轉過身，背對着繁華喧囂的城市向寂靜的山林走去。寂靜。只有鳥兒在密林深處鳴囀啁啾。太陽垂直地懸在當頭，如同火一般熾烈；雨後的大地上蒸騰起一團團熱霧。

這是那片杏樹林。樹上沒有花朵，也沒有果實；只有稠密的綠色葉片網成了一個靜謐的世界。綠蔭深處，少男少女們依偎在一起，發出鳥兒般的喁喁之聲。

他開始在路邊和荒地裏採集野花。

他捧着一束花朵，穿過了杏樹林的小路。

心臟開始狂跳起來——上了那個小土梁，就能看見那個小山灣了！

在這一瞬間，他甚至忘記了痛苦；無比的激動使他渾身顫慄不已。

他似乎覺得，親愛的曉霞正在那地方等着他。是啊！不是尤里·納吉賓式的結局，而應該是歐·亨利式的結局！

他滿頭大汗，渾身大汗，眼裏噙着淚水，手裏舉着那束野花，心衰力竭地爬上了那個小土梁。

他在小土梁上呆住了。

淚水靜靜地在臉頰上滑落下來。

小山灣綠草如茵。草叢間點綴着碎金似的小黃花。雪白的蝴蝶在花間草叢安詳地翩翩飛舞。那棵杜梨樹依然綠蔭如傘；沒有成熟的青果在樹葉間閃着翡翠般的光澤。山後，松濤發出一陣陣深沉的吼喊……

他聽見遠方海在呼嘯。在那巨大的呼嘯聲中，他聽見了一串銀鈴似的笑聲。笑聲在遠去，在消失……

朦朧的淚眼中，只有金色的陽光照耀着這個永恆的、靜悄悄的小山灣。

他來到杜梨樹下，把那束野花放在他們當年坐過的地方。此刻，錶上的指針正指向兩年前的那個時刻：一點四十五分。

指針沒有在那一時刻停留。時間繼續走向前去，永遠也不再返回到它經過的地方了……

孫少平在杜梨樹下佇立了片刻，便悄然地走下了古塔山。

他直接來到黃原長途汽車站，買了一張明天去銅城的汽車票。他已不準備再回雙水村；他要返回他生活和工作的地方。對他來說，如此深重的精神創傷也許仍然得用牛馬般的體力勞動來醫治。此刻，他對大牙灣煤礦更加充滿了深情和摯愛。沒有那裏的勞動，他很難想像自己還能在這個世界上繼續生存；只有踏進那塊土地，他才有可能重新喚起生活的信念。是的，要活下去，就得再一次鼓起勇氣……難啊！

當天晚上，他才找到了金波，告訴了他和田曉霞前前後後的一切。兩個男人為他們各自的不幸命運痛苦得徹夜未眠。黎明以後，金波把他送上了去銅城的公共汽車……

第六十一章

孫少安破產以後，眼看着過了一年的時光，仍然還沒有從窘境中走出來。

大自然依次變換了四個季節。現在又進入了金色的秋天。

雙水村周圍的山野，到處都是成熟了的莊稼；人們忍不住收穫的喜悅，唱起了亮格哇哇的信天遊。各家院子裏、土場上，槤枷聲從早到晚震天價響。有些嘴饞的家戶，已經像過春節一樣，炸油糕，做豆腐，蒸黃米饃饃，吃得滿嘴流油噴香。像原一隊副隊長田福高這樣滿年缺好吃喝的人，而今蹲在茅坑上都忙得往嘴裏塞棗子吃哩。

吃！這是一個大嚼大咽的季節 —— 而且吃的都是新鮮東西啊！

雙水村在這季節一片和平景象。吃圓了肚皮的人脾氣也變得好起來。人們見了面，都笑嘻嘻地問候對方的收成。某些愛顯能的婆姨還端着自己新收的東西，吆喝着送給四鄰八舍，誇耀自己的光景日月過得如何紅火。整個村莊都沉醉在一種喜氣洋洋的繁榮氣氛中。

只有少安兩口子還是一臉的愁苦相。

論地裏的收成，他們也不比村裏其他人家差；少安悶頭勞動了一年，糧食收得邊邊沿沿都是。他本來就是村裏最出色的莊稼人，一旦他把功夫用到土地上，誰也不懷疑他能比別人收穫更多的糧食。

可是，對他來說，收穫這些糧食揭不去頭上的愁帽。就是連莊稼的秸稈都賣掉，也抵不了他沉重債務的零頭。一萬塊錢的貸款仍然在信用社的賬上，而且利息越滾越大；欠村裏人的錢依然欠着。莊稼人啊，一旦斷了來錢的生計，手裏要捉住每一分錢都是不容易的！拿甚麼變成錢呢？如果土疙瘩能賣錢，那倒有的是！

俗話說：人窮氣短。

一年來，孫少安的精神狀態一直不好。他的情緒低落到了極點。

是啊，他不是電影和戲劇裏的那種英雄人物，越是困難，精神倒越高昂，說話的調門都提高了八度，並配有雄壯的音樂為其仗膽。他也不是我們通常觀念中的那種「革命者」，困難時期可以用「革命精神」來激勵自己。他是雙水村一個普通農民；到眼下還不是共產黨員。到目前為止，他能夠做到的，除將自己的窮日子有個改觀外，就是想給村裏更窮的人幫點忙——讓他們起碼把種莊稼的化肥買回來。說句公道話，就雙水村而言，他這「境界」也夠高了。我們能看見，別說村裏的普通黨員了，就是田福堂這樣黨的支部書記，在眼下又給雙水村公眾謀了甚麼利益？現在福堂同志自己向我們更明確地證實：他在農業學大寨運動中口口聲聲「為眾鄉親謀福」純粹是一句哄人話。當然，福堂同志現在身體不好，在兒女的婚事上又受到了打擊，我們出於善意，姑且也就不計較這個人對本村公眾利益的冷淡態度了。

孫少安幫助村裏沒辦法的困難戶，並不是想要在村裏充當領袖。他只是出於一種善意和同情心，並且同時也想藉此發展他自己的事業。

可是，現在這兩個願望都落空了。

一年來，他精神狀態的低落，除過沉重的債務和無力東山再起外，周圍輿論的壓力也是一個重要因素。田福堂等人的幸災樂禍和冷嘲熱諷這是必然的。使他更痛苦的是，原來那些信任他的村民，也開始用懷疑的目光來看待他了；他們對他再不像過去那樣尊重。至於像他二爸這樣的人，甚至都敢對他出言不遜，擺出一副真正的老人架子。

只有一個人對他的看法是一貫的。這就是原二隊長金俊武。有時兩個人相遇在山裏，俊武還一再給他打氣。俊武永遠是精明強悍的；儘管他自己家裏災事一連串，但他時常保持對村中其他人的嘲笑權和口頭攻擊權。雖然是農民，也和文化水平高的人一樣，有個精神相通的問題。孫少安和金俊武在雙水村就是精神較能相通的一對。少安只有和俊武說說話，心情才稍有好轉。

但是，俊武的一番順氣話，歸根結底也並不能解決他的任何問題。自己頭上的虱子要自己捉。一時的暢快過後，又是那無窮無盡的苦惱……

孫少安更痛心的是，他的妻子也跟他受盡了折磨。親愛的人自跟他結婚到現在，還沒有真正享過幾天福。即使最紅火的前兩年，她雖然精神上暢快，但體力上實際是更勞累了。而現在，她體力上照樣勞累，精神上卻愈加痛苦；還要照顧他的情緒，安慰和開導他。他，孫少安，眼下活成個啥人了！他不能給家庭帶來幸福，卻把他們拖入了災難，還要他們給自己說寬心話！

但是，也惟有妻子的懷抱，才使他淒苦的心情得到片刻的溫熱和寧靜。一天的勞累和痛苦之後，他常常像受了委屈的孩子，晚上燈一吹，把臉埋進妻子的懷中，接受她親切的愛撫和安慰。她的兩隻結實的乳房常常沾滿他的淚水。

感情豐富的男人啊，在這樣的時候，他對女性的體驗是非常複雜的；其中包含對妻子、母親、姐姐和妹妹的多重感情。溫暖的女人的懷抱，對於男人來說，永遠就像港灣對於遠航的船、襁褓對於嬰兒一般重要。這懷抱像大地一樣寬闊而深厚，撫慰着男兒們創傷的心靈，給他溫暖、快樂和重新投入風暴的力量！

孫少安在秀蓮的懷抱裏所感受到的遠遠不止這些。他無法說清秀蓮的體貼對他有多麼重要。他不僅是和她在肉體上相融在一起，而是整個生命和靈魂都相融在了一起。這就是共同的勞動和共同的苦難所建立起來的偉大的愛。他們的愛情既不同於孫少平和田曉霞的愛情，更不同於田潤葉和李向前現在的愛情，當然也和田潤生與郝紅梅的愛情有區別。孫少安和賀秀蓮的愛情倒也沒甚麼大波大折，他們是用汗水和心血一點一滴匯聚成了這深情的海洋……

當我們懷着如此莊嚴的心情談論少安和秀蓮在痛苦中這美好感情的時候，不得不尷尬地宣佈：由於他們頻繁的兩性生活使秀蓮的節育環出了點問題，結果讓她懷上了娃娃。

嗨！這個孩子來得實在不是時候 —— 而生活就常常開這種令人哭笑不得的玩笑。

「把孩子打掉吧！」少安痛苦而溫柔地對妻子說，「咱光景爛包成了這個樣子，一天愁得人連頭也抬不起來，怎有心思再撫養一個孩子呢？再說，咱又沒有生二胎的指標！孩子出世後，連個戶口也報不上，公家不承認，以後怎麼辦？」

「不！我非要這個孩子不行！我早就想要個女兒了。再愁再苦，我也不怕。娃娃生下後，不要你管，我自己一個人拉扯，你放心……

「你這狠心的人！你怎能不要咱的親骨肉呢？打掉？那你先把我殺了！公家不給上戶口，咱的娃娃就不要！反正這娃娃是中國人，他們總不能攆到台灣去！」

「台灣也是中國的……」少安苦笑着糾正妻子。

孫少安扭不過秀蓮的執拗，只好承認了這個現實 —— 這意味着，明年，他這個家就是四口人了！

既然秀蓮要這個孩子，少安和她一樣，也希望是個女孩子。俗話說，一男一女活神仙！他們甚至在被窩裏已經給他們未來的「女兒」起了乳名 —— 燕子。虎子，燕子，兄妹倆的名字都怪美的！

妻子懷孕後，實際上更增加了少安的苦惱。多一個人，就多一張吃飯的嘴。當然，養活兒女們長大，他還是有信心的。可是，作為一個父親，他的責任遠不止於把孩子喂飽；他應該有所作為，使孩子在生活中感到保護他們成長的人是強大的，並為自己的父親而感到自豪！他絕不能讓他們像自己一樣，看着父母親的愁眉苦臉長大。他的虎子和燕子，無論在體格上、精神上和受教育方面，都不能讓他們受到委屈和挫傷 —— 這是他自己苦難生活經歷所得出的血淚般的認識！

這一切都取決於他 —— 取決於他倒究能在這個充滿風險的世界上以甚麼樣的面貌來生活。

唉，就眼下這種灰樣子，孩子照樣得跟上他倒霉！他已經感到，馬上就要上小學的虎子，這一年來看見他和秀蓮愁眉不展，也懂得為他們熬煎了。是呀，他自己到這個年齡的時候，已經明白了多少事；當時家庭悲劇性的生活他都看得一清二楚了。

孫少安萬分痛苦！萬分焦急！他是一個有些文化的人，常常較一般農民更能深遠地考慮問題。正因為如此，他的苦惱也當然要比一般農民更為深刻……

莊稼大頭收過之後，少安有時也去石圪節趕集。他既去散散心，也在那條塵土飛揚的土街上出售一點自產的土豆和南瓜，換兩個零用錢以買回日常用的油鹽醬醋。債務是債務，每一天的日子還得要過呀。

這一天下午，他提着煤油瓶從石圪節蔫頭耷腦往回走。在未到罐子村時，從米家鎮方向開過來的一輛大卡車，突然停在了他身邊。駕駛樓裏即刻跳出來一個人，笑嘻嘻地向他伸出了手。

少安馬上認出，這是他在一九八一年原西縣那次「誇富」會上認識的胡永合。

他趕緊把油瓶從右手倒在左手，握住了永合的手。永合早已是聞名全縣的「農民企業家」。少安和他雖交往不多，但兩個人已經算是朋友了。在他開始銷售磚的時候，正是永合對他進行了做生意的「啟蒙教育」。他不僅感激他，也很佩服柳岔鄉這個大能人。

「我路過你們村，發現你的磚場不冒煙了。怎？你又搞甚麼大生意去了？」胡永合笑着問他。

「唉……」孫少安有點羞愧地長歎了一口氣，「還搞甚麼大生意呢！就那個小磚場，也倒塌了！」

「怎？」胡永合一臉的驚奇。

孫少安便一邊歎氣，一邊簡要地給他說了說自己的災難。

胡永合聽後，嘴一撇，說：「這算個屁事！你這個人到如今還不開竅。我原來還以為你很有兩手哩！你說，難處在甚麼地方？」胡永合口大氣粗地問。

「這還要問哩！主要是資金嘛！」少安對他的朋友說。

「要重新上馬得多少？」

少安看出，胡永合似乎要對他慷慨解囊了。他在疑惑之中不免精神為之一振，說：「大約得四千塊……」

「我知道哩，你這種情況，在咱們縣貸款的確有困難！」

少安聽胡永合這麼一說，心裏馬上又涼了半截。

「不過，」胡永合緊接着話茬，「我在原北縣認識個朋友，先前我在那個縣有點小生意，不願倒騰本錢，想讓他在當地給我貸三千塊款，他一口就答應了。他已經在銀行裏說好了這筆貸款，後來我又決定不做那點生意了，主要是利太小，劃不來……這樣吧！我給那人寫封信，你去把這筆款貸了。你看怎樣？」

孫少安一下子激動得不知如何是好。他又一次握住了胡永合的手，說：「哈呀，這等於救了我一命！」

「按你說的，還短一千塊。這你自己再想點辦法。」

「這不怕！我能想辦法！」

胡永合對駕駛樓裏的司機說：「把我的皮夾子拿下來！」

那位顯然是永合僱用的司機，像卑恭的僕人一樣趕快把一個大黑人造革皮夾拿下來，雙手遞到胡永合手裏。

胡永合就趴在汽車頭的鐵皮蓋上，用核桃大的字寫了一封語句不通、勉強能看得懂的信，交給了孫少安，讓少安拿着到原北縣去找他的那位生意人朋友。

孫少安感激地收起了這封信，硬拉扯着讓胡永合掉轉車頭，到他家去吃一頓飯。但胡永合說他還要忙着趕路，即刻鑽進了駕駛樓，像救世主一樣微笑着向他招招手，就坐着汽車跑得一溜煙不見了蹤影。

孫少安提着油瓶，手裏捏着那封信，高興得像傻瓜一般在公路上獨自笑了起來。

他實在沒有想到，他會意外地碰見了胡永合，並且意外地得了這位財神爺的幫助。他感到，生活或許又將發生新的重大轉機。俗話說，天無絕人之路——黑暗也應該有個盡頭了！

孫少安不由放慢了回家的腳步。這件似乎從天而降的事情，使他的腦子又極大地活躍起來。

他一邊走，一邊思前想後，像運動員進入了競技場，精神高度緊張而又高度興奮。由於轉機出現得太突然，使他的腦子有點混亂，許多具體要進行的事急忙想不清楚。但這混亂無疑建立在一種樂觀的基調上：他甘願當一會甜蜜的憨漢！

他不知不覺就走過了罐子村。

本來，他原先已想好要上姐姐家去看看他們的情況——秋收大忙季節，二流子姐夫又常年不在家裏，姐姐肯定有不少困難在等他和父親去解決。可是，現在他卻忘了上姐姐的門……

他已經走到了雙水村的村頭上。

這時他才發現，太陽也落山了。暮色中，村莊上空飄浮着一團一團的炊煙。涼颼颼的秋風夾帶着五穀的香氣，直往人鼻孔裏鑽。噢，只要人的心情好，就會倍感到秋天的傍晚有多麼迷人！多麼美妙！

孫少安不由興致勃勃從公路上轉到了他那敗落的磚場。

一種突發的激動使他忍不住背抄起手，挺起胸脯，像一位精神煥發的將軍巡視戰場一樣，挨個巡視了他的每一個燒磚窰。然後，他又揭開油毛氈，查看了每一件機器。他耳邊似乎又響起了製磚機轟隆隆的聲音；眼前浮現出熊熊的火光和蘑菇雲一般的濃煙……

好，一切都將重新開始；他要再一次在雙水村發出他壓抑了一年的吼聲！

直到掌燈時分，他才提起那瓶煤油，嘴角浮着一絲笑意走進了家門。

敏感的妻子立刻發現他今天精神狀態不同以往。還沒等她開口詢問緣由，他就激動地向妻子敍說了路遇胡永合的情景。秀蓮大喜，把端上炕的飯盤收拾下去，重新到鍋灶上給他另做了一頓好吃喝。

第六十二章

這幾天，孫少安和賀秀蓮就像絕症病人突然有了生還的希望，興奮從心裏一直洋溢到了臉上。烏雲在潰退，雲縫中露出碧藍的天空，射出了太陽金箭似的光芒……

只不過，雙水村的人現在還沒有覺察到這對夫婦情緒上的變化。少安和秀蓮只把這件事對父母親說了。眼下還沒有甚麼值得向外人誇耀的資本；他們只能等去外縣把款貸回，使磚場重新開張，用事實向雙水村說明他們已經從泥淖中走出來。

秀蓮在為丈夫做出門準備時，向他提出了一個至關重要的問題：這次重新開辦磚場，關鍵是要請到一個很有技術的師傅。如果這問題解決不好，將必定會雪上加霜，他們永世也別想再翻身！

少安十分感激妻子的這個重大提醒。用他二爸孫玉亭的語言說，秀蓮已經在「鬥爭的大風大浪中成長起來了」。她的確成了他在事業上的「總參謀長」。

妻子說得對，上次正是那個吹牛皮的河南賣瓦罐師傅造成了他的大災難。再要開辦磚場，決不能重蹈覆轍！

他立刻想起了另一個河南人 —— 他最初用的那位燒磚師傅 —— 聽說他如今在米家鎮周圍一個村莊幹活。他要設法把這位師傅重新請回來。他們相處多時，關係很融洽；他的技術也是呱呱叫的。少安還想，等磚場重新上馬，他不能再只顧跑着搞推銷，辦外交；他要認真跟這位師傅學各個環節上的技術，而且要搞精通。這樣，萬一師傅有個三長兩短，他自己就直接可以上手 —— 跑外交到時能另想辦法哩……

所有這些還都是後話。要等到他把那三千塊錢貸回來，另外再籌借一千塊錢，才能進行下一步的工作……

幾天以後，少安就一身「農民企業家」的裝扮，從家裏起身到原北縣辦那三千塊貸款。因為這是去外地辦事，要顯出一點「氣派」來，秀蓮出主意給他買了一頂鴨舌帽，還把那個帶繫的黑人造革大皮包，換成了箱式手提包。另外，皺巴巴的西裝口袋上，別了一支鋼筆，筆帽在胸前銀光閃閃。這副模樣，看起來完全像個生意十分紅火的「企業家」了。

孫少安興致勃勃走了外縣……

這個時候，孫玉厚老漢卻心神不寧地走出走裏，一副惶惶不可終日的樣子。老漢正焦急地等待銅城二小子的一封信。

少安兩口子並不知道，他們的父母親也在為他們磚場的重新上馬而處於無比的焦灼之中。

說實話，當孫玉厚老漢聽說兒子的磚場又有了指望，一顆心也在胸膛裏激動得亂跳彈哩。

兒子的磚場倒塌到現在，一年時光中，玉厚老漢的頭髮完全急白了。歸根結底，兒子的災難，也就是他的災難。雖然他們已經分了家，可他們永遠是一家人啊！他當年堅持分家，還不是為了讓親愛的兒子過好光景？

兒子決定擴大磚場，弄了村裏的一羣人來幹活，還搞了那個鋪排的「點火儀式」，老漢當時害怕得渾身索索發抖。他心中莫名地產生了一種恐懼。結果，他在冥冥中的恐懼眼看着變成了事實，災禍劈頭蓋腦就壓下來了……

磚場垮台後，兒子和媳婦就像嫩南瓜斷了根蔓。他的精神也完全垮了。他早年間就未能給兒子幫甚麼大忙，甚至連累了孩子半輩子。現在，孩子有了這麼大的災事，他只有乾着急而給他們湊不上一點勁！

在他的一生中，沒有哪一年比這一年更難熬了。沒有！無論是當年給玉亭娶媳婦，還是那年女婿被「勞教」，比起兒子的這場災難，那都是些屁事！

一年裏，他常常愁得整夜合不住眼。少安他媽也一樣，說起這愁腸，就忍不住落淚。老兩口只能相對無言，長吁短歎。他不知在心裏祈禱過多少次，讓萬能的老天爺發發慈悲，把他兒子從災難中解救出來。他甚至懷疑：是不是因為少安虛歲二十四「本命年」沒有繫避邪的紅褲帶，才引起了這場災禍？完全可能哩！唉，兒子說這是迷信，沒當一回事，結果……

現在，當兒子告訴他說能在外縣貸三千塊款後，孫玉厚老漢立刻感到，兒子「本命年」未繫紅褲帶所遭受的命運的報復可能要結束了。是呀，已經一年了，那懲罰也該有個完結。

不用說，孫玉厚立刻高興起來。他的高興倒不全是因那三千塊錢；而是基於他判斷有關「紅褲帶事件」引起的命運之罰已經結束。他年紀越大，越相信有一種看不見的力量掌握着塵世間每一個人的命運；甚至掌握着大自然的命運。比如，為甚麼土地說凍就凍住了，而說消開就消開了呢？

不論怎樣，只要兒子能翻起身來，這就叫他心花怒放；連走路時兩條腿也感到突然有了勁。

他首先想到的是，兒子即使貸回那三千塊錢來，還缺一千塊。不怕！這一千塊錢他手頭有！

自從二小子當了煤礦工人，幾乎月月給他寄錢。除過買化肥和其他零七八碎，他現在還積攢了一千元。當然，少平不止一次在信上叮嚀，這錢是讓他攢下箍新窰洞的。他也準備按少平說的辦，原打算今年冬天就打石頭，明年動工在現在住的那孔土窰旁邊箍兩孔石窰洞，捎帶着再給這孔舊窰接個石口；這樣，一線三孔窰，就是一院蠻不錯的地方了。

可是現在，他決定要把這一千塊錢先給大兒子墊上，讓他把磚場重新弄起來再說。他知道，少安在其他地方再籌借一千塊錢也不容易啊！

娃娃屁股後面已經欠一堆賬債，誰再敢給他借錢！

這樣決定之後，他就和少安媽商量了這件事。

少安他媽還有甚麼可說的，一口就答應了！

但問題是，他還要徵得少平的同意 —— 這錢實際上不是他們的，是二小子的。雖說他相信少平肯定會同意把這錢給他哥先墊着用，可總得要娃娃親口吐一句話。兒子已經大了，做老人的就應該尊重他們。他和老伴這兩年對孩子的稱呼也變了；再不叫「安安」「平平」或「香香」這些昵稱，當面時改叫他們為「虎子的老子」「虎子他二爸」和「虎子他二姑」這些對大人的尊稱……

在少安和秀蓮說了能在外縣貸款的第二天，他和老伴就說好了給兒子這一千塊錢。接着，他馬上給少平寫信，以便徵得他的同意，把錢先轉交給他哥使用。

順便說一說，孫玉厚老漢沒像往常那樣讓他弟孫玉亭寫這封信。老漢狡猾地想，少安還欠賀鳳英的四十塊工錢，要是玉亭知道少安手頭有了錢，說不定會戳弄着讓賀鳳英向少安討債去哩。哼！這兩個沒良心的東西！看不見我娃的一點死活！兄弟和兒子相比，他當然更親自己的兒子！

這樣，玉厚老漢經過一番盤算後，便趟過東拉河，在二隊原來的飼養院找到了小學教師金成 —— 原來學校的窰洞因田福堂那年打壩炸山震壞了，因此搬到了這個當年喂驢拴馬的地方。他口授內容，讓金成給少平寫了那封信。老漢當時想，金成父子有的是錢，不會為他有一千塊錢就大驚小怪，傳播的滿村颳風下雨。再說，人家父子都是正相人家，不會幹這種事……

現在，孫玉厚老漢正神不守舍地等待少平的回信。同時，他也擔心：少安能不能在外縣貸回那三千塊錢來？

幾天之後，少平的回信到了。

和老漢的預料一樣，懂事的娃娃滿口答應了這件事；還說如果緊急，讓他哥直接寫信給他，他還可以在周圍礦工中再給他哥轉借一些錢。

這可再不敢了！怎能再逼得讓二小子也欠債呢？

孫玉厚老漢立刻又跑去找到金成，給少平寫信說，這裏都好了，千萬不敢再借人家的錢；這幾個月裏，也不要給家裏寄了。老漢還在信上詢問：他不是說夏天要回一趟家嗎？為甚麼又沒回來？

巧的是，少平的信剛到的第二天，少安也從原北縣回來了。兒子前腳剛進門，玉厚老漢後腳就跟着進來，趕忙問：「怎樣？」

「貸到了！」兒子高興地說。

「多少？」他問。

「三千。」少安說。

「還得另轉借一千塊……」秀蓮補充說。

「這一千塊錢我給你們拿來了。」

玉厚老漢說着，便從衣服大襟的口袋裏顫顫巍巍拿出了一捆子人民幣，放在兒子家的炕蓆片上。他的錢從來不存銀行，都在糧食囤裏埋着，手伸進去就取出來了。

少安和秀蓮看着父親和炕蓆片上的那一捆子錢，都呆住了。

少安似乎反應過來這是怎麼一回事。他趕緊說：「爸爸！這錢是少平給你們箍窰的，我們怎能使用呢？

「本來，我應該領料着給你們營造地方。一來少平執意不讓，說他要一個人負責為你們箍窰；二來我忙忙亂亂，緊接着又出了事，因此至今沒能為你把新地方建起來，心裏一直很難過。現在，少平已經把箍窰的錢攢得差不多了，我們怎能拿這錢辦磚場呢？爸爸，你把錢收回去。我欠缺的，由我來想辦法。再說，我們不言不傳用了這錢，也對不起少平……」

「少平已經回了信，叫你們用去。還說有困難，叫你們給他寫信，他還可以在煤礦給你們轉借……」玉厚老漢把錢拿起來，揭開對面的小木匣，給他們放了進去。

少安背過臉，久久地站立着沒有說話，眼裏不由旋轉起兩團淚水。他深深地感激親愛的父親和弟弟。秀蓮也在鍋台那邊用圍裙揩眼淚。他們再一次感受到了骨肉深情；同時為有少平這樣強有力的弟弟而無比驕傲！是呀，有甚麼必要灰心喪氣呢？孫家有的是力量！他們還有一個讓整個東拉河流域都羨慕的妹妹 —— 她正在中國最「高級」的學堂裏唸書哩！

孫少安立刻感到身體輕盈得像能飛翔一般。他馬不停蹄，調頭向北，到米家鎮去打問先前給他燒過磚的河南師傅。

他很快知道了這個人的下落 —— 就在鎮子北頭的那個村子裏。

在穿過米家鎮紅火熱鬧的集市時，他還沒忘了到那個鐵匠鋪的門口停留了片刻。那年他給隊裏的牲口治病，晚上沒個住處，曾在這鐵匠鋪過了一夜 —— 也是一個好心的河南師傅讓他在這裏留宿的。鐵匠鋪仍然錘聲叮噹，火花飛濺，但不再是當年那兩位師傅了。

孫少安穿過街道，在那個村子裏很快就找到了他原來的燒磚師傅。巧的是，這師傅正好要在這裏結工。但不巧的是，他準備拾掇着回河南老家去呀。孫少安幾乎央告着求他，讓他再為自己幫一段忙；哪怕幾個月都行。他為了打動師傅，還詳細給他敘說了他近一年來的悲慘遭遇。

這位河南人終於被他說動了心，跟着他返回了雙水村。

孫少安接着又跑到石圪節街上，僱用了外村的幾個農民來當小工。本村人他不敢再僱，而且眼下也沒人再來為他幹活 —— 幹過活的工錢到現在還都欠着哩！

秋天的一個下午，雙水村南頭又響起了製磚機轟隆隆的吼叫聲 —— 這聲音已經整整沉寂了一年。

雙水村的人再一次被震驚了！誰能想到，滾到黑水溝裏的孫少安怎又爬蜒起來呢？

是的，他又站起來了。儘管他已碰得頭破血流，卻再一次掙扎着邁開腳步，重新踏上了創業的征程。人，常常是脆弱的；但人又是最頑強的！

十天之後，第一批磚窰開始點火。

滾滾的黑煙兇猛地衝天而起，再一次籠罩了南面的天空。

雙水村人不得不又一次把目光移到了這裏。

孫少安和他的磚場，重新成了全村人議論的話題！

當然，那些說風涼話的人還在繼續說着。不過，他們一邊說着，一邊不安地瞧着南頭那一片翻滾不息的黑煙。至於那些少安還欠着工錢的村民，都眼巴巴地盼望他起碼能燒成幾窰好磚，把他們的工錢開了 —— 這點錢對他們是那麼重要！

孫少安和賀秀蓮興奮地忙碌着。

秀蓮的肚子已經大起來，但仍然門裏門外不停地操持；既做好多人的飯，還要到磚場去忙丈夫忙不過來的事。即使幫不上手，她也要轉着為丈夫發現漏洞，以防再出現甚麼意外的閃失。

但是，第一批磚還沒燒成的時候，他們便又面臨着一場嚴重的危機 —— 當然，這倒不是磚又燒壞了。

這一天，原北縣為少安貸款的胡永合的朋友，突然趕到了他門上，讓少安立刻還那三千塊貸款！

原來，少安剛離開原北，當地就有人把永合的朋友告下了，說他貸的三千塊錢是給外縣人的。這個縣農業銀行的領導大為惱火！如今錢這麼缺，本縣人貸款都很困難，怎麼能讓外縣人把錢貸走呢？他命令下面的人立刻把這筆貸款追回來。胡永合的朋友和孫少安並不認識，他不會把這筆錢替他還了，因此便趕到他家，讓他馬上想辦法，聲稱絕對不能超過五天！

天啊！這不是要他的命嗎？這麼短的時間，他到哪裏去籌借這三千元呢？他正因為借了一年錢借不下，才到外縣貸這款呢！

孫少安急得快要發瘋了。妻子一邊用好吃好喝款待那位討債的外縣人，一邊安慰丈夫說：「甭急躁，咱想辦法。要不，讓我再回一次柳林，讓我爸和姐夫打掇着為咱借……」

「上次借人家的錢還沒還哩！」少安頭耷拉在胸前，喪氣地蹲在腳地上用手摳鞋幫子。

「要不，你再到縣上跑跑，找他周縣長去！」秀蓮又出主意說。

孫少安覺得，妻子這主意倒有點門道。也許他只能找周縣長解決他的困難。上次周縣長不在縣裏，他希望這次起碼能見到他。

親愛的秀蓮腆着大肚子，把他送上了去原西的公共汽車。

臨上車前，她一再給他寬心說：「你放心走你的。磚場的事和那個要債的人，都有我應付哩！不管怎樣，咱們的磚場又起來了。你千萬不能灰心……」

少安在妻子如此熱忱的鼓勵下，羞愧自己白算個男子漢了！他立刻打起精神，跑到了縣上。

萬萬沒有想到，事情竟出奇地順利！周縣長不僅在縣上，而且馬上就抓起辦公桌上的電話，三言兩語就和縣農行說妥了這件事。

少安興奮得走路都有點失去了平衡，像他二爸一樣絞着兩條腿趕到農行，很快貸出了三千塊錢，趕天黑就返回了家中……

堅冰打碎，一河水全開了！

第一批成磚呱呱叫出窰後，三天內就銷售一空。欠村中所有人的錢馬上還清；山西柳林妻哥那裏的借款也立即寄還了。

這個塌垮了的磚場在接受了失敗的教訓之後，第二次起飛便以驚人的速度發展起來。一九八三年年底，孫少安就還完了銀行兩次大筆貸款的全部本息。磚場生產逐步進入了滿負荷運行。當一九八四年開始的時候，盈利就滾滾地進入了孫少安的腰包……

第六十三章

偉大的生命，不論以何種形式，將會在宇宙間永存。我們這個小小星球上的人類，也將繼續繁衍和發展，直至遙遠的未來。可是，生命對於我們來說又多麼短暫。不論是誰，總有一天，都將會走向自己的終點。死亡，這是偉人和凡人共有的最後歸宿。熱情的詩人高唱生命的戀歌，而冷靜的哲學家卻說：死亡是自然法則的勝利……

是的，如果一個人是按自然法則壽終正寢，就生命而言，死者沒有甚麼遺憾，活着的人也不必過分地傷痛。最令人痛心和難以接受的是，當生命的花朵正蓬勃怒放的時候，卻猝然間凋謝了。

人類之樹誰知凋落了多少這樣的花朵。零落成泥碾作塵，只有香如故……

美麗的花朵凋謝了也是美麗的。

是的，美麗。美麗的花朵永不凋謝；那花依然在他心頭開放……

瞧，又是春天了。復甦的萬物就是生命的寫照。從礦區望出去，山野裏到處都是盛開的桃花、杏花、梨花；一片如霞的緋紅，一片如玉的潔白。小河邊泛出了淡淡的淺綠。祭墳的紙錢在暖洋洋的春風中飄飛。礦醫院後面的山灣裏，間或傳來上墳婦女如怨如訴的哭泣，猶如在唱一支眷戀往昔的歌。

這是一個傷感而斷魂的季節……

孫少平上井以後，洗完澡換好衣服，便一個人走出喧騰不息的礦區。他看起來比過去消瘦了一些，眼神和臉色卻更加嚴峻，頭髮總是被汗水鬈曲得零零亂亂。他匆忙而專注地走着，似乎要擺脫甚麼，抑或在尋找甚麼；又像是有誰在召喚他。

像通常那樣，他從礦部旁那個小坡上走下來，走過黑水河上搖曳着綠枝的樹橋，爬上了對面山，不停留地一直走向山野深處。然後，他隨意在某個無人處停下來，或坐，或躺，或久久地駐足而立。

多少日子來，他天天都是如此。

現在，已是下午了。他斜躺在一片草地上，出神地看着眼前幾朵碎金似的小黃花。偏西的太陽溫暖地照耀着山野。春風輕柔得似乎讓人感覺不出來。周圍沒有任何一點聲響。過分的寂靜中，他耳朵裏產生了一種嗡嗡的聲音。這聲音好像來自宇宙深處，或沉悶，或尖鋭，但從不間隔，像某種高速旋轉的飛行器在運行，而且似乎就是向他飛來了。

他久久地躺着，又像往日那樣，痛不欲生地想着親愛的曉霞，思維陷入到深遠的冥冥之中。眼前的景色漸漸變成了模糊繽紛的一片；無數橘紅色的光暈在這繽紛中靜無聲息地旋轉。他看見了一些光點在其間聚集成線；點線又組成色塊；這些色塊在堆壘，最後漸漸顯出了一張臉。他認出了這是曉霞的臉。她頭稍稍偏歪着，淘氣地對他笑。這張臉是有動感的，甚至眼睫毛的顫動都能感覺到。嘴在說着甚麼？但沒有聲音。這好像是她過去某個瞬間的形象……對了，是古塔山杜梨樹下那次……他拚命向她喊叫，但發不出聲音來。不過，她肯定會看見他的淚水了。無論他怎樣無聲地喊叫，那張親愛的笑臉隨着色塊的消失，最後消失在了那片繽紛之中……

不久，連這片繽紛也消失了。天空，山野，又恢復了原來的樣子。他還斜躺在這塊草地上。寂靜。耳朵裏又傳來了那嗡嗡聲。不過，這嗡嗡聲似乎越來越近，並且夾帶着哨音的尖銳呼嘯。他猛然看見，山坳那邊亮起一片橙光。那嗡嗡聲正是發自那橙光。橙光在向他這邊移來。他漸漸看清，橙光中有個像圓盤一樣的物體，外表呈金屬質灰色，周圍有一些舷窗，被一排固定不變的橙色光芒照亮；下端尚有三四個黃燈。圓盤直徑有十米左右，上半部向上凸起，下半部則比較扁平。

圓盤懸停在離他二十米左右的地方。那東西離地面大概只有幾厘米。

他看見，從圓盤中走出了幾個人，外形非同尋常。少平畏懼地看見，那些人只有一米二三高，腦袋上戴着類似頭盔的東西，揹着揹包，或者說是箱子；其顏色和頭盔相似，是暗灰色的。從背包上部伸出一根套管，經過脖頸與頭盔相連。另一根似乎更細的套管同那些人鼻部與背部的背包相連。一共三個人。他們一走出圓盤，便用一個成反 T 字形的儀器，似乎在勘察地面。儀器兩側不時射出閃光，像電焊發出的電弧光一樣。

他們發現我了嗎？他想。

他索性咳嗽了一聲。那三個忙於「工作」的人回頭看了看他。兩個人繼續開始幹活，沒有理他；而另外一個人卻向他走過來。他得到了心電感應：「你不必害怕。」

那人站到了他面前。他看見，這人兩隻眼很大，沒有鼻子，嘴是一條縫。手臂、大腿都有，膝蓋也能彎曲，戴一副像是鋁製成的眼鏡。身上有許多毛。腳類似驢和山羊那樣的蹄子。

「你好！」這個人突然開口說話了，而且是一口標準的北京普通話。

孫少平嚇了一大跳。不過，由於他說的是「人」話，這使他鎮定下來。他立刻產生了很想和這個人交談的願望。

他問：「你們來自哪裏？」

「我們來自銀河系。就是你們地球人說的『外星人』。」

「我讀過幾本有關外星人的書，說你們用心電感應和我們溝通思想。是這樣嗎？」少平問。

外星人：「是，我們能這樣。」

孫少平：「你們能猜測我們所思考的問題嗎？」

外星人：「那當然。不過，一般我們不想進入別人心中。如果不這樣的話，我們連沒有必要知道的事都知道了。」

孫少平：「那麼說，剛才我看見了我死去的女朋友，這是你們為我安排的？」

外星人：「是的。你思念你女朋友的念力太強大，使得我們不得不捕捉。我們同情你，就用我們的方法讓你看見她。我們儲存着地球上所有人的資料。」

孫少平：「你能讓她再活過來嗎？」

外星人：「不能。連我們對自己的生命也做不到這一點。不過，我們的壽命很長，平均年齡要超過兩千歲，當然是換算成你們地球標準的年齡。」

孫少平：「那麼你多少歲了？」

外星人：「換算成你們的年齡是六百歲。在我們那裏，算是年輕人。按你們這個國家的新說法，可以說屬於『第三梯隊』。」

孫少平：「就我們看來，活得那麼長，這已不是生命，而只是一種靈魂的存在了。」

外星人：「對，也不對。某些生命達到了高度完美，精神就不再需要物質肉體，就好像是生活在純粹的精神世界。因此用你們進化論的水準實際上不可能與他們接觸。」

孫少平：「你的中國話說得非常好……」

外星人：「地球上自古到今的所有語言我們都懂。我們有這些語言的完整資料，學習某種語言用不了幾天。一種特別裝置把我們和類似電腦的東西連接起來，這些語言就像出自本心一樣自動就說出來了。我現在可以用黃原方言和你交談。」

孫少平：「你們對地球人抱甚麼態度？是好意還是惡意？」

外星人（用黃原方言）：「大部分外星人從不加害於你們。當然，太空中也有個別邪惡的生物，把你們的人抓回他們的星球做雜工。你們地球歷史上常有大量人集體失蹤的事件。你可能不知道，美國一位專門研究超自然現象的專家白賴特．史德加博士，就寫過一本《奇異的失蹤》的書，收集了不少集體失蹤事件，所牽涉的人數，由最少十二人到最多四千人……」

孫少平：「呀，你的黃原話簡直讓我感到像老鄉一樣親切！那麼，我想問，你們的飛碟為甚麼降落在這地方？你們在這裏幹甚麼？」

外星人：「我們對地球上這一帶的地質情況很感興趣。我們想了解這裏在地球第四紀以前所形成的基岩情況。你們也已經通過古地磁測定而知道，整個黃土高原至少從更新世起，就已開始堆積。按你們的時間算，距今已二百四十萬年了。從那時以來，在整個第四紀期間，黃土沉積面積逐漸擴大，形成了大面積連續超覆，將第四紀前形成的基岩，除高聳的岩石山地之外，大都掩埋於其下了……」

孫少平：「老實說，我不太懂這些。你們一定都是無所不知的超人吧？有部美國電影就叫《超人》，是描寫你們怎樣完美無缺而又力大無窮的。」

外星人：「這是浪漫的美國人的幻想。我們不是超人，也絕非十全十美，和你們一樣必須不斷進化。當然，我們要比你們先進得多。我們的祖先和我們都對不斷發達的地球人承擔着某種義務，想對你們的某些人用心電感應來給予幫助，使你們的人種進化到更高的階段。我們已經為你們做過許多事，不過你們不得而知罷了。」

孫少平：「那你們為甚麼不和地球上的各國政府接觸呢？」

外星人：「很遺憾，你們地球上的許多政府都被少數人佔有。如果他們獲得我們的技術，就會情不自禁想支配整個地球。我們絕不相信這些少數人能維持地球的秩序。他們連自己國家的和平都維持不了，怎麼可能維持全球的和平呢？」

孫少平：「噢，對了，我還想告訴你，我的妹妹在大學學的正是有關天體物理的課程……」

外星人：「那裏的情況我們知道。儘管那些課程過於原始和簡單，但你妹妹無疑將是你們國家最為出色的天體物理學專家之一……」

孫少平還想問外星人一些問題，但他突然舉起毛茸茸的胳膊前後擺了擺——這大概是他們和人告別的方式，就轉過身向另外那兩個同類走去。緊接着，他們就鑽進那個發橙光的圓盤中了。嗡嗡聲越來越強烈，類似一種發動機加速的聲音。飛碟下面立刻噴射出巨大的火焰 —— 不，不是火焰，而是光芒，然後在短短幾秒鐘內就消失得無蹤無影。接下來，是一片黑暗……

……孫少平從草地上睜開眼，發現天已經完全黑了；夜空中星星在閃爍着，一彎新月正從山坳那邊升起來。

他心驚地一下子坐起，從頭到腳淌着冷汗。他有一種跌落在地的感覺。

發生了甚麼事？他問自己。剛才那一切是真實的，還是他做了一場夢？

他肯定這是一場夢。他曾在妹妹那裏拿過幾本有關飛碟的書，裏面就有許多這樣被稱作為「第三類接觸」的事件。他多半是把這些類似的事件帶進了夢中。

可是，他心中又隱約地懷疑，這是否就是夢境？是不是他也真的發生了「第三類接觸」？他睡了多少時間？他趕忙看了看手腕，發現沒有戴錶。要是戴錶就好了，他可以知道是否「丟失」了時間。他記得他躺在這兒的時候，還是下午，現在天已經黑了。那麼，時間沒有丟失？這的確是一場夢？可一切為甚麼又那樣具體，那樣有頭有尾？

孫少平環顧四野，一片蒼茫，一片荒涼，只有歸巢的鳥兒在昏黃的天色中發出嘰嘰喳喳的鳴叫聲。

他突然感到一種莫名的恐怖。他一閃身站起來，摸索着向礦區那面的山岡跑去 —— 他要很快看見燈火，回到人們中間去！

他緊張地氣喘吁吁跑到了黑水河上面的地畔上。

對面，一片壯麗的燈火展現在了他眼前。選煤樓發出隆隆的聲響，火車噴吐着白煙，鳴叫着駛過了礦區。俱樂部門前的體育場上，看電影的人羣正喧嘩着在入場。

他喉嚨裏堵塞着一團哽咽，靜靜地望着對面的景象。現在，他終於又回到了生活的現實裏；而在此之前，當那個圓盤出現的一瞬間和接下來的遭遇，幾乎徹底粉碎了他迄今為止的世界觀……不過，假如他真的經歷了所謂的「第三類接觸」，那麼他就又一次看見了曉霞，和她重逢了。這已使他感情上獲得了很大的安慰。即便是個夢，也很好。能在夢中和親愛的人相逢，也是幸運的；他早盼望能做這樣的夢。但願這樣的夢還能出現。當然，最好不要再出現「外星人」了。無論他們有多麼先進和發達，但他還是熱愛他生存的這個星球，熱愛本人類的生活 —— 儘管生活中有這麼多的磨難和痛苦……

孫少平從這地畔上慢慢轉到溝裏，然後走過黑水河上的樹橋，返回了礦區。

他一路上想：要不要把他今天的遭遇說給妹妹聽呢？她或許能判斷這是夢還是「第三類接觸」。

他很快打消了這個想法。他自己和這個世界都已經夠亂了，何必再為自己和別人製造精神混亂呢！

無論這屬於甚麼，都已經過去了。

其實，就是「第三類接觸」又有甚麼了不起！他相信茫茫宇宙中，地球上的生命絕不是獨一無二的！蘭香對他說過，整個宇宙就彷彿是個寬闊無比的化學實驗室；在這個實驗室中隨時都可能產生生命物質。既然外星體有更高級的文明，那裏的人就完全可能做客於我們的星球。他孫少平接觸了又怎麼樣？他還是他，地球還是地球；生活依然照舊，甚麼也不會改變；他仍然要為生存奮鬥；要勞動、吃飯、睡覺；該笑時會笑，該哭時會哭；就是今天晚上，十二點鐘還得準時換上臭烘烘的作衣，坐着鐵罐籠到井下去掏炭……

但是，無論這是一場夢還是別的甚麼，他感到今天這場「經歷」

無形中打破了他思維已經達到的疆界，使他能以更廣闊的視野來看待生活和生命了。

生活總是美好的，生命在其間又是如此短促；既然活着，就應該好好地活。思念早逝的親人，應該更珍惜自己生命的每個時刻。精神上的消沉無異於自殺。像往日一樣，正常地投入生活吧！即便是痛苦，也應該看做是人的正常情感；甚至它是組成我們人生幸福的一個不可欠缺的部分呢！

夜晚，當孫少平從宿舍走向區隊辦公樓準備下井的時候，一路上望着礦區閃爍的燈火，望着滿天繁密的星斗，猛然感到了一種突發的激動，以致都情不自禁地微笑起來了。

第六十四章

不久以後，孫少平出人意料地被提拔為班長。不過，不是在他原來幹活的採煤一班，而是到採煤二班去當班長。這個班老工人很少，大部分是新招來的協議工。

協議工可不是好領導的！他們一般合同期為三年，仍然保持農民身份，只不過在煤礦賺三年工資罷了；因此，很多人對煤礦沒甚麼主人翁感。反正三年以後就又得回去當農民，能混着賺幾個錢就行了；別說為煤礦捨命，最好連一點皮也別擦破！

副區長雷漢義竭力推薦他當這個班長。理由倒不全是他吃苦精神強，而主要是說他能打架，可以帥住這羣踢腿騾子。區隊其他領導都同意。也是！沒有一種剽悍性，就別想當班長 —— 這向來是煤礦選擇班長的傳統條件之一。

孫少平要調到採煤二班當班長的決定宣佈後，一班的人倒都覺得十分正常。這小子是當官的料，大家心服口服。

只是一班的蠻漢安鎖子找區長哭了一鼻子，說他要跟少平到二班去當斧子工。鎖子被少平一頓老拳飽打之後，倒打成了真正的師兄弟。這個笨熊一樣的傢伙，現在捨不得離開孫少平。他感到跟上少平既不受氣，又很痛快，也不會被人捉弄 —— 儘管他常捉弄人，但又生怕別人捉弄他；要是井下被人捉弄可不是開玩笑的，常常意味着你得多流汗，甚至一個惡作劇就得讓你出點血！

少平也對這個愚兄有了些感情。在他的請求下，安鎖子如願以償跟他到了二班。當然，安兄幹活時為他賣力是沒有疑問的；同時還可以幫他在掌子面上「鎮壓」某些調皮搗蛋的協議工。當班長沒幾個好斧子工相幫，你就別想完成生產任務！

這煤礦上的班長和軍隊上的班長一樣，實際上不是個啥官，只是個「上等列兵」罷了。同樣，又像軍隊上的班長一樣，總是在最激烈的前線衝鋒陷陣 —— 這意味着要帶頭吃苦，帶頭犧牲。

人數上，煤礦的班可比軍隊上的班大得多。孫少平領導的二班就有六十多人。其中協議工佔了百分之八十。他們就像部隊剛入伍的新兵，需要鍛煉才能適應戰鬥的要求。這無疑給班長增加了大量的工作負擔。

孫少平是個有文化的人，因此他儘量使自己把班長當得文雅一些。但在井下這種緊張激烈、時時充滿危險的勞動環境中，他一急，也不由滿嘴髒話，罵罵咧咧。不過，他在實際中很能體諒和關照人的態度，漸漸贏得了本班礦工們的尊重。權威是用力量和智慧樹立起來的。

這個班的協議工分別來自中部平原北邊的三個縣份，煤礦工人中老鄉觀念向來很重——這是危險的生存環境所造成的。因此，協議工很快以縣形成了三個「羣體」。在井下，儘管三個羣體的人都打亂劃分到各個茬上幹活，但一有個緊急情況，各羣體的人總是更關心自己的老鄉；而且三個羣體間時有口角，甚至動不動就發生拳腳之戰。當然，每個羣體都有自己的「領袖」。

作為班長，孫少平要統帥住所有這些人。他先狡猾地設法把三個羣體的領袖人物分別團結住。這三個人物是至關重要的！把他們帥住，就等於帥住了全部協議工。

另外，班裏還有十幾個正式工。他不怕這些人，因為他也是老工人了；井下掌子面上的任何活，他都能拿得起放得下。在井下統轄人的最大資本，就是你要比別人幹得更好，幹得更出色！

正因為如此，煤礦上的班長一般都胸有成竹，當得很有氣派。生產環節上任何人搗一點小鬼，也不會瞞過班長的眼睛。幹技術活的人耍賴不幹了？你不幹老子幹！但你也別想討便宜，上井後不給你小子報工，讓你小子白下這趟井。班長手裏握的是實權。礦工對礦上的領導也不怎怯火，但怯火班長。班長有的是教訓你的辦法——你耍奸溜滑？今天給你把煤茬多劃一些，你小子幹不完別想上井！

一般情況下，孫少平不會這樣對待他的下屬。他繼承了已故老班長王世才的「遺風」，主要是用智慧和自己的實幹精神來領導這羣文盲的。他的師兄安鎖子也賣命地幫助他。在掌子面上，鎖子隨時都為他留心各方面的事情，像一條忠實的牧羊犬。安兄無可爭議是全班最出色的斧子工。當然，這傢伙幹活時仍保持不穿褲子的老傳統。別看他平時笨手笨腳，綳頂架梁時手腳的靈巧簡直令人驚歎——這是在長期危險緊張的勞動中反覆磨煉出來的本領。這位光屁股大師在很短的時間內，就在協議工中帶出了兩個好樣的斧子工。

孫少平領導的採煤二班立刻成為採五區乃至全礦出煤率最高的班。通過每日的報表，礦領導也開始注意這個班的情況了。

隨着夏季的臨近，煤礦又面對一年一度的頭疼問題：協議工要跑回家去收割自家責任田的麥子。許多正式工也有這個問題。通常在麥收期間，煤礦就有一半人跑回家了，而且沒有多少人請假。有的人麥子收割完了，還遲遲地不返回礦上。用開除礦籍威脅嗎？那就開除唄，一半的人開除了，你的礦還辦不辦？

每到這個時候，也是礦領導最苦惱的時候。豈止是礦領導苦惱，局領導和煤炭部長高揚文也苦惱；每年夏天這一兩個月，全國的煤炭產量就必定大幅度下降！

中部平原地區的麥子六月初就進入了大收割期。

隨着麥收時間的臨近，煤礦的氣氛開始變得混亂了。

孫少平的班也不例外，許多人在做偷跑回家的準備。

少平有點着急起來。如果他的協議工都跑回家去收割麥子，幾乎就沒人下井了；誰都知道，他這個班主要是由協議工組成的。但是，停產對煤礦來說，如同火車到半路停開，是不能允許的大事故，要是某天一個班不出煤，甚至會驚動了局領導。

他開始在尋找解決問題的辦法……

一天中班上井之後，他把中部平原三股人馬的「領袖」連同他的師兄安鎖子，一起拉到了一個本礦區最有名的個體戶飯館裏。他掏腰包請這些人喝酒吃飯——其實他是想和這些人一塊尋求解決他正熬煎的問題。

幾個人喝得面紅耳熱時，少平就給「哥們」提出了他面臨的難題。

這幾個人酒正喝到好處，一個個都自認為是班長的生死朋友，便七嘴八舌開始給他出主意。

他們說，其實許多協議工家裏有的是勞力，本人根本沒必要回去收麥；如果家裏沒啥勞力，一般也不會來煤礦當協議工。大部分人都是想藉此跑回去逍遙兩天；因為誰都知道，在這大混亂中不請假跑回家，礦上也不會怎處罰。有的純粹是想回去抱兩天老婆。當然，也有確實存在困難的人，不回去不行……

「弟兄們看有沒有甚麼好辦法保勤呢？」少平問這幾位「部落頭領」。大家的一致意見是：罰款。因為這些人來煤礦，都是為了幾個錢的；如果一罰款，那些沒必要回去的人就不回去了。

好辦法！孫少平立刻和幾位「頭領」在飯桌上開始制定「土政策」：除過真正有困難請假的人，私自離礦一至三天，每天罰款五元；四至六天，降一級工半年，不給浮動工資；七至九天，降一級工一年，不給浮動工資……

制定完這項「土政策」，少平就去找區隊領導，因為這種懲處最後得要通過區隊執行。另外，他還想，如果在這段保勤期間，在懲處之外，同時對出勤者實行額外獎勵的辦法，效果必定會更好。當然，在懲處方面，要是有更嚴厲的條例就好了。

區隊領導們聽了孫少平的想法後，都大為驚訝：想不到這小子不僅能打架，腦子裏的環環比他們都多！

不過，這問題重大，區隊決定不了，便隨即將他的意見反映到了礦部。

孫少平的建議馬上引起了礦長的重視。

礦長親自帶着幾個礦領導，來到孫少平的班裏，和他一起研究這個問題，並很快形成了一個文件。此文件除過確定懲罰麥收期間私自回家的礦工外，還採納了少平補充提出的保勤獎勵辦法：保勤期間採掘一線人員井下出勤在二十一個（含二十一個）班，每超一天獎三元；井下一線二類人員出勤二十六個班，每超一天獎二元；對請假期滿能按期返礦無缺勤者，按正常出勤對待，達到獎勵條件的按百分之五十折算獎勵。同時，對保勤期間區隊及機關幹部的出勤也作了獎罰規定。在懲罰條例中還增加了更為嚴厲的兩條：私自離礦十天以上者給除名留礦察看處分，支付生活費半年；情節更嚴重者給予除名、辭退處理……

礦上的文件一下達，協議工們的騷亂很快平息了；絕大多數人已不再打算回家。這狀況是多年來從未有過的。

大牙灣煤礦的「經驗」很快在局裏辦的《礦工報》上做了介紹，其他各礦如夢大醒，紛紛效仿。銅城礦務局局長在各礦礦長電話會議上，雷鳴擊鼓表彰了大牙灣煤礦的領導。

當然，沒有人再把這「成績」和一個叫孫少平的採煤班長聯繫起來。

少平自己連想也沒想他做了甚麼了不起的事。他只高興的是，麥收期間，他們班的出勤率仍然可以保持在百分之八十五以上！

在這期間他也竭力調整自己前段的那種失落情緒。他儘量把內心的痛苦和傷感埋在繁忙沉重的勞動和工作中——這個「官」現在對他再適時不過了！他可以把自己完全沉浸於眼前這種勞動的繁重、鬥爭的苦惱和微小成功的喜悅中去。是呀，當他獨自率領着一幫子人在火線一般的掌子面上搏鬥的時候，他的確忘記了一切。他喊叫，他罵人，他跑前跑後糾正別人的錯誤，為的全部是完成當天的生產任務；而且要完成得漂亮！

當一天中他的班順利上井之後，他光身子黑不溜秋安然倒臥在澡堂子的瓷磚棱上，美滋滋地一支接一支抽煙，打哈欠，身心感到了一種無比的舒展和愜意。

工餘休息時，他也想辦法改變自己的生活方式。他又重新開始複習數、理、化高中課程，以期今後能考取煤炭技術學校。另外，他還買了一台廉價的收錄機和幾盒磁帶，有時候一個人閉住眼躺在蚊帳中靜靜地聽一會。蚊帳一年四季不拆。因為是集體宿舍，蚊帳有一種房中之房的感覺；呆在裏邊，就是自己一個人的獨立天地。

他最喜歡聽的音樂是貝多芬的《命運交響曲》和《田園交響曲》，尤其是《田園交響曲》的第二樂章，他感覺自己常常能直接走進這音樂造成的境界之中。那旋律有一種美麗的憂傷情緒，彷彿就是他自己佇立和漫步在田園中久久沉思的心境。有時候，他就隨着這音樂重新回到了黃原城麻雀山和古塔山的樹林草叢中；回到了原西城外荒僻的郊野；回到了親愛的雙水村，漫步在靜靜的東拉河邊……當夜鶯用它傷感的歌喉和羣鳥開始聯唱的時候，他就忍不住兩眼含滿辛辣的淚水……

過一段日子，他就由不得要去翻一翻曉霞的日記本。每一次看她的日記，都像是要進行一次莊嚴的儀式。他打開箱子，如同虔誠的基督徒對待《聖經》，雙手小心翼翼把那三本精美的日記本捧回到牀上，然後端坐着輕輕打開。常常是看着看着，視線就被淚水所模糊。那些親切甜蜜的話不知看過多少遍了；怕看，又常想看；每看一次，過去的生活就像潮水般撲來將他整個地淹沒了……

唉，好在下一個班開始，繁忙便會把他強制性地從那一片洪水中拉回來，一直拉到眼前火爆爆的現實生活裏；使他從那無盡的噩夢中驚醒過來，再一次投入嚴酷的掌子面的搏鬥中。

是的，責任感要求他對自己現在負有的職責不能有半點馬虎。如果稍有不慎，就可能造成傷亡；而他太害怕看見一個活生生的人意外地離開這個世界了。他不能再讓死亡出現在他面前。儘管煤礦不死人是不可能的，但他要創造奇跡；他絕不能讓手下這些青年失掉一個；他們許多人比他還年輕啊！

當孫少平感到心情實在不好受的時候，他總要不由自主跑到惠英嫂那裏去。和嫂子、明明以及那條可愛的小狗呆一會，他的心情就會平伏一些。在失去曉霞以後，他潛意識裏特別需要一種溫柔的女性的關懷；哪怕是在母親和妹妹的身邊呆一會，他的壞心緒也許就能有所改善。

曉霞死後不久，惠英嫂很快就知道了這件悲慘的事；她沒有想到，相同的不幸命運也降臨到少平的頭上。她已經失去了自己的親人，因此完全能體會少平的痛苦。她千方百計用好飯、好酒、好話和一個女人的全部溫情來安慰他。命運啊，對人是這樣地乖戾！不久前，還是他在安慰她；而現在，卻得要她來安慰他了……

唉，也許只有惠英嫂的安慰他才可以平靜而自然地接受。因為她了解他，因此她理解他。要是換了另外的人對他這樣，他不僅不能接受，反而會更痛苦的。

自從當班長後，他不像過去那樣有時間常去惠英嫂那裏——他實在是太忙了。惠英嫂也勸他不要操心他們；讓他好好在井下熬威信，說不定將來還有大前途哩！她知道，他的前途也就是她和明明的前途——她毫不懷疑，他就是當了「皇上」也不會忘記她和明明的。

但少平無論怎忙，隔幾天也總要去幫她劈柴、擔水和幹其他活。至於到矸石山上撿煤的營生，他安排給手下的人幹了。他現在已經有了點權力；而他手下的那些人也樂意給班長幹點甚麼活……

這一天吃過早飯，他心裏惦記着嫂子和明明，趕忙去了她家——他整個白天都休班。

進家之後，惠英嫂先甚麼也不說，就給他把酒杯放在桌子上，接着便收拾着炒菜。他趕忙攔擋說：「我剛吃過飯。再說這是早上，怎還喝酒呢！」

惠英嫂不聽他的，只顧給他往上端菜，並且提着酒瓶，把杯子都倒溢了。

因為是星期天，搗蛋鬼明明也在家。他正在耍弄一隻蝴蝶風箏，小黑子絆手絆腳地纏着他。

明明看他推讓着不叫母親炒菜倒酒，就在旁邊說：「少平叔叔，就是你不來，我媽媽每頓飯都把酒杯給你擱着哩！」

少平舉起的酒杯在嘴邊猛地停住了。他呆呆地怔了一會，然後便一飲而盡。這醇美的酒啊！

惠英嫂岔開話題，說：「我今天也休班，本來想洗衣服，可明明硬纏着要我和他到外面去放風箏。這娃娃慣壞了……」

「你又說我壞話啦！」明明噘着嘴對母親嚷道。小黑子也為它的主人幫腔，朝惠英「汪汪」地叫了兩聲。

少平忍不住笑了，說：「我也跟你們去放風箏！」

明明高興得嗷嗷價叫起來。

孫少平吃喝停當後，就和惠英嫂、明明和小黑子，拿起那隻蝴蝶風箏，一塊相跟着來到礦區東邊的山野裏。

他們到了一塊平地上，說着，笑着，把那隻風箏放上了蔚藍的天空。少平把着明明的手幫他綻線團；小黑子「汪汪」叫着，跑去追攆越飛越遠的大蝴蝶。惠英坐在旁邊的草地上，把一些吃喝在塑料布上擺開，然後淚濛濛地看着兒子，看着少平，看着歡奔的小狗和藍天上那隻飄飄飛飛的花蝴蝶……

第六十五章

「……根據愛因斯坦相對論的原理，三維宇宙是一個具有封閉的三維球拓撲性的宇宙。這樣的封閉宇宙必然會有它的始終點。時空以大爆炸為始，宇宙萬物演化發展，以至最後塌縮成黑洞隨之發生大崩潰到達時空奇點為終。時間『終止』，空間成了一個點，時空曲率成為無窮大，所有物理定律失去意義，一切物質狀態被撕得粉碎……」

「可是，新的四維宇宙觀認為，真實的宇宙不僅是一個由常態質的形式存在為存在的三維空間，並以異態質的形式及以各種能的形式存在為存在的四維相空間，以及由它們所構成的一個多層次、互為開放和互為制約的無邊無際的存在。這種宇宙顯然是永恆的。它沒有起點，也沒有終點。因為它是互為開放和互為制約的，所以在各個層次上又是變化多端、循環不息、彼消此長和互為滲透的。這有點像我國古代的陰陽圖。用哲學術語表達，就是『陰極而陽生，陽盛而陰退』，即通常所說的物極必反。」

「相對論法則認為，要使某個物質——即使這個物質很小很輕，甚至只有一個分子，但要具有光的速度幾乎是不可能的。當然，現代實驗室中某些實驗物質除外。」

「可是，宇宙中確實已觀察到超光速現象了。」

「那麼，你說偉大的相對論在某個地方出了問題？」

「我認為是這樣。相對論的問題出在將四維相空間排斥在外。相對論只強調了運動的相對性——一般說來，就常態物質在三維空間中的運動它是對的。但異態物質在四維空間中的運動卻是絕對的！比如，雖然衛星繞地球轉是相對的，可衛星以比地球較大的速度在運動又是絕對的；衛星上的原子鐘走時比地球上的原子鐘要慢些就能說明這一點。所以，相對論只強調了運動的相對性，因而又使自己陷入了『佯謬』的困境！」

「你的四維空間有點神靈味。恩格斯早在一百年前就批判了這種神靈世界！」

「你也別把恩格斯當神靈敬畏！我承認，對人類來說，四維相空間仍然是目前不可能跨越的禁區。但是，我認為，我們對眼前發生的不能用相對論法則或其他現有物理法則解釋的事，千萬不要輕率地說這是荒謬的。比如人體的特異功能現象。你知道，十九世紀麥克斯韋提出分子運動的速度分佈律時，人們認為他的理論已經完美無缺了，就像現在我們認為相對論不可能被突破一樣。可是，麥克斯韋的理論被突破了……」

…………

我們很難聽懂這種艱深的辯論，錄幾段權作一幅文字插圖而已。

這是我們的孫蘭香和她的男朋友吳仲平在學校的中央林陰大道上，一邊走路，一邊交談。他們正準備到學校後面的體育場上觀看其他系同學們的軍訓分列式。他們系昨天就進行罷了。由省軍區指導的這次大學生軍訓活動，很受同學們歡迎；大家感到過幾天嚴格的軍隊生活很新鮮。尤其是這幾天各系在體育場進行的分列式訓練，吸引了許多人前去觀看。看着平時吊兒郎當的同學們緊繃着臉，嚴肅地喊着口令，正步走過檢閱台時，周圍的人都被逗得樂不可支。

他們並排不緊不慢地朝體育場那邊走。辯論繼續進行。仲平在維護愛因斯坦的相對論學說，蘭香則用新的四維宇宙觀挑戰性地反駁。這種辯論不知從何而起，當然還會繼續進行下去。也許，過幾天又會換另一個命題。學術方面的辯論，也是他們談戀愛的一個內容。

他們已經深深地相愛了。愛的基礎是他們能相互對話。兩個高才生經常陷入到一些艱深理論的探討之中。當然，他們也像普通人那樣相愛。無論精神多麼獨立的人，感情卻總是在尋找一種依附，尋找一種歸宿。他們現在誰也離不開誰。幾天不見面，就心慌意亂，連一般的邏輯思維都會出差錯。只要有機會，他們就設法兩個人單獨呆在一塊。無論是談情說愛，還是進行學術辯論，甚至緘默不語，那都是多麼令人愉快啊！初夏的校園綠蔭婆娑，空氣中瀰漫着鮮花的芬芳。年輕的戀人並肩而行，腳踏着路面斑駁的陽光。蘭香雪白的短袖衫下襬塞進牛仔布裙裏，稍稍燙過的頭髮從兩鬢攏在耳後，看起來格外瀟灑。她那漂亮的眼睛流露出自信與成熟；但即使辯論，也對身邊的男友含情脈脈。

吳仲平上身穿一件白色和深紅色條紋相間的T恤衫，下身是藍色牛仔短褲，身材高大而挺拔，兩條腿由於經常運動的緣故，皮下滑動着強勁的肌腱。如果不是在校園內，他的胳膊一定會摟着蘭香的肩頭。

他們一邊說着，一邊肩並肩走到體育場邊的人羣裏。人們的笑聲和那邊傳來的響徹雲霄的口令聲，使他們終止了有關三維宇宙和四維宇宙的爭論。體育場中間，宇航器系的同學們在正步通過檢閱台。方陣前列是兩名行軍禮的軍人；學生們都身着橄欖綠軍裝，端着武器，想儘量像個軍人的樣子，但那正步走多少有點做作。方陣邊上有個同學慌亂中竟然掉錯了腳步，幾乎把旁邊的人絆倒，引得觀看的人羣一片哄堂大笑。

蘭香和仲平看了一會就返回到電化教學中心去了。他們只是來這裏換換腦子。今天課程太緊張，上午是複變函數與微積分、結構力學，下午又剛上完概率與隨機過程。實際上，一路有關宇宙觀的辯論就是一種休息。思維從一個命題轉入另一個命題，對腦力勞動來說，也算是一種「休息」。

這兩個人在電化教學中心看了兩部有關蘇聯空間軌道站的錄像資料片後，就在夕陽輝耀下的教學區分手了。

蘭香剛走了幾步，又被吳仲平叫住。這傢伙是怎麼啦？難道在眾目睽睽的校園裏，還要來一次「分別儀式」？

她紅着臉等他走近前來。

吳仲平過來立在她面前，突然囁嚅着說：「明天……是星期六。我想……晚上帶你去我們家……」

「瞧，又來了！」蘭香不好意思地望了一眼吳仲平。

過了一會，她才說：「等明天我再告訴你我去不去……」

吳仲平做出一副對此回答不滿意的樣子，笑着搖搖頭走了。

自從他們「正式」戀愛後，吳仲平就不止一次提出，要帶她去他們家，但蘭香每次都婉言拒絕了。

她是後來才知道仲平的父母是幹甚麼的——「官」還很不小哩！是的，在一個省裏，省委副書記是個顯赫職務。

不知為甚麼，蘭香內心深處對此感到某種「遺憾」。本來，她希望吳仲平也是個一般人家的子弟。不是她自己有甚麼門當戶對的觀念，而是她怕別人有這種觀念——她擔心和難以忍受的正是這一點。

她是農民孫玉厚的女兒，是因為她的天資和刻苦精神，才使她來到這個令人矚目的大學；否則，她就是鄉下一個普通的勞動婦女，怎麼可能結識吳仲平這樣的男青年……

這個省委領導的家庭，能接受她這樣一個農民的女兒嗎？

正因為有這種疑慮，儘管吳仲平一再熱心地要帶她去他們家，她一直猶豫着沒有答應。她無法對仲平說出她不去的理由。當然，她知道，不管他父母對她和她那卑微的家庭出身怎麼看，仲平都不可能割捨與她的感情。但即使這樣，她也同樣難以忍受 —— 因為儘管她出身低賤，可自小一直是在一個很重感情的家庭中長大的……

蘭香歸根結底是農民的女兒，又在一種艱苦的鄉村環境中成長起來，不論她的思想怎樣在地球以外的遙遠太空飛翔，感情卻仍然緊密地和北方那個荒涼的小山村聯結在一起。她像她二哥一樣，經常會帶着無比溫暖的感情想起親愛的雙水村。哦，東拉河水也流進了她的血管，一直滲透進她的精神氣質中！

在外表上，我們是再也看不見原來的那個孫蘭香了。但實際上蘭香仍然是蘭香。比如，她還曾想利用課餘時間和星期天，到外面去幹點甚麼活，以減輕二哥的負擔 —— 入學三年來，二哥每月都要給她幾十塊生活費。她並且把這想法寫信告訴了二哥。她原來估計二哥會支持她，因為她忘不了上中學時，二哥那封關於人要自強的信；正是在二哥的教導下，她當時才去縣醫院的工地上提泥包賺錢的。

不料，二哥回信堅決反對她這樣做。還問她是否錢不夠用？如果不夠，他每月再增加一些。慌得她趕忙打消了這主意，並寫信讓二哥千萬不要再多寄錢給她……

去年夏季到現在，蘭香一直操心着少平的情況。她知道，曉霞姐的死，對二哥的打擊太大了。她真擔心二哥會被這個創傷折磨得一蹶不振。她先是在仲平那裏知道曉霞姐不幸遇難的消息 —— 據仲平說，另一個喜歡曉霞的男人高朗也受到了沉重打擊。她相信曉霞姐只愛她二哥。她雖然只和曉霞見過二面，就知道她是一個非凡的女性 —— 這樣的女性也許只能愛她二哥那樣的男人。

眼下，在很大程度上，蘭香不願去吳仲平家，也和這件事有關係。她感到，她和仲平的戀愛就夠幸福了；而在二哥這麼不幸的時候，怎麼能一門心思用到自己感情的得失中去呢？

孫蘭香在教學區和吳仲平分手後，直接回了自己的宿舍。此刻，同宿舍的夥伴們正在換衣服，互相打打鬧鬧，準備去吃晚飯，屋子裏充滿歡愉的氣氛。

蘭香發現她枕頭邊有兩封信 —— 不知是哪位同學捎回來的。

她趕忙拿起來，看見一封是二哥的，一封是醫學院金秀來的。

她先打開二哥的信。

蘭香看完二哥的信十分高興。二哥在信上一改前不久那種憂鬱的情緒，重新流露出一種對生活的樂觀態度；並告訴她，他已經當了個「班長」，忙得焦頭爛額……

忙了就好！蘭香知道，只要忙，二哥的精神就能大振！

不過，看了二哥的信，蘭香還稍有點不滿足。她上封信含蓄地對二哥說了她和吳仲平關係的發展情況，希望他能對這件事給她一些指導性的幫助。結果他只在信末尾寫道：「我不說那些希望你冷靜之類的一般化的說教；我只說：願年輕人萬事如意！」

這個二哥啊……

總之，二哥的信使蘭香的情緒也隨之激動起來。只要親愛的二哥能從那個可怕的打擊中重新振作起精神，這就使她最操心的一件事可以放心了。

之後，她拆開了金秀的信。因為她們都到了三年級，功課壓力越來越大，顧不上多到對方的學校去會面，就只好用寫信的方式來談心說事。

秀在信中說的還是她和顧養民之間的關係。她說，她對這件事一直猶豫不決。她認為顧養民這個人優點和長處很多，但許多方面又不合她的脾性；在她看來，顧養民太學究氣，是個好醫生，但男人氣質不夠。因此，她現在不準備答應這件事，過一半年再說。秀還在信中讓她定個時間，說她準備過來再和她好好「討論」一下……

蘭香一邊看信，一邊忍不住咧開嘴笑。按年齡，她們都二十二歲，秀還比她大一個月；但秀常開玩笑叫她「姐姐」；她有個甚麼事，總要找她來「討論」。唉，有關她和顧養民之間的關係，她們不知已經在一塊「討論」過多少次！

蘭香太了解她的好朋友了。從氣質方面看，金秀很像死去的曉霞姐。她熱情，在生活中像一團火。而顧養民文質彬彬，除醫學以外，對其他事沒甚麼興趣。這當然很不合金秀的「脾性」。有時候，金秀想到野外去走一走，顧養民也沒有甚麼熱情，而只樂意在圖書館裏「談戀愛」。養民已經從醫學院畢業，留在了本院第一附屬醫院。當然是個很出色的大夫，據說正準備考研究生。

說實話，她不可能在這件事上為這個「妹妹」做主。歸根結底，最後還得取決於秀本人的判斷。她忍不住想笑的是，秀也不知道怎麼接受了眼下的新時尚，尋找起甚麼「真正的男子漢」來了……

看完兩封令人愉快的信，一直到吃過晚飯以後，蘭香的情緒仍然很激動。她沒有回宿舍，也沒去圖書館的閱覽室，一個人在校園裏的林陰路上溜達了好長時間。

初夏的夜晚不涼不熱，輕風搖曳着樹枝花葉，燈火在密林後面影影綽綽，閃爍着夢幻般模糊的光芒。宿舍樓裏，傳出了手風琴充滿活力的旋律。

蘭香漫步在這迷人的夏夜，心中湧動着青春的熱潮。她突然渴望立刻找到仲平，對他說：我去你們家！

這麼晚了，她當然不能到男生宿舍去找他。明天吧……

第二天早晨上偏微分方程數值時，她像往常那樣坐在吳仲平早就為她佔好的座位上。開課前，她從筆記本裏撕下一張紙條，在上面寫了「我去」兩個字，悄悄推到他面前。

仲平看了看紙條，立刻有點坐立不安。他悄悄對她說：「我下課後就給家裏打電話！」

中午吃飯時，他們為一件小事爭執了半天。吳仲平已打電話讓父親派他的小車接一下他們，但蘭香堅決反對他這樣做。

她開玩笑說：「要是這樣，那就和許多電影裏的情節差不多了，一個老官僚的兒子，動用父親單位的小車來接送女朋友……」

他也開玩笑說：「電影裏還可能有另一種情節，這樣的時候，那位有革命覺悟的女朋友就帶頭抵制不正之風，堅決不坐老官僚的小汽車！」

兩個人說笑了半天。最後，像通常那樣，男人屈服了女人。仲平又給家裏打電話讓小車不要來了。因為剛才提起了電影，兩個人就決定下午先到街上看一場電影 —— 他們很久沒一塊看電影了；然後直接走回吳仲平家。

第六十六章

在省委大院裏，常務副書記吳斌的住宿處比省委書記喬伯年的都要好一些。

同樣是一座二層小樓，但外觀和內飾都很漂亮雅致；把古典性和現代風格完美地糅合在了一起。庭院相當開闊，到處是北方名貴的樹種，一年四季常有鮮花開放 —— 春夏秋三季不必說，即便是冬天，也有好幾叢臘梅開得一片金黃。院裏還有幾個相連的廊亭，純粹是中國式的古色古香。

吳斌在本省擔當這個職務已有相當的年頭，因此多年來一直住在這裏未動。他隔壁住着石鐘一家，條件比他也要差一些。和石鐘緊挨的是喬伯年的住處。雖然伯年是一把手，但住宿條件還不如石鐘。喬伯年院子裏沒有花草之類的觀賞植物（這是他自己拒絕搞），而種了一些莊稼！哈，人各有所好嘛！本來，伯年可以去住前省委書記騰出的地方——那當然是這個大院裏最好的住處，但他硬是沒有去，讓省顧委主任住了。

下午，如果沒有甚麼會議，吳斌一般也不去辦公室，就在自己家裏。現在領導人的許多工作要在家裏進行。好多情況下，談話就是工作，而有些談話又只能在家裏最為合適；氣氛親切，還走漏不了風聲。

這一天上午，吳斌接到北工大兒子打來的電話，說晚上要帶女朋友到家裏吃飯。

這是一件大事！他和老伴早聽兒子說有了女朋友，他們也讓他把她帶回來，但一直還沒見也許是未來兒媳婦的面哩。

吳斌夫婦後來才知道，仲平的這個女朋友是從黃原農村來的。為此，老伴很有點不樂意，覺得不能理解兒子為甚麼要找個農村姑娘。

他一開始也不樂意。按他們老兩口的意思，仲平將來應該和高維山的女兒高敏結婚。維山是市上的副市長，他們兩家是多年的老朋友了；而維山的父親高步傑又是中紀委常委，熟識許多中央領導，這門親事很理想。維山的女兒高敏是省美院油畫系學生，漂亮，聰敏，又懂事；她早就看上了仲平，但仲平卻連一點興趣也沒有，結果找了個農村姑娘！

後來，他也想通了。這是兒子自己的事，父母親怎能強人所難呢？

只是老伴一直對這事不高興。

不管高興不高興，既然這個女孩子要上門來，家裏就得準備一下！

吳斌趕忙給省檔案局工作的老伴打了電話——她在那裏當個副局長，事也不太多。

老伴在中午下班前一個小時就回來了。

她安排保姆去準備晚上的飯菜後，就又和他嘟嘟開了：「農村人！哼，我們家將有個農村來的兒媳婦！」

「農村人怎？我也是農村出身！」吳斌反駁道。

「衛生習慣，智力……」

「你連面也沒見，就知道人家不講衛生？至於智力，她考入那個大學就說明她肯定超過了管理檔案的水平！」吳斌不由譏諷地對老伴說。副局長不敢頂撞副書記，只好一邊嘟嘟着，一邊提前準備這頓她不樂意的晚餐去了。

午休起來，老伴繼續在做接待客人的準備——她完全按他們家的最高規格來安排這次隆重的晚宴；這在很大程度上是為了讓他們的寶貝兒子滿意。

這時候，吳斌就坐在客廳裏等待事先約好的兩次談話——一次是別人通過常務副秘書長張生民約的；一次是省紀監委書記苗凱直接和他約的。

客廳很大，像個小會議室；地上鋪着本省黃原出產的地毯，圍了一圈大沙發。牆上除過幾幅古畫外，還有現代書法家舒同寫的一首唐詩；看來是書法家的真跡——在這個城市裏，到處可以見到此公書寫的胖乎乎的毛筆字。

客人未到之前，吳斌先將一摞文件和材料拿到茶几上，戴起老花鏡，手裏握着紅藍鉛筆，隨時準備在文件和材料上用杠杠或三角形標出要點；看完一份後在自己的名字上畫一個圓圈或打一個鈎。當然，有時候他還得另換支鋼筆，在材料或文件上寫幾句話 —— 這幾句話通常叫做「批示」，立刻就成了某件事權威性的處理意見。

第一批客人被保姆帶進了會客室。

客人是省作家協會副主席黑白。黑白是名人，吳斌和他很熟悉，兩個人見面先要笑了幾句。

黑老把一支主要用以顯示風度的手杖立在牆角，然後給吳書記介紹了隨他而來的另外兩個年輕人。這兩個人我們都已經熟悉了，一位是黃原文聯副主席賈冰，一位是省作協《山丹丹》編輯部的現代派詩人古風鈴。黑老除介紹了這兩個人的職務外，還說明了他們都是全省知名的中青年詩人。

吳斌和兩位詩人握了握手，就讓客人們在沙發裏入座。

「咱們就直截了當說吧！甚麼事又讓老將親自出馬了？是不是作協又沒錢花了？」吳斌笑着問黑老。作家協會年年經費緊缺，一旦沒錢花，作協幾個老漢就紛紛出動找省上的領導。這些老漢不但資歷很深，又是些名人，因此要起錢來理直氣壯，省委領導一般只能滿足他們的要求。本來，作協的經費由政府撥款，但單位又屬省委這面管；他們通常不找省長，專找書記。

黑老仰頭哈哈一笑，說：「吳書記有眼力！不過，這次倒不是為作協要錢，我們這一兩月還能湊合……」

「那為誰家要呢？」吳斌問。

「事情說起來還麻煩！有這麼個情況：咱們黃原地區近幾年出了好些個詩人。他們創作了許多很有質量的詩歌，被外面稱為『黃土地派』，為咱們省爭了光！」

「這好嘛。」吳書記說。

「比如像這位賈冰同志，寫詩已經好些年了，作品在省內外都有影響。最近一首詩還被尼泊爾翻譯過去了！」

賈冰謙虛而拘謹地向省委書記點了點頭，緊張得不斷在腿膝蓋上揩手心裏冒出的汗水。

另一位詩人古風鈴倒不緊張，大大咧咧抽着茶几上書記的招待煙，並且還蹺着個二郎腿。

「這好嘛。」吳書記又說。

「可現在的問題是，這些詩人出書很困難！省出版社只出能賺錢的書，而對真正的文學作品不感興趣。這些同志寫詩多年連個小集子都出不了。現在，他們想自己在當地印刷廠印一個小詩集，又苦於沒錢，地區不給他們嘛！因此，看省上能不能支持一下？」

吳斌聽說是這事，便順手從文件堆裏翻出一份材料，說：「你還提這問題哩！瞧，這是記者高朗寫的一份內參，說黃原地區濫印非法印刷品，好些詩人在出版社出不了書，就找門道在地區單位搞錢自己為自己出書。光原副專員劉吉喜同志就花了行署近兩萬塊錢，在原南縣印刷廠印了他的五本順口溜。羣眾諷刺說吉喜同志的詩集是『原南縣人民出版社』出的！」

能言善說的黑老嘴一張，一時竟不知該怎樣為這事辯解了。這個多事的記者！把這事都寫成了內參！

他問吳書記：「這高朗是？」

「市上維山的兒子，是省報記者。」

旁邊坐着的賈冰羞得臉通紅，趕忙低下了頭。這次他來省上，是專門想弄幾個錢，為他和他周圍的幾位詩友出詩集的。也正是在他的纏磨下，黑老才不得不親自出馬來找吳斌。一來黑老對黃原有感情，二來賈冰給他拿來一堆土特產，不辦事就對不起人了。

古風鈴仍然是那副滿不在乎的樣子；甚至還輕鬆地噴吐着煙圈。這個人不熬煎自己的詩沒地方出版。他之所以也跟黑老跑這趟，一是想見識一下省委領導住的地方，二是為了上次在黃原和他睡過覺的杜麗麗；麗麗也想「出版」一本她的詩集，並且託賈冰捎了一封信給他，讓他幫助解決經費問題。他屁也解決不了！好在黑老願為黃原這羣可憐的詩人出馬要錢，他跟上跑一趟，也算對那個多情的女人盡了點心。不管怎樣，她上次使他的黃原之行充滿了愉快，回來寫了好幾組詩哩！在寫詩方面，他瞧不起賈冰，也瞧不起杜麗麗。哼，他們還都是那種老掉牙的手法，崇拜白開水一樣的普希金！尤其是賈冰，還在歌唱甚麼黃土地哩！

這時候，吳斌看黑老陷入窘態，趕忙和顏悅色地說：「內參是內參，但文化事業我們還是要大力支持嘛！要大力搞好我們的社會主義精神文明哩！這樣吧，你先不要着急，讓我再想想辦法。你知道，我給你拿不出錢，還得要通過政府那面才行。現在不是有人說，黨委有權，政府有錢嘛！」

黑老精神一下緩了過來，馬上補充說：「還有哩，說政協發言，人大舉拳！」

眾人大笑之後，黑老接着恭維了一番吳書記，又攻擊了那個叫高朗的記者，並說：「維山我認識，我罷了找他，叫他好好管管他的兒子！」

這時，省紀監委書記苗凱到了。

黑白一行人就起身向吳斌告辭。苗凱也認識黑白，兩個人一般性地握了握手，沒話找話寒暄了幾句。苗凱知道黑白是田福軍的朋友，因此對這位倚老賣老的文人很不感冒。

送走黑白一行人後，吳斌就和苗凱在客廳裏談起了他們的事。

兩個人所談的是他們共同關心的高鳳閣同志的命運。

去年南部那個城市被洪水淹沒後，瀆職的行署專員高鳳閣就成了被追查責任的主要對象。

事件發生後不久，中央紀律監察委員會專門派工作組來，會同省紀監委一起追查這次特大洪水災害中的領導責任。當然，所有的地市領導都有責任。但最嚴重的是專員高鳳閣同志；他作為地區防汛總指揮，竟然在最緊急的關頭，跑回家為兒子操辦婚事去了！

本來，查清責任並不難。但這件事快拖了一年還不能進行最後處理。

問題的癥結在於苗凱同志和中紀委工作組的意見不能統一。

作為過去在黃原時多年共事的「親密戰友」，苗凱當然要盡力找「根據」為高鳳閣減輕一些罪責。

在這件事上，吳斌雖然不出面，但心理上和苗凱是相通的；因為高鳳閣也是他多年器重的幹部，又是老鄉關係 —— 正是在他的竭力舉薦下，才使鳳閣從黃原提拔到那個物產豐富的南部地區任了專員。可是，他和苗凱怎能想到，一場大洪水把鳳閣同志的命運沖到了懸崖上，也把他倆沖到了一種極其尷尬的境地！

儘管一年來苗凱一直頑強地為高鳳閣「據理力爭」，拖延着想從輕處理，但中紀委工作組秉公執紀，寸步不讓，一定要嚴懲這位瀆職的行署專員。

現在，中央幾位政治局委員都對此案作了批示，要求儘快嚴肅處理在洪水事件中負有責任的領導幹部。

苗凱同志扛不住了。省委常委和中紀委工作組過兩天就要一塊討論這件事，做出對有關人員的處理決定。

正因為如此，苗凱才匆忙地來找吳斌。

現在，這兩個人坐在客廳裏，都皺着眉頭抽煙。

他們實際上都知道，他們不可能再挽救高鳳閣的命運了。

「撤銷職務可以，但開除黨籍太重了！即使鳳閣當時在工作崗位上，也無法阻擋老天爺下雨發水嘛！他在與不在，難道能改變那個城市的命運？」苗凱用發牢騷的語氣對吳斌說。

「那總不能找老天爺去算賬！」吳斌吐了一口煙，「鳳閣太不爭氣了。現在有甚麼辦法？只能自作自受！」

「如果省委能有個寬容的態度，我想中紀委工作組也會考慮他們提出的處理意見。但我估計喬書記、石鐘和田福軍恐怕和中紀委的意見是一致的……」

苗凱說完後，探詢性地看着吳斌，目光中的意思是：這就看你的啦！

吳斌半天沒有言語。他心裏突然感到，他面前的這位紀委書記具有一種危險性；似乎就像此人衣服的某個地方發出了一股燒布的焦糊味，使得他不得不馬上警覺起來。

是呀，儘管他和苗凱個人關係一直很好，但這個人在這樣重大的政治問題上表現出如此不成熟的傾向，着實使他大吃一驚。哼，他根本不懂得高級政治生活！他看起來不像個省上的領導，倒像個區鄉幹部！開玩笑哩！為了個高鳳閣，這人竟天真地希望他與中央和大多數省委領導對抗，這不等於要把他吳斌置於死地嗎？

簡直是可笑！

苗凱實際上從反面提醒了他。他立刻堅定了自己在這件事上將要表明的態度。是的，他才不會愚蠢地當這個反對派哩！對，中紀委的處理是公正的，他堅決擁護！真是的，那座城市死了幾千人，損失了幾億人民幣，而防汛總指揮竟然回家去為兒子操辦婚事，別說共產黨了，就是國民黨也會開除這樣的黨員！

吳斌老半天沉默不語，就表明了他對苗凱的任何談話再無興趣聽了。

苗凱自己也意識到了這一點，隨即便起身告辭。

吳斌笑着抱歉說：「本來，應留你在家裏吃飯，可我那個兒子要帶他的女朋友回來，第一次上門⋯⋯」

「仲平和小敏的事定下了？」苗凱問。顯然，他也知道高維山的女兒在追吳斌的兒子。在高層相互熟悉的領導人之間，孩子們的婚姻也是他們所關心的；因為某種聯姻往往牽扯微妙的政治格局。

「不是維山的女兒，是黃原的一個女孩子，聽說老家在原西縣⋯⋯」

「誰的孩子？」苗凱一聽吳書記的兒子找了個黃原姑娘，不由敏感起來；因為黃原是他呆過多年的地方。不會是田福軍的甚麼親戚吧？當然，肯定不會是田福軍的女兒；他女兒正是在那次該死的洪水中淹死了。

「我也不知道是誰的女兒！」吳斌笑了笑，「一個農村姑娘。」

「農村的？」苗凱大惑不解。不過，他馬上又笑着說：「那你得好好準備囉！」

兩個人說笑着，吳斌一直把他送到門外的汽車旁。這融洽氣氛，根本看不出剛才他們進行了一次雙方都感到不融洽的談話⋯⋯

五點多鐘，仲平終於和他的女朋友回到了家裏。吳斌和老伴一見兒子帶回來的是這麼個瀟灑漂亮姑娘，而且言談舉止沒一點農村人的味道，高興得不知如何是好。仲平他媽一改過去的態度，很快喜歡上了這個未來的兒媳婦。吃飯的時候，她坐在蘭香身邊，不斷給她往小碟裏夾菜⋯⋯

第六十七章

黎明，當這個近三百萬人口的大都市從睡夢中醒來之後，即刻就像平靜的大海掀起風暴，到處充滿了喧囂與紛擾。大街小巷，湧動着人和車輛的洪流；十字街口扭結着自行車的漩渦。嘈雜的市聲如同炒爆豆一般令人心煩意亂。

田福軍穿着一雙圓口布鞋，從東大街的人羣中步行着往市委走。他是剛從西門外的古城牆下打完一套太極拳返回來的。當他黎明前慢跑過這條大街時，還是一片空曠；瞧，現在已經是這樣的擁擠了。

擦肩而過的行人，誰也不會留意，這個人就是赫赫有名的市委書記。

近一年來，田福軍已經成了全市人紛紛議論的對象。當然，讚揚的是大多數。唾罵的人也不少；告狀的，甚至鬧到中央書記處的都有。

說實話，這個城市的市委書記也太難當了。在他初來之時，就迎面遇上了黑龍河農場大鬧市委這樣棘手的事件。歷史遺留和現實滋生的問題堆積如山。總之，這是一條巨大而到處是漏洞的船。他既要為這條船掌舵，同時還要忙於修補船上各處的窟窿眼。市委這面改組了，但政府那面的班子仍然未動；市長和幾個副市長之間矛盾重重，根本無力抓工作。他等於既當書記，又當市長。

這是一個慣於挑剔的城市。作為這個市的領導，沒有相當的本事與膽識，根本壓不住陣腳。當初，聽說窮得叮噹響的黃原地區的書記要來這個城市當書記，市民們大都不以為然，有的甚至嗤之以鼻。

是的，他的確沒有領導大城市的經驗。

可怕的是，他在工作上面臨巨大困難的同時，又遭受了失去女兒的沉重打擊。啊，那一月之間，他的頭髮就白了三分之二！

正是帶着這樣沉重的壓力和心靈傷痛，他開始領導這個城市刷新它的面貌。

首先，除過一部分帶有長期戰略性的規劃外，這個城市目前最緊迫的問題是甚麼呢？也就是說，他應該把精力和時間先往哪方面使用和支配？

問題很快有了明確的答案：必須首先抓城市建設和城市管理。衛生差，蔬菜供應短缺，公共交通緊張……所有這些，連外國人也給中央提意見！

是的，衣、食、住、行、吃、喝、拉、撒、睡，如果把羣眾生活安排不好，秩序不好，沒有一個好的條件和環境，甚麼也就無從談起；古人都講安居樂業哩，不安居，何以樂業？

於是，他立即主持成立了市環境服務整頓指揮部，自己充任總指揮，召開各種動員會、調查會，在聽取不同意見的基礎上，由他親自草擬了三十條要求，制定了獎懲細則。

全市上下總動員，抓環境衛生，抓服務質量，四處張貼着總指揮部內容詳盡的公告。

先從「三點十線」開始！「三點」即市中心、飛機場及火車站；「十線」即全市十條主要大街。於是，到處都在清洗路面，建築花壇，改換刷新門面；市委和市政府的領導跑着檢查督戰。自行車保管站一律壓到人行道三米以外的背巷裏；違章建築、違章攤點，一律拆除；車輛行人，各走其道；臨街門面，全部刷新；設立監督崗，嚴禁隨地吐痰，亂扔果皮紙屑。田福軍本人像巡視陣前的統帥，沿街每一段路，每一個店舖往過察看，一旦發現問題，即請來該段負責人，刀下見菜，馬上罰款……

市民們根本不習慣這種「鐵紀鋼法」，他們已經在中國式的隨意性中生活慣了，因此立刻對文明所帶來的「不自由」怨聲載道。許多賣小吃的個體攤販，都因衛生不合標準沒能逃脱罰款的懲處；國營單位也不例外……

直到田福軍學習當年黃原市白明川的做法，將省委大院也因衛生不合格罰了款，並且摘下了那塊編號為零零一的「衛生先進」牌子後，抗議的聲浪才漸漸平息下來。因為大家看見，這個人是真心想把城市往好搞。這個大浪潮隨即從「三點十線」擴展到了全市。

一個月以後，城市驟然間就像重新換了面貌。嚴格的制度使這個面貌一直保持了下來。僅此一舉，田福軍便在這個城市聲望鵲起。當然，也有人攻擊他是靠罰款來搞工作的。是的，罰了。儘管他強調以教育為主，但該罰的也沒有手軟。其實，在大整頓過程中，共罰三百多起，現金總額不足萬元。就這個近三百萬人口的城市來説，多乎哉？不多也！

瞧吧，換來的又是甚麼？是一座嶄新的城市！不僅清潔衛生，光去年秋天和今年春天，就在城市內外又新栽了二百多萬株樹和三十五萬多平方米的草坪；十條主要大街的兩側都修了花壇，搞了凋塑；市民們的養花興趣也隨之高漲起來，大部分宿舍樓的陽台上都擺上了花盆……

這陣兒，田福軍還在清晨擁擠的人行道上踽踽而行。

儘管只有一年，他看起來一下子蒼老了許多。頭髮大部分白了；身板瘦弱而單薄，肩背都有些佝僂。只有那雙稍稍眯縫的眼睛仍不失當年的活色。那眼光挑剔着周圍的一切。市民們挑剔地看這個城市的當家人，而他也挑剔地看這個城市一切不順眼的地方。只有他挑剔得多些，別人才會少挑剔他。

唉，真是的，就因為這大城市的事繁瑣，吃喝拉撒都要管，使他快成個囉嗦而愛挑剔的管家婆了！即使這樣在街上行走的時候，他也留心甚麼地方不順眼，隨時準備糾正。

當他路過一個雜貨鋪的時候，便不由抬頭望了一眼牌匾，見上面寫着「日新雜貨店」。嗯，對着哩，就是這個鋪子！

田福軍記起，昨天晚報上有一封讀者來信，是作家協會一位詩人寫的，說他在這個雜貨店買了一隻燒水的鋁壺，剛用第一次就漏水，並且在信後面還寫了幾句諷刺性的打油詩。記得那位詩人的名字叫古風鈴？

田福軍現在便順路走進了這個雜貨店。

這是個集體單位。經理和售貨員馬上認出了他是誰 —— 他們早在電視上就認識了市委書記。

田福軍一開口便詢問報上讀者來信所提到的那隻鋁壺。經理立刻告訴他，他們一見報，昨天晚上就帶了一隻新壺，親自到那位用戶家裏替他換了，並且還道了歉。

「這就好。」田福軍表揚說。隨即轉出了這個雜貨店，繼續往市委那邊走。

此間順便提提古風鈴買鋁壺的事。

其實，那隻鋁壺是古風鈴的愛人買回來的。她是個小學教員，過日子很仔細。當時見那隻壺漏水，竟急得哭了。詩人吼住了她，說：「這是個屁事！才幾塊錢的東西！叫我給晚報寫個稿子，既揚了他們的臭名，再賺他幾塊稿費，不照樣能買隻新的？」於是，他便寫了那封「讀者來信」。結果，雜貨店趕忙登門將壞壺換成了新壺；而那封「讀者來信」的稿費也確實能買兩隻新鋁壺。「你看，一隻壞壺換了三隻新壺，怎樣？」現代派詩人用現實主義方法創造的「傑作」，使他那實用主義的老婆破涕為笑……

現在，行走在大街上的田福軍，又走進了另一家個體戶店舖。他想抽支煙，但身上沒裝火柴。

「買盒火柴。」他對那位用骯髒繩子把石頭眼鏡拴在光頭上的店主說。那店主從鏡框上面白了他一眼：「你再找一下，看這幾天哪裏有火柴哩？」

田福軍一楞，問：「沒火柴了？」

「早斷了！」

他轉身出來，走進旁邊一家國營副食商店。一打問，也沒有。

啊呀！火柴斷了這麼多天，他怎麼不知道呢？

田福軍索性不回市委去了。他走到街上的公共電話間，要到了他的秘書。

「讓吳師把車開到東大街騾馬市口來。」他對秘書說。

「農辦張主任和農業局江局長正在辦公室等着你呢！」秘書在電話上告訴他。

「讓他們過一個半小時再來！」

「知道了……」

不到五分鐘，他就在騾馬市口坐上了小車。

他先去了市商業局，然後帶着正副局長又去了火柴廠、倉庫——都是為了解決火柴問題。

他當場做出決定：把所有庫存火柴，全部拿到市場上去！他批評商業局長說：「你怕脫銷，把火柴壓了那麼多！你壓得越多，人們買不到火柴，買的人也就越多；這是無謂地製造緊張局面！讓營業員給顧客講清楚，這幾天一人只准買一盒，就說先用着，火柴問題馬上可以解決！」

田福軍同時又在市火柴廠給黃原地委書記呼正文掛了個電話，讓他把黃原火柴廠的火柴給這裏支援一部分；然後指示驚慌失措的商業局長立刻到外地組織貨源……

上午九點半，他走進了自己的辦公室。

農辦主任和農業局長正在等他。

「我估計你們還沒有解決化肥問題吧？」田福軍焦慮地問他們。今年郊縣所用化肥十分緊缺，到處都在告急，田福軍為此對農辦和農業局的領導發了火，讓他們想一切辦法解決化肥問題！

「搞到了……」農辦主任小聲說。

田福軍眼一亮，問：「多少？」

「三萬噸。」農業局長說。

「我的天！」田福軍衝動地從辦公桌後面轉出來，笑呵呵地握住了兩位下屬的手。

「怎搞到的？」他把他們讓進沙發，興奮地問。

兩位受寵若驚的下屬卻支吾着，一個推諉着讓另一個給田書記彙報。

最後，農業局長只好開口說：「我們兩個親自跑了一趟北京。」

「去了北京？」

「嗯……我們沒甚麼好辦法，只好跑到部裏去糾纏人家。那天我們一下飛機，就要了輛出租車直接去了部裏，找到了主管司。可人家快下班了，正副司長都不在，只留個辦事員。那位女辦事員問我們有甚麼事，我們就照實說了……

「本來，我們是找司長，沒想到那位女辦事員問我們得多少？這下我們才趕忙說了咱們市的困難，並打問了這位女辦事員的住宿處。人家給我們寫了個地址。

「我們心想，只要留地址就有門！這樣，我和張主任晚上就上她家登門拜訪了一回。沒想到這位女同志就是司裏管化肥調撥的，馬上就從內蒙古給咱們調了三萬噸。當然……我們把所有帶的名貴土特產都送給了這位女同志……」農業局長敘述完這個買化肥的「故事」後，滿臉通紅。

「那你們從哪裏弄的土特產？」田福軍驚訝地問。

「我們讓市郊一個縣農業局籌辦的。說好搞到化肥後，可以多給他們縣一些……」農辦主任說完後又尷尬地補充說，「這是我出的主意……」

田福軍坐在椅子裏，半天不知該說甚麼。

是該表揚他們呢？還是該批評他們？

唉，這就是我們面對的現實。就連到中央部門辦點事，也得來這一套！

但他能說甚麼呢？不管怎樣，他們今年的化肥問題已經基本解決了！

他最後只好對兩個下屬說：「那就儘快組織力量，把化肥及時送到基層……」

農辦主任和農業局長走後，田福軍的心情一時仍然難以平靜下來。在改革開放的新形勢下，社會各個環節存在着許多令人憂慮的問題；而這些問題又在直接威脅和瓦解着改革本身。從宏觀上來說，一個國家和民族的真正強大，不僅依賴於經濟的發展，同時應該整個地提高公民素質的水準……

田福軍發了一會楞怔，又歎了一口氣，便在文件堆積如山的辦公桌前坐下來，準備處理一些緊急事務。這時候，卻聽見有人又在敲門。

他極不樂意地打開門，卻驚訝而高興地看見，他過去多年共事的馮世寬笑呵呵地從門外走進來了。

他有點激動地握住了世寬的手，問:「剛到？」

「昨天到的。一個鐘頭後就得起飛！」

「往北還是往南？」

「當然只能是往南囉！」

「那麼說，你就要去上任了？」

「省委催得緊嘛，黃原那面剛辦完手續，就趕下來了。」

「世寬，你的擔子不輕鬆啊！」

田福軍親切地拉馮世寬坐進沙發，喊叫通訊員弄來兩杯茶水。

高鳳閣被撤銷了南部那個地區的專員職務後，省委就任命馮世寬去那裏當行署專員。在省委常委會上，田福軍竭力推薦馮世寬出任那個地區的行政首腦。為重建這座被水毀滅的城市，中央撥了幾億人民幣。這樣一大筆錢，需要一個認真負責的人去使用。馮世寬是合適的。省委經過考察，便任命了他。有趣的是，高鳳閣和馮世寬都是從黃原提拔到那裏去任專員。這兩個人過去又都曾反對過田福軍。田福軍並沒有因世寬過去和他鬧過彆扭，就對他存有偏見；我們知道，他們在黃原時就已合作得很好了……

「連一頓飯也顧不上吃？」田福軍遺憾地問世寬。

「沒時間了！我抽點空就是來看看你。你們可得要好好支援我們那個地區啊！再說，你也是省委領導，我們一塊共事多年了，你很了解我的缺點，請隨時提醒我！」世寬很誠懇地說。

兩個人只說了一會話，世寬要到飛機場去，就匆匆和田福軍告別。田福軍堅持要到機場去為他送行。

世寬知道田福軍很忙，但沒有拒絕他的好意。在這一剎那間，他們心裏或許都想了許多事。是呀，即使高級幹部，他們也同樣具有普通人的感情。他們也鬧彆扭，鬧意見；也為重新建立起友誼而感到一種熱辣辣的喜悅。

田福軍在機場一直把世寬送進安全檢查口，才坐車返回市裏。

已經到下班時候了，他沒有回機關，讓司機老吳把他直接送到一個區的醫院裏。他的愛雲在這裏上班。

田福軍現在到這醫院是來看望老岳父的。

自曉霞死後，徐國強老漢的身體就徹底垮了，三天兩天就得住院。因為不是甚麼急症，通常就住進愛雲上班的這個醫院裏，她還可以多照顧一下老人。這次老漢住院後，田福軍一直忙着沒顧上來看望他。

今天，他準備在醫院呆到兒子曉晨來換他媽的時候，然後再和妻子一塊返回家吃飯。曉霞死後，兒子和他的未婚妻給了他們老兩口很大的安慰。

到醫院門口時，田福軍關切地叮嚀司機老吳說：「這兒能停車嗎？要把車放到指定地點去，小心罰款！」

是呀！他也畏懼他自己立下的規矩。

田福軍到醫院後，和妻子一塊在老人的病牀前坐了好一會，說了許多空洞的安慰話。

可憐的徐國強老漢完全被外孫女的死擊垮了。他那強壯的身體瘦成了一把乾柴，生命之燈看來已接近熄滅。他兩眼混濁地望着天花板，無意聽女婿說些甚麼。他只從被單下面伸出一隻雞爪子似的瘦手，撫摸着那隻黑貓。這隻貓正是原來的那隻老貓死後，曉霞在黃原東關的自由市場上為他買的。小黑貓如今也長成了大黑貓，正到了充滿活力的年齡，膘肥體壯，四肢強健，兩隻眼睛閃着金色的光芒。它和徐老形影不離；當然從未捉過一隻老鼠。本來住院部不讓帶動物進來，鑒於老漢有「特殊情況」，醫院才破了例……

曉晨趕來替換他媽。田福軍於是就和愛雲一同起身坐車回家 —— 曉晨的未婚妻在家裏已為他們做好了晚飯。

汽車在燈光如銀的大道上飛馳。城市的夜晚華麗多彩，瀰漫着初夏令人沉醉的芬芳與溫馨。

田福軍側過臉，瞥見了旁邊妻子那張憂傷的臉和一頭花白的頭髮；眼前倏忽間浮現出女兒的身影……他不由鼻根一酸，伸出胳膊溫柔地摟住了妻子的肩頭。

第六十八章

從責任制開始到現在的幾年裏，雙水村儘管仍然還是個主要以農業生產為主的村莊，但農業以外的其他經營活動和商品性生產卻也在緩慢地發展起來。

當然，最早和規模最大的還是首推孫少安的磚場。這個磚場經過一次破產的風險之後，現在成了全石圪節鄉最引人注目的農民個體企業。去年年底，少安就還完了所有公家的貸款和私人手裏借的錢，並且開始盈利了。這半年來，村裏人誰也算不清這小子倒究賺下了多少錢。有人估計肯定超過了兩萬，甚至還要更多。

除少安之外，在金家灣那面，金俊山既養奶羊，還喂了兩頭大奶牛。金光亮養了「意大利」蜂。光亮的弟媳婦馬來花天天在公路上賣茶飯。而全村的「糧食大王」金俊武也和縣林業站簽訂了合同，開始育樹苗。金家戶族裏還有一些木匠石匠常年在外做活 —— 有的人還跑到原西和黃原搞了營業執照，賣起了有利可圖的風味小吃。

田家圪塄這面還是種莊稼的人居多。從羣體上看，田家圪塄這面「鬧革命」很有些人才，但做生意搞買賣就比不上金家灣那面的人了。田姓人家中，眼下只有田海民夫婦辦了個養魚場。

當然，說起來，田家圪塄還有一個從事非農業生產的人。這人就是神漢劉玉升。劉玉升那一套裝神弄鬼的把戲越來越吃香，全家人不愁吃不愁穿，光景過得綠格茵茵。去年冬天，這位神漢竟然買回來一台黑白電視機——這是全村第一台電視機，當時引起了東拉河兩岸人家的轟動。只是電視買回來後，有人指出，本村沒有電。劉玉升這才不得不又把這台電視機轉賣了。前不久，他還帶了一個徒弟。這徒弟是原一隊會計田平娃。田平娃小學畢業，有點文化，因此「學」起來相當快，已經跟着師傅出馬「治病」了。據有人說，在看「痲衣相」方面，平娃比他的「教父」都要高出一籌……

除過孫少安的磚場，雙水村眼下最矚目的賺錢生意就是田海民夫婦的養魚場了。精明的小兩口按「書上說的」養魚，事業發展極快，從去年夏天就開始大量向原西縣城賣魚。一斤魚兩塊錢，那收入也夠他媽叫人眼紅了！

今年，他們又按「書上說的」，在所有魚池裏搞了增氧機，每畝水平均增加了一千多尾魚。

入夏以來，這家人進入了黃金季節。每過幾天，海民就把大量的鮮魚運到了原西縣城。有時候，縣上甚至黃原的一些單位，都親自開着車來村裏買魚。

海民夫婦除過撈魚臨時僱幾個人外，平時就他們倆自己經管。他們給魚池撒麥麩，撒草葉，撒大糞，撒煮熟的玉米瓣，活路相當緊張。再緊張他們也不僱人。即使撈魚臨時僱幾個人，也儘量不用本村的。

因為他們連父親和四爸都拒絕入夥，也就不可能再讓村裏其他人沾他們的光。正因為如此，雙水村的人雖然眼紅他們的收入，也佩服他們的本事，但在他們的人緣方面卻頗有微詞。村民們認為他們夫婦既自私，又缺乏同情心。是呀，兩旁世人的死活可以睜眼裝個看不見，怎能連自己的老人都不管呢？看田五田四恓惶成啥了！一個冬天老弟兄倆都穿着開花破棉襖！

雖說都是年輕人，村裏人普遍認為海民夫婦和少安兩口子差遠了。這兩家現在都發了財，但村裏有些窮家薄業的人想借幾個急用錢，誰也不會找海民，而都跑到少安家裏去借；只要少安手頭有，就不會讓任何一個求他的人失望。

實際上，海民和銀花也知道村裏人對他們有看法。銀花根本不管這些外人的指責。她生性就是如此。在她看來，誰有本事，吃香的喝辣的和外人屁不相干！誰沒本事，誰受窮受恓惶，也和他們屁不相干！連她的公公也不例外！她甚至對村民們的攻擊很不理解：我們有錢，是我們自己用勞動和本事賺的，又不是偷的搶的，外人有甚麼權利說三道四？為甚麼有些人自己不為自己想辦法，光想沾別人的光呢？

她這思想也不是完全沒道理。甚至可以說，這是農村新萌發的「現代意識」。只不過，這種意識和中國農村傳統的道德觀念向來都是悖逆的。

海民倒不全像他妻子這樣看事情。他也知道自己活得確實有些自私；同時也為父親和四爸的窮光景而難受和痛苦 —— 他終究是那條根上長出來的根芽。但他畏懼銀花。他不敢公開幫助老人，只是偷着給他們塞幾個零用錢 —— 這點錢還是精明的妻子因偶然的疏忽漏算了的收入。

不過，海民越來越難以忍受村民們對他吝嗇的攻擊了。歸根結底，他要在雙水村這個世界裏生活啊！如果這個環境中的人都對他有了看法，就是賺了錢也活得不暢快！

於是，他一直在盤算着想做點甚麼事，以改變一下眾人對他夫妻倆的不良印象。

當然，重新改變對老人們的態度，讓他們入夥養魚，這根本不可能；銀花會和他鬧個頭破血流。

因為海民急迫地想儘快改變旁人對他們的指責，急中生智，突然靈機一動想：能不能給村裏每家人白送一兩條魚，讓大家嚐嚐新鮮呢？

得，這也許是個好主意！村裏人大都沒有吃過魚，他田海民白送着讓大夥吃個稀罕，也許多少能堵一些眾人的嘴巴。雖然損失一二百斤魚怪心疼的，但這牽扯他們的名聲問題，還是值得的。

晚上睡覺，當他和妻子親熱得正到好處時，便把這主意提出來和她商量。

銀花一聽心裏就很不痛快，但也總不能因此將趴在她肚子上的丈夫掀下去。

趁精明女人這個難得的糊塗機會，田海民又立刻加添了許多甜言蜜語說服她；那話句句聽起來十分中耳，使得銀花覺得損失了的魚不知能換回來多少好處。

銀花「恢復」精明以後，才認定丈夫給村裏人獻這殷勤實在是愚蠢透頂。不過，這是一個硬正女人，答應了的事絕不會再反目不認帳。因為丈夫鬼迷心竅，對此事這樣熱心和執拗，她就得依他。她厲害，但在丈夫那裏也有限度。她從來不衝破這個限度。她滿心熾烈地熱愛海民，絕不至於厲害到蓄意破壞丈夫生活中那點突發的「詩情」。

銀花自有銀花的可愛！

當雙水村的人聽說海民夫婦要白讓他們吃一頓「海味」的時候，不免造成了全村性的轟動。一來海民夫婦突然變得如此大方，讓眾人覺得就像驢頭上長出來兩隻牛角；二來雙水村絕大部分人的確沒吃過這東西，因此都有點莫名的激動。

「哈呀，俗話說山珍海味，這就是海味！過去皇上吃的就是這東西！」有人在加深這件事的神秘性。

和海民夫婦關係較好的幾家人，手裏提着送飯罐，先到了他們的魚池邊。海民和銀花就把剛撈出來的鮮魚，分別給他們的飯罐裏放了幾條。這些人就興致勃勃地回去了。

緊接着，許多人家也都擁到了魚池邊，手裏提着各種盛魚的傢具；盆、罐、桶、鑻，應有盡有；有的還端個黑老碗。今天海民夫婦對人特別仁義友好，滿臉堆着笑，不論誰家來，都一視同仁，分別贈送鯉魚幾條。當然，也有些人家沒來。沒來要魚的人大都是因為不敢吃這面目猙獰的怪物。田四田五不用說，他們無意吃不孝之子施捨的這點「稀罕」！

這一天中午，雙水村大部分人家都吃魚。

完全可以把那條歇後語改成這樣：雙水村人吃魚 —— 頭一回。的確，這個村的大部分人誰也沒吃過這玩藝兒；但又聽說這是「皇上吃的東西」，因此每個人都想享享口福。

怎個往熟做哩？

這實在難倒了許多婆姨！有的女人對這「怪東西」嚇得不敢動刀，只好讓膽大的男人上手；而男人們又幾乎用了殺牛的勇氣來對付這些只會搖搖尾巴的可憐動物。

但不管怎樣，總不會像神漢劉玉升說的那樣，讓魚把人給吃了。至於每家人的吃法，卻大不相同。那真是五花八門：有蒸的，有煮的，有炒的，有炸的，有紅燒的，還有像粗人田福高那樣外面糊上泥巴放在爐灶裏用火灰燒的（受小時候燒着吃麻雀的啟發）；有的竟然不知去魚鱗和挖內臟，裏裏外外一點不剩全都吃了……

午飯過後不久，雙水村突然驚慌地騷動起來。

發生了甚事？

呀，不知有多少人的喉嚨上扎了魚刺！

聽吧，到處都傳來了娃娃的哭聲和大人驚慌失措的喊叫聲！

一時三刻，喉嚨上扎刺的人紛紛擁到了田海民的院子裏，讓他們夫婦看怎麼辦？許多人面帶怒色，對海民大為不滿，似乎他是存心整治大家哩。婆姨和娃娃們因不知這魚刺的深淺，連哭帶叫，一片驚慌，似乎到了世界的末日。田海民的院子剎那間亂得像捅了一棍的馬蜂窩。

和海民一牆之隔的鄰居劉玉升，穿着那件麻繩子大納的破棉襖，也聞訊趕過來。他立在人羣裏一言不發，只是神秘地微笑着，似乎證實他那可怕的預言終於應驗了——哼，我早就說過，那池子裏會養出魚精的！

海民夫婦萬萬沒有想到，他們打算用來籠絡人心的魚，現在卻為他們招致了一片怨罵聲。銀花氣得對頹喪的丈夫痛心疾首地喊叫：「大大呀！誰叫你給眾人騷這楊柳情嘛……」

正在這混亂之時，孫玉亭出現在了大家面前。玉亭看來也剛吃過魚，嘴上都沾着一圈油暈。但玉亭同志的喉嚨沒扎上魚刺。甭奇怪，他是雙水村少數幾個吃過魚的人。他年輕時在太原鋼廠當過幾年工人，多少吃過幾次魚，因此有「經驗」。

玉亭到來之後，立刻對慌亂的人羣說：「大家不要怕！回去喝些老陳醋，喉嚨上的刺就化了！」

啊啊，醋能治這病？

人們就像得了靈丹妙藥，紛紛張着嘴巴跑回家喝醋去了。

儘管醋又把人喝得胃疼肚子疼，但這是「常見病」；重要的是，喉嚨上的魚刺總算被「化」掉了。見多識廣的玉亭同志解救了一村人的危難。

在整個「魚刺事件」過程中，金家灣的金光亮摜爛鞋底子跑遍了東拉河兩岸的家戶。除過劉玉升，對這事最幸災樂禍的就數光亮了。

金光亮對田海民白送魚讓村裏人吃心裏很不是個滋味。他知道，這小子是要抬高自己的聲望哩！除過孫少安，眼下雙水村就是他和田海民世事鬧騰得最紅火，同時也都具有小氣吝嗇的壞名聲。現在，這小子如此破費財產抬高自己，就等於是貶低他金光亮！另外，這不是逼着讓他也把自己的蜂蜜白送給村裏人去開一回洋葷？因此，當他聽說海民得不償失，弄巧成拙，讓許多人喉嚨扎上魚刺的時候，便端着一缸子蜂蜜水，吧咂着嘴一邊喝，一邊串着興奮地看海民鬧出的大笑話。直等到眾人用「玉亭療法」化掉喉嚨上的魚刺後，他才心情舒展地回去撫哺他的「意大利」蜂去了……

不久，雙水村就傳開了田五為兒子編排的第二個「鏈子嘴」——

鯉魚好吃難消化，
魚刺倒把個喉嚨扎。
大人娃娃嘴張開，
哭爹叫媽害了怕。
海民本想落好人，
引得全村一片罵！
幸虧咱玉亭有辦法，
陳醋才把魚刺化……

吃魚事件平息沒幾天，另一件事又使雙水村熱鬧了一陣子。不過，這件事倒霉的卻是金光亮！

這幾乎是造化的安排：正在金光亮為田海民弄巧成拙而幸災樂禍時，厄運突然降臨到了他頭上。

這一天上午十點鐘左右，金光亮正在自己家裏往那隻黑瓷甕裏搖蜜。像往常一樣，每搖淨一片巢脾，惜東西如命的金光亮還忍不住要伸出舌頭，貪婪地想把上面的最後一滴蜜舔掉，結果老是忘了他戴着面罩，常常把自己的舌頭捉弄得空歡喜一場。

當他正搖最後一片巢脾時，猛然感覺外面似乎發生了甚麼事——他聽見一陣颳大風似的嗡嗡聲。

金光亮跑出來一看，頓時傻了眼：只見所有蜂箱裏的蜜蜂都像流水一般在往出湧！院子上空黃漠漠一片——頃刻間，這一片黃雲「嗡」一聲，又颳風似的消失了……

媽呀，這看來不是分羣，而是他的蜂要跑了！

金光亮在危急之中，趕忙在院子裏拉起發洪水時撈河柴的蘆根笊籬，也不管上面糊滿泥巴，就在黑甕甕的蜂蜜裏蘸了一下，大撒腿衝出了院子。

這時候，金俊武的老婆李玉玲正在隔壁院子裏推磨，親眼目睹了金光亮這災難性的一幕。李玉玲早對金光亮的蜂恨之入骨——她認為這些蜂把她院裏院外果樹莊稼上的「養料」都採光了；如果不是丈夫攔擋，她早給莊稼果樹都噴了「六六六」。現在，她突然看見金光亮的蜂跑得一乾二淨，激動得渾身發抖，趕忙叫住了磨道裏的驢，不管一羣雞跳到磨頂上哄搶着吃麥子，也大撒腿跑到了另一個仇視金光亮的人——光亮弟媳婦馬來花的院子裏。李玉玲強壓住興奮，但仍然激動得聲音都變了調，對來花說：「老天爺作怪哩，三錘家的蜂猛然價都跑了……」

正在洗茶飯碗的馬來花一聽她大哥家的蜂都跑了，雙手在腿膝蓋上一拍，高興得大聲喊叫說：「老天爺咋睜眼了啊！」

兩個婦女丟下各自正在幹的活，在金家灣上下院子裏傳播這消息。不一會，連田家圪塄那面的人也都知道了。

這時候，金光亮悲壯地舉着那個蘸了蜂蜜的蘆根笊籬，正連喊帶哭在東拉河灣裏暈頭轉向地尋找棄家而逃的寶貝蜂。有幾個小孩立刻跑來告訴他：蜂已經在廟坪的一棵老棗樹上挽成了一個大疙瘩！

金光亮一聽蜂有了着落，竟咧大嘴巴哭開了 —— 這蜂是他的財神爺啊！

光亮像揭竿而起的義勇軍挺舉着撈河柴的笊籬，一路哭着趕到廟坪。東拉河左右兩岸聞訊而來的大人娃娃，也紛紛奔跑着從四面八方趕去看這稀奇事。

光亮跑到那棵老棗樹下，果真見那蜜蜂團成幾顆大疙瘩吊在粗壯的樹幹上。他在一羣人的圍觀下，不顧體面地繼續哭叫，同時把那笊籬舉在蜂團下面，嗚咽着反覆唸那幾句招蜂的口歌 ——

蜂，蜂，上笊籬，
家裏給你蓋廟哩……

儘管他虔誠地拉着哭調唸這口歌，但沒有一隻蜂上笊籬。幾分鐘之後，又聽見「嗡」一聲，蜂團解體，剎那間就飛得一個不剩，再也找不見了蹤影。有人看見，蜂羣過了哭咽河，一直飛到神仙山後面去了。

絕望的金光亮一屁股坐在老棗樹下，雙拳捶地，放開聲嚎了起來……

當天，村裏又傳開了田五的另一段「鏈子嘴」——

如今世事不一般，
怪事接二又連三。
海民的魚刺扎喉嚨，
光亮的蜜蜂又跑完！

但是，對於金光亮來說，他的災難還沒有完。兩天以後，趁他倒霉之機，弟媳婦馬來花又把他在支書田福堂那裏告下了！

第六十九章

田福堂的狀況，還像我們上次看到的那樣，沒有甚麼改觀。咳嗽氣喘成了「家常便飯」；身板乾瘦，臉色灰暗，絡腮鬍子黑森森圍了一圈。

滿年四季，只要有陽光，白天大部分時間他都照舊蜷曲在院牆外那個破碾盤上。我們再也見不到當年那個叱咤風雲、咄咄逼人的田福堂了；我們現在看到的是一個被命運打倒在地的老人。如果我們在某個地方遇見這樣一個老頭，我們肯定會產生惻隱之心，同情和憐憫這不幸的人。

唉，身體垮了，兒女的婚事又是那麼叫人不順心，他田福堂在這世界上活得還有甚麼樂趣？

想不通啊！過去毛主席講的革命道理他一下子就理解了，但他現在卻怎麼也理解不了自己兒女的所作所為。

女兒潤葉先前不和女婿一塊生活，他理解不了；後來女婿斷了雙腿，成了終身殘廢，她偏偏又和他生活在一塊，他也理解不了。更叫他難以理解的是，死小子潤生丟下他老兩口，竟然攆到外縣農村，和那個拉扯着前夫孩子的寡婦結婚了……

他理解不了歸他理解不了，現在生米都做成了熟飯，他這個為老人的又有甚麼辦法！

不過，外人並不了解，最近一些日子，田福堂在無限的酸楚之中，心頭似乎多少產生了一點溫熱之情。女兒和兒子先後給他們來了信，說身邊都有了孩子。女兒生了個男孩，兒子添了個女孩。噢，不論怎說，一絲欣慰之感油然而生。他田福堂有了孫子？這可終究是田家的骨血啊！

為此，他老兩口不由心熱地哭了一鼻子。老伴提出，讓他到兒子和女兒那裏走一趟，看看他們的小孫孫。同時，她還小心翼翼試探着問他：能不能把潤生一家人接回雙水村來？他當時儘管沒言傳，心也不由一動。當然，所有這些也許還得要過段時間，讓他把自己的彆扭情緒理一理再說。去女兒那裏問題不大。雖說向前成了殘廢，可他和女婿在感情上一直好着哩。腿砸斷不由人啊，正如他的肺氣腫一樣。現在，他只不過為女兒一輩子的不幸命運感到難過罷了。但他無法原諒潤生。啊，不孝之子！哪裏找不下個媳婦，為甚麼偏偏和一個寡婦結婚呢？再說，這女人還帶着前夫的娃娃，成分也不好！

可是，想來想去，兒子還是自己的，並且就有這麼一個兒子，他親他。而今，他和老伴都老了，身邊沒個人照料，日子也難過。唉，也許潤生他媽說得對。不論他們怎樣反對這門親事，可現在既然豆蔓子纏到了玉米稈上，他最終不得不承認這個他不願承認的事實……

田福堂一整天蜷曲在那個破碾盤上，一邊合住眼曬太陽，一邊在心裏反反覆覆盤算兒女們的事。至於村中大大小小的「工作」，一般他都推給金俊山去處理了。現在這村裏還有甚麼正經工作可做？都是些民事糾紛！讓不嫌麻煩的金俊山和愛管閒事的孫玉亭這些人調解去吧！

當然，即使這樣，一把手的職位他可絕不會讓給別人。某種程度上，他現在就靠這個徒有其名的職務和「止咳片」來維持生存的。有兩件東西從不離他身：藥瓶子和拴在羊毛褲帶上的原大隊部門上的鑰匙。另外，本村權力的象徵——大隊黨支部的章子，也鎖在他家放錢的小木匣裏。

田福堂雖然常不出去，一整天躺在自家院牆外的破碾盤上，但實際上仍然嚴密地關注着村中發生的每一件事。他的消息也特別靈通。只要村中有個甚麼事，總會有人及時到這個破碾盤前向他通報或傳播。雙水村這盤棋他是熟悉的；他推演這盤棋的智慧足可以和詭詐的古拜占庭人相比！是呀，村裏哪個人他不知底？有些事的內涵和外延，他睡在這裏也能品見哩；甚至某個時間裏誰心中想些甚麼，他也可以猜個十之八九！

這幾天海民兩口子引起的「吃魚事件」和金光亮的「意大利」蜂跑得一個不剩，他都在事發的當天就知道了。這些事只能讓他竊笑。他尤其對金光亮的蜂跑得乾乾淨淨而感到一種特別的快意。這幾年，仗着新政策，前地主的大兒子就好像「翻了身」似的，氣焰十分張狂，據說經常在村中的「閒話中心」罵他田福堂。哼，在階級鬥爭那些年裏，他裝得像一隻鱉！因此，當他聽田福高說金光亮因蜂跑掉而急得坐在廟坪的棗樹下嚎哭時，忍不住一邊咳嗽，一邊「嘿嘿」地笑了……

就在金光亮的「意大利」蜂跑掉的第二天，他弟媳婦馬來花來到這個破礙盤前，高喉嚨大嗓門告狀說，金光亮在廟坪自家的棗樹邊上又栽了許多泡桐樹；這些泡桐樹的根都扎在了他們的棗樹下，使他們的棗樹失掉了養料，今年樹上的棗子結的稀稀拉拉，比別人家至少要少收三分之一。她強烈要求田福堂處理這事；說如果他不處理，她就天天到這個礙盤前來讓他不得安生！

以前所有來告狀的人，田福堂都推說他有病，讓他們找金俊山或孫玉亭去。但今天是馬來花告金光亮，田福堂不免心中一動。這也許是給金光亮一點顏色的好機會！他早就想對這個搞「階級報復」的人反報復一下了，只是找不到個合適茬口。現在好！這是他弟媳婦告他，拾掇他個啞巴吃黃連！這不是他田福堂搞反報復！這是他們自家人告他哩！

田福堂這樣想的時候，就對辣女人馬來花和顏悅色地說：「你反映的情況我知道了。這要會議上處理，我田福堂一個人處理不了。你先回去。要是會議處理不了，你再鬧也不遲嘛！村裏解決不了，你不會到石圪節鄉上去？好，就這樣。你路過給玉亭捎個話，叫他到我這裏來一下……」

馬來花走後不久，得到口信的孫玉亭就一路小跑着來了。他好長時間都沒有得到過福堂的召喚，因此情緒異常地激動，直跑得人還未到，一隻爛鞋就飛到了田福堂的面前。玉亭來到破礙盤前，把那隻先到的鞋重新拖拉到光腳上，問：「甚麼事？」

田福堂等一陣咳嗽過後，才說了馬來花告金光亮的事。

「嗨，村裏這種事太多了！如今吃是吃好了，但問題也越來越多了。許多糾紛一直擱着沒解決……」孫玉亭圪蹴在田福堂對面，大為感歎地說。

「我想咱們開個支部會，對有些事總得做個處理。咱們大概一兩年都沒開個支部會了……」

孫玉亭一聽說要開會，興奮得一下子從地上站起來。啊啊，他已經開罷會很久了，甚至對開會都有點想念哩！

孫玉亭興奮之餘，也有點驚訝：超脫了幾年的支書為甚麼突然心血來潮，對工作積極了起來？是不是他有了「內部消息」，政策要轉變呀？

可能哩！他弟弟已經成了省上的大官，說不定寫信給他透露了些甚麼！

田福堂當即從褲帶上解下大隊部公窰門上的鑰匙，交給孫玉亭，說：「你把會議室收拾一下，再給俊山、俊武和海民通知到，叫他們晚上來開支部會。」

「要不要擴大一下？」

「不了！這是我們黨的會議嘛！」田福堂斷然否定了玉亭的意見。

福堂知道，擴大一下，就把孫少安也「擴大」進來了。在這些「政治問題」上，他依然透徹的精明。說實話，在雙水村只有孫少安才使他感到了一種真正的威脅。尤其是眼下，這小子已經成了雙水村頭號財主，而且鄉上縣上都有了名氣。他田福堂雖然再折不斷這小子的翅膀，但在他的權力範圍內，能排斥他的地方，他絕不會放過；哪怕給他製造一點小小的不滿足呢！哼，你小子有錢有名，可村子裏的事你連毛也沾不上一根！我們開黨支部會議，你小子和社員（他習慣這個稱呼）一樣，站到圈外去吧！

孫玉亭也不在乎擴大不擴大——反正他能參加上哩！

儘管到了農忙季節，地裏有一大堆活，但孫玉亭下午不再出山去了。他拿了原大隊部公窰門上的鑰匙，匆忙地來打掃這個多年封門閉戶的地方。

玉亭情緒激動地打開公窰門，臉卻一沉。他在公窰積滿塵土的腳地上呆立了片刻，實在有點心酸。他看見，往年這個紅火熱鬧的地方，現在一片淒涼冷清。地上炕上都蒙着一層灰土，牆上那些農業學大寨運動中上級獎勵的錦旗，灰塵蒙的連字也看不清楚了。後窰掌間或還有老鼠結隊而行。

孫玉亭發了一會楞怔，頭上像婦女一樣反包起毛巾，便開始打掃這間公窰。

忙了幾乎一個下午，辦公窰終於被玉亭重新收拾得一乾二淨。地上，炕上，還有那個小炕桌，都被他弄得清清爽爽；牆上的錦旗揩抹了灰塵，又滿目光彩。說實話，玉亭在自己家裏幹活也沒這麼賣力。他是充滿感情在做這無償的營生；他在此間獲得的是精神上的滿足！

傍晚，當他給其他幾位黨支部成員通知了開會的消息後，又趕回公窰用破報紙團蘸着口水擦了煤油燈的玻璃罩子。燈罩擦淨後，他才發現燈壺裏連一滴煤油也沒有了。公而忘私的玉亭決定拿回家把自家那點不多的煤油灌上一燈壺。

天一擦黑，玉亭趕回家胡亂吃喝了一點，又給公家的燈壺裏灌滿了自家的煤油，就拖拉起爛鞋，興致勃勃趕到公窰裏。

他當然是第一個到會的人。

他把煤油燈點亮，放在小炕桌上，就專等其他四個人的到來。

支書田福堂，副支書金俊山，另外兩個支委金俊武和田海民，都先後來到了這個他們已經久違了的地方。

五個人湊到一起，都感到怪新奇的。大家一時有點反應不過來：怎麼？他們又開會了？

是呀，他們對開會都有點陌生了！現在，相互間就好像久別的熟人，不由一個看一個。除過田福堂，所有人身上的勞動痕跡都加重了，臉也比過去曬黑了許多。

由於多時沒在一塊，五個人氣氛倒很融洽。大家先說閒話。主要是說前不久的「吃魚事件」和「跑蜂事件」。由於海民在場，「吃魚事件」說得少一些，集中說笑金光亮的「意大利」蜂逃跑一事。金俊武開玩笑說：「那蜂可能是想了老家，跑回意大利去了！據說那是個資本主義國家，生活比咱們這裏好！」這話惹得大家哄笑起來。田福堂拿出了一盒「大前門」紙煙，扔在炕桌上，讓大家隨便抽。這盒煙是兩年前買回來的。一年前孫少安的磚場倒塌後，田福堂啟開破例抽了一支，就一直在小櫃裏擱着未動。

在黨支部的成員們開會的時候，公窰窗戶上亮起的燈光卻讓全村人為之震動。

出了甚麼事？那地方可是好幾年沒亮過燈光了！是不是像已故田二所說，世事又要變了？分開的土地是不是又要合起來，重新辦大集體？哈呀，完全有可能哩！據有人看見，孫玉亭一個下午激動得跑裏跑出，在清掃那個公窰；而且把農業學大寨時的錦旗都拿到院子裏曬了太陽……

在雙水村普通人疑慮地紛紛議論的時候，公窰裏的支部會正開到了熱鬧處。

田福堂給眾人敘述了「案由」以後，感慨地說：「過去集體時，哪會出現這樣的事！棗樹是集體的，由隊裏統一就管理了。如今手勤的人還精心撫哺，懶人連樹幹上的老幹皮也不刮。據說每家都拿草繩子把自己的樹都圈起來了。這是為甚？難道怕樹跑到別人地裏？人都自私得發了昏！」

「就那也不頂事。樹枝子在空中摻到了一起，這幾年打棗糾紛最多，一個說把一個的打了。另外，都想在八月十五前後兩天打棗，結果棗在地上又混到了一塊，揀不分明。光去年為這些事就打破了四顆人頭……」金俊山補充說。

「唉，回想當年的打棗節，全村人一塊就像過年一樣高興！」田福堂感歎不止地說。

「棗堆上都插着紅旗哩……」孫玉亭閉住眼睛，忘情地回憶說。

「說這些頂球哩！現在看金光亮的泡桐樹怎處理呀？」金俊武打斷了那兩個人對「革命歲月」的美好回憶。

大家這才又進入了正題。

孫玉亭說：「如果是過去的話，一繩子把這個地主的孝子賢孫捆起來！」

「你就說現在吧！」田海民插嘴說。

「現在……」孫玉亭想了一下，「現在人家外面都興罰款……」

「對，好辦法！咱們也按改革來，罰款！限他金光亮十天時間刨泡桐樹；如果不刨，一棵樹一年罰十五塊！」田福堂像當年一樣有氣派地說。說完後猛烈地咳嗽了一陣。

大家看再也沒甚麼好辦法，便一致同意用罰款的形式強迫金光亮刨樹。不處理也的確不行！如果都在自家的棗樹旁栽泡桐，過不了幾年，整個廟坪的棗林就要毀了；而這片棗林是雙水村的風光之地，人人在感情上都不能割捨。

處罰金光亮的事定下來之後，副支書金俊山順便提起了孫玉厚在分給個人的責任田裏栽樹的問題。他婉言對玉亭說：「你回去勸勸你哥，他有的是栽樹地方，栽到責任田裏，這以後是誰的？」

「世事一變，都是公家的！叫栽去！」田福堂沉下蒼白的病容臉，心懷不滿地說。

大家因為玉亭在場，沒再對此事發表意見。

金俊山又提起另一件事，說：「這兩年我最頭疼的是新建家的人窰頂上面留水溝的問題。過去都是集體的地，水溝走哪裏都行。而現在地分到個人手裏，誰也不願讓別人家的水溝走自己地裏。可有些水溝不經另外人的地，就只能讓山水在自己窰面子上往下流……福堂，你看這有個甚麼辦法可以解決？」

「過去這些事還要咱兩個管哩？玉亭就解決了！現在咱不管！讓他們到石圪節鄉上打官司去！」田福堂怨氣十足地說。

「還有哩！」田海民補充說，「現在有人把墳往水地裏扎……」

大家都知道海民說的「有人」是指他的鄰居劉玉升。劉玉升根據神的「指示」，說他父母的老墳地風水不好，新近便挪到了分給他的川道水地裏。而村裏曾有過決定，墳地一律不能佔水地。海民對住在自家隔壁的神漢成見很深，藉機提出了這問題。

但大家都沒言傳。一般說來，這些世俗領袖都不願惹那位神鬼的代言人。即使他們不信神鬼，但他們的家屬或親戚都不同程度有迷信思想……

除過金光亮的「泡桐樹問題」，看來其他事雖然提出來了，也只能不了了之。

最後，孫玉亭提出了他女婿金強要地盤子新建窰洞的「議案」。玉亭此刻私而忘公，提出了田家圪嶗這面一塊人人垂涎的好地皮；其理由是他沒兒，老了要靠女婿，兩家住近一些，好照顧他們。

沒有任何一個人反對玉亭提出的要求——儘管按各種條件論，這塊好地盤怎麼也輪不到金強！大家不反對的原因既複雜又簡單。除過玉亭本人，田福堂不會反對玉亭；玉亭終究是「他的人」。金俊武更不會反對，因為金強是他的親姪兒。自從孫玉亭的女兒衛紅和他的姪子金強聯姻後，金俊武就不可能再和孫玉亭過不去了。至於當年玉亭和他弟媳王彩娥的「麻糊事件」，也早已煙消雲散；那個風騷女人幾年前就改嫁，成了純粹的外人，而玉亭現在卻成了他的親戚！

在金強的地盤子問題上，金俊武、孫玉亭和田福堂都心照不宣地站到了一塊。金俊山和田海民怎麼可能向這個強大的臨時聯盟挑戰呢？

瞧，中國農村的政治已經「發達」到了何種程度！

這個多年來的支部會哩哩啦啦一直開到雞叫二遍才結束。令人驚訝的是，其他人都熬得打起了哈欠，而福堂同志自始至終精神飽滿！

是的，通過這個會，給了田福堂一點小小的精神刺激，使他幾年來的頹喪情緒神奇地得到了改觀……

會後不久的一天，田福堂竟然回心轉意，真的決定動身去看望自己的女兒和兒子。是啊，說心裏話，幾年來，他急是急，氣是氣，但夢裏都在想念自己的兒女。再說，現在又有了孫女和外孫子，他急切地盼望能很快見到這兩個親親的親骨肉！

老伴一聽說丈夫要出門去看望兒女，高興得一邊抹眼淚，一邊用發抖的手為他準備上路的行囊 —— 主要是為兩個小孫子打鬧禮物。

田福堂準備先到黃原去看女兒。他擔心弟弟調到省裏去當官後，他女兒在黃原就失去了靠山。當然，還有她公公李登雲哩。但他親家是個衛生局長，不掌甚麼大權！

他打算在看完女兒返回的途中，再去看兒子。至於是不是要把潤生一家人接回雙水村，他還沒有拿定主意，只能等他到那個陌生的外縣村莊見了他們再說……

在金光亮撅着屁股，一臉哭喪用钁頭在廟坪刨他命根子一樣的泡桐樹的時候，田福堂就暫時告別了那個破碾盤，咳嗽氣喘地在村中上了長途公共汽車，動身到外地看望他的兒子和女兒去了。

第七十章

潤葉在四月上旬順利地生下一個兒子。

三十一歲生頭胎孩子，往往是令人擔心的。臨產前四五天，婆婆劉志英就堅持讓她住進了自己任黨委書記的黃原市醫院。婦產科最好的大夫已經做好了剖腹產的準備，結果孩子卻順利地自然出生了。

孩子取名「樂樂」，官名李樂。

樂樂的出生確實樂壞了這家人。母子從醫院回家後，向前高興得哭一陣又笑一陣。李登雲和劉志英更不用說，他們不僅僱了保姆，而且兩口子都失去了上班的熱情，在整個月子裏輪流幫保姆侍候小孫子和兒媳婦。向前滿懷激情，以輪椅代步，一天忙着親手做六七頓飯。

兒子的出生，使潤葉真正體驗到了一種更為豐富和深刻的人生內涵。一個過了三十歲的女人，第一次做了母親，那心情完全可以想得來。

現在，她已經上班了。再有一個星期，樂樂就過「百日」。

去年秋末，潤葉由原來的少兒部長提成了團地委副書記，因為工作責任重大，也更繁忙了。她主要還是管少兒部和文體方面的工作，經常要組織一些學生職工的娛樂活動和體育比賽。

關於她的提拔，社會上也有一些攻擊性的傳言，說她是她二爸調到省上後，逼着讓黃原地委提拔的。另一種傳言是，地委有人為了討好升遷的田福軍，便提拔了他的姪女。前一種說法顯然是惡意製造的謠言。至於是否有人為了討好田福軍而在提拔她的問題上「做了工作」，我們就不得而知了。但願不是這樣。

不管怎樣，對田潤葉來說，她在生活和工作中都面臨新的考驗。

她要照顧孩子，還要照顧殘廢的丈夫；新的職務又要求她在工作中投入更多的精力。團的工作特點是社會性強，她得經常離開機關，到外面去活動。

好在孩子的許多事不要她過分操心。丈夫、公公和婆婆，加上保姆，四個人相幫着撫哺。公公和婆婆把樂樂像命根子一樣看待，孩子正常哭幾聲，婆婆就趕忙把醫生叫到了家裏——反正她管着一羣醫生！

潤葉基本沒有奶汁，因此不必經常跑回家給孩子餵奶。公公和婆婆為了照顧兒子和孫子，已經把宿舍調整到了他們單位下面的二樓上。白天，孩子就經常在他們家——因為那裏房屋寬敞，條件也好一些。只有晚上，潤葉才把孩子接回自己家。

雖然丈夫是個殘廢，但潤葉現在對這個家感到很滿足。全家人都愛孩子，也愛她，儘量減輕她在家裏的負擔，使她能集中精力搞好自己的工作。

現在，我們的潤葉心情像湖水一般平靜。生孩子以後，她變得豐滿起來，臉頰上又出現了少女時期的紅潤。因為她的工作是和青少年打交道，所以衣服穿着也不像一般搞行政工作的女幹部那樣刻板規正。她穿的通常都是那種流行的較為自由的式樣，但又給人一種高雅的樸素感。

對一個女人來說，這是一個最富魅力的年齡。花朵是美麗的，可成熟的果實更讓人喜愛。年輕漂亮的團地委副書記出現在公眾面前，許多男人都不由得對她行「注目禮」。當人們又知道這樣一位出色的女人，丈夫竟然斷了雙腿，整天靠輪椅生活的時候，不免大吃一驚，表現出一副難以理解或不可思議的樣子。其中有幾個自認為出類拔萃的年輕中層領導，曾先後試圖替她彌補個人生活的「不幸」，結果發現不幸的是他們自己。當然，田潤葉已經是個成熟和具備一定文化素養的女性，她不會極端地對待這些男人們的「好意」；通常微笑着用幾句尖酸的話使這些「同志」羞愧地退開了。

不！如果她的丈夫是個健康而強大的人，他們感情不和而又不得不生活在一起，那麼，她田潤葉也許會尋找另外的感情——作為生活在眼下時代的青年，儘管她還是個甚麼團地委副書記，但她理解別人類似的感情。她不能同意上一代人對此類感情抱有的那種絕對的譴責態度。當然，她也不贊成她的好朋友杜麗麗的做法。至於她自己，情況和別人不大相同。她現在對自己的丈夫有一種深厚的憐愛的感情；不僅有妻子對丈夫的感情，而且還有一種母親對孩子的感情。

唉，他已經那樣不幸，又那樣熱愛她；她如果做出某種對不起他的事，首先自己的良心就無法忍受。最終受傷害嚴重的也許不是向前，而是她自己。真的，如果是那樣，她怎能再忍心面對他兒童一樣善良和純真的笑容呢？這將不僅是妻子對丈夫的殘忍，而是母親對自己孩子的殘忍。

他不能不讓人心痛啊！每次下班以後，她一進門，總是看見他把飯菜做好用碗扣在桌子上，自己坐在輪椅裏靜靜地等她。他見她回來，確實像孩子盼回了母親，高興得用舌頭舔着嘴唇，跌跤馬趴地張羅着為她添湯夾菜。好多情況下，她都忍不住想流淚——這很難說是因為幸福，而是一種深深的人生的感動。人啊！很難僅僅用男歡女悅來說明我們生命大地的富饒與貧瘠……

這是七月裏一個細雨濛濛的下午，田潤葉匆匆地走過水跡斑斑的南大街，往家裏趕去。本來是星期天，但市上舉行「青少年宮」落成典禮，她不去出席不行。

拐進家屬區時，她的外衣都淋濕了，兩隻布鞋也糊滿了泥漿。她沒帶任何雨具；因為離家時，天雖然陰着，但沒有落雨的跡象。

她本來想順路到二樓婆婆家看看兒子，但渾身水淋淋的，只好先回三樓自己家去換衣服和鞋襪。

保姆和孩子都在下面，家裏只有向前一個人。不過，她進門後，見通往客廳的門閉着，聽裏面向前不知在鼓弄甚麼，叮叮咣咣的。潤葉因急着換衣服，也沒看他幹甚麼——丈夫閒着沒事，經常搜尋着做點零碎活；有時把還能用的東西都「修理」得不能用了。讓他幹去！他閒呆着也實在是寂寞。

她進了臥室，扒掉身上的濕衣服，從大立櫃中拉出另外的一身換上。這時，她聽見那邊叮叮咣咣的聲音停止了；他顯然已經知道她回到了家裏。

潤葉換好衣服，把頭髮用乾毛巾擦了擦，就彎腰在牀下面尋一雙布鞋，以便換掉腳上又髒又濕的那雙。

但她卻怎麼也找不到她要找的那雙舊鞋。

奇怪！哪兒去了呢？其他人一般從不進他們的臥室，鞋怎能不翼而飛？是保姆拿去賣給了收破爛的老頭？這不可能！保姆是個很規矩的農村姑娘，不會幹這種事。

潤葉又在牀下仔細翻攪了半天。她這才發覺，不僅那雙鞋沒有了，她的另外幾雙鞋和向前的許多鞋也沒有了。她一剎那間緊張地想，是不是家裏進來過小偷？但很快又否定了這種想法——新鞋一雙沒少，賊娃子偷那些舊鞋幹啥？再說，向前一整天都不離家，小偷怎能進家來呢！

正在疑惑之時，她看見向前坐着輪椅從客廳那邊拐過來，停在臥室的門口，舌頭舔着嘴唇，很不自然地看着她，臉上甚至有一種抱愧的神色。

怎麼啦？她也停止了找鞋，不解地看着丈夫。

「你先把膠鞋換上，那雙鞋……」向前吞吞吐吐說。

「怎麼啦？」她開口問。

「那雙鞋……讓我拆開了……還沒弄好。」向前仍然有點咄訥。

「拆開幹啥？」潤葉越來越莫名其妙。

向前低傾下頭，說：「我想學着釘鞋，因此……」

「釘……鞋？」潤葉還是反應不過來丈夫究竟是怎麼了。

「嗯……我讓過去一個開車的朋友捎着買了一套釘鞋工具。」

「咱們就那麼幾雙鞋，破了再買新的，何必專門買個工具釘呢！」

「不是釘咱們的鞋。我準備學會釘鞋後，辦個營業執照，到街上去做這營生……」

啊啊，原來是這樣！

潤葉這才恍然大悟。她走過來，手托在丈夫輪椅的扶手上，驚訝地看着他，問：「你這是為甚麼？」

向前仍然低垂着頭，說：「自咱們的樂樂出生後，我感到幸福，又感到痛苦。幸福在於我有了兒子。我想不到自己成了這個樣子，還會有這麼大的福氣……

「可是我心裏又太痛苦了，我是這樣一個廢物父親！葉，一個不能養活自己孩子的父親，有甚麼臉面對孩子？有甚麼臉活在這世上？再說，我父母親總有一天會離開人世間，到時，怎麼能讓你一個人養活我和孩子呢？想到這些，我的心就像錐扎一般！

「因此，我盤算來盤算去，總得要學着做個甚麼，賺點錢，也減輕你的一些負擔。我尋思，其他活我幹不成，但釘鞋主要靠兩隻手而不需要動腿；我的兩隻手勁大着哩，這你也知道……所以我瞞着你和父母，捎着讓人買了釘鞋工具，在家裏先練着……」

潤葉蹲在他面前，兩隻手搭在他的斷腿上，靜靜地聽他說。她看見，丈夫說話的時候，眼裏噙着淚水。

「你不要這樣，」她說，「到任何時候，我都能養活了你和孩子。你現在身體不行，能幫我料理點家務就蠻好了。」

「我知道，你和我父母親都不願我去幹這營生！你們都是領導人，有身份的人，而我卻蹲在街頭當個釘鞋匠，會給你們丟臉的……可是，我再幹不了其他活哇！葉，讓我一輩子這樣閒呆着，還不如讓我一死了事！」向前的臉在劇烈地抽搐着，轉向了一邊。

潤葉被他的痛苦深深觸動了。她完全能理解丈夫的心情。他感到這樣活着是一種屈辱。他是個男人，不勞動而靠老婆養活，便失去了活人的尊嚴。是的，尊嚴。只有勞動才能使人尊嚴地活着啊！

她應該支持他？

還用說嗎？當然應該支持！這勞動對他來說，已不僅是一般意義上的生存需要，而是在體現一個人生命的價值！

她溫柔地把自己的手放在他的手上，說：「我現在完全明白了你的想法。我支持你！至於去釘鞋，這又有甚麼丟人的呢？這是勞動。任何勞動都會受人尊重。只有四肢健全而不勞動的人才是丟臉的。你肢體不全還去幹活，誰都知道這不容易。你放心，沒人笑話你！只不過，你先試試；不行了，你可千萬不要硬撐。啊？」

向前抬起頭來，感激地將淚水斑斑的臉頰緊貼在妻子的手臂上。親人，我的親人！別說因為愛你而失去了雙腿，就是獻出我的生命也心甘情願！

過了一會，他才憂心忡忡地說：「就怕爸爸和媽媽不同意我去幹這營生。」

她用手攏了攏他額前的頭髮，說：「別擔心，我給他們做工作……」

這時候，她站起來，說：「走，讓我看看你把我那雙鞋破壞成啥樣了！」

向前抬起頭不好意思地笑了，說：「你要是遲回來十分鐘，我就會把你的鞋重新釘好的。」

於是，潤葉推着丈夫，來到了客廳。

向前趕快在一個小櫃後面拉出了他的「百寶箱」。

潤葉看見，臥室牀下所「丟失」了的鞋都在這裏。有她的，也有他的。有些完好無缺的鞋被丈夫拆成一爛包；有些拆爛的鞋又被他重新釘綴了起來。她剛才要尋找的那雙灰顏色的布鞋，一隻顯然拆爛後已經釘好，另一隻鞋頭部分只有不大一點小口了。她這才想起，她剛進門時聽見這裏有叮叮咣咣的聲音——原來他不再是修理其他東西，而是在學着釘鞋哩！

潤葉不免饒有興致地拉了把小凳坐在丈夫面前，說：「你釘，叫我看看你手藝怎樣了！」

向前立刻擺開架勢，操起工具，開始為妻子「表演」。他兩隻手有力而靈巧，已經蠻像個熟練的釘鞋匠了！不過，由於在妻子的注目下操作，顯得有些緊張，錐子好幾次險乎戳在指頭蛋上！

潤葉看着，一直忍不住笑。這不是為他的窘態失笑，而是她真的感到高興。那雙長期轉方向盤而磨練出來的手，是那樣充滿活力和機巧！他現在就可以說是個出色的釘鞋匠了！

還不到十分鐘，那隻鞋就釘好了。

向前把鞋遞給她，舌頭舔了舔嘴脣，不好意思地說：「你試試，看甚麼地方不合適？」

潤葉把腳上的泥鞋脫掉，穿上了那雙被「釘好」的灰布鞋，站起走了幾步，高興地說：「和原來一樣合腳！」

有甚麼能比得上妻子的誇獎更令他興奮呢？

幾天以後，潤葉就把向前要去釘鞋的打算，給公公和婆婆說了。

李登雲和劉志英都驚得張大嘴巴。他們當然馬上就表示了反對的態度。

「家裏又不是沒錢花嘛！我和你爸除過你們，這輩子還有甚麼牽掛！只要你們需要，你們就儘量花，何必……」劉志英着急地對兒媳婦說。

「不是錢的問題……」潤葉說。

「那是？」李登雲瞪大了眼睛。

潤葉接着就給兩個老人講了許多道理。雖然局長書記都是一輩子「說道理」的人，但有些道理他們原先未必就懂。經兒媳婦一番開導，才使他們接受了一些有關生活的「新思維」。

既然兒媳婦這樣在「理論上」和「實踐上」支持兒子去當釘鞋匠，登雲夫婦儘管心裏仍然有些「那個」，最後也都勉強同意了。唉，是呀，對他們來說，仍然還存在個「面子」問題，但只要兒媳婦樂意，他們還再能說甚麼呢？

潤葉立刻親自出馬，為丈夫辦好了營業執照。按市工商局市場管理規定，鞋匠一律要在二道街熟食攤對面營業。向前在家做各種準備，潤葉又跑着為他「買」了個幹活的地皮和一個按市容要求而特製的鐵框閣；鐵框閣掛上一些醒目的紅布條以及寫着「李記釘鞋鋪」的招牌……

這其間，武惠良曾匆匆到他們家來過一次。地委已決定調他去潤葉和向前的家鄉原西縣去任縣委書記。前團地委書記是來向他們夫婦告別的。惠良已和麗麗辦了離婚手續。這對當年的恩愛夫妻終於在時代的大潮中分手了。他們的分手是友好的；因為迄今為止，他們實際上仍然存在着相愛的感情。關於他們各自未來的個人生活安排，現在還很難預測。杜麗麗聲稱，她一輩子準備過獨身生活。她舉例說，當代中國許多著名女作家都離了婚過獨身生活，這有利於創作事業。她和省上「第五代」詩人古風鈴的關係依然照舊；儘管見面不多，但兩地書不斷。

武惠良正是因為家庭關係破裂，才主動要求到下面去工作的——他要離開這傷心之地。他將是黃原地區最年輕的縣委書記。最近，據說他讀了許多書。他肯定還是一個前程遠大的青年。青年，青年！無論受怎樣的挫折和打擊，都要咬着牙關挺住，因為你們完全有機會重建生活；只要不灰心喪氣，每一次挫折就只不過是通往新境界的一塊普通的絆腳石，而絕不會置人於死命。人啊，忍、韌、仁……

潤葉最少在近幾天抽不出時間去看望與丈夫離異的麗麗，因為她要忙着讓自己的丈夫「出山」。

一切手續就緒以後，李向前就在二道街重新「就業」了。他旁邊是其他十幾位釘鞋匠——這將是他以後生活中主要的競爭對手。他斜對面就是詩人賈冰的老婆賣羊雜碎的小飯鋪。由於妻子和賈冰是熟人，向前和賈冰的老婆也很快熟悉了；顧客不多的時候，這兩個個體戶生意人還隔街拉呱家常話哩！

早晨，向前是自己坐着輪椅去「上班」的；他的釘鞋工具通常都寄存在賈冰老婆的飯鋪裏。

傍晚，每當下班的賈冰來到對面幫老婆賣羊雜碎的時候，他的潤葉也會準時來到這裏——她是來接他回家的。

她把他的釘鞋工具寄存在對面的飯鋪，然後就扶他坐上輪椅。她推着他，走過了熙熙攘攘的人羣，走過了夕陽輝映的橘紅色的大街……

第七十一章

近一年裏，是孫少安有史以來最為輝煌的時期。他的磚場越辦越紅火，利潤像不斷線的水一樣流進了他的腰包。村裏人的估計保守了，他的純收入實際上已經有了四萬塊錢！

那位河南燒磚師傅一改初衷，沒有回老家去，一直在他的磚場充任「總工程師」的角色。他把他的工資提到了比外面高出一倍的數額。同時，另外從本鄉招收的兩名初中文化程度的青年，也被這位師傅培養成了出色的技術人才。

入夏以來，在那次大失敗中為他幹過活的本村人，也看清了他的大好形勢，又紛紛要求來他的磚場當臨時工。

這事首先遭到了秀蓮的強烈反對。她忘不了他們落難的時候，其中的某些人怎樣嘲弄和逼迫他們開工資的情景。如今看他們鬧好了，這些人便又想來沾光，秀蓮在感情上轉不過彎，堅決不同意再讓本村人來幹活。她寧願多掏點錢僱用外鄉的村民，也不願再用本村這些廉價勞力了。

但少安是個軟心腸人，他知道這些要來幹活的村民，實在是沒有辦法才又求他的。他不能見死不救。他反覆給秀蓮做工作，甚至說好話，讓這些窮困的鄉親再來他這裏幹活，好讓他們賺幾個買化肥的錢。

秀蓮說到底也不是個糊塗人，最終還是同意了丈夫的意見。

於是，像田四田五這樣的人，再一次來到他的磚場。這些人拿了錢，得了好處，開始唾沫星子亂濺，一哇聲說孫少安的好話，孫少安「好財主」的名聲揚遍了雙水村和東拉河一帶的許多地方。他成了全石圪節鄉最有聲望的「農民企業家」。

孫少安這陣勢幾乎把他父親也弄成了石圪節集市上的「明星」。要是玉厚老漢上集走過這條灰塵飛揚的土街，莊稼人就會互相指畫着說：「看，這就是孫少安他爸！」他到小攤上買肉，賣肉的人也把最肥的刀口肉割給了他。

每當孫玉厚老漢提着一條子肥肉，在鄉民們羨慕的議論聲中走過石圪節街頭時，他臉上平靜如常，但內心卻常常不由得感慨萬端。

啊，他一輩子已經不知多少次從這條土街上走過，甚麼時候受過這麼多人的抬舉呢？舊社會，他冬閒時給這裏的掌櫃吆牲靈到山西柳林馱瓷，每次都是天不明就從這街上起身，雙手筒在破棉襖袖裏，清鼻涕都凍在了嘴唇上。以後，他又不知多少次到過這裏，出售幾個南瓜和一把旱煙葉，以便買點鹽和點燈的煤油。那時間，誰能看得起他這個穿破衣裳的窮老百姓？更忘不了的是，那年公社開廣播大會批判少安擴大豬飼料地，他和可憐的小女兒立在這土街上，怎樣為兒子的命運擔心駭怕呀……

做夢也想不到，他孫玉厚老漢能有今天這等榮耀！

玉厚老漢驕傲的是，除過大女兒的光景叫人熬煎外，他含辛茹苦撫養的幾個孩子，都成了好樣的。大兒子現在不用說，一道川都是好名聲。當然，少安以後免不了還會有些跌跌絆絆，但最叫人擔心的時期也許已經過去了。

二小子當了煤礦工人，雖說那營生又苦又不安全，但他對這孩子放心着哩！少平人雖年輕，但處事老成，不會出甚麼大差錯。眼下，他惟一關心的是這孩子的婚姻問題。聽說煤礦女的少，找個對象難。他已提醒少安在本地為少平瞅個女娃娃。可少安說這事家裏誰也替少平做不了主……那就等孩子探親回家時再和他商量這事。

至於小女兒蘭香，已經上了「大學堂」。據識字人說，這是中國的甚麼「重要學堂」；有人還推斷說，他的蘭香將來會「留洋」哩！

唉，惟一使他晚上熬煎得睡不着覺的仍然是大女兒蘭花。該死的女婿一年逛得不歸家門，丟下那母子三人受了多少恓惶！可憐兩個小外孫，從小到大等於沒有父親。眼下兩個娃娃總算被不幸的女兒拉扯大了。娃娃也都是些好娃娃。外孫女貓蛋十三歲，在石圪節上了初中，聽說像她姨蘭香一樣，回回考試都是頭名。外孫子狗蛋再有一年也要上初中了。可是，那個挨刀子的王滿銀卻還在門外當逛鬼！少安曾建議讓他姐離婚。蘭花不同意，他也不同意。人常說好女不嫁二男嘛！女婿再不是個東西，也不能走離婚這條路；離婚女人名聲不好聽啊！再說，兩個娃娃都大了，怎能離婚？這少安，出的啥混帳主意！

孫玉厚儘管有大女兒不幸所帶來的痛苦，其他方面我們能看出來，如今沒一點遺憾。就是他本人的光景，也發達多了。錢不用說，有兩個小子給哩；至於糧食，村裏除過金家灣那面的俊武，也許就數上他了。許多糧食都吃不了，又捨不得賣，只好用泥巴糊着封在石倉子裏。麻煩的是，過一段時間又要把這些存糧倒騰到外面晾曬一下。院子裏所有粗點的樹木上，一年四季都掛着未劃粒的玉米棒；燦黃如金，顯出了殷實人家的一派大好風光。今年夏天麥子又大豐收，他支架起餄餎牀子，叫了村中十個後生用兩天時間才打完……

這一段日子，孫玉厚老漢動不動就到石圪節街上來買豬肉。這倒不是他嘴饞或故意給公眾能他的光景，而是他最近正在箍新窰。

本來，二小子早給他攢夠了錢，讓他去年就整修一院新地方。但大小子當時正在難處，他便徵得少平的同意，把一千多塊準備整修地方的錢，先墊給了少安。

今年，不用他說，大小子主動張羅着為他僱人打窰洞，接石窰口。當然，按少安的鋪排，少平的那一千多元根本不夠。短缺的錢都是少安出的，並且還不讓他給少平說；因為個性強的二小子早就說過，這院新地方要他一個人出錢修建。

按他們老兩口的想法，他們這個院落不必這麼排場。別說少安他奶了，就是他們老兩口，也都是快入土的人，而家裏再沒有其他拖累，何必修建那麼好的地方！

但大小子二小子都堅持要把這院地方修建成村裏最好的。他後來也沒堅持反對。他理解孩子們的心情。孫家窮困潦倒幾輩子，孩子們現在為他們修建這院地方，多半是給村裏人證明：孫家再不是過去的孫家了！

這些日子裏，全家人都忙得不可開交。尤其是他的少安，真是八下裏忙啊！又要為他箍窰，還要照料磚場的事。最近幾天，聽說他還要談甚麼「判」，準備承包鄉上的磚瓦廠。另外，兒媳婦馬上就要生娃娃，行動不方便。因此，一些具體事，他和老伴能做的，儘量不麻煩少安和秀蓮……

入夏以來，孫少安也的確是太忙了。磚場正走上坡路，他得特別經心，以免再導致一次意外的災難。同時，他還要招呼着為父親營造新地方。

為老人建新家，這是孫少安多年的心願。他決心要把父親住的地方修建得比他自己現在住的那院地方更好。他要瞞着好強的弟弟，再添進雙倍的錢，把這院地方搞漂亮。正如少平說的，某種意義上，這是為孫家立一塊「紀念碑」。他不僅要用細鏨出窰面石料，還要戴磚帽！另外，除過圍牆，再用一色青磚砌個有氣派的門樓——他有的是磚！

衛紅的女婿金強給他站場任總指揮。金強在村裏年輕一代匠人中，石活水平是最高的。另外，又是為妻子的大爹幹活，因此特別經心。

儘管有金強在現場總料理，但少安在大的方面還得分出好多精力來管這件事。他裏裏外外忙得一塌糊塗，一天跑下來腿都疼得瘸了。糟糕的是，他最得力的助手秀蓮馬上就要臨產，不能像過去那樣給他強有力的幫扶。儘管如此，妻子腆着大肚子，仍然一陣兒也不閒着。

自父親那邊開始新建地方，老祖母和父母親都暫時搬到他這邊來住了。另外一孔窰洞騰出來給兩面的匠人做飯。母親和妻子一塊上手都忙不過來，沒辦法只好又把妹妹衛紅叫過來幫忙。

一年多來命運的升降沉浮，使秀蓮和老人的關係一下子變得特別親密。她甚至又主動提出，讓老人再和他們把家合起來。只是因為父母親堅決不願再連累他們，才使秀蓮放棄了這打算。

不過，實際上他們現在又像一家人了。如今秀蓮除不干涉他給老人使用錢，還常提醒他應該給老人們買個甚麼東西或添置衣物鋪蓋。在為父母建新家墊錢的問題上，他們的認識高度一致；而且築院門樓的建議就是秀蓮提出來的。

生活如此叫人感慨萬端！貧困時，這家人風雨同舟；日子稍有好轉，便產生了矛盾，導致了分家的局面。而經過一次又一次生活風暴的衝擊，這個家又變得這樣親密無間了。

是的，所有人的心情從來也沒有像現在這樣和順和暢快！

當然囉，老祖母基本上還生活在她的世界裏。

祖母的視力是越來越不行了，幾乎已處於失明狀態。一身老病依然照舊，只不過看起來還沒有惡化的跡象。儘管她罵兒孫們浪費，但她的衣服和被褥還是都換成了新的。吃喝更不用說。從去年開始，少安在金俊山那裏為祖母每天訂了一斤牛奶。當然，若要叫她到醫院去看病，那是怎樣都搬不動她老人家的。她拒絕吃藥打針，理由還是怕費錢。貧窮已經成了她一生主要的恐怖。

現在，她仍然圍坐在炕上的被褥裏，眨巴着一雙幾乎看不見甚麼的紅眼，竭力還想弄明白家裏發生的某些事。母親和妻子都忙得要命，有時還不得不大聲地費上半天口舌，解釋她一再詢問的許多「問題」。

當老人平靜的時候，通常都是摸索着數一瓶止痛片 —— 倒出來，又數着一粒粒裝進去。我們不知是否還記得，這瓶止痛片是少平上高中時用潤葉姐給他的錢買的。已經近十年了，儘管老祖母每次數時都有短缺或長餘，但實際上這瓶已經像羊糞蛋一樣又黑又髒的藥片一粒也沒少 —— 我們的老祖母捨不得吃啊……

正在孫少安忙裏忙出的時候，他突然聽說石圪節那個快要倒塌的鄉辦磚瓦廠，要承包給個人去經營了。

這消息不由使他心一動。他知道，石圪節的鄉辦磚廠比他現在的磚場大幾倍，設備和條件都不錯，只是管理不行，根本賺不了多少錢。後來雖然內部實行承包制，看來也沒有解決大問題，因此鄉上才下決心乾脆往出總承包呀！

他敢不敢去冒這個險呢？

少安開始周密地考慮這件事的可行性。

他想，如果放開膽量把這個大型磚廠承包了，往後的發展肯定要大得多！

說實話，隨着現在這個磚場的盈利，他的野心也逐步大起來 —— 他已很不滿足這個小土攤場，而早想謀算幹件更大的事。手頭賺下的幾萬塊錢，也使他的這種謀算有了一種踏實的心理保障。人就是這樣，得一步，就想另一步！如果將來那個大磚廠盈了利，那說不定還能幹更大一點的事！他有一種雖然朦朧，但卻十分強烈的衝動：他一輩子真正要在石圪節或者說原西縣鬧騰它一番世事哩！

孫少安進而又想，如果他承包了鄉上的磚廠，就把他現在這個磚場也承包出去。對，乾脆來個「雙承包」！他承包鄉上的，讓別人承包他的！的確，若是他承包了鄉上的磚廠，他實際上就無法具體管理現在這個磚場；他要把主要精力集中到鄉上那個磚廠去。再說，妻子要生孩子，一兩年內又給他幫不了多少忙，把現在的磚場包給別人，他在雙水村一身輕快，也不必連累家屬……

孫少安周密考慮了幾天，就把他的想法提出來和妻子商量。秀蓮又從弊端方面替他進行了反證。最後，兩口子一致認為，少安的想法是可行的。冒險就冒險！他們已經經歷過大風大浪的考驗，並且走過來了，因此心並不忧！

這樣決定之後，孫少安立即跑到了鄉上 —— 他生怕別人搶了這生意。

他的擔心是多餘的。就目前而言，石圪節鄉還沒有另外的人敢承包這個爛攤場。

合同很快就順利簽訂了。

接下來，少安馬上着手往出承包他的磚場。沒料到，這比他承包鄉上的磚廠更順利。

他的磚場被一直替他當技術總指導的河南師傅承包了。河南人寫信把自己的老婆孩子也叫到了雙水村。少安答應，等父親的窰建好後，河南師傅的家屬可以借用他的一孔窰住宿；而河南師傅答應，他一定在技術上幫助他把鄉上的磚廠儘快搞上去……

在石圪節全鄉各村農民一片議論聲中，孫少安走馬上任，當了鄉磚瓦廠廠長。因為這是他個人承包，理所當然地成了這個磚瓦廠的主人。

在河南師傅的幫助下，他大刀闊斧改變了這個瀕臨倒閉的企業，生產很快走上了正軌。即使最保守的估計，這個磚瓦廠不出一個季度就要開始盈利。

這樣，孫少安現在實際上就有了兩個盈利企業。當然，原先那個小磚場，見利的是他和河南師傅兩個人了；而鄉上這個磚瓦廠一旦開始盈利，那收入將更會使全石圪節的幹部和農民咋舌！

孫少安，這個當年因給社員擴大豬飼料地被公社一場批判弄得出了名的傢伙，如今又一次成了各村民眾談論的對象。有人敲怪話說，這小子早就學着「走資本主義道路」了，所以現在才把世事鬧了這麼紅火！

在孫少安意氣風發開始幹「大事業」的時候，他的生意人朋友胡永合路過石圪節，聽說了他的情況，就專門來拜訪他。永合看了這個磚廠的陣勢，問：「這磚廠賺了錢，你還準備幹甚麼？」

少安還沒來得及想更長遠的事，就說：「到時再看吧，說不定還可以辦個甚麼罐頭加工廠……」

胡永合不以為然地笑了，說：「那算個甚麼氣派？咱們農民不能光滿足辦個甚麼小廠子；咱們還應該幹更大的事。別看現在把政策給咱放寬了，其實呀，咱們土包子農民在這社會上還是沒甚麼地位！錢賺到一定的程度，拿一把票子活着也沒滋味！」

「那你的意思哩？」少安一時倒不能明白永合說的這些話。

「咱們要出大名！要往外面揚！叫全中國都知道有你我這樣的農民！」

「怎個揚法？」

「比如，咱們也可以參加它文化上的事。文化上容易出名。只要出了名，手裏又有錢，咱們就不能在它政府裏坐一把交椅？哼，說不定將來縣委縣政府都叫咱承包了呢！」

少安對抱負非凡的永合笑了笑，問他：「你說文化上的事咱怎麼能插進去腿？」

「我最近在省電視台認識了一位導演，請他在最好的館子裏吃了一頓，成了朋友。我們已經商量好，由我牽頭找些農民企業家出錢，拍電視連續劇《三國演義》！劉備、關公、張飛、魯智深、曹操，這些人你又都知道，紅火着哩！你要是願意，也入個股！」

「我那點錢……」少安難為情地說着，用手掌揩了揩永合濺在他臉上的唾沫星子。

「錢主要有我哩！你多少出點，在電視劇後面掛個名字，全中國也就知道你了……你如果同意，今冬我帶你去一趟省城，見見那位電視台的導演。這也是見世面嘛！怎樣？」胡永合問他。

儘管這聽起來是些雲裏霧裏的事，但少安又不好拒絕胡永合的好意。他忘不了，在他最倒霉的關鍵時刻，正是這個人為他伸出了救援之手。哪怕這純粹是件吃虧事，他也得答應他 —— 他向來是個講義氣的人！

少安只好為胡永合應承了下來。說實話，他自己也被胡永合煽得心裏怪熱呼的。如果真的投上點資，參加拍《三國演義》電視劇，自己的名字也就能上電視台。再說，電視劇不一定就是賠錢生意！如果賠錢，精明人胡永合也不會白把票子扔給電視台的！

胡永合和他說定這件事後，聲稱還要給縣委書記張有智彙報他的「計劃」，就坐進他那輛大卡車的駕駛樓去了原西縣城。

第七十二章

胡永合並不知道，張有智同志已經不是原西縣縣委書記了。

不久以前，黃原地委出了文件，免掉了他的縣委書記職務，任命原團地委書記武惠良為這個縣的新任縣委書記。據說，有智同志將被安排任原西縣人大常委會主任。只是縣上有些中層領導擔心，弄不好，他在人大代表會上很有可能落選。

聽說新任縣委書記是個年輕人，過幾天就來上任。被免職的有智病了，正在進行中西醫結合治療。實際上，有智一年四季都在吃藥——當然以滋補藥為主。

幾年來，原西縣各方面的工作一直在全區處於最落後的狀態。說實話，責任很大程度上在於縣委書記張有智沒有一點開拓精神。豈止是沒有開拓精神，他連最起碼的負責精神也沒有！工作應應付付，整天把大夫叫到辦公室或家裏為他看「病」。

縣長周文龍倒跌跤馬趴地撲着抓工作。但因他在「文革」極「左」時期犯過錯誤，思想包袱很沉重，整黨幾乎過不了關。在張有智等人的堅持下，還是給他定了個「犯有一般錯誤」。「一般錯誤」也是錯誤，因此小夥子不太敢放開手腳工作。周文龍這幾年一直在鄉下跑，倒很有些設想，但有智不支持他。常務副縣長馬國雄又只愛搞些花花哨哨的出風頭事，也給他撐不上勁。

在這種狀況下，原西縣的工作怎麼可能搞上去呢？有些鄉鎮出了點成績，主要是那裏的幹部比較扛硬，和縣上幾乎沒甚麼相干。

原西的落後狀況有目共睹。中紀委常委高老去年又回了一次家鄉，痛心地哀歎：三中全會以來這麼多年，原西縣大部分老百姓連一孔新窰洞也沒建起來！

如果黃原幹部中對前任地委書記田福軍有意見的話，主要是不滿他對張有智的姑息態度。

應該指出，田福軍在這個問題上是有錯誤的。他明明知道張有智早不宜擔當原西縣的縣委書記，就因為過去個人關係要好而抹不開情面，直到自己調離了黃原，還沒有把張有智調換下來，結果使原西縣蒙受了重大損失。毫無疑問，儘管田福軍在黃原地區普遍受到了稱讚，但他過去在原西縣的威信，由於張有智的問題處理不妥而大大地降低了。

我們無意對田福軍求全。只是我們從中再一次看到，作為一個重要領導幹部，由於自己的弱點會造成甚麼樣的後果。個人失去威信算得了甚麼！嚴重的是，成千上萬的人要為他個人的過失而付出慘重的代價！

不客氣地說，田福軍對不起他深情熱愛的原西人民。他的錯誤是不能原諒的⋯⋯

福軍調進省城後，黃原新任地委書記呼正文一上任，第一個重大的人事變動就是改換原西縣委書記。正文過去長時間當過地委管組織工作的副書記，他很熟悉全區的幹部情況。客觀地說，個人能力田福軍要勝過呼正文；但在用人方面，正文比田福軍水平高。

呼正文一上任就撤換張有智不是和福軍唱對台戲。實際上，他和福軍、有智的個人關係都不錯。但不能因個人關係就把一個縣交給親朋好友去糟踐嘛！連自己的父親和兒子也沒這種權利！作為多年搞組織工作的正文，他最反感和痛心現在某些高級幹部千方百計利用權力安插自己的親信和子女當官。這是一切社會風氣不正的總根源。上樑不正下樑歪！如果我們自己胡作非為，還在喋喋不休地談論糾正不正之風，誰都會知道這是莊嚴的謊話……

張有智的下台和新縣委書記的任命，在原西縣引起了極大的震動。無論幹部還是羣眾，都由衷地歡迎縣委「改朝換代」。

下台的有智同志這次是真的生了病 —— 不幸的是，這病又是藥吃出來的。

張有智今年五十四歲。

五十歲左右是人生一個極其重要的時期。俗話說，歲數不饒人。一到這個年齡，人都有一種衰老的感覺，隨之生理上也會產生一些重大變化；生理上的變化又會影響心理上的變化。因此，人們通常把這一時期稱作男人的「更年期」。

我們常常在生活中可以感覺到，並不是進入「更年期」的男人就一定要「變態」。相反，一些人進入老年期，卻由原來的不可愛變為可愛了。這是一個對自己一生的總結期。人往往到此時才心平氣靜地回顧自己已經走過的生命歷程，洞若觀火地審視自己半個世紀生活中的那些失誤和不當；同時更廣闊和透徹地認識了人生的意義 —— 即所謂「知天命」。因此，這樣的人就能在這樣的時期極好地調整自己，用更寬容、善良、豁達和優雅的態度去對待生活。甚至一個惡人，到此年齡真正總結了他的人生，也可能一改前非，而生出對人和世界的慈愛之心。五十歲六十歲實際上應該是一個人重新開始生活的另一個起點。

但也有些人一到這個年齡，卻變得不可愛了，甚至叫周圍的人感到越來越討厭。這些人到此年齡，便覺得自己的一生已「大勢已去」。想過去，盡是遺憾；望未來，滿目黃昏，夕陽西下。因此，他們一方面悲觀厭世，做出看透了一切、一切都沒意思的超然於世的姿態；另一方面又懷着陰暗的心理妒忌一切年輕的生命 —— 年輕的人，年輕的生活，年輕的世界，甚至剛出土的青草和枝頭上初成的蓓蕾都在妒忌之列。他們整日被死亡的恐懼折磨着，心理極度的扭曲，在超然於世的外表下又掩蓋着貪婪地攫取一切的慾望，想發財，想升官，想女人的青睞；即使沒有這些安慰自己空蕩蕩的靈魂，最少也應該得到人們哪怕是虛假的抬舉！當看到人們開始討厭自己的時候，又生硬地要求別人原諒他進入了「更年期」；因為醫學上要求男人們要體諒進入「更年期」的婦女……

並不是所有進入「知天命」年齡的男人，都具有以上所說的那些狀態。實際上，大多數人即使到了這個年齡，仍然一如既往正常地工作和生活着。

張有智的問題倒不全是因為他進入了「更年期」。其實，這個人老早就開始變了；變得滿腹牢騷，一腔怨氣；不謀工作，只謀仕途。而一旦升遷無望，乾脆無所用心，在現有的位子上養尊處優，能享受就好好享受！

他一天首先關心自己的兩頓飯。菜要八個，酒要「名優」。有些幹部知道他愛「喝兩口」，就投其所好，常設家宴款待；有智場場不推，誰請即到，吃喝得天昏地暗。對「美食」之嗜好，大有路易十四之古風！

縣上只一輛「上海」小車最好，當然成了他的專車。即使到城內某幹部家赴宴，他也要坐這輛車去——倒不是怕累，而是要顯個派頭。要辦事的人，只要找到那輛車，也就找到了張有智。

實際上他最花費精力的是保養自己的身體。不是通過鍛煉的方式，而主要是吃滋補藥品。人們經常看見他那輛黑色「上海」牌小轎車停在名中醫顧健翎老先生的門口。

前不久，顧老先生到省裏去開政協會——他是省政協委員。就在顧老走後的幾天裏，張有智感到自己四肢無力，甚至腔內像是被挖空似的都沒勁把氣吸進去了。

他慌了。顧先生不在，他趕忙讓司機把先生的一個「門生」接到自己家裏，為他號診看病。

顧先生的門生是個二十幾歲的年輕大夫，剛從省中醫學院畢業。因為他是大學畢業生，儘管人年輕，但張有智還是把他叫來了——他相信學問大，醫術也自然高明。

這位年輕大夫是本縣人。第一次為原西縣的「一號人物」看病，不免有點受寵若驚。

診斷為「氣虛」。

可想而知，虛症要補，因此人參、鹿茸、枸杞、黃芪、蛤蚧全用上了。

接連幾副補藥下肚，張有智感到「氣虛」稍有好轉。不料，緊接着發生了一個大病：他感到喉嚨和胸腔裏到處沾滿了黏痰，可是連一點也吐不出來！

年輕中醫依然按「氣虛」給他開名貴補藥。張有智越吃越感到痰吐不出來。他為此折磨得白天晚上都在用勁地「吭」着，但連點痰絲絲都吭不出來。

這真把人難受壞了！晚上他吭得睡不着，常常把被褥從炕上挪到腳地上，又從腳地上挪到炕上。他甚至歇斯底里罵孩子，神經質地抱住老婆哭鼻子。他記起了一句鄉俗話：女人怕哼，男人怕吭。天啊，難道他得了不治之症？

正在這時，地委又下文把他的縣委書記也給免了。

對張有智來說，這是雪上加霜！

他知道，這是不講情面的呼正文對他下了「刀」。儘管眾人對田福軍姑息張有智有看法，其實有智對田福軍也是一肚子怨氣。本來他想當地委組織部長，結果田福軍沒任命他。哼，原來在原西都是一級領導，你當了地委書記，我當不上個副書記副專員，連個組織部長也不能當嗎？這是平調，又不是提拔！如果他是組織部長，呼正文現在能這樣砍切他嗎？

張有智既得病又丟官，簡直痛不欲生！

賢惠的妻子勸慰他說：「你不要生悶氣，官又不是老先人賺下的，不當就不當。不管怎樣，身體要緊！趕快到省裏去檢查一下！」

張有智只好聽從了妻子的勸慰，準備馬上起身去省城治病。

他還沒動身，顧健翎老先生開會回來了。

張有智先放棄了去省城的打算，趕快找這位老神仙。

顧先生號完脈，讓他把舌頭伸出來。老先生探頭瞧了瞧，說：「你到鏡子前看看你的舌頭。」

張有智在鏡子裏看見，他的舌頭竟黑得像一塊焦炭。他大驚失色地問顧老：「這是不是不治之症呀？」

老先生笑了笑說：「你不要緊張。這是惡熱所致。像你這樣的好身體，根本不敢大補。我剛才看了小楊給你開的方子。他弄錯了。你先前感到的四肢無力，吸氣不暢，主要是活動太少，且又過食……俗話說，黃連治好病無功，人參吃死人無罪啊……」先生說着，便給他開好了方子。

張有智接過方子，大吃一驚。顧老的方子只有兩味極普通的藥：生地五十克，硼砂零點五克。

雖然藥錢只花了二角八分，但第一劑藥下肚，那發綠帶黑的黏痰就接二連三地吐出來了！

張有智興奮得暫時忘記了免職一事，跑到沒人的馬路邊上，痛快地吐出一口又一口濃痰，然後蹲下百感交集地看半天。這該死的痰啊！為了更清楚地看見他吐出來的確實是痰，他竟然把最濃的一口吐在了路邊一根水泥電杆上。直到以後的幾天，他還不止一次到這根水泥電杆前來「欣賞」那堆髒物。

這一天，他感到身體不錯的時候，門裏進來一位穿西裝的人，笑嘻嘻地說：「張書記，聽說你病了？」

張有智認出這是柳岔鄉聞名全縣的「農民企業家」胡永合。這人曾經給他送過一根特別好的「高麗參」和其他一些東西。

「我已經不是甚麼書記了！」張有智讓他坐下，問，「有甚麼事哩？」胡永合訕笑着說：「沒甚麼……就是……」

接着，這位「農民企業家」就迫不及待地把他準備和省電視台合拍《三國演義》的事，又天花亂墜說了一通。

「好事嘛……」張有智漫不經心地說，「我已經不管事了，你去找周文龍和馬縣長談談……」

這時候，胡永合從黑人造革皮包裏拿出五盒高級滋補品「人參蜂王漿」要給書記留下。

張有智一看見「人參」二字，就像看見了毒蛇，恐怖地手一擺：「你拿走！趕快拿走！以後再不准搞這一套！」

胡永合見書記是這個態度，一下子慌了。他盤算，這人大概是剛被免了職，心情不好才對人這麼不客氣。以前……唉，他來得實在不是時候！

胡永合趕忙收起「人參蜂王漿」，有點狼狽地退出了張有智的家門。

但不屈不撓的永合馬上決定去找馬縣長彙報他的「事業」；他一定要讓縣上更加認識他是個人物。儘管周文龍是正縣長，但他決不會去找他。這小子當年在柳岔當主任，說他搞投機倒把，組織人批判過他好幾次。哼，這號「四人幫」分子還當縣長哩！

胡永合和馬縣長同樣是熟人 —— 他也曾送過他一根「高麗參」和幾瓶真假難辨的茅台酒。

當胡永合走進馬縣長的辦公室時，馬縣長正和幾個中層領導人談話。他先讓他坐在椅子上等一等。

常務副縣長馬國雄雖然年齡比張有智還大一歲，但看起來精神和過去一樣昂揚。他身體肥壯，紅光滿面，穿一身深藍帶條紋的西裝，還結着領帶，看起來蠻像個「改革型」幹部。國雄即使在辦公室裏也戴着墨鏡，觀者只能看見他的一張闊臉和一口結實的白牙。

辦公室裏的幾位中層幹部分別是：縣鄉鎮企業局局長徐治功；城關鎮鎮長劉志祥 —— 此人曾在柳岔當過周文龍的副職，胡永合也認識。另外一個是石圪節鄉鄉長劉根民。

這幾個人是和馬縣長商談關於在省城合資搞土特產銷售中心的。

本來，由鄉鎮企業局徐治功出面撮合，城關鎮和石圪節鄉準備聯合在省城租二畝地皮，搞個土特產銷售中心。但馬國雄知道後，硬要縣上也插一手；將來盈利，縣上要從中抽三成。鄉鎮抗不過縣政府，只好委屈認了帳。

現在，這幾個人商定，明天就動身去省城洽談租地皮的事。

臨畢，馬國雄指示：劉志祥和劉根民都跟徐治功坐鄉鎮企業局的吉普車；縣政府那輛小車要拉他和他的老婆娃娃。本來那點事不需要馬縣長親自跑一趟省城 —— 他主要是想藉機帶家屬去逛一回大城市。

事情說完後，那三個中層領導就告辭了。

胡永合馬上把張有智拒絕接受的五盒「人參蜂王漿」掏出來，放在馬縣長的辦公桌上。

馬縣長沒有拒絕。他眉開眼笑將五盒「補藥」放進了他的文件櫃。

胡永合又把一條「良友」煙擱在馬縣長文件櫃後面的小桌上，這才把拍《三國演義》的事向他吹了一通。

「好！好！好！」

馬國雄一連說了三個「好」。

「我看你能當咱們縣的文教縣長哩！」馬國雄接着又抬舉這位「農民企業家」。

「怎不能當？共產黨的官，給了誰，誰就能當！」胡永合狂妄地說。

馬國雄竟然點頭表示同意胡永合的看法。

也是！他本人不就是一個證明？

第七十三章

寒露前後，大牙灣煤礦周圍的山野，許多喬灌木的樹葉就開始發紅了。這時間，滿山遍野如同花團錦簇般豔麗。大片深深淺淺的紅色耀眼奪目；到處都像燃燒起熊熊的火焰。

雨季結束後的天空純淨而湛藍。糜谷黃了。蘋果在枝頭如羞澀的少女露出紅豔豔的笑臉。有些性急的雁羣，此時已經從鄂爾多斯茫茫的草地裏飛來，嗷嗷地掠過清淨如水的天空，到南方尋找溫暖去了……

這樣的大好時光常常使人不由生出許多莫名的激動來。

孫少平上井以後，如果是白天，他總會迫不及待地走出礦區，走向如火如霞的山野之中。

他面對滿山紅葉，回首往事，默想未來。或駐足佇立於林間小路；或踽踽漫步於溪流河畔。折一枝紅葉在手，聽萬頃松濤澎湃，歡欣與憂傷共生。在這一片無聲的熱烈之中，人既想流淚又想唱歌……

這樣的時候，他就忘記了他是剛從喧囂激烈如同戰場一般的井下上來的。

噢，他現在看起來不像個煤礦工人，倒像個多愁善感的詩人！

難道只有會寫詩的人才產生詩嗎？其實，所有人的情感中都具備詩情 —— 而普通人在生活中的詩情是往往不會被職業詩人們所理解的。

不必指責一個煤礦工人會產生如此的情調。儘管他們幹又髒又累的活，看起來粗粗笨笨，有時候還說髒話，但在他們中間，又有多少外人所不了解的豐富的內心世界和細膩的心理情感呢？

孫少平在這紅葉如火的山野裏想了些甚麼？

他也說不清楚 —— 這也正如詩人們通常所具有的那種情況。

不過，每當他從大自然的懷抱裏返回來的時候，就像進行了一次沐浴似的爽快。這是精神的沐浴。

他的心情因此而格外地好。

最近，生活中還有些值得高興的事。他已經被命名為銅城礦務局的「青年突擊手」，過幾天就去出席表彰大會。他不全是為榮譽高興，而是感到，他的勞動和汗水得到了承認和尊重。他看重的是勞動者的尊嚴和自豪感。在這個世界上，只有人的勞動和創造才是最值得驕傲的。

另外，他最近分別接到了父親和哥哥的來信，說他夢寐以求的新窰洞已經修建好了。哥哥還在信中詳細描繪了這院地方的「氣派」和雙水村人的「反應」。

他激動得一次又一次想像那地方。只有像他一樣從貧困農村走出來的青年，才能深刻體會他為這件事的激動；那地方的榮辱盛衰永遠牽動着他的心腸！

現在，老人們終於住進了新窰洞，這了卻了他此生最大一樁心願。

少平也從家裏的來信中知道，哥哥已經承包了石圪節鄉的磚瓦廠，事業正到了紅火處；而嫂子違反目前的計劃生育政策，又生了個小姪女，取名為燕子……

妹妹蘭香也來信了，說她和那個叫吳仲平的同班同學已經基本確定了關係；說她還去了男朋友家，他父母都待她很好云云。少平只是沒想到吳仲平是省委領導的孩子。不過，他既沒感到「榮幸」，也不為蘭香擔憂——他的妹妹誰的兒子也配！

他當即決定，給妹妹每月寄的錢再加十元。他知道，妹妹有了男朋友，也就有了社會交往，總得多些花費。她現在還沒有結婚，除過上飯館，她不應該花男朋友的錢。不知她懂不懂這一點？她會懂的！他想。

幾天以後，他便以「青年突擊手」的身份，到銅城去參加了那個表彰大會。會議只開兩天，他也沒認真參加，而到街上逛着看能給明明買個甚麼東西。他每出門，無論到銅城，還是到省城，首先想的就是給明明買個甚麼。明明也習慣了他的「習慣」，每次只要他從外面回來，他首先就問：「叔叔，你給我買了甚麼？」說着便自己動手在他的提包或衣袋裏翻起來，惹得惠英嫂常怨他給他慣下了「壞毛病」。這沒有辦法。他和明明之間建立了一種無法言傳的感情。說實話，他對哥哥的虎子也沒這樣厚愛過。

讓少平高興的是，他在廣東來的一個小商販手裏買到了一個香港出的兒童書包。這書包式樣新穎不說，面料是十分考究的絲綢，有一種波光閃閃的細膩質感。他同時也買到了明明嚷嚷了多時的彩色鉛筆。另外，他還給「小黑子」買了個銅鈴鐺。這也是明明盼望已久的東西；他說人家孩子的狗脖項裏都拴這麼個鈴鐺……

會議開完以後，少平就滿意地帶着他給明明買的禮物，以及局裏獎給他的獎狀和其他獎品，回到了礦上。

到大牙灣正是中午剛吃完飯的時光。他知道他的班是晚上十二點下井，現在人都在地面上。

他先找到他的師兄兼下屬安鎖子，問了他走後這幾天的生產情況。

安鎖子說都好着哩，就是他把一個協議工在掌子面打了一頓。

「誰叫你打人哩？唉，你呀！」少平抱怨他的師兄。

「那小子頭茬炮放了，還在回風巷裏睡覺，我就……嘿嘿……」

「打得重不重？」少平着急地問。

「不怎重。鼻子口裏流了點血……」安鎖子齜着牙不在意地笑了笑。

「能不能再下井？」

「怎不能？澡堂子裏還給我巴結了一根帶嘴紙煙哩！」

孫少平也就沒再管這事。井下不好好幹活，捱幾個耳光子也不是甚麼大不了的事。

他先回宿舍把自己的東西放下，就匆匆向惠英嫂家裏走去。他沒有吃午飯；惠英嫂肯定給他準備好了 —— 她知道他今天中午回來。

孫少平帶了給明明買的東西，沿着二級平台上的鐵路線往東，一直向那個熟悉的院落走去。

上水管旁的小土坡時，他就看見了那一串串爬出院牆的紫紅色的牽牛花和結子的沉甸甸的向日葵的圓盤。啊，每次走向這個院落，他都有一種按捺不住的激動。這裏，是他心靈獲得親切撫慰的所在；也有他對生活深沉厚重的寄託。這個院落啊！

少平進了惠英嫂的家門，見飯桌上的菜用碗扣着，酒杯擱在了老地方 —— 惠英已經為他準備好了午飯。

只是他進得門來，看見明明正哭着，惠英嫂急得撩起圍裙不停地擦手；而「小黑子」蹲在明明旁邊，朝惠英「汪汪」地叫着，顯然是嫌她惹小主人生了氣。

「怎麼啦？」少平把裝東西的提包擱在櫃枱上，彎腰抱住了明明。

「他說下午學校開甚麼運動會，其他孩子的家長都去喊『加油』，硬纏着讓我也去。可我下午要上班……」惠英嫂絮叨說。

「你不會請個假？人家大人都去為自己娃娃喊『加油』，就沒人給我喊！」明明一邊哭，一邊嚷着對他媽說。小黑子也在旁邊「汪汪」叫着幫腔。

「叔叔下午不上班，給你去喊『加油』！」少平說。

明明一下子不哭了，笑着連眼淚也顧不得揩，就用兩條胳膊摟住了他的脖項。小黑子將兩隻前爪搭在他肩頭 —— 這通常也是一種歡欣的表示。

惠英轉過身，悄悄揩掉了眼角的兩顆淚珠，然後就拿起了酒瓶倒滿杯子，臉上是那種想哭的笑容，招呼讓少平吃飯。

「先別忙！」少平說着，便從櫃枱上取下提包，掏出了他為明明買的那個漂亮的書包和兩打彩色鉛筆。明明高興地跳了幾跳，嗷嗷價歡叫起來。

「你又慣他……」惠英嫂雖然這樣說，但臉上露出由衷的喜悅。

接着，少平又拿出了給「小黑子」買的銅鈴鐺。惠英趕緊從箱子裏翻出一條紅帶子，於是一家人都動手，說笑着把那個銅鈴鐺拴在了小狗的脖子裏。

「走一走！」明明命令小黑子說。

聰敏的小狗真的在腳地上走起來，那鈴鐺便發出怪中聽的聲響。

由於少平的到來，使這個剛才還不愉快的家庭很快充滿了歡樂。

吃完飯後，惠英嫂趕着去礦燈房上班。少平就和明明以及小黑子，一塊相跟着去礦小學。明明穿上了他那套天藍色帶白杠的運動服，顯得挺神氣。小黑子吐着舌頭，在他們前後亂跑。他們沿着鐵路，通過選煤樓，來到西邊醫院下面的小學大門口。

在校門口遇到了一點小小的麻煩：門房老頭不讓小黑子進去。

明明都快急哭了 —— 他很想讓小黑子也進去為他加油。

少平好說歹說，最後給那老頭敬上一根紙煙，並且親手劃火柴為他點着，老頭才為小黑子開了「後門」，讓它進去了。

今天這學校實在是熱鬧！孩子們穿上了漂亮的運動衣，都有母親或父親前來為他們喊「加油」。礦工們對孩子的溺愛十分出格 —— 他們艱苦生活中的許多安慰都是孩子帶來的。如果是大城市的小學，此類活動大概不會有家長前去助興。但對礦工們來說，孩子的這類活動似乎是生活中的一件大事，豈有不來為娃娃喊「加油」的道理！因此，有的人為了滿足孩子的願望，竟連班也不去上，專門誤一個下午來參加這個「運動會」。

有人認出了孫少平，奇怪地問：「你怎也來了？」

少平只好如實說：「我是為王師傅的孩子來的。」

這些人「噢！」一聲，表示出一副「恍然大悟」的神色。

少平不管這些。他知道，關於他和惠英嫂之間的長長短短，早有人傳播開了。煤礦說兩性之間的事，就像說市場上的菜價一樣，說者聽者都不當一回事。

在小學大操場上，用白灰畫出了許多道道和圈圈。比賽有各年級的跳繩、跑步以及孩子們的各類運動項目。

二年級的比賽項目是：女孩子跳繩，男孩子賽跑。

明明參加的是五十米賽跑。

開始前，少平一再叮嚀他：不要向兩邊看，只管往前跑！

當孩子們在起點上各就各位後，他們的家長也分別集中到了跑道兩邊，緊張得如同自己在參賽。少平帶着小黑子也擠在人羣中，準備為明明喊「加油」。

口令一下，孩子們就爭先恐後跑開了。兩邊的大人們也在跑道外攆着娃娃們跑，並且嘴裏叫着自己孩子的乳名或官名，給他們吶喊助陣，聲音響徹了雲霄。

少平和小黑子相跟着奔跑，嘴裏不斷喊叫：「明明，加油！明明，加油！」這一刻裏，他似乎也變成了孩子，專注而狂熱地渴望一種勝利！

明明小胸脯一挺，第一個衝過終點。

隨即趕來的少平一把抱住他，笑着，喊叫着，滾在了一起；小黑子也撲上來，和他們樂成了一團……

當明明驕傲地站在冠軍台上，領取那張獎狀和一個塑料鉛筆盒時，少平的眼睛都潮濕了 —— 這比他自己領那張「青年突擊手」的獎狀更激動！小黑子竟然躥上了領獎台，前爪搭在明明身上，用舌頭舔他的手，逗得全場一片大笑。

運動會結束後，他們就像凱旋的士兵一般返回到家中。惠英嫂高興得不知說甚麼是好。他們一齊動手，把明明賽跑冠軍的獎狀貼在了那張「三好學生」的獎狀旁。

直到吃過晚飯，天完全黑了的時候，少平才帶着一種滿足的心情離開了惠英家。

當他走到坡底下的水管旁，卻意外地發現安鎖子正站在那裏。

「你幹啥哩？」他驚奇地問。

「我來找你哩！」安鎖子手裏還提一把電筒。

「甚麼事？」

「黃原來個人，說找你哩！我尋思你大概在這裏⋯⋯」

誰呢？

少平一時想不起黃原誰會來找他。

「你剛到這兒？」他問安鎖子。

「我來好一陣了。」安鎖子咧嘴一笑。

「那你為甚麼不上來找我？」

「嘿嘿⋯⋯我怕你們正⋯⋯」安鎖子怪眉怪眼笑着，把臉扭到一邊。

少平真想扇這傢伙一記耳光。他顯然是暗示他和惠英有甚麼不能見人的「勾當」。

第七十四章

來的人是金波。金波沒有開他心愛的汽車，而是坐班車來到了這裏。這裏也不是他此行的終點；他只是路過來看看他的朋友。他的目的地在青海——那個他當年當過兵的地方。

歲月的流逝，似乎並沒有給這個青年留下甚麼明顯的痕跡。

瞧，他依然是那麼漂亮。白淨的臉，濃密的黑髮，大眼睛流動着熱情的光波。個子當然也沒再長，可看起來很勻稱。

歲月也沒沖刷掉心中的傷痕。

八年過去了，他的夢魂還在遠方的那片草原上游蕩，尋找失落的馬羣和那個黑眼睛紅臉蛋的牧馬姑娘……

他和少平一樣，今年二十六歲了。

二十六歲，不僅到了談戀愛的年齡，甚至也可以結婚了。

他仍舊孑然一身，只和汽車為伴。

幾年來，他也和別人介紹和自己認識的幾個姑娘談過戀愛，但最後都「吹」了。不是姑娘們看不上他，也不是這些姑娘不出色，而是他常常在快要「成功」的時候，一種深深的痛苦就開始強烈地折磨他。他不由痛心地想起了那個藏族姑娘。他似乎看見她正在那遙遠的地方，深情而憂傷地望着他，唱着那首令人斷腸的青海民歌。

結果，他一次又一次用冰涼的態度拒絕了那些熱心愛他的黃原姑娘。

多年來，他一直保持着那個習慣：用藏族姑娘留給他的白色搪瓷缸每天泡着喝一杯茶水。對他來說，這幾乎成了宗教儀式。有時候，他也會在黃昏中爬上城邊的山巒，熱淚漣漣地反覆唱《在那遙遠的地方》……

是的，在那遙遠的地方，有他心愛的姑娘。他不能忘記她。這是永遠的愛，永遠的傷痛！

愛，就能使一個人到如此的地步。一次邂逅，一次目光的交融，就是永遠的合二而一，就是與上帝的契約；縱使風暴雷電，也無法分解這種心靈的粘結。兩個民族，語言不通，天各一方，甚至相互間連名字也不知道……真是不可思議！

不可思議嗎？

世界上又有多少事不可思議！而最不可思議的正是人，人的感情。

但是，金波不可思議地談一個「吹」一個，首先讓他的父母萬分焦急。尤其是他和兩個普遍認為打着燈籠也找不見的黃原姑娘「吹」了以後，他父母先後急得都當着他的面哭了——因為姑娘都已和老人們建立起了一家人的那種感情。

「你倒是個甚麼值錢人嘛！」他父親說。

「你倒究要個甚麼貴人呀！」他母親說。

他不是甚麼「值錢人」，他只是個汽車司機。他也不稀罕甚麼「貴人」，他只是願意和那個牧馬的藏族姑娘生活一輩子。

可是，她只是一個保持在自己心靈深處的姑娘……

我心愛的姑娘，你此刻在哪裏？你是否還珍視那些永遠不會淡忘的甜美日月？你，還唱那支歌嗎？如果還在唱，那麼，你現在又是唱給誰聽呢？是仍然唱給我聽嗎？我也在不息地唱這支歌——永遠唱給你聽！你是否在傾聽我的歌聲？願你聽見這支歌，聽見我心靈的呻吟和飛濺着血淚的呼喚……

痛苦的金波在父母的壓力下和那種無時不有的自我折磨，都快使他精神失常了。有一次，他要去包頭，卻在無定河的橋頭弄錯方向；一直朝山西那邊開出一百多公里，才發現他「南轅北轍」了……

就在前不久的一個夜裏，他突然夢見他又回到了八年前的那片草原，並且在軍馬場的門口，和他心愛的人相逢在一起。夢中的藏族姑娘已經學會了漢話。她伏在他胸前，哭着說，她一直在等他；為甚麼他這麼多年不來找她……

金波醒來之後，發現他的枕巾被淚水浸濕了一大片。

雖然這是一場夢，但他突然得到了一個啟示：真的，他為甚麼不到青海去找他親愛的人呢？她說不定在他走後，又調回了那個軍馬場；而且真的像她夢中所說，她一直在等着他！

這也許是上帝的旨意——用夢的形式向他昭示幸福之路！

對，我要立即動身，去青海，去那片夢牽魂縈的草原！

金波像着了魔似的，馬上請了假，把他個人的全部存款取出來，就帶上那隻白搪瓷缸子——這惟一的信物，離開黃原，踏上尋找青春和愛情的旅途。他是那樣心切，只準備在少平這裏停留一下，連省醫學院的妹妹也不去看望，就直接搭乘西行的列車，奔赴青海……

因為金波第二天早晨就要離開大牙灣煤礦，當天晚上孫少平就沒有去下井。

他先陪他的朋友到礦區那家最好的飯館吃了飯。他自己已經在惠英嫂家裏吃過了，只是陪金波喝酒。

飯後，他們先沒有回宿舍去。兩個人順着馬路，在礦區中心轉了一圈。少平還引他到井口看了看。

然後，他們沿着鐵路線，肩並肩慢慢朝西走去。他們一邊走，一邊談論各式各樣的事。多時不見面，兩個好朋友有拉不完的話。朋友之間的親密感情，往往要勝過父母兄弟之間的感情。

兩個朋友不知不覺走出了燈火輝煌的礦區，來到野外的一條小土路上。月光朦朧地照出了收穫過莊稼的土地。無風的秋夜涼意中給人以潔淨清爽的感覺。

「但願你能如願地找到那位藏族姑娘。我等着你的好消息！」少平吸着煙，祝福行走在他旁邊的金波。

「唉，你大概會以為我發了瘋，為一個幾乎可以說是陌生的少數民族姑娘，苦苦思念了七八年，如今又像堂·吉呵德一樣不遠萬里去尋找她……」

「我怎麼會那樣想呢？你記得，去年夏天，我的曉霞已經死了，我仍然發瘋地回黃原去赴我們當年訂下的約會。而那位藏族姑娘仍然活在這個世界上，你為甚麼不去尋找她呢？你本來早就應該這麼做了！人為了愛情和幸福，付出甚麼樣的代價都是值得的！」

金波激動地用胳膊緊緊摟住了少平的肩頭，說：「如果曉霞還活着，我又找到了我心愛的人，那咱們這輩子活得該多好啊！」

「我現在只能盼望你如願地找到那姑娘。我們之間總應該有一個人獲得完美的愛情……」少平說着，眼裏似有淚光閃爍。

金波沉默了一會，問：「你現在有自己喜歡的人嗎？」

「說不清楚……」少平不知道自己為甚麼這樣回答這個問題。

「有件事，我早想對你說了，但一直找不到合適的機會……」金波掏出一支煙，往正在燃燒的那支上接。

少平停住腳步，疑惑地看着他。

「去年夏天你離開黃原後，我就想，也許我妹妹可以和你在一塊生活……」

少平震驚地呆住了。

半天，他才說：「秀不是已經和養民好了嗎？」

「有這事。她起先寫信問過我一些養民的情況。我如實告訴她，顧養民是個很好的人。可是後來，秀一直猶豫着沒有答應顧養民。她說儘管顧養民各方面都好，但她不喜歡他的性格和氣質。她說她希望找一個像你一樣的人，而不管這個人是幹甚麼的……正是這句話，才使我產生了向你提這件事的想法……」

孫少平感動地看着他的好朋友。他不僅為他的好意感動，也為他們的成長和成熟而感動。是的，他們過去怎能想到，今天他們會進行這樣一種談話呢？

「如果你……不反對，我可以對秀說這件事。」金波用目光詢問他。

「別這樣，」少平說，「我一輩子是個煤礦工人，秀是醫學院的大學生，這樣會毀了她的。我這樣說，並不是出於世俗的考慮，而是從客觀現實出發。再說，我知道養民對她愛得很深，秀也不是完全不喜歡他；他們的結合才是合理的……」

「合理？」金波不解地問。

少平點點頭。

這樣，他們就不再提說這件事了。兩個人折轉身，又慢慢往燈火閃閃的礦區走去……這一夜，兩個人就一塊擠在少平的牀上。

他們幾乎通夜沒合眼，從過去說到現在，從一個話題又轉到另一個話題，一直興奮地說到天明。

天明以後，金波就搭上去銅城的公共汽車，離開了大牙灣煤礦。兩個人在汽車旁約定，如果金波找到了那位藏族姑娘，返回時他們將一塊再來這裏看望少平……

金波坐火車到省城後，連火車站也沒離開，就又搭上了西行的列車。

列車在向前飛馳，穿過寶雞，穿過蘭州，穿過無邊的山巒，駛向青海。

思緒逆着時光在向後倒退，退回流逝的歲月，退到當年，退到那片綠色的草原和那些個紅霞豔豔的傍晚……

金波帶着那個搪瓷茶缸，帶着一顆狂熱執迷的心，眼裏含着酸楚的淚水，風塵僕僕，來到了青海。

他在西寧下了火車，即刻又搭上駛往當年部隊駐地那裏的長途汽車。

隨着目的地越來越近，他在車廂裏激動得坐立不安。

已經瞭見了遠方地平線上那一列列戴雪冠的山脈。無邊的草原在視野中一直鋪向天邊。深秋的草原已經開始發黃了。

一切都是那樣熟悉！馬羣在哪裏？為甚麼沒有聽見那支歌？

他百感交集，臉緊貼着車窗玻璃，難以相信他真的又回到了這地方。

當金波來到當年的部隊駐地時，大吃一驚：呀！這裏竟然變成了一座小鎮？

他看見，一片密密麻麻的房屋和幾座大樓組成了一個繁榮的市鎮。一條街道通過鎮中心，兩邊是各種小店舖。街上行走的人，有藏族，也有漢族。像內地一樣，到處都有出售衣服的小攤販，竹竿上挑掛着從全國各地流來的時新服裝，花花綠綠，在深秋的冷風中飄揚招展。賣小吃的生意人吆喝聲四起。

部隊的營房呢？軍馬場呢？

營房還在。不過，大門口掛着一塊貿易貨棧的牌子。軍馬場已經不見了蹤影，而變成了一個交易牧畜的場所。

金波站在當年熟悉的地方，面對着眼前陌生的一切，恓惶得真想哭一鼻子。

但是，這並不意味着他此行的願望就要落空。不，也許他親愛的人現在就生活在這個市鎮上。他發現這裏有許多藏民。他已經留心過街上的那些藏族姑娘，看是否能意外地發現他要尋找的人。

他在一個小旅館裏住下來。然後，便立刻跑到各種機關去打問他當年的部隊和那個軍馬場的下落。

沒有人能回答他的問題。

當別人聽說他要找一個連名字也不知道的藏族姑娘時，都忍不住笑了。

大概有人發現他不太正常，第二天晚上就有個民警找到他旅館的房間來，詳細查看了他的證件，並詢問了有關的問題。

這位民警聽了他的敍述，感到十分驚訝。不過，他看來受了點感動，答應幫助他查問一下他要找的人。

三天過去了，金波仍然一無所獲。他自己幾乎跑遍了鎮上的所有單位，在街頭辨認了所有往來的藏族姑娘，但沒有發現他要找的人的任何一點蹤跡。他只有寄希望於那位民警了。

又過了一天，民警來告訴他：這裏沒有他要找的那個人。

「那麼，軍馬場遷到哪兒去了呢？」金波含着淚問民警。

「這個軍馬場早就撤了！」民警說。

金波感到整個草原都旋轉起來。

他絕望了。

但他又遲遲不願離開這個小鎮……

他每天都在草原上踉踉蹌蹌地漫遊。

他長久地立在那個小湖邊，立在白花花的鹽鹼地上，望着深秋碧藍的湖水，熱淚在臉頰上淌個不停。波濤輕輕舔着他的腳尖，水鳥在空中盤旋飛翔。遠方，草原、山脈、落日、晚霞，仍然是當年的景象。天空是永恆的，大地是永恆的，幸福卻流逝了。是的，流逝。他真想喝令時光再退回到當年，讓他重溫自己一生中再不會有的青春和幸福……

別了，草原！別了，雪山！別了，我親愛的姑娘！無論你此刻在甚麼地方，我都向你祝福；祝福你美滿地生活在人間。我會永遠珍藏着你的微笑，你的歌聲，一直到我閉住眼睛的那一天。我同樣會不息地唱那支歌，那支青春和愛情的歌；願你聽見這支歌。我仍然在焦渴地企望，某一天，甚至我們已白髮蒼蒼，我們或許還能相見；如若不能，哪怕是在夢中，或在死後的另一個世界裏……別了，我心上的人啊！

一切都結束了。他告別的是人生整整一個段落。青春之花，永遠地凋謝在了這片草原上。這是壯麗的凋謝。他失去的，也正是他收穫的。在他那深情而富有的心靈土地上，怎麼會沒有絢麗的花朵重新開放呢？

他終於決定明天離開這個小鎮。

當天傍晚，當夕陽沉落，滿天飛起霞光的時候，他忍不住心潮澎湃地來到當年那個老地方。他曾在這裏觀看歸牧的馬羣，和她對唱那支燃燒的歌。現在，這地方已經是一個小小的十字街口了。

他遙望着遠方，竟然又忘情地唱起了那首歌——

在那遙遠的地方，
有位好姑娘；
人們走過了她的帳房，
都要回頭留戀地張望。
…………

他立在十字街口，淚流滿面地唱着這支沒有回聲的歌。許多過路的藏漢行人，都驚奇地駐足而立，聽他旁若無人地歌唱。人們多半認為，這是一個外地來的精神病人。不過，他卻把這支美麗的歌兒唱得如此讓人揪心啊！

第七十五章

上海。

入夜的南京路和外灘成了燈火的世界。燈火是變幻莫測的，正如這個城市的生活一樣。

亞洲大陸和太平洋銜接處的這個大都會以熱情兼冷酷而聞名全球。它是一個龐大的蜂巢，一個複雜的矛盾體，混亂而井井有條；令人神往也讓人望而生畏。它是排外的；卻把友誼之手伸向四面八方。它是那樣精細，為一分錢一根菜一兩肉斤斤計較；它又是那樣慷慨，把它巨大的財富和創造力與五十六個民族十億人口共同分享。上海啊……

入夜的上海和白天一樣熱鬧，甚至比白天還要熱鬧。

外灘現在成了情侶們的世界。外地人在偉大的上海面前，各方面都由不得自慚形穢；但也有值得驕傲之處 —— 比如，男女青年談戀愛的地方總要比上海寬敞。瞧，包括那個巴掌大的「黃浦公園」在內，雙雙對對的情侶們擁擠得像煮餃子似的稠密。能在馬路邊佔一席之地絕非易事。儘管人挨人，但亞當夏娃們擁抱親吻旁若無人。遠處，江海相匯的浩瀚水面上，輪船的聲聲汽笛在向甜蜜的外灘祝福。

夜間十二點左右，這個「伊甸園」的愛情潮水有所減退。但仍然還有不少青年男女在蕭瑟的秋風中火熱地依偎在一起。

這時候，從繁華的南京路口走出一個手提破人造革皮箱的人。他頭髮零零亂亂，臉上帶着明顯的風塵之色。衣服穿得不倫不類，既時髦又土俗，既不像夏裝又絕非秋衣。從外觀上一看便知道這不是本市人。再細看一下，也不是南方人。從衣着神色判斷，多半像來自北方的小本生意人或者純粹的流浪漢。

借着馬路上的燈光，我們才漸漸認出：這不是王滿銀嗎？

這的確是王滿銀。

哈呀，罐子村的這個逛鬼怎麼又逛到這兒來了？

這是他的「職業」——為甚麼就不能逛到這兒來？幾年裏，他不知多少次來過這個大城市。豈止是這裏！全國哪個大城市他沒逛過？他甚至都逛到了沙頭角；如果不是人家攔擋，他說不定就走了香港。哼，要是到了香港的話，他王滿銀就和中國「拜拜」了，這陣兒還不知在哪個國家呢！

他從十一屆三中全會以後一直逛到了現在。他既不討吃，也不偷竊，而是個生意人。

可是好多年來，除過手中拎着的這隻破人造革皮箱和懷裏的一片簡易計算器外，他仍然等於一無所有。他只是在上海廣州這樣的城市買些廉價的襪子、手帕、針頭線腦和其他小玩藝兒，然後到北方一些鄉村集鎮高價出售，勉強混着沒讓自己餓死。

像往常一樣，他一旦逛到門外，腦子裏就很少再想起罐子村的那個家。他一年四季無憂無慮浪跡祖國大地，過着那種雖說捉襟露肘卻也悠然自得的日子。

只是每年臨近春節，全國掀起回家高潮的時候，他也才匆匆忙忙提着那隻破皮箱，給兒女買點小禮物，趕回到罐子村。年節一過沒幾天，他的兩隻腳片就發癢，於是又提起破皮箱跑出來了……

說實話，這小子逛門外也夠受罪了。身上常裝不了幾個錢，到上海這樣的城市，無異於一個叫化子。在南京路的那些大商店裏，他只能買點不值錢的東西。他最羨慕那些操着生硬漢話的維吾爾族生意人，一買就是整捲整捲的高級布料，錢都是用大箱子提着。

另外，還有個「性」的問題。他一年四季基本等於打光棍。廣州上海倒有的是拉客女人，但他和這些女人睡不起覺。尤其是廣州，那些女人還要外國錢和港幣哩！去他媽的，老子連人民幣也不揣幾個！

至於吃飯睡覺，他能湊合就儘量湊合。天暖和好說，任何地方都能睡覺；天當被子地當氈，怪美氣的。天一冷就麻煩了。一般到了秋冬，他總是像候鳥一樣往比較暖和的南方跑。

南方也不暖和啊！像現在這樣的季節，一入夜，呆在上海也夠冷的。

他這次來上海，是買一些較為厚實但又廉價的襪子——因為北方開始冷了。

襪子已經買好，就在手裏的破皮箱中裝着。

可是，買過襪子，他身上就不剩幾個錢。如果他要住一兩晚上旅館，幾乎連回北方的車票錢也不夠了。因此，他現在才逛到了外灘。根據夏天的情況，這是個徹夜談戀愛的地方，在這裏過夜似乎沒人管。他已經買好了明天的火車票，心想在這裏湊合到天明，還能節省幾個旅館費。

提破皮箱的王滿銀來到外灘，雖然是深秋，又到了深夜，但他看見還有不少抱成團的男女。看到人家都摟摟抱抱，王滿銀感到心煩意亂。但正因為有這些紅男綠女，才可以掩護他在此處度過這難熬的一夜。

王滿銀來到公園外牆根旁一叢叫不上名字的樹下，放下那隻皮箱。他自己也跟着坐下來。

本來，他想雙手抱頭伏在腿膝蓋上迷糊一陣兒，可眼睛又不由挨個觀察那些勾肩搭背、沒完沒了親嘴的男男女女；直看得他渾身篩糠般發抖，直吧咂嘴。

「你在這兒幹甚麼？」

王滿銀正看得入迷，卻聽見有人問話。

他扭過頭一看，原來面前站着個警察！

他慌了，支吾着，掏出了揉得皺巴巴的原石圪節公社的介紹信，以此證明他不是個歹徒。至於「你在這兒幹甚麼」的問題他卻不好回答。

「我在這兒歇一會！馬上就回旅社呀！」王滿銀急中生智，提起皮箱就站起來。他生怕再磨蹭一會，被這位警察帶到「局子」裏——他還忙着要回去賣他的襪子哩！

警察見他準備離開，而「手續」又是合法的，也就沒理他。

滿銀狼狽地趕緊就走，做出一副回那個虛構的旅社的樣子。

一路上，他大為不滿地想：哼，甚麼警察！不去管那些親嘴的人，來管一個老老實實坐着的人！這方面上海就不如小地方！在他們黃原，警察一到晚上，就專門撵着管這些談戀愛親嘴的人！決不會管他這號人！哼……

但不論怎樣，他今晚上又到甚麼地方去過夜呢？

王滿銀骨子裏是個膽小人。他儘管對警察不滿，但又很怕警察。他不敢再在街上打過夜的主意了，決定忍痛破費去住旅館。

他當然找了個最破爛的旅館——反正過幾個小時天一明，他就坐火車離開了這個該死的城市。

王滿銀進了那個剛能展起腰的旅館房間裏，把箱子扔在地上，先為自己倒了半杯白開水。他喝了幾口熱水，讓身上的寒氣散了散，然後又用暖壺裏剩下的那點熱水澆濕了乾毛巾中間的一片，擦了把臉。

現在，他疲憊地歎息着，坐在那張油漆剝落的小桌前。

他呆坐了一會，無意間拿起桌上的那面破鏡子，用袖口揩了揩鏡面上的灰塵，舉起來端詳了一下自己的尊容。

他大吃一驚！他發現，鏡子裏面竟不是他，而是一個陌生的傢伙。瞧，眼角額頭全是皺紋，兩鬢角有許多白頭髮！

這是他嗎？他奇怪地問。

不是他又是誰！

王滿銀那顆愚頑癡蠢的心，就像被利錐猛戳了一下。

這是我？我老了？臉上有了皺紋？頭上有了白髮？

他在這鏡子前面久久地發呆。

在這寂靜的深夜裏，這樣呆坐着的時候，他耳邊似乎突然傳來遠方貓蛋和狗蛋喊「爸爸」的聲音；他恍惚地看見兒女們戴着紅領巾和他們的母親一塊立在罐子村的公路邊上，在等待着他回來……

他看見鏡子裏的那個傢伙嘴咧了幾咧。

這個逛鬼不由伏在桌子上哭開了，鼻涕涎水淚珠子攪混着糊了一臉……

王滿銀似乎從這面破鏡子裏才認識了他是誰，是個甚麼人，過去曾過着甚麼樣的日子。

「我得要回去！」他對自己說。

這個逛鬼猛然間開始想念起了他的孩子、老婆和那個破牆爛院裏的家。人啊，真是不可思議！

的確，有時候，往往一個極偶然的因素，就可能會改變一個人的生活。王滿銀得感謝大上海小旅館裏的這面破鏡子。它不僅照出了他的嘴臉、他的衰老，而且也照出了他前半生荒唐而愚蠢的生活。

王滿銀一旦「覺醒」，也沒有太多的心理過程。反正他一下子開始對他過去的生活厭倦了，而立刻想回到老婆和孩子們的身邊——他甚至都等不得天明瞭！

這一夜他無心再睡。他就坐在這張小桌前，儘管腦子很亂，但想的完全是罐子村、老婆、貓蛋、狗蛋……

他真奇怪自己不呆在罐子村家裏享福，為甚麼這麼多年逛到外面來受罪呢？兩個娃娃多親！聽說唸書都很能行。老婆也多好！帶孩子種地，侍候他好吃好喝；而且他甚麼時候想和她睡覺都由着他，何必到外面看人家摟抱親嘴呢？自己的老婆情願怎親哩，還不要花錢！

天一明，王滿銀便火燒屁股一般急着躥上了西行的列車。這個一改舊性的人，歸心似箭，恨不得馬上就回到罐子村。

他下了火車，便跳上了汽車。一路上任何新奇事都再不能吸引他了。

到黃原時，他在東關把那一箱襪子胡亂賣掉，錢全部給老婆和孩子買成衣服，就又躥上了開往老家的汽車……

逛鬼王滿銀沒到年根而破例在秋天回到罐子村，立刻成了本村的一條大新聞！

又據到蘭花家串過門的人回來說，這傢伙此次返家不準備再出去逛了。人們更是驚奇不已。

哈呀，這不是半夜裏出了太陽？

「狗改不了吃屎！」有人不相信地搖頭說。

但是，王滿銀的確是不準備再出門了。

這個逛鬼竟然真的開始依戀起了這個家。

唉，細細一算，他已經是快四十歲的人，逛了多年門外，逛白了頭髮，卻依然兩手空空，一無所有。他又不是個天生的白癡；一旦悔悟，也會像正常人那樣思考問題。他現在才意識到，他一生中惟一的財富，就是這個含辛茹苦的老婆和兩個可愛的娃娃。現在回想起門外風餐露宿的生活，他都有點不寒而慄，甚至連去黃原的勇氣也喪失了。他突然感到自己脆弱得像個需要大人保護的兒童。在他眼裏，如今身強體壯的蘭花不僅是他的妻子，也是他的母親。他甚至感到連貓蛋和狗蛋都比他強大。兩個孩子說書上的事，他在旁邊敬畏地聽着。而當孩子們親切地依偎着他，叫他「爸爸」的時候，他感到「榮幸」並為此而心酸……

過了一些日子，王滿銀竟然對妻子說：「我也跟你到山裏去。」

「甭！你多少年沒勞過動，款款在家裏盛着！那點地我能種了哩！」

可憐的蘭花堅決不讓男人去勞動。只要丈夫不再離開她，夜夜摟着她睡覺，這就是她的最大幸福了。現在，別說那些地，就是再給她一些地，她都有心勁種哩！只要滿銀在她身邊，她不僅不讓他勞動，還想辦法讓他吃好喝好。家裏好一點的東西她都捨不得吃一口，總是讓男人和娃娃吃。她確實也把男人當娃娃來親 —— 她滿心愛他啊！

王滿銀儘管不是好莊稼人，但在農村婦女的眼裏，他是個很有情趣的男人。他性格活潑，愛耍愛笑，唱起信天遊來嗓音震得崖坬坬響。正月裏鬧秧歌，鼻子上畫塊白，身上斜掛驢串鈴，手裏甩着蠅刷子，能把人笑死！

當然，夜裏的炕上生活，他也能讓蘭花心滿意足。

滿銀如今也對妻子產生了一種纏綿感情 —— 這是長期單身生活的自然結果。真的，要是蘭花白天出山去勞動，他呆在家裏還怪想她哩！

因此，他不聽妻子的勸說，硬跟着她出山去了。當然，他已對農活相當生疏，又確實吃不下苦，也幹不了甚麼活。他只是在妻子勞動時，中間跑回家給她提一罐喝的，或拿一點吃的。要麼，就給她說些外面的新奇事，說些怪話，或唱一段子信天遊。蘭花高興得都忘了勞累。有時候，這個二流子也轉悠着在附近的地裏撿一點柴火。他就像一隻老綿羊，天天跟在妻子身邊。這使我們想起幾年前狗蛋跟他媽出山的情景……

每天傍晚，太陽快要落山的時候，蘭花肩着勞動工具，王滿銀胳膊窩裏夾着幾根他撿來的柴火，夫妻二人就雙雙從山裏往家走；王滿銀一路上還咧着嘴唱信天遊哩！

到家以後，蘭花做飯，滿銀燒火，兒子狗蛋趴在小桌上做作業。女兒已在石圪節上初中，星期六才回家來……

王滿銀收心務正的「事跡」立刻傳遍了東拉河一帶的村莊。據說罐子村的土藝術家王明清已經把滿銀的事編成了秧歌劇，準備春節作為罐子村在石圪節鄉匯演的壓軸戲；同時還聽說王滿銀自告奮勇要演他自己！

孫玉厚全家人也都知道了王滿銀的情況。玉厚老漢雖然對這個「壞鬆」女婿照舊滿懷怨恨，但心頭總算舒展了一些。不過，自女婿回來，他還沒去罐子村——他的彆扭情緒也許得很長一段時間才能消除。

但少安卻到姐姐家走了幾趟。他對姐夫的歸來感到高興。儘管王滿銀勞動不行，但總可以使姐姐的日子過得不再寂寞。少安很了解姐姐，她對這個逛鬼的感情很深。再說，兩個外甥都大了，又都是好娃娃；只要姐夫不再出去瞎逛，這個家還是完整的。

後來，少安看姐夫確實有回心轉變之意，心想能不能讓他到他的磚廠去幹個甚麼事呢？他知道這個二流子也幹不了甚麼活，但只要去立個樁樁，他就可以給他開一份工資——某種程度上等於給姐姐家一些資助。反正這是他的磚瓦廠，他情願讓誰來幹活哩！

當他把這件事給姐姐和姐夫提出來後，王滿銀高興地說：「我去！我歪好還識幾個字着哩，寫寫算算都能來幾下！」

蘭花當然不反對。她知道把丈夫交給大弟去「管理」，放心着哩！

這樣，王滿銀就在石圪節他小舅子的磚瓦廠「上班」了。當然，少安不會讓他去做那些「寫寫算算」的事；也不敢讓他去跑「外交」——他生怕他又跑得不見了蹤影。他讓滿銀去大灶上做飯。雖然伙房不再需要人手，但少安壓根兒也沒把王滿銀當人手使用，只是應個名義，拿一份工資罷了。

不料，沒過多少日子，王滿銀卻在伙房裏真的幹起活來了，而且幹得相當賣勁；除過燒火切菜，竟然還學會了蒸饅頭！

孫少安十分高興，把他的一輛新「飛鴿」牌自行車也送給了姐夫。於是，每天吃過晚飯，王滿銀就用自行車把石圪節上中學的貓蛋帶上，回罐子村和老婆孩子共享天倫之樂；第二天早晨把女兒送到學校，他自己又趕到磚瓦廠的灶房來「上班」……

第七十六章

沒過多少日子，孫少安所承包的石圪節磚瓦廠就開始盈利了。這沒有甚麼奇怪的。人們早就預料磚瓦廠會在這小子手裏成為一棵搖錢樹。

孫少安從雙水村走向了石圪節。就一個農民而言，其意義就等於說他「衝出亞洲」了。至少在目前，他成為全鄉經濟活動的首要人物。不容易啊！在黃土高原這樣的窮鄉僻壤，一個農民腰別幾萬塊錢，那簡直是一件了不得的事！

如今，少安白天的大部分時間都在石圪節照料磚瓦廠的事。有時他也得去原西城甚至黃原去推銷他的磚瓦。

晚上，要是沒甚麼緊要事，他也像他姐夫一樣回家過夜。

那輛新自行車送給姐夫後，他又通過縣百貨公司經理侯生才走後門另買了一輛。像副鄉長楊高虎和石圪節食堂胖爐頭胡得福這樣一些人，曾鼓動他買一輛摩托車；但他考慮再三沒有買。不是他沒錢買，而是怕周圍的老百姓說他張狂。他是雙水村曾經窮得出了名的孫玉厚的兒子，誰不知道他的老底子？不敢太能俏！

別說自尋着出風頭了，現在他即使裝成個鱉，他還是在石圪節踩得地皮響！

每當他走過這條土街，沒有人不對他笑着打招呼的。他要是在食堂請外地來買磚的人吃飯，胖爐頭胡得福會拿出為縣上領導炒菜的本領，給他精心操辦酒席。

他後來的頭髮也再不用田海民理了，而固定在胡得祿和王彩娥的專業「夫妻店」理。通常他一到，兩口子都一齊上手，得祿理，彩娥洗，把其他顧客撇在一邊不管，以此顯出對他這顆頭的特別關照。有幾次，少安覺得王彩娥為他洗頭時，曾用手在他頭上明顯地傳達過一些「肉麻」的意思。這使得他以後儘量瞅胡得祿一個人在時，才進這理髮店。這個王彩娥！誰都敢下手！

現在，孫少安感到，門裏門外的事都十分順心。不久前，妻子如願以償生了個女兒。雖然因計劃外生育，還沒上了戶口，但夫妻倆再還管他個戶口不戶口！要是幾天不回去看看女兒，他就心慌意亂，甚事也幹不成！妻子奶水和生虎子時一樣旺，麻煩事也不是太多。少安只生氣的是，孩子有個小病，父母親和秀蓮不好好到石圪節醫院來看，常常把神漢劉玉升和他的徒弟田平娃叫到家裏瞎折騰……

父母親已經搬回了新建的家院。少安滿意的是，這院地方現在成了雙水村最有氣派的。新窰新門窗，還圈了圍牆，蓋了門樓，樣樣活都精細而講究。他還打算在他不忙的時候，請米家鎮的著名石匠雕打兩隻石獅子蹲在門樓兩邊。據村裏人回憶，舊社會只有金光亮他爸大門口有過石獅子。而那時，他父親就在這老地主門上攬工種地。現在，孫玉厚的大門口要有威風凜凜的石獅子了……

正在孫少安的事業炙手可熱的時候，有一天，胡永合突然到石圪節來找他。老朋友上門，他趕緊在胡得福的食堂裏為他擺了一桌子。

永合是叫他一同去省裏和電視台「洽談」合資拍《三國演義》的事。

孫少安這才想起，他曾給永合應承過這麼一檔子事。說實話，他早把這事忘了。他原來以為胡永合不過說說而已，沒料到他卻這樣認真！

他被這傢伙逼入了死角。這也許是一件相當沒把握的事，他根本摸不着深淺。但是他既然給這傢伙應承了下來，就不好推辭。再說，這是個有恩於自己的人，他怎麼能不講信義？

經胡永合又一番鼓動之後，少安的心也再一次熱起來。

去他媽的，甚麼事倒不是人幹的！幾年前，他能想到他弄起這麼大的攤場？可是現在不是弄得轟隆隆價把石圪節都震了？也許永合說得對！不能滿足一輩子當個土財主，也不能只在石圪節有點名聲；而應該把事幹得響州震縣！

於是，他馬上回去對妻子說了他要去省城的事。秀蓮一個婦道人家，她會把要賣的磚瓦數得一塊不差，但對生活中如此重大的抉擇，卻兩眼墨黑，當不了丈夫的參謀。這事只能由丈夫自己來決定。少安也知道秀蓮出不了啥主意，他只是尊重她，才徵求她的「意見」。

妻子一放話，他便把磚瓦廠的事委託給一個可靠的師傅，就和永合一塊動身去省城了。

我們姑且不評論這件事的可行與否，也不談另有所謀的胡永合；僅就孫少安來說，這件事也暴露出初發達起來的農民的一種心態。一方面，普遍的貧困所引起的社會紅眼病，使他們像傳統的財主一樣不願「露富」；另一方面，自身長期社會地位的低下，又使他們不甘心寂寞無聞，產生了強烈的出人頭地的慾望。兩種心態都情有可原，不必指責。

需要指出的是，財富和人的素養未必同時增加。如果一個文化粗淺而素養不夠的人掌握了大量的錢，某種程度上可是一件令人擔心的事。同樣的財富，不同修養的人就會有不同的使用；我們甚至看看歐美諸多的百萬富翁就知道了這一點。毫無疑問，我國人民現在面臨的主要是如何增加財富的問題。我們應該讓所有的人都變成令世人羨慕的大富翁。只是若干年後，我們許多人是否也將會面臨一個如何支配自己財富的問題？當然，從一般意義上說，任何時候都存在着這個問題。人類史告訴我們，貧窮會引起一個社會的混亂、崩潰和革命，巨大的財富也會引起形式有別的相同的社會效應。

對我們來說，也許類似的話題談論的有些為時過早了。不過，有時候我們不得不預先把金錢和財富上升到哲學、社會學和歷史的高度來認識；正如我們用同樣的高度來認識我們的貧窮與落後……

我們的少安此次省城之行，準備破費自己剛積累下的那點錢去投資拍電視劇《三國演義》，最少也屬於一種盲目行為。我們知道，一年前，他還在破產的泥淖中絕望地掙扎。抹不開胡永合的情面是事實。但在他本人內心深處，也不是沒有一些淺薄想法 —— 用錢買個虛名或者企圖用小錢賺個大錢。他不想想，電視台的錢就那麼好賺？現在有多少國營單位和一些響馬式的幹部，用「讚助」「合資」一類的誘餌來套弄像他這樣一些淺薄的「萬元戶」！

但孫少安既然踏上了進軍省城之路，心情倒很有些激動。已經到了這個地步，我們也應該公正地讚揚他的勇敢的進取精神；不管盲目還是失敗，只要敢出征的將士，就應該受到敬重。

胡永合和他商定，到黃原時兩個人在他哥胡永州那裏住一夜；到銅城時，再拐到大牙灣捎着看看少安的弟弟。少安也很想見見少平了 —— 弟兄倆見罷面已有好長時間。

胡永州如今還當他的包工頭，在北關為一家公司蓋樓。我們知道的那個可憐的女孩小翠已被他一腿踢到了東關暗娼的行列中，最近又為自己物色了一個仍然只有十六歲的小女孩陪他睡覺。

胡永州大方地在黃原街上最好的餐館請弟弟和少安吃了一頓酒席。席間，少安從胡氏兄弟的言談中，才知道他們在南面一個地區當專員的表兄弟高鳳閣，因為水災問題，官被撤得一乾二淨。這兄弟倆在飯桌上大罵了一通他們雙水村當了大官的田福軍。少安當然不解其中之意，只是吃菜喝酒，不插一句話。

第二天，他們就坐汽車下了銅城；然後在車站廣場又買票搭乘東去的一輛運煤車的悶罐客廂，拐到了大牙灣……

哥哥意外地來到煤礦，使少平大吃一驚。

不過，他很快弄明白，不是家裏出了甚麼災禍。那個家時至今日也常叫人提心吊膽 —— 對突降災變的心理恐懼像遺傳病一樣在他身上扎下了根。

隨哥哥而來的另外一個人也叫孫少平吃了一驚；因為他把這個人認成了他曾揍過的包工頭胡永州。他也很快弄明白這不是胡永州，而是胡永州的弟弟胡永合。儘管如此，他對這個胡永合一見面就反感。因為是哥哥的朋友，他才竭力克制着厭惡情緒，裝出一副熱情的樣子，請他們吃了飯，又把這傢伙安排在礦招待所的一個單間客房裏。

他和哥哥晚上要拉話，就共同住了一間兩張牀位的房子。

吃過晚飯，胡永合早早就睡了。儘管一路上孫少安一再吹噓他這個弟弟如何有本事，但胡永合連和少平拉兩句閒話的興趣都沒有。有個屁本事！有本事還要到煤礦來掏炭？

少平首先領哥哥到浴池洗了一回澡。他知道哥哥雖然腰纏萬貫，但一年也不洗幾次澡。一來原西縣也沒個公眾洗澡的地方；二來農村人習慣認為洗澡不只是講衛生，而是一種不屬於他們的奢侈行為，因此平時連想也不想。

洗澡時正好下井的工人還沒上來，一大池水就他們兩個人，少平直把他哥的脊背搓得像水蘿蔔一樣紅。

洗完澡，少平照例又把他哥引着在井口和礦區轉了一圈。他是懷着一種驕傲的心情讓哥哥看看他生活和工作的環境。可少安卻看得直皺眉頭 —— 他顯然對這煤礦沒留下啥好印象。

晚上，他們只脫了褲子，把腿伸進被窩，上身靠着牀欄，少平又買了一些點心和啤酒，弟兄倆都做好了熬夜長談的準備。這使我們想起了那年在黃原賓館他們共宿一室的情景。

少平又一次詳細詢問了哥哥去省城要辦的事。

少安說完後，少平皺起了眉頭。

「你為甚麼要做這樣一些事呢？」少平不解地問他哥。

「農民也不能光當個土財主，應該參加文化上的事嘛！」少安用胡永合的話回答弟弟。

「這道理聽起來不錯。可是你應該考慮自己的具體情況。說實話，你的事業才剛開始，只賺下那麼一點錢，就東跑西顛搞這些事，實在有點不自量力！」少平不客氣地說。

少安被弟弟說得一楞。他原來還以為有文化的弟弟會支持他搞文化事業，沒想到他當頭給自己澆了一盆子涼水。

「錢⋯⋯是不多。」他嘟囔說，「不過，對我來說，這也就夠多了。咱窮慣了，一有這麼多錢，心裏倒有些慌。一來我抹不開永合的情面，二來想疏點財就疏點財，反正沒這社會的變化，咱也不會有這麼多錢⋯⋯」

「思路完全正確！」少平欠起身，「錢來自社會，到一定的時候，就有必要將一部分錢再給予社會，哪怕是無償地奉獻給社會；有些西方的大富翁都具有這種認識。

「是啊，我們過去太窮了，我們需要錢，越多越好。可是我們又不能讓錢把人拿住，否則我們仍然可能活得痛苦。我們既要活得富裕，又應該活得有意義。賺錢既是目的，也是充實我們生活的一種途徑。如果這樣看待金錢，就不會成為金錢的奴僕。歸根結底，最值錢的是我們活得要有意義⋯⋯不過，錢可不能亂扔！」

「亂扔？我想電視台賠不了錢！說不定還能賺點⋯⋯再說，還掛個名字⋯⋯」少安這才道出了最深層次的心裏話。當然，他也確實做好了白扔點錢的準備；因為他現在有賺錢的磚瓦廠，心裏是踏實的。

少平明白哥哥的真實心理。他歎了口氣說：「你現在還沒必要拿錢買個虛名。再說，你甚麼情況也不了解，就準備到電視台去賺錢？而要是白扔一兩萬塊錢給電視台，你還不如拿這錢給咱雙水村辦個甚麼事⋯⋯」

「拿一兩萬塊錢白給村裏人辦事？」

「那又怎樣？你不是也準備白扔給人家電視台嗎？」

「我還準備賺它電視台的錢呢！」

「賺不了呢？」

「那只怪運氣不好！」

少平笑了:「說來說去，你這個財主看來並不是像你說的，想給社會疏點財……」

「要是白給村裏人辦事，還不如把這錢咱們一家人分了！」

「兩回事，哥哥。你對家裏人都已盡了責任。父母新建的家院，按你們來信說的情況，我推算我那點錢建不起來這麼排場的地方。你出了至少多出我兩倍的錢。就是妹妹，她假期回去，你都給了她不少錢。最近又聽說你把姐夫也拉扯到了你的磚瓦廠……

「至於我，你很了解，我現在不會用你的錢。我賺的錢我夠用。不夠用我也不願使用你的錢。這不是我和你之間有了隔閡，不，我們永遠是親密的兄弟。我以前就說過，最好的兄弟首先應該是朋友，然後才是弟兄。不知你聽說沒有，在外國，有些百萬富翁或億萬富翁的子女拒絕接受父母的遺產，而靠自己的勞動來度過一生。我理解這些人。如果我處在他們的位置上，我也會這樣做。比如說吧，要是爸爸不是個農民，而是個甚麼大官，有許多錢，我也不會要他的。那是他賺的，他自己情願怎花哩！花不了扔到河裏也可以！反正我不會接受他的饋贈……」

孫少安難以理解弟弟這些「高論」。不過，他也開始認真地檢討起他此次的省城之行是否適當……

的確，他甚麼情況也不了解，就準備拿一兩萬塊錢去冒險。一兩萬塊對於拍《三國演義》來說實在微不足道；但對他個人來說，等於拿自己的一半積蓄去開一次玩笑。他本質上可不屬於這種膽大妄為的人！

可是，現在上了胡永合的鈎杆，怎樣才能下來呢？他如今已經被這傢伙引到了半路上！「你倒究欠那傢伙多少人情？」少平問哥哥。他已經看出，哥哥對他的行為有點動搖了。

少安說：「實際上也沒甚麼。我困難時，他給原北縣一個熟人寫了封信，讓我去那裏找這人替我貸了點款。可沒過幾天，那個人就攆來要錢，逼得我幾乎要上吊……」

「那就去他媽的，你不去省城了！」

「怎找借口哩？」

少平看哥哥真的有了轉意，想了一下，出主意說：「你就說今晚上家裏打來長途電話，虎子和燕子住了醫院，急病！」

少安白了弟弟一眼，嫌他出了這麼一個不吉利的主意。

少平趕忙笑着改口說：「乾脆說奶奶病了！反正她老人家一年四季都有病！」

少安也笑了。他躊躇了半天，終於決定聽從弟弟的勸告，準備半路回頭了。

這樣商定後，他們都似乎有一種輕鬆感，於是便開始拉談雙水村的事。他們的興致高昂起來。少安詳細對弟弟描繪了村裏的「吃魚事件」和金光亮蜂跑走的情況；兩個人說一陣笑一陣。最後，又談到了少平的婚姻問題。少安只是傳達了老人們的願望。少平說讓他們不要操心，他的事由他自己解決……

孫少安覺得，這一夜過得很愉快。是的，每次他都能從弟弟這裏受到許多啟發。雖然他是兄長，但他尊重自己的弟弟。真像少平說的，他們已經成了「朋友」！

第二天早晨，當胡永合聽少安說他因為祖母突然病重要返回家時，氣得嘴張了半天，不知該說甚麼是好。既然是這樣，他總不能把這個孫少安用繩子捆到省城去！

孫少平這樣還不放心，又一直把他們送到銅城，直看着胡永合上了南去的火車而哥哥上了北返的汽車後，他自己才回到大牙灣。

第七十七章

秋末冬初，地裏的莊稼收割完畢，禾場上的活路也隨之結束，莊稼人便漸漸消閒下來了。

山野裏綠色褪盡，裸露的大地重新變得荒涼起來。廟坪的棗林顯出了一片嚴峻的鐵黑，枝頭挑掛着稀疏的黃葉。東拉河的水流卻到了旺季，朗朗地喧響着，把潮濕的涼氣擴散到了東西兩岸。

早晨，地上已經開始結霜。只是在接近中午的時候，天氣才暖和那麼一會。大部分農人的棉衣都上了身。

這時候，有些人即使沒甚麼買賣，也要到石圪節或米家鎮的街頭去溜達一圈。更多的人閒着沒事，就三五成羣蹲在村子各處的陽崖根下說閒話。近一兩年不像責任制剛開始，人們都忙於改變自己的窮光景，誰也顧不上找別人說閒話；經過幾年的拚命勞作，大部分人家都有了些存糧，因此在冬閒的時候有時間湊到一塊說說古朝今世了。

雙水村各處的「閒話中心」又都自然地恢復。要是閒話說得有了興致，大家還會湊着拿幾升軟小米，割幾斤羊肉，「打平夥」吃一頓小米羊肉丁子飯。另有一些愛紅火熱鬧的人，等不到正月裏鬧秧歌，現在就聚在一塊吹拉彈唱，鬧得不亦樂乎；某些破窰洞裏不時傳出悠揚的絲弦聲和莊稼人的歡歌笑語……

雙水村一片歌舞昇平景象。

就在這個時候，一件相當神秘的事正暗中在這個村莊進行着。

這件事的主角是神漢劉玉升。

雙水村的這位「精神領袖」最近被北方一個以搞迷信活動著稱的大寺廟任命為這一帶的頭領，負責收繳為神鬼許下口願的老百姓的佈施。這使劉玉升在無形中增強了自己在公眾中的權威。現在誰也不知道這傢伙在暗中搜刮了多少愚昧莊稼人的錢財。據有人估計，他足可以和著名的財主孫少安一爭高低。

神漢也有鄉土觀念。劉玉升在一兩月前突然萌發了一個宏大抱負：他要為雙水村做件好事，把廟坪那個破廟重新修復起來，續上斷了多年的香火。他準備自己拿出一部分浮財，另外讓村民們以上佈施的方式每家再出一點錢，一定要把這座廟修得比原來更堂皇！

實際上，劉玉升是以凡人的心理謀劃他的「壯舉」的：他要在雙水村的歷史上留下他自己的一座紀念碑。

他立刻成立了一個「廟會」，自任「會長」，同時挑選金光亮任他的「副會長」。

金光亮對這個職務受寵若驚又深感榮幸。作為地主的兒子，他生不逢時，這輩子大部分時間在村裏一直是「人下人」；別說當個甚麼領導人了，當個平頂子老百姓都不得安生。政策鬆寬後，雖然頭抬起了一些，但在村裏還不是受制於人？人家讓他刨廟坪的泡桐樹，他只得刨掉……好，他現在成了「副會長」，雖然共產黨不承認這個官，但許多老百姓承認哩！哼，讓他也坐上幾天官位！

光亮自「意大利」蜂跑掉，又被村中的黨支部勒令刨掉廟坪的泡桐樹後，灰了一段日子。

後來，他用積攢的錢，又買了幾箱蜂。不過，他沒敢再買該死的「外國蜂」，而買的是「東北黑蜂」。當然，他並不知道，「東北黑蜂」也屬於西方蜜蜂的品系。

重新買了「國產蜂」，又當了「副會長」，使得光亮再次「光亮」起來。另外，他感到腰硬的是，他還是個「革命軍屬」——他的二錘都在南方的國界上立了功哩！

這些日子裏，金光亮動不動就神氣地趟過東拉河，到田家圪嶗這面來，一整天鑽在劉玉升昏暗無光的黑窰洞裏，籌劃在廟坪重新修廟的事。與此同時，有些村民也在深更半夜神秘地出沒於劉玉升的院落——他們是來交建廟錢的……

這件事起先儘管秘而不宣，但不久就在村中成為公開的秘密。

所有村中的中共黨員和隊幹部都大吃一驚——他們很長時間被蒙在鼓裏！

但是，村裏的領導制止不了這件事。也無人去制止。因為大部分村民都捲入了這一活動，使得問題變得相當複雜。

令人難以置信的是，隨着改革開放，黃土高原許多地方的羣眾都開始自發地修建廟宇。雙水村某些人甚至感慨他們在這一潮流中都有些「落後」了。而我們的感慨是：如果不能從根本上提高農民的文化素質，即使進行幾十年口號式的「革命教育」也薄脆如紙，封建迷信的復辟就是如此地輕而易舉！

這一段時間裏，村裏人已很少再談論甚麼田福堂和孫玉亭，甚至連田海民和孫少安也很少談論，而劉玉升和金光亮的名字卻日益響亮起來！

當然，儘管制止不了這種迷信活動，但還沒有哪個共產黨員去給劉玉升上佈施——這點起碼的覺悟他們還是有的。

對這事最氣憤的是孫玉亭。為此，他對田福堂和金俊山等人大為不滿：為甚麼不召開黨支部會呢？哼，完全可以一繩子把劉玉升和金光亮捆到鄉上去！

孫少安返回村中後，還不知道這些事。在此之前，他大部分時間在石圪節忙他磚瓦廠的事，對村裏新出現的事態並不是很了解的。

另外，這一段時間裏，他有了新的熬煎。不知怎搞的，秀蓮最近身體猛然間垮了。整天咳嗽氣喘，原來很豐滿的身體消瘦了許多；臉色憔悴而枯黃，顯得兩隻大眼睛像擴開的銅環。

儘管妻子一再說沒事，拒絕到醫院裏去看病，但少安還是強行帶她去了一次石圪節醫院。醫院也沒檢查出個所以然，開了些類似田福堂吃的咳嗽藥，建議他們到大醫院去用「儀器」檢查。可固執的秀蓮別說去黃原，連原西縣也不去。她又是個掙性子人，儘管身體不好，仍然像過去一樣門裏門外忙個不停。這也使家裏人對她的病情麻痹了，以為真像她說的沒甚麼事。少安只是痛切地感到，妻子的身體是在這七八年間繁重的勞動和熬苦中累垮了；這是為了幸福而付出的不幸代價啊！

少安決定，等明年天暖後，不管秀蓮怎反對，他一定要帶她去黃原或省城去看病！

這一天晚上，少安回家後不多工夫，就被父親有點神秘地把他從家裏叫到院子裏。

「甚麼事？」少安驚慌地問。他看見父親一臉的詭秘。

孫玉厚就把劉玉升要重建廟宇的事給兒子大約說了說。

「我已經上了二十塊佈施。我品玉升的意思，想叫你多出一點哩，因為你這二年賺了幾個錢……」孫玉厚咄訥地對兒子說。

孫少安有些生氣地吧咂了一下嘴，對父親說：「哎呀，我怎能出這號錢哩？就是你也不應該出！」

玉厚老漢對兒子的態度大為驚訝。

「你娃娃不敢這樣！神神鬼鬼的事，誰也說不來！咱又不在乎那麼兩個錢。萬一……」

「萬一怎？」少安看着父親的可憐相，強硬地說，「我不會出這錢！哪裏有甚麼神神鬼鬼！神鬼就是劉玉升和金光亮！他們願幹啥哩，和咱屁不相干！」

玉厚老漢看兒子如此不恭神靈，急得兩隻手索索地抖着，不知該怎樣指教這個造孽的逆子……

第二天上午，少安本來要去石圪節磚瓦廠，但他無意間產生了一個小小的願望 —— 想到金家灣那面去轉一轉，瞧瞧他的寶貝兒子。

虎子這半年已經上了小學一年級。他很想在外面悄悄看看兒子坐在教室裏的樣子。是啊，他的兒子也上學了！由此他又想起了自己當年上學的情景，心裏不免有點酸楚。現在，親愛的兒子再不要像他當年一樣，為上學而受那麼多的委屈和折磨。虎子，只要你愛唸書，哪怕將來到美國去上學爸也要把你供出來！

孫少安懷着一種惆悵而激動的情緒，一個人慢慢溜達着，趟過東拉河，走過初冬荒涼的廟坪，跨過了哭咽河上的那座小橋。他一副游手好閒的樣子 —— 他也好長時間沒有這種閒情逸致了。

他習慣地走到原來的學校院子，卻猛然意識到：學校已搬進了原二隊的飼養院裏！

不過，他倒一下子無法把自己的雙腳從這個破敗的老學校的院子裏挪出來。

他看見，這個當年全村最有生氣的地方，竟是這樣的荒蕪衰敗了！院子裏蒿草長了一人高；窰面牆到處都是裂縫，麻雀在裂縫中壘窩築巢，嘰嘰喳喳，飛進飛出。那副籃球架已經腐朽不堪，倒塌在荒草之中……

這就是當年他和潤葉上過學的地方啊！以後，他的弟弟、妹妹，都在這裏上過學。而現在，他的兒子卻不得不離開這地方，搬到曾經喂驢拴馬的棚圈裏去唸書了。這是歷史的恥辱，也是雙水村的恥辱。田福堂和他二爸那些人不知是否為此感到羞愧？當年異想天開，炸山打壩；結果人亡壩破，把個好端端的學校也震垮了。哼，田福堂口口聲聲要給雙水村人民造福，瞧，這就是他造下的「福」！

「不過，你孫少安大發感慨，可又給雙水村做了些甚麼事？」有一個聲音突然在內心中問他。

孫少安怔了怔，忍不住仰起臉向天空長長地吁了一口氣。

僅僅在這一剎那間，某種想法便不由得主宰了他的意識。他猛然想：是呀，我為甚麼不可以把這座學校重新建造起來呢？連神漢劉玉升都有魄力重建廟坪的破廟，我為甚麼沒勇氣重建這個破學校？

一種使命感強烈地震撼了這個年輕莊稼人的心，使他渾身不由滾過了一道激奮的顫慄！

孫少安立刻想起了不久前在大牙灣煤礦和弟弟的那次談話。少平說的有道理！他既然慷慨地準備把一大筆錢扔到「三國」去，為甚麼不拿這錢給村裏人辦點事？電視台有的是來錢處！國家、省上、縣上、鄉上，那也自有人治理呢！而農村，就得靠生活在其間的人來治理。雙水村是他生存的世界，他一生的苦難、幸福、屈辱、榮耀，都在這個地方；無論從哪方面說，他都應該為親愛的雙水村做點事。他有能力這樣做 —— 他的能力實際上也許只夠在這個天地裏施展！

孫少安這樣一想，便很有些激動。他甚至把他將要做的事放到了本村近代史中去考慮。人的這樣一些活動，通常也不可避免地要受一種歷史意識的支配。

在雙水村最近的幾代人中，曾有過幾個人用不同的方式給這個古老貧困的村莊打上了深深的印記。

首先是金光亮他爸。這位老地主幾乎佔據過本村三分之二的土地，使得許多人牛馬般活了一生就無聲無息地睡到了黃土地裏。另一位是俊武他爸。深孚眾望的金先生精通孔孟學說，用他的道德文章為村裏村外的人做過許多好事。東拉河一帶像他父親那個年齡的人，如果有識字知書者，都是受惠於這位老先生；連赫赫有名的田福軍，也是在金先生膝下完成的啟蒙教育……

雙水村最近的一位歷史性人物當然是田福堂了。這是一個難以評價的人物。他統治了雙水村近三分之一世紀，客觀地說，有功也有過。至於功過哪個大哪個小，這就不好說了，有待於未來的歷史做出結論。

而眼下，另一個人物正在崛起。誰也想不到雙水村出了個「神職」人員！是的，劉玉升正以他的方式，開始強有力地影響雙水村人的生活。

可現在卻又給他孫少安提供了一個與之抗衡的機會。好，你劉玉升修廟，我孫少安建校！咱們就唱它個對台戲！

一個重大的行動就這樣在剎那間決定了。事情往往就是如此。甚至某些改變人類歷史進程的劃時代行動，很多情況下也往往是由某個偉人這樣決定的。

孫少安旋即走出這座頹敗的學校院子，轉而來到不遠處的原二隊飼養院。

孩子們正在上課。他躡手躡腳來到「教室」窗戶前。窗戶是臨時壘的，栽幾根粗糙的木棍，破麻紙被風吹得嗶嗶價響。

他透過窗戶上的破紙洞，看見姚淑芳老師正領着孩子們讀拼音。裏面黑乎乎的，一股牲畜的糞便味直衝鼻子。他半天才看見虎子背抄着雙手，小胸脯挺着在唸拼音。他鼻根一酸……

孫少安擰轉身急速地走出了這個破院子。他更加迫切地感到，他有責任讓孩子們儘快和這個飼養院永遠地告別，重新回到更好的環境中去唸書。

他沒有忙着去石圪節他的磚瓦廠，也沒有回家，直接去找他的朋友金俊武。

俊武聽他說了自己的打算，也很興奮，立刻表示，只要他出錢，他將全力支持他辦這件大事。

兩個人同時還商定，他們也成立一個會，叫「建校委員會」，由少安任會長，俊武任副會長。俊武對少安說，他如果磚瓦廠的事忙，只伸個頭，具體事由他替他領料，馬上就動手！兩個人估算，原來的學校只是裂了縫，拆下的石頭都能用，因此不會花太多的錢。少安表示，他準備拿出一萬五千元。如果剩餘下錢，還可以建立「獎學金」甚麼的。今後村中有人考上中專或大學，就給獎一部分學費。另外，還可以高薪請個小學英語教師。農村學生高考主要吃虧在外語上；如果他們的孩子從小學就開始學英語，那升學率就可能大大提高……

雙水村的兩個「中層領導」說得津津有味。儘管他們不是村中的龍頭人物，但生活似乎不知不覺把他們推到對這個村莊負責的位置上。

是的，我們一眼看見，這個古老的村莊已經需要新一代領袖來統帥它進入新的時代了！

當天晚飯後，少安也是神秘地把父親叫到院子裏，給他說了他的打算。

玉厚老漢嘴一張，結果連甚麼也沒說出來。他萬萬沒有想到，兒子連敬神的幾十塊錢都不願出，卻拿這麼一大筆錢修田福堂震壞的那個破學校！

不過，這是兒子的事。他向來在兒子們的大事上採取不干涉的態度——實際證明這種當老人的態度是明智的。當然，這事他倒不必像上次擴大磚場那樣為兒子擔心駭怕——白把錢給公眾花還有風險嗎？

孫玉厚老漢對兒子白花這一大筆錢是否值得，還需要他長時間在心裏慢慢思謀……

出乎少安預料的是，平時勤儉的秀蓮卻特別痛快地支持他搞這件事。生病以來，秀蓮的性情有些改變，變得十分和善，對老人，對孩子，都關懷備至；對他也更依戀了，一進門，就撲進他懷裏，非讓親一親她以後再去幹其他事。當聽他說完出錢修學校的抱負後，她除支持不說，還精明地告誡他：一定要以主事人的身份親自出面領料；而不要讓他們花了錢，卻叫金俊武領了大頭人情！女人啊……

事情由生病的妻子最後畫了「圈」，就算敲定了。

當天夜晚掌燈時分，少安心潮湧動，毫無睡意。他侍候着讓妻子吃了（毫無用處的）咳嗽藥，對她說自己要到金家灣那面和俊武商量一些具體事，就走出了家門。

正是月亮滿圓的日子，外面一片清亮：村莊和周圍的山野在月光下清晰可見。

少安踏着一片銀白，趟過淙淙流淌的東拉河，沒有去找俊武，卻從棗林裏穿過一條小土路，一個人爬上了廟坪山。

他蹲在山頂的梯田棱邊，沒有抽紙煙，而像先前那樣捲起一根旱煙棒，一邊抽着，一邊靜靜地環視着月光朦朧的雙水村……

此刻，他一下子想起了許許多多的事。從少年時期的生活，一直想到了現在。噢，他已經在這塊土地上生活了半輩子。他的後半輩子也要在這塊土地上度過。往日的生活有苦也有甜。重要的是，他現在才感到腰板硬了一些。過去，日日夜夜熬煎和謀算的是怎樣才不至於餓死；如今卻有可能拿出一大筆錢來為這個他度過辛酸歲月的村莊做點事了。當然，比起一些幹大事的人來說這實在算不了甚麼；可這是他孫少安呀……總之，就他而言，整整一個歷史時期已經結束，他將踏上新的生活歷程。只有一點不能改變：他還應該像往常一樣，精神抖擻地跳上新生活的馬車，坐在駕轅的位置上，繃緊全身的肌肉和神經，吆喝着，吶喊着，繼續走向前去！

月亮是這樣皎潔，夜是這樣寧靜；村莊沉浸在睡夢之中，東拉河卻依然吟唱着那支永不疲倦的歌……

幾天以後，孫少安要出錢重新修建學校的事就傳得家喻戶曉了。不用說，這非凡之舉博得一片讚揚之聲。許多村民出罷修廟宇的錢，又找到少安和俊武，也要為建學校多少出一點錢。就是呀，神鬼要敬，可孩子卻是天使！

於是，雙水村出現了「今古奇觀」：黨支部一籌莫展立在圈外，而兩個民間組織——以孫少安、金俊武為首的「建校會」和以劉玉升、金光亮為首的「建廟會」，用競爭和對抗的形式領導起本村公眾生活的潮流。更叫人哭笑不得的是，許多人竟對這兩個「會」同時都抱支持的態度。

第八十章

生活的大輪在鏗鏘地前行，時間卻在無聲地流逝——一九八四年就要結束了。

在這個將要成為歷史的年份裏，中國和世界都有過些重要的事件。世人矚目的第二十三屆現代奧林匹克運動會七八月間在美國洛杉磯舉行。如果古希臘的聖賢們轉世再生，一定會對現代人類道德水準如此之低而搖頭歎息：在神聖的奧運會期間，全球各地的戰爭和殺戮依然如火如荼地進行……

對中國來說，本年度最重大的歷史事件，是中英兩國政府簽訂了香港問題的聯合聲明。英國人保持了體面，中國人獲得了尊嚴。

結束了，一九八四年！人們懷着各式各樣的心情將要和這個年頭永遠地告別了……

一九八四年的最後一天，銅城地區落了一層雞爪子荒雪。

中午前後出了太陽，那層薄雪頃刻間就融化了。因為剛開始數九，天氣還未大凍；地上甚至有種潮潤潤的氣息。

在大牙灣煤礦各個黑戶區的窩棚土窰裏，到處都在炒、炸、蒸、煮……空氣中瀰漫着混雜的香味。礦區雖沒有顯出像大城市那樣的過年氣氛，但也不像農村那樣輕視這個「洋」年；他們起碼要準備一頓豐盛的晚餐來打發這一年。明天就到了明年，那頓傳統的餃子當然也不能不吃。

礦區的許多公共場所，也有了一些過年的熱鬧景象。礦部樓門口已經貼了一副對聯；樓頂臨馬路的一邊，插起十幾面彩旗，在寒風中嘩嘩招展。兩個職工食堂的大餐廳裏，俱樂部的幹部們正忙着佈置燈謎晚會。溝底平台上的體育場，職工們的新年籃球比賽進入了決賽高潮。體育場旁邊影劇院的大門前，旋轉着兩顆大紅宮燈，並貼出海報，晚上免費放映兩部電影。有些地方傳來鑼鼓樂器聲和男女聲歌唱——這是俱樂部為燈謎晚會後準備的小節目……

在地面上節日氣氛越來越濃的時候，井下成千上萬的礦工依然在掌子面上汗水淋漓地勞動着。不管甚麼節日，井下的工作不會停止。礦工們已經習慣了在節日裏照常下井。雖然大家知道這是個甚麼日子，但都很平靜——該做甚麼照樣得做！

孫少平的班是早晨八點下井的。

他們在井下整整幹了九個小時，直到下午五點鐘才陸續上井。

像往常一樣，這些滿身污黑、累得半死不活的人，沉默地把礦燈盒從小窗洞裏扔進去，就進了浴池。衣服一扒拉，先顧不上洗澡，趕忙把兩支煙接在一起，光身子橫七豎八仰躺在衣櫃或水池邊的瓷磚棱上，香得嗞嗞價一口跟上一口地抽。外面，已經有模糊的熱鬧聲息和零星的鞭炮聲傳來。

過足了煙癮，這些人才先後跳入黑泥湯一樣的熱水池裏，舒服地呻吟着，泡上半個鐘頭。不過，今天人們從黑水池裏爬出來，還在水龍頭上接點清水，再沖沖身子；因為今天大家都帶來了自己最好的換洗衣服。

當這些人換掉那身污黑酸臭的工作衣，穿上裏外簇新的過節服裝，臉上抹點面霜，足登鋥亮的皮鞋走出區隊辦公大樓，就好像換了另外一個人，瀟灑得連自己都有點不好意思了。儘管明天早晨八點他們又得換上那身污黑酸臭的衣服下井，但這是過年，哪怕是幾個鐘頭，他們也要讓自己漂漂亮亮度過這一段短暫的時光。

孫少平同樣是這種心理。今天他洗完澡，換上了雪白的襯衣和一件深藍夾克衫，牛仔褲，旅遊鞋，還把襯衣的領子翻在外面，顯得格外英俊。穿着這身衣服走過區隊辦公樓的水磨石地板，他感到腳步比平時輕快了許多。他準備直接去惠英家 —— 這頓不比平常的晚餐早就說好了。

「叔叔！」

少平剛走出區隊辦公樓，就見明明喊叫着和小黑子一塊向他跑過來。明明也穿上了不久前他給他買的那身漂亮童裝，脖子上結着鮮豔的紅領巾。

少平迎上去抱起他，問：「你剛到這兒？」

「我和小黑子來好一會了！媽媽叫我們來接你！媽媽做了好多好吃的！」

少平脖項裏架着明明，引着那條歡蹦亂跳的小狗，沿着鐵路向惠英家走去。薄雲中模糊的太陽正在西邊的遠山中墜落。礦區增添了節日的喧鬧，沉浸在沸沸揚揚的氣氛裏。陰涼潮濕的空氣中不時傳來炮仗熱辣辣的爆炸聲……

惠英已經把酒、菜和各種吃食擺滿了飯桌，正立在門口，用圍裙搓着被水浸泡得紅紅的手，笑眯眯地迎接他們回家來。

在暖融融的房間裏，三個人一塊坐下，圍着小桌，一邊喝酒吃菜，一邊看電視。小黑子蹲在明明身旁，也在破臉盆裏吃惠英嫂為它準備的「年食」。

一種無比溫暖的氣息包裹了孫少平疲憊不堪的身心。他感覺僵直的四肢像冰塊溶化了似的軟弱無力。內心是這樣充滿溫馨和歡愉。感謝你，惠英！感謝你，明明！感謝你，小黑子！感謝你，生活……

他不由含着淚水，抬頭望了一眼惠英。她臉紅撲撲地，親切地對他一笑，便用筷子給他小碟裏夾菜。

「我……敬你一杯酒。」少平提起小香檳瓶子倒滿了一杯，雙手舉到惠英面前。

她無聲地一飲而盡。

接着，她倒起一杯白酒，敬到他面前。

他也一飲而盡。

孫少平第一次放開了酒量。他一杯又一杯地喝個不停。不知為甚麼，今夜他真想喝醉——他還沒有體驗過酒醉是一種甚麼滋味。

他竟然真的喝醉了，而且醉得不省人事……

……當孫少平睜開眼睛的時候，只看見一片微白的光亮。

後來，他又看見糊着花格紙的天花板。

怎麼？蚊帳呢？他驚異地問自己。

他猛地調過臉，見惠英嫂正在旁邊包餃子。

現在是甚麼時候？晚上？早晨？他為甚麼躺在惠英嫂的牀上？

他一下坐起來，驚慌地問包餃子的惠英：「怎？天還沒黑？」

惠英嫂低着頭沒看他，說：「你問的是哪一天？」

「不是過年嗎？」

「年已經過了。」惠英嫂轉過身，牙輕輕咬着嘴唇望了他一眼，「好些了嗎？」

「這是早晨？」他驚駭地問。

「天剛明。你從去年睡到了今年……」她有點不好意思地笑了。

「啊呀……這！」

孫少平這才反應過來，他昨晚上喝醉了酒，竟然在惠英的牀上過了一夜！

這該死的酒啊……

一種說不出的羞愧使他一隻手按住額頭，在被窩裏呆坐了片刻。

你這是怎搞的！他譴責自己說。

但是，懊悔也來不及了。他已經在這裏睡過了，而且睡得十分舒服，十分酣暢，十分溫暖！

溫暖……真想哭一鼻子。想哭的原因不是因為自己幹了一件荒唐事。

當他把手從額頭上放下來後，惠英卻過來伸手在他額頭上按了按，說：「頭不疼吧？昨晚好像有點發燒，我還怕你病了呢！」

不知為甚麼，那種羞愧和懊悔的情緒漸漸在他心中消退。他反倒覺得，他在一剎那間，似乎踏過了那條燃燒着熊熊火焰的痛苦的界線，精神與心靈獲得了一種最大的自由和坦然。這或許是他生命和生活的重大轉折點。

他立刻用成熟了的男子漢的正常心理，接受了這無意間造成的錯誤事實。

他趕忙穿起了外衣。現在他推斷，他昨夜是醉倒在外間飯桌旁沙發上的。

那麼，他難以想像，惠英嫂是怎樣把他一百多斤死沉沉的軀體搬運到這個牀上的，抱過來的？拉過來的？揹過來的？

他當然不好意思問惠英。但他能想來，她是費了一番周折的。說不定明明也幫了忙。明明呢？他大概到外面玩去了……

他下了牀，沉默地來到外間。

他從地上的殘痕判斷，他曾嘔吐過。真該死！他一定讓惠英嫂忙亂了半晚上。唉，她昨夜睡覺了嗎？在甚麼地方睡的？就在他旁邊？

或許她一整夜都沒有睡……

少平有點頹喪地坐在沙發上，點着了一支煙。他現在重新又難受起來。不是因為醉酒——這已經過去了。他難受的是，這一夜他睡在惠英家，周圍那些愛管閒事的鄰居肯定會知道；俗話說，沒有不透風的牆。說不定明明都會出去說孫叔叔在他們家睡了。又不能給孩子安咐說不能這樣說！那他會在給別人說後再補充一句：叔叔不准給你們說！

如果旁人知道了這事，惠英嫂肯定要受到風言風語的攻擊。他真不該耍二杆子喝那麼多酒！

在他這樣思量這件事的時候，惠英已經把煮好的餃子給他端上來了，說：「你趕快吃！八點鐘還要下井。你是班長，不去也不行；要不，過個節，你也歇息上一天……」

惠英嫂看起來和平時一樣，像任何事都沒有發生。他感激她的這種看來平靜如常的態度。

當她又把酒杯放在他面前的時候，他笑着挪到一邊，說：「還敢喝？」

惠英也抿嘴笑了。她不再勉強他，只招呼讓他趕快趁熱吃餃子……

少平匆匆忙忙吃了一盤羊肉餃子，七點半準時趕到了區隊學習室。

儘管一夜荒唐使他情緒複雜，但一進入工作狀態就不能馬虎了 —— 他是班長，今天又是一九八五年的第一天，他要格外操心。這不，他在學習室佈置生產的時候，發現有好幾個人還醉意十足。按規定，醉成這個樣子的人是不能讓下井的；如果發現，帶班的班長就要受處分。但少平不忍心卡住他們，因為今天是元旦，賺雙倍的工資，還有很可觀的節日入坑額外獎金。只要他們能掙扎着下去就行了。不過，掌子面上可得要留心關照這幾個傢伙哩！

八點鐘下井以後不久，頭茬炮就放完。

少平一聲喊叫，人們立刻從機尾的回風巷撲進了爛碴碴的掌子面。栽柱，掛樑，綳頂，無比緊張繁忙的時刻來臨了。溜子隆隆的響聲和地壓造成的驚心動魄的「叭叭」聲從四面八方傳來 —— 這樣的時刻，即使是一個歷盡艱險的老礦工也會感到心悸。

孫少平一邊熟練而飛快地掛茬，一邊低聲吼喊叫罵動作遲緩的助手；同時還用眼睛留心觀察另外地方掛樑綳頂的情況。作為一個班長，最重要的就是在這千鈞一髮的當口，頭腦和手腳高度靈敏，視野寬廣，綜觀全局，於分秒之間閃電般處理隨時都可能出現的突發性事故。

少平剛把自己負責的一茬樑掛完，猛然發現不遠處未綳的碎頂上有一塊大矸石搖搖欲墜，眼看就要砸在一個協議工的頭上——而這傢伙卻帶着醉意獨個兒在傻笑！他立刻箭一般躥過去，連喊一聲都來不及，便一掌把那個協議工打在了老坑裏。在他自己還沒有反應過來的時候，那塊矸石就嘩啦一聲掉了下來！他只感到臉一熱，就甚麼也不知道了……

大家一看班長倒在血泊中，都驚叫着圍過來。安鎖子一把抱起師弟，還沒忘記騰出一隻手，把老坑裏爬出來的那個協議工扇了一記耳光。

安鎖子抱着滿臉糊血的少平，牛嚎一般喊叫着讓幾個人跟他上井，另外的人趕快綳剩下的碎頂，以防大冒頂！

有人提醒要上井的安鎖子：他還光着屁股哩。

「我操你個親媽！不會把褲子給老子圍到腰裏？」

眾人趕快七手八腳把他的褲子、衫子，胡亂束在他腰裏，勉強算遮住了羞醜。

安鎖子揹起少平，和四五個人急速地爬出掌子面，跑出巷道，大撒腿奔向井口。他赤膊露體，腰裏只纏着幾塊布，簡直像個土著生番。

受傷的少平立刻被送進了礦醫院。

傷勢顯然是嚴重的。大矸石的一角從右額掃過，傷口的某些地方都露出了頭骨。最嚴重的是右眼積滿淤血——至於眼睛內部的損傷情況，這個醫院的水平無法搞清楚。

需要立即轉院治療！最好是轉入省上的醫院！

聞訊趕來的礦領導馬上用電話和銅城機場聯繫。

正好！有一班飛機一個鐘頭以後要飛往省城。

於是，少平被抬進了救護車。救護車鳴叫着尖銳的警報器開出了礦區。而剛剛得知消息的惠英和明明晚來了一步；他們沒有能見上受傷的少平，哭叫着在救護車揚起的灰塵中絕望地攆了好一段路……

一個鐘頭以後，飛機載着昏迷中的少平從銅城起飛。又一個鐘頭以後，他就被送進了省醫學院第一附屬醫院……

第二天淩晨五點左右，孫少平慢慢恢復了知覺。

他腦子吃力地想着發生了甚麼事？首先想到的是：他受傷了！

那麼，我如今在哪裏？

接着，他朦朧地回憶起，他好像在惠英家的牀上睡過。

那麼，我現在還睡在惠英家裏？

眼睛！眼睛為甚麼看不見……噢，是蒙着甚麼東西。眼睛很疼。頭很疼。怎麼沒聽見惠英嫂的聲音？明明呢？耳朵不疼！應該聽見些甚麼……怎麼這樣靜啊？人呢？世界上為甚麼突然沒有了聲音？

他並不知道這是在深深的夜晚。

他掙扎着動了一下，並且叫了一聲：「惠英嫂……」

「哥哥！」

他聽見旁邊傳來一個女孩子的聲音。

哥哥？這是蘭香？

「蘭香！」他叫道，並且伸出一隻手，試圖抓住她的手。

一隻小巧的手緊緊握住了他的手。

「哥哥，我是金秀！」

「秀？」

「噢！」

「我……在哪兒？」

「你在省附屬醫院……」

「我……要緊嗎？」

「不要緊！哥哥，你放心！」

他親切地握了握金秀的手，同時感到有兩顆燙熱的淚珠滴在了他的手背上……

第八十一章

生活中的某種巧合常常使人感到像是天意的安排。金秀怎麼能想到，她在這樣一個地方和少平哥相遇呢？

當她面對受傷的少平時，心中不知是喜還是悲！喜的是，她這樣意外地見到了他。悲的是，她見到的是一個受了重傷的孫少平。

悲喜交加的金秀現在既顧不上喜，也顧不上悲；她要全神貫注、全力以赴護理好親愛的少平哥。也許這的確是一種天意的安排，使她有機會能以這樣一種方式接近他……

不用說，金秀太熟悉躺在眼前的這個人了。在她童年和少年的全部生活中，他都是她周圍少數幾個最親近的人。他是她哥金波的朋友；是她的朋友蘭香的哥哥。他們兩家人一直親密無間地生活在雙水村，每個人都像自家人一樣可親。

可是雖然如此，由於年齡的差別，以前她和少平哥之間猶如隔輩之人，不像她和蘭香那樣交往自如。從她記事開始，她就一直把少平看做是大人，而自己在他面前永遠是個小孩子。

直到她自己感覺自己也成了大人後，細細一盤算，才有點驚訝地「發現」：少平哥只比她大四歲呀！

他們實際上是同代人。只因為少平哥成熟早，她才老早把他看成大人，自己好像一直是小孩。就是現在，她也很難完全把這種心理調整過來。

自從她考上大學來到大城市，進入另一個生活世界以後，雙水村、石圪節、原西城，以及過去生活中親近的人，似乎漸漸變得遙遠而模糊了。新的天地和新的人物佔據了她的生活。與此同時，她也告別了孩子的時代，進入了成年人的行列。這種急速的變化，使人馬上感到過去十幾年的一切都成為久遠的歷史，被紛亂地存放在了記憶之中。生活中的金秀成了另一個金秀。接着，風度和學識俱佳的顧養民走進了她蓓蕾般的情感世界。她戀愛了。愛情之火烈焰熊熊燃燒了一些時候。後來，不知為甚麼，心靈中的這簇火焰跳蕩得不像當初那般歡快。她漸漸感到她和顧養民之間有某種不太和諧的東西。不是他有甚麼明顯的缺陷；恰恰相反，他各方面都很出色。但是，對她來說，他身上總是缺點甚麼。而這種缺憾是不能通過其他途徑所能彌補的。甚麼缺憾？歸根結底是性格不合。他太學者氣，而她需要一個性格剛健的男友。當然，這種學者風度絕非甚麼缺點，對某些女孩子來說，她們對男人所追求的正是這一點。可是，這一點正是她所不滿足的！

就在這種情況下，她想到了少平哥。這次，是她自己主動走進了一個男人的感情世界，而且自然得讓她感到驚訝。她愛上了少平哥？愛上了！愛得如此強烈，以至都不由向她哥金波含蓄地流露了她的心思。在她迄今為止的生活範圍內，她感到只有少平哥具備她所要求的男人的素質。是的，他許多方面都無法和優越的顧養民相比。他沒有上大學。他是煤礦工人。但他強健的體魄，堅定深沉的性格，正是她最為傾心的那種男人。另外，他們從小就像兄妹一般相親，如果一塊生活，那種甜蜜也許是外人所難以替代的。至於煤礦工人又有甚麼關係！她已經是一個能超越世俗觀念的人；她懂得幸福不在於自己的丈夫從事甚麼樣的職業，而在於兩個人是否情投意合。金錢、榮譽、地位和真正的愛情並不相干 —— 從古到今，向來如此！到時候，她要求分配到他所在的礦醫院就行了。只要和自己所愛的人在一起，即便到天涯海角去生活也是幸福的。

所有這一切實際上都還是她自己的一種單相思。她沒有機會向少平哥表白她的心意。她曾想給他寫一封信，但提起筆又鼓不起勇氣。唉，這在很大程度上是因為他們之間太親近了，反而有一種難言的障礙。另一方面，也是因為養民太愛她，使她的感情受到了牽制；她也急忙鼓不起勇氣斬釘截鐵地斷絕和顧養民的關係。初戀中類似的猶豫不決是允許的，也常常是不可避免的。這肯定是暫時現象，事情到最後總會有個惟一不二的結局。因此，我們先不必匆忙地責備我們親愛的秀！

現在，一次意外的事故，終於把孫少平送到了她面前。

不過，儘管看起來這似乎是一種天意的安排，但事情究竟會怎樣發展，我們還很難預料……

得要順便交代一下：顧養民已經在去年夏末的時候，考上了上海醫科大學的碩士研究生，戀戀不捨地離開了他親愛的姑娘，到那個龐大而雜亂的大城市深造去了。半年來，幾乎每星期都要給金秀寄一封情意綿綿的信。他也能不斷收到金秀的回信。但是，他並不知道，他所熱愛的姑娘，很大一部分心思早已飛到了銅城那條小山溝的煤礦上……

秀是不久前來醫院實習的。這次實習的同學分散在城內各個大醫院，她們宿舍只有她一個人留在附屬醫院。白天在醫院搞實習，晚上要回去照門。

今天晚上，她不能回宿舍睡覺去了。她要守護在親愛的少平哥身邊……

現在，天色已經發白。

遠處傳來車輛行駛的隆隆聲。她沒有一絲睡意，手一直握着少平的手。她知道，他此刻需要一個親人在自己的身邊。她為他的傷痛焦急難過，又為她能在這樣的時候守護在他身邊感到幸福……

孫少平慢慢才弄清楚了他自己發生了甚麼事。

傷勢不輕，這他心裏明白。他慶幸他還活着。

但這傷將給他留下甚麼後遺症，他估摸不來。頭劇烈地疼。右眼像戳進了一顆鐵釘。會不會成為白癡或至少會成為「獨眼龍」？如果是這樣，那還不如死掉！像師傅和曉霞那樣乾乾脆脆離開這世界。

是的，他才二十七歲，還沒好好活幾天人。但他不願以白癡或殘疾人的身份在這個世界上活一輩子。秀說「不要緊」，這多半是安慰他。如果「不要緊」，為甚麼要把他弄到省城來治療？

現在，他緊緊握着秀的手不願放開。在這樣的時刻，他承認自己的精神是脆弱的。他感謝命運把秀及時地安排在他身旁，使他有個依託。

「現在……是甚麼時候？」他問秀。

「天已經明了。」

「太陽出來了嗎？」

金秀抬起頭，透過落地式大玻璃窗戶，看見遠方亮起大片的玫瑰紅。

她對他說：「快了！」

「太陽……」他歎息了一聲，「以後還能再看見太陽嗎？」

「怎麼不能？哥哥！一切都會像過去一樣。等你好了，咱們一塊到郊外的山上去看太陽！」

「不過，秀，還是咱們雙水村的太陽好。早晚又圓又紅，中午像金子一般黃亮。城裏的太陽有時候像蒙了灰塵，模模糊糊。秀，你不知道，礦山的陽光也好，只是我們一年四季很少能看見……」

「哥，等你好了，咱們一塊回雙水村。要不，我跟你去礦山……」

「噢……你應該很快給蘭香打個電話，讓她來頂你。你一晚上沒睡了！」

「蘭香不是到四川西昌實習去了嗎？你不知道？」

「噢！我忘了……她是半月前走的。」

「要不要我給她發一封電報？」金秀問。

他沒有回答。顯然有點猶豫——他不願耽誤妹妹的實習。

「不要給她發吧！」金秀自己先開口說。她願意此間由自己一個人陪伴他。

「嗯。」少平肯定了她的意見。

「也不要讓雙水村家裏人知道。他們來也不頂事，只會着急。」秀又補充說。

少平用勁握了握她的手，說：「那這就要麻煩你了……」

「這就是我的專業！哥哥，你放心，一切都有我哩！」

「秀……」他叫着她的奶名，但不知該說甚麼。

他感到，又有兩滴燙熱的淚珠灑在了他的手背上。

一層熱浪漫過了他的心間。他還能對生活有甚麼抱怨呢？生活是這樣地厚愛他，使他在任何時候都有溫暖的感情包裹自己的身心。

孫少平！就因為如此，你也應該重新走向生活！二十七年來你付出得太少，不值得接受生活如此的饋贈。你應該在以後短暫的歲月裏，真正活得不負眾愛……

他在內心向自己發出忠告。

不知為甚麼，他猛然間想起了葉賽寧的幾句詩：不惋惜，不呼喚，我也不啼哭……金黃的落葉堆滿心間，我已不再是青春少年……

在以後緊接着的日子裏，本院享有國際聲望的一位眼科教授為他的右眼做了手術。

手術十分成功。據專家稱，以後也不會影響視力。

在他整個臥牀期間，金秀既是護理，又是親屬，日日夜夜守在他身邊。他眼上纏着繃帶，看不見他的「守護神」。他只能呼叫她的奶名，傳達他內心那種親兄妹般的感情。他已不記得金波曾提起的那樁事。他還和過去一樣，把金秀和蘭香一同看做是自己的親妹妹。

在這些漫長的沒有白天的日子裏，由於有金秀在身邊，他並沒有感到過寂寞。他和秀用外人所難以體會的美妙的原西土話拉家常；有時候，秀還給他讀小說，讀詩；或者兩個人一塊聽音樂……

在他重見天日的那天，妹妹蘭香也趕回來了。當然，和妹妹一起來的還有她的男朋友吳仲平。

繃帶和紗布一層層在揭開……當他時隔多日，再一次真實地看見立在他面前的親人時，忍不住眼裏含滿了淚水。他有一種重新回到人間的感覺。

他淚花閃閃的目光依次在秀、蘭香和仲平臉上停留了片刻；然後有點不好意思地扭過頭，透過玻璃窗戶，久久地望着室外燦爛的太陽。太陽，太陽，在任何地方都美好地照耀着我們！

因為腦震蕩還沒有痊癒，他要繼續住院治療。

這下子，陪伴他的是三個人了！秀因為還在醫院實習，經常在他身邊；蘭香和仲平隔一天就來醫院看望他一回，吃的東西堆得滿房子都是。

這期間，少平接到惠英嫂的一封焦急萬分的信，說她等輪休假一到，就帶着明明來看他。他趕忙給她回了一封信，說自己一切都平安無事，不久就能出院，讓她千萬不要來，免得折騰不算，還要耽誤明明的學習……

幾天以後，吳仲平和蘭香與他單獨談了一件重大的事情。仲平提出，等少平出院後，由他給父親做工作，把他從大牙灣煤礦調到省城來工作。

「我已經從側面打聽清楚了，我父親和你們銅城礦務局局長是老相識。我讓父親給你們局長寫封信，你帶回去直接找他也行，或者我跟你去一趟也行。估計問題不大。」仲平熱心地對他的「妻哥」說。

少平也知道「問題不大」。省委常務副書記通過局長調個煤礦工人，那的確易如反掌。

但他沒有馬上對這件事表態。他不願用一些堂皇的高調拒絕仲平的好意，以此證明自己的「思想境界」不凡。

但說實話，他至少在目前對來大城市生活產生不了熱情。不是他對大城市有甚麼偏見。不，大城市的生活如此豐富多彩，對任何人都是有魅力的。

最主要的是，他對煤礦有了一種不能割捨的感情。感情啊，常常會令人難以置信地決定一個人的行為！正如男女結合，決定的因素往往不僅僅是因為對方漂亮，而正是那種說不清道不明的刻骨銘心的感情。是啊，大牙灣是他生活的戀人。他深沉地愛着這個「黑皮膚的姑娘」；他不能在感情上和它斷然割捨。他在那裏流過汗，淌過血，他怎麼會輕易地離開那地方呢？一些人因為苦而竭力想逃脫受苦的地方；而一些人恰恰因為苦才留戀受過苦的地方！

在我們的生活中，總會有一些人的認識超出一般的水平線。這種認識當然出自這些人非同一般的生活經歷，而不在於讀了多少偉人們的「生活指南」書。當然，這不是說，一定要在某些不協調甚至對立的認識中分出是非來。比如，孫少平自己不願來大城市生活，並不意味着他對大城市和生活在其間的人們有絲毫鄙視的情緒。不，恰恰相反！這個人常常用羨慕和祝福的眼光看待大街上紅光滿面的男女老少。每個人都有權利選擇自己的生活。只不過，對孫少平來說，他感到他目前的生活只能在大牙灣煤礦 —— 那裏有一縷深深的情愫在纏繞着他的心靈啊……

蘭香幫仲平打勸他：「二哥，我知道你的性格哩。但你現在受了傷，繼續在井下勞動身體怕吃不消了。你到這裏來，找個稍微輕鬆一點的工作，有個甚麼，我們也能照顧你……」

他指了指自己的臉，開玩笑對妹妹說：「我這副尊容，生活在這裏，實在對不起這麼漂亮的城市！漂亮的地方應該讓漂亮的人們生活！」

三個人都笑了。笑中都深藏着酸楚。

仲平和妹妹走後，少平臉上的笑容即刻消失了。是的，他說了一句玩笑話，但確實反映了他的真實心境。他知道，他的容貌被毀了。他臉上已經留下了一道永遠不能消失的疤痕。對於一個二十多歲的青年來說，這道疤痕是太可怕了。疤痕永遠地留在了臉上，痛苦永遠地留在了心上。直到現在，他還沒有勇氣去照鏡子 —— 他怕看見生活贈給他的這枚「紀念章」……

在這裏，春天的訊息要比北方的山區早來近兩個節氣。寒冷不知不覺消退了，戶外的陽光有了一種暖烘烘的感覺。風帶着潮濕的柔情，開始親吻這座城市。楊樹和柳樹的枝條已經泛出了鮮活，綠色的生命漿汁在看不見的地方悄悄地湧動。誰都能感覺到，春天邁着輕盈柔曼的腳步走來了。

那是一個無風的陽光金黃的中午，孫少平無意間向窗外瞥了一眼，突然看見外面院牆下爆開了一叢金燦燦的迎春花。

他按捺不住激動的心情，起身走出病室，來到這叢迎春花前。他久久地凝視着那叢黃亮耀眼的花朵，由衷的喜悅使他不由自主滿臉堆起了笑容。

這就是生命！沒有甚麼力量能扼殺生命。生命是這樣頑強，它對抗的是整整一個嚴寒的冬天。冬天退卻了，生命之花卻蓬勃地怒放。你，為了這瞬間的輝煌，忍耐了多少暗淡無光的日月？你會死亡，但你也會證明生命有多麼強大。死亡的只是軀殼，生命將涅槃，生生不息，並會以另一種形式永存。只要春天不死，生命就不死，就會有迎春的花朵年年歲歲開放。哦，迎春花……他在那片黃花中依稀看見了一頭白髮滿臉皺紋的母親。為甚麼此刻想到了母親？母親……

他抬起頭，一羣白鴿掠過蔚藍色的天空，羽翼發出了嗡嗡的震蕩聲……他聽見遠方傳來海的呼嘯；他看見，曉霞偏歪着腦袋，微笑着，赤腳踩踏光滑如緞的浪脊在遙遠的地平線上跳躍着奔來，鬢角上插一朵金燦燦的迎春花並閃射着耀眼的光芒……

「哥……」

他聽見背後傳來一聲呼喚。

他轉過身，眼睛被陽光晃得一陣發黑。

一個黑色的瞬間之後，他才辨認出站在他面前的是金秀。秀的臉就是一朵花。到現在他才驚訝地發現，秀竟然不再是個小孩子，而是這樣一個漂亮嫵媚的大姑娘了。

他看見他面前的秀有點局促。為甚麼？她從來不會在他面前感到不自然。為甚麼……

他突然想起了自己的臉——那塊該死的疤痕。一定是這道可怕的疤痕使秀感到難堪。一種無名的痛苦即刻湧滿他的心間。你這副該死的醜陋的面孔，怎麼配立在這裏像一個江南白面書生優雅地觀賞美麗的花朵？你怎麼又可以面對這花朵一樣美麗的秀呢？你應該立刻滾回大牙灣，滾到井下，滾到黑煤堆裏！你只有和那個環境才是協調的！

「哥……」

秀又叫了一聲，抬起頭看了看他，欲言又止。她是同情他，為他的不幸而難過。瞧，孩子的眼裏都旋轉着淚水！

「我……甚麼時候能出院？」他只是這樣問了一句。他渴望立刻離開這地方，離開省城！

「還得一段時間……你別着急。」秀說着，從自己的衣袋裏摸索着掏出一封信。

她把這信遞到他面前，說：「這是……給你的信。」

信？誰給他來的信？家裏？惠英嫂？

他剛把信接過來，金秀就背轉身走了。

信皮上無一字。封口也沒封。

少平立刻抽出信紙。他只看見「哥，我愛你……」幾個字，就閉住眼發出一聲呻吟般的歎息……

第八十二章

一九八五年清明節前後，儘管山野仍然是一望無際的荒涼，但雙水村卻隨處可見盎然的春意了。東拉河和哭咽河兩岸的柳樹，綠色柔嫩的枝條已經在春風中搖曳擺動。無論是田家圪嶗，還是金家灣，一團雪白的杏花或一樹火紅的桃花，從這家那家的牆頭上伸出來，使得這個主要以破窰爛院組成的村莊，平添了許多繁榮景象。

燦爛的陽光一掃冬日的陰霾，天空頓時湛藍如洗。山川河流早已解凍，泥土中散發出草芽萌發的新鮮氣息。黃土高原兩類主要的候鳥中，燕子已經先一步從南方趕來，正雙雙對對在老地方構築新巢；而大雁的隊列約摸在十天之後就會掠過高原的上空，向鄂爾多斯無邊的北草地飛去……

農事繁忙起來了。神仙山，廟坪山和田家圪嶗這面的山山坬坬上，不時傳來莊稼人唱歌一般的回牛聲。女人們頭上罩起雪白的羊肚子毛巾，孩子們手裏端着升子、老碗，跟在犁具後面點籽撒糞。西葫蘆、南瓜、黑豆、綠黑豆、小日月玉米、西紅柿、夏洋芋、夏回子白、西瓜、小瓜、黃瓜，都到了播種時節。蔴子已經出苗；水葱、韭菜可以動鐮割頭茬。所有的麥苗都已經返青，莊稼人正忙着鋤草追化肥……

但是，一九八五年春天，雙水村的莊稼人不像往常那樣特別留意大自然的變化。人們懷着各式各樣的心情，集中關注着哭咽河那裏正在進行的事情。從去年秋末冬初開始，孫少安個人掏腰包出資一萬五千元重建的雙水村小學，現在眼看就要最後竣工了。

現在，田福堂當年攔河打壩震壞的校舍窰洞，已經被一排氣勢宏偉的新窰洞所替代。當年的學校操場也擴大了一倍，栽起一副標準的籃球架，還有一些其他莊稼人叫不出名堂的玩藝兒。操場四周砌起了圍牆。鐵欄式大門上面，拱形鐵架上「雙水村小學」五個鐵字，被紅油漆刷得耀眼奪目。據說一兩天內就要舉行「落成典禮」，到時鄉上縣上的領導都來參加；聽說黃原還要來人拍電視哩。哈呀，孫少安小子雖然破了財，但這下可光榮美了！

當然，新學校的慶祝典禮不僅是孫少安的大事，也是雙水村所有人的大事。幾天來，全村人都有點激動不安地等待這一非凡的紅火時刻。

慶祝儀式的準備工作實際上也已進入了最後階段。這件事的總料理是雙水村一貫的風雲人物孫玉亭。一來玉亭是少安的親屬，二來他是村裏的領導人之一，又善於搞這些轟轟烈烈的工作。時代變了，玉亭對公眾事務的熱情沒有變。他仍然拖拉着兩隻爛鞋，在東拉河兩岸不停地奔忙。

需要告訴諸位的是，雙水村的領導階層已經在去年冬天進行了大換班。金俊武接替著名的田福堂出任了村黨支部書記；而孫少安接替金俊山出任了村民委員會主任。這個變化看來有點突然，實際上也很自然，我們不會過分驚訝。這樣，福堂同志和俊山同志就成了普通老百姓。當然，如果農村也設顧問委員會的話，他們二位完全有資格當正副主任。另外，玉亭同志不但沒有退到「二線」，反而由支部委員升成了副支書。田海民的委員職務沒變。新任支部委員有原一隊副隊長田福高和金家灣入黨不久的前地主的小兒子金光輝。光輝進入雙水村的「政治局」，使他們一大家人十分榮耀，金光亮都有點巴結弟弟和弟媳婦馬來花了……

在雙水村新校舍正式舉行儀式的前一天，大忙人孫玉亭跑前跑後指揮人做最後的準備。因為這個儀式是以村黨支部和村民委員會的名義舉行的，因此村裏人都有義務參與工作。此外，大部分人家都有娃娃上學，村民們對這件事都自動表現出十分積極的熱情。許多人一大早就跑來，聽候玉亭的吩咐。窰洞式教室佈置一新；操場打掃得乾乾淨淨。因為上面的領導要來；還因為要破天荒第一次在村裏拍電視，情緒激動的田福高甚至領着人把哭咽河到東拉河所有的土路灑上水清掃了一遍。「文化人」金成和田海民按玉亭擬定的口號，正在紅綠紙上趕寫標語——等明天一早，這些標語就將在學校的牆上和村中道路兩旁的樹幹電線杆上張貼起來。

村民委員兼婦女主任賀鳳英，充分發揮自己的特長，正領着一些婦女精心地佈置主席台和會場。

玉亭夫婦的忙碌，不能不使我們想起十年前在這同一地方召開的那次批判會。我們會想起當年的二流子王滿銀，死去的老憨漢田二和下山村那個「母老虎」……十年過去了，玉亭夫婦和村民們又在這裏忙着準備會場。不過，這裏將要舉行的不再是批判「資本主義」的大會，而恰恰是為了表彰一個發家致富的人為公眾做出的貢獻。這完全可以看做是整個中國大陸十年滄桑變遷的縮影。十年，中國的十年，叫世人瞠目結舌，也讓我們自己眼花繚亂！

在金家灣小學院子裏眾人忙亂成一團的時候，田家圪墈這面原一隊的禾場上，全體小學生正排練歡迎鄉縣領導人的入場儀式。孩子們手裏拿着彩色紙做的假花，分成兩行，跳躍呼喊，向中間那些臆想中的領導人致敬。指導孩子們排練這場面的是兩位女老師。一位我們已經知道，是金光明的愛人姚淑芳。另一位卻使我們大吃一驚：這不是郝紅梅嗎？

這的確是郝紅梅。

紅梅和潤生在外縣生下孩子後不久，田福堂夫婦終於徹底回心轉意，承認了這樁姻緣，把兒子兒媳婦和兩個同母異父的孩子都接回了雙水村。福堂像城裏離退休的老幹部一樣，從領導崗位上下來的時候，理直氣壯地向組織提出：他可以退，但要安排他的兒媳婦在村中的小學教書。沒有人對他的要求提出異議。是呀，無論怎樣，福堂在村裏當了幾十年領導，現在他要下台，這點人情全村人都情願送他。這樣，紅梅就當了雙水村小學教師。這也給了我們一個情感上的滿足——我們多麼願意不幸的紅梅能有一個良好的生活開端。現在，丈夫田潤生和她熱戀如初。福堂兩口子也拋棄了世俗的偏見，開始喜愛她了。田福堂拿出全部積蓄，向前和潤葉又支援了一千元，給潤生買了一輛四輪拖拉機，這小夥現在走州過縣搞起了長途販運……

為準備明天的慶祝儀式，金家灣和田家圪嶗兩處的人馬一直忙亂到天黑才停歇了下來。

在人們各回了各家，四處窰洞窗戶上亮起燈火的時候，孫玉亭才一個人離開小學院子，摸黑在哭咽河的那座小橋上走過來。他盤算他已經把一切都準備得完美無缺了。現在，他要趕到村南頭姪兒的家裏，向他全面彙報明天學校「落成典禮」的準備情況；並捎帶着在那裏美美價吃一頓可口飯。他估計金俊武也在少安家，這樣就省得他再跑回金家灣來向新支書彙報。

過了哭咽河的小橋，孫玉亭克服着破鞋的累贅，想儘量走快一些——因為肚子已經餓得咕咕價直響。

他突然停住了腳步。他似乎聽見不遠處的破廟裏有甚麼響動。他不顧飢餓，折轉身警惕地貓下腰向破廟那邊走去，想發現是誰又藉黑夜偷偷摸摸敬神搞迷信活動哩。

以巫神劉玉升和金光亮為首的「廟會」，在中途就塌垮了。「廟會」的塌垮很大程度上要歸功於玉亭。在劉玉升等人剛把廟裏的主神塑造完畢，廟窰翻修了一半的時候，共產黨員孫玉亭激憤地自己掏錢買車票跑到縣上把這些「牛鬼蛇神」告了一狀。在鄉縣有關人員的干涉下，劉玉升等人的建廟活動被制止了。雖然如此，村裏照樣有人來到這個破廟，向那個新塑起的偶像頂禮膜拜，以求消災滅病。廟內不時有香火繚繞，牆壁掛上了「答報神恩」「我神保佑」等紅布匾。村中其他領導對此睜一隻眼閉一隻眼，惟有玉亭明察暗訪，一旦發現誰敬了神鬼，重則批評，輕則講一通當年「政治夜校」學下的「唯物論」觀點⋯⋯

現在，玉亭貓着腰，躡手躡腳來到破廟前，身子碼在爛石片牆上，支棱起耳朵聽裏面的動靜。聽了半天，玉亭不由頹喪地悄悄歎了一口氣。原來廟裏竟是他哥玉厚！他聽見他哥正在向神禱告，讓他們老母親的身體快一點康復。玉亭知道，母親這幾天病很重。但哥哥卻偷着求神為老人家治病！這不是⋯⋯唉，他哥是為了他媽；他總不能跑進去給他去宣傳「無神論」！

孫玉亭於是又折轉身，過了廟坪棗林間的小路，走過東拉河的列石，上了公路，然後調頭朝南，匆忙地向少安家走去。

第二天早晨，廟坪山那面初升的太陽光芒四射的時候，整個雙水村便紛亂地騷動起來。人們一吃完早飯，就心急火燎走出家門；婆姨娃娃甚至像過喜事一樣穿戴起簇新的見人衣裳。村子四處都在為雙水村小學的「落成典禮」作最後的忙碌。哈呀，除過正月裏鬧秧歌，雙水村甚麼時候在農事大忙中這樣全體一塊兒熱鬧過？

瞧，在學校那邊，姚淑芳和郝紅梅給娃娃們都抹了紅臉蛋，把他們擺佈在了校門外的道路兩旁。孩子們手裏拿着紙做的假花；沒有假花的分別在自家院子裏折了一把桃花或杏花。一旦領導人們走過哭咽河的小橋，他們就準備連喊帶跳搖動花束表示歡迎。學校大院裏已經有了不少沒「任務」的村民。大家紛紛轉悠着看這摸那，議論的中心話題當然是孫少安幹下的這不同凡響的「偉業」。

賀鳳英正領着幾個婦女，拿一塊紅綢子被面，往校舍中間大牆上的一塊黑色碑石上蒙蓋。這塊碑石記述了孫少安新建本學校的經過和情況。因為這是全縣第一個由農民個人出資辦教育事業，所以縣宣傳部和教育局都很重視，請文言文功底很深的縣文化館長親自撰寫了碑文；並由石圪節著名的匠人雕刻在碑石上。這可以看做是孫少安夫婦的一塊人生紀念碑。

今天在碑石上蒙紅綢子的主意也出自玉亭。他說到時作為「壓軸戲」由縣領導和少安夫婦親自揭碑。只是當下急忙找不到單純的紅綢布。玉亭曾建議用當年農業學大寨時上級獎給雙水村的錦旗——把有字的一面壓在裏面，反蒙到碑石上。結果遭到秀蓮的反對。生病的秀蓮特別看重今天這個顯示他們活人價值的儀式，不讓二爸用不三不四的東西蒙蓋那個神聖的東西。她咳嗽氣喘翻了半天箱櫃，拿出了這塊紅綢被面。她或許已經忘記了，這塊被面還是當年她和少安結婚時，潤葉送給他們的。

現在，這塊結婚禮品被賀鳳英等人莊嚴地蒙在了碑石上。

在金家灣這面諸事齊備的時候，田家圪嶗那面的公路上傳來了熱鬧的鑼鼓聲。孫玉亭為了烘託氣氛，即興決定把正月裏的秧歌隊也拉起來了。等鄉縣領導人一到，就由秧歌隊在前領頭，從公路上一直迎過廟坪；而在金家灣學校那邊，又有學生娃們的歡迎隊伍——那陣勢很是壯觀了。

這陣兒，田五已經腰扭得像風擺楊柳，手中傘頭轉得團團飛旋。幾十個男女青年緊跟其後，披紅掛綠，甩胳膊揚腿，在公路上預演開了。前一隊飼養員、田五他哥田四也捺不住性子，耳朵上拴了兩個棉花蛋，裝扮成「蠻婆」跟在秧歌隊尾擰晃起來，其丟醜神韵足可以和罐子村的王滿銀相比。在眾人的哄笑聲中，已故田二的憨小子田牛也手舞足蹈跑到隊伍中搗亂去了。在大樂器那邊的人堆裏，巫神劉玉升的接班人田平娃在打鼓。他的師傅不會來參加這世俗的紅火熱鬧。建廟失敗後，劉玉升除過不誤給人「治病」外，沒事都倒在炕上蒙頭大睡。經常上他家的只有他的原「副會長」金光亮……

現在，村中的領導人都先後來到了公路邊上，準備迎接上面來的領導人。我們看見新任支書金俊武臉被剃頭刀刮得淨光，上唇上留一絲刮破的血痕，瀟灑地披着黑布大氅，派頭決不亞於前支書田福堂。他周圍立着支委田海民、田福高、金光輝。支部副書記孫玉亭現在仍然拖拉着破鞋馬不停蹄四處跑着張羅，聲音已經沙啞得像老綿羊叫喚一般。雙水村當年的頭面人物田福堂引人注目地沒有露面。不過，他的兒子田潤生沒去出車，正興高采烈在大樂器那邊敲鑼。

在其他人紅火熱鬧的時候，金強遵照岳父的指示，手裏提一桶糨糊，正和小學教師金成一塊沿路張貼標語。東拉河這面的人並不知道，金成的父親、原大隊副支書金俊山沒有像下台的田福堂那樣躲在家裏。他現在已經出現在學校院子，和一些老者誠心實意誇讚孫少安為本村辦了一件大事。

這時候，在金俊武和金光亮弟兄幾家的院子裏，村中許多婦女都聚在一起忙着準備招待上面領導人和來賓的午飯。俊武知道少安那面除忙亂不說，秀蓮又在生病，因此這頓飯就由他家來張羅。俊武準備像過事情一樣鬧騰一回吃喝。他剛當了村裏的「一把手」，就有這麼多上級領導光臨他領導的村莊，不好好招待一回他心裏過不去。另外，他也是給他的朋友帶面子——他宣佈，這頓飯是由他和少安共同籌辦的。

此刻，在這幾家院子裏忙碌的除過俊武的媳婦李玉玲和光亮的媳婦外，還有光輝的媳婦馬來花，海民的媳婦高銀花，金強的小媳婦孫衛紅和她的婆婆、正在監外服刑的張桂蘭。金波他媽由於做飯手藝聞名全村，是這夥婦女的總指導。金波他爸金俊海已經提前退休，大部分時間都住家中，現在正撵着在公路上看熱鬧……

孫玉厚家第一批出現在公眾面前的是他們的親戚。王滿銀全家人都從罐子村趕來，專門參加他們家的這場光榮活動。滿銀拉着狗蛋的手，蘭花拉着貓蛋的手，一家四口人穿戴得像過節一樣來到了人羣裏。和他們一塊相跟的是秀蓮她爸賀耀宗、姐夫常有林 —— 他們倒不是專門為此而來。他們是來看望生病的秀蓮，卻正好碰上了這件喜慶事。

現在，孫玉厚老漢也出了門。他臉上倒看不出特別的激動和愉快。這個活動他非去不行 —— 這是兒子出錢為孫家幾代人買來的榮耀啊！不用說，老漢今天將是村中最受尊重的老者。少安他媽去不了，她要留下照看生病的少安他奶。另外，她把小孫女燕子也抱過來了 —— 兒子和兒媳婦是今天這場大戲的主角，他們要雙雙出門。

在孫少安家裏，秀蓮和少安還在為穿衣服的事親切而友好地拌嘴。

生病很長時間而顯得有些瘦弱的秀蓮，今天情緒格外好。她已細心地把自己打扮穿戴得像新媳婦一樣。我們知道，秀蓮結婚時是多麼的恓惶。她似乎說過，等光景鬧好了，還要和親愛的丈夫舉行一次像樣的「結婚儀式」。那麼，秀蓮，你的願望在今天實現了！

秀蓮精心地打扮完自己後，堅持要少安也把最好的衣服穿上。少安本來對二爸將事情鬧騰得如此鋪排而心煩意亂，根本不願再穿一身新衣服去顯能。他已經夠榮耀了，何必再用衣服去表現自己的淺薄呢？他在某種程度上已對人生有了新的理解 —— 這是生活不斷教育的自然結果。但他不能不遷就親愛的妻子。為了不使生病的秀蓮生氣，他只得換了一身新衣服。他讓秀蓮先走一步，但秀蓮又堅持要和

他相跟着一塊出門 —— 這可是一次最榮耀的露臉呀！當我們的秀蓮和丈夫一塊相跟着出現在村民們面前的時候，她內心驕傲的程度也許與南希・列根[1]並無差別……

上午九點多鐘，一行小汽車魚貫相隨從南頭的公路上開過來，擺溜停在了原大隊部下面的路邊上。鑼鼓嗩吶立刻響成一片，秧歌隊在田五的帶領下手舞足蹈，應聲而起。

我們看見，第一個從小車中走出的是年輕的縣委書記武惠良 —— 他去年就從黃原來這裏上任了。鄉縣有關部門的領導都紛紛走下車來。新成立的黃原電視台的幾位記者一下車，就扛着攝像機亂跑着忙開了。

在鄉縣領導中我們熟悉的人有：縣鄉鎮企業局局長徐治功 —— 該同志雙水村的老百姓也很熟悉，本鄉鄉長劉根民，副鄉長楊高虎。其他還有縣宣傳部、教育局、人大政協文教組的負責人。本來縣長周文龍也想來 —— 我們知道，他曾專門為少安的磚場點過火 —— 但因有會，沒能起程。

金俊武、孫少安等人迎上去和上面的領導握手問候。緊接着，由秧歌隊在前面引路，這些領導被熱情的雙水村人迎過了東拉河，迎過了廟坪和哭咽河。小學門口的孩子們立刻揮動花束，一邊跳躍，一邊齊喊歡迎的口號，與秧歌隊的鑼鼓嗩吶混合成一片巨大的喧響聲。玉亭幾乎把這場面搞成了迎接外國國家元首……

經過一番必然的紛亂，領導們終於在賀鳳英精心佈置的主席台上就座了。俊武是會議主持人。不用說，男女主角孫少安和賀秀蓮也在

1 南希・列根（Nancy Davis Reagan，1921 年 7 月 6 日—2016 年 3 月 6 日），美國女演員與前美國第一夫人，是第 40 任總統隆納・列根的夫人。

主席台上。

在慶祝會就要開始之前，主席台上的孫少安突然看見田福堂也來到了人羣裏。

田福堂是來了。他有勇氣在最後一刻出現在這個場所，證明他不愧還是一條好漢！不過，福堂看起來再不像過去那般氣勢雄偉。他在很大程度上成了一位平凡的農村老人，臉上甚至帶着看開世事的超然和善的笑容。他不是一個人站在人羣裏。他手裏拖着紅梅前夫留下的孩子，背上揹着潤生和紅梅生的女兒。他還給兩個小孫子一人做了一個高粱稈皮兒編的「風葫蘆」玩具。比起往常，福堂的身體看來倒好多了。

孫少安立刻離開座位，穿過人羣，走到田福堂面前，拉他到主席台上就座。福堂謙虛而客氣地推讓着。懂事的紅梅走過來，把兩個孩子從公公手裏接過去。孫少安硬把前支書拉到主席台上，並向縣委書記作了介紹。受到啟發的金俊武也在人羣裏把金俊山拉到了主席台上。雙水村新舊兩任領導歷史性地同坐在一起。

接着，慶祝儀式開始了。鄉縣領導分別發表了熱情洋溢的講話，表彰孫少安夫婦勞動致富後不忘為鄉親們謀福的光榮行為。縣教育局還給少安夫婦頒發了一塊大玻璃框獎狀。

在鄉縣領導人講話的時候，孫少安幾乎連一個字也沒聽見。他的目光在人羣中搜尋到了父親。父親頭低傾着。少安猜測，老人說不定在哭。他在學生娃中間也看見了兒子。紅臉蛋的兒子舉一束紅豔豔的鮮花，在笑。哭，笑，都是因為歡樂。哭的人知道而笑的人並不知道，這歡樂是多少痛苦所換來的……透過這五彩繽紛的場面，他又回到了那似乎並不遙遠的過去；回到了他辛酸的童年。他想起他穿着破爛衣裳，和紮着羊角辮的潤葉在這同一地方唸書的情景……

有人在肩膀上碰了碰他。他回過頭，才發現慶祝儀式到了尾聲，領導們都朝那塊蒙着紅被面的碑石走去；縣委書記正含笑招呼他一同前往。

孫少安在喧騰湧動的人羣中站起來，扭過頭準備叫妻子，卻猛地驚呆了！他看見，剛立起來的秀蓮嘴裏鮮血噴湧，身子搖晃着向地下倒去！

他大叫一聲，發狂地張開雙臂抱住了她……

我們無比沉痛地獲悉，原西縣醫院對秀蓮的診斷結果是：肺癌。

第八十三章

暖洋洋的太陽照耀着都市的大街。公園裏和道路旁已經處處綠意朦朧。風中飄飛着一團團雪白的楊絮。街心花園的第一批鮮花，也在不知不覺中競相開放了。古城的春天稍顯即逝，人們立刻就有一種身臨初夏的感覺。

街頭的行人稠密起來。人們紛紛走出戶外，盡情享受陽光和暖風的撫愛。那些時髦的姑娘已經過早地脫掉了外套，穿起單薄的、色彩鮮豔的毛衣線衣。到處傳來春遊的孩子們的歌聲。城市一改冬日的灰暗，重新顯出了它那多彩的風貌。

孫少平的傷已經完全好了。雷漢義區長代表礦上來為他辦出院手續。他準備過幾天就返回大牙灣。

在這期間，妹妹蘭香和她的男朋友仍然一直給他做工作，讓他調到省城來。他到現在也還沒有完全拒絕他們的好意。儘管他對自己未來的生活心中有數，但他不好當面向他們進一步解釋他的想法。他們應該意識到，他和他們的處境不盡相同。不同生活處境的人應該尋找各自的歸宿。大城市對妹妹和仲平們也許是合適的，但他在這裏未必能尋找到自己的幸福。他想等以後適當的時間用另外一種方式向他們說明自己的觀點和態度。

其實，這期間最使他傷神的倒不是蘭香和仲平一再勸他來省城工作。他苦惱的是金秀對他表示的熱烈感情。自從她把那封戀愛信送到他手中，他就一直苦苦思索自己該怎麼辦。

秀可愛嗎？非常可愛！她是那樣熱情，漂亮；情感熾烈而豐富，一個瞬間給予男人的東西都要比冷血女人一生給予的還多。她使他想起死去的曉霞。她也是大學生，有文化，有知識，有很好的專業。她無疑會是一個令男人驕傲的妻子。雙方感情交流也沒甚麼障礙，他們自小一塊長大，一直以兄妹相待；這種關係如果匯入夫妻生活，那將是十分美好的。

秀要成為他的妻子？他要成為秀的丈夫？他一時又難於轉這個彎。他一直把秀當做小妹妹看待；在他眼裏，她永遠是個小孩子，怎麼能和她一塊過夫妻生活呢？想到這一點，他就感到彆扭。

當然，最重要的是，他和秀的差異太大了。他是一個在井下幹活的煤礦工人，而金秀是大學生，他怎麼能和她結婚？秀在信上說她畢業後準備去他所在的礦醫院當醫生。他相信她能真誠地做到這一點。但他能忍心讓她這樣做嗎？據蘭香一再給他說，按金秀的學習情況，她完全可以考上研究生。他為甚麼要耽擱她的前程？如果因為他的關係，讓秀來大牙灣煤礦，實際上等於把她毀了。他現在才記起，他曾給金波也說過這個意思。

所有這一切考慮，不是說他沒勇氣和一個女大學生一塊生活。當年田曉霞也是大學生、記者。但秀和曉霞又不一樣。曉霞在總體素質上是另一種類型的女性。雖然他和秀一塊長大，但秀決不會像曉霞那樣更深刻地理解他。他和秀之間總有一種隔代之感。

怎麼辦？這比蘭香和仲平要他來大城市工作更難以回答。他知道秀在熱切地等待他的回話。給他交了那封信後，她儘管和往常一樣細心而入微地照料他，但他們之間已明顯地產生了一種極不好意思的成分……

生活是這樣令人感慨不已！

孫少平不由想起十年前他的初戀。他想起了他愛上的第一個女人郝紅梅。富有戲劇性的是，十年前的那場感情糾葛發生在他和顧養民之間；沒想到十年後，他又和顧養民糾纏在一起。不同的是，十年前，郝紅梅離他而去愛顧養民；而今天，金秀卻要離開顧養民而愛他了！

生活似乎走了一個令人難以置信的圓。

但生活又不會以圓的形式結束。生活會一直走向前去！瞧，十年過去了，所有人的生活都發生了多麼大的變化。就拿他們幾個說吧，養民已經到上海去讀研究生；而前不久他震驚地獲悉，郝紅梅帶着前夫留下的孩子，竟然和他同村的另一個同學田潤生結了婚，現在就生活在雙水村。而他，當了一名幹粗活的煤礦工人，現在受了傷，住了院，卻被養民愛着的金秀愛上了……

直到現在，他也不知如何與金秀談這件事。他能感覺來，秀對他的愛是多麼強烈！他不能用簡單的三言兩語來拒絕她，這樣會傷害孩子……是的，孩子。他到現在還認為秀是個孩子！

但是，他又不能簡單地響應她愛情的呼喚。如果是那樣，那傷害的不僅是秀，還有他自己的心靈。

孫少平左思右想，不知該怎麼辦。

想不出個妥當的結果，他就不能輕易對她表示甚麼。好在他很快就要離開省城；等離開時，說不定他能對這件事做出結論性的決定……

區長雷漢義幫他結完手續後，他就算和醫院告別了。他讓區長先回去，他自己還想在省城逗留幾天；他知道，他還有些「事」需要處理。

雷漢義臨走時，才遲疑着從衣袋裏摸出兩份礦上的文件給了他。

孫少平一看，這兩份文件都是有關他自己的。一份是通報表彰他捨己救人的獻身精神；另一份是批評他作為班長，元旦那天讓喝醉酒的工人下井，違反了規章制度，決定給他記大過一次。

孫少平把兩份文件揉成一團，塞進了自己的衣袋裏。

雷漢義安慰他說：「不管是表彰，還是處分，都是些球！回去只管掏咱的炭！」

但孫少平的心情卻是沉重的。這是一種永遠不能互相抵消的存在，就像他五官正常的臉和臉上那道醜陋的疤痕。他倒並不特別看重這兩份讓他哭笑不得的文件，而是由此傷感地想到，這正好說明了他那負重前行的生存處境。

仲平竭力要求出院後的少平住到他家去。但他謝絕了。蘭香理解二哥的心情，也沒有再堅持。少平隨即住進了一家個體戶開辦的小旅店。

他住進旅店後的第一件事，就是給惠英和明明寫了一封信，告訴他們甚麼時候回大牙灣煤礦。

幾天之後，在少平即將離開省城的時刻，金秀和蘭香相跟着來旅店找他，想陪他出去到街上轉轉。但少平推諉着不想去。最少在眼下，他不願帶着臉上的疤痕，和任何女性相跟着逛大街。他無法忍受陌生人用異樣的目光看他和身邊兩個漂亮的妹妹。說實話，對臉上的那道疤痕，儘管他顯得不在乎，但內心卻為此而萬般痛苦，愛美之心人人有，更何況，他正當青春年華！至於他的臉倒究被毀到了何種程度，直到現在他都沒勇氣去照鏡子。

金秀見他執意不到街上去轉，就提議他們三個人一塊到她的宿舍去坐坐；她說她們宿舍實習的同學都沒回來，就她一個人。醫學院離這兒很近，少平也就同意了。金秀本來不想讓蘭香去，但她有口難言。

三個人到醫學院金秀的宿舍後，秀特意讓少平坐到她牀上休息。她讓少平先一個人待一會，自己隨即又拉了蘭香，到外面去採買吃的——她想好好款待一下少平哥。

蘭香和金秀走後，少平一個人沒事，就在秀的枕頭邊拿了幾本醫學雜誌看。他在無意間發現秀牀鋪那頭的牆上掛着一面圓鏡子。他猶豫了一下，過去摘下那面鏡子。當鏡子就要舉到面前的時候，他閉住了眼睛。

他閉着眼，舉着鏡子，腳步艱難地挪到了靠近房門的空地上。他久久地立着，捉鏡子的那條胳膊抖得像篩糠一般。在這一刻裏，孫少平不再是血性男兒，完全成了一個膽怯的懦夫！

我看到的將會是怎樣一個我？他在心裏問自己。你啊！為甚麼不敢正視自己的不幸呢？你不願看見它，難道它就不存在嗎？你連看見它的勇氣都鼓不起來，你又怎樣帶着它回到人們中間去生活？可笑。你這可笑的「鴕鳥政策」！

他睜開了眼睛。呀！他看見，那道可怕的傷疤從額頭的髮楞起斜劈過右眼角，一直拉過顴骨直至臉頰，活像調皮孩子在公廁牆上寫了一句罵人話後所畫下的驚歎號！

他猛地把那面鏡子摔在水泥地板上；一聲爆響，鏡子的碎片四處飛濺。接着，他一下伏在金秀的牀鋪上，埋住臉痛哭起來……

他聽見了敲門聲——是秀和蘭香回來了。

他爬起來，用秀的毛巾揩去了臉上的淚痕。接着，匆忙地拿起掃帚，把滿地的碎鏡片掃到門後。在手捉住門鎖柄的時候，他停留了片刻，以便使自己鎮靜下來——儘管他知道這是徒勞的。

在門打開的一剎那間，他看見兩個妹妹都懷裏抱着一堆吃的東西，臉色蒼白地愣住看他。她們顯然感到這屋裏曾發生了甚麼事。其實，他自己的神態就說明了這一點。

不過，她們很快說笑着走進來了。以後，她們一直裝着沒有看見門背後的那一堆碎鏡片。

兩個女孩子像演戲一樣，大聲說笑着，甚至有點咋咋唬唬，在桌子上鋪開一塊乾淨的白布，然後把那些罐頭、啤酒、果子露、牛肉、麪包等等吃的東西都擺好，讓他坐到「上席」上，並且開玩笑稱他「革命老前輩」……

吃過東西後，少平沒讓她們送他，自己一個人來到大街上。

啊，最為嚴重的時刻也許已經過去了！

現在，他行走在這人流如潮的大街上，不管有多少含義複雜的目光在他臉上掃射，他也坦然如常。不知為甚麼，他甚至感到自己的情緒漸漸亢奮起來。

他在個體戶的小攤上買了一副墨鏡，隨即就戴起來——部分地遮掩了臉上那道疤痕。接着，他又到商店買了一件鐵灰色風雨衣穿在身上。這打扮加上那道疤，奇特地使他具有了別一種男子漢的魅力——這正是他想像中自己的「新」形象。在下午剩下的最後一點時光裏，他還到新華書店買了幾本書。其中他最喜歡的一本書是《一些原材料對人類未來的影響》。

當天晚上，他靜靜地坐在小旅店的房間裏，分別給妹妹、仲平和金秀寫了兩封信。在給蘭香和仲平的信中，他向他們「闡述」了他為甚麼現在不想來大城市工作的想法。他說他也許一輩子都可能和煤炭打交道。在給金秀的一封很長的信中，他主要向她表明為甚麼他不能和她結合的理由。他祝願親愛的金秀妹妹和顧養民或別的一個男人幸福地生活……

第二天，孫少平提着自己的東西，在火車站發出了那兩封信，就一個人悄然地離開了省城。

中午時分，他回到了久別的大牙灣煤礦。

他在礦部前下了車，抬頭望了望高聳的選煤樓、雄偉的矸石山和黑油油的煤堆，眼裏忍不住湧滿了淚水。溫暖的季風吹過了綠黃相間的山野；藍天上，是太陽永恆的微笑。

他依稀聽見一支用口哨吹出的充滿活力的歌在耳邊迴響。這是讚美青春和生命的歌。

他上了二級平台，沿着鐵路線急速地向東走去。他遠遠地看見，頭上包着紅紗巾的惠英，胸前飄着紅領巾的明明，以及脖項裏響着銅鈴鐺的小狗，正向他飛奔而來……

準備：1982—1985 年

第一稿：1986 年秋天—冬天

第二稿：1987 年春天—夏天